Fiona McIntosh

Wenn der Lavendel wieder blüht

Buch

Luc und Lisette Ravens – ehemals französischer Résistance-Kämpfer und britische Spionin – haben den Zweiten Weltkrieg irgendwie überlebt, doch die Schrecken dieser Jahre zu überwinden entpuppt sich als riesige Herausforderung. In Frankreich fühlen sie sich ständig erinnert an die Menschen, die sie auf grausame Weise verloren haben. Um die Schatten der Vergangenheit hinter sich zu lassen, besteigen sie ein Schiff nach Tasmanien, um sich dort, in diesem fernen, unbekannten Land voller Versprechungen, ein neues Leben aufzubauen, Lavendelfelder anzupflanzen und so das Erbe von Lucs ermordeten Eltern fortzuführen. Doch ein Bedürfnis lässt Luc nicht los: das nach Rache an dem Mann, der den Tod seiner Familie zu verantworten hat.

Auf der anderen Seite der Welt erfährt der Schweizer Jurastudent Max Vogel in seiner düstersten Stunde eine lebensverändernde Wahrheit. Auf dem Sterbebett offenbart ihm seine Mutter den Namen seines Vaters, den er nie kennengelernt hat. Nur ein Mann kann ihm mehr über ihn sagen: Luc Ravens. Ein lang gehütetes Familiengeheimnis verbindet Max mit den Ravens, und nun hält er sowohl den Schlüssel zu seiner eigenen Zukunft als auch zu Lucs bewegter Vergangenheit in Händen …

Autorin

Fiona McIntosh wuchs in England auf, verbrachte aber viele Jahre ihrer Kindheit in Westafrika. Sie gab ihren Beruf als PR-Managerin auf, um zu reisen, und entschloss sich 1980, in Australien zu bleiben. Sie hat weltweit bereits zahlreiche Romane und Kinderbücher veröffentlicht und gilt als eine der beliebtesten australischen Autorinnen. Wenn sie nicht auf der Suche nach neuen Ideen ihrer Reiselust folgt, lebt Fiona McIntosh mit ihrer Familie in Adelaide.

FIONA MCINTOSH

Wenn der Lavendel wieder blüht

Roman

Aus dem Englischen
von Theda Krohm-Linke

blanvalet

Die Originalausgabe erschien 2013 unter dem Titel
The French Promise bei Penguin Group Australia, Melbourne

MIX
Papier aus verantwortungsvollen Quellen
FSC® C014496

Verlagsgruppe Random House FSC® N001967

1. Auflage
Deutsche Erstausgabe März 2016
bei Blanvalet, einem Unternehmen der
Verlagsgruppe Random House GmbH, München

Umschlaggestaltung: www.buerosued.de
Umschlagmotiv: Getty Images / Matteo Colombo;
www.buerosued.de
Redaktion: Angela Troni
Herstellung: sam
Satz: KompetenzCenter, Mönchengladbach
Druck und Bindung: GGP Media GmbH, Pößneck
Printed in Germany
ISBN: 978-3-7341-0202-8

www.blanvalet.de

Gewidmet meinem Mentor und Freund Bryce Courtenay …
er hat mich davon überzeugt, dass ich Geschichten erzählen kann,
und darauf bestanden, dass ich diese auch aufschreibe.
Auf Sonnenblumen und Sommer – und immer auf Geschichten.

Prolog

Mai 1943

Arbeit macht frei, stand auf dem Schild. Ja, wirklich, Arbeit macht dich frei, dachte Rachel zynisch. Oh, wie sehr diese Worte sie verhöhnten. Die Menschen hier waren so gefügig, so begierig darauf, am Leben zu bleiben und jene Freiheit zu erlangen, die der Spruch verhieß, aber nie einlöste.

In letzter Zeit spielte Rachel derart geistesabwesend Geige, dass die Musik kaum in ihr Bewusstsein drang. Früher hatte sie die Stücke in ihrem Herzen gehört, jetzt waren es nur noch Noten … Geräusche. »Spielt fröhlich!«, befahlen die Nazi-Aufseher. »Einen Walzer«, johlten sie.

Das Lagerorchester war keine feste Gruppe. Sie rechneten nicht damit, lange miteinander zu spielen, deshalb hatten sie auch nur ein begrenztes Repertoire. Monoton wiederholten sie die wenigen Stücke, unbewusst, obwohl die Aufseher Märsche am liebsten mochten; in deren Rhythmus ließen sich die Gefangenen leichter zählen.

Es gab durchaus Gelegenheiten – ein kurzes Aufblitzen von heftigem Widerstand –, bei denen Rachel ihre Gefängniswärter am liebsten angeschnauzt hätte, um jenen Funken an Rebellentum in ihr zu zeigen, den ihr Vater einmal als ihre Stärke bezeichnet hatte. Aber die Wut verflog stets so rasch, wie sie aufgeflammt war. Was hätte sie schon davon gehabt? Höchstens einen kurzen Moment privaten Vergnügens. Außerdem wurde bei anderen oft Vergeltung geübt, und Rachel wusste, dass selbst der leiseste Ansatz von Rebellion von einem angeblichen Gerichtshof strengstens bestraft wurde. Die glatt rasierten Männer mit rosigen Gesichtern und kurz geschnittenen Haaren machten sich ohne jede Gefühlsregung kaum die Mühe zuzuhören und Recht zu sprechen. Ganz gleich ob Mann oder Frau – dieses falsche Gericht verurteilte die Gefangenen dazu, sich nackt hinter Block 11 an der »Todesmauer« aufzustellen, wo sie dann erschossen wurden. Selbst bei geringen Verfehlungen, etwa wenn jemand die auf Deutsch gebrüllten Befehle nicht verstand, drohte für gewöhnlich eine Hinrichtung, und die Holzpantinen der Ermordeten waren oft noch warm, wenn der nächste Gefangene hineinschlüpfte.

Wie alle anderen Insassen hatte auch Rachel vergessen, wie es sich anfühlte zu lachen und vor allem zu hoffen, trotzdem spielte sie weiter im Lagerorchester, weil ihre über die Saiten tanzenden Finger sie an glücklichere Tage erinnerten, auch wenn sie sich längst innerlich tot fühlte. Zwar war sie auf einen Untermenschen reduziert, dessen Leben nichts wert war und jederzeit ausgelöscht werden konnte, aber sie klammerte sich instinktiv so begierig daran wie ein Tier. Sie waren alle unterwürfig geworden. Das hasste Rachel an sich am meisten. Sie duckte sich nur noch und zuckte sofort zusammen, bei den gebrüllten Befehlen ihrer Gefängniswärter, den unvermutet niedersausenden Gewehrkolben und ihrem grausamen Spott. An welchem Punkt hatte sich die Menschheit derart verändert, fragte sie sich, dass jemand einem Fremden – der ihm gar nichts getan hatte – so viel Leid zufügen konnte? Rachel wusste nicht, warum sie ständig darüber nachgrübelte. Jeder Tag ein neuer Versuch zu überleben; der Wille, den nächsten Tag zu erleben, war ihre Währung.

Monoton ging das Orchester zu dem berühmten zweiten Air

von Bach über. Rachel hatte diese Version arrangiert, um der Anzahl und den Fähigkeiten der Musiker gerecht zu werden. Ihre Violine trug das Stück, und vielleicht lag es an dem gemessenen Tempo, an der traurigen, aufwühlenden Weise, dass ihre Emotionen sie überwältigten. Rachel hörte kein Quietschen, kein Husten, keine falschen Töne, sie sah weder Uniformen und Gewehre noch die zerlumpten, ausgemergelten Gefangenen. Tief in ihrer Brust stieg ein Schluchzen auf, als sie sich in schmerzhaft deutlicher Klarheit an den Tag ihrer Ankunft im Lager Auschwitz-Birkenau erinnerte. Die Musik war die perfekte Begleitung, während sie noch einmal den Alptraum durchlebte.

Die Familie Bonet hatte das Lager Drancy im Norden von Paris überlebt, in das sie von ihrem Zuhause in der Provence deportiert worden war. Sie waren nur noch zu fünft. Ihr Bruder Luc hatte sich verstecken können, ihre Großmutter hingegen war an den Verletzungen gestorben, die ihr ein französischer Polizist mit den Fäusten zugefügt hatte. Ihr Vater versicherte ihr, sie würden in Paris nur so lange festgehalten, bis sich alles aufklärte.

»Ich erkaufe uns den Weg in die Freiheit«, sagte er zu seinen vier geliebten Frauen, aber Rachel kannte ihren Vater zu gut. Zwar tröstete er sie mit Worten, doch er wandte den Blick ab, und daran merkte sie, dass er seinen eigenen Worten nicht glaubte.

Obwohl sie vorgewarnt war, hatte Rachel nicht gewusst, dass die Deutschen fest entschlossen waren, ganz Westeuropa von den Juden zu säubern. Ehe sie sichs versah, befand sie sich mit ihrer Familie in einem Viehtransporter. Die Türen fielen hinter ihnen zu, und dann war der Zug zwei Tage lang unterwegs.

»Hört auf zu schreien«, ermahnte sie eine vorbeikommende Wache. »Die anderen Güterzüge haben Vorrang vor menschlichem Abschaum.« Höhnisch hämmerte er gegen die Wand des Waggons. Sie hörten ihn mit den anderen Wachen lachen.

Die langsame, traurige Musik schwoll an, und sofort war Rachel wieder mittendrin, sah, wie ihr Vater die Mitgefangenen zählte. Ihre ältere Schwester Sarah hielt ihre Mutter im Arm. Golda konnte nicht mehr sprechen.

Jacob drehte sich zu ihnen um. »Es sind außer uns noch einhundertsiebenundzwanzig Seelen«, murmelte er angewidert.

»Ich habe Durst, Rachel«, stöhnte ihre jüngere Schwester Gitel.

»Ich weiß, Liebes«, sagte sie und schaute ihren Vater an. »Wir sorgen dafür, dass gleich jeder einen Schluck Wasser aus dem Eimer bekommt, ich verspreche es dir. Hab nur Geduld.«

Sie konnte kaum atmen. Es war Sommer, und im Waggon gab es keine Belüftung, nur ein winziges, hoch angesetztes Fenster, von dem ihre Familie zu weit entfernt war. Vielleicht sollten sie ein Rotationssystem ausarbeiten, damit jeder einmal in den Genuss von frischer Luft kam.

Am dritten Tag hörten sie Schreie und Pfiffe, aber die Unterbrechung kam zu spät für vierzehn ihrer Mitreisenden, hauptsächlich alte Menschen und kleine Kinder. Jacob, den plötzlich alle als Sprecher akzeptierten, hatte mit einem der jüngsten Wachposten verhandelt, dass die Toten vor der Weiterfahrt aus dem Waggon geholt wurden. Der Wachmann erlaubte das, aber dann mussten die Familien der Toten beruhigt werden, weil ihre geliebten Angehörigen auf den Bahnsteig gezerrt wurden. Ein Elternpaar, das sich weigerte, sein totes Kind loszulassen, wurde ebenfalls aus dem Waggon gescheucht. Die Mutter schluchzte hysterisch.

»Keine Sorge«, sagte der Wachmann. »Wir stecken sie einfach in einen anderen Zug«, versicherte er Jacob.

Kurz darauf ertönte ein weiterer schriller Pfiff, und der mit

Menschen besetzte Güterzug setzte sich wieder in Bewegung. Rachel hätte schwören können, dass sie in der Ferne zwei Schüsse gehört hatte.

Obwohl vierzehn Menschen gestorben waren, mussten sie immer noch im Stehen reisen, und Rachel wusste bald schon nicht mehr, ob es Tag oder Nacht war. Wer dem winzigen Fensterschlitz am nächsten stand, versuchte, nach der Position der Sonne die Uhrzeit zu schätzen. Aber letztlich war es Rachel egal. Die Stunden wurden längst nicht mehr durch Routinen gemessen, denn es gab weder Mahlzeiten noch Sanitäreinrichtungen, nur einen einzigen Eimer, der bereits nach zwei Tagen überquoll. Seither mussten sie sich direkt auf den Bodenbrettern erleichtern, während sich um sie herum Unrat und Leichen stapelten. Die Menschen starben wie die Fliegen.

»Das erklärt den Löschkalk«, sagte Rachel, die in der bestialisch stinkenden Luft kaum atmen konnte.

Jacob, der sein Bestes tat, um die Stimmung zu verbessern, nickte grimmig, erwiderte jedoch nichts.

Golda starrte nur mit glasigen Augen stumm vor sich hin, obwohl ihre jüngste Tochter flehend auf sie einredete. Jacob drängte seine beiden anderen Töchter, für Gitel stark zu bleiben. Deshalb schoben Rachel und Sarah ihre eigenen Ängste, ihren Hunger und ihre Müdigkeit beiseite und sangen Gitel vor, während sie sie im Arm hielten und ihr Geschichten erzählten. Die ganze Zeit über fragte sich Rachel, wie es Luc wohl ergangen und wie es ihm gelungen war, sich der Verhaftung zu entziehen. Sarah und sie waren sich einig, dass er sicher noch oben am Hang in den Lavendelfeldern gewesen war, als die französische Polizei in ihr Haus kam. Vielleicht hatte er ja gesehen, was passiert war? Vielleicht kam er ja zu ihnen?

Wiederholt brachte ihr Vater sie zum Schweigen. »Erwähne weder seinen Namen noch seine Existenz.« Eine Erklärung lehnte er ab, sondern sagte nur: »Ich habe einen guten Grund für diese Forderung, das versichere ich dir.«

Aus Respekt vor ihrem Vater und aus Liebe zu Luc schwieg Rachel. Sie war nicht neidisch darauf, dass er vermutlich frei war. Im Gegenteil, die Hoffnung, dass er sie befreien oder rächen würde, hielt sie selbst in der tiefsten Verzweiflung aufrecht, auch wenn sie manchmal am liebsten im Stehen eingeschlafen und nie wieder aufgewacht wäre – angesichts dessen, was sie erwartete. Nicht eine Sekunde glaubte Rachel, dass sie auf dem Weg zu Aufnahmelagern in Polen waren, dass ein neuer Anfang winkte, mit ehrlicher Arbeit und einem Stück Land, um Häuser zu bauen, aber sie behielt ihre Schlussfolgerungen für sich. Die meisten ihrer Reisegefährten wurden von Hoffnung aufrecht gehalten. Rachel nicht. Ihr Antrieb war Trotz, die Wut darüber, dass man ihr das Leben geraubt, ihre Zukunft zerstört, ihre Familie ruiniert und an den Rand der Verzweiflung gebracht hatte.

Mit jedem Atemzug biete ich ihnen die Stirn, sagte sie sich immer wieder wie ein Mantra, während der Zug sie zunehmend in kühlere Gefilde brachte, bis die Temperaturen nachts fast den Gefrierpunkt erreichten. Auf einmal war selbst die kaum merkliche Wärme ihrer aneinandergedrängten Körper eine Wohltat.

Irgendwann kam der Zug mit einem kreischenden Ruck so heftig zum Stehen, dass alle übereinanderfielen. Rachel hatte zwar jedes Zeitgefühl verloren, vermutete aber, dass es sich um einen Nachmittag im Herbst handelte. Ihr war bereits so kalt, dass ihr selbst der eisige Nieselregen, als sie aus dem Waggon stolperte und sich umdrehte, um den anderen zu helfen, nichts ausmachte.

Wie viele Tage waren seit Paris vergangen? Sie konnte sich nicht erinnern.

Der kalte Wind schnitt ihnen messerscharf ins Fleisch, fuhr

heulend durch ihre zerlumpten Kleider und ihre Haare. Aber der Hunger machte sie unempfindlich. Sie hörten nur die gebrüllten Befehle, die sie empfingen.

Die Wachen hielten Knüppel in der Hand, die jedoch zum Glück nicht zum Einsatz kamen. Alle wollten kooperieren, um den Übergang in das neue Leben, das ihnen versprochen worden war, so leicht wie möglich zu gestalten. Auf Jacobs leise, drängende Worte hin hielt Rachel den Kopf gesenkt und gehorchte, obwohl sie den Mann, der ihrer Mutter in kehligem Deutsch Befehle ins Gesicht brüllte, am liebsten angeschrien hätte.

»Zieh keine Aufmerksamkeit auf dich«, murmelte Jacob, als sie und Sarah ihrer Mutter aus dem Waggon halfen.

Anschließend ergriff Rachel wieder Gitels Hand, während sich das Kind mit großen Augen erschrocken umblickte.

Auf dem Schild am Bahnsteig stand »Auschwitz-Birkenau«, aber die Gleise führten auf ein rotes Backsteingebäude zu, das auf einer Seite einen Turm mit einem Bogen hatte. Darunter endeten die Gleise abrupt.

»Endstation«, murmelte Rachel.

Wehrmachtssoldaten marschierten auf dem Bahnsteig hin und her und schrien sie an, sich hintereinander auf der Judenrampe, wie sie es nannten, aufzustellen. »Raus! Schnell! Aussteigen!« Die eleganter gekleideten SS-Männer mit den glänzenden Stiefeln hielten knurrende Hunde an Leinen und schlugen immer wieder mit Reitgerten auf ihre Oberschenkel.

Rachel schätzte, dass etwa neunzig Leute den Transport im Viehwagen überlebt hatten, und zu ihnen gesellten sich nun einige weitere »Unberührbare«, die aus mehreren Sonderzügen auf den Bahnsteig strömten. Der faulige Geruch ungewaschener, schmutziger Körper wurde überwältigend. Die Angst der Menschen war mit Händen zu greifen.

Während sie noch versuchte, festen Boden unter die Füße zu

bekommen, hätte sie schwören können, dass sie ein Gespenst sah, das sich in der Menge bewegte und mit einem langen, knochigen Finger auf einzelne Personen zeigte, um sie für den baldigen Tod auszuwählen.

»Lassen Sie Ihre Habseligkeiten zum Desinfizieren hier. Sie bekommen die Sachen in Kürze zurück«, brüllte jemand in schlechtem Französisch sowie auf Deutsch. »Schreiben Sie Ihre Namen auf die Koffer, wenn Sie sie wiederhaben wollen.«

Woher sie die Kraft nahm, wusste Rachel nicht, aber sie stapelte gehorsam die wenigen Gepäckstücke der Familie Bonet auf. Gitel begann zu weinen, und auch Rachel hatte das Gefühl, dass ihnen damit ihre letzte Verbindung zu Frankreich genommen wurde. Trotzdem spürte sie, mit welchem Vertrauen die anderen Juden den Männern ihre Sachen übergaben. Obwohl sie Frankreich und alles Vertraute zurückgelassen hatten, wollten sie verzweifelt daran glauben, dass sie ein neues Leben anfangen konnten, in dem Arbeit und eine Unterkunft ihnen eine gewisse Würde zurückgeben würden ... Aus den Trümmern ihres früheren Lebens hatten sie ein paar Dinge mitgebracht, die ihnen bei der Gründung dieser neuen Existenz helfen konnten.

Sie reihten sich in die Schlange ein. Jacob und Sarah nahmen ihre Mutter in die Mitte, die jämmerlich schlurfend voranging, Rachel kümmerte sich um Gitel.

»Jetzt dauert es nicht mehr lange, Gitel. Bald kannst du schlafen.«

Mit wachsender Bestürzung beobachtete sie jedoch, dass die Männer sofort von den Frauen und Kindern getrennt wurden. Erneut stieg Entsetzen in den beiden nach Geschlechtern getrennten Schlangen auf. Selbst Golda erwachte aus ihrer Starre, als jemand ihre Finger gewaltsam von denen ihres Mannes löste, und schrie lautstark nach Jacob. Rachel warf ihrem geliebten Vater einen Blick zu. Er flehte sie und ihre ältere Schwester mit den Augen an, sich um ihre Mutter und die erst vierzehnjährige Gitel zu kümmern.

Von Weitem versuchte er, seine Frau zu beschwichtigen und zu beruhigen. Er blies ihr Luftküsse zu, aber ein Wachmann versetzte ihm einen Stoß mit dem Gewehrlauf, damit er weiterging. Rachel wäre am liebsten zu dem brutalen Mann hingelaufen und hätte mit den Fäusten auf ihn eingeschlagen.

Alle Familien erlebten das gleiche Trauma, aber Rachel hatte in diesem Moment nur Augen für ihre Angehörigen. Es gelang Jacob noch, seinen Mädchen beruhigend zuzulächeln und jeder einen Kuss zu schicken, um ihnen zu vermitteln, dass sie stark bleiben sollten. Sarah hatte ihre Mutter in die Arme gezogen, und Rachels Aufgabe war es, ihre kleine Schwester zu beruhigen, doch Gitel war außer sich vor Entsetzen. Ihr zerbrechlicher Körper zitterte unkontrolliert, und sie hatte sich eingenässt. Rachel schoss der schreckliche Gedanke durch den Kopf, dass es für Gitel und ihre Eltern besser wäre, auf der Stelle zu sterben, statt die furchtbaren Dinge zu erleben, die sicher noch auf sie warteten.

Sei vorsichtig mit deinen Wünschen, dachte sie dann. Sie hatte in einem Theaterstück an der Schule einmal eine Hexe gespielt, und das war damals ihr Text gewesen.

Rachel blickte zu der lange Männerreihe links neben sich. Auf einmal merkte sie, dass der Tod tatsächlich mitten unter ihnen stand. Es war gar kein Gespenst, sondern ein echter Mensch in der Gestalt eines SS-Arztes. Mit der gelangweilten Miene eines Mannes, der tagein, tagaus das Gleiche tut, musterte er jeden einzelnen Gefangenen, und Rachel erkannte, dass es der Teufel war, der ihr ihren Wunsch gewähren würde.

Voller Entsetzen verfolgte Rachel, wie Kinder, Mütter mit Säuglingen und Kleinkindern, Kranke und Gebrechliche in eine weitere Reihe befohlen wurden. Ihr Vater befand sich bereits in dieser Schlange, und als der Mann im weißen Kittel auf ihrer Höhe stand, zeigte er nur unbeteiligt mit dem Finger auf ihre Mutter, und sie wurde sofort von Sarah weggezogen. Gitel war die Nächste. Erneut zuckte der Finger in ihre Richtung, und man riss ihr die kleine Schwester aus den Armen. Rachel spürte, wie Gitels Finger ihr entglitten, aber das Kind war viel zu verängstigt, um die Trennung vollständig zu begreifen. Sarah weinte, während Rachel, zu schockiert, um zu sprechen, nach der Hand ihrer älteren Schwester griff und hilflos zusah, wie sie Jacob bereits wegführten, bevor Gitel und ihre Mutter ihn erreichen konnten. Ihr wurde übel.

Ihr Vater blickte sich um und sah Rachel direkt an. Dann nickte er einmal. Seinen gequälten Blick würde sie nie vergessen. Ihr war, als wolle er sie für alle Qualen um Verzeihung bitten. Ihre Mutter, die immer noch nichts um sich herum wahrnahm, verstand nicht, als man sie in die gleiche Richtung schickte. Die Männer stießen sie, und sie schrie instinktiv vor Angst auf. Auch Gitel entfuhr ein Schrei, als ein Hund sie ansprang und knurrte. Beide blieben wie erstarrt stehen. Eine andere alte Frau, die aussah, als käme sie vom Land, mit großen eckigen Händen und einem steinernen Gesicht, ergriff die Hände der beiden Bonets und blickte die älteren Mädchen an. »Ich nehme sie mit«, rief sie ihnen zu, bevor sie zurück in die Reihe gedrängt wurden.

Die Menschenschlange hatte sich bereits in Bewegung gesetzt und schlurfte den Weg entlang, den ihr Vater bereits genommen hatte.

Schließlich stand Rachel vor dem Arzt, der die ordentlich gekämmten Haare so akkurat gescheitelt hatte, als ob er jeden Morgen mit dem Lineal hindurchführe.

»Name?«

»Rachel Bonet.«

»Geburtsort?«

»Saignon, Provence.«

»Nächstgelegene Stadt?« Er musterte sie immer noch, aber ihr war klar, dass er sie längst ausgewählt hatte. Nur warum oder wofür wusste sie nicht.

»Apt«, sagte sie mühsam beherrscht. »Wohin gehen sie?«, fragte sie nach.

Der Arzt hob den Kopf, betrachtete sie aus eisigen blauen Augen und wies sie dann einer anderen Schlange zu. »Zur Desinfektion«, erwiderte er. »Ihr stinkt alle!«, fügte er hinzu. Sein Tonfall war ebenso frostig wie sein Blick.

Rachel ignorierte seine gerümpfte Nase und seinen angeekelten Tonfall. »Warum werden wir nicht mit ihnen mitgeschickt? Meine Schwester hier hat sich Läuse eingefangen.« Ihre Worte klangen höflicher, als sie es für möglich gehalten hätte. »Sie sind doch Arzt, oder?«

»Ich bin Doktor Josef Mengele.« Er sprach jetzt Französisch. »Ich bin neu hier, genau wie Sie.« Er winkte sie weiter und wandte sich zu Sarah um, die hinter ihr stand. »Aber keine Sorge, Sie kommen auch noch dran«, fuhr er fort. »Und das mit den Haaren Ihrer Schwester spielt keine Rolle.«

Ein Wachmann deutete mit dem Gewehrlauf auf sie. »Ihr werdet alle wieder vereint«, sagte er verächtlich auf Deutsch, was Rachel verstand.

»Aber ich kapiere nicht, warum sie …«

Der Wachmann knurrte etwas, und Sarah gab einen zischenden Laut von sich. »Schscht! Du machst alles nur noch schlimmer.«

Rachel blickte der anderen, deutlich längeren Schlange nach und spürte die Lüge, lange bevor sie die Wahrheit erfuhr. Selbst die fröhliche Musik, die ein kleines Orchester auf der Judenrampe spielte, kam ihr vor wie eine höhnische Parodie. Die Musiker trugen gestreifte Anzüge, die wie Sträflingskleidung aussahen, und als Rachel ihre leeren Gesichter bemerkte, wusste sie Bescheid. Erneut wandte sie ihre Aufmerksamkeit ihren Lieben zu und blickte ihrer Mutter nach, die gebeugt neben der älteren Frau herhumpelte. Gitel hielt ihre Mutter an der Hand, aber Rachel erkannte an ihrem Rücken, dass sie schluchzte. Ihr tat das Herz weh, doch sie war hilflos. Sarah hielt sie ganz fest. Sie konnte nichts tun.

Die Wachen wiesen sie an weiterzugehen, allerdings wurden sie nicht in Richtung der Desinfektionsduschen geschickt wie ihre Angehörigen. Rachel warf einen Blick zurück auf ihre Habseligkeiten, die auf einmal unwichtig geworden waren. Dabei hatten sie die Sachen während der Reise noch eifersüchtig gehütet. Gleichgültig verfolgte sie, wie die Koffer und Taschen der anderen Gefangenen aufgesammelt wurden. Auch ihr eigener kleiner Rucksack, in dem zwei kostbare Bücher steckten, war darunter. Nur zu gern hätte sie ihn gegen eine letzte Umarmung und einen Kuss mit ihren Eltern und ihrer kleinen Schwester eingetauscht. *War es ein Abschied für immer?* Rachel war sich sicher, dass sie die drei nicht wiedersehen würde, aber der Schmerz war so heftig, dass sie weder sprechen noch klar denken konnte. Nicht einmal mehr Wut empfand sie.

Sarah und sie wurden in ein nahe gelegenes Gebäude gebracht, wo man ihr alles wegnahm, was sie noch am Leib trug, sogar die Kette mit dem kleinen goldenen Kreuz. Rachel begriff rasch, was der Arzt mit seinem verschlagenen Lächeln und seiner Bemerkung über ihrer Schwester gemeint hatte, als sie beobachtete, wie sie Sarah mit einer großen Schere einfach die Haare abschnitten. Anschließend rasierte man ihr den Kopf. Das Rasiermesser, das der Mann bei Rachel benutzte, war stumpf, und zweimal verletzte er sie hinter den Ohren, so dass ihr das Blut über den Kopf lief. Kahlköpfig und nackt dazustehen war jedoch nicht die letzte Erniedrigung, auch nicht das stinkende Puder, mit dem man sie zur Entlausung unter den Achseln und auf dem Schädel einrieb.

Die letzte menschenunwürdige Beleidigung war die hässliche Tätowierung, die man achtlos auf ihrem linken Unterarm anbrachte. Sie machte Rachel klar, dass man ihr jetzt nicht einmal mehr einen Namen zubilligte. Sie war nicht mehr Rachel Bonet aus Saignon oder aus Paris, brillante Geigerin, Schwester, Tochter. Sie war nun eine sechsstellige Zahl, die mit einer Eins begann und mit einer Sieben endete. Sarahs Zahl endete auf acht.

Jetzt blickte sie genau auf die Tätowierung, während sie die Geige unter dem Kinn hielt und spielte. Sieben Monate waren seither vergangen, und Rachel nahm an, dass ihre Eltern und die liebe kleine Gitel getötet worden waren. An die weniger nützlichen Mitglieder ihrer Familie hatten die Nazis noch nicht einmal ihre Tinte verschwenden wollen. Im Frauenlager von Birkenau ging das Gerücht um, dass sich hinter ihren Gebäuden geheime Tötungskammern befanden. Einige schlaue Gefangene hatten auf die Schornsteine gezeigt, aus denen ständig schwarzer süßlicher Rauch aufstieg, der verkündete, dass hier große Mengen an Leichen verbrannt wurden. Rachel wartete immer noch auf die versprochene Dusche, trotzdem wurden ständig willkürlich Menschen zum »Duschen« ausgewählt … die dann allerdings nie wiederkamen.

»Erst vergasen sie uns, und anschließend verbrennen sie uns in riesigen Öfen«, hatte eine Frau gesagt. Dabei hatte sie gackernd gelacht und ihre wenigen Zähne und das blutende Zahnfleisch gezeigt. Ihr Name war Ruth, und sie war schon fast sechzehn Monate hier.

Die meisten Menschen überlebten kaum die ersten Monate, doch auch Sarah und Rachel waren inzwischen schon lange dort. Sarah war eine gute Arbeitskraft, und Rachel hatte ihre Musik.

Manche Gefangenen verspotteten Ruth und sagten, der Lagerwahnsinn habe sie erfasst, aber Rachel glaubte ihr. Sie wusste, dass Ruth gute Verbindungen zur Lagerleitung hatte. Sie gab sich häufig und willig den *kapos* hin – hauptsächlich Polen, die für die Nazis als Aufseher arbeiteten. Daher verfügte sie über einen gewissen Schutz und über Informationen, die den meisten nicht zukamen. Ruth hatte keinen Grund zu lügen.

Während sie ein weiteres Stück von Bach spielten, blickte Rachel sich um. Die Nazis hatten alles getan, um ihren Willen zu brechen und sie in lebendige Leichen zu verwandeln, die nur noch an das nächste Stück Brot dachten und sich darum prügelten, wer als Nächster in den Waschblock durfte. Lediglich einmal am Tag hatten sie Zugang zu den Latrinen, die aus dicht nebeneinanderliegenden Löchern im Betonboden bestanden, über denen sich die Gefangenen Schenkel an Schenkel und Rücken an Rücken hinhocken mussten. Angeblich war die Prozedur für die Männer schlimmer, behauptete Ruth, aber sie führte es nicht weiter aus. Sie hatten jeder nur zwanzig Sekunden Zeit für ihre Notdurft. Einige besonders grausame Aufseherinnen machten sich manchmal einen Spaß daraus, die Zeit laut herunterzuzählen, wenn sie wussten, dass jemand Durchfall oder Verstopfung von einer der zahlreichen grässlichen Krankheiten hatte, die hier kursierten.

Für Rachel war jedoch nur eine Sache wichtig: jeden Abend Sarahs Rückkehr zu erleben. Morgen für Morgen wurde ihre Schwester in die eisige Kälte hinausgeschickt, nur mit dem groben Sträflingsanzug und einem dünnen Schal bekleidet, um mit anderen Mitgefangenen den sechs Kilometer langen Weg in die Farbenfabrik zurückzulegen, wo sie elf Stunden am Tag arbeiten musste. Mittags gab es nur eine Schale mit dünner Gemüsebrühe und manchmal ein Stück Brot. Mit viel Glück ergatterte sie ein bisschen Kaffee aus bitteren Eicheln, bevor sie ging. Sarah war zwar fest entschlossen zu überleben, aber in der letzten Woche war sie krank geworden. Es spielte keine Rolle, was sie hatte, nach Antworten oder sogar Heilmitteln zu forschen war zwecklos.

Auschwitz war ein Wartesaal des Todes – wenn einen die Deutschen nicht für das kleinste Missgeschick töteten, dann starb man an Mangelernährung, einer Krankheit, Unterkühlung, zu harter Arbeit oder schlicht an gebrochenem Herzen. Ein Offizier benutzte mit Vorliebe offensichtlich kranke Gefangene als Zielscheibe für seine Schießübungen. Man brachte sie in den Wald und sagte ihnen, sie sollten weglaufen. Er schoss dann auf sie und beklagte sich hinterher gerne, dass seine Augen immer schlechter würden, wenn er sie zuerst nur verwundete, bevor er sie tötete.

Am schlimmsten jedoch war der Frühappell. Sie wurden im Morgengrauen brutal geweckt, bekamen ihren üblichen Eichelkaffee und mussten danach stundenlang in der eisigen Kälte des polnischen Winters in Habachtstellung verharren, während die Aufseher sie abzählten. Wer nicht mehr stehen konnte, den sortierten sie aus und erlösten ihn von seinem Elend. Wer zu spät kam, den erschossen sie als warnendes Beispiel für die anderen. Manchmal verprügelten sie die Insassen ganzer Baracken aufs Grausamste, nur weil eine einzige Person zu spät erschienen war.

Die Leichen warfen sie wie Abfall neben eines der Gebäude auf einen Haufen. Am späten Vormittag verluden sie die teilweise gefrorenen Körper dann auf Karren und transportierten sie ab. Niemand hatte sich die Mühe gemacht, den Toten die Augen zu schließen, und so starrten sie mit leerem Blick in alle Richtungen.

Rachel fröstelte bei der Erinnerung daran, und sie war froh, abgelenkt zu werden, als die Arbeiter zurückkamen. Die Wache gab dem Orchester ein Zeichen, von der Kammermusik zu einem lebhaften Marsch zu wechseln. Sie waren fast sechzig Personen in diesem seltsamen, bunt zusammengewürfelten Ensemble, und doch war die Musik überraschend gut. Allerdings waren auch mehr als fünfundzwanzig ausgebildete Musiker unter ihnen. Eine der Cellistinnen würde wahrscheinlich die nächsten Tage nicht überleben, aber Rachel konnte sich im Moment keine Gedanken um Marie machen. In ihrem versteinerten Herzen war nur noch Platz für Sarah.

Sie reckte den Hals, um einen Blick auf ihre Schwester zu erhaschen, doch die zerlumpte Schlange der Arbeiter schien sich langsamer als sonst zu bewegen. Als Rachel merkte, dass der Wachmann sie anstarrte, konzentrierte sie sich sofort wieder auf ihr Geigenspiel. Sie wusste, dass er sie aus anderen Gründen musterte. Er war jung, er hasste seinen Posten hier und hatte schon in der ersten Woche nach ihrer Ankunft, als Rachel und ein paar andere Musiker bei einem Willkommensessen für die neuen Rekruten spielen mussten, etwas Besonderes in ihr gesehen. Das »Ensemble« hatte sich vorher mit einem kleinen Stück körniger Seife waschen und sich den Mund ausspülen dürfen, damit die Musiker trotz ihrer geschorenen Köpfe, der eingefallenen Wangen und der skeletthaften Erscheinungen präsentabel waren. Albert hatte Rachel an jenem Tag bemerkt, als sie ein kurzes Solo spielte. Offensichtlich war er ein Romantiker, den die Musik berührte und der am liebsten nichts mit all dem Entsetzen und der Verzweiflung zu tun gehabt hätte.

In der letzten Zeit hielt er regelmäßig Ausschau nach Rachel. Er lächelte ihr ab und zu schüchtern zu, und sie wusste, dass er es war, der sie mit kleinen Geschenken versorgte: zusätzliches Brot, ein kleines Stück echte Seife, einmal sogar ein Schal. Den Wollschal hatte sie Sarah gegeben. Rachel war sich auch sicher, dass Albert sie dem Lagerkommandanten Höss empfohlen hatte, als dieser auf der Suche nach einem Musiklehrer gewesen war. Seine Familie lebte in der Villa neben den Hauptgebäuden – fünf Kinder wuchsen in dem Garten auf, der an das Gelände grenzte, auf dem rund um die Uhr Tausende von Menschen ermordet wurden.

Es war eine schreckliche Überraschung für Rachel gewesen, als man sie als perfekte Kandidatin ausgewählt hatte. Ihre früheren Pflichten – abgesehen von ihrer Teilnahme am Orchester, wenn sie auf den Festen der Deutschen oder für das Lager spielen mussten – fielen weg, weil sie nun den beiden ältesten Höss-Kindern Geigen- und Klavierunterricht gab und den Kleineren das Notenlesen beibrachte. Da sie sauber bei der Arbeit erscheinen musste, durfte sie sich kurz duschen, bevor sie die fremde, erschreckende Welt des Hauses von Höss betrat. Die Privilegien hier überrollten sie förmlich: die schöne Einrichtung, die gebügelte Tisch- und Bettwäsche, das frische Obst, die hochwertige Kleidung der Kinder, die hübschen Blumen. Aber am anstrengendsten war für sie der Angriff auf ihre Sinne. Das Leben in Birkenau war komplett farblos. Überall roch es nach menschlichen Ausscheidungen, nach Erbrochenem, Schweiß, Tod, brennendem Fleisch, eiternden Wunden, fauligem Atem und Verfall, daher wusste sie gar nicht mehr, wie wirkliches – oder vielmehr »glückliches« – Leben roch.

Als einer ihrer jungen Schutzbefohlenen, Hans-Rudolf, ihr eine Aprikose reichte, hatte sie beim Anblick der prallen, reifen Frucht geweint und sie ihm zurückgegeben. Allerdings hatte sie der Versuchung nicht widerstehen können, vorher an der samtigen Haut zu riechen. Der Duft trug sie nach Saignon in der Provence, zu den Obstplantagen, die das Dorf umgaben.

Die Aprikose zu essen würde mehr Schaden anrichten, als das Angebot abzulehnen … Rachel konnte sich nur zu gut vorstellen, wie der Geschmack ihren Willen zu überleben brechen würde. Der Gedanke, zu viele Privilegien zu genießen, würde ihr die Luft abschnüren.

»Nein danke, Hans-Rudolf. Behalt sie nur«, sagte sie leise und legte sie ihm wieder in die Hand.

»Das geht nicht«, erwiderte er beiläufig. »Jetzt nicht mehr. Mama hat gesagt, wir sollen nichts anfassen, was ein Gefangener berührt hat«, fügte er mit kindlicher Unschuld hinzu.

»Was ist dann mit dem Klavier? Das berühre ich doch auch«, entgegnete sie.

»Das Klavier wird mit scharfem Zeug aus einer Flasche abgewischt«, sagte er sachlich und schlug seine Noten auf.

Rachel wandte den Blick ab, aus Angst, in Tränen auszubrechen.

Rachels Kahlköpfigkeit hatte die kleineren Kinder zunächst erschreckt. Die älteste Tochter, Ingebrigitt, war hingegen so angewidert, dass man Rachel erlaubte, sich die Haare wachsen zu lassen. Ingebrigitt hatte ihre Mutter zudem gebeten, ihrer Klavierlehrerin einen Schal zu geben, damit Rachel ihren hässlichen Kopf verstecken konnte. Das viereckige rote Seidentuch, das sie daraufhin bekam, nachdem sie so lange nichts Eigenes mehr besessen hatte, kam ihr vor wie ein Hermès-Schal. Trotzdem hätte sie die Gabe am liebsten zurückgewiesen, aber das traute sie sich nicht. Ingebrigitt hatte es Rachel selbst um den Kopf geschlungen.

»So«, sagte sie beeindruckt. »Jetzt kann ich dich wenigstens anschauen, ohne mich unwohl zu fühlen.«

Heidetraut, das jüngste Mädchen, hatte ebenfalls Angst vor Rachels skelettartiger Erscheinung und wollte nicht neben ihr am Klavier sitzen. Also sorgte die Mutter der Mädchen dafür, dass Rachel täglich vor dem Unterricht eine zusätzliche Scheibe Brot – jenes ohne Sägemehl – mit Käse bekam, die Rachel vor ihren Augen aufessen musste. Es dauerte mehrere Tage, bis sich ihr Magen an den Käse und das echte Brot gewöhnt hatte. Da sie sich hauptsächlich von heißem Wasser und Kartoffelschalen ernährte, konnte ihr Organismus das üppigere Essen kaum verdauen.

Hedwig, die Frau des Kommandanten, bestand darauf, dass Rachel eine leichte Arbeit in »Kanada« zugewiesen bekam, wenn sie nicht gerade ihre Kinder unterrichtete. Kanada hieß der Teil des Lagers, in dem die gesamte Habe der Häftlinge lagerte. Dort blühte der Schwarzmarkt, und von Stiefeln bis hin zu Schals konnte man alles erwerben. Die verrückte Ruth hatte früh gelernt, ihre weiblichen Reize einzusetzen, um sich dort mit Annehmlichkeiten zu versorgen, Rachel hingegen zog es vor, ohne auszukommen.

Auf einmal jedoch war sie privilegiert. Es machte sie krank, vor allem wenn sie daran dachte, wie sehr sie die Wärme des Feuers im Musikzimmer genoss, ebenso den gepolsterten Klavierhocker, auf dem sie saß, den Schluck von dem frischen Wasser, von dem immer ein Glas für sie bereitstand … und vor allem das Essen. Und nun hatte sie auch noch den Schal bekommen, für den Frau Höss ihr noch dazu die Genehmigung besorgte, ihn die ganze Zeit über zu tragen.

»Das macht es leichter, Rachel zu finden, mein Lieber«, hatte sie einmal zu ihrem Mann gesagt, als er deren Erscheinung stirnrunzelnd musterte.

Rachel nahm ein wenig zu und spürte, wie ihre Haare wuchsen. Sie hatte saubere Haut und geschrubbte Nägel. Sie roch besser, und ihre Augen waren klarer. Das jedenfalls behauptete Albert, der sich in Kanada ab und zu mit ihr unterhielt, wenn sie die Sachen aus den Koffern der Neuankömmlinge sortierte.

Die Kinder behandelten sie zwar von oben herab, aber sie waren nicht absichtlich unfreundlich zu ihr. Frau Höss war distanziert, doch das war nicht anders zu erwarten. Hedwig hatte durchaus eine weiche Seite und liebte ihre Kinder sehr. Rachel merkte schnell, dass die Frau nur wenig von dem ahnte, was außerhalb ihrer vier Wände vor sich ging – wenn sie überhaupt etwas davon mitbekam. Sie hatte einmal gehört, wie Hedwig die Villa, den Garten mit den hohen Mauern und den grünen Feldern, die sich gleich dahinter erstreckten, als »Paradies« beschrieb.

Immerhin hatte Rachels Leben eine kleine Wendung zum Besseren genommen, und manchmal ertappte sie sich bei dem Tagtraum, dass sie auch für Sarah eine Aufgabe im Haushalt der Familie finden würde.

Aber dann änderte die Ankunft eines neuen Gestapo-Offiziers alles. Er hatte mit Kommandant Höss und seiner Frau in der Villa zu Mittag gegessen, während Rachel mit den Kindern ein schwieriges Stück eingeübt hatte. Plötzlich betrat Hedwig den Raum. Rachel lächelte sie an. Hinter ihr kam mit Kommandant Höss ein kleiner Mann in einer eleganten grauen Uniform herein.

»Meine Lieben, das ist Kriminaldirektor von Schleigel. Ihm ist die schöne Musik aufgefallen, und er möchte euch ein wenig beim Spielen zuschauen.«

Rachel wich an die Wand zurück, während die Kinder aufstanden und den Gast artig begrüßten.

»Guten Tag, Klaus und Ingebrigitt«, sagte er, ohne Rachel dabei aus den Augen zu lassen. »Du liebe Güte, Herr Kommandant, erlauben Sie etwa diesem Ungeziefer hier, sich in Ihren Privaträumen aufzuhalten?«

Höss zündete sich eine Zigarette an. Dann sagte er beiläufig: »Sie ist die Musiklehrerin der Kinder. Wir wollen, dass sie so normal wie möglich aufwachsen, und in dieser polnischen Wildnis muss man nehmen, was man kriegen kann.«

»Wie heißt du?«, wandte von Schleigel sich direkt an Rachel.

Sie warf Frau Höss einen Blick zu.

»Sprich«, sagte Hedwig.

»Rachel, Herr von Schleigel«, antwortete sie und schlug die Augen nieder.

»In Ordnung, meine Lieblinge, und jetzt spielt das Stück, das ihr für uns eingeübt habt«, sagte Hedwig munter. Sie führte ihren Gast zu einem bequemen Lehnsessel.

Von Schleigel nahm eine Zigarette und das Feuerzeug von seinem Gastgeber entgegen, und im Schein der Flamme bemerkte Rachel, dass er sie kühl musterte. Sie wagte nicht, von der Tastatur aufzublicken. Leise klopfte sie den Takt für ihre Schützlinge auf dem Walnussholz des Klaviers.

Die Kinder bewältigten das Stück voller Selbstvertrauen. Als sie fertig waren, standen sie beide auf und nahmen den Applaus der Erwachsenen entgegen.

»Ganz reizend, in der Tat«, sagte von Schleigel und drückte die Zigarette aus, damit er in die Hände klatschen konnte. »Wie gut ihr beide doch spielen könnt.«

»Das hat Rachel uns beigebracht«, sagte Ingebrigitt.

Rachel hielt den Atem an. Ihr wäre lieber gewesen, das Kind hätte sie nicht noch einmal erwähnt.

»Ach tatsächlich?«, fragte der Gestapo-Mann. »Sag mir doch deinen vollen Namen.«

Rachel hatte zu Boden geblickt, und erst als es still im Raum wurde, merkte sie, dass er mit ihr gesprochen hatte. Erschrocken blickte sie auf. Hedwig nickte ihr aufmunternd zu, und Rachel schluckte ihre Angst herunter. »Rachel Bonet, Herr von Schleigel.« Sie hatte ihren Familiennamen seit einem Jahr nicht mehr laut ausgesprochen.

Überrascht sah er sie an. »Bonet, sagst du?« Fragend drehte er sich zu dem Ehepaar Höss um.

Hedwig zuckte mit den Schultern.

»Stimmt etwas nicht?«, fragte ihr Mann.

»Nein, nein.« Von Schleigel verzog nachdenklich das Gesicht. »Amüsant ist nur, dass der letzte Fall, an dem ich gearbeitet habe, etwas mit der Jagd auf einen jüdischen Widerständler namens Bonet zu tun hatte, der uns Probleme bereitet hat.«

Angestrengt starrte Rachel auf ihre Holzpantinen.

»Merkwürdig«, sagte Hedwig, aber es klang nicht besonders interessiert. »Sollen wir den Tee im Garten trinken, Rudolf?«, fragte sie über die Schulter. Dann wandte sie sich den Kindern zu. »Danke, meine Lieblinge. Ihr wart großartig.« Rachel hörte, wie ihr Kleid raschelte, als sie aufstand. »Kommen Sie, Herr von Schleigel. Lassen Sie uns die willkommene Frühlingssonne genießen. Ich möchte Ihnen gerne unseren Garten zeigen. Er ist um diese Jahreszeit besonders hübsch. Wir sollten eine Fotografie machen, nicht wahr, mein Lieber?«, sagte sie zu ihrem Mann.

»Wie du wünschst«, erwiderte Höss gleichgültig.

Rachel brauchte von Schleigel nicht anzusehen, um zu wissen, dass er sie immer noch beobachtete.

»Woher kommst du?«, fragte er unvermittelt auf Französisch.

»Aus dem Süden, Herr Offizier«, murmelte sie.

»Woher im Süden, Mädchen?«, fuhr er sie an.

»Aus der Provence, aus dem Luberon.«

Er lachte. Sie hatte noch nie einen grausameren Laut gehört.

»Die Bonets aus Saignon?«

Unwillkürlich hob sie den Blick und sah, dass er sie aus seinen kleinen Schweinsäuglein hasserfüllt und hungrig zugleich anstarrte. Er bekam die gewünschte Bestätigung, als sie seinem Blick auswich.

»Ist der Lavendelbauer Luc Bonet dein Bruder?«

Ihre Kehle war so trocken, dass sie keinen Ton herausbrachte. Woher kannte dieser Fremde sie? Woher kannte er ihre Familie? Sie begann zu zittern.

»Dein Zittern verrät dich, Jüdin. Herr Kommandant, heute Nachmittag sollten wir uns die Einlieferungsbücher anschauen«, sagte er, scheinbar nicht länger an ihrer Person interessiert.

»Natürlich«, antwortete Höss.

Das war vor drei Tagen gewesen, und seitdem war Rachel nicht wieder ins Haus der Familie Höss gerufen worden. Ihr war klar, dass an dieser Veränderung von Schleigel schuld war. Sie war ihm seitdem allerdings nicht mehr begegnet. Wie ein Gespenst war er durch ihr Leben gehuscht, hatte sie zu Tode erschreckt und war wieder verschwunden.

Rachel bemühte sich, einen Blick auf Sarah zu erhaschen, die aus der Fabrik zurückkam. Die Arbeiter waren an ihnen vorbeigestolpert, und mittlerweile waren fast alle auf dem Gelände, aber sie konnte ihre Schwester nirgends entdecken. Dann kam der Letzte herein, und die Tore wurden geschlossen. Ein schnarrender Schrei ertönte. Die Deutschen brüllten ihre Befehle immer so, doch nun erkannte sie den schrecklichsten aller Befehle.

Selektion.

Sie fand immer unerwartet statt, am häufigsten während des Frühappells. Diejenigen, die zu schwach waren, um noch von Nutzen zu sein, wurden auf Lastwagen verladen. Die Lagerleitung liebte diese plötzlichen Überfälle, damit sich ja niemand zu wohlfühlte. Dachten die Deutschen wirklich, dass auch nur irgendjemand von ihnen sich seines Lebens sicher glaubte? Rachel war schon vor langer Zeit klar geworden, dass man in dieser Hölle nur aufbegehren konnte, indem man am Leben blieb. Indem sie am Leben blieben, trotzten sie, die Juden, die Zigeuner, die politischen Gefangenen, die Homosexuellen oder sonst jemand, der Hitlers verzerrtem Perfektionsanspruch nicht genügte, ihren Verfolgern allein dadurch, dass sie weiteratmeten. Jeder Appell, jeder neue Zug voller Menschen, jede Person, die sich von den Schwächen der vergangenen Nacht erholte, all jene, die ihren Hunger ignorierten oder ihre Hilflosigkeit unterdrückten, lachten dem Naziregime ins Gesicht.

Allein deshalb mussten sie weiteratmen, mussten sie jeden Tag von neuem aufstehen, um die Hölle von Auschwitz-Birkenau zu ertragen.

Aus den Augenwinkeln nahm Rachel eine graue Uniform wahr und hielt ihre Violine fester. Er war wieder da. Kriminaldirektor von Schleigel kam mit seinen merkwürdigen kleinen Trippelschritten auf sie zu, und auf einmal wusste sie tief in ihrem Innern, dass sie diesen Tag nicht überleben würde.

Spontan ging ihr durch den Kopf, dass sie die Aprikose neulich besser gegessen oder Essen im Haus oder in Kanada gestohlen hätte. Vielleicht hätte sie auch Albert besser um mehr Privilegien gebeten. Aber noch während sich der Gedanke in ihrem Kopf formte, wusste sie, dass sie sich damit auf dieselbe Ebene herabgelassen hätte wie diese Kriminellen.

Rachel beobachtete, wie von Schleigel auf sie zukam. Unter seinem herzlosen Blick sortierten die Aufseher etliche Arbeiter aus, die ihm für den morgigen Tag zu dünn, zu schwach oder zu nutzlos erschienen. Sie verluden die Personen auf einen wartenden Lkw. Jeder der Selektierten wusste, dass die schreckliche Stille sein Todesurteil war, dennoch stiegen sie einer nach dem anderen gehorsam auf die Ladefläche, als erwarteten sie Hilfe.

Von Schleigel hatte kein Wort gesagt, sondern nur stumm auf jedes seiner Opfer gezeigt. Nachdem er dreißig Personen ausgewählt hatte, befahl der diensthabende Offizier den Frauen, mit den Wachen in ihr Lager zu gehen. Die Männer wurden in ihre Unterkünfte geschickt, die kaum mehr als Schuppen und ehemalige Ställe waren. Rachel glaubte sich für einen weiteren Tag gerettet.

Aber dann hob er den Finger, unterbrach das Murmeln mit ruhiger Stimme, und Rachel vernahm ohne Erstaunen, was er sagte.

»Rachel Bonet«, rief von Schleigel und wandte sich als Nächstes an den Offizier. »Setzen Sie diese Frau ebenfalls auf die Liste«, sagte er und zeigte auf sie.

Sie hatte keine Wahl. Die anderen Orchestermitglieder keuchten, aber Rachel blickte sie kaum an. Resigniert nickte sie und reichte ihr Instrument ihrem Nachbarn.

»Sag dem Nächsten, der damit spielt, die Violine sei geliebt worden«, sagte sie. Dann ging sie mit hocherhobenem Kopf – ihre Haare waren mittlerweile schon dunkel und dicht nachgewachsen – zu dem wartenden Fahrzeug.

Von Schleigel trat auf sie zu und sagte leise auf Französisch: »*Bonsoir*, Rachel. Ich dachte, Sie würden gerne Ihre Schwester wiedersehen. Sarah wartet bereits auf Sie.«

Sie spürte, wie sich Speichel in ihrem Mund sammelte. Dennoch widerstand sie dem kurzen Triumph, ihn anzuspucken. Lieber würde sie Sarah wiedersehen, als hier auf der Stelle erschossen zu werden. Stattdessen sah sie tief in seine kleinen, wässrig blauen Augen und sagte so leise, dass nur er es hören konnte: »Blicken Sie immer über die Schulter. Eines Tages wird

Luc Bonet Sie finden und Ihnen die Kehle durchschneiden, bevor er sie den Wildschweinen zum Fraß vorwirft.«

Natürlich war es eine Lüge, aber es verschaffte ihr einen Moment tiefster Befriedigung zu sehen, wie das Amüsement in von Schleigels Blick bei der Drohung erlosch.

»Bringt sie weg«, blaffte er. Sein Monokel verdrehte sich, als er peinlich berührt blinzelte.

Die Fahrt dauerte nur wenige Minuten, und am Ziel traf sie nicht wie angekündigt auf Sarah. Von Schleigel hatte ihre Schwester vermutlich schon früher am Tag ermorden lassen, und als Rachel klar wurde, dass er mit dem Wiedersehen ihre Vereinigung im Tod gemeint hatte, hörte sie ihn kalt und hässlich auflachen. Deshalb hatte er die Einlieferungsbücher studiert – er hatte auch die letzte Bonet finden wollen.

Dass sie bei dieser letzten dunklen Hürde noch nicht einmal die Hand ihrer Schwester halten konnte, schmerzte Rachel mehr als das Wissen, dass sie sterben würde. Tod war ihre Erlösung, und da sie Sarah noch nicht einmal mehr sagen konnte, wie sehr sie sie liebte, sandte sie ihrem Bruder ein Gebet. Wenn Luc noch lebte, sollte er Horst von Schleigel finden und ihn im Namen seiner ermordeten Schwestern töten.

Rachel wusste, dass ihr nur noch wenige Augenblicke blieben, als sie sich gemeinsam mit den anderen Frauen auszog. Sie ignorierte die gebrüllten Befehle und faltete ihre Gefängniskleidung sorgfältig zusammen. Den roten Schal legte sie obenauf. Sie besaß nichts mehr, nur noch ihr Leben, und genau diesen Preis verlangte von Schleigel. Geistesabwesend fragte sie sich, wie wohl seine Verbindung zu ihrem Bruder gewesen sein mochte. Die Erwähnung von Lucs Name hatte den Gestapo-Mann sichtlich mitgenommen. Gut. Dann hatte sie dem Deutschen wenigstens Angst eingejagt, bevor sie ihre Eltern, ihre Großmutter und ihre Schwestern wiedersah.

»Ich bin Agnes. Wie heißt du?«, riss eine nervöse junge Frau sie aus ihren Gedanken. Sie war fast noch ein Kind.

Rachel hoffte, ihr mit ihrem Lächeln ein wenig Trost spenden zu können. Für sich selbst brauchte sie keinen mehr. »Ich bin Rachel. Wann bist du hier angekommen?« Agnes war zwar extrem dünn, trotzdem wirkte sie gesünder als die meisten anderen.

»Gestern. Meine Eltern wurden voneinander getrennt, und ich habe sie seitdem nicht wiedergesehen. Ich leide an chronischem Asthma … Ohne meine Mutter weiß ich einfach nicht, wie …« Ihr versagte die Stimme.

»Mach dir keine Sorgen«, beruhigte Rachel die Frau. Sie war sich sicher, dass Agnes schon bald keine Medikamente mehr brauchen würde.

»Wohin gehen wir?«, fragte Agnes einen der Aufseher.

Der *Kapo* lächelte freudlos. »Unter die Dusche«, sagte er und blickte zu einem Schild, das neben ihnen an einer Säule hing. Auf Deutsch stand dort der ironische Satz: *Sauberkeit ist gut.*

Rachel legte den Arm um Agnes. Sie würde tapfer genug für sie beide sein.

»Raus!« Die kehlige Stimme des Mannes scheuchte sie aus den Umkleideräumen zu einer Tür, an der ein weiteres Schild hing. *Desinfizierte Wäsche*, stand darauf.

»Das ist der Desinfektionsraum, Agnes«, übersetzte Rachel. »Wir werden regelmäßig entlaust«, log sie.

Gemeinsam mit Rachel und den zahlreichen anderen Frauen vor und hinter ihnen betrat Agnes den nackten, kalten grauen Betonraum. Ihre Körper berührten sich, sie zitterten vor Kälte und Angst.

Rachel zog Agnes fester an sich. »Gleich ist es vorbei«, flüsterte sie. »Dann sind wir frei.«

Teil I

1951

1

Eastbourne, April 1951

Luc mochte diese Tageszeit am liebsten, wenn nur die Fischer unterwegs waren, vor allem mochte er diese Stelle auf den South Downs, die auf den Beachy Head führte, das höchste Kliff in England. Er ließ den Blick vom Ort und dem langen Kiesstrand hinaus aufs offene Meer schweifen, wo gerade ein paar Fischerboote hereinkamen. Sie wurden begleitet von einer Möwenschar, die sich heftig flatternd um die Fischabfälle stritt, welche die Männer beim Ausnehmen der Fische ins Wasser warfen.

Luc roch den Fang bereits. Die Zeit hatte seine fast beängstigende Fähigkeit, einzelne Gerüche herauszufiltern, nicht beeinträchtigt. Auch jetzt konnte er den salzigen, mineralischen Fischgeruch vom erdigen Duft der Kohlenfeuer in den Häusern unter ihm unterscheiden. Wenn er sich konzentriert hätte, hätte er sogar das Kaninchen wahrgenommen, das in einiger Entfernung von ihm durchs Gras hoppelte.

Der kalte Wind, der ihm die Haare zerzauste, trug das aufgeregte Kreischen der Möwen zu ihm herüber. Eine Zeit lang schob sich Luc die blonden Strähnen aus dem Gesicht, aber schließlich gab er es auf, gegen den Wind anzukämpfen. Er kämpfte mittlerweile überhaupt nicht mehr – die Auseinandersetzungen mit seiner Frau nicht mitgerechnet. Lisette hatte Besseres verdient. Wie hatte sie sich nur so schnell mit dem Verlust und den Veränderungen in ihrem Leben arrangieren können, während er immer noch der Vergangenheit nachhing? In manchen Augenblicken hatte er das Gefühl, es gäbe nichts mehr, wofür es sich zu kämpfen lohnte, und in diesen trüben Momenten musste er die Fingernägel in die Narbe an seinem Handgelenk drücken. Die Wunde, die er auf dem Mont Mouchet davongetragen hatte, erinnerte ihn stets daran, dass er nicht nur seine Verletzungen überlebt hatte, sondern auch den Bombenhagel, dem so viele andere zum Opfer gefallen waren. Er dachte an den jungen Vater, der noch mit dem letzten Atemzug von seiner geliebten Familie gesprochen hatte, während Luc ihm die Hand hielt, damit er nicht allein sterben musste. An den Namen des Mannes konnte sich Luc nicht mehr erinnern, er wollte es auch nicht. Das würde seinen Selbsthass nur vergrößern. Er hatte immer noch das Gefühl, sich feige davongeschlichen zu haben aus Frankreichs Leid.

Frankreich hatte jedoch alles überstanden. Die Nazis – jedenfalls diejenigen, derer die Alliierten habhaft werden konnten – waren vor Gericht gestellt und die Anführer hingerichtet worden. Soldaten waren aus der Gefangenschaft heimgekehrt, Familien waren wiedervereint, und in ganz Europa kam allmählich das Leben nach dem Krieg in Gang.

Nichtsdestotrotz wurde Luc die Schuldgefühle nicht los.

Fast sieben Jahre war es jetzt her, seit sie nach der Befreiung von Paris in einem Fischerboot nach Hastings an der britischen Südküste übergesetzt waren. Er hatte sein Land unbedingt verlassen wollen, aber er konnte das niemandem gegenüber zugeben. Die dezimierte deutsche Armee war bei ihrem Rückzug 1944 immer noch gefährlich, und er war voll und ganz von dem Gedanken beherrscht, Lisette nach England und damit zumindest halbwegs in Sicherheit zu bringen. Ihre Vorgesetzten hatten es sogar von ihm verlangt, weil die geheime Mission der britischen Spionin vorbei war.

Sie waren beide zutiefst emotional verletzt, aber Lisette hatte damals schon gesagt: »Zeig mir einen Menschen, dem es anders geht.« Sie trat ihrem Schmerz entschlossen entgegen, obwohl sie Markus Kilian verloren hatte, einen deutschen Oberst, den sie ausspionieren sollte. Er war ihr Liebhaber geworden und hatte irgendwann auch ihr Herz erobert. Luc jedoch kämpfte immer noch darum, das zu verarbeiten, was geschehen war. Auf jeden Fall fanden sie es beide leichter, Kilian gar nicht erst zu erwähnen.

In der Einsamkeit der schottischen Inseln, auf die sie sich zurückgezogen hatten, überwand Lisette schließlich die Erlebnisse der Kriegszeit. Luc hingegen sehnte sich immer noch nach seiner Heimat.

Im Sommer war das Luberon in der Provence heiß und trocken, und der Wind trug den Duft von Lavendel und Thymian mit sich. In den kühleren Monaten duftete es in den Orten nach Oliven, die zu Öl verarbeitet wurden, und nach Weintrauben. Um sein Dorf herum blühten im Frühjahr die Obstbäume auf den Plantagen, und er erwachte vom Duft nach frischem Baguette.

Luc war ein Mann der Berge, mit ihren weißen Wintern und den farbenprächtigen Sommern, aber hier versuchte er verzweifelt, für seine neue Familie zu einem Mann der Küste zu werden … mit ihren Kiesstränden und den hohen eleganten Häusern an der Strandpromenade. Die Provence war ein buntes Gewirr von Häusern mit blauen oder gelben Fensterläden an meist ocker- oder rosafarbenen Fassaden. Hier in Englands Süden war die Farbpalette hingegen eher monoton. Die hohen, schmalen Reihenhäuser waren weiß oder cremefarben gestrichen, mit glänzend schwarzen Türen und Eisengeländern. Er konnte die ruhige Formalität von Eastbourne, wo sie inzwischen lebten, nicht leugnen. Hier gab es nichts Lautes … die müde

Eleganz flüsterte nur. Doch ihm fehlten die lauten Farben und lebhaften Stimmen des Südens von Frankreich.

Nur hier oben – auf den einsamen Klippen, weit weg vom wirklichen Leben – fühlte Luc sich zu Hause. Vor Lisette konnte er diese Tatsache nicht verbergen, sie wusste, dass man an klaren Tagen über den Kanal bis nach Frankreich sehen konnte.

Luc rümpfte die Nase über den sauren Geruch, der von dem Fischkutter aufstieg. Über dem Pier von Eastbourne ging gerade die Sonne auf. Wolken zogen über den heller werdenden Himmel, und ein orangefarbener Finger schien über den Horizont direkt auf Frankreich zu zeigen.

Dort solltest du sein, lockte er.

Aber Luc konnte nicht nach Frankreich zurückkehren. Noch nicht. Seine Wunden waren noch zu frisch. Er dachte an die Freunde, die ihr Leben gelassen hatten. Er dachte an die vielen Ortschaften, die zerstört worden waren. Es würde mehrere Generationen dauern, sie wieder aufzubauen. Vor allem jedoch dachte er an seine Familie, die er verloren hatte: seine Eltern, die Schwestern … seine geliebte Großmutter, die in seinen Armen gestorben war und deren Talisman er immer bei sich trug. Der Beutel mit Lavendelsamen war eine ständige Erinnerung an alles, was er verloren hatte. Die wenigen Blüten darin waren längst vertrocknet, aber wenn er die Augen schloss, konnte er immer noch schwach den Duft von Saignon riechen.

Eines Tages würde er zurückkehren.

Vor ein paar Jahren hatte er an den Internationalen Suchdienst in Deutschland geschrieben. Den ITS hatte das Rote Kreuz 1946 ins Leben gerufen, damit Menschen ihre vermissten Familien wiederfanden. Vorrang hatten ausdrücklich Juden und andere Minderheiten, die von den Nazis verfolgt worden waren. Bisher hatte er zwei Briefe mit dem ITS gewechselt, und das letzte Schreiben lag inzwischen über ein Jahr zurück. Aber Luc fand das Schweigen seltsam tröstlich, denn solange die Organisation ihn warten ließ, gab es Hoffnung.

Er zwang sich, nicht zu lange oder zu oft über das Schicksal seiner Familie nachzugrübeln, weil seine Stimmung dann zu düster wurde. Es war seine Last, nicht Lisettes. Er stand vor der Herausforderung, ein normales Leben für seine Frau und den mittlerweile dreijährigen Harry aufzubauen. Luc hoffte, seinem Sohn Französisch beibringen zu können – es wäre so einfach, zu Hause die Muttersprache zu sprechen. Aber im Moment war es ein Wahnsinn, etwas anderes als Englisch zu sprechen – alle hatten den Nachhall des Krieges noch im Ohr. Luc bemühte sich sehr, fließend zu sprechen. Lisette war wie ein Chamäleon, sie überspielte ihren leichten französischen Akzent mit einer südenglischen Tonlage und wirkte schon bald nicht mehr wie eine Französin. Luc hingegen hatte seinen Akzent nie abgelegt, doch niemand außer Lisette und ein paar Personen im früheren Kriegsministerium würden jemals die ganze Wahrheit über den tapferen französischen Widerstandskämpfer erfahren, der den Alliierten mit zum Sieg verholfen hatte.

Das neue Verteidigungsministerium hatte ihm vorgeschlagen, seinen Nachnamen zu wechseln. Luc musste zugeben, dass ihr neues Leben mit einem so deutschen Namen wie Ravensburg niemals funktionieren würde. Aber Bonet, der Nachname seiner jüdischen Adoptiveltern, den er länger als ein Vierteljahrhundert getragen hatte, war auch nicht mehr der seine. Er konnte nicht mehr ausmachen, wann genau im Verlauf des Krieges er den Namen emotional hinter sich gelassen hatte, doch er wusste noch, warum. Es war immer ein geliehener Name gewesen, auch wenn Luc in der jüdischen Familie ein liebevolles Leben und ein Zuhause gefunden hatte. Lisettes

Name anzunehmen wäre ihm auch nicht richtig vorgekommen. Schließlich schlug seine Frau vor, seinen wahren Namen auf Ravens zu verkürzen. So hatte er noch etwas mit Lucs Vergangenheit zu tun, ohne Aufmerksamkeit zu erregen.

Lisette hingegen hatte sich geweigert, ihre Rolle als britische Spionin in Frankreich zu verbergen oder zu rechtfertigen. Sie hatte unter der deutschen Besatzung in Paris das älteste aller Mittel eingesetzt: die Honigfalle. Sie willigte zwar ein, sich sechzehn Monate in ein einsames Cottage auf einer abgelegenen Insel auf den Orkney-Inseln zurückzuziehen und dort das Ende des Krieges abzuwarten, aber als ihre Haare auf Kinnlänge nachgewachsen waren, kehrte sie nach Sussex zurück, um Luc in der Dorfkirche ihrer Großeltern zu heiraten. Nach der Eheschließung wollte sie Südengland nicht mehr verlassen, doch Luc wollte auf keinen Fall in London oder einer anderen Großstadt wohnen. Lisette wechselte daraufhin die Taktik und schlug ihm ein Leben an der Südküste vor.

»Ich bin Bauer, ein spezialisierter Bauer«, hatte er eingewandt, als sie ihm vorschlug, in Worthing als Postbote oder in Rye als Schreinergehilfe zu arbeiten. Er wusste schon gar nicht mehr, wie viele ihrer Vorschläge er abgelehnt hatte. Ihre Geduld mit ihm verdüsterte seine Stimmung nur, weil ihm klar war, dass mit jedem Kopfschütteln ihre Ersparnisse weiter dahinschwanden. Lisette beklagte sich nie. Sie war nicht mittellos, doch darum ging es gar nicht. Luc hätte gerne für seine Familie Geld verdient, aber er lehnte jedes Mal ab, wenn sie ihm die Gelegenheit dazu gab. Es war ein Teufelskreis, der ihm sein Selbstwertgefühl und seine Unabhängigkeit raubte.

Eines Tages bot man ihm einen Posten als Leuchtturmwärter in Beachy Head an. Luc erinnerte sich noch genau an den Tag, an dem er zum ersten Mal seit Jahren das Gefühl gehabt hatte, eine Last sei ihm von den Schultern genommen worden. Das hier war eine der einsamsten Aufgaben an einem der abgelegensten Orte. Luc hatte sofort zugegriffen, und es freute ihn, dass Lisette ihr Lächeln wiederfand, als sie erfuhr, dass sie künftig in Eastbourne wohnen würden, wo auch ihre Eltern gerne gelebt hätten.

Die Familie des Leuchtturmwärters bekam eine Unterkunft gestellt, allerdings waren die Cottages auf der Isle of Wight, und davon wollte Lisette nichts wissen. Sie war zwar darauf vorbereitet, zwei Monate am Stück allein zu sein, aber sie hatte sich geweigert, von ihrem Mann durch das Meer getrennt zu sein. Das bedeutete nämlich, dass Harry seinen Vater lange Zeit gar nicht sehen würde. Stattdessen hatte sie von ihrem Vermögen ein kleines Haus in den Meads gemietet, das oberhalb von Eastbourne lag.

»Luc, wenn du die Augen zusammenkneifst, könntest du dir glatt vorstellen, du wärst in den Hügeln der Provence oder?«, hatte sie aufgeregt gesagt, als sie an einem warmen Nachmittag über Beachy Head schlenderten.

Harry ging zwischen seinen Eltern und kicherte vor Vergnügen, wenn sie ihn immer wieder durch die Luft schwenkten.

Er hätte besser ja gesagt. Er hätte sie in den Arm nehmen und sich bei ihr bedanken sollen. Stattdessen richtete seine Aufrichtigkeit nichts als Schaden an, vor allem als er auf Französisch murmelte: »Es geht um Gefühle. Man liebt eine Gegend doch nicht, nur weil sie so aussieht wie zu Hause, sondern wenn einem das Herz aufgeht.«

Verletzt sah Lisette ihn an. »Luc, du musst endlich davon wegkommen. Tu es für Harry, für mich! Das hier ist jetzt unser Zuhause.«

Er wusste, dass sie recht hatte, aber das hatte seine persönliche Krise nur vertieft.

Wenn Luc sich die Zeit nahm, sein Gedankenchaos zu durchforsten, erkannte er, woher seine Unzufriedenheit rührte, nämlich daher, dass er nicht in der Lage gewesen war, seine Versprechen zu halten. Er hatte sich geschworen, seine Familie wiederzufinden oder zumindest herauszubekommen, was mit ihr geschehen war. Er hatte sich vorgenommen, eines Tages nach Frankreich zurückzukehren, um den kleinen Robert und seine Großmutter zu besuchen, die ihn gesund gepflegt hatten. Robert musste jetzt ungefähr zwölf sein, und Luc fragte sich unwillkürlich, ob Marie wohl noch lebte. Wer würde sich um den süßen kleinen Jungen kümmern, der sich tapfer einen Schnitt am Daumen zugefügt hatte, um sein Blut mit dem von Luc auszutauschen, damit sie Blutsbrüder wurden? »Ich komme wieder«, hatte Luc ihm versprochen, aber seitdem waren viele Jahre vergangen.

Er hatte sich auch gerühmt, jenen Deutschen aufzuspüren, der ihm die vielleicht größte Wunde zugefügt hatte, als er Luc zwang, einen alten Mann zu töten, den er wie einen Vater liebte.

Die stumme Verzweiflung darüber, dass er das Versprechen gebrochen hatte, das er seiner geliebten Großmutter gegeben hatte, nagte Tag und Nacht an ihm. Er hatte ihr versprochen, den Lavendel zu hüten, ihr versichert, die Magie nie sterben zu lassen und ihn eines Tages wieder anzupflanzen.

»Es wird dein Leben retten und dir neues Leben schenken«, hatte sie oft genug zu ihm gesagt.

Vielleicht hatte die Magie des Lavendels sie tatsächlich beschützt, nur wo war der Zauber jetzt?

Gehalten hatte Luc lediglich jenes Versprechen, das er seinem Feind gegeben hatte. Markus Kilian war ihm ein Rätsel gewesen. Als hochdekorierter und angesehener Oberst der Luftwaffe hatte er alles verkörpert, was Luc verachtete. Doch ohne die Uniform und den Status war Kilian ein Mann, den er bewunderte. Kilian hatte sein Leben geopfert, um Luc zu schützen, aber sowohl Lisette als auch Luc wussten, dass er es letztlich für Lisette und ihre Sicherheit getan hatte. Kilian hatte die Nazis gehasst, Deutschland hingegen hatte er geliebt. Er starb mit Lisettes Namen auf den Lippen. Er hätte Luc ohne Weiteres in jener schrecklichen Nacht, als Paris befreit wurde, in den Tuilerien töten können, aber er hatte noch beim letzten Atemzug ein aufrichtig respektvolles Lächeln für den Franzosen übriggehabt.

Wenige Minuten vor seinem Tod hatte Kilian Luc gebeten, einen Brief für ihn aufzugeben. Luc hatte so lange damit gewartet, bis die Alliierten die Post nicht mehr abfingen. Ende 1945 hatte er eine englische Briefmarke gekauft, Kilians blutbefleckten Brief in einen anderen Umschlag gesteckt und ihn an Ilse Vogel in die Schweiz geschickt. Er hätte ihr in fließendem Deutsch schreiben können, aber das war viel zu riskant. Er hatte nie wieder von Ilse Vogel gehört, aber das hatte er auch nicht erwartet.

Manchmal fragte sich Luc, wie oft Lisette wohl an ihren deutschen Liebhaber dachte. Wenn zu viele Bilder von den beiden zusammen in ihm hochkamen, ging er an den Klippenrand – von dem viel zu viele Menschen in den Tod sprangen –, damit der Wind die Eifersucht wegblasen konnte. Er hatte schließlich mehrere Versprechen gegeben, die er halten musste … irgendwann, irgendwie, aber jetzt noch nicht.

Luc erhob sich, reckte sich und leckte sich den salzigen Film von den Lippen. Die Wolkendecke war aufgerissen, und es war schon wesentlich heller geworden. Wenn er um die Landzunge herumging, würde er den alten Belle-Tout-Leuchtturm sehen, der um die Jahrhundertwende den Betrieb eingestellt hatte. Es war ein wundervolles altes Gebäude auf dem höchsten Teil der

Klippen. Hätte Luc dort gearbeitet, so hätte er jeden Abend nach Hause kommen, seinen Sohn in den Arm nehmen und seine Frau küssen können. Aber der Leuchtturm hatte sich an dieser Stelle als ineffektiv erwiesen. Wenn Nebel aufstieg oder die Wolken niedrig hingen, kamen die Schiffe den Klippen gefährlich nahe.

Der neue rot-weiß gestreifte Leuchtturm, der unten an den Klippen ins Meer gebaut worden war, war jetzt sein Arbeitsplatz. Luc wechselte sich im Schichtbetrieb mit zwei anderen Leuchtturmwärtern ab, damit der Lichtkegel alle zwanzig Sekunden vierzig Kilometer weit aufs Meer hinausdrang. Heute war der erste Tag seiner zweimonatigen Schicht. Mit jedem Mal fiel es ihm schwerer, Lisette und Harry zurückzulassen. Je älter sein Sohn wurde, desto mehr merkte Luc, wie viel er verpasste. Harrys erstes Lächeln, seinen ersten Zahn, sein Bemühen, das erste Wort auszusprechen. Lisette hatte behauptet, es sei »Daddy« gewesen.

Am liebsten war ihm die Schicht von Mitternacht bis vier Uhr morgens, wenn es dunkel und still war. Sein Leben im Leuchtturm war geprägt von der Duftmischung aus Messingpolitur, Petroleum und Schmieröl ... und Farbe natürlich. Dass drei Leuchtturmwärter auf so engem Raum zusammenwohnten, bedeutete natürlich auch, dass es nach Männern roch. Die Stunden seiner Wache verflogen im Nu. Luc stellte das Drehlinsensystem ein, überprüfte, dass die Brenner nach außen zeigten und die Treibstofftanks voll waren, damit das Licht auch die ganze Nacht hindurch brannte. Es tat ihm gut, sich mit all diesen Dingen zu beschäftigen.

Jeden dritten Tag hatte er frei, und wenn das Wetter schön war, kletterte er bei Ebbe über die Felsen, zwischen denen kleine Pfützen voller Krabben waren, und lief über den nassen Sand und die glatten Kiesel. Sorgfältig wählte er für Harry ein paar Steinchen aus – wenn es zu dunkel war, sogar mit der Taschenlampe –, bevor er in sein Quartier zurückkehrte.

Wenn es wenig zu tun gab, fuhr er manchmal mit dem Boot an Land und marschierte den steilen, gewundenen Pfad zur Promenade hinauf. Von dort rannte er nach Hause, um Lisette zu überraschen und den Tag mit seiner Frau und seinem kleinen Sohn zu genießen. Lisette bekam jedes Mal feuchte Augen, wenn er sie in die Arme nahm und herumwirbelte. Sie verbrachten einen seligen Tag damit, Harry mit Küssen zu überschütten und mit ihm zu spielen. Nach acht gemeinsamen Stunden lief Luc wieder hinunter ans Meer und fuhr zurück auf den Leuchtturm.

Lisette liebte das Leben, das sie führten. Es hätte sich nur noch verbessern können, wenn Luc jeden Tag bei ihnen gewesen wäre. Sie fand neue Freunde, war Mitglied in zwei Frauenvereinen und plante die Gründung einer Theatergruppe. Natürlich gab auch Harry ihrem Leben einen neuen Sinn.

Luc hätte das Gefühl, sich an seinem neuen Wohnort fremd zu fühlen, gerne in den Griff bekommen, aber der Kanal bildete eine Kluft, die er nicht überbrücken konnte.

»Lass uns nach Frankreich zurückziehen«, hatte Lisette vor einem Monat zu ihm gesagt. »Vielleicht bist du dort glücklicher.«

»Nein. Du hast dir hier mit Harry ein neues Leben aufgebaut.«

»Er ist noch ein Kind, Luc. Er wird sich schon umgewöhnen. Außerdem ist er sowieso ein halber Franzose.«

»Aber auch Deutscher«, erwiderte er.

Lisette warf ihm einen finsteren Blick zu. »Hör endlich auf damit.«

Er nickte, doch sie wussten beide, dass er log, er kam einfach nicht darüber hinweg.

»Hör zu, Luc. Wir sollten uns professionelle Hilfe suchen«, hatte sie schließlich leise vorgeschlagen. »Es gibt Psychologen, die …«

»Ich lasse niemanden in meinem Kopf herumstochern. Nein, Lisette. Ich bin nicht verrückt.«

Sie kniff die Augen zusammen. »Das weiß ich, Luc. Aber du denkst zu viel über die Vergangenheit nach.«

»Das tut doch jeder! Der Krieg ist gerade erst vorbei. Jeder hat irgendjemanden verloren.«

»Nein, nicht jeder benimmt sich so wie du, ganz im Gegenteil. Alle blicken nach vorn, und du spürst, dass Optimismus in der Luft liegt. Ja, wir alle haben irgendjemanden verloren, aber wir tragen unseren Schmerz nicht wie eine Auszeichnung vor uns her.«

»Tue ich das etwa?«

Ihr Lächeln war traurig – eine Mischung aus Verachtung und Schmerz. »Ständig, Luc. Manchmal kommt es mir so vor, als wolltest du uns nicht erlauben, glücklich zu sein.«

Als wolltest du uns nicht erlauben, glücklich zu sein … In Gedanken hörte er das Echo ihrer Worte. Er hielt sie zurück, er mit seiner trüben Stimmung und seinen unerfüllten Versprechen.

Luc seufzte. So konnte das Leben nicht weitergehen. Harry wurde größer und brauchte seinen Vater, doch dieses schwierige Thema, was werden sollte, verschob er lieber auf einen anderen Tag. Als er aufstand und sich den Staub von der Hose klopfte, nahm er im Schein des Leuchtturmlichts eine kleine Silhouette in der Ferne wahr. Ein Jugendlicher? Der Fremde stand am Rand der Klippen und starrte darüber hinweg, als suche er etwas. Sein Atem stieg weiß in der kalten Luft auf. Soweit Luc erkennen konnte, hatte der Mann weder einen Mantel noch einen Schal an. Wer ging im April nach draußen, ohne sich warm anzuziehen?

»Er wird sich den Tod holen«, murmelte Luc bei sich. Er merkte gar nicht, dass er gerade eine englische Redewendung gebraucht hatte.

Eine Möwe schrie klagend, und in diesem Moment wurde Luc bewusst, dass genau das die Absicht des jungen Mannes war. Er wollte sich tatsächlich den Tod holen … Er hatte vor zu springen.

»Hey!«, brüllte Luc und stieß einen lauten Pfiff aus.

Hastig rannte er auf die Gestalt zu, die sich nach dem Rufer umdrehte. Im Hinterkopf wusste er, dass Fachleute sein Vorgehen bestimmt missbilligt hätten, aber Luc hatte seine eigenen Erfahrungen mit dem Tod und dem, was die Dämonen in einem düsteren Gemüt anrichten konnten.

»Bleiben Sie stehen!«, rief der Mann jetzt und hob die Hand.

Als Luc die tiefe Stimme hörte, wurde ihm klar, dass es sich nicht um einen Teenager handeln konnte. »Sie bleiben stehen!«, schrie Luc, ohne sein Tempo zu verlangsamen.

Als er bis auf ein paar Meter an den Mann herangekommen war, wurde er langsamer und stützte sich mit den Händen auf den Knien ab, um Atemlosigkeit vorzutäuschen. »Warten Sie mal«, keuchte er und gewann damit kostbare Zeit.

Der Mann war abgelenkt, und als Luc sich langsam aufrichtete, konnte er ihn genauer betrachten. Er war klein, höchstens einen Meter sechzig, vermutlich Ende zwanzig, vielleicht Anfang dreißig. Glatt rasiert, kurze, dunkle, sorgfältig gescheitelte und geölte Haare. Auch die Krawatte, die er zu einem gebügelten weißen Hemd trug, war korrekt gebunden. Offensichtlich hatte er schon die passende Kleidung für seine Beerdigung ausgewählt. Auf dem Boden neben ihm lag ein Spazierstock. Der Mann hatte geweint, seine Augen waren noch tränenfeucht, und seine Nase war in der beißenden Kälte rot angelaufen.

»Lassen Sie mich in Ruhe«, sagte er.

»Mein Name ist Luc«, sagte Luc, wobei er seinen Namen englisch aussprach.

»Das ist mir egal.«

»Wie heißen Sie?«

»Das sage ich Ihnen nicht.«

»Das zumindest könnten Sie doch tun.«

»Was?« Der Mann runzelte die Stirn.

»Ich kann der Polizei eine Menge Arbeit ersparen, wenn ich ihnen den Namen desjenigen mitteilen kann, der zerschmettert unten auf den Felsen liegt.«

Der Mann riss erschrocken die Augen auf. »Halten Sie den Mund!«

Luc gab einen leisen, verächtlichen Laut von sich und hob die Arme, wobei er einen Schritt näher herantrat. »Bringen Sie mich zum Schweigen.«

»Sie sind doppelt so groß wie ich.«

»Ja, außerdem sind Sie ein Krüppel«, sagte Luc und nickte zu dem Spazierstock hin.

»Bastard!«

»*Oui, c'est moi.* Luc, der französische Bastard.«

»Ja, mir ist klar, dass Sie Ausländer sind.«

»Warum? Weil ein Engländer so höflich wäre und Sie springen lassen würde? Weil er sich um seinen eigenen Kram kümmern würde?«

»Ja, genau.«

»Nein, weil er genau wie Sie ein Feigling wäre«, forderte Luc ihn heraus und trat noch einen Schritt näher. Er stand jetzt so dicht vor dem Mann, dass er ihm fast auf die Brust tippen konnte.

»Feigling?« Die Stimme des Fremden überschlug sich fast vor Wut. »Hör mal, Kumpel, wir haben die Schlüssel von London nicht übergeben. Ihr Franzosen habt Hitler sehr herzlich willkommen geheißen, und dann habt ihr darauf gehofft, dass die Engländer euch retten.«

Die Beleidigung war so abgenutzt, dass sie gar nichts bewirkte. Aber Luc ließ sich zu Boden sinken, als habe es ihm plötzlich den Atem verschlagen. Seufzend kramte er in seiner Tasche nach Zigaretten. Zwar rauchte er nicht, doch für gewöhnlich hatte er ein Päckchen dabei, damit er seinen Kollegen ab und zu eine anbieten konnte.

»Zigarette?«, fragte er.

Der Mann nickte resigniert, und Luc warf ihm das Päckchen zu. Als er die Streichhölzer hinterherwarf, rückte er noch ein wenig näher, während der Mann beschäftigt war. Er hatte sich eine Zigarette zwischen die Lippen gesteckt, sie aber nicht angezündet, was der andere gar nicht zu bemerken schien.

Luc beobachtete ihn, als er langsam den ersten Zug nahm. Er zitterte vor Kälte.

»Ich bin Eddie. Edward sagt meine Mutter zu mir.«

»Warum?«

Eddie blinzelte. »Weil ich auf diesen Namen getauft bin.«

Luc grinste. »Nein, warum du sterben willst.«

Eddie blickte ihn an, verblüfft über die direkte Frage, weniger über das Du, zu dem Luc übergegangen war.

»Das war doch deine Absicht, oder?«, sagte Luc.

Eddie nickte und zog erneut an der Zigarette. »Meine Frau und unser neugeborenes Kind wurden bei der Bombardierung von London getötet. Wir wohnten im East End, was anderes konnten wir uns nicht leisten, und Vera, na ja, sie liebte ihren Job im Kriegsministerium. Sie war eine gute Sekretärin, meine Vera. Als unser Sohn auf die Welt kam, kümmerte ihre Mutter sich um ihn. Sie lebte bei Vera, während ich weg war. Wir nannten ihn Harold, nach meinen Dad, der im Ersten Weltkrieg gefallen ist.«

Luc schluckte, als der Mann den Namensvetter seines Sohnes erwähnte, und von jetzt auf gleich roch nichts mehr in seiner Welt gut. Selbst der Duft von Eddies Tabak war bitter in Lucs Kehle.

»Sie hatte anscheinend an dem Tag frei«, fuhr Eddie fort. Er bemerkte Lucs Missbehagen nicht. »Ihre Freundin erzählte mir, dass sie mit den Kindern in den Zoo wollte, aber Harry wurde krank, deshalb blieb sie mit ihrer Mutter zu Hause … und starb.« Eddies Stimme brach. »Das Haus wurde getroffen. Alle drei kamen um. Sie und ein paar andere Familien.« Er lachte freudlos und zuckte mit den Schultern. »Ich war an der Front und habe bloß ein lahmes Bein.« Er klopfte darauf. »Zu nichts mehr zu gebrauchen.«

Erschrocken sah Luc zu, wie Eddie den Spazierstock aufhob und ihn mit überraschender Kraft über die Kante der Klippen schleuderte. Luc hörte, wie er unten klappernd aufschlug. Er konnte nur hoffen, dass es symbolisch war … vielleicht war Eddies Feuer ja durch diese Geste erloschen.

»Ich habe versucht, so gut wie möglich weiterzuleben, Luc, wirklich. Aber ohne meine Vera …« Er wandte den Blick ab. »Ich werde meinen Jungen nie im Arm halten. Er ist in Stücke gerissen worden. Er war noch nicht einmal sechs Monate alt. Es gab nichts zu beerdigen, und ich kann noch nicht einmal das Grab meiner Familie besuchen. Sie sind einfach weg. Als wären sie nie da gewesen.«

Er begann zu schluchzen, und Luc zögerte nicht länger. Er trat auf Eddie zu und legte ihm den Arm um die zuckenden Schultern. Stumm wartete er, bis die Tränen des Mannes versiegten. »Ohne sie will ich nicht mehr leben.«

»Vera wäre sicher nicht besonders stolz auf dich, wenn du deinem Leben selbst ein Ende setzen würdest, oder? Du hast gesagt, sie war gut in ihrem Job und hat ihre Arbeit geliebt?«

Eddie nickte.

»Das bedeutet, dass sie tapfer war. Sie ist jeden Tag zur Arbeit gegangen und hat sich dem Krieg gestellt. Warum? Weil sie daran geglaubt hat, dass es für dich ein Stück Sicherheit bedeutet, wenn sie ihren kleinen Teil beiträgt. Und dass du eines Tages zu ihr zurückkommst.«

»Aber ich war nicht da. Ich habe nur ein Telegramm und ein Glas Brandy von meinem Vorgesetzten bekommen und wurde ein bisschen früher entlassen.«

»Aber du bist nach Hause zurückgekehrt, Eddie. Genau das wollte Vera. Sie hat an dich gedacht.« Luc wies auf das Kliff. »Du würdest ihr Leben verspotten, wenn du dich umbringst. Schließlich hast du den Krieg überlebt, bist all den Bomben und Kugeln ausgewichen.«

Eddie lächelte traurig. »Nicht allen.«

»Nun ja, dein nutzloses Bein macht einen Helden aus dir. Sie würde wollen, dass du das friedliche England genießt, für das ihr beide gekämpft habt. Du schuldest es ihr, Eddie. Ihr zu Ehren musst du einen Weg für dich finden und versuchen, neu anzufangen. Für Männer wie dich gibt es immer Arbeit. Es mag dir vielleicht nicht so vorkommen, aber vor dir liegt ein glückliches Leben, wenn du dir vergibst, dass du überlebt hast, und wenn du Vera und Harry vergeben hast, dass sie gestorben sind.«

Ich bin so ein Heuchler, dachte Luc. In diesem Augenblick hasste er sich selbst.

Eddies Tränen begannen erneut zu fließen. »Ich fühle mich nicht stark genug.«

»Du bist es aber. Denk an all die Männer, die es nicht geschafft haben. Leb ein bisschen für sie. Lebe … weil sie ihr Leben für dich gegeben haben.«

Es war so leicht, solche Ratschläge zu geben, er hörte ja, wie viel Sinn seine Worte ergaben. Warum nur konnte er nicht von seiner eigenen Medizin trinken?

Eddie nickte. »Wenn du es so sagst, dann kommt es mir auch feige vor, Selbstmord zu begehen.«

»Das ist es auch. Es ist viel mutiger zu leben.«

»Ich dachte, du wärst aus demselben Grund hier«, gestand Eddie.

»Um zu springen?« Luc blickte ihn ungläubig an.

Eddie zuckte mit den Schultern.

»Nein.« Luc bekam eine Gänsehaut. Hatte er etwa so ausgesehen? So verzweifelt? Ebenso niedergeschlagen wie Eddie? »Nein«, wiederholte er und schüttelte den Kopf. »Ich bin nur ein griesgrämiger französischer Bastard, der gern allein ist.«

»Hast du denn keine Frau?«

Verlegen nickte Luc. »Doch. Ich habe eine wundervolle Frau und einen Sohn.«

»Was tust du denn dann hier oben, Mann? Ich würde alles darum geben!«

Luc nickte beschämt. »Ich war gerade auf dem Weg nach Hause.«

»Dann geh nach Hause«, sagte Eddie. »Mach dir um mich keine Sorgen. Der kritische Moment ist vorüber.« Er erhob sich mühsam und streckte die Hand aus. »Ich gehe in den Pub und ertränke dort meinen Kummer.«

Luc erhob sich ebenfalls und ergriff Eddies Hand. »Wie willst du hinkommen?«

»Ich humpele.« Er grinste und zog resigniert eine Schulter hoch. »Ich springe nicht, darauf gebe ich dir mein Wort. Jedenfalls nicht heute.«

»Geh nicht in den Pub. Komm lieber mit zu mir nach Hause.«

Eddie blickte ihn fragend an.

»Komm mit und iss was Warmes. Lern meine Familie kennen, mein Sohn heißt auch Harry. Er ist drei.«

Eddie schüttelte den Kopf. »Das fällt mir zu schwer. Es würde mich nur aufregen.«

»Nein, wir machen uns einen schönen Tag. Ich habe einen hervorragenden Whiskey im Schrank. Na los! Es wird dir guttun, mit einer Familie zusammen zu sein.«

»Damit ich sehe, was mir fehlt?«, sagte Eddie bitter.

»Nein, damit du siehst, worauf du dich freuen kannst.« Luc drückte seinem Gefährten die Hand. »Die Einladung eines Franzosen darfst du nie ausschlagen … Das bringt Unglück.«

»Wirklich?«

»Nein, das habe ich gerade erfunden, aber es klingt gut, oder?«

Ein Lächeln huschte über Eddies trauriges Gesicht. »Du bist dir sicher, dass es deiner Frau nichts ausmacht?«

»Lisette? Sie liebt Besuch. Es wird sie beeindrucken, dass ich einen Freund mit nach Hause bringe.«

»Du darfst ihr aber nicht sagen, wie wir uns kennengelernt haben.«

»Natürlich nicht.«

»Ist dir eigentlich klar, dass ich ohne meinen Stock Stunden für den Weg brauchen werde?«

Luc beugte sich vor. »Kletter auf meinen Rücken.«

»Du machst Witze.«

Luc schüttelte den Kopf. »Das habe ich im Krieg in deutlich steilerem Gelände als hier auch immer getan. Komm, es ist kalt, und meine Frau schimpft mich aus, wenn ich zu spät nach Hause komme.«

Eddie runzelte die Stirn. Als Luc eine ungeduldige Geste machte, gab Eddie nach und kletterte auf Lucs Rücken. Die beiden Männer kamen sich ein wenig albern vor, aber Luc schritt kraftvoll aus. Auf einmal war er dankbar dafür, dass Eddie in seiner Welt aufgetaucht war und ihn daran erinnert hatte, wie viel Glück er im Leben hatte.

Luc warf einen letzten sehnsüchtigen Blick auf Frankreich, das mittlerweile klar und deutlich am Horizont zu sehen war. Er tröstete sich selbst mit dem Gedanken, dass er in der salzigen Luft den Duft von wildem Lavendel riechen konnte.

2

Lisette hatte ihren Ehemann seit beinahe sechs Wochen nicht mehr gesehen. Besorgt hielt sie am Fenster nach ihm Ausschau. An seinem letzten freien Tag hatte er einen Gast mit nach Hause gebracht, einen Mann namens Eddie, der in Hastings lebte. Eddie tat ihrem Mann gut. Die Männer hatten sich kennengelernt, als Luc an der Küste spazieren gegangen und mit den Hosenbeinen in Eddies Angelschnur geraten war. Die beiden hatten jeder eine ordentliche Portion Porridge verdrückt, Eddie war den ganzen Tag über geblieben und hatte mit ihnen noch zu Abend gegessen. Er hatte Gemüse geputzt und stundenlang mit Harry auf der windigen Wiese hinter dem Haus Drachen steigen lassen. So hatten Luc und sie kostbare Stunden miteinander gehabt.

Heute Abend erhoffte sich Lisette wieder ein bisschen von dieser kostbaren gemeinsamen Zeit. Hoffentlich hatte ihr Mann gute Laune. Erneut suchte sie den Horizont nach der einsamen Gestalt in der dunklen Uniform ab. Das Hemd war immer so schwer weiß zu bekommen, da Luc eine besondere Vorliebe für Ruß und Maschinenöl hatte. Aber das war egal. Ein ganzer gemeinsamer Monat lag vor ihnen, und Lisette war ganz aufgeregt. Sie hatte das Hause auf Hochglanz gebracht und ein Essen mit französischer Note gekocht. Am liebsten hätte sie ihm ein Gericht aus dem Süden vorgesetzt, aber Basilikum und Knoblauch waren in den Meads nur schwer zu bekommen. Also hatte sie ein paar Fleischmarken gespart, einen Ochsenschwanz gekauft und ihm einen *pot au feu* zubereitet, einen rustikalen Eintopf mit Wurzelgemüse, das sie einem Bauern aus dem Ort abgeschwatzt hatte. Die scharfe Wurst, die dem Gericht den rauchigen Geschmack verlieh, gab es hier nicht, aber sie wusste schon, womit sie Luc den ersten Abend zu Hause würzen wollte.

Aus Fenchel, Gürkchen und dem Essig, in dem sie eingelegt waren, machte sie einen leckeren Salat zum Eintopf, und zum Nachtisch gab es eine französische Apfeltarte, die Lisette mit selbst eingekochter Marmelade überzogen hatte. Luc würde schon satt werden.

Ich müsste ihn eigentlich jeden Moment sehen, dachte sie, wie er den steilen Küstenweg zum Beachy Head heraufgelaufen kommt. Luc hielt sich gerne auf der Hochebene auf, wie ein finsterer Heathcliff. Dafür ging er nicht in den Pub wie so viele andere Ehemänner, die sich nach der Arbeit gerne ein oder zwei Bier genehmigten. Er war der Einzige, der es vorzog, den steileren Weg zu den Meads zu gehen. Es war schon im Sommer ein harter Marsch, und im Winter war es noch anstrengender. Aber das sollte sie eigentlich nicht überraschen. Schließlich war er im Krieg *passeur* gewesen, hatte die Alliierten schnell und sicher durch gefährliches Gelände geführt – jedenfalls wenn sie mit ihm Schritt halten konnten. Lisette lächelte leise und dachte daran, wie sie selbst neben ihm hergelaufen war. Heute würde sie das nicht mehr schaffen, aber sie war ja auch weicher geworden. Die Mutterschaft veränderte nicht nur den Körper einer Frau, sondern auch die Sichtweise.

Wie lange konnten sie dieses seltsame Leben noch führen, fragte sie sich? Sie wollte noch ein Kind, aber solange sie mit den Kleinen allein war, war es sinnlos. Es musste sich dringend etwas ändern, allerdings musste sie vorsichtig an das Thema herangehen und Luc nicht damit überfallen.

Allmählich wurden die Tage länger, es war ein endloser Winter gewesen, und Lisette sehnte sich nach dem Frühjahr, damit Harry endlich in die Sonne kam. In ganz England hatte es heftig geschneit, und sicher freute sich jeder auf ein paar unbeschwerte Sommertage. Das politische Klima war düster. Nach dem Krieg war viel versprochen, jedoch kaum etwas gehalten worden, und Lisette konnte sich gut vorstellen, dass am Ende des Jahres Churchill erneut in die Downing Street zog.

Lebensmittel waren immer noch rationiert, aber nach und nach entspannte sich die Situation. Schon letztes Jahr hatte man Dosenobst und Schokoladenkekse ohne Lebensmittelmarken bekommen, und diese kleinen Erleichterungen verbesserten die Stimmung. Wenn die Sonne schien, würde alles noch leichter werden. Lisette hatte immer schon ein einfaches Leben geführt, dennoch wollte sie, dass Harry ohne Mangel aufwuchs. Und sie wollte seinen Vater sorglos lächeln sehen. Hatte sie ihn überhaupt jemals so gesehen?

Ein Geheimnis hatte Luc ihr immer noch nicht offenbart. Oft dachte sie, dass es genau das war, was ihn von einem glücklichen Leben abhielt. Dieses Geheimnis drehte sich um einen gemeinsam erlebten Moment im Krieg, als sie am meisten Angst gehabt hatten – sie hatten damals beide zwischen Leben und Tod geschwebt. Lisette hatte geglaubt, dass dieses Ereignis sie noch stärker aneinanderbinden würde, aber es hatte sie eher getrennt. Die Zeit voller Angst hatte ihr Leben und ihre Liebe geformt, dennoch wollte Luc nicht mit ihr darüber reden, was damals in L'Isle sur la Sorgue zwischen ihm und dem Gestapo-Offizier von Schleigel vorgefallen war. Etwas Schreckliches musste stattgefunden haben. Der stoische, mutige Mann, den sie kennengelernt hatte, hatte zitternd ihre Hand gehalten, sich übergeben und stumm geweint. Bis zum heutigen Tag bestand Luc darauf, mit der Geschichte allein fertigwerden zu müssen.

Ehrlich gesagt war es ihr egal, was passiert war. Es war Vergangenheit, jetzt mussten sie nach vorn blicken und ein stabiles Familienleben für Harry schaffen.

Aber Luc war nicht zu helfen, er kam von seinen privaten Dämonen nicht los. Wahrscheinlich dachte er, sie würde es nicht merken. Hatte er vergessen, dass sie vor allem wegen ihrer Intuition als Spionin für England ausgesucht worden war?

Seufzend schaute Lisette noch einmal nach dem Fleisch. Alles war perfekt, und im ganzen Haus roch es köstlich nach dem herzhaften Eintopf.

Harry war die letzten Tage erkältet gewesen, und sie hatte ihn überredet, ein wenig zu schlafen, doch er würde sicher gleich wach werden. Sie hatte ihm versprochen, dass sein Vater heute nach Hause käme, und er freute sich schon darauf.

Ihr Sohn war einfach perfekt mit seinem blonden Haarschopf und seinem fröhlichen Wesen. Sie hoffte immer, er möge in Luc neue Hoffnung wecken, und sie liebte es, die beiden zusammen zu sehen. Lisette vermutete – wie Luc bestimmt auch –, dass seine Familie in einem der Konzentrationslager umgekommen war, von denen die Welt vor ein paar Jahren in den Nürnberger Prozessen mehr erfahren hatte. Ein Dutzend Kriegsverbrecher waren gehängt worden, doch das war nichts im Vergleich zu den Millionen von Menschen, die in den Gaskammern umgebracht worden waren. Lisette glaubte nicht daran, dass auch nur eine von Lucs Schwestern überlebt hatte.

Eine Bewegung in der Ferne riss sie aus ihren trüben Gedanken. Da war er! Sie erkannte seine vertraute, hochgewachsene Gestalt, entdeckte unter seinem Dufflecoat die blank polierten Messingknöpfe an der Uniformjacke und die Plakette an seiner Kappe. Den Beutel über den Rücken geworfen, marschierte er ganz allein über die Hochebene. Alle anderen Hausfrauen in der Nachbarschaft würden ihn ebenfalls sehen, und wahrscheinlich würden sie den Kopf schütteln über den verrückten Franzosen, der über die Downs nach Hause kam. Es gab einige unter ihnen, die sicher nichts gegen seine Aufmerksamkeit gehabt hätten …

Luc war jetzt beinahe zu Hause. Lisettes Herz schlug schneller, sie konnte seine Küsse bereits spüren. Vor einem Monat noch war er um die Uhrzeit nur schemenhaft zu erkennen gewesen, aber jetzt war es schon so hell, dass sie den roten Pullover unter seiner Jacke sehen konnte. Langsam wurde es Sommer.

Peanut hörte Luc lange, bevor seine Schritte zu vernehmen waren. Sie hatten den Hund von den vorherigen Mietern des Häuschens geerbt, und der freche kleine Terrier hatte seine grenzenlose Liebe auf sie übertragen. Hinter verschlossenen Türen nannte Luc ihn bei seinem französischen Namen. Es klang hübsch, und der kluge Foxterrier hatte gelernt, darauf zu reagieren.

»Ah, *D'arachide*«, hörte Lisette ihn jetzt sagen, als er die Haustür hinter sich schloss, den Beutel in die Ecke warf und sich die Schuhe auf der Fußmatte abputzte. »*Bonjour, mon ami, ça va?*«, sagte er zu dem Hund, der außer sich vor Freude um ihn herumtanzte.

»Auf Englisch!«, rief sie neckend aus der Küche. Ihre Augen funkelten vor Freude darüber, Luc endlich umarmen zu können. Sie sah ihm zu, wie er den Mantel auszog und ihn mitsamt der Kappe an den Garderobenhaken hängte.

Er hatte die Kälte mit hereingebracht. Ein kalter Luftschwall traf sie, und sie fröstelte ein wenig, als er hinter sie trat und die Arme um sie legte. Lächelnd schüttete sie die Erbsen ins kochende Wasser. Er küsste sie auf den Nacken, und Lisette spürte, wie kalt sein Gesicht war. Seine Bartstoppeln kratzten über ihre Haut.

»Unser Hund redet gerne Französisch«, murmelte er. »Wie geht es dir?«

»Ich freue mich so sehr, dich zu sehen«, sagte sie und drehte sich um, um ihm einen richtigen Begrüßungskuss zu geben. Einen Moment lang hielten sie einander fest umschlungen, dann trat Lisette einen Schritt zurück und lockerte seine schwarze Krawatte. »Du musst dich rasieren«, sagte sie grinsend und rieb sich den Nacken.

Seine Wangen waren gerötet von dem Marsch in der kalten Luft, und seine blonden Haare mussten dringend geschnitten werden, aber selbst nach all den gemeinsamen Jahren schlug ihr Herz bei seinem Anblick noch schneller. Dass nach sieben Jahren angeblich die Eheprobleme begannen, traf auf Lisette nicht zu, Luc war und blieb ihr Mann. Sie sah ihm an den Augen an, dass ihn die Vergangenheit heute nicht quälte. Offensichtlich war es ein guter Tag für ihn. Sie küsste ihn zärtlich. Heute Abend würde sie ihr Negligé nicht brauchen – wenn sie es zuließe, würde er sie gleich hier auf dem Küchenboden nehmen.

Als ob er ihre Gedanken gelesen hätte, zog er eine Augenbraue hoch.

»Heute Abend«, kicherte sie. »Harry ist erkältet und schläft. Er kann jeden Moment aufwachen«, fügte sie warnend hinzu.

Enttäuscht verzog er das Gesicht, jedoch nur kurz. »Mm, das Essen riecht gut, aber du riechst besser«, sagte er und zog sie an sich.

Sie spürte seine Erregung und hätte am liebsten darauf reagiert, aber nach einem schnellen Blick auf die Wanduhr löste sie sich von ihm. »Das musst du schon auf Eis legen«, kicherte sie erfreut. »Bitte halt den Gedanken fest. Und jetzt geh dich umziehen. Du kannst unseren Sohn glücklich machen, während ich das Essen auftrage.«

Lächelnd rührte Lisette im Eintopf. Auch sie war erregt.

Hoffentlich überstanden sie das Abendessen. Sie hatte schließlich nicht umsonst den ganzen Tag am Herd gestanden.

»Ich rieche Kaffee!«, rief Luc über die Schulter, obwohl es nach wie vor das grässliche Zichoriengebräu war. Er sehnte sich nach dem Tag, an dem es endlich wieder richtigen Kaffee gab.

Das Cottage war so klein, dass sie einander von jedem der vier Zimmer aus hören konnten. Lisette gefiel es so, und sie hatte es nie bereut, dass sie das alte zugige Haus gemietet hatten. Sie hatten es mit ein paar Möbeln ihrer Eltern eingerichtet, und Lisette musste daran denken, dass sie in Sussex hatten leben wollen. Ein Autounfall in Frankreich hatte sie ihr alle beide genommen und sie zweifellos zu der unabhängigen und einsamen Frau gemacht, die sie in ihren Zwanzigern gewesen war.

Der Krieg hatte jedoch alles verändert. Jetzt wollte sie ein Leben voller Farbe führen. Sie wünschte sich Freunde, Gespräche und erfüllende Tätigkeiten in der Gemeinschaft.

»Heute war ein herrlich klarer Tag«, fuhr Luc fort. »Warst du draußen?«

»Kurz«, erwiderte sie. »Ich wollte nicht, dass Harry mit seiner Erkältung zu lange an der kalten Luft ist. Aber ich war im Institut und habe den Artikel, den ich geschrieben habe, an den *Herald* geschickt.«

Luc kam wieder herein. Er hatte sich umgezogen und trug nun bequeme Kleidung. Das bedeutete immer, dass er eine Weile zu Hause bleiben wollte.

»Weißt du was?«

»*Qu'est*...«, begann er, hielt aber inne, als er ihren warnenden Blick sah. Sie waren übereingekommen, auch miteinander ausschließlich Englisch zu sprechen. Nur Peanut hörte sein geflüstertes Französisch. »Was ist?«, korrigierte er sich.

»Ich habe heute zwei Jobs angeboten bekommen«, sagte sie triumphierend.

Er blickte sie verwirrt an. »Jobs?«

Lisette reichte ihm einen Kaffeebecher, und der rauchige Duft von Zichorie stieg ihm in die Nase.

»Im Süßwarenladen am Pier«, sagte sie eine Spur zu fröhlich. Sie hatte nicht erwartet, dass dieses Gespräch unkompliziert verlaufen würde, aber jetzt wollte sie seine zärtliche Stimmung ausnutzen. »Misses Evans braucht eine Aushilfe für die Saison, weil sie dann mehr zu tun hat. Sie meinte, ich wäre perfekt.« Ohne auf sein Stirnrunzeln zu achten, fuhr sie hastig fort: »Sinnvoller wäre allerdings der Job als Kellnerin im Grand. Jeder hat gesagt, dass ich ihn sicher bekomme, wenn ich mich bewerbe, weil ich ja schon im Lyons Corner House in London Erfahrung gesammelt habe.« Sie hielt die Luft an.

»Was ist mit Harry?«, fragte er.

»Wenn ich auf dem Pier arbeite, kommt er natürlich mit. Und wenn ich im Grand bin, engagiere ich einen Babysitter. Der Älteste von Misses Dinkworth ist gerade ins Internat gekommen. Sie freut sich bestimmt, wenn sie ein paarmal in der Woche auf Harry aufpassen kann. Und in einem halben Jahr kommt er sowieso in den Kindergarten. Trink deinen Kaffee.«

»Was hast du da gerade gesagt?«, fragte er, wobei er den Kaffee ignorierte.

»Zu Misses Evans? Ich habe gesagt, ich müsste darüber nachdenken, aber ich würde gerne zusagen … zumindest zu einem Angebot.«

»Zumindest zu einem?«, wiederholte er. »Mir wäre lieber, du würdest bei keinem zusagen.«

Sie merkte ihm an, dass auch er seine Worte vorsichtig wählte, damit kein Streit ausbrach. »Ich muss etwas zu tun haben, Luc, sonst werde ich wahnsinnig. Ich fühle mich hier oben eingesperrt.«

»Eingesperrt?«, fragte er, weil er den englischen Ausdruck nicht kannte.

»Gefangen«, erklärte sie und bereute es sofort.

Er schwieg. Dann sagte er: »Ich hatte keine Ahnung, dass du dich hier wie im Gefängnis fühlst. Du bist schließlich diejenige mit Freunden, Hobbys und Aktivitäten. Hast du nicht neulich erwähnt, dass du bei einem Theaterspiel mitwirken willst? Du hast doch meistens irgendetwas vor. Du bist doch hier die Dorfschönheit.« Der Neid in seiner Stimme entging ihr nicht. »Ändert es etwas an deiner eingebildeten Einsamkeit, wenn du in einem Süßwarenladen arbeitest?«, fragte er.

Sie seufzte.

Er war noch nicht fertig. »Lisette, ich weiß nicht, worum es geht, aber nichts, was du tust, hält den Vergleich zu deiner Zeit im Krieg aus. Nichts wird so aufregend oder beängstigend sein. Keine der zahlreichen Aktivitäten, in die du dich stürzt, genauso wenig wie dein plötzliches Verlangen nach Teilzeitjobs, wird dir so viel Aufregung verschaffen wie die Zeit, als du zu den raffiniertesten Spionen von England gehört hast.« Seine Stimme klang gleichmütig, trotzdem hörte sie den sarkastisch vorwurfsvollen Unterton darin.

Sie versuchte, ihn zum Schweigen zu bringen. Über dieses elende Thema debattierte fast jeder Haushalt. »Denk doch nur an Harry. Wir brauchen das Geld, Luc«, erwiderte sie so sanft wie möglich.

»Nein, das brauchen wir nicht«, sagte er und trat ans Fenster, um hinauszustarren.

»Das Geld meiner Eltern …«

»Halt mir nicht ständig das Geld deiner Eltern vor. Gib es für dich und Harry aus. Ich will es nicht, wirklich nicht. Ich habe genug.« Sein Tonfall war ruhig, seine Worte verletzten sie trotzdem.

»Nur dass dein Vermögen in der Provence ist«, gab sie zurück, wünschte jedoch sofort, sie hätte geschwiegen.

»Du verstehst mich nicht«, sagte er ruhig. »Ich verdiene genug für uns zum Leben.«

»Nur wenn ich auf der Isle of Wight leben würde.«

Luc seufzte. »Dort sind nun mal die Unterkünfte für unsere Familien. Du hast dich dafür entschieden, nicht hinzuziehen. Also müssen wir zusehen, wie wir für die Miete selber aufkommen. Ich beklage mich nicht, ich finde es schön, dass du so nahe bei mir bist, aber du kannst nicht alles haben. Du brauchst keinen Job auf dem Pier mit all den Typen, die da herumhängen. Und dann willst du auch noch meinen Sohn mit hinschleppen.«

»Er ist auch mein Sohn.«

»Ein Grund mehr, Verantwortung zu zeigen. Glaubst du wirklich, das Hinterzimmer eines Süßwarenladens am Pier ist der richtige Ort für einen kleinen Jungen?«

»Nein, aber hier hat er niemanden zum Spielen. Er wird größer, Luc. Er braucht Anregung, sonst wird er genauso introvertiert wie …«

»Wie ich?«

»Ich wollte sagen wie wir. Keiner von uns geht jemals aus sich heraus.«

»Ich war früher anders«, sagte Luc.

»Geht das schon wieder los?«, murmelte sie. Sie wollte nicht mit ihm streiten, aber jetzt war es auch schon egal. »Luc, der Krieg ist vorbei. Mach deinen Frieden damit, genau wie ich auch.«

»Du hast im Gegensatz zu mir niemanden verloren …«

»Doch, das habe ich!«

Jetzt sah sie die Wut in Lucs Gesicht. Die Lippen, die sie eben noch leidenschaftlich hatte küssen wollen, hatte er höhnisch verzogen.

»Ich glaube nicht, dass dein deutscher Oberst mit meinen Schwestern und meinen Eltern vergleichbar ist«, fuhr er sie an. »Oder?«

Lisette stockte der Atem. Nichts hätte sie mehr verletzen können. Er hatte ihr Versprechen gebrochen. »Du Mistkerl!« Ihre Stimme brach.

Luc hatte sich bereits zum Gehen gewandt. Ohne Mantel eilte er nach draußen. Sie hörte die Haustür zuschlagen, dann war er weg. Der Lärm hatte Harry aufgeweckt, und sie hörte ihn husten. Lisette lehnte sich an den Tisch und ließ ihren Tränen freien Lauf. Wie hatte sie nur so dumm sein können? Alle Freude war in den wenigen unnötigen und harten Worten untergegangen. Sie schrieb sich allein die Schuld zu, aber es machte ihren Kummer nicht geringer. Sie hatte sich so sehr bemüht, Kilian in Frieden ruhen zu lassen und nicht an ihn zu denken. Es war einfach zu gefährlich.

Für Lisette war die Geschichte mit Kilian noch nicht abgeschlossen, sie hatten zugelassen, dass er wie ein Schatten ihr Leben teilte, dabei hatten sie und Luc das stillschweigende Abkommen getroffen, ihn nie zu erwähnen. In der letzten Zeit hatte sie tatsächlich kaum noch an Kilian gedacht. Sie hatte sich für Luc entschieden.

In ihrer Zeit als Spionin hatte man sie auf Kilian angesetzt, doch sie hatte nicht damit gerechnet, dass daraus eine so zärtliche, herzzerreißende Liebesgeschichte werden würde. Es war schwer zu erklären, aber sie hatte einmal zwei Männer geliebt: Markus Kilian und Luc Ravensburg. Beide waren Deutsche. Doch Luc hatte nur sein französisches Leben gekannt, und seine jüdischen Adoptiveltern und Geschwister waren seine einzige Familie. Er hatte von seiner deutschen Herkunft erst wenige Monate vor seinem ersten Einsatz erfahren. Damals war er fünfundzwanzig gewesen. Er hatte ihr das Leben gerettet, und sie hatte seines gerettet. Im besetzten Frankreich hatten sie sich ineinander verliebt.

Woher hätte sie wissen sollen, dass Markus nur nach außen hin der kalte, arrogante deutsche Oberst war? Keiner der Männer, die ihre gefährliche Mission geplant hatten, war Kilian je begegnet, wie also hätten sie voraussehen sollen, dass er der rätselhafte, zärtliche Geliebte ihrer Spionin werden würde? Das Kriegsministerium hatte Lisette mental und körperlich auf ihre geheime Rolle vorbereitet, doch niemand hatte ihre Gefühle bedacht, niemand hatte ihr Herz vor der Wärme und dem Witz ihres Liebhabers von der Wehrmacht geschützt. Lisette unterdrückte ein Schluchzen. Letztlich musste nicht sie über Kilian hinwegkommen, sondern Luc.

Harry kam ins Zimmer. Am Daumen lutschend umarmte er ihr Bein, in der anderen Hand hielt er sein Spielzeuglamm Woolly. Harry und Woolly waren unzertrennlich – so wie sie Luc und sich eigentlich auch sah.

Sie wischte sich die Tränen ab und strich ihm übers Haar. »Ooh, du riechst gut«, sagte sie. Sie nahm ihn auf den Arm und vergrub das Gesicht in seiner Halsbeuge.

»Ist Daddy zu Hause?« Er gähnte.

Lisette wollte gerade eine Entschuldigung erfinden, da hörte sie, wie Peanut wieder über die Steinfliesen lief und die Hintertür leise aufging. Als sie aufblickte, stand Luc vor ihr. Irgendwie machte es sie nervös, wie ähnlich er Kilian war mit seiner kräftigen Gestalt, den blonden Haaren und den blauen Augen. Er wirkte elend. Draußen hatte offensichtlich Nieselregen eingesetzt, und an seinen goldenen Haarsträhnen und dem roten Pullover, den ihre Großmutter ihm gestrickt hatte, schimmerten Wassertropfen wie Kristalle.

»Je suis très, très désolé«, flüsterte er betrübt, und sie sah ihm an, dass er seine Entschuldigung aufrichtig meinte.

Lisette nickte. Sprechen konnte sie noch nicht. Er riss sie und Harry in seine Arme und hielt sie so fest, dass er Lisette dabei hochhob. Dann küsste er sie wieder, dieses Mal nicht zärtlich, sondern mit drängender Leidenschaft.

»Du zerquetschst mich, Daddy«, kicherte Harry. Er drehte sich herum und drückte einen Kuss auf den Mund seines Vaters. »Hast du mir Schätze mitgebracht?«

»In meiner Tasche«, sagte Luc und zwinkerte seinem Sohn zu. Harry quietschte vor Vergnügen und rutschte von Lisettes Arm. Luc blickte seine Frau gequält an. »Ich will nicht streiten«, flüsterte er auf Französisch und bedeckte ihr Gesicht mit Küssen. »Vor allem will ich nichts anderes tun als dich lieben in unserer kostbaren gemeinsamen Zeit.« Harry begann, in den Taschen seines Vaters zu wühlen. »Nur du und Harry seid wichtig. Verzeih mir, dass ich seinen Namen erwähnt habe. Verzeih mir, dass ich deine Bedürfnisse nicht verstanden habe. Verzeih mir, dass ich dich verletzt habe.« Er stellte sie wieder auf die Füße, und sie nickte.

Trotzdem verletzt du mich, dachte sie. Sie wusste ja, dass nur sie für ihn zählte. Die stoischen Briten betrachteten die Franzosen immer noch als Feiglinge, die sich den Deutschen ergeben hatten. Ihre Meinung änderten sie nicht, und wenn noch so viel von den tapferen französischen Widerstandskämpfern die Rede war. Trotzdem akzeptierten sie Luc hier in ihrer kleinen Gemeinschaft, zum einen, weil er mit ihr verheiratet war, zum anderen wegen seines guten Aussehens und seiner zurückhaltenden Art. Allerdings mochte Lisette sich kaum vorstellen, welche Auswirkungen es haben würde, wenn die Nachbarn auch nur eine Ahnung davon hätten, dass Luc deutscher Herkunft war. Harry müsste mit dem Stigma eines Nazivaters aufwachsen, obwohl es nur wenige stolzere Franzosen als Luc gab. Er war einer der tapfersten Maquisards gewesen und hatte mehrfach sein Leben riskiert, auch und vor allem für die englischen Spione.

»Verzeih mir«, flüsterte Luc erneut.

Sie lächelte ihn liebevoll an. »Geh und zeig Harry die Schätze«, sagte sie.

Er ergriff ihre Hand. »Nimm den Job im Grand an. Ich will nicht, dass du dich wie im Gefängnis fühlst. Außerdem finde ich, jetzt, da das Wetter besser wird, sollten wir ein paar Ausflüge machen und uns ein bisschen freinehmen.«

Ihre Miene hellte sich auf. »Ja, ein Picknick im Wald fände ich schön, so wie ich es aus meiner Kindheit noch kenne. Es wird dir gefallen … alles voller Glockenblumen und so.«

Er küsste ihr die Hand. »Nein, das kann ich besser. Besorg jemanden, der sich um Harry kümmert. Ich fahre mit dir nach London.«

»London!« Sie konnte es kaum fassen.

»Wir fahren zum Festival of Britain. Ich weiß doch, dass du dort gerne hinmöchtest.«

»Luc!« Ihre Stimme überschlug sich vor Freude. »Oh ja, ja! Schrecklich gerne. Sie setzen dafür Sonderzüge ein.«

»Ja, das habe ich auch gehört«, sagte er lachend.

»Zeig mir die Schätze«, warf Harry ein.

»Na klar, mein kleiner Mann«, sagte Luc und ging mit Harry in sein Zimmer. Er griff in seine Jackentasche und holte eine Handvoll Treibgut vom Strand heraus. »Leg das mal hierhin, dann erzähle ich dir die Geschichten dazu.«

Erwartungsvoll ging Harry in die Hocke und legte jedes einzelne Teil sorgfältig nebeneinander auf sein Kopfkissen.

Luc drehte sich zu seiner Frau um. »Ich werde dich auf unserem Ausflug nach London nach Strich und Faden verwöhnen.«

Lisette lächelte. »In zehn Minuten ist das Essen fertig.«

Sie ließ die beiden allein, um in der Küche nach dem Rechten zu sehen, schlich dann aber auf Zehenspitzen zurück, um ihren beiden Männern zuzuhören.

»Und das graue hier?«, fragte Harry, der nun auf seinem Bett auf dem Schoß seines Vaters saß.

»Ah, das ist das größte. Es heißt *souffle.*«

»Was bedeutet das?«

»*Souffle?* Na ja, wörtlich übersetzt heißt es Atem. Aber in diesem Fall bedeutet es Spucke aus dem Mund eines Riesen.«

Harry keuchte, und Lisette lachte leise in sich hinein. Mit diesem Spiel konnten Vater und Sohn sich endlos beschäftigen, und ihr kam es immer so vor, als könne ihr Mann zu jedem Stein, zu jeder Glasscherbe oder Muschel, die er auf dem Heimweg am Strand aufhob, neue Geschichten erfinden.

»Wie heißt denn der Riese?«, fragte Harry staunend.

»Er heißt Orum und hält eine ganze Armee von Zwergen gefangen, damit sie für ihn einkaufen und ihm den Berg von Essen kochen, den er jeden Tag verschlingt. Das hier ist ein Stück von einem riesigen Apfel, das er beim Essen ausgespuckt hat.«

»Ah«, staunte Harry. »Warum gehorchen ihm denn all die Zwerge? Der Riese kann doch gar nicht hinter ihnen herlaufen.«

»Das stimmt, mein Schätzchen«, erwiderte Luc. »Das erledigen Kobolde für ihn.«

Lisette hörte, wie die Kieselsteine leise aneinanderschlugen. »Das da ist eine sehr schöne Muschel, Daddy. Wem gehört sie? Einer Feenkönigin?«

»Nein, mein Junge. Sie gehört deiner Mutter … Sie ist ja auch irgendwie eine Feenkönigin.« Lisette hörte, wie Luc dem Kind einen Kuss gab. »Ich habe die Muschel mitgenommen, weil sie fast so schön ist wie deine Mutter. Sieh mal, wie sie im Licht schimmert.«

»Ich möchte gerne in der Muschel wohnen«, stellte Harry fest.

»Das tust du doch. Du bist der Prinz.« Anscheinend hatte Luc ihn gekitzelt, denn Harry kreischte auf und begann zu lachen. »Komm, wir überreichen der Feenkönigin unsere ganz spezielle Zaubermuschel.«

»Sie kann zaubern?«

»Oh ja. Habe ich das nicht erwähnt? Die Feenkönigin kann mit dieser Muschel Wünsche wahr werden lassen, aber wie das geht, weiß nur sie …«

»Danke, Luc«, murmelte Lisette und zog sich in die Küche zurück.

3

Es war Mitte Mai, und das Festival of Britain war in vollem Gange. König George hatte die Feierlichkeiten, die nach den harten, entbehrungsreichen Jahren der Nachkriegszeit als »Elixier für England« gepriesen worden waren, offiziell eröffnet. Die beiden hübschen Prinzessinnen hatten der jubelnden, Fähnchen schwenkenden Menschenmenge zugewinkt, die die Straße zwischen der Kathedrale und dem Buckingham Palace säumte. Manche betrachteten das Spektakel als Vergeudung öffentlicher Gelder, aber Luc gefiel es, dass im ganzen Land die Zukunft gefeiert wurde, um die nach wie vor trauernde Nation zu beleben und aufzumuntern.

Überall im Königreich fanden Ausstellungen statt, um die besten britischen Produkte zu bewerben. Die Regierung war entschlossen, jedem Bürger die Möglichkeit zu geben, den Hauptveranstaltungsort an Londons South Bank zu besuchen. Fünf Monate lang sollte durchgefeiert werden. Schon nach wenigen Wochen redeten die Leute von nichts anderem mehr, sogar im verschlafenen Eastbourne. Lisette war mehr als aufgeregt über die bevorstehende Reise.

Harry blieb bei Irene, einer engen Freundin von Lisette. Sie hatte selbst zwei Kinder und war völlig vernarrt in den Sohn der beiden. Sie hatte Luc und Lisette gedrängt, über Nacht in London zu bleiben und erst am nächsten Tag zurückzukommen.

Mit einem der eingesetzten Sonderzüge fuhren sie nach London. Von Waterloo Station aus war es nur ein kurzer Fußmarsch bis zur Festivalhalle.

»Du siehst großartig aus«, sagte Luc zu seiner Frau, und sie errötete vor Freude über sein Kompliment. Er konnte sich nicht erinnern, sie jemals so glücklich gesehen zu haben, abgesehen von dem Tag, an dem Harry geboren worden war. Sie war wieder so schlank wie vor der Schwangerschaft und trug ein schickes Frühlingskleid.

»Das ist der neue Look«, sagte sie und drehte sich mit ihrem weiten Rock einmal um die eigene Achse. »Ich habe es mir geleistet. Gefällt es dir?«

Ob es ihm gefiel? Am liebsten hätte er es ihr vom Leib gerissen und sie auf die schmale Taille geküsst, um die sich ein breiter Gürtel schlang. Sie war ein Bild in Himmelblau. Ihre Haare waren modern kurz geschnitten, und an ihren Ohrläppchen schimmerten die winzigen Perlenohrringe, die er ihr zu ihrem einunddreißigsten Geburtstag geschenkt hatte. Er sah sie nicht oft so zurechtgemacht wie heute, und vielleicht hatte er es in den letzten Jahren als selbstverständlich betrachtet oder sogar vergessen, was für eine attraktive Frau Lisette mit ihren einunddreißig Jahren war. Heute würde sie sicher alle Blicke auf sich ziehen, aber das war ihm egal. Sie trug seinen Ring.

Sie sahen den eindrucksvollen zigarrenförmigen Skylon Tower schon von Weitem. Mit seinem futuristischen Aussehen war er das Wahrzeichen schlechthin für die Plakate und Werbeanzeigen des Festivals.

»Der Turm sieht aus wie eine Weltraumrakete«, sagte Luc. »Und die Kuppel wie eine fliegende Untertasse.«

Lachend riss Lisette das Zeitungspapier ihrer Portion Fish and Chips auf. Der Duft von Essig auf gesalzenen Pommes frites stieg ihnen in die Nase. »Das ist zwar kein besonders nobles Essen, aber du musst zugeben, es schmeckt gut.«

Luc grinste. »Pass auf deinen Rock auf.«

Sie warf ihm einen Blick von der Seite zu. »Ich habe nicht vor, ihn so lange anzulassen.«

»*Méchante!*«, flüsterte er und tat entsetzt über ihre Neckerei.

Lisette nickte. »Ja, ganz schön frech, was? Du solltest erst mal sehen, was ich noch so alles für dich auf Lager habe, Mister Ravens«, drohte sie und steckte sich eine knusprige Kartoffel in den Mund.

Er grinste und beugte sich abrupt vor, um hineinzubeißen.

»Die Kuppel«, erklärte sie und blätterte durch das Programm, »ist ein Sinnbild für alles, was mit der physischen Welt zu tun hat.«

Luc runzelte die Stirn. »Du meinst das Land und den Himmel?«

»Ja, das Meer, die Pole, das Weltall, Pflanzen … vielleicht sogar Lavendel.«

Er gab einen leisen empörten Laut von sich. »Ich weiß mehr über Lavendel, als sie uns jemals beibringen könnten.«

»Ooh«, spottete sie sanft. »Gib nicht so an!«

Er zuckte mit den Schultern. »Die Briten wissen kaum etwas darüber. Im Luberon haben wir den wilden alpinen Lavendel angebaut, die Originalpflanze mit dem reinsten Öl. Was hier wächst«, er schnaubte, »ist voller Kampfer.«

»Dann bau doch deinen blöden wilden Lavendel an«, maulte sie.

»Nein, dazu brauchen wir alpine Bedingungen und ein völlig anderes Klima«, erklärte er geduldig. »Trockene Sommer, du weißt schon. Keine verregneten. Und Schnee im Winter.«

»In Eastbourne schneit es doch.«

»Nicht genug.«

»Aber es würde dich glücklich machen, wieder Lavendel anzubauen.«

Er seufzte. »Ja, das stimmt. Ich bin eben durch und durch ein Lavendelbauer.«

»Dann müssen wir eben einen Plan machen, wie du das wieder erreichen kannst.« Erneut blätterte sie das Programm durch. »Jetzt gehen wir erst einmal in die Ausstellungshalle. Die Liste der Aussteller ist riesig, hier ist alles vertreten, von P&O Shipping bis hin zu Kew Gardens.«

Die Namen sagten Luc nichts.

»Iss auf! Ich möchte alles sehen, von Dick Whittington on Ice bis hin zu … Wusstest du, dass auch Joe Loss auftritt?« Sie verdrehte die Augen, als Luc mit den Schultern zuckte. »*Joe Loss*, Luc!«

»Ich bin einfach nur glücklich, dass du so glücklich bist«, gestand er grinsend. »Führ mich hin, wo immer du willst.«

»Hoffentlich hast du deine Tanzschuhe an, ich werde nämlich auf der Straße tanzen«, warnte sie ihn. »Aber zuerst möchte ich einen glasierten Apfel.«

Der Tag verging wie im Flug bei all den aufregenden Ereignissen und neumodischen Dingen. Die Atmosphäre in dem internationalen Stimmengewirr um sie herum war äußerst anregend und eine gute Grundlage für Freude und Hoffnung. Als Luc zufällig zwei Deutsche hörte, die sich flüsternd unterhielten, fiel ihm ein, dass es beim Festival of Britain vor allem darum ging, den Menschen ein Sprungbrett in die Zukunft zu schaffen. Sie sollten die düstere Vergangenheit hinter sich lassen. Ihn steckte die allgemeine heitere Stimmung ebenfalls an. Nicht nur Lisettes Lachen, sondern der Optimismus aller Veranstaltungen, die sie den Tag über besucht hatten, bewirkte eine Änderung in seinem Denken. Es war wie eine Offenbarung, als ihm auf einmal klar wurde, dass sich wegen des heutigen Tages sein Leben ändern würde. Er wusste noch nicht, wie, aber es würde so sein. Der Gedanke erregte ihn.

Lucs Blick fiel auf ein Plakat von einem Schiff, und er stellte sich unwillkürlich vor, wie es wohl sein mochte, exotische Häfen anzusteuern. Natürlich dachte er dabei auch an Frankreich, aber im Grunde wusste er, dass er noch nicht bereit war, dorthin zurückzukehren. Trotz seines Tagtraums war ihm klar, dass sich an seiner Zukunft nichts ändern würde, wenn er nicht sein Leben änderte – wenn er sein Leben nicht endlich selbst in dic Hand nahm. Ging es bei dem Festival of Britain etwa nicht um Fortschritt und das Versprechen einer strahlenden Zukunft?

Der Gedanke an Veränderung prickelte in Lucs Kopf wie Champagnerperlen.

Als Lisette ihn entdeckte, stand er vor dem Plakat und betrachtete es fasziniert, einen kleinen Zettel in der Hand.

»Luc? Was ist los, Liebling?«

Er blinzelte. »Was?«

»Wo warst du gerade?«, fragte sie lächelnd. Sie blickte auf das Plakat. »Bist du irgendwohin gereist?«

Grinsend zerknüllte er das Papier und steckte es in die Manteltasche. »Ich habe gerade darüber nachgedacht, ob wir mit der Achterbahn fahren sollen, damit ich dich schreien höre«, sagte er ausgelassen.

»Du hast vergessen, dass ich nachts mit dem Fallschirm aus einem Flugzeug abgesprungen bin, die Achterbahn wird mir also keine Angst einjagen«, sagte sie und stieß ihn in die Rippen. »Komm, ich muss noch in die Inneneinrichtungsausstellung von Homes & Antiques. Angeblich gibt es da eine Küche, in der die Frau beim Kochen am Tun der anderen Hausbewohner teilnehmen kann, ohne ihre Arbeit zu unterbrechen«, erklärte sie mit funkelnden Augen.

»Was du nicht sagst«, erwiderte er.

»Ach, komm schon. Ich möchte all die Möbel sehen. Gerade hat mir jemand gesagt, sie hätten sogar ein knallrotes Sofa da.«

Luc tat so, als schaudere er allein beim Gedanken daran.

Sie lachte. »Möchtest du lieber in den Zirkus?«

»Die Frage ist doch wohl eher, warum du nicht dorthin möchtest.«

Lisette überlegte. Dann lächelte sie. »Doch, ich würde eigentlich gerne. Komm, wir gehen erst in Billy Mannings Zirkus, dann auf John Collins Achterbahn, und hinterher genehmigen wir uns noch ein Eis, bevor wir zu Abend essen und unter dem Sternenhimmel tanzen.«

»Ich bin schon erschöpft, wenn ich dir nur zuhöre.«

Der Nachmittag verging rasch, und am Abend hielten alle – nicht nur Luc und Lisette – inne, um zu beobachten, wie die Lichter angingen. Nach Jahren der Dunkelheit hier und auf dem Kontinent fühlte es sich beinahe unwirklich an, alles hell beleuchtet zu sehen. Als die Musik einsetzte, begannen alle zu tanzen. Es sah komisch aus, wie die Menschen in ihren Mänteln herumwirbelten, aber die Lebenslust und Fröhlichkeit waren ansteckend.

»Ich liebe dich, Luc«, sagte Lisette, als sie schließlich völlig erschöpft auf eine Bank sanken. »Danke für diesen Tag.«

»Oh, das Beste fehlt ja noch. Komm«, sagte er und ergriff ihre kleine Reisetasche. »Lass uns ins Hotel gehen.«

»Wohin?«, fragte sie.

»Erinnerst du dich noch an das Imperial, von dem du mir erzählt hast – das Hotel, in dem du auf deine Mission vorbereitet worden bist?«

»Du hast nicht etwa dort ein Zimmer gemietet?«, fragte sie lachend.

»Da wir nach vorn schauen, ohne unsere Vergangenheit zu vergessen, habe ich gedacht, du möchtest vielleicht gerne noch einmal hin. Dann kannst du mit mir morgen früh die Gegend erkunden, in der du gelebt hast, bevor wir uns kennengelernt haben. Zeig mir die Wohnung an der Ecclestone Road, zeig mir das Lyons Corner House. Ich möchte alles sehen … Als wir das letzte Mal in London waren, sind wir nicht dazu gekommen.«

»Nein, da hatten die Pariser mir auch den Kopf geschoren, weil ich eine Nazihure war«, sagte sie. Luc konnte spüren, dass dieses traumatische Erlebnis während der Befreiung von Paris Lisette immer noch tief verletzte. »Ich möchte schrecklich gerne durch London schlendern, dann zeige ich dir die Nelson-Säule und den Buckingham-Palast, die Houses of Parliament und Westminster Abbey. Ja, komm. Lass uns zu Bett gehen.«

»Aber nicht um zu schlafen«, warnte er sie. »So ein Luxus hat immer einen Preis, wie du weißt.«

»Den bezahle ich nur zu gerne«, sagte sie.

In ihrem Kuss lag das knisternde Versprechen der Nacht.

Nach Lisettes Meinung hatte sich das Imperial nicht allzu sehr verändert, allerdings war das Zimmer, das Luc gebucht hatte, wesentlich größer als jenes, in dem sie 1942 während des Krieges gewohnt hatte. Die Wände waren mit grüner Velourstapete bespannt, und die Daunendecke hatte die gleiche Farbe. Es roch nach Duftpotpourri und Teerseife.

»Anscheinend waren die Inhaber in der Einrichtungsausstellung auf dem Festivalgelände«, stellte Luc fest. »Warte, ich helfe dir«, sagte er und zog ihr das Kleid über den Kopf.

Sie lachte, als er abrupt aufhörte. Mit hochgereckten Armen stand sie hilflos da. »Luc!«, protestierte sie.

»Jetzt bist du mir ausgeliefert.«

Erneut musste sie lachen. »Was machst du da?«

Er öffnete ihren Büstenhalter. »Schscht! Du weckst die anderen Gäste auf. Lass mal sehen. Wenn ich das hier aufhake …« Er seufzte.

Es war zu spät, Lisette zum Schweigen zu bringen. Ihr Lachen schallte durch die Korridore, und ein Zimmermädchen, das zufällig vorbeikam, lächelte ein wenig neidisch.

Den nächsten Morgen verbrachten Luc und Lisette nach einem frühen Frühstück die wenigen Stunden bis zur Abfahrt des Zuges mit einem Spaziergang durch ihre ehemalige Nachbarschaft. Luc fütterte einige Tauben und brachte Lisette zum Lachen, weil die Vögel auf seinen Armen und sogar auf seinem Kopf landeten. Es war schade, dass sie keine Kamera dabeihatten.

»Ich kaufe uns eine«, sagte sie, als sie schließlich im Zug saßen. »Wir sollten viele Fotos von Harry machen. Das habe ich versäumt.«

Luc faltete seinen Mantel und verstaute ihn mit der Reisetasche im Gepäcknetz über seinem Platz. Das Gleiche machte er mit ihrem Mantel, bevor er sich ihr gegenübersetzte. »Ich fand unseren Ausflug sehr schön«, sagte er.

Pfiffe ertönten, der Zug war bereit zur Abfahrt. Überall wurden die Türen zugeschlagen.

»Ja, für mich war es einer der schönsten Tage meines Lebens«, sagte Lisette. »Ich fühle mich so lebendig.«

Luc grinste. Bester Stimmung fuhren sie nach Hause, beide angeregt von der kurzen Reise. Luc beschloss, von jetzt an dafür zu sorgen, dass seine Frau häufiger lächelte. Seine neue Einstellung würde auch ihm guttun.

Zu Hause erwartete Irene sie bereits. Harry schlief, als sie ankamen, aber Peanut bereitete ihnen einen lebhaften Empfang.

Irene nickte. »Gut seht ihr aus! Du strahlst ja förmlich, Lisette.«

»Trinkst du noch einen Tee mit uns?«, fragte Lisette.

»Nein, das geht leider nicht, Pete muss heute Abend arbeiten. Aber es hat uns solche Freude gemacht, auf Harry aufzupassen. Er ist ein süßer Kerl.« Sie stellte sich auf die Zehenspitzen und gab Luc einen Kuss auf die Wange. »Ich habe die Post auf den Tisch gelegt.«

Lisette hakte sich bei ihrer Freundin unter und begleitete sie nach draußen. »Ich kann dir gar nicht genug danken. Wir hatten eine großartige Zeit.«

»Das sieht man dir an. Du liebe Güte, ihr seid wirklich ein attraktives Paar. Ich freue mich so für dich. Harry ist spät ins Bett, also lass ihn schlafen.«

»Mir kommt es vor, als wäre ich tagelang weg gewesen.«

»Du siehst so glücklich aus. Wahrscheinlich habt ihr in den letzten vierundzwanzig Stunden noch ein Baby gezeugt.« Irene küsste Lisette zum Abschied.

»Das würde mich nicht überraschen.« Lisette kicherte. »Du erfährst es als Erste!«

Sie winkte der Freundin nach und ging wieder hinein, um Tee zu kochen. Ob sie Luc eines Tages dazu bringen konnte, Tee genauso zu mögen wie sie? Die Erinnerung an ihre Liebesnacht ließ sie lächeln. Ihr war, als sei das Feuer zwischen ihnen neu entfacht worden. Sie hätte die ganze Welt umarmen können. Plötzlich lag ihre Zukunft strahlend vor ihr. Auch Luc wirkte irgendwie verändert. Der Ausflug nach London hatte ihnen gutgetan, es war wie der Beginn eines neuen Lebens.

»Ich mache uns eine Kanne Tee«, sagte sie fröhlich. Harry würde sie damit nicht wecken. Er würde auch bei einem Erdbeben weiterschlafen. »Wo bist du?«, rief sie.

Keine Antwort.

Lisette wärmte die Kanne vor. »Luc?«

Im Haus war es still. Stirnrunzelnd ließ sie alles stehen und machte sich auf die Suche nach ihrem Mann. Sie ging in Harrys Zimmer und betrachtete ihr Kind. Leise beugte sie sich über sein Bett und küsste ihn. Als sie Woolly dichter an das Kind legte, packte Harry seinen besten Freund sofort fester. Ein paar Sekunden lang sah sie ihm beim Schlafen zu, lauschte seinem regelmäßigen Atem, dann ging sie ins Schlafzimmer.

Erschreckt stellte sie fest, dass Luc auf dem Boden saß, den Kopf beinahe zwischen den Knien.

Peanut hatte sich an ihn geschmiegt und wedelte heftig mit dem Schwanz, aber Luc rührte sich nicht. Lisette stockte der Atem.

»Luc? Was ist los?«

In den Händen hielt er einen zerknüllten Brief. Erst jetzt merkte sie, dass der Umschlag neben ihm auf dem Boden lag. Er trug eine deutsche Briefmarke. Sie erstarrte. Nach einer Weile bückte sie sich und nahm ihrem Mann den Brief aus den Fingern. Luc bewegte sich immer noch nicht. Peanut leckte ihr liebevoll übers Knie.

Ihr war das Herz schwer, als sie mit dem Brief ans Fenster trat und den Inhalt überflog. Der Briefkopf war formell.

Der zentrale Suchdienst, den die alliierten Streitkräfte eingesetzt hatten, hieß inzwischen Internationaler Suchdienst. Erst letzten Monat waren sie benachrichtigt worden, dass er in Deutschland unter der Leitung der Alliierten Hohen Kommission stand. Worum es in dem Schreiben ging, wusste Lisette, bevor sie zu lesen begann, und ihre fröhliche Stimmung war mit einem Schlag vorbei.

Das Schreiben informierte darüber, dass der Verbleib der Familie Bonet über Sarah Ruth Bonet und Rachel Arella Bonet nach Auschwitz-Birkenau zurückverfolgt worden war. Beide Frauen waren im Frühjahr 1943 im Lager Birkenau ums Leben gekommen. Lisette warf Luc einen Blick zu, der zusammengesunken auf dem Fußboden hockte. Sie schlug die Hand vor den Mund und las weiter. Tränen liefen ihr über die Wangen, rannen durch ihre Finger.

Es fiel ihr schwer, den Brief zu Ende zu lesen. Die Worte waren so schonungslos, aber wie hätten Todesnachrichten auch abgemildert werden können? *Die oben erwähnte Person – Sarah Ruth – wurde am 18. Juli 1942 festgenommen, am 20. Juli nach Drancy gebracht und am 4. Oktober 1942 in das Konzentrationslager Auschwitz verlegt.* Ebenso präzise wurden die Ankunft, ihre Gefangenennummer und ihr Todesdatum, der 3. Mai 1943, genannt. Den Unterlagen zufolge war Sarah an Herzversagen gestorben. Doch Rachel war am gleichen Tag ums Leben gekommen. Offensichtlich hatten die Nazis die Bonet-Schwestern brutal vergast.

Die Frage nach den Eltern und der jüngsten Schwester der beiden ließ sich nicht eindeutig beantworten, obwohl es für sie eigentlich keine Hoffnung mehr gab. Trotzdem waren ihre Namen sorgfältig aufgeführt: Jacob David, Golda Dana und Gitel Eliana aus Saignon in der Provence. Sie waren ebenfalls im Durchgangslager Drancy gewesen und von dort mit dem Zug nach Polen weitergeschickt worden, nach Auschwitz-Birkenau in der Nähe von Krakau. Das Datum der Deportation stimmte mit dem der beiden Schwestern überein. Demnach war die Familie bis zu ihrer Ankunft im Konzentrationslager zusammen gewesen.

Durch seine Nachforschungen wusste Luc, dass das Schicksal derjenigen, die man als nicht arbeitstüchtig erachtet hatte, kaum geklärt werden konnte. Die Eltern und die jüngste Schwester hatten keine Nummern bekommen, nur ihre Namen verschafften die Gewissheit, dass sie in Drancy abtransportiert worden waren.

Der Wortlaut des Schreibens war schlicht und herzzerreißend: *Keine Nachrichten seither.*

Mit tränenverschleiertem Blick konnte Lisette, ebenso wie Luc, zwischen den Zeilen lesen. Seine ganze Familie war im

Todeslager der Nazis vor den Toren von Krakau ermordet worden.

Lisette schlang die Arme um ihren Mann und weinte an seiner Schulter. Er schwieg und hockte da wie versteinert. Lange Zeit verharrten sie so. Peanut legte sich in Lisettes Schoß und schlief ein. Irgendwann rief Harry aus seinem Zimmer.

»Luc…«, flüsterte Lisette.

»Geh zu ihm«, sagte er. Seine Stimme war ruhig, aber kalt.

Sie hätte ihm so gerne so vieles gesagt, doch sie kannte Luc. Jetzt war nicht der richtige Zeitpunkt. Langsam erhob sich Lisette.

»Nimm Peanut mit, wenn du hinausgehst«, sagte sie leise.

Auf dem Weg in Harrys Zimmer wischte sie sich die Tränen ab, aber in ihrem Herzen war alles düster, und sie empfand ohnmächtige Wut auf den Absender des Briefes aus Bad Arolsen in Deutschland.

»Hallo, mein Schatz«, sagte sie.

»Du hast mir gefehlt, Mummy«, sagte ihr Sohn und berichtete ihr aufgeregt, was er während ihrer Abwesenheit alles erlebt hatte.

Sie ließ sein fröhliches Geplapper wie eine warme, beruhigende Dusche über sich hinwegfließen. Als sie Harry fest an sich zog, dachte sie: *Oh, mein kleiner Junge, wie sollen wir Daddy nur helfen?*

Lisette hörte, wie die Hintertür leise zugezogen wurde. Peanut kam angelaufen, und ihr Herz machte einen Satz. Sie ging in die Küche und blickte ihrem Mann nach. Der Mann, den sie über alles liebte, ging weg von ihnen. Er schloss sie aus, weil er sich für stark genug hielt, den Schmerz allein zu tragen.

Das Festival of Britain und alle Fröhlichkeit waren vergessen. Als sie Harry zur Geschichtenstunde vor das Radio setzte, bevor sie ihm das Essen zubereitete, fiel ihr ein zerknülltes Stück

Papier auf, das aus Lucs Manteltasche gefallen war. Während ihr Sohn aufmerksam dem Sprecher lauschte, faltete sie das Papier auseinander, froh über die Ablenkung.

Es war eine Broschüre von P&O über begleitete Schiffspassagen von Großbritannien nach Australien. »Zehn Pfund«, murmelte sie. Sie hatte davon schon im Radio gehört. Ihr fiel ein, dass ihr Vater früher viel über diesen großartigen Kontinent auf der südlichen Halbkugel gelesen hatte. Es gab weite Ebenen, und der Sternenhimmel war ganz anders als bei ihnen. Ihr Vater war fasziniert gewesen von Australien und hatte ihr beim Abendessen häufig davon erzählt. Maximilian Foersters größter Traum war es damals, einmal dorthin zu reisen und das Land mit eigenen Augen zu sehen. Selbst zu sehen, wo die rote Wüste in die Sandstrände am Ozean mündete, wo die einsame und zugleich wunderschöne Landschaft in den tropischen Regenwald überging. Sie konnte sich ein derart riesiges Land gar nicht vorstellen.

»Es gibt Farmen dort, Lisette, die mehrere tausend Quadratkilometer umfassen.« Die Zahlen waren unvorstellbar groß für sie, aber sie merkte an der ehrfürchtigen Stimme ihres Vaters, dass sie beeindruckt sein sollte. »Das Klima ist wunderbar. Heiß und trocken im Sommer, mit nassen, kalten Wintern in manchen Bundesstaaten. Schnee gibt es auch. Je weiter nördlich du kommst, desto gemäßigter und feuchter wird es.«

»Und im Süden?«, hatte sie gefragt, angesteckt von der Begeisterung ihres Vaters.

»Nun ja, im Süden wird es immer extremer. Hinter Australien liegt nur noch der Südpol«, hatte er gesagt. »Eines Tages werden wir dorthinfahren. Wir werden auf Kamelen durch die Wüste reiten, du und ich, und wir werden in der Brandung an Australiens majestätischen Stränden spielen.«

Bei ihm klang alles so romantisch und erreichbar.

Lisette blickte blinzelnd auf die Broschüre. Es war tatsächlich zu erreichen. Für zehn Pfund war es möglich, wenn man auswanderte! Für abenteuerlustige Menschen, die ihrem Leben hier in Europa entfliehen wollten, tat sich eine völlig neue Existenz auf. Sie und Luc waren doch abenteuerlustig, oder? Es gab wohl kaum ein Paar mit einer wagemutigeren Vergangenheit als Luc und sie. Die meisten Frauen, die sie kannte, hatten den Krieg über zu Hause gesessen, während ihre Männer kämpften. Alle waren tapfer gewesen, aber nur wenige hatten so wie sie und Luc dem Feind ins Auge geblickt … und überlebt.

Lisette faltete das Papier wieder zusammen und steckte es in die Tasche zurück. Ihre Gedanken wanderten zu dem sonnenverbrannten Land. Wenn sie sich nicht irrte, würde die Trockenheit dort die Antwort auf ihre Gebete sein.

4

Luc legte den Arm um seine Frau und blickte in ihre rotgeränderten Augen. »Bist du dir sicher? Es ist alles so schnell gegangen. Du kannst immer noch deine …«

Lisette schüttelte den Kopf und lächelte unter Tränen. »Nein. Wir gehen.«

Es war Anfang Dezember, und insgeheim war Lisette froh, einem weiteren grässlichen Winter in den stürmischen Downs zu entkommen. Allerdings wäre sie gerne erst nach Weihnachten aufgebrochen. Dann hätten sie das Fest noch einmal mit ihren Großeltern verbringen und Harry hätte seinen Urgroßvater noch einmal als Weihnachtsmann erleben können. Aber es sollte nicht sein. Heute war der letzte Abfahrtstermin des Jahres.

Sie standen auf den Tilbury Docks, die im Osten der Stadt an der Themse lagen. In der Ferne stieg der Rauch aus den Londoner Schornsteinen auf, und Lisette wurde klar, dass sie die geliebte Stadt wahrscheinlich zum letzten Mal sah, zumindest für sehr lange Zeit.

Vom Deck der einundzwanzig Tonnen schweren *SS Mooltan* hatte man einen Blick weit über die Stadt. Sie versuchte, sich ihn fest einzuprägen und für immer festzuhalten.

Erneut sah sie nach unten, wo ihre Großeltern standen. Von hier oben wirkten sie winzig und gebeugt. Granny schwenkte einen hellblauen Schal, damit Lisette sie auch erkennen konnte. Sie würden sich nie mehr wiedersehen – das wussten insgeheim alle –, und der Abschied war herzzerreißend gewesen. Peanut, der ihre Großeltern kannte und sich bei ihnen wohlfühlte, war bei ihnen geblieben.

»Vielleicht kann ich Granny ja überreden, demnächst ein Schiff zu betreten«, hatte ihr Großvater gesagt und so getan, als würde das nur ihr zuliebe geschehen.

Lisette hatte unter Tränen genickt.

Granny war untröstlich, ihre Enkelin und ihren einzigen Urenkel zu verlieren. »Ich möchte jeden Monat eine neue Fotografie bekommen«, drängte sie. »Mein süßer, kleiner Harry«, weinte sie.

Lisette war geflohen. Sie hatte Harry an der Hand genommen und war zusammen mit ihm und Luc die Gangway hinaufgegangen. Sie hatten den Jungen zwischen sich schaukeln lassen, als ob alles nur ein großer Spaß wäre. Aber insgeheim brach ihr der Abschied das Herz.

Sie würden jetzt jeden Moment ablegen. Das brauchte ihr niemand zu sagen, es lag in der Luft. Sie waren auf dem Weg auf die andere Seite der Welt. Harry war noch zu klein, um es zu verstehen. Er gähnte auf dem Arm seines Vaters, während er mit seinen Händchen winkte, die in roten Fäustlingen steckten, eigens von Granny für ihn gestrickt. Lisette unterdrückte ein Schluchzen und schenkte Luc ein wässriges Lächeln. Er wirkte lebendig. Den ganzen Tag schon strahlte er. Vielleicht lag es ja daran, dass er der geborene Abenteurer war, aber wahrscheinlich war es eher das Gefühl zu entkommen. Dieses Schiff würde ihn so weit wie möglich von Europa und seinem Kummer fortbringen.

In den vergangenen acht Monaten seit dem Festival of Britain hatte er dieses Lächeln ausschließlich seinem Sohn gezeigt. Lisette litt unter Lucs mangelnder Zuneigung, er hatte sogar zweimonatige Dienste im Leuchtturm angenommen, nur damit er nicht zu Hause sein musste, wo er an den Brief erinnert werden würde.

Irgendwann war Lisette es leid gewesen. Sie wollte von der Trauer, die alles durchdrang, nichts mehr wissen und sich vor allem in dem Leid nicht vergraben. Sie war diejenige gewesen, die als Erste die Idee der Auswanderung aufgebracht hatte. Zuerst hatte Luc ihr nicht zuhören wollen. Seine Trauer hatte etwas Wahnsinniges. Er wollte gar nicht von ihr getröstet werden. Er wollte den Schmerz spüren. Sie fand keinen Weg, um ihm zu helfen, aber sie hörte nicht auf, von Australien zu reden. Es sei schon immer ihr Traum gewesen dorthinzugehen. Es war eine Lüge, doch das war ihr egal, sie musste etwas tun, um ihren Mann aus seiner düsteren Stimmung zu befreien, sonst konnte sie gleich von Beachy Head springen.

Eines Morgens im vergangenen Sommer hatte sie es nicht mehr ausgehalten. Nach acht Wochen Dienst am Stück war Luc vom Leuchtturm gekommen und hatte noch nicht einmal ein Lächeln für sie übriggehabt.

»Wenn du jetzt nichts tust, zerstörst du die Familie, die noch am Leben ist und dich liebt, für jene Familie, die seit acht Jahren tot ist!« Sie hatte die Worte, die sich monatelang aufgestaut hatten, wütend hervorgestoßen, und anstatt sie anzubrüllen oder aus dem Haus zu stampfen, hatte er sie nur erschrocken angeschaut.

»Warum wirfst du uns weg?«, hatte sie gesagt. »Wir haben dir nichts getan, wir lieben dich doch.«

Das war das erlösende Wort. Der Wendepunkt war erreicht. Zweifellos hatte unter anderem dazu beigetragen, dass Luc im flachen Wasser unterhalb des Kliffs eine Leiche entdeckt hatte, als er eines Morgens unterwegs nach Hause war, weil er den Tag über freihatte. Der Fund hatte ihn erschüttert, vor allem hatte er ihn aus seiner selbstmitleidigen Erstarrung gerissen. Die

Tragödie und die Tatsache, dass er die Leiche ganz allein an die Küste ziehen musste, hatten ihn aufgewühlt. Er war heilfroh, dass es nicht Eddie war.

»Du hast recht. Nichts ist deine oder Harrys Schuld.«

»Aber wir bezahlen den Preis für das, was die Nazis getan haben.«

Er nahm sie in die Arme, küsste und hielt sie, weinte mit ihr.

»Ich werde sie nicht wieder erwähnen«, versprach er.

»Nein, Luc. Das ist nicht die Lösung. Wir müssen unser Leben ändern. Ist auch nur ein Wort von dem zu dir durchgedrungen, was ich über Australien erzählt habe?«

Er nickte. »Alles, aber es ist so schwer.«

»Warum?«

»Weil Harry und …«

»Harry ist vier. Es ist völlig egal, wo er aufwächst, solange er Eltern hat, die ihn lieben, und vor allem einen Vater, der an seinem Leben teilnimmt.«

»Was ist mit deinen Freunden?«

»Wir können uns schreiben.«

»Deine Großeltern sind …«

»… alt. Ja, sie werden uns schrecklich vermissen, aber sie wären die Letzten, die versuchen würden, uns zurückzuhalten. Willst du es? Kannst du es? Kannst du Frankreich hinter dir lassen? Jedes Mal, wenn du aus der Haustür gehst, schaust du dort hinüber.«

Er nickte. »Ich denke schon, dass ich das könnte.«

Ihr Herz flog ihm entgegen.

»Ja, ich auch. Allerdings muss sich alles ändern. Und du wirst die Samen pflanzen.«

»Lisette …«

»Keine Widerrede. Hör mir zu. Du magst dich für den großartigsten Lavendelbauern der Welt halten, aber ich habe ein bisschen recherchiert. Der wilde Alpenlavendel, den du im Luberon angebaut hast, wächst auf dem vierzigsten nördlichen Breitengrad, richtig?«

Luc zuckte mit den Schultern. »Wenn du das sagst.«

»Ja, das sage ich. Und das ist wichtig. Es gibt eine kleine Insel neben dem australischen Festland, Tasmanien heißt sie. Ich bezweifle, dass dein verbohrtes französisches Hirn jemals davon gehört hat.«

Als er lachte, verzog sie die Mundwinkel vor Freude darüber, dass er die Beleidigung so gut aufnahm. Das war der Luc, den sie kannte.

»Na los, dann erzähl mir davon«, sagte er amüsiert. Seine blauen Augen funkelten.

»Also, der Norden von Tasmanien liegt auf dem vierzigsten südlichen Breitengrad.«

Er verstand sofort, worauf sie hinauswollte, und obwohl sie anschließend noch alle möglichen Fakten herunterrasselte, wusste sie, dass er ihr nicht mehr zuhörte. Er trat an die Spüle und blickte hinaus. Sie sah ihm an, dass es in ihm arbeitete.

»Erzähl mir etwas über das Klima«, unterbrach er ihren Strom an Informationen über Orte wie Hobart, Launceston und Devonport und über die Sträflinge, die nicht weglaufen konnten, weil es eine Insel war.

»Na ja … das Klima ist dort ähnlich wie im Luberon. Bei der australischen Botschaft haben sie mir gesagt, dass wir uns auf kalte Winter, nasse Frühjahre und lange, heiße und extrem trockene Sommer einstellen sollen.«

»Wie hoch liegt es?«

»Keine Ahnung«, musste sie zugeben. »Spielt das eine Rolle?«

»Ich glaube schon.«

»Ich nicht«, erwiderte sie. »Ich glaube, ihr französischen Lavendelbauern seid so eifersüchtig und überheblich, dass du das alles nur sagst, um deine Pflanzen von uns englischen Gärtnern fernzuhalten.«

Luc lachte leise. »Klima, Höhe, Breitengrad, Längengrad – alles muss stimmen, um die perfekte *lavandula angustifolia* hervorzubringen«, sagte er gespielt belehrend.

»Na ja, drei von vier Treffern ist auch nicht schlecht, oder?«

»Nein, es ist nicht schlecht«, gab er zu und küsste sie. »Du überraschst mich immer wieder«, sagte er dann und küsste sie gleich noch einmal. »Du bist nicht nur schön.« Er schaute sie an, und sie bemerkte die Liebe in seinem Blick. Erleichterung überflutete sie wie eine warme Woge. »Ich verdanke dir so viel.«

»Dann hör auf mich«, bat sie. »Sag ja. Lass uns hier weggehen und all unsere schlimmen Erinnerungen hinter uns lassen – deine, meine, die von England, von Frankreich. Lass uns in einer Welt ohne Krieg neu anfangen, um Harrys willen. Lass uns noch mal ganz von vorn anfangen, Luc. Wir werden zusammen Fremde sein und deine Familie ehren, indem wir deinen Lavendelsamen in die Erde von Tasmanien pflanzen. Wir werden unsere Kinder dort großziehen und es niemals bereuen, dass wir die Chance ergriffen haben.«

»Kannst du dein Leben einfach so hinter dir lassen?«

»Das habe ich schon mehrmals getan«, sagte sie leise. »Ein weiteres Mal wird nicht schaden.«

»Ich … ich möchte, dass der Schmerz vergeht. Ich möchte davor weglaufen.«

»Dann geh mit mir nach Australien … nach Tasmanien.«

Luc hatte genickt und sie leidenschaftlich geküsst.

Jetzt standen sie hier auf der *Mooltan*. 1923 war es das erste P&O-Schiff über 20 000 Tonnen gewesen, und es hieß, sie sei zwar langsamer als andere Schiffe, dafür jedoch komfortabler. Das bezeugten die breiten Decks. Auf der Brücke ertönte dreimal hintereinander ein Tuten, erneut winkten und riefen die Passagiere und die Menschen unten am Kai sich zu. Der Motor des Schiffes sprang stampfend an.

»Sie machen die Leinen los«, sagte jemand.

Lisette beobachtete, wie die schweren Taue, mit denen das Schiff am Pier befestigt war, gelöst und vom Schiff eingezogen wurden, bis sie nur noch durch ein Seil mit dem Land verbunden waren. Kurz darauf spürte sie, wie die *SS Mooltan* ablegte.

Das war es dann. Sie ließ ihr vertrautes Leben zurück. Ihre geliebten Großeltern standen eng umschlungen unten auf dem Pier und winkten heftig, während sie mit ihrem kleinen Sohn und dem Mann, der sie beide im Arm hielt, in ein neues Leben aufbrach. Tränen verschleierten Lisettes Blick, und sie erkannte ihre Großeltern nur noch verschwommen. Sie konnte bloß in ihre Richtung winken und beten, dass sie die beiden eines Tages wiedersehen würde.

Luc konnte seine Aufregung kaum im Zaum halten, aber er mäßigte sich, weil er merkte, wie traurig Lisette war. Er hütete sich davor, allzu viel zu erwarten, aber die Hoffnung, dass das Klima auf dieser Insel namens Tasmanien ähnlich war wie in seinem geliebten Luberon, beflügelte ihn.

Er und Lisette gehörten nun zu den »Ten Pound Poms«, jener Kampagne, mit deren Unterstützung man für zehn Pfund nach Australien auswandern konnte. Nach allem, was er bisher mitbekommen hatte, arbeiteten auf dem Deck der zweiten Klasse hauptsächlich Asiaten, und Harry gewann bereits die Herzen der gesamten Mannschaft. Sie würden sechs Wochen auf See sein, sicher ein unvergleichliches Abenteuer. Selbst Lisette war aufgeregt bei der Aussicht, so viele Häfen anzufahren.

»Das liest sich wie meine Geografiebücher in der Schule«, hatte sie gesagt. »Ägypten.« Sie schüttelte den Kopf. »Ich kann es kaum erwarten.«

Sie waren auf dem E-Deck in einer Kabine mit zwei Kojen untergebracht, wobei Harry den meisten Platz in Lisettes Koje beanspruchte. Aber das war ihr egal. Sie hatten immer zusammen in einem Bett geschlafen, wenn Luc im Leuchtturm gewesen war.

Die Tage verbrachten sie an Deck und genossen die frische Luft, während sie durch Gewässer fuhren, die romantische Namen trugen wie Balearen-Meer oder Alborán-Meer.

In Marseille war Luc einer der Ersten, die das Schiff verließen. Er drängte Lisette zur Eile und schob Harry in seinem Kinderwagen, damit sie so viel Zeit wie möglich in dem Hafen verbringen konnten, der ihn wieder auf provenzalischen Boden und ganz nahe an sein geliebtes Saignon brachte. Der Mistral blies uncharakteristisch heftig, wenngleich nicht annähernd so stark, wie Luc es von seinen früheren Besuchen in der Stadt in Erinnerung hatte.

»Wie ungewöhnlich«, sagte er, als eine heftige Böe ihn fast aus dem Gleichgewicht brachte. »Das kommt um diese Jahreszeit eigentlich kaum vor. Wahrscheinlich ist es ein Willkommensgruß für mich.«

»Luc, du läufst mir doch nicht weg und verschwindest in den Hügeln, oder?«, fragte Lisette halb im Scherz. Sie war froh, für eine Weile wieder festen Boden unter den Füßen zu haben.

Luc schüttelte den Kopf. »Eines Tages vielleicht. Aber jetzt nicht.«

Sie schauten den Möwen über dem Fischmarkt zu, während sie zu Fuß in die Altstadt schlenderten. Vor ihnen erhob sich die Basilika Notre-Dame de la Garde.

Lisette lächelte über Lucs Erregung, doch ihre Mienen wurden ernst, als sie die Ruinen des Hafens erblickten, der noch aus der Römerzeit stammte. Die Nazis hatten – mit Hilfe der französischen Polizei – den alten Hafen in die Luft gesprengt.

Luc ließ sich jedoch das Vergnügen an dem Besuch in der Stadt, in der er sich als Kind regelmäßig mit seiner Familie aufgehalten hatte, nicht verderben.

»Wusstest du, dass die Abtei aus dem fünften Jahrhundert ist?«

Lisette verdrehte die Augen. »Hast du so all die französischen Mädchen verführt, denen du das Herz gebrochen hast?«

»Findest du Geschichte etwa nicht aufregend?«

»Nicht so wie du. Ich blicke lieber nach vorn.«

Luc spürte, sie wollte nicht darüber nachdenken, dass die Nazis hier 1943 zweitausend Juden zusammengetrieben hatten, die über Drancy in die Konzentrationslager im Osten geschickt worden waren.

»Komm, wir kaufen dir ein Stück von der berühmten *Savon de Marseille.* Eine solche Seife findest du kein zweites Mal auf der Welt.«

»Meine Mutter hat immer davon gesprochen. Sie ist aus Olivenöl, nicht wahr?«

Er nickte. »Überzogen mit Meersalz. Erst dann ist es die echte. Und Harry bekommt ein Eis.«

»Lass mich raten, hier gibt es auch die beste Eiscreme der Welt«, sagte Lisette und lächelte schief.

5

Unbewusst schnüffelte Luc. Die Kopfnote, die ihm sofort auffiel, war Eukalyptus; die leichte Brise, die ihm die Haare zerzauste, brachte sie mit sich. Der Geruch war dem Kampferduft mancher Lavendelarten nicht unähnlich, aber wenn er ihn mit einem Tier vergleichen müsste, so war die Lavendelnote wie das Miauen einer Katze im Vergleich zum Löwengebrüll des australischen Eukalyptus. Er gefiel ihm sofort, zumal die Luft hier unglaublich sauber war.

Vom Taxi aus, das sie in dem australischen Hafen, in den die *Mooltan* eingelaufen war, genommen hatten, hatte Luc Rosenbüsche gesehen – genauso schön wie in England. Das leuchtende Gelb eines blühenden Baumes, das ebenfalls seine Aufmerksamkeit erregte, erkannte er sofort: ein Mimosenbaum, der im letzten Jahrhundert in die Provence importiert worden war. Noch nie hatte er hingegen die Bäume mit der prachtvollen violetten Blüte gesehen: Jacaranda. Der Name klang fremdländisch und exotisch … Er ließ ihn auf der Zunge zergehen und gelobte sich, einen Jacarandabaum zu pflanzen, wenn es dort, wo sie wohnen würden, keinen gab.

Andere vertrautere Gerüche nach Salz, Fisch, Öl und Schweiß im Hafen ließen ihn an den Leuchtturm denken, aber ihm war klar, wie weit er von England entfernt war. Allein das Wetter reichte aus, um die Vergangenheit ganz weit wegzuschieben.

Auf dem Schiff hatten sie Geschichten über Temperaturen gehört, »die den Asphalt zum Schmelzen bringen«, doch nichts hatte sie auf die trockene, glühende Hitze im Hafen von Melbourne vorbereiten können, wo sie an Bord eines Dampfschiffes namens *Taroona* gingen, das sie nach Devonport in Tasmanien brachte.

Lucs Hemd klebte feucht an seinem Rücken, eine angenehme Erinnerung an seine Jugend und die heißen Sommer in der Provence, in denen er auf den Lavendelfeldern geschuftet hatte. Seine Stimmung hob sich, aber er hatte sowieso von Anfang an keine Angst davor gehabt, die »Heimat« zu verlassen. Als ob sie seine Gedanken erraten hätte, warf Lisette ihm einen Blick zu.

»Ich dachte, wir hätten das Ende der Welt längst erreicht«, sagte sie, »und jetzt sind wir immer noch unterwegs.«

Sie blickten zu Henry, der zwar gähnte, aber trotz der langen Reise noch immer fröhlich war.

»Denk nur, in England gehen jetzt alle zu Bett«, sagte Lisette.

»Du musst es anders sehen: Du erlebst jeden Sonnenaufgang vor deinen Freunden in der Schauspielgruppe«, versetzte er.

Sie beugte sich zu Harry. »Sieh mal«, sagte sie zu ihrem Sohn und schob sich eine Locke aus der Stirn.

Gebannt betrachtete Luc seine schöne dunkelhaarige Frau. Er wusste, dass andere Männer ihr hübsches Äußeres bewunderten, und er hatte es viel zu lange für selbstverständlich gehalten. Natürlich hatte er wahrgenommen, wie lang ihre Haare geworden waren, aber erst jetzt fiel ihm auf, wie dick und üppig sie ihr über die Schultern fielen.

Lisette merkte nichts von Lucs Beobachtungen. »Sieh nur, sie laden Autos auf das Schiff«, sagte sie zu Harry.

Mutter und Sohn. Luc liebte sie über alles. Es war an der Zeit, den beiden ihren Glauben an ihn zu vergelten und ihnen das glückliche Leben zu schenken, das sie verdienten.

Luc folgte ihren Blicken und verfolgte fasziniert, wie riesige Kräne drei Autos an Bord hievten. Er fragte sich, wann Australien mit der Verschiffung von Autos wohl so weit sein mochte wie Europa. Er hätte sich gerne einen Wagen gekauft, doch sie besaßen nur das Geld von Lisette. Damit konnten sie zwar ihren Traum finanzieren, aber mehr war nicht drin.

Trotzdem gab ihm Australien die Möglichkeit zu träumen, und das allein erfüllte ihn mit Optimismus. Er legte den Arm um seine Frau und seinen Sohn. Lisette blickte ihn an.

»Mein Herz ist schon nicht mehr ganz so schwer«, sagte er dicht an ihrem Ohr.

»Das merke ich«, flüsterte sie, und das Lächeln, das in ihren Augen funkelte, zeugte von Vergebung für die zahllosen Tage, an denen sie seine düstere Stimmung, seine Abwesenheit und seine Gedankenlosigkeit hatte ertragen müssen.

»Ich werde dafür sorgen, dass wir es gut haben«, versprach er und küsste sie auf den Scheitel.

Lisette antwortete nicht, doch er spürte, dass sie nickte. Vermutlich war sie den Tränen nahe. Rasch lenkte er Harry ab, damit sie sich wieder fassen konnte.

»Für die Leute hier ist das da das Boot, Harry«, erklärte er und nahm den kleinen Jungen auf den Arm.

»Aber wir sagen Dampfschiff dazu, oder, Dad?«

»Ja, ich denke schon. All diese Leute hier fahren nach Tasmanien, wo sie wohnen … und wir werden von jetzt an auch dort wohnen.«

»Ich weiß. Mom hat es mir erzählt. Aber ich finde, es ist ganz schön weit weg von unserem echten Zuhause.«

Luc blickte in die großen vertrauensvollen Augen seines Sohnes. »Mit der Zeit wird das hier unser echtes Zuhause, Harry.«

Der Junge nickte fröhlich. Er war noch zu klein, um die Tragweite ihrer Entscheidung zu verstehen, doch es bestärkte Luc nur darin, dieses große Abenteuer, in das er seine Familie gestürzt hatte, zu einem Erfolg werden zu lassen. Es musste einfach so sein. Das hier war seine Chance, sein Leben in Ordnung zu bringen.

»Wir legen in Beauty Point an, oder? Nicht in Launceston direkt?«, fragte Lisette, die ihre Fassung wiedergewonnen hatte. »Ich habe etwas über King's Wharf gelesen.«

»Beauty Point ist der nächste Passagierhafen«, erklärte Luc. Das hatte er in Station Pier erfahren. »King's Wharf ist ein Industriehafen. Wir fahren mit dem Bus weiter in die Stadt.« Lisette erwiderte nichts, aber ihr müdes Gesicht sagte ihm, dass die Reise lange genug gedauert hatte.

»Der Strait ist doppelt so breit und doppelt so rau wie der Ärmelkanal«, bemerkte ein Mann, der neben ihnen stand. Er sah aus wie ein alter Seebär. »Aber heute ist die See nicht allzu wild.« Er zog an seiner Pfeife und zwinkerte Lisette zu. »Sie sind fremd hier, oder?«

Luc nickte. »Ja, wir sind heute erst mit dem Schiff aus England gekommen.«

»Sie klingen auch nicht so, als ob sie von hier wären«, stellte er fest.

Wahrscheinlich hatte er ihre Unterhaltung belauscht, doch das machte Luc nichts aus. Er hatte sich während der Zeit im Leuchtturm an diese wortkargen, »salzigen« Typen gewöhnt.

»Ich bin Franzose«, sagte er. »Luc Ravens.«

»Ravens? Das klingt nicht gerade französisch. Aber egal.« Höflich lüpfte der Mann seine Kappe. »Misses Ravens. Sie sind wirklich ein zartes, kleines Ding. Sie müssen gut auf Ihre Frau aufpassen, wenn die Roaring Forties blasen«, sagte er über die Schulter zu Luc, bevor er sich wieder an Lisette wandte, die ihm ein müdes Lächeln schenkte. »Jim Patterson. Unseren Südwind werden Sie bald schon kennenlernen.«

»Unser Sohn, Harry«, stellte Lisette vor. »Sag hallo, Harry.«

»Hallo, Mister Patterson. Ihre Kappe gefällt mir.«

Jim musterte Harry. »Einen netten Jungen haben Sie da. Hoffe, er wächst als Australier auf. Bleiben Sie für immer hier?«

Luc und Lisette nickten.

»Vermutlich wegen des Bewässerungsprojekts?«

»Nein«, erwiderte Lisette rasch. »Mein Mann ist Lavendelbauer.«

Patterson riss die Augen auf. »Lavendel? Und den wollen Sie in Tassie anbauen?«

»Das habe ich vor, ja«, sagte Luc. Er erriet, was mit »Tassie« gemeint war, und die Belustigung in der Stimme des Mannes war ihm nicht entgangen.

»Warum?«

Luc zuckte mit den Schultern. »Warum nicht?«

Patterson lachte. »Na, Sie haben Mut, das muss man Ihnen lassen.«

»Dauert die Überfahrt eigentlich lange?«, fragte Lisette, um das Thema zu wechseln. Sie strich ihrem Sohn über die feuchten Haare. Anscheinend machte die Hitze auch ihm zu schaffen.

»Etwa zwölf Stunden. Wo wohnen Sie denn in der Stadt?«

Luc blickte Lisette an. Sie hatte die Unterkunft ausgesucht.

»Wir sind im Hotel Cornwall«, antwortete sie. »Ist es ein gutes Hotel?«

»Nun ja, das hängt von Ihrer Brieftasche ab und davon, wie lange Sie dortbleiben müssen.« Er sog an seiner Pfeife. Gerade wurde das letzte Auto an Bord gehievt, und der Kran schwenkte ab. »Wenn Sie sich damit vergnügen können, Lavendel anzubauen, dann haben Sie wahrscheinlich auch das Kleingeld für The Brisbane Hotel, das stinkvornehm ist, seit in den zwanziger Jahren der Prince von Wales dort abgestiegen ist.« Er grinste, allerdings nicht unfreundlich.

Luc blickte ihn verwirrt an – er verstand nur die Hälfte von dem, was der Mann da von sich gab.

»Es ist das beste Hotel in der Gegend, und eine Zeit lang hat es einem von Ihren Landsleuten gehört«, er nickte Luc zu, »einem Mann namens Cognet.«

Luc bemühte sich, bei der Aussprache nicht zusammenzuzucken.

»Schick ist auch das Metropole. Aber mit dem Cornwall können Sie nichts falsch machen, es ist ein anständiges Haus. Kein umständliches Getue, sondern gut geführt, und ich finde, es gibt dort das beste Essen im ganzen Bundesland. Sie haben eine gute Wahl getroffen, Misses Ravens. Ah, jetzt legen wir ab. Also dann«, sagte er und tippte sich an die Kappe, »ich wünsche Ihnen und Ihrer Familie viel Glück bei Ihrem Abenteuer.«

Luc schüttelte ihm die Hand, und Patterson ging davon. Insgeheim war er erleichtert darüber, denn der Mann hatte es zwar nicht so gemeint, aber seine Äußerungen über ihre Pläne hatten nicht gerade begeistert geklungen, und Luc brauchte niemanden, der ihre Hoffnungen zunichtemachte, noch bevor sie überhaupt am vierzigsten Breitengrad angekommen waren.

Sie hatten eine Privatkabine in der ersten Klasse gebucht. Es war zwar teuer, doch sie waren beide froh darüber, sich während der Reise in ihren eigenen vier Wänden mit eigenem Bad aufhalten zu können, statt in den einem Schlafsaal ähnlichen Räumlichkeiten der zweiten Klasse. Sie waren nun schon fünf Wochen unterwegs, und als die *Taroona* endlich in Beauty Point anlegte, waren sie völlig übermüdet.

Ein wenig verloren blickten sie zu den violettblauen Hügeln in der Ferne. Es gab kaum Anzeichen für Leben.

»Das ist eine Wildnis«, sagte Lisette schließlich.

»Tu einfach so, als ob es die South Downs seien«, ermunterte Luc sie. »Dort war es genauso unbewohnt.«

Eine Reihe von Bussen mit Schildern nach Hobart oder Launceston wartete am Hafen. Sie stiegen in den nach Launceston und fuhren in die Stadt. In dem überfüllten Bus war es furchtbar heiß, trotzdem schlief Harry sofort ein. Kurz darauf folgte Lisette seinem Beispiel. Nur Luc war viel zu aufgeregt, um die Augen zu schließen. Die meisten Fahrgäste schienen Einheimische zu sein, die nach Hause zurückkehrten, er bemerkte allerdings auch eine italienische Familie, die mit ihnen die Überfahrt gemacht hatte. Sie waren also nicht die einzigen Auswanderer, die heute in Launceston angekommen waren.

Die Landschaft war komplett anders als in England, und die hohen, schlanken Bäume, vermutlich Eukalyptus, hatte er noch nie gesehen. Die felsigen Hügel jedoch erinnerten ihn an die Provence. Hoffnung stieg in ihm auf. Am liebsten hätte er Lisette geweckt, um sie mit ihr zu teilen, aber er ließ sie schlafen. Ihr Kopf war an seine Schulter gesunken, und Harrys feuchter Nacken drückte sich gegen seinen Bauch.

Bald veränderte sich der Blick erneut. Zu Lucs Entzücken fuhren sie kilometerweit an Obstplantagen vorbei. Er hatte gelesen, dass Obst neben Holz die wichtigste Exportware Tasmaniens war. Die Produkte wurden in alle Welt verschifft. Er erkannte Äpfel und Birnen und sogar schwarze Kirschen. Am liebsten hätte er laut gejubelt, doch er hielt sich zurück. Dies hier fühlte sich fast wie sein altes Leben an, allerdings musste er sich an den auf den Kopf gestellten Kalender gewöhnen. Derzeit war Januar, also Winter in Europa, und hier bogen sich die Äste der Kirschbäume unter der Last der reifen Früchte, die ihn an Saignon erinnerten. Lucs Hoffnung wuchs. Vielleicht hatte Lisette ja tatsächlich recht gehabt mit ihrer Theorie, dass er hier wie in der Provence Lavendel anbauen konnte.

»Du solltest die Plantagen im Frühjahr sehen«, hörte er eine ältere Frau zu ihrer Gefährtin sagen. »Dann ist der Tamar voll mit den Blütenblättern von den Obstbäumen … Es ist wunderschön.«

Im Stillen gelobte sich Luc, im nächsten Oktober hierherzufahren, um sich anzuschauen, wie der Fluss mit weiß-rosa Blüten bedeckt war.

Schließlich erreichten sie den Busbahnhof von Launceston. Umgeben von ihren wenigen Gepäckstücken, stand die Familie Ravens ein wenig verloren unter dem Blechdach und fragte sich, wie es weitergehen solle.

»Das Hotel hat versprochen, jemanden zu schicken, der uns abholt«, versicherte Lisette.

Harry wimmerte im Schlaf. Er lag schlaff in den Armen seiner Mutter, und auch wenn sie sich nicht beklagte, wusste Luc, wie schwer der Kleine war. Sie mussten unbedingt einen neuen Buggy kaufen.

Nach und nach leerte sich der Busbahnhof, die Fahrzeuge fuhren in einer Wolke von schwarzem Rauch und Dieselgestank davon, und sie fühlten sich zunehmend verlassen. Luc wollte unter keinen Umständen, dass Lisette spürte, wie nervös er war. Der italienischen Familie ging es ähnlich wie ihnen, aber da sie kaum Englisch sprachen, konnten er und Lisette ihnen nur mitfühlend zulächeln.

»Mir ist es hier zu heiß. Ich warte drinnen«, sagte Lisette irgendwann und zog sich hastig in den Schatten des Bahnhofsgebäudes zurück.

Es war inzwischen kurz nach zwei, und die Luft flirrte vor Hitze. Luc machte die Hitze nichts aus. Sie gab ihm das Gefühl, endlich wirklich zu Hause zu sein.

Seine wachsende Hoffnung war zur Gewissheit geworden, dass dies genau der trockene, heiße Sommer war, den die Samen brauchten. War Tasmanien tatsächlich der Ort, an dem er das Versprechen erfüllen konnte, das er seiner Großmutter und sich selbst gegeben hatte? Würde er eines Tages wieder über französische Lavendelfelder schreiten? Nur die Zeit konnte ihm diese Fragen beantworten.

Da tauchte ein junger Mann in Portiersuniform vor ihm auf und durchbrach Lucs Gedanken.

»Mister Ravens?«, fragte er. Er sprach den Namen aus wie »Roy-vins«.

»Ja«, sagte Luc erleichtert.

»Ah, Tag, Sir. Ich bin Johnno … äh, John vom The Cornwall Hotel. Ich soll Sie abholen.« Er streckte die Hand aus. »Entschuldigen Sie die Verspätung, der Schaffner hat die Tram vor mir anhalten lassen, weil ein junges Mädchen sein Portemonnaie hat fallen lassen.«

Luc blinzelte. Er wusste zwar, dass der junge Mann Englisch sprach, doch der Akzent war so merkwürdig, dass er eine Zeit lang brauchte, um hinter den Sinn der einzelnen Wörter zu kommen. Als er sie im Kopf alle sortiert hatte, stellte er fest, dass er nicht verstand, was John ihm gerade erklärt hatte.

Da er den jungen Mann jedoch nicht verwirrt anstarren wollte, beschloss er, einfach nur höflich zu sein. »Danke«, sagte er, erleichtert darüber, dass überhaupt jemand gekommen war. »Äh, das hier ist meine Familie.«

Lisette hatte Johnno durch das Fenster bereits gesehen und war zu ihnen herausgekommen.

Johnno nickte breit grinsend. »Tag, Misses Ravens. Willkommen in Launny.« Luc blinzelte. Schon wieder »Roy-vins«. »Ihr kleiner Kerl sieht völlig fertig aus, was?«

»Ich glaube, wir sind alle ziemlich erschöpft«, sagte Lisette lächelnd.

Luc stellte verblüfft fest, dass sie den hiesigen Dialekt anscheinend mühelos verstand. In Zukunft würde er sich besser konzentrieren müssen.

»Na, dann wollen wir mal ins Hotel fahren. Hier ist es schrecklich heiß. Haben Sie denn keinen Hut?«

»Äh ... nein, ich glaube nicht«, sagte Lisette und legte ihren Sohn in Lucs starke Arme.

»Na, den werden Sie sich als Allererstes kaufen müssen. Sie haben so eine perfekte Haut, Misses Ravens ...« Er verstummte verlegen.

»Oh Johnno«, seufzte Lisette, »es ist sehr freundlich von Ihnen, das zu sagen. Die Reise war so lang, ich fühle mich schrecklich ungepflegt.«

John zuckte mitfühlend mit den Schultern. »Im Sommer kann man hier ohne Hut nicht aus dem Haus gehen. Das gilt auch für Sie, Mister Ravens, und den kleinen Racker. Bei der Hitze muss man vorsichtig sein. Neuankömmlinge können davon sogar sterben.« Er grinste sie an. »Na, dann mal los«, sagte er und ergriff einige der Koffer.

»John«, sagte Luc, als der junge Mann sich zum Gehen wandte, »was ist mit diesen Leuten da?« Er wies auf die italienische Familie.

»Das sind wahrscheinlich Migranten, die im Bewässerungsprojekt arbeiten wollen. Die Firma schickt bestimmt jemanden ...« Er nickte Luc, der sich immer noch bemühte, jedes Wort zu verstehen, beruhigend zu. »Ah, da kommt er ja schon«, fuhr John fort. »Hallo, Laurie. Sind das da deine Leute?«

Ein Mann mit einem tief gebräunten Gesicht voller Falten zog seinen breitkrempigen Hut ab und fuhr sich durch die Haare. »Sind Sie die Vizzaris?«, fragte er.

Ein bisschen lauter und langsamer als nötig, dachte Luc. Die Leute waren Italiener, nicht taub.

Die Männer der Gruppe nickten lächelnd. Sie wirkten erleichtert, wenngleich ähnlich verloren wie Luc und seine Familie.

»Na, dann kommt mit. Ich bin Laurie.« Er nickte. »Lau-rie«, wiederholte er laut, zeigte auf sich und führte die kleine Gruppe zu einem wartenden Bus.

»Die Fahrt in die Cameron Street dauert nicht lange«, sagte Johnno. »Ein oder zwei Minuten nur. Fertig, Mister Ravens?«

»Ja. Gehen Sie ruhig voran«, erwiderte Luc, der sich an den Akzent zu gewöhnen begann.

Lisette lächelte. »Sind Sie hier geboren, Johnno?«, fragte sie, während er das Gepäck einlud.

»Ja, geboren und aufgewachsen, obwohl ich Leute wie Sie, die den ganzen Weg aus Europa hierherkommen, sehr beneide.«

»Dann sind Sie ein Abenteurer?«, neckte Lisette ihn.

Er grinste. »Vielleicht. Mein Großvater ist in Gallipoli gefallen, mein Vater hat El Alamein überlebt, und ich fand es spannend, wenn er in seinen Briefen von der Wüste erzählt hat. Als Junge habe ich Briefmarken aus der ganzen Welt gesammelt und davon geträumt, in all die Länder zu reisen.«

Lisette nickte. »Hoffentlich tun Sie es, jetzt wo der Krieg vorüber ist. Wird unser restliches Gepäck eigentlich ins Hotel geschickt?«

»Ja, die Reederei kümmert sich darum, machen Sie sich keine Sorgen. Sie bringen alles ins Hotel … Oder haben Sie eine andere Adresse angegeben?«

Lisette schüttelte den Kopf. »Wir überlegen noch, wo wir wohnen wollen.«

Luc staunte insgeheim darüber, wie simpel das bei ihr klang. Er kannte nicht viele Frauen, die ein solches Dilemma derart leichtnehmen würden, noch dazu mit einem kleinen Kind.

»In Launceston wird viel gebaut. Hier gibt es auch etliche Möbelfirmen … Sehen Sie dort«, sagte Johnno und zeigte auf ein Fahrzeug. »Das ist ein Portalhubwagen.«

Luc blieb der Mund offen stehen, als er das riesige Transportfahrzeug sah, das einen gigantischen Holzstapel geladen hatte.

Sie hielten tatsächlich schon nach knapp zwei Minuten vor dem Hotel Cornwall, einem hübschen doppelstöckigen Gebäude im australisch-viktorianischen Stil. Es ähnelte den Häusern, die sie in Melbourne gesehen hatten, mit Schnitzereien am oberen Balkon, der die Veranda darunter beschattete.

Luc warf Lisette einen entschuldigenden Blick zu. Irgendwie fühlte er sich verantwortlich für die lange Reise, und er wusste, dass sie Harry schnellstmöglich ins Bett bringen wollte.

»Zu Hause«, sagte sie leise lächelnd.

»Noch nicht ganz«, flüsterte er, »aber bald, das verspreche ich dir.«

Nachdem er sich vergewissert hatte, dass seine Frau und sein Sohn gut untergebracht waren – sie waren beide aufs Bett gesunken und eingeschlafen, noch bevor er ihnen »Süße Träume« gewünscht hatte –, hinterließ er ihnen eine Notiz und ging hinunter in die Lobby. Er war viel zu aufgeregt, um sich ebenfalls hinzulegen.

Johnno stand an der Rezeption. »Hallo, Mister Ravens. Können Sie nicht schlafen?«

Luc schüttelte den Kopf. »Nein, nicht mitten am Tag.«

»Ruht Misses Ravens sich aus?«

»Ja, sie ist auf der Stelle eingenickt«, erwiderte Luc.

»Sie haben eine nette Familie, Sir. Ihre Frau ist sehr hübsch, wenn ich das sagen darf«, erklärte der junge Mann ernst.

»Ja, natürlich dürfen Sie das«, erwiderte Luc geschmeichelt.

»Dort, wo Sie herkommen, ist jetzt mitten in der Nacht«, sagte Johnno.

Luc zuckte mit den Schultern. »Ich möchte mich lieber gleich an die neue Zeitzone gewöhnen. Ich gehe erst schlafen, wenn es dunkel wird.«

Johnno nickte. »Möchten Sie sich ein wenig umschauen?«

»Ja, gerne«, erwiderte Luc. »In welche Richtung soll ich losziehen?«

Der Australier zögerte. »Wenn Sie wollen, können Sie gerne mit mir kommen«, erwiderte er schließlich. »Ich muss ein paar Besorgungen machen, dabei zeige ich Ihnen gerne die Stadt … wenn Sie möchten.« Unsicher blickte er Luc an. »Es dauert ungefähr eine halbe Stunde. Danach sind Sie bestimmt müde genug.« Er zuckte mit den Schultern.

»Ja, das wäre schön. Danke, John.«

»Sie bekommen dann ein besseres Gefühl für die Gegend. Es dauert nicht lange, Mister Ravens.«

»Nennen Sie mich doch bitte Luc.«

Der junge Mann nickte. Er war groß, breitschultrig und muskulös. Mit seinen lockigen blonden Haaren, den weißen Zähnen und der gebräunten Haut wirkte er gesund und ein wenig wild, wie eine Werbefigur für das gute Leben in Australien.

»Nur wenn Sie Johnno zu mir sagen. Meine Mutter nennt mich John … und das auch nur, wenn sie böse auf mich ist«, fügte er augenzwinkernd hinzu und ging voraus.

Als sie nebeneinander im Lieferwagen des Hotels saßen, sagte Johnno: »Was halten Sie von einer kleinen Stadtrundfahrt, Mister Rav… äh, Luc? Wenn Sie die Sehenswürdigkeiten kennen, fühlen Sie sich wahrscheinlich nicht mehr so fremd.«

»Ja, das würde wirklich helfen«, sagte Luc und wischte sich mit einem Taschentuch über das feuchte Gesicht.

Johnno war ein sicherer und guter Fahrer, und Luc lehnte sich zurück, um seinen Erklärungen zu lauschen und alles aufzunehmen.

»Sehen Sie das große weiße Gebäude da drüben?« Johnno zeigte in die Richtung. »Dort ist King's Wharf. Es ist voller

Händler, die Schafe, Rinder und Produkte von den kleineren Inseln um uns herum bringen und die frischen Sachen, die sie brauchen, von hier mitnehmen.«

Sie fuhren an Holzhäusern mit grünen rostigen Blechdächern vorbei. Die Grundstücke waren von Staketenzäunen umgeben, und die Straßen waren so breit, dass Luc einen erstaunten Pfiff ausstieß.

»Im Vergleich zu den Straßen hier sehen unsere in der Provence aus wie Gassen.«

Er stellte fest, dass die Gebäude alle gleich hoch waren, weshalb die Innenstadt sehr ordentlich aussah, wenn auch seiner Meinung nach ein bisschen öde. »Was ist das da?«, fragte er und deutete auf ein hohes rotes Backsteingebäude.

»Das ist Boag's Brewery. Wir müssen dort halten, weil ich ein Paket vom The Cornwall abgeben muss.« Johnno hielt an, ließ den Motor jedoch laufen. »Bin gleich wieder da«, sagte er.

Luc konnte den Hopfen und die Hefe des Brauvorgangs riechen, aber es roch auch nach Gas und, wenn er sich nicht irrte, nach Tieren. Wie konnte das sein? Fragend wandte er sich an Johnno, als der junge Mann wieder auf den Fahrersitz sprang und losfuhr.

»Mann, Sie haben aber eine gute Nase!« Johnno pfiff anerkennend. »Oder vielleicht rieche ich es einfach nicht mehr. Die Gasometer von der städtischen Gasgesellschaft sind direkt neben dem Stadtpark, wo es auch Affen gibt.«

Luc war sich nicht sicher, ob er den Mann richtig verstanden hatte. Er blinzelte. »Affen?«, fragte er.

Johnno lachte. »Ja, wir lieben sie sehr. Auf dem Teich schwimmen auch Enten und Schwäne – die Kinder füttern sie so gerne. Ich fahre mal am Park vorbei.«

Sie passierten die grüne Oase mitten in der Stadt mit gepflegten Rasenflächen und prachtvollen sommergrünen Bäumen. Luc sah Leute, die entspannt auf dem Rasen ein Nickerchen machten. Im Schatten spielten Kinder.

Er blickte Johnno ungläubig an. »Ja, ich höre die Affen«, sagte er verwundert.

»So, jetzt noch schnell zum The Quadrant, dann sind wir fertig«, sagte Johnno.

Luc stellte fest, dass The Quadrant eine Straße mit kleinen Läden war.

»Ich muss noch rasch zu Becks hinein«, sagte Johnno. »Dort drüben ist Gourlay's Sweet Shop.« Johnno deutete darauf. »Vielleicht finden Sie da ja ein paar Lollis für Ihren Kleinen, wenn er wach wird.«

»Gute Idee«, erwiderte Luc und stieg aus.

Er ging in den Süßwarenladen und ließ den Blick über die Gläser mit den Süßigkeiten gleiten, die er aus England kannte: saure Drops, Toffees, Butterkaramell, sogar Kokosnussgebäck für Lisette – sie liebte Kokosnuss.

»So, und jetzt geht's zurück ins Hotel«, sagte Johnno.

Während der Fahrt zeigte er Luc einige Läden, die dieser seiner Meinung nach kennen sollte, unter anderem Duncan's Shoes, ein Schuhladen, der Luc tief beeindruckte, weil er sogar über ein Röntgengerät verfügte, mit dem genau überprüft werden konnte, ob die Schuhe auch richtig passten.

»Sie sind ein guter Stadtführer, Johnno – danke.«

Der junge Mann grinste strahlend. »Jetzt wird es aber Zeit. Ihre Frau fragt sich bestimmt schon, wo Sie sind.«

6

Sie waren jetzt schon einige Tage in Launceston und hatten sich bereits ein wenig eingelebt. Als Luc sich den Stadtplan einprägte, wurde ihm bewusst, wie klein die Stadt war. Nicht viel größer als Apt in der Provence, als er in den 1930er Jahren zwei- oder dreimal in der Woche dorthingefahren war, um Lebensmittel für die Familie zu kaufen.

Lisette hatte mit ihrem Charme schon bald die Herzen der Eigentümer und Angestellten des Hotels erobert, und sie hatten auch bereits einen Babysitter für Harry gefunden.

»Warum willst du ihn bei einer Fremden lassen?«

»Ich möchte dieses Gespräch nicht noch einmal führen müssen, Luc«, warnte Lisette ihn. »Sie ist keine Fremde, wir haben uns ein paarmal getroffen und uns angefreundet. Auch im Hotel kennen sie alle. Ich brauche ein paar Stunden Zeit für mich, außerdem müssen wir ein Stück Land suchen. Wir haben noch nicht einmal angefangen, uns umzuschauen, und …«

Er erstickte ihren Redeschwall mit einem Kuss. Jetzt war nicht der richtige Zeitpunkt für Streitigkeiten, sie mussten gemeinsam stark sein.

»Du hast recht«, sagte er.

»Lass uns heute Abend ins Kino gehen«, schlug Lisette vor. »Ich habe herausgefunden, dass es vier Kinos hier gibt. Komm schon, es ist Samstag. Was möchtest du gerne sehen? Einen Western? Oh nein, warte. In einem Kino läuft *African Queen*. Bitte sag ja.«

»Ja«, sagte er und umarmte sie. »Aber jetzt muss ich mir erst mal einen Job besorgen. Wahrscheinlich gibt es auf einer der Baustellen Arbeit.«

Sie runzelte die Stirn. »Luc, wir haben genug Geld. Der Wechselkurs ist hervorragend. Eigentlich ist er sogar …«

Er küsste sie wieder. »Ich weiß«, flüsterte er dicht vor ihrem Mund. »Aber ein Mann braucht Arbeit, vor allem in diesem Land, sonst halten sie mich am Ende noch für ein Weichei.«

»Also, ich kann dir versichern, du machst nicht den Eindruck, als wärst du ein Weichei«, sagte sie.

»Trotzdem will ich arbeiten. Ich werde immer nur für einen Tag angestellt, und das kann ich mir einrichten. Nächste Woche fangen wir an, ein Stück Land zu suchen. Bis dahin hat sich Harry besser eingewöhnt, und hoffentlich fangen auch wir beide dann nicht mehr nachmittags um drei an zu gähnen.«

»Na gut, aber bitte komm nicht zu spät. Ich warte um halb sieben vor dem Kino auf dich. Hier ist die Adresse«, sagte sie und schrieb die Straße schnell auf einen Zettel. »Die Vorführung beginnt um sieben.«

Er gab ihr einen Kuss auf die Wange. »Bleib im Schatten«, sagte er.

Es war für Luc nicht schwer, Arbeit zu finden. Jetzt am Wochenende war gerade der Bauleiter da, um den Fortschritt auf der riesigen Baustelle zu überprüfen. Der Duft nach Holz von zahlreichen Gerüsten lag in der Luft. Der Bauleiter warf nur einen kurzen Blick auf Luc und bot ihm sofort einen Aushilfsjob als Bauarbeiter an. Montagmorgen war Arbeitsbeginn, Werkzeug brauchte er keines.

»Du arbeitest immer mit demselben Team, ganz gleich wo du eingesetzt wirst. Im Sommer fangen wir früh an«, warnte ihn der Bauleiter. »Sei Punkt sechs Uhr da. Ich brauche dich die ganze Woche.«

»Ich werde pünktlich sein, Mister Cole. Danke.«

Da er den Job bekommen hatte, kaufte Luc einen Blumenstrauß für Lisette und ein neues kleines Spielzeugauto für Harry. Zur Feier des Tages genehmigte er sich in der Hotelbar einen Drink.

Er lehnte sich an die Theke, ein wenig verlegen, weil er an den Gesprächen der anderen Gäste nicht teilnahm. Durstige Männer strömten nach einem großen Sportereignis in das Lokal. Sie waren beim Kricket gewesen, ihrer heftigen Diskussion nach zu urteilen. Kricket war ein Spiel, das Luc auch nach all den Jahren in England nie verstanden oder gemocht hatte. Für ihn fehlte es an Aktion – es konnte tagelang andauern, ohne dass viel passierte.

Da die Kricketsaison kurz vor dem heißesten Sommermonat stand, nämlich dem Februar, war der Herbst nicht mehr weit, daher unterhielten sich die Männer auch über Football. Die Bar im Cornwall Hotel war ein beliebter Treffpunkt für die Mitglieder eines der neuesten Clubs in Launceston. Lisette hatte Luc schon in England vorgeschlagen, sich einer Footballmannschaft anzuschließen, um sich besser zu integrieren, doch er hatte es nicht getan.

In der kurzen Zeit, die er in Launceston verbracht hatte, hatten ihn Berichte über die australische Version des Football jedoch mehr und mehr fasziniert. Er hatte sich das Vorsaisonmatch einer Schulmannschaft angeschaut, das nach australischen Regeln ablief, und sich gedacht, dass es gar keine Regeln gab. Ihm gefiel die freie sportliche Rangelei des Spiels, und er glaubte, dass »Footy«, wie die Einheimischen es nannten, für ihn vielleicht der geeignete Weg war, um sich in den australischen Lebensstil einzufinden.

Die Klimaanlage ratterte an der Decke, und in dem kalten Luftstrom flatterten Papierfransen, damit auch jeder sicher sein konnte, dass das Gerät lief. Das lasierte Holz der Theke war an einigen Stellen abgenutzt, Ringe von den vielen Biergläsern hatten weiße Flecken hinterlassen, aber das war Luc egal. Hier hatten schon immer arbeitende Männer gestanden und ihr Bier getrunken – manche traurig, manche glücklich. Was war er? Er häutete sich gerade, dachte er. Er legte die trübe äußere Schicht ab, die ihn viel zu lange eingeengt hatte, und zum Vorschein kam ein neuer Mann, voller Vorfreude und Hoffnung auf die Zukunft.

Zunächst musste er sich jedoch mit dem australischen Bier anfreunden. In England hatte er seinen Gaumen nie an den Geschmack von Ale oder Bitter gewöhnen können. Er hatte lieber Wein getrunken, konnte sich allerdings lebhaft vorstellen, wie das wohl in dieser Bar ankommen würde. Nachdenklich betrachtete er sein Bierglas mit der eiskalten goldgelben Flüssigkeit darin.

»Hoffst du, dass es anfängt, mit dir zu sprechen, Kumpel?«, sagte ein älterer Mann und musterte ihn spöttisch.

Er lachte über seinen eigenen Scherz und bestellte ein doppelt so großes Bier wie das von Luc. Der Schaum rann an der Seite des Glases herunter und wurde mit dem langen Thekenhandtuch einfach abgewischt. »Danke, Normie«, sagte er zu dem Mann hinter der Theke. Er hatte eine große breite Nase, die von rötlichen Adern durchzogen war. Auch seine Wangen waren rötlich, und an dem Abdruck auf seinen weißen Haaren konnte Luc sehen, wo sein Hut gesessen hatte. »Maurice Field«, sagte der Mann mit einer Reibeisenstimme. »Aber alle nennen mich Maurie.«

»Luc Ravens«, stellte Luc sich vor, wobei er darauf achtete, seinen Vornamen wie »Luke« auszusprechen.

»Prost, Kumpel«, sagte der Mann. Er nahm einen tiefen Zug, wobei er sein Glas zu einem Drittel leerte.

Luc stieß zwar mit Maurice an, aber ihm gelang nur ein kleiner Schluck.

Zufrieden atmete sein neuer Bekannter aus. »Ah, du bist also der Frosch«, sagte er und wischte sich die bläulichen Lippen mit dem Handrücken ab.

Luc verschluckte sich fast an seinem Schluck Bier. »Welcher Frosch?«

Maurie lachte. »Der tüchtige Franzose, von dem wir gehört haben, mit seiner hübschen jungen englischen Frau.«

Luc lächelte. »Ja, vermutlich. Warum denn Frosch?«

»Na ja, esst ihr denn nicht dauernd welche?«

Ach so. Luc lachte amüsiert. *»Grenouilles«*, murmelte er. *»Santé*, Maurie.«

»Wie auch immer.« Der Australier grinste, als er sah, wie Luc das Glas hob. »Runter mit dem Scheiß, Kumpel.« Sie tranken, und ein weiteres Drittel verschwand aus dem Glas des Mannes. Er leckte sich über die Lippen. »Na, du wirkst ein bisschen verloren. Bist du wegen des Bewässerungsprojekts da?«

»Nein. Wir sind ausgewandert, um hier ein neues Leben zu beginnen.«

»Was war denn mit dem alten nicht in Ordnung? Bist du in Schwierigkeiten geraten?« Maurie zwinkerte.

Luc hatte schon öfter gehört, dass Franzosen als Gigolos galten. Derartige Neckereien hatte er sich von seinen Kollegen im Leuchtturm auch anhören müssen.

»Der Krieg war schwer für meine Frau«, erwiderte er und beschloss, aufrichtig zu sein. Er spürte, dass Maurie die Neuigkeiten bestimmt weitererzählen würde, und dann konnte er jetzt genauso gut die Wahrheit erfahren. »Sie war Spionin in Frankreich für Churchill.«

»Ach was!« Maurie stupste ihn an. »Das Persönchen?«

Luc nickte. Dieser Ausdruck beschrieb Lisette perfekt. »Dieses *Persönchen* ist über dem Süden von Frankreich mit dem Fallschirm abgesprungen und hat sich bis nach Paris durchgekämpft. Es war Winter, und das gebirgige Gelände war tief verschneit. Da haben wir uns kennengelernt. Ich war in der Résistance … Haben Sie schon mal davon gehört?«

»Ja, entfernt«, sagte Maurie und trank sein Glas leer.

»Ich gebe Ihnen noch ein Bier aus«, bot Luc ihm an.

»Nein, Kumpel, danke. Meine Leber ist nicht mehr die fitteste, und ich habe meiner Frau versprochen, nicht mehr als ein Bier pro Tag zu trinken«, sagte er. Er griff nach seinem Hut, der auf der Bar lag. »Was wollen ein französischer Freiheitskämpfer und eine englische Spionin hier in Launny?«

Luc zuckte mit den Schultern. Wenn er es hier sagte, klang es so weit hergeholt. »Ich war Lavendelbauer in Frankreich.«

»Ach was! Wirklich? Ich hätte eher gedacht, dass du Stierkämpfer oder so gewesen wärst.«

Luc lachte. »Die gibt es in Spanien.«

»Na ja, ich war noch nie woanders, zu jung für den Ersten Weltkrieg, zu alt für den Zweiten. Aber einige von uns mussten schließlich zu Hause bleiben, um alles am Laufen zu halten, was?« Er wartete Lucs Antwort gar nicht erst ab. »Lavendelbauer, sagst du?«

»Ja, das war ich. Und das möchte ich auch gerne wieder sein.«

»Na, du hast auf jeden Fall deinen Teil dazu beigetragen, damit die Welt sicher bleibt. Ich habe meinen Sohn dreiundvierzig verloren. Er wäre jetzt ungefähr in deinem Alter. Er müsste eigentlich hier sein und sich auf die nächste Footy-Saison vorbereiten.« Luc spürte Mauries Schmerz, obwohl sein Tonfall sachlich war. »Er war ein guter Junge, unser Davey. Er wollte genau wie du unbedingt seinen Anteil leisten.« Ein verlegenes Schweigen entstand, als Maurie sich in Gedanken an seinen toten Sohn verlor. Dann räusperte er sich und blickte Luc an.

»Ich bin froh, dass du es geschafft hast, Luc, und ich hoffe, du bist erfolgreich. Hast du Kinder?«

»Einen Sohn. Harry. Er ist noch klein.«

»Sieh zu, dass du viel Zeit mit deinem Jungen verbringst. Erzieh ihn als Australier, werde Demons-Fan und lerne Bier trinken, dann kann dir nichts passieren.« Er schmunzelte. »Auch wenn du Blumen anbauen willst.«

Luc grinste. »Wenn ich es hinbekomme, kann man damit nicht wenig Geld verdienen.«

»Alles Gute für dich, mein Junge. Ich hoffe, du machst Tassie berühmt für seinen Lavendel. Du solltest mit den Leuten in Lilydale sprechen, nordöstlich von hier.«

»Lilydale«, wiederholte Luc, um sich den Namen einzuprägen. »Warum?«

»Sie bauen Lavendel an und verkaufen ihn auf dem Markt. Sie bauen auch eine Menge anderes Zeug an, aber ich habe ihren Lavendel gesehen. Meiner bescheidenen Meinung nach gibt es keinen besseren.« Er zuckte mit den Schultern. »Wenigstens weißt du, dass er hier wächst, und sie können dir bestimmt weiterhelfen.«

Lucs Herz begann schneller zu schlagen. »Wie weit ist Lilydale von hier entfernt?«

»Oh, lass mich mal überlegen. Vielleicht zwanzig, zweiundzwanzig Kilometer. Es gibt einen Zug bis nach Scottsdale, der hält in Nabowla, wo die Sägewerke sind. Du musst mal gucken, wie du von dort nach Lilydale kommst.« Er nickte Luc zu und streckte die Hand aus. »Wir sehen uns, Ravens«, sagte er und zwinkerte ihm zu, als er ging.

Luc konnte es kaum erwarten, Lisette von Lilydale zu erzählen, und sie musste ihn ständig ermahnen, damit er nicht die ganze Zeit im Kino redete.

Als er sie und seinen verschlafenen Sohn am Montagmorgen zum Abschied küsste, erinnerte er sie noch einmal daran, sich wegen eines Stücks Land in der Gegend von Lilydale zu erkundigen.

»Ich wünsche dir einen schönen Tag, Luc ... Es wird schon alles in Ordnung sein«, sagte sie.

»Natürlich. Ich muss ja nur auf dem Bau arbeiten. Das habe ich schon oft genug gemacht.«

Jetzt auf der Baustelle spürte er jedoch, dass eine gewisse Spannung in der Luft lag. Die Handgriffe waren kein Problem. Es war eine monotone Tätigkeit, die ihm ganz gut gefiel, weil er allein arbeiten konnte. Aber dann war Pause – hier »*smoko*« genannt –, und die Aufmerksamkeit der anderen Männer richtete sich auf ihn. Luc hatte sich ein wenig abseits hingesetzt, wenn auch nicht so weit entfernt, als wolle er gar nichts mit ihnen zu tun haben. Er trank seinen Kaffee, während die anderen Tee zu bevorzugen schienen. Innerlich seufzte er bei dem Gedanken, dass er erneut bei einer Nation von Teetrinkern gelandet war. Der Kaffee hier schmeckte abscheulich.

Es dauerte nicht lange, bis ihn jemand ansprach.

»Ist Ravens dein richtiger Name?«, fragte einer der Männer.

Luc zuckte mit den Schultern. »Es ist der einzige, den ich habe«, log er. Es wäre ihm lieber gewesen, er hätte die Wahrheit sagen können.

Die anderen Arbeiter verstummten, um dem Gespräch zu folgen.

»Klingt irgendwie deutsch«, fuhr der Mann fort.

Einige der anderen musterten ihn nun aggressiver, anscheinend hatten sie bereits über ihn geredet.

»Ich bin Franzose«, erklärte Luc gleichmütig und an den bulligen Mann gerichtet, der die Fragen stellte.

Der Australier trug staubige schwarze Shorts und ein Hemd,

dessen Ärmel er abgeschnitten hatte, damit es aussah, als trüge er eine Weste. Er hatte extrem muskulöse Arme, die mehrere Tattoos zierten. Die Haut des Mannes, der sich offensichtlich seit Tagen nicht rasiert hatte, war von den Jahren unter der glühenden Sonne ledrig und schmutzig braun geworden wie der Tee, den er trank.

Auf einmal war es totenstill, und der Bauleiter war nirgends zu sehen.

»Wir haben alle Familie und Kumpel durch die verdammten Nazis verloren«, sagte ein anderer Mann und drückte seine Zigarette aus.

»Nazi?« Luc lachte bitter. »Ich bin in Südfrankreich geboren und aufgewachsen.« Heute war es mindestens dreißig Grad heiß. Er kam vor Hitze fast um, aber sie war ihm vertraut – es war wie die Sommer in der Provence. Wie die anderen Männer auch knöpfte er sein Hemd auf. »Ich war bei der französischen Résistance und habe alliierten Spionen geholfen, sich über die Berge in Sicherheit zu bringen oder zu ihrem Einsatzort zu gelangen. Ich habe vor allem mit den Briten zusammengearbeitet. Ich bin kein Nazi.«

Empört stand er auf. Bevor sie seine wahre Herkunft entdeckten, sollte er besser gehen.

Aber seine Kollegen waren offenbar noch nicht bereit, ihn vom Haken zu lassen. »Wir haben gehört, die Franzosen waren Feiglinge … Kollaborateure«, warf jemand ein, und erneut begannen die Männer untereinander zu murmeln.

Das schmerzte. Lucs Miene blieb gleichmütig, und er zwang sich, ruhig zu antworten, aber er spürte, wie seine Schläfe pochte.

»Ja, einige waren Kollaborateure«, gab er zu, froh darüber, dass Lisette all die Jahre an seinem Englisch gefeilt hatte. »Die meisten aber nicht. Sie waren tapfer und haben getan, was sie konnten, um den Feind abzuwehren. Dabei sind viele französische Frauen und Kinder gestorben.« Nun brach sein Zorn doch durch, und er stieß hervor: »Eure Frauen und Kinder sind zu Hause geblieben, waren in Sicherheit. Ihr vergesst, dass Frankreich besetzt war. Wir hatten nichts zu essen, mussten für die Deutschen arbeiten, wir waren gezwungen, unser Zuhause zu verlassen, um in Deutschland als Zwangsarbeiter zu schuften. Manche Franzosen mussten sogar für die Deutschen in Russland kämpfen.«

»Die Australier haben auch für euch gekämpft und sind gestorben«, knurrte jemand.

»Ja, das stimmt. Allerdings habe ich niemanden von euch als Feigling bezeichnet. Ich will nur, dass ihr versteht, wie viele gute, aufrichtige und loyale Franzosen gestorben sind, als sie die Alliierten unterstützt haben. Ich habe meine gesamte Familie an die Nazis verloren, meine Großmutter, beide Elternteile und meine drei Schwestern. Die Jüngste war erst vierzehn. Sie wurde in einem Konzentrationslager der Deutschen vergast. Mit vierzehn!« Seine Stimme brach beinahe, dennoch redete er weiter. »Ihr seid hier alle gute Kumpel, wie ihr selber sagt. Ich dagegen habe meine besten Freunde durch die Gestapo verloren. Ich musste zusehen, wie sie einen von ihnen auf einem Platz öffentlich hingerichtet haben. Trotzdem hat er bis zuletzt mit hocherhobenem Kopf der Folter Widerstand geleistet. Für ihn gab es keinen Prozess, sondern nur eine Kugel. Meinen ältesten Freund, der mich im Arm gehalten hat, als ich zur Welt kam, hat die Gestapo so lange gefoltert, bis er mich gebeten hat, ihn durch einen Schuss von seinem Leid zu erlösen. Wenn ich nur eine weitere Kugel im Lauf gehabt hätte, hätte ich den grinsenden Bastard abgeknallt, der mich vor die Wahl gestellt hat, meinen Freund entweder zu erschießen, um ihm weitere Schmerzen zu ersparen, oder zu gehen und ihn der Folter zu überlassen.«

Es war schrecklich heiß, und Luc schwitzte so sehr, dass ihm das Hemd am Körper klebte. Wütend riss er es sich vom Leib und wischte sich damit übers Gesicht. »*Alors, satisfaits?*«, fragte er.

Ein paar der Männer wichen bei seinem Tonfall erschrocken zurück.

»Wir reden hier Englisch, Kumpel.«

»Ich habe euch gefragt, ob ihr jetzt zufrieden seid.« Er warf das Hemd zu Boden und drehte sich zu den Männern um.

Stumm starrten sie auf seinen Brustkorb. Er erwiderte ihre Blicke finster.

»Ist das eine Verletzung von einer Kugel?«, fragte der bullige Wortführer.

Achselzuckend nickte Luc, überrascht über den Stimmungsumschwung. »Ja, und wenn?«

Die Männer kamen näher, um die Narbe besser sehen zu können. Beeindruckt studierten sie den roten Krater in seiner Haut, der von Narbengewebe überwuchert war. Sie drehten ihn herum, um die Austrittsnarbe zu begutachten. Einer von ihnen pfiff leise.

»Eine deutsche Kugel?«, fragte der Jüngste mit aufgerissenen Augen.

Luc spürte noch immer den Einschlag der Kugel, als sei es gestern gewesen. Nicht der Schuss hatte ihn überrascht, sondern die Tatsache, dass Kilian tatsächlich den Abzug gedrückt hatte. Noch Jahre später hatte es ihn geärgert, dass der Mann so heroisch gehandelt hatte, um Luc das Leben zu retten.

»Es war die Kugel eines deutschen Oberst während der Befreiung von Paris«, antwortete er aufrichtig.

Erneut ertönten Pfiffe, zustimmende Rufe und aufgeregtes Murmeln.

»Hast du ihn getötet?«

»Ich habe dafür gesorgt, dass er kurz darauf gestorben ist«, erwiderte Luc vorsichtig.

»Auf dich, Kumpel!«, rief jemand, und plötzlich wollten ihm alle die Hand schütteln und klopften ihm auf den Rücken.

Der Wortführer streckte ebenfalls grinsend die Hand aus. »Ein Krautkiller, was? Ich bin Richo. Das hier ist Ron, aber wir nennen ihn Drongo. Der Junge da ist Shorty, das sind Matty und Billy, und da drüben steht Knackers. Frag ihn bloß nicht, warum er so heißt.«

Alle lachten.

Luc ergriff die fleischige Hand. »Ich bin Luc«, erwiderte er, wobei er erneut sorgfältig darauf achtete, den Namen Englisch auszusprechen.

»Von jetzt an Froggo«, witzelte Richo, und Luc grinste. »Einen von den Krauts umzulegen ist mehr, als ich von mir behaupten kann«, fuhr Richo fort. »Du hast gewonnen. Was ist das da eigentlich um deinen Hals?«

»Ich hoffe, Nazi-Asche«, warf jemand ein.

Die Männer brüllten vor Lachen.

Luc antwortete nicht, er wollte sich lieber nicht vorstellen, was ein Haufen harter Kerle dazu sagen würde, dass er einen Beutel mit Lavendelsamen um den Hals trug. Er ließ sie reden, froh darüber, dass sie ihn wegen Kilians Kugel akzeptierten. Dieser verdammte Kerl! Noch aus dem Totenreich rettete er ihn.

Als die Pause vorbei war und die Männer wieder ihrer Arbeit nachgingen, kam Richo zu Luc und schlug ihm erneut auf den Rücken.

»Ich hoffe, du begegnest diesem grinsenden Bastard irgendwann einmal. Klingt so, als hättest du noch ein Hühnchen mit ihm zu rupfen, Kumpel.«

7

Harry hatten sie in der Obhut von Ruby gelassen, einer Freundin von Johnno. Sie konnte großartig mit dem Jungen umgehen, und Lisette war sicher, dass sie auch in der Lage war, einen ganzen Tag lang auf Harry aufzupassen. Ruby war frisch verheiratet, und da sie eben erst ihren Hausstand gründete, kam ihr der Verdienst sehr gelegen. Harry liebte die Zwanzigjährige, und Lisette überließ ihn ihr beruhigt.

Luc und sie waren mit einem der regionalen Busse nach Lilydale gefahren. Während der Fahrt war Lucs Vorfreude beinahe mit Händen zu greifen. Mit der Hilfe der Hoteleigentümer, die ihre Gäste aus Übersee gern mochten, hatten sie Kontakt zu einigen Lavendelbauern in einem winzigen Weiler südöstlich von Launceston aufgenommen. Luc hatte mit dem Farmer Tom Marchant telefoniert, der die Ravens großzügig eingeladen hatte.

Die Marchants hatten sie herzlich willkommen geheißen, und ehe Lisette wusste, wie ihr geschah, unternahm Luc mit Tom bereits eine Besichtigungstour über den Hof, vor allem zu den Schuppen. Sie blieb bei seiner Frau Nel, einer großen, üppigen Person mit einer direkten Art.

»Wie kommt jemand, der so aussieht wie Sie, auf die Idee, ans Ende der Welt zu ziehen?«, waren ihre ersten Worte nach der Begrüßung gewesen.

Lisette begriff schnell, dass in Australien die Frauen noch an den Herd gehörten. Sie versuchte, sich ihren Ärger darüber, von den Männern ausgeschlossen worden zu sein, nicht anmerken zu lassen. Im Stillen jedoch stieß sie einen Seufzer aus. Sie hatte noch Glück gehabt, dass Nel so liebenswert war, mit ihren lockigen roten Haaren und den Sommersprossen im sonnenverbrannten Gesicht. Ihren graugrünen Augen entging nichts.

Sie brachte ein Tablett mit Frucht-Scones und ermunterte Lisette, die kleinen, noch dampfenden Kuchen aufzubrechen und ihre selbstgemachte Erdbeermarmelade und etwas Sahne darauf zu streichen.

»Die Sahne ist von gestern. Sie stammt von Partridges Kühen in Nabowla und ist die beste im ganzen Distrikt.« Die Australierin strahlte Lisette an. »Essen Sie tüchtig. Die Rationierung ist vorbei, und Sie müssen dringend etwas für Ihren dünnen Körper tun.«

Lisette griff zu. Sie freute sich darüber, wie schnell sie miteinander vertraut geworden waren. Es stimmte, so schlank war sie noch nie gewesen, noch nicht einmal im Krieg. »Ich glaube, das waren die Sorgen«, gab sie zu.

Nel schnaubte. »Worüber machen Sie sich denn Sorgen, Mädchen? Sie sind jung, gesund, haben einen gut aussehenden Mann und einen süßen Sohn und können noch eine ganze Reihe Babys kriegen. Viele Frauen in diesem Land haben ihre Männer verloren. Sie müssen ihre Familien ernähren und jeden Job annehmen, den sie ergattern können.«

Lisette kaute bedächtig. Sie hatte tatsächlich allen Grund zur Dankbarkeit, zumal sie keine finanziellen Sorgen hatten. Sie konnte gar nicht verstehen, warum sie so niedergeschlagen war. Wahrscheinlich lag es an ihrem Traum. Sie hatte ihn jetzt schon zweimal geträumt, jedes Mal war sie mit einem Schrei aufgewacht, und erst als Luc sie in die Arme genommen hatte, hatte sie gemerkt, dass es ein Alptraum gewesen war. Sie erinnerte sich normalerweise nur selten an ihre Träume, aber dieser wollte ihr nicht aus dem Kopf gehen. Zum ersten Mal hatte er sie ihn während der Überfahrt nach Tasmanien heimgesucht. Und letzte Nacht schon wieder. Der Inhalt war nur vage, aber sie wusste, dass sie sich schrecklich traurig fühlte – und das bedrückte sie am meisten. Keine Tränen, keine Wutanfälle, nur das Gefühl eines schrecklichen Verlusts. Sie hatte Luc davon erzählt, und er hatte sie getröstet, das sei wahrscheinlich nur die Reaktion auf die Auswanderung ans andere Ende der Welt. Doch für solche Gefühle war Lisette viel zu pragmatisch.

»Nein. Es war schließlich meine Entscheidung hierherzukommen. Und wenn ich einmal etwas beschlossen habe, dann mache ich mir danach keine Gedanken mehr darüber.«

»Was ist es dann?«, hatte er gefragt.

»Vielleicht ein …«

»Ich hoffe, Sie sind deshalb so schweigsam, weil meine leckeren Scones Sie sprachlos machen?«, durchbrach Nel ihre Gedanken.

Lisette grinste. »Entschuldigung. Ja, sie sind wirklich sehr lecker. Vielen Dank, Nel. Das war köstlich.«

Sie fühlte sich sicher bei der Australierin, die nicht viel älter war als sie – fünf Jahre vielleicht. Schon nach einer Stunde in ihrer Gesellschaft hatte sie das Gefühl, eine neue Freundin gefunden zu haben. Sie hatte sich so rasch wohl mit ihr gefühlt, dass sie ihr bereits erzählt hatte, wie sie in London als Spionin rekrutiert worden war. Ihre Mission erwähnte sie allerdings nicht, sondern hielt ihre Spionageaktivitäten eher vage, so dass ihr Leben in Frankreich sich beinahe uninteressant anhörte.

»Puh! Was für ein aufregendes Leben Sie geführt haben. In der Zwischenzeit habe ich nur Marmelade eingekocht und Scones gebacken.«

Sie lächelten beide.

»Es ist so schön bei Ihnen, Nel. Ich fühle mich wie zu Hause.«

»Das Haus hat früher Toms Eltern gehört. Wahrscheinlich steckt in den Mauern die Geschichte von zwei Generationen. Ich hoffe, wir bringen es noch auf eine dritte Generation hier … Na, wir werden sehen«, sagte Nel. »Toms Großvater hat Kühe gehalten und Hopfen angebaut, und sein Vater hat im Sägewerk gearbeitet. Tom baut Kartoffeln an und so. Aber damit kann man nicht viel Geld verdienen.« Sie lächelte Lisette an. »Mir würde es gefallen, wenn Sie und Ihre Familie hierherziehen würden. Aber glauben Sie, dass Sie hier leben könnten, Lisette? Es ist so weit weg von allem, was Sie kennen. Wenn man in London und Paris gelebt hat, ist es schon in Launny schwer genug. Aber Nabowla …?« Sie lachte traurig. »Seid ihr beiden verrückt, oder was?«

Lisette zuckte mit den Schultern. Die Frage war berechtigt. »Luc wird leicht in dieses Leben finden«, gab sie zu. »Es hat ihm seit dem Krieg gefehlt, deshalb sind wir auch ausgewandert. Ich muss gestehen, dass es mir in England an der Südküste gut gefallen hat, so nahe am Meer und …« Sie brach ab. »Aber das ist nicht wichtig. Ich liebe Luc, und wenn er hier glücklich sein kann, dann werden Harry und ich es auch sein.«

Nel setzte sich und überraschte Lisette, indem sie ihre Hand ergriff und drückte. »Und als Farmersfrau? Es ist ein hartes Leben. Sie haben so schmale Knöchel und sehen aus wie ein Filmstar. Ich kann mir einfach nicht …«

»Ich muss dafür sorgen, dass es funktioniert, Nel«, unterbrach Lisette sie. Sie wusste, was ihre neue Freundin sagen wollte, mochte es aber jetzt nicht hören. »Luc ist nun mal Bauer. Das ist das Einzige, was er kann … Es sei denn, Sie haben einen Leuchtturm hier?«

Nel schüttelte den Kopf. »Gerade ausgegangen«, sagte sie.

»Ich kann mich überall wohlfühlen«, erklärte Lisette. »Ich

bin eine Zigeunerin, Luc dagegen …« Sie seufzte. »Endlich lächelt er wieder. Australien war die richtige Entscheidung, und ich liebe ihn so sehr, dass ich alles tun würde, um ihn fröhlich zu stimmen.« Sie kicherte. »Auf der Baustelle, auf der er im Moment arbeitet, nennen sie ihn Froggo.«

»Ach ja? Wenn sie ihm einen Spitznamen verpasst haben, dann haben sie ihn akzeptiert. Im Gegensatz zu meinem Tom sieht Luc wenigstens nicht aus wie ein Frosch.«

Sie brachen beide in Lachen aus.

»Tom sieht gut aus«, widersprach Lisette.

»Ich war vierzehn, als ich mich in ihn verliebt habe. Ich hätte nie einen anderen geheiratet«, gestand Nel. »Ich verstehe Ihre Treue zu Luc, die meisten Frauen wären ihm treu«, sagte sie augenzwinkernd. »Aber denken Sie daran: Die Frau eines Farmers zu sein ist die meiste Zeit eine undankbare Aufgabe, und den Rest der Zeit ist es schlicht hart.«

»Lavendel anbauen kann Luc am besten. Wir wollen es beide. Glauben Sie, wir bekommen das Land?«

»Ich glaube, der alte Des würde auf der Stelle verkaufen. Er hat nur noch ein paar Kühe. Seine Kinder sind erwachsen und leben in der Stadt. Sie hätten keinen besseren Zeitpunkt erwischen können.«

Lisette wollte keinen Nutzen aus der unglücklichen Lage eines anderen ziehen, dennoch hoffte sie, dass der Farmer Des die Antwort auf ihre Gebete war.

Da kamen Tom und Luc herein. Luc trug ein Tablett mit Geschirr.

»Puh, heute brennt die Sonne aber. Noch nicht einmal ein Hauch von Wind«, sagte Tom. Er setzte seinen breitkrempigen Hut ab und schüttelte seine dichten, sonnengebleichten Haare. Sein breiter Mund verzog sich zu einem noch breiteren Grinsen. »Ist Ihnen heiß genug, Lisette?«

Sie verdrehte nur die Augen und fächelte sich Luft zu.

»Danke«, sagte Luc, der keinerlei Anzeichen von Überhitzung zeigte, und stellte das Tablett auf den Küchentisch. *»C'est très magnifique*, Nel.«

Nel legte die Hand aufs Herz. »Tom, kannst du nicht auch so sprechen lernen? Dann könntest du mir dein Traktor-Handbuch auf Französisch vorlesen, und ich würde denken, dass du mich verführen willst.«

Sie lachten alle. Luc zwinkerte Lisette zu. In diesem Moment vergaß sie ihren beunruhigenden Traum. Alles fühlte sich so an, als könne es gut werden.

»Na los, kommt. Sollen wir uns den Lavendel anschauen?«, fragte Tom. Er sprach langsam und gedehnt.

»Ja, auf jeden Fall«, sagte Luc.

»Er wollte nicht ohne Sie gehen, Lisette«, erklärte Tom amüsiert. »Also los. Ich werfe den De Soto an und zeige euch das Land.«

Luc und Lisette stellten erstaunt fest, dass in einem der zahlreichen Nebengebäude ein wunderschönes glänzendes Auto stand.

»Es hat Dad gehört. Er hat es gewonnen.«

»Was?«, rief Luc aus und fuhr neidisch mit der Hand über den cremefarbenen Lack.

Tom lachte und setzte den Hut ab, um sich am Kopf zu kratzen. Ein wenig verlegen erklärte er: »Beim Kartenspielen. Er hat immer erzählt, dass mal so ein reicher Typ durch Hobart gefahren ist. Dad hat eine Zeit lang dort gearbeitet. Ich weiß nicht, warum, aber ich kann mich noch gut erinnern, wie er mit dem Wagen nach Hause gekommen ist. Oh Mann, das war vielleicht ein Tag! Es war wie alle Weihnachten auf einmal. Dad hat immer gerne spekuliert, und der Typ hat ihn so lange gelöchert, bis er die Farm gegen das Auto gesetzt hat, das der

Mann gerade aus Amerika geschickt bekommen hatte. Dad hat gewonnen, und der Kerl hatte das Nachsehen. Mein Dad sagt, er hat den ganzen Weg bis nach Launceston nicht aufgehört zu grinsen, dabei hat die Fahrt zwei Tage gedauert.«

Luc schüttelte verwundert den Kopf.

»Wir fahren nicht allzu oft damit«, gab Nel zu.

»Er ist Baujahr achtunddreißig, ein Viertürer«, sagte Tom, der bemerkte, wie fasziniert Luc den Wagen betrachtete. »Fährt sich wie Butter.«

Nel warf Lisette einen Blick von der Seite zu. »Genau. Lissie, steig ein.«

Lisette lachte. So hatte sie noch niemand genannt.

»Hier in der Gegend werden dich alle so nennen«, sagte Nel. »Du gewöhnst dich besser schon mal daran.«

Während der Fahrt erklärte Luc seiner Frau, was er von Tom erfahren hatte. »Der Lavendel wächst gut hier«, sagte er und ergriff ihre Hand. Seine Augen glänzten, und seine Erregung war ansteckend. »Aber Tom, wenn wir auch Lavendel anbauen, womit verdienst du denn dann dein ...«

»Das ist kein Problem«, sagte der Australier und fuhr langsamer, weil einige Kängurus über die Straße hüpften.

Lisette öffnete staunend den Mund. Sie wandte sich zu Luc um, der genauso hingerissen zuschaute.

»Ich habe fünf gezählt«, sagte er.

»Sechs«, korrigierte Nel ihn. »Im Beutel des dritten Weibchens war ein Junges.«

»Oh, wie wundervoll«, sagte Lisette. »Harry wird verrückt, wenn er sein erstes Känguru sieht.«

»Wenn sie den Lavendel abfressen, sind sie nicht mehr ganz so toll«, sagte Tom und grinste. »Du brauchst auf jeden Fall einen guten Zaun, Luc, und mach dir wegen meiner Ernte keine Sorgen. Ich bin in erster Linie Kartoffelbauer, außerdem habe ich auch noch ein paar Kühe. Lavendel pflanzt Nel eher so zum Spaß, stimmt's, Liebes?«

Nel nickte. »Ich bin wahrscheinlich eine unverbesserliche Romantikerin. Ich verkaufe ihn einfach gerne in der Stadt auf dem Markt, und nebenbei mache ich noch Lavendelwasser und Lavendelsäckchen, die du dir aufs Kopfkissen legen kannst.«

»Außerdem gibt es hier in der Gegend im Frühsommer oft noch Nachtfrost. Ich glaube, in Woodcroft auf der Nabowla Farm hättest du es leichter.«

»Anscheinend ist ein gewisser Des nicht abgeneigt zu verkaufen«, flüsterte Lisette Luc zu.

Tom fuhr fort: »Luc will eine richtige Lavendelfarm aufbauen. Er will das Öl zu Parfüm verarbeiten, Nel.«

Seine Frau hob abwehrend die Hand. »Das kann er machen, wie er möchte. Davon verstehe ich nichts. Für mich ist das nur ein Hobby, damit ich Tom an Markttagen in die Stadt begleiten kann, um ein paar Einkäufe zu erledigen.« Sie zwinkerte Lisette zu.

»Nel, ich könnte deine Pflanzen mit meinen kreuzen, wenn mein Samen angeht«, sagte Luc.

»Hat Tom dir schon vorgeschlagen, unsere Lavendelfelder zu kaufen?«

Lisette und Luc starrten Nel an, dann warfen sie sich einen Blick zu.

»*Vous plaisantez?*«, rutschte es Luc heraus.

»Mein Mann kann nicht glauben, dass ihr es ernst meint. Er fragt, ob das ein Scherz sein soll«, übersetzte Lisette. »Er redet immer Französisch, wenn er schockiert ist.«

Luc schien gar nicht zu hören, was sie sagte. Er schaute Tom im Rückspiegel an.

»Ach, komm schon, Tom, hast du etwa nichts gesagt?«, fragte seine Frau.

»Ich wollte dir nicht vorgreifen«, sagte er und warf ihr einen Blick zu. »Schließlich ist es dein Feld, Nel.«

»Wir brauchen es nicht. Außerdem bin ich sicher, dass Luc und Lissie mir ein bisschen Lavendel zu einem guten Preis verkaufen, damit ich weiter meinem Hobby nachgehen kann. Davon abgesehen hast du selbst gesagt, dass der Boden nicht so gut ist.«

»Nein, ich habe nur gesagt, dass es hier im Frühsommer Nachtfrost gibt. Aber es ist ein Anfang, und der Lavendel ist bereits vorhanden. Das wäre doch gut für den Übergang, solange Sie mit Des verhandeln.«

»Würdest du uns das Land denn verkaufen?«, fragte Luc.

Tom zuckte mit den Schultern. »Es ist gleich um die Ecke«, sagte er. »Ein hübsches Fleckchen. Habe ich dir hier nicht den Antrag gemacht, Liebchen?«

»Nein, Tom, das war in einem Kartoffelfeld.«

Tom grinste Luc im Spiegel an und zwinkerte ihm zu. »Das Stück hier liegt abseits von der Hauptfarm, und wenn ihr klug seid, kauft ihr Des alles ab, was ihr bekommen könnt, denn sein Land grenzt an das hier.«

»Gibt es auch ein Haus zu kaufen?«, fragte Lisette. Insgeheim staunte sie. Konnte es sein, dass sie eine Glückssträhne hatten?

»Ja klar«, sagte Tom. »Ein sehr altes. Meine Großeltern sind dorthin gezogen, als mein Vater den Hof übernommen hat. Aber auch auf dem Grundstück von Des steht ein Haus. Hängt alles davon ab, wie viel Land ihr kauft.«

Luc blickte Lisette an, und sie nickte. »Du solltest dir langsam mal überlegen, wie viel du dafür haben willst, Tom. Und du, Nel, du kannst jederzeit so viel Lavendel haben, wie du willst, kostenlos natürlich.«

Nel war die Stimme der Vernunft. »Hört mal, ihr zwei Träumer. Macht erst mal einen Spaziergang. Wir lassen euch allein.

Geht auf den Hügel hinauf. Im Osten liegt das Land, das ihr Des wahrscheinlich abkaufen könnt. Redet mit ihm. Ihr müsst euch sicher sein. Die Böden hier sind nicht einfach.« Sie wandte sich an ihre neue Freundin. »Denk an das, was ich dir gesagt habe, Lissie«, warnte sie.

»Aber in Nabowla ist die Erde echt gut, Kumpel«, warf Tom ein und ignorierte die Mahnung seiner Frau. »Der beste Boden im ganzen Norden, wahrscheinlich sogar der gesamten Insel. Dein Lavendel wird dort wachsen wie verrückt, und vielleicht kannst du ihn ja an die Franzosen verkaufen, was?« Seine blauen Augen funkelten amüsiert.

Es war, als könne Tom Lisettes Gedanken lesen. Sie stellte sich bereits vor, wie Luc davon träumte, den feinsten Lavendelextrakt auf der ganzen Welt zu produzieren. Es war sein Traum, an die Franzosen zu verkaufen. Sie hatte keine Ahnung gehabt, dass seine Pläne so ehrgeizig waren, bis er ihr eines milden Abends auf dem Schiff vor Colombo zugeflüstert hatte: »Ich werde echten wilden provenzalischen Lavendel anbauen und meinen Extrakt an die Parfümeure in Grasse verkaufen.« Dieses Versprechen hatte er mit einem langen Kuss besiegelt.

Lisettes Herz pochte vor nervöser Vorfreude. »Wir bleiben nicht lange«, sagte sie zu den Marchands.

Dankbar für die Zeit zu zweit, ergriff sie Lucs Hand. Aufgeregt drückte er sie.

»Ich muss weiter unten die Zäune überprüfen«, sagte Tom. »Kommst du, Nel?« Er zwickte seine Frau in den Hintern, und sie schlug ihm auf den sommersprossigen Arm.

Ja, Lisette mochte das Paar. Es wäre schön, sie als Freunde und Nachbarn zu haben. Dankend winkte sie Nel hinterher, als sie sich zum Gehen wandten. Eine leichte Brise war aufgekommen, und sie spürte die willkommene Abkühlung auf ihrem Gesicht, die den Duft von Lavendel mit sich brachte.

Luc stieß einen Seufzer der Freude aus, als er endlich wieder Lavendel sah. *»Regarde, mon amour, il nous attendait depuis toutes ces années.«*

»Diese Felder haben all die Jahre auf uns gewartet?«, wiederholte sie leise. »Oh Luc, ich glaube, *du* bist hier der hoffnungslose Romantiker. Aber ich liebe dich.«

Er zog sie an sich und küsste sie auf den Scheitel. »Komm.«

Lisette blieb stehen. »Nein, geh allein. Ich bin dafür, hier wieder ein Zuhause zu haben. Mir ist es gleichgültig, wo es steht, solange du und Harry dabei seid. Aber der Lavendel gehört ganz allein dir. Nimm dir einen Moment Zeit, um dich mit dem Geist deiner Großmutter zu verbinden und deine Entscheidung zu treffen.«

Sie erwähnte lieber nicht, dass sie die ersten Anzeichen von Übelkeit verspürte. Sie kannte das Gefühl, sie hatte es vor ein paar Jahren schon einmal erlebt. Man nannte es Morgenübelkeit, aber bei ihr kam sie immer erst am späten Nachmittag. Sie hatte es bisher niemandem gegenüber erwähnt, doch sie wusste, dass sie wieder schwanger war, und sie war überzeugt, dass dies ein weiterer Grund für ihre Alpträume war. Die Schwangerschaft verursachte seltsame Dinge.

Sie beobachtete Luc, der oben auf dem Hügel in der Nachmittagssonne stand. Hier wuchs überall englischer Lavendel. Als er zwischen den Pflanzen hindurchging, konnte sie ihn stärker riechen. Zufrieden sah sie zu, wie er ein paar Blüten pflückte, sie in der Handfläche hin und her rollte und geistesabwesend ihren Duft einatmete. Er wirkte wieder stark – wie damals in der kalten Novembernacht 1943, als sie sich zum ersten Mal begegnet waren. Die Welt hatte sich im Krieg befunden, ihr Leben war in Gefahr gewesen, und dennoch war er sich seiner Stellung im Leben so sicher gewesen. Er hatte sich wohlgefühlt in seiner Haut und selbstbewusst dagestanden. Seit sie Frankreich verlassen hatten, hatte Lisette diese Kraft und dieses Strahlen bei ihm nicht mehr gespürt, aber jetzt wirkte er wieder so, als sei er dort angekommen, wo er hingehörte.

Luc wog die dunkelrote Erde in der Hand, fühlte die Konsistenz und ließ sie durch die Finger rieseln.

»Bitte«, betete Lisette stumm, »lass es die richtige sein.«

Sie sah zu, wie er eine Fingerspitze zum Mund führte und die Erde probierte, dann wischte er sich die Hand beiläufig an der neuen Anzughose ab. Das Jackett hatte er genauso achtlos im Auto ihrer Freunde zusammengeknüllt. Seine Hemdsärmel waren aufgerollt, die Krawatte und der oberste Knopf gelockert. Erneut richtete er sich auf, hielt die Hand vor die Augen und spähte in die Ferne. Lisette folgte seinem Blick. Einen derart blauen Himmel hatte sie noch nie zuvor gesehen. So tiefblau war der Himmel im nördlichen Europa nicht. Aber Luc war vielleicht anderes gewohnt, schließlich war er im heißen Süden Frankreichs aufgewachsen.

Der wolkenlose Himmel, von der gleichen Farbe wie die Augen ihres Mannes, war endlos weit. Seine Perfektion wurde nur einmal unterbrochen, als ein Vogel durch Lisettes Sichtfeld flog. Sie wandte sich wieder zu Luc um. Ob er wohl wusste, dass er geistesabwesend den Beutel um seinen Hals berührte? Sie merkte, dass sie unwillkürlich die Luft angehalten hatte. Das Herz schlug ihr bis zum Hals. Sie wollte unbedingt, dass es hier war. Sie hatten keine andere Option. Sie konnten nicht nach England oder Frankreich zurück, und noch vor Weihnachten würden sie ein weiteres Kind haben.

Er drehte sich zu ihr um, und ihr Herzschlag setzte einen Moment lang aus. Es war auf einmal totenstill.

»Wir werden hier Lavendel anbauen«, sagte er, und Lisette keuchte erleichtert auf.

Sie lief die Anhöhe hinauf und warf sich in Lucs Arme. Hilflose Tränen rannen ihr übers Gesicht. Luc wirbelte sie ausgelassen herum.

»Versprochen?«, fragte sie und vergrub das Gesicht in der Kuhle an seinem Hals.

»Ja, wir werden dieses Land und die angrenzenden Felder kaufen, sofern wir können, und eine Lavendelfarm daraus machen«, versprach er. »Und du darfst den Namen aussuchen.«

Sie überschüttete ihn mit Küssen. Sie lachten beide.

»Ich würde dich auf der Stelle lieben, wenn ich nicht das Gefühl hätte, die beiden könnten uns beobachten«, sagte er.

Auch Lisette verspürte den starken Drang, ihre Entscheidung zu besiegeln und ihr eine Bedeutung zu verleihen, die über Worte hinausging. Sie lachte. »Macht uns das etwas aus?«

»Ja, ich denke schon. Sie sind sehr höflich.« Die Erheiterung in seiner Stimme wich tiefer Zuneigung.

»Wie sollen wir deine Farm denn nennen?«, fragte sie und schmiegte sich an ihn.

»*Unsere* Farm«, korrigierte er sie.

»Eigentlich kommt nur ein Name in Frage.«

Er blickte sie fragend an.

»Bonets Lavendelfarm«, flüsterte sie. »Du kannst die Vergangenheit wiederbeleben«, fügte sie hinzu und berührte den Beutel mit den Samen.

Er nickte, und sie spürte, wie ihn ein Schauer durchrann.

»Dir ist schon klar, dass alle hier es »Bonnetts« aussprechen werden«, fügte sie trocken hinzu. Sie musste verhindern, dass sie beide von den Emotionen dieses Augenblicks überwältigt wurden.

Luc hob die Arme. »Das ist mir egal. Willkommen auf Bonets Farm, Misses Ravens, deinem neuen Zuhause.«

Teil II

1963

8

Lausanne, Schweiz

Der Arzt schüttelte den Kopf und sagte unerträglich sanft: »Ich weiß, es ist schwer, Max. Du warst ein sehr guter Sohn. Einen besseren hätte sich keine Mutter wünschen können. Aber du musst es akzeptieren. Sie tut es auch.«

Dr. Klein war ihr Hausarzt gewesen, seit Max auf der Welt war. Er war schon immer ein Freund der Familie gewesen, aber in den letzten drei Jahren während der Krankheit seiner Mutter war er bei ihnen ein und aus gegangen. Der Brustkrebs, der ihren Körper zerstört hatte, war wesentlich aggressiver als zunächst angenommen und hatte sie rasch verzehrt. Die elegante, schöne blonde Frau, wie Fotos aus ihrer Jugend bezeugten, gab es nicht mehr. Doch auch mit siebenundfünfzig war Ilse Vogel vor der Diagnose ihrer Krankheit eine äußerst attraktive Frau gewesen. Vor allem die anerkennenden Bemerkungen seiner Freunde und Klassenkameraden waren Max oft peinlich gewesen.

Am meisten liebten die Menschen an ihr jedoch ihre strahlende Persönlichkeit, und obwohl sie ledig war, stand sie auf den Gästelisten jeder schicken Cocktailparty oder Einladung zum Abendessen. Bei all ihrem Glamour übersah man leicht, dass sie womöglich eine der führenden Wissenschaftlerinnen Europas geworden wäre, wenn der Krieg nicht dazwischengekommen wäre. Sie hatte nie über ihre Karriere gesprochen, aber Max wusste, dass sie 1938 aus einem ausgedehnten Urlaub in Deutschland zurück zu ihren Eltern nach Lausanne geflohen war. Ihre Mutter Angelika – Geli – war Deutsche und lebte mit ihrem Schweizer Ehemann Emile Vogel fast vier Jahrzehnte lang am Genfer See.

Ilse hatte Emiles Größe und seine hellen Augen geerbt, während sie von Geli die goldblonden Haare, den honigfarbenen Teint und das strahlende Lächeln hatte. Mittlerweile jedoch war davon nichts mehr übrig. Die Krankheit hatte ihren Körper zerstört. Sie hatte der attraktiven Frau das strahlende Aussehen geraubt und sie zu einem Schatten ihrer selbst gemacht. Nur ihre leicht heisere Stimme war immer noch die alte.

Die meiste Zeit seines jungen Lebens hatte Max mit seiner Mutter in Genf verbracht, derzeit studierte er in Frankreich an der Universität von Straßburg. Nach ihrer schweren Operation war seine Mutter nach Lausanne zurückgekehrt, ins Haus ihrer Eltern hoch über dem Genfer See. Hier kümmerten sich Geli und Emile, beide inzwischen in den Achtzigern, um ihre Tochter, die wohl bald sterben würde.

Max stand am Fenster in der Wohnung seiner Mutter im oberen Stockwerk und blickte über die Baumwipfel zum See. Es war ein perfekter Sommertag, aber er hasste ihn bereits. Das Wetter war viel zu schön zum Sterben. Fröhliches Vogelgezwitscher und die Rufe von vorbeiradelnden Kindern drangen in seine Gedanken, doch er verzog keine Miene, obwohl er sonst jederzeit ein Lächeln auf den Lippen trug. Er kam sich vor wie ein Verräter, weil er unbewusst die Wärme auf seiner Haut genoss, die durch die Fensterscheibe drang.

»Komm, Maximilian«, drängte ihn Dr. Klein. »Sie ist jetzt wach. Du musst bei ihr sein, solange sie noch klar ist.«

Max nickte. Er wusste, er musste sich von der Schönheit und Hoffnung, die sich vor ihm auftat, losreißen und zu seiner Mutter gehen.

»Ilse«, rief Dr. Klein sanft.

Max drehte sich um und sah, dass der Arzt die Hand seiner Mutter ergriffen hatte. Ihm ging durch den Kopf, dass Klein vermutlich in sie verliebt war. Seine Mutter hatte immer viele Verehrer gehabt, und sie hatte sicher auch vor seiner Geburt schon Heiratsanträge bekommen. Dass Ilse Vogel ledig geblieben war, war ihr großes Geheimnis.

»Es geht nur um uns beide, Maxi«, hatte sie ihm einmal erklärt. »So wichtig ist sonst niemand. Du bist der bedeutendste Mann in meinem Leben.«

Als Kind hatte ihm das gefallen, als Teenager hingegen war ihre übergroße Liebe eine Last für ihn gewesen, weil sich all ihre Aufmerksamkeit auf ihn konzentrierte. Mehr als einmal hatte er sich gewünscht, dass seine Mutter einen Mann kennenlernen würde, in den sie sich Hals über Kopf verliebte. Zwar gab es einige kurze Flirts und Romanzen, doch dauerten sie nie länger als ein paar Wochen, und als er älter wurde, war Max sich sicher, dass seine Mutter sich ganz bewusst von jedem Mann außer ihm und seinem Großvater fernhielt.

Der Entschluss, in Frankreich zu studieren, fiel ihm dadurch viel schwerer, und als er endlich den Mut gefunden hatte, ins Ausland zu gehen, stürzte das seine Mutter anfänglich in tiefe Traurigkeit. Mit der Zeit gewöhnte sie sich daran, wie es ihm seine Großeltern versichert hatten, und in den ersten Jahren waren seine Besuche zu Hause lustig und voller Zuneigung gewesen. Er hatte sich darauf gefreut und hatte sie aufgefordert, ihn in Straßburg zu besuchen, was sie auch einige Male getan hatte.

Aber dann war der Krebs entdeckt worden. Trotzdem hatten seine Großeltern darauf bestanden, dass er weiter in Frankreich studierte.

»Na los, Junge«, hatte Emile ihn bei seinem ersten Besuch

nach Ausbruch der Krankheit gedrängt. »Das ist *dein* Leben. Wir sind ja hier und sorgen dafür, dass deine Mutter wieder gesund wird.«

Im ersten Jahr ihrer Genesung, seinem dritten Jahr an der Universität, und auch während der ersten Remission hatten seine wiederkehrenden Besuche zu Hause gut funktioniert. Im vierten Jahr jedoch musste seine Mutter sich eingestehen, dass sie nicht mehr unabhängig leben konnte, und das machte es unsagbar schwer für ihn, sie allein zu lassen.

Max lernte zu akzeptieren, dass seine Mutter sterben würde. Das war es sicher, was Dr. Klein ihm sagen wollte, wenn er auch die brutale Wahrheit mit freundlichen Worten umschrieb. Max konnte sich ein Leben ohne seine Mutter nicht vorstellen, und der Schmerz, der sich in all den Jahren auf der Universität in ihm zusammengeballt hatte, drohte nun zu explodieren.

Er konnte es fühlen: Schmerz, Panik und Wut stiegen ganz langsam in ihm auf. Am liebsten hätte er laut geschrien. Es war alles so unfair. *Warum sie? Warum ich? Warum wir?*

Abgesehen von seinen großzügigen, liebevollen Großeltern hatte seine Familie nur aus Ilse und ihm bestanden. Sie hatten noch nicht einmal besonders viele Freunde, keine engen jedenfalls. Seine Großeltern hatten mit ihren eigenen Dämonen zu kämpfen, während sie hilflos mit ansehen mussten, wie ihre Tochter dahinwelkte.

Max hatte sich über die nicht vorhandene Familie nie beklagt, nur warum wurde ihm jetzt alles genommen, was er hatte? Wer ist mein Vater?, fragte er sich. Die Frage hatte immer zwischen ihnen gestanden, aber erst jetzt brach sie auf wie eine alte Wunde, die sich entzündet hatte. Max beobachtete, wie Ilse Vogel geschwächt und vielleicht zum letzten Mal aus dem Morphiumschlaf aufwachte, und die Wunde blutete.

»Wer bin ich?«, murmelte er erstickt. Tränen brannten ihm

in den Augen beim Anblick der reglosen, bleichen Gestalt seiner Mutter, doch er blinzelte sie weg.

»Tränen nützen nichts«, hatte seine Großmutter ihm schon als Kind erklärt. »Sie sind ein Zeichen dafür, dass du etwas bereust. Wenn du nichts zu bereuen hast, brauchst du auch nicht zu weinen.«

»Was ist mit traurigen Tränen?«, hatte er sie als Junge gefragt.

»Die kannst du innerlich weinen. Wenn andere sie sehen, giltst du als schwach.«

Er hatte Geli immer härter gefunden als Emile.

»Das ist die deutsche Herkunft«, hatte seine Mutter ihm erklärt, amüsiert über seine Beobachtung. »Stark, stolz und stets mit erhobenem Kopf.« Es war noch gar nicht so lange her, dass Ilse ihm über die Wange gestreichelt hatte. »Du hast viel deutsches Blut in dir, Max«, hatte sie gesagt und dabei ungewohnt sentimental geklungen. Er hatte nie geglaubt, dass sie damit nur das Blut seiner Großmutter mütterlicherseits meinte.

Bin ich hart?, fragte er sich jetzt. *Bin ich deutsch genug? Kann ich mit erhobenem Kopf und trockenen Augen hier stehen, wenn du stirbst?*, fragte er im Stillen seine Mutter.

»Max ist hier«, sagte Dr. Klein und half Ilse Vogel, sich aufzusetzen. »Er steht am Bett, Ilse. Wenn die Schmerzen zu groß werden, sag es ihm, damit er mir Bescheid gibt. In Ordnung?«

»Danke, Arne«, krächzte sie.

Dr. Klein nickte Max vielsagend zu und verließ den Raum.

Munter lächelnd und mit trockenen Augen trat Max ans Bett seiner Mutter. »Hallo, Mutti.« Er setzte sich auf die Bettkante und beugte sich vor, um sie zu umarmen und auf beide Wangen zu küssen. Ihr Körper fühlte sich so zerbrechlich an wie der eines Vögelchens.

»Hallo, mein Liebling«, sagte sie. Voller Stolz musterte sie ihn und drückte seine Hände. Der Druck war minimal. »Bist du heute Morgen angekommen?«

»Ja, ganz früh. Doktor Klein hat mich abgeholt.«

»Er ist so nett.«

»Er liebt dich, das weißt du doch, oder?«

Sie grinste. »Anscheinend sogar kahlköpfig«, sagte sie und berührte den wunderschönen Hermès-Schal, der um ihren Kopf geschlungen war.

Max hatte ihn ihr letztes Jahr zu Weihnachten geschenkt. Er hatte ein Vermögen gekostet.

Obwohl sie im Sterben lag, gelang es Ilse Vogel, elegant auszusehen. Sie lächelten sich liebevoll an.

»Jedes Mal, wenn ich dich sehe, bist du dünner, Max.«

»Du auch.«

Sie versetzte ihm einen Klaps. Es war, als ob ein Schmetterling auf seiner Hand landete.

»Nein, im Ernst, Liebling«, sagte sie vorwurfsvoll.

»Aber ich esse genug. Ich glaube, du hast mich immer noch als pummeligen Zehnjährigen vor Augen.«

»Ja, wahrscheinlich. Und … ein Jahr auf der Universität? Hoffentlich wirst du nicht einer von diesen langweiligen Akademikern mit Schuppen in den Haaren, die ihr Institut nie mehr verlassen!«

Max schüttelte grinsend den Kopf. »Nein, ich weiß nur noch nicht genau, was ich machen will.«

»Du denkst, noch mehr akademische Abschlüsse helfen dir dabei, Klarheit zu finden?«

»Ich weiß nicht, Mutti. Ich bin ein bisschen verloren.«

Ihr Blick wurde hart. »Sei nicht pathetisch, Maxi. Verloren? Du hast alles, wofür es sich zu leben lohnt.«

»Du auch«, erwiderte er. Es rutschte ihm einfach so heraus und klang wie eine Anschuldigung.

Seine Mutter zuckte nicht. »Ja, das stimmt. Aber ich habe keine Wahl. Die Entscheidung ist für mich getroffen worden, und es nützt ja nichts, mutlos zu werden. Es hilft keinem von uns, wenn wir schwach sind.«

»Jetzt hörst du dich an wie Großmutter.«

»Ich bin nicht umsonst ihre Tochter.« Ilse lächelte. »Was ich sagen will, Maximilian, du hast eine Wahl im Leben. Du musst sie nur nutzen. Hast du genug Geld?«

Er seufzte. »Du bist viel zu großzügig. Ich lebe gut … weitaus besser als die meisten anderen Studenten.«

Sie zuckte leicht mit den Schultern. »Wen außer dir können wir sonst schon verwöhnen, Liebling? Du sollst auch weiterhin gut leben.« Sie verzog den Mund. »Wie ich feststellen muss, ist das Leben viel zu kurz.«

Er hasste diesen Ausdruck. »Ich beklage mich nicht.«

»Ich möchte, dass du etwas für mich tust«, sagte sie.

Sie griff nach dem Glas Wasser, das auf ihrem Nachtschränkchen stand. Er bemerkte, wie dünn ihr Arm war und wie heftig ihre Hand zitterte, als sie das Wasser durch den Strohhalm saugte. Max stellte das Glas wieder auf das Nachtschränkchen, und seine Mutter sank völlig erschöpft zurück in die Kissen.

Sie zeigte auf ihren Schrank. »Hinten drin steht eine Schuhschachtel von Charles Jourdan. Kannst du sie mir bitte bringen, Liebling?« Trotz ihrer Erschöpfung wirkte sie auf einmal belebt. Ihre Augen glänzten.

Stirnrunzelnd gehorchte Max. Im Schrank standen mehrere Schuhkartons. Er hielt einen hoch. »Der hier?«

»Ja, das ist er.« Sie seufzte.

Er trug den Schuhkarton zum Bett und stellte ihn auf die Steppdecke. »Hoffentlich holst du jetzt nicht mehrere tausend Franken heraus, die du für mich gehortet hast.«

Sie kicherte, und er freute sich. So amüsiert hatte er sie schon lange nicht mehr erlebt.

»Das Geld für dich habe ich auf der Bank gehortet, mein Junge. Du wirst dir nie Sorgen machen müssen. Achte nur genau darauf, wen du heiratest. Deine Mutti wird dann nicht mehr da sein, um dir Ratschläge zu geben.«

Er spürte, wie ein Schluchzen ihm die Kehle zusammenschnürte, und räusperte sich. Er hatte gewusst, dass dieser Augenblick kommen würde, und sich seit mehr als einem Jahr darauf vorbereitet. Die Gewissheit, dass der Abschied von seiner Mutter bevorstand und er ihr mit einem letzten Blick in ihre schönen Augen eine gute Reise wünschen musste, wohnte seit langem in ihm, und jetzt durfte er nicht zusammenbrechen.

Insgeheim beneidete er all jene, deren Eltern bei einem Unfall oder unvermutet durch Herzversagen ums Leben kamen. Kurz wünschte er sogar, seine Mutter wäre bereits tot, wäre gestorben, während er noch auf der Reise hierher war, so dass er nur noch ihren Leichnam hätte küssen können. Aber allein der Gedanke erfüllte ihn mit Scham. Wenn seine Mutter den Mut hatte, der Bestie ins Auge zu blicken und trotzdem noch zu lächeln, dann sollte er zumindest die Fassung wahren, wie seine Großmutter es ihm eingeschärft hatte.

»Sie soll in ihren letzten Augenblicken dein schönes Gesicht sehen, Kind«, hatte sie vor wenigen Minuten noch gesagt und ihm über die unrasierte Wange gestreichelt. »Geh zu ihr und verabschiede dich mit Liebe und einem Lachen von ihr.« Als er die Treppe hinaufgegangen war, hatte sie ihm noch nachgerufen: »Keine Tränen, Maxi. Das mag sie nicht.«

Daher hatte er von irgendwoher – wahrscheinlich aus seinen deutschen Wurzeln – ein Grinsen auf sein Gesicht gezaubert.

»Ich war mal mit einem afrikanischen Mädchen zusammen«,

sagte er und lachte, als seine Mutter schockiert das Gesicht verzog. »Das war nur ein Scherz.«

»Aber du hast eine Freundin?«

Er nickte. »Nichts Ernstes«, sagte er, was die Lüge verdoppelte.

Es war ihm todernst mit Claire gewesen, bis er gemerkt hatte, dass sie noch mit einem anderen schlief. Als er sie zur Rede gestellt hatte, hatte sie zerknirscht gesagt: »Es war ein dummer Fehler, Max. Ich weiß nicht, warum ich überhaupt in dieses Wochenende mit ihm eingewilligt habe. Meine Freunde sind alle hingefahren. Ich wollte doch nur ein bisschen Spaß haben. Du fährst ständig nach Lausanne, und ich darf nie mitkommen. Ich bin so oft allein.«

Die Worte gingen ihm jetzt durch den Kopf. Es heißt, die Linie zwischen Liebe und Hass sei dünn, und eigentlich hatte Max geglaubt, er und Claire würden sich lieben. Er hatte sich vorgestellt, wie er ihr einen Ring an den Finger steckte und sie sich in der Schweiz niederlassen würden. Ein Ferienhaus in der Provence würde folgen und später eine Wohnung in Paris. Aber ihr Betrug hatte Salz in die Wunden eines bereits verwundeten Tieres gestreut. Sie wusste, dass er den langsamen, qualvollen Tod seiner Mutter miterlebte, und ihr Verrat hatte ihn in tiefe Melancholie gestürzt.

Es war nicht die Trennung. Er hatte mittlerweile erkannt, dass sie nicht zueinanderpassten. Sie war ein Partygirl, er mochte es gerne ruhig. Dennoch hatte er so getan, als färbe ihre muntere Art auf ihn ab, damit er nicht zu trübe wurde. Sie wusste, dass er seinen Vater nicht kannte, und sie war es, die ihn davor gewarnt hatte, diesen Umstand zur Obsession werden zu lassen.

»Wen kümmert es schon, wer er ist … oder war? Du bist, wer du bist. Ihn zu kennen ändert dich nicht.«

Aber da irrte sie. Zu wissen, wer ihn gezeugt hatte, konnte

alles verändern. Für Max war es die zweite Ankerkette für sein Leben, vor allem da die Hauptkette bald nicht mehr da sein würde.

Er blickte auf die eingesunkenen Züge seiner Mutter. *Verlass mich nicht,* flehte er innerlich. *Ich bin noch nicht bereit …*

»Also niemanden zum Heiraten?«, fragte seine Mutter und durchbrach seine trüben Gedanken.

»Nein!«, stieß er hervor. »Ich bin noch nicht bereit dazu.«

»Max, du wirst jetzt vierundzwanzig. Du bist ein begehrenswerter junger Mann, vor allem mit deinem Nachnamen.«

Das stimmte. In der Schweiz war der Name seiner Familie sehr bekannt, und jeden Sommer lächelten ihn Scharen junger, wunderschöner Frauen an. Da Lausanne im Sommer so etwas wie der Tummelplatz für die Reichen war, würden nicht wenige wohlhabende Mütter sicher demnächst versuchen, ihm ihre Töchter unter dem Vorwand vorzustellen, seine kranke Mutter zu besuchen.

»Ich glaube, ich werde eine Australierin oder so heiraten, eines von diesen rotwangigen Mädchen ohne Allüren.«

»Ja, ich hoffe eigentlich darauf, dass du eine Fremde aus einem Land vom anderen Ende der Welt heiratest, Liebling. Du brauchst die feine Gesellschaft von Wien oder Genf nicht. Wage es ruhig, anders zu sein. Ich werde stolz auf dich sein.«

»Warum hast du eigentlich nie geheiratet? Ich meine nicht meinen Vater, wer auch immer er war, sondern jemand anders? Es hat doch einige Männer gegeben, an denen du interessiert warst.«

Sie blickte ihn mit leiser Empörung an. »Keiner von ihnen hat mich so sehr interessiert wie du.«

Er warf ihr einen vernichtenden Blick zu.

»Aber ich bin froh, dass du deinen Vater erwähnt hast«, sagte sie und hob den Deckel des Schuhkartons.

Sie hatten nie über seinen Vater gesprochen, deshalb erwiderte er heftig: »Warum? Warum hast du mir mein ganzes Leben lang erzählt, du könntest dich noch nicht einmal mehr an seinen Namen erinnern? Du wüsstest absolut gar nichts von ihm?«

Ihr Blick war zärtlich, als sie ihn ansah. »Du hattest Angst, du seist ein Fehltritt gewesen«, sagte sie. Er nickte, doch sie fuhr bereits fort: »Empfangen in einem unbedachten Augenblick?« Sie wandte den Blick ab. In Gedanken war sie ganz woanders. »Ich weiß. Nur was für ein schöner, wundervoller Fehler, mein Kind. Du warst ein Geschenk, und du hast verhindert, dass ich wahnsinnig wurde.«

»Du hattest den Wahnsinn des Krieges immer vor Augen«, widersprach er.

»Ich wollte sagen, du hast mich vor gebrochenem Herzen bewahrt«, entgegnete sie leise.

Er hielt den Atem an. »Was soll das heißen?«, flüsterte er verwirrt.

»Hier drin«, sagte sie und wandte ihre Aufmerksamkeit wieder dem Schuhkarton zu, »sind Briefe von einem Mann, der …«

»Mein Vater?«, fragte er erstaunt, bevor sie fortfahren konnte.

Sie nickte, wich jedoch seinem Blick aus. Ihre Finger flatterten über den Schuhkarton wie ein Falter ums Licht.

»Aber …«

»Ich weiß, Liebling. Ich weiß. Ich habe gelogen, und ich bitte dich um Verzeihung. Ich hatte meine Gründe …«

»Deine Gründe?«

Der Schmerz stand ihm so offen ins Gesicht geschrieben, dass ihr Tränen in die Augen traten. Max hatte sie während ihrer gesamten Krankheit nicht ein einziges Mal weinen sehen. Sie hatte sich nie beklagt oder selbst bemitleidet, aber jetzt schmerzte es sie, dass sie ihm wehgetan hatte. Und es tat weh.

Die zahllosen Male, bei denen er nach seinem Vater gefragt hatte und sie ihn mit Entschuldigungen abgespeist hatte. Er hatte den Eindruck gewonnen, seine Empfängnis sei ein zufälliges Ereignis auf irgendeiner Party gewesen, bei der sie, des ständigen Geredes vom Krieg überdrüssig, zu viel getrunken und sich in irgendeinem Hinterzimmer jemandem hingegeben hatte. Dabei hatte er sich im Grunde nie vorstellen können, dass seine Mutter jemals so außer Kontrolle geraten war.

»Weine nicht«, bat er sie, erleichtert darüber, dass seine Stimme fest klang. »Aber warum hast du mich angelogen?«

Sie tupfte ihre Wangen mit dem Laken ab. »Weil du so ein stolzer kleiner Junge warst. Du hast starke deutsche Wurzeln, und es war dir von klein auf wichtig, deinen Vater zu kennen. Ich wollte dir genug sein, dabei wusste ich immer, dass ich das nie war.«

»Sag das nicht«, bat er sie, obwohl er spürte, dass es stimmte, und die Wahrheit schnitt ihm in die Haut wie ein Dolch.

Sie ließ ihn nicht ausreden. »Max, ich wollte nicht, dass du ihn hasst.«

»Ihn hassen?«

»Du wirst es gleich verstehen.« Sie wandte den Blick ab.

Max war verblüfft. Was würde er verstehen?

Seine Mutter fuhr fort: »Außerdem wollte ich dich nicht unglücklich machen. Ich wollte nicht, dass du glaubst, er hätte uns nicht geliebt, aber das hättest du als Kind zwangsläufig so gesehen. Ich kenne dich viel zu gut. Wenn du erst einmal von etwas gefesselt bist, gibst du keine Ruhe mehr. Du hättest im Hinblick auf deinen Vater die falschen Schlüsse gezogen. Es war leichter für mich, dich … und deine Großeltern … über ihn im Dunkeln zu lassen. Ich wollte nicht, dass du dir während deiner Kindheit und Jugend ständig Gedanken über den Mann machst, der uns verlassen hat.«

»Hat er uns denn verlassen?«

Müde schüttelte sie den Kopf. »Nicht uns, Liebling. Von dir wusste er gar nichts. Er hätte dich über alles geliebt.«

»Du hast es ihm nie erzählt?«

Sie schaute aus dem Fenster nach der Sonne. »Ich konnte ihn nicht erreichen. Er war Soldat an der Front.«

Max schluckte. »Ist er … tot?«

»Ja.« Sie begann zu weinen. Die Tränen liefen ihr über die eingefallenen Wangen, doch sie fing sich rasch wieder und wischte sie weg. »Aber das habe ich erst lange nach dem Krieg erfahren.« Sie schniefte leise.

Max wurde die Kehle eng. Er blickte in den Schuhkarton. »Dann sind das also Briefe von meinem Vater«, bemerkte er. Unerwartet durchzuckte ihn Erregung wie ein Stromschlag. Er wollte zornig sein, fühlte jedoch pure Freude. Ein Vater, ein Name, ein tapferer Mann, die zweite Ankerkette.

Seine Mutter nickte. Sie tupfte sich noch einmal die Augen ab und räusperte sich. »Er hat nur zweimal geschrieben. Der Brief aus Paris«, sie seufzte leise, »war sein letzter, ein Brief, den er über mehrere Monate hinweg geschrieben hat. Er hat jeden Eintrag datiert und ist einen Tag nach dem letzten gestorben.«

Max runzelte die Stirn. »Woher weißt du das so genau?«

»Weil wer anders ihn abgeschickt hat. Ein Franzose, der bei ihm war, als er starb.«

»Wie ist mein Vater denn ums Leben gekommen?«, fragte Max elend.

»Er wurde vierundvierzig bei der Befreiung von Paris von einem französischen Rebellen getötet.«

»Der Mann, der ihn getötet hat, hat dir geschrieben?«, fragte Max erstaunt.

»Nein.« Sie hatte mittlerweile die Fassung wiedergewonnen und konnte weitersprechen, ohne dass ihre Stimme zitterte.

»Der Mann, der mir geschrieben hat, war derjenige, der bei deinem Vater geblieben ist, bis er an seiner Verletzung gestorben ist. Eine Schusswunde, glaube ich. Anscheinend waren dein Vater und dieser französische Widerstandskämpfer Feinde und zugleich Freunde.« Sie zuckte mit der Schulter, als Max sie nur perplex ansah. »Du musst den Brief lesen, um es zu verstehen. Es wird sogar noch komplexer, denn der Gefährte deines Vaters kämpfte zwar für die Franzosen, ist aber Deutscher. Sein Name ist Lukas Ravensburg.« Sie verzog entschuldigend die Mundwinkel. »So hat er jedenfalls unterschrieben.«

»Hat er dir einen extra Brief geschrieben?«

»Ja, es ist alles hier drin. Seine Zeilen lagen dem Brief deines Vaters bei. Nimm sie bitte an dich. Du hast ein Recht darauf, von Markus zu erfahren.«

»Markus«, wiederholte er verwundert.

Sie lächelte, verloren in den Erinnerungen, die der Name in ihr hervorrief. Max wartete, bis sie ihm wieder ihre Aufmerksamkeit zuwandte.

Schließlich wurden Ilses Augen klar, und sie blickte ihren Sohn so wach an wie schon seit langem nicht mehr. Sie erhob sich halb aus den Kissen, um ihren Worten Nachdruck zu verleihen, und sagte drängend und mit fester Stimme: »Oberst Markus Kilian ist der einzige Mann, den ich je geliebt habe.« Sie lächelte. »Deshalb konnte ich auch nie einen der Anträge annehmen. Markus ist wie ein leuchtender Meteorit in mein Leben getreten, und alles nach ihm wirkte stumpf und trübe. Aber er hat mir dich geschenkt, Max.« Überraschend fest ergriff sie seine Hand. »Ich habe ihn achtunddreißig kennengelernt. Wir wurden fast sofort ein Liebespaar. Ich wusste nicht, dass ich schwanger war. Die Lage in Europa wurde gefährlich, deshalb kehrte ich in die Schweiz zurück. Markus wurde nach Berlin zurückberufen und dort stationiert. Wir wussten beide, dass es keinen Sinn hatte, über eine Zukunft zu sprechen, die jeden Augenblick ausgelöscht werden konnte. Als ungebundener Junggeselle war er fest entschlossen, an die Front zu gehen. Mit seinen letzten Worten erklärte er mir, es falle ihm zu schwer, Männer in die Schlacht zu führen und schwierige Entscheidungen zu treffen, wenn er sich um eine Frau und eine Familie Gedanken machen müsse … Ich habe ihn natürlich verstanden, du weißt ja, dass ich ein pragmatischer Mensch bin.« Sie hielt inne. »Als wir uns voneinander verabschiedeten, wusste ich jedoch noch nicht, dass wir ein Kind erwarteten. Außerdem ging ich davon aus, dass wir uns wiedersehen würden.« Sie schüttelte den Kopf. »Es war eine verrückte, eine beängstigende Zeit, und alle sahen zu, dass sie nach Hause kamen. Als ich hierher zurückkehrte, dachte ich, wir würden einander schon bald sehen und könnten uns dann immer noch überlegen, was wir tun wollten.«

»Aber du hast ihn nicht wiedergesehen«, warf Max ein.

Traurig schüttelte sie den Kopf und sank zurück in die Kissen. Sie wirkte erschöpft. »Ich habe ihn nie wiedergesehen«, sagte sie mit monotoner Stimme. »Er schrieb selten und eher wie ein guter Freund. Er erzählte mir Begebenheiten aus seinem Leben, redete aber nie von der Zukunft, auch nicht von uns, obwohl er immer hoffte, dass es mir gut ging.«

»Hast du ihm zurückgeschrieben?«

»Ja, einmal. Aber ich glaube, er wollte es eigentlich nicht. Ich nehme an, es war zu schmerzlich für ihn. Dein Vater war der geborene Anführer, und doch war er hier drin«, sie zeigte auf Max' Herz, »ein tragischer Romantiker.« Ilse seufzte. »Das habe ich am meisten an ihm geliebt. Ich war Wissenschaftlerin, Realistin, und dein Vater wollte tief im Innern an Märchen glauben. Den einzigen Brief, den ich ihm je geschrieben habe, hat ein Freund von ihm in Berlin entgegengenommen, der ihn an der Wehrmacht vorbei deinem Vater zukommen ließ. Ich erfuhr, dass Markus früher in Russland gewesen war, später hörte ich ein Gerücht, er habe Hitler Widerstand geleistet und sei irgendwo in Deutschland auf eine abgelegene Stelle zwangsversetzt worden. Ich hatte keine Ahnung, dass sie ihn nach Paris geschickt hatten. Ich bekam nur zwei Briefe in sechs Jahren, aber sie haben mich aufrecht gehalten. Ich dachte die ganze Zeit über, er würde wieder in unser Leben treten und dir ein richtiger Vater sein.«

»Hast du sechsundvierzig von seinem Tod erfahren?«

Ilse schüttelte den Kopf. »Er hat seinen letzten Brief vierundvierzig geschrieben, und ein Jahr später wurde er aufgegeben. Er erreichte mich in der Genfer Wohnung, in der ich damals lebte. Es war die einzige Adresse, die er kannte, deshalb ging der Brief auch zuerst verloren. Achtundvierzig habe ich ihn dann schließlich bekommen. Da war dein Vater schon seit vier Jahren tot, was ich jedoch nicht wusste. Vielleicht habe ich es gespürt, vielleicht hat ja auch mein Körper irgendwie darauf reagiert.« Anscheinend meinte sie damit den Krebs. »Es ist fast unheimlich, wie ähnlich du ihm siehst«, fuhr sie mit trauriger Stimme fort. »Ihr habt die gleichen strahlend blauen Augen, ein Farbton, der sich je nach Stimmung ändert. Heute sind sie eher winterblau. Muss ich mir Sorgen machen?« Max schüttelte den Kopf, sagte aber nichts. »Und diese goldblonden Haare. Er hat sie kurz getragen, präzise gescheitelt, immer ordentlich. Ich bin nicht sicher, ob ihm deine etwas längere Version gefallen hätte.«

»Ich gelte als konservativ«, versicherte Max ihr.

Sie berührte seine Wange. »Und dieses Gesicht. Ganz Markus, so nordisch. Du würdest einen guten Wikinger abgeben, Max.« Sie lächelte. »Deshalb brauchte ich nie jemand anders als dich, Liebling. Durch dich war Markus immer bei mir. Du bist genauso attraktiv wie er.«

Er seufzte. »Das sagen alle Mütter.«

»Nein, wirklich.« Ihr Atem wurde flacher, und sie wirkte angestrengt. »Kilian war der bestaussehende Mann, den ich jemals gekannt habe. Groß, breitschultrig, mit dieser eleganten preußischen Haltung. Du bist genauso wie er, nicht nur vom Aussehen her. Vor allem war Kilian ein guter Mensch, Max. Vergiss das nie. Er war ein pflichtbewusster Mensch mit Prinzipien.« Sie zeigte auf einen dicken cremefarbenen Umschlag, der ganz unten im Schuhkarton lag. »Hier habe ich versucht, alles aufzuschreiben, woran ich mich erinnere. Ich kannte ihn nicht besonders lange, aber das brauchte ich auch nicht, um ihn gut kennenzulernen. In unserer gemeinsamen Zeit waren wir unzertrennlich. Er hätte dich sicher sehr geliebt. Du heißt Maximilian, weil er mir gesagt hat, wenn er jemals einen Sohn hätte, würde er ihn so nennen.« Erneut schwieg sie erschöpft und blickte aus dem Fenster. Offensichtlich hatte sie wieder Schmerzen. »Du rufst jetzt besser Arne«, murmelte sie.

Max sagte dem Arzt Bescheid und setzte sich mit dem Schuhkarton an den Schreibtisch seiner Mutter am Fenster. Er starrte auf die große kühne Schrift auf dem obersten Umschlag. Der Brief war in Schottland aufgegeben worden. Auf der Rückseite standen der Name – L. Ravens – und eine Adresse irgendwo auf den Orkney-Inseln. Er wusste noch nicht einmal genau, wo sie waren. Er würde nachschlagen müssen.

Dr. Klein trat zu ihm und sagte leise: »Ich habe ihr Morphiumtabletten gegeben. Ein paar Minuten lang ist sie noch wach, aber sie wird bald einschlafen. Der Tod ist nahe, Max. Willst du bei ihr bleiben?«

Max nickte. Er fühlte sich wie betäubt. Als der Arzt wieder gegangen war, öffnete seine Mutter die Augen. Doch selbst diese winzige Bewegung war zu viel für sie. Sie zuckte zusammen.

»Lies ihn mir vor, Max«, sagte sie. Sie klang atemlos.

»Was soll ich dir vorlesen?«

»Seinen letzten Brief … Lass mich einschlafen, während ich die Worte deines Vaters mit deiner Stimme höre.«

Max griff in den Schuhkarton.

»Ravensburgs Schreiben kannst du später lesen. Der Brief deines Vaters liegt darunter.« Ihre Aussprache wurde verwaschen.

Er holte einen kleinen weißen Umschlag mit Nazi-Insignien heraus. Darüber befand sich ein brauner Fleck. Instinktiv wusste Max, dass dies das Blut seines Vaters war. Er berührte den Fleck und spürte, wie sich die Anspannung in seinem Bauch lockerte. Er stand kurz davor, in Tränen auszubrechen. Er wollte nicht weinen, aber er war so aufgewühlt, dass ihm alle Haare zu Berge standen, als er den Brief entfaltete. Die Handschrift seines Vaters war ganz anders als die des Franzosen. Sie war ordentlich und spartanisch. Er hatte mit schwarzer Tinte geschrieben, und der Brief war ursprünglich auf den 3. Mai 1944 datiert. Max setzte sich ans Bett und ergriff die Hand seiner Mutter.

»Meine geliebte Ilse, beginnt er«, sagte er.

»Es ist Frühling … Lies weiter«, murmelte sie und drehte den Kopf zur Wand.

Max lächelte traurig. *»Es ist Frühling«*, fuhr er für sie fort, *»und ich bin in Paris, erneut als Schreiberling. Wenn ich schon an einem Schreibtisch verrotten muss, dann lieber hier in der schönsten aller Städte.«*

Max las seiner Mutter vor, dass Kilian eine neue Position als Verbindungsmann zwischen dem Führerhauptquartier und der französischen Kirche innehatte, dass er es in höchstem Maße dekadent fand, im Hotel Raphael zu wohnen, und dass die Franzosen sich an das Leben unter deutscher Besatzung gewöhnt hätten. Kilian berichtete ihr, wie schmerzlich es ihn berührte, dass die Nazis der Bevölkerung gegenüber so brutal vorgingen, und er beklagte sich darüber, wie hässlich die Hakenkreuzfahnen aussahen, die überall in der Stadt hingen, vor allem am Eiffelturm. Es hatte ihn amüsiert, dass die erste große Fahne vom Wind weggeweht worden war und deshalb eine neue kleinere hochgezogen werden musste. *Insgeheim sind die Franzosen stolz darauf, dass der Führer zwar Paris erobert, aber den Eiffelturm nie eingenommen hat«*, fuhr Max fort.

Auf dem Gesicht seiner Mutter stand ein sanftes Lächeln. Sie hatte sich in ihren Erinnerungen verloren. Offensichtlich kannte sie den Brief auswendig, dennoch genoss sie es, dass er ihn ihr vorlas.

Max kehrte zum Inhalt des Briefes zurück. Kilian erzählte von den Tuilerien, dem Jardin de Luxembourg, dem Louvre und dass zahlreiche Gemälde daraus verschwunden waren. *»Es geht das Gerücht, dass ein Bauer irgendwo in Frankreich mit der* Mona Lisa *schläft, die milde lächelnd auf ihn herunterschaut«*, las Max vor. Er konnte das Vergnügen seines Vaters an solchen Äußerungen förmlich spüren. *»Ich frage mich, ob ich diesen Brief jemals abschicken soll«*, fuhr er fort. *»Wenn er abgefangen würde, sähen sich meine Gegner sicherlich in ihrer schlechten Meinung über mich bestätigt. So viel zum stolzen Kilian, dessen Militärlaufbahn abrupt am Strick endet.«*

Mit jedem neuen Eintrag wechselte sein Vater das Thema. Selbst die Tinte sah auf jeder Seite anders aus, und seine Schrift wurde ein wenig kleiner, als versuche er, so viel wie möglich auf die Seiten zu bekommen.

»Ich habe beschlossen, täglich nur noch eine Mahlzeit zu mir zu nehmen. Wenn man bedenkt, dass viele Franzosen verhungern, erlaubt mir mein Gewissen die Völlerei nicht, der so viele meiner Kollegen frönen. Die reichen Pariser verbringen einen wundervollen Krieg, im Gegensatz zu unseren Jungs an der Front, die in

unvorstellbarer Zahl abgeschlachtet werden. Glaub mir, wenn ich dir sage, wir werden diesen Krieg verlieren, wegen unserer Angriffe im Osten und unseres größenwahnsinnigen Bestrebens, Russland zu zermalmen. Nun gut, genug der düsteren Tatsachen. Diesen Abend gehe ich aus in ein berühmtes Pariser Lokal, das immer noch der Treffpunkt von Schriftstellern, Malern, Philosophen … und natürlich Nazis ist.«

Max hörte den Abscheu seines Vaters aus diesem Satz förmlich heraus.

»Les Deux Magots«, seufzte seine Mutter, als er die Worte vorlas. Er verstärkte den Griff um ihre Hand und fuhr fort.

»Ich treffe mich mit einem Bankier. Walter Eichel ist ein Gentleman, der Musik, Kunst und Literatur schätzt, und er ist auch ein vernünftiger Deutscher, der vermutlich meine Ansichten über den Wahnsinn unserer Politik teilt. Ich glaube, ich werde den Abend in angenehmer Gesellschaft verbringen.«

Erneut blickte Max zu seiner Mutter. Anscheinend war der Brief über mehrere Wochen hinweg entstanden. Da er am Ende des zweiten Eintrags angelangt war, hielt er es für eine gute Idee, eine Pause zu machen. Seine Mutter hatte die Augen halb geschlossen.

»Hör noch nicht auf«, flüsterte sie. »Bitte.« Ihre Stimme klang wie von weit her.

Max ging zum nächsten Eintrag über, der das Datum 16. Mai trug.

»Es ist etwas geschehen, geliebte Ilse. Etwas ebenso Unerwartetes wie vielleicht auch leicht Lächerliches. Verzeih mir, wenn ich es mit dir teile, aber ich habe keinen anderen Freund. Ich habe dir doch geschrieben, dass ich mich kürzlich mit Walter Eichel getroffen habe, und an jenem Abend lernte ich auch sein Patenkind kennen, Lisette Forestier. Ihr Vater war Deutscher. Wir haben uns angefreundet, und sie ist wie ein frischer Wind in mein Leben ge-

fahren. Ich würde lügen, wenn ich behaupte, dass ich ihre Gesellschaft nicht genieße. Sie ist bei Eichels Bank angestellt, aber ich hoffe, ich kann sie überreden, für mich zu arbeiten, da sie fließend Deutsch und Französisch spricht. Das ist genau das, was ich brauche, wenn ich durch Frankreich reise, um mich mit dem Klerus zu treffen, wie ich es zugesagt habe, seit ich diese merkwürdige Rolle übernommen habe. Lisette ist fünfundzwanzig und viel zu hübsch und lebenslustig, um ihre Zeit mit mir zu verbringen. Nichtsdestotrotz hat sie in mir ein Gefühl der Hoffnung und Freude entfacht, das ich seit dem Ausbruch des deutschen Wahnsinns bereits verloren geglaubt habe.«

Max wünschte, seine Mutter hätte ihn nicht gebeten weiterzulesen. Sie hatte gewusst, dass dieses Geständnis kommen würde, und selbst er fand es peinlich und schmerzlich. Er konnte sich nur annähernd vorstellen, wie sie sich gefühlt haben mochte, als sie es zum ersten Mal gelesen hatte.

»Mutti«, sagte er leise. Ihre Augen waren immer noch halb offen. »Soll ich hier für heute aufhören?« Er berührte sie an der Schulter. Alarmiert spürte er, dass seine Mutter viel zu still dalag. »Mutti?« Er zog ihre Schulter zu sich, und sie rollte mit einem leisen Seufzer auf den Rücken. Ihr Mund stand leicht offen, ihre Augen waren blicklos.

Die Trauer, die in ihm gelauert und ihm die Kehle zugeschnürt hatte, seit Dr. Klein ihn am Bahnhof abgeholt hatte, brach sich endlich Bahn, heftig und schmerzhaft. Er schlang die Arme um seine Mutter und hielt sie fest an sich gepresst. Jetzt endlich konnte er weinen, weil er wusste, dass sie alles Leid überstanden hatte.

Ohne Abschied war sie von ihm gegangen, als habe sie ihm diesen letzten Schmerz ersparen wollen. Seine Mutter hatte gewusst, dass sie heute sterben würde. Warum sonst hätte sie ihm die Briefe geben und ihm ihre Geheimnisse gestehen sollen?

Lange hielt er sie im Arm, bis ihn eine Tür, die irgendwo zuschlug, aus seiner stummen Trauer riss. Sanft ließ er seine Mutter in die Kissen sinken, als ob sie schliefe und nicht gestört werden dürfe. Er schloss ihr die Augen, band die Satinschleife an ihrem Nachthemd und schob den Hermès-Schal zurecht, der an einer Seite des Kopfes heruntergeglitten war.

Die Spur des Lächelns, das auf ihrem Gesicht lag, quälte ihn, aber sie war so gestorben, wie sie es sich gewünscht hatte. Sie hatte den Worten von Markus Kilian mit der Stimme ihres Sohnes gelauscht. Unter diesen Umständen war es ein guter Tod, beruhigte er sich. Er war schmerzlos und friedlich in der liebevollen Umgebung ihrer Kindheit eingetreten, und sie war eingeschlafen mit jenen beiden Männern an ihrer Seite, die sie am meisten liebte. Für sie hatte es keine Rolle gespielt, wurde Max jetzt klar, dass einer von beiden nur noch ein Geist war.

Aber für ihn spielte es eine Rolle. Dieser Geist teilte von nun an sein Leben und ging neben ihm her. War das ein Geschenk oder ein Fluch?

Max nahm die Umschläge aus dem Schuhkarton und steckte sie in seinen Rucksack. Er würde die Briefe später ausführlich lesen. Ein letztes Mal überprüfte er, ob die anderen jetzt zu seiner Mutter kommen konnten, und küsste sie auf beide Wangen. Dann trat er aus dem Zimmer und rief nach Dr. Klein und seinen Großeltern, die er unten in der Empfangshalle leise miteinander reden hörte.

»Sie ist gegangen«, sagte er mit fester Stimme.

9

London, England

Jane trat aus Swan & Edgar auf die Straße und hatte das seltsame Gefühl, es sei bereits Abend. Dabei war es erst später Nachmittag. Der Winter kam rasch dieses Jahr. Die Briten akzeptierten die unvermeidliche Kälte mit freundlicher Gelassenheit, aber dieses Jahr war es bereits Mitte Oktober so kalt, dass die eisige Luft einem in die Haut schnitt und sogar den Versuch machte, wollene Unterwäsche zu durchdringen. Janes Finger, die immer noch brannten, weil sie in dem Kaufhaus gerade erst aufgetaut waren, protestierten heftig, weil sie wieder in die Kälte gestoßen wurden. Flüchtig hatte sie daran gedacht, sie auf der Toilette unter warmes Wasser zu halten, aber die Erfahrung hatte sie gelehrt, dass das dumm war. Anfänglich brachte die Wärme Erleichterung, doch direkt dahinter wartete der Schmerz.

Halt durch, sagte sie sich, ein Satz, den sie oft zu sich gesagt hatte, als ihre Mutter noch klar war. Wie lange war das jetzt schon her? Mehr als zehn Jahre, stellte sie fest. Sie merkte zuerst gar nicht, wie sich bei diesem Gedanken Bitterkeit in ihre Stimmung schlich, aber dann sah sie zufällig ihr Spiegelbild in einer Schaufensterscheibe, und tiefe Verzweiflung überkam sie.

Die Bauern hatten einen harten Winter vorausgesagt, und in den Wettervorhersagen hieß es jetzt schon, dass sie dieses Jahr weiße Weihnachten haben würden. Sie fröstelte in ihrem dicken

Mantel, zog den Schal vor ihren Mund und hörte förmlich in ihrem Kopf die Stimme ihrer Mutter, die sie fragte, ob sie auch einen Pullover anhätte.

Jane lächelte traurig. Sie war mittlerweile an der Ecke zur Regent Street angekommen, wo es lebhaft wie immer zuging. Starker Verkehr und viele Fußgänger. Der Nieselregen legte sich wie Feenstaub auf Janes Gesicht, doch sie sah ihn nur im Schein der Straßenlaternen, an denen sie vorbeilief. Sie hatte im Kaufhaus nichts gebraucht, dafür hatte das Stöbern sie zwanzig Minuten lang abgelenkt und sie näher an den Moment gebracht, an dem sie nicht mehr durch die Stadt schlendern konnte, sondern nach Hause aufbrechen musste.

Jane blickte in den dunklen Himmel hinauf und fragte sich, was sie hinter der Tür wohl erwartete: der hilfsbedürftige, sanfte John oder der feindselige Dämon, der schon lange, bevor sie ihren Mann kennengelernt hatte, in ihm gewesen war, jedoch erst jetzt seine Zähne zeigte? Seltsamerweise benahm er sich gut bei der Haushälterin, die seine Familie eingestellt hatte, damit Jane auch mal ein bisschen Zeit für sich hatte. Selbst seine Brüder sahen, wie viel sie für ihren Mann aufgegeben hatte. Sie war vor der Heirat sorglos und ledig gewesen, unabhängig, mit einer aussichtsreichen beruflichen Karriere und voller Träume – auf gar keinen Fall würde sie jetzt auch noch ihren wöchentlichen Ausflug in Museen und Galerien in der Stadt aufgeben. Es gab Augenblicke, in denen allein der Freitag in der Stadt sie aufrecht hielt, doch das waren nur Augenblicke. Jane hatte sich ergeben in dieses seltsame Leben voller Melancholie gefügt. Sicher litten viele Männer unter einem Nachkriegstrauma, und anderen Frauen ging es ähnlich wie ihr.

Sie schlug den Kragen ihres Mantels hoch, vergrub sich noch mehr in dem Schal, steckte die Hände tiefer in die Taschen und schlenderte zum Piccadilly Circus mit seinen leuchtenden

Neonreklameschildern. *Gesundvoll … Köstlich … Befriedigend*, versprach Wrigley's. Gesundvoll? Gab es das Wort überhaupt?

Kopfschüttelnd ging sie an Saqui & Lawrence vorbei, wobei sie an glücklichere Zeiten dachte, als John ihr den Hof gemacht und sie durch einen Trick dazu gebracht hatte, ihm zu sagen, welche Ringe im Schaufenster ihr am besten gefielen. Einen Monat später hatte er ihr kniend einen Antrag gemacht und ihr den Verlobungsring mit dem von Diamanten umgebenen dunklen Saphir präsentiert. Sie hatte einen Lachanfall bekommen, weil die Picknickwiese, zu der er sie geführt hatte, immer noch feucht von Tau gewesen war und seine Hose nasse Flecken bekommen hatte. Sie hatte den Antrag angenommen. Natürlich hatte sie ihn angenommen! Sie hatte ihn schließlich geliebt!

Das tat sie immer noch, trotz ihrer Verzweiflung, wenngleich sie ihre Liebe mittlerweile mehr als Verpflichtung empfand. Sie hoffte nach wie vor, sie beide vor dem Krieg retten zu können. Das Schild von *Players* lachte sie an. Im Moment hätte sie alles für eine Zigarette gegeben, aber sie hatte aufgehört zu rauchen, als sie geheiratet hatten. Jane wollte Kinder, und ihre Schwägerin hatte ihr geraten, besser mit dem Rauchen aufzuhören. Und dann waren Johns Stimmungsschwankungen immer schlimmer geworden.

Jane wandte den Blick von den leuchtenden Neonreklametafeln ab und fragte sich, wann sie begonnen hatte zu akzeptieren, dass sie wahrscheinlich nie Mutter werden würde. Das tat von allem am meisten weh, dass sie keine Kinder bekommen konnte, weil in ihrer angespannten, unbehaglichen Existenz kein Raum für ein Kind war.

Sie überquerte die Straße, um zur Bushaltestelle zu gelangen. Die Schlange war zwar lang, aber sie kam bestimmt in den nächsten Bus nach Battersea hinein.

Menschen eilten an ihr vorbei. Dunkle Schatten, jeder darauf bedacht, zu irgendjemandem zu kommen, der auf ihn wartete: eine Frau, die das Abendessen warm hielt, ein Kind, das ungeduldig auf seine Gutenachtgeschichte wartete, ein Freund, der vor dem Theater oder einem Kino anstand. Oder zu einer Verabredung im Pub, vielleicht sogar zu einem Liebhaber in einem Hotelzimmer, der auf ein paar gestohlene Stunden hoffte. Jane beneidete all diejenigen, die auf ihre Freunde und Angehörigen warteten, am meisten jedoch beneidete sie die anderen Passanten, die bald von jemandem willkommen geheißen wurden.

Sie konnte sich nur an ihre Erinnerungen klammern, die jedoch zunehmend von dem Geist mit Beschlag belegt wurden, der sich als ihr Ehemann verkleidet hatte.

John liebte sie. Das hatte er immer getan, seit sie sich damals im Museum vor dem Bild *Morgentoilette der Venus*, das sie zufällig gleichzeitig in der National Gallery bewundert hatten, angelächelt hatten. Sie konnte sich noch deutlich an den Faltenwurf des dunkelroten Samtvorhangs erinnern, der in starkem Kontrast zu der cremeweißen Haut der Göttin stand.

»Sie sieht so ungezwungen aus, nicht wahr?«, hatte Jane zu dem Fremden neben ihr gesagt. Die Nacktheit auf dem Gemälde hatte sie gar nicht wahrgenommen.

Ihr hatte gefallen, wie er den Kopf schräg legte und das Bild erst einmal eine Zeit lang studierte, bevor er erwiderte: »Woran liegt das Ihrer Meinung nach?«

Überrascht lächelte sie ihn erneut an. Sie hatte eher mit einer frechen Bemerkung gerechnet, dass er irgendetwas über den Hintern der Venus sagte, der zum Hineinkneifen einlud. Dass er eher philosophisch an die Sache heranging, hatte sie nicht erwartet.

Jane zuckte mit den Schultern. »Ich nehme an, sie ist zufrieden. Meine Schwägerin hat mir erzählt, dass sie sich nie im Leben ihrer selbst so sicher gefühlt hat wie an dem Tag, als sie meinen ersten Neffen im Arm hielt. Auf diesem Bild ist Venus völlig mit ihrem Körper im Reinen, weil sie weiß, dass sie die wundervollste Leistung vollbracht hat, die eine Frau vollbringen kann.« Sie zeigte auf das kleine Kind, das seiner Mutter den Spiegel vorhielt. »Das ist Cupido, ihr Sohn.«

John – damals hatte sie seinen Namen natürlich noch nicht gekannt – nickte ernst und warf ihr einen Blick von der Seite zu. »Glauben Sie, jede Frau will Kinder, selbst Göttinnen?«

»Ich habe keine Ahnung, aber ich nehme an, die meisten wollen welche, auch Göttinnen.«

Er wandte sich wieder dem Bild zu und gab ihr so Gelegenheit, ihn eingehender zu mustern. Er war auf eine unkonventionelle Art attraktiv, weder groß noch klein. Er war zwar kräftig gebaut, aber dünn. Zu dünn vielleicht. Doch ihr gefielen seine silbernen Schläfen, die kurzen, ordentlich gescheitelten Haare, die nur von einem Hauch von Brillantine in Form gehalten wurden. Erneut sah er sie an, und ihr fielen seine durchdringenden grauen Augen auf, die sofort weich wirkten, als er sie anschaute.

»Kommen Sie häufig hierher?«

Sie nickte. »Sooft ich kann. Ich liebe Museen und Galerien und gehe mindestens zweimal im Jahr zu Ausstellungen.«

Wieder wandte er sich der Venus zu. »Sie ist sehr hübsch. Man möchte sie geradezu anfassen.«

»Sie liebt und wird geliebt«, sagte Jane.

»Haben Sie Kinder?«, fragte er, obwohl sie spürte, dass er die Antwort kannte.

»Nein, dazu müsste ich erst einmal jemanden kennenlernen.«

Daraufhin strahlte er sie so an, dass sie einen Augenblick

lang ganz verwirrt war. »Das haben Sie gerade. Ich bin John Cannelle.«

Sie kicherte, entzückt über den Scherz. »Das klingt französisch.«

»Das ist es vermutlich auch.«

Lachend streckte sie ihm die Hand hin. »Jane Aplin.«

»Misses Aplin?«, fragte er und blickte sie mit seinen hellen Augen amüsiert an.

»*Mademoiselle*«, konterte sie.

»Nun, dann Jane. Ich hoffe, es macht Ihnen nichts aus, wenn ich Sie Jane nenne?«

Sie schüttelte den Kopf.

»Da wir jetzt einander förmlich vorgestellt sind, darf ich Sie drüben ins Ritz einladen?« Er grinste mutwillig. »Natürlich nur, um etwas zu trinken.«

In den nächsten Wochen wurde aus ihrer Freundschaft rasch eine Romanze. John besaß die Fähigkeit, sie so leicht zum Lachen zu bringen, als sei sie ein Kind, das im Zirkus den Clowns zuschaut. Er war aufmerksam, liebevoll und großzügig, holte sie von ihrer Arbeit als Modezeichnerin in einem der Modehäuser der Stadt ab und lud sie zum Essen, zu Musicals und ins Theater ein. Sie erfuhr, dass er im Einzelhandelsgeschäft seiner Familie arbeitete, und erst später erzählte er ihr, dass er mit der achten Armee in der blutigen Schlacht von Monte Cassino gekämpft hatte.

»Du bist verwundet worden«, sagte sie, weil er deutlich humpelte. »Du redest nie darüber.«

»Ich rede eben lieber über uns«, erwiderte er, und ihr wurde klar, dass er bisher all ihre Fragen über seine Kriegserfahrungen abgewehrt hatte.

Als sie ihn besser kannte, ließ sie sich jedoch nicht mehr so leicht abspeisen. »Es ist nun mal die Vergangenheit, die uns formt, John. Du weißt alles über mich und ich kaum etwas über dich. Du bist ein Kriegsheld. Für dich und die anderen Männer haben wir zu Hause ausgeharrt.«

»Ich rede grundsätzlich nicht über den Krieg, Jane«, erklärte er während ihres Nachmittagstees bei Fortnum & Mason. »Ich finde es … schwierig.«

»Ich verstehe. Vielleicht wenn du …«

»Jetzt hör auf zu bohren!«, fuhr er sie an. Die Leute um sie herum blickten erstaunt auf, und er ergriff beschämt ihre Hand. »Verzeih mir, mein Liebling. Ich kann sehr emotional werden, der Krieg hat mir so viele Freunde genommen.«

Vielleicht hätte sein Ausbruch, auch wenn er noch so kurz war, sie warnen sollen. Aber damals war Jane frisch verliebt, und sie hatte sich nichts weiter dabei gedacht.

Als sie Ende September geheiratet hatten, war es bereits so kühl, dass sie Damast als Stoff für ihr selbst entworfenes Brautkleid wählte. Ihren Hochzeitsstrauß aus blassrosa Rosen und Orchideen hatte sie aufbewahrt, aber er war mittlerweile so trocken und leblos wie ihre vierjährige Ehe. Sie hatte die Erkrankung nicht kommen sehen, der Schatten hatte sich in ihr Leben geschlichen, auch wenn Jane mittlerweile wusste, dass sie seit Jahren in ihrem Mann gelauert hatte. Er hatte sie nur gut zu verbergen gewusst. Johns Hausarzt hatte das Leiden »Melancholie« genannt, aber der Spezialist, den John schließlich auf Drängen seiner Familie konsultierte, weil er sich weigerte, das Bett zu verlassen, hatte von klinischer Depression geredet. Jane und Johns älterem Bruder Peter gegenüber hatte der Arzt hinzugefügt, es handele sich um eine leicht manische Form, an der wahrscheinlich Johns Kriegserlebnisse die Schuld trügen.

»Aber er hat so fröhlich und mitreißend gewirkt, als ich ihn kennengelernt habe«, erklärte Jane dem Arzt.

Er nickte traurig. »Das kommt vor, Misses Cannelle. Es ist

eine verzwickte Störung, die sich über lange Perioden absolut normal darstellen kann und dann in Sekundenschnelle ins Manische wechselt, was sich in wilden Ideen und Aktionen ausdrückt. Genauso schnell könnte Ihr Mann die Neigung zum Selbstmord entwickeln – das sind sozusagen die zwei Seiten einer Persönlichkeit.«

»Und mein Mann? Sagen Sie mir, was wird aus ihm?«, fragte sie leise.

Die Erkenntnis, dass dies ein bekanntes Syndrom war, hatte sie zutiefst schockiert.

Jane konnte sich an diese Szene in Mr. Carters Praxis so genau erinnern, als sei sie gestern gewesen. Peter hatte sanft ihre Hand ergriffen und sie gedrückt. Die drei Brüder standen einander sehr nahe, und er war ebenso besorgt wie sie. Jane hatte kaum atmen können. Der Arzt hatte ihr geraten, sie solle sich ans Fenster stellen, das er einen Spaltbreit geöffnet hatte, und tief Luft holen.

Nachdem sie sich ein wenig beruhigt hatte, fuhr er fort. »John ist nur in einer milden Form manisch-depressiv. Wenn die Geister seiner Vergangenheit ihn eine Zeit lang in Ruhe lassen und er sich frei fühlt von den Dämonen, die ihn plagen, dann kann er äußerst liebenswürdig und charmant sein. Wie lange sind Sie jetzt verheiratet?«, fragte er nach und schaute dabei in seine Akte.

»Nächsten Monat sind es vier Jahre«, murmelte Jane.

»Abgesehen von der jüngsten Entwicklung, dass er sich dem Alltag nicht stellen will, darf ich fragen, ob Ihr Mann in letzter Zeit unruhig geschlafen hat?«

»Ja, er war unruhig.«

»Mm. Reizbar?«

Sie zuckte mit den Schultern. »John hat es nicht gern, wenn man ihm Fragen stellt.«

»Über den Krieg, meinen Sie?«, fragte Carter.

»Über alles.« Sie verschränkte seufzend die Arme vor der Brust. »Aber vor allem über den Krieg. Es ist, als sei er nie da gewesen. Als ob es den Krieg nie gegeben hätte.«

»Misses Cannelle, Kriegsneurosen sind etwas Schreckliches. Ich habe dieses Phänomen schon bei so vielen jungen Männern erlebt. Sie sagen, im Moment isst er nicht?«

»Er isst auch in guten Zeiten nicht besonders viel, doch wenn er gar nichts mehr zu sich nimmt, weiß ich, dass uns schwere Zeiten bevorstehen. John redet von Schuldgefühlen, aber er erklärt nicht, was er damit meint. Ich glaube, er meint seine Freunde, die in Italien gefallen sind, während er überlebt hat.«

»Sie könnten recht haben. Spricht er davon, seinem Leben ein Ende zu setzen?«

Entsetzt schaute sie ihn an. »Nein!«

»Glauben Sie, er könnte versuchen, sich umzubringen?«, fragte Peter Dr. Carter. Dabei warf er Jane einen besorgten Blick zu.

»Darauf kann ich Ihnen leider keine klare Antwort geben. Jeder Patient ist anders, allerdings gibt es bestimmte Anzeichen. Wenn es ihm schlecht geht, er unkommunikativ ist, nicht isst, vielleicht feindselig reagiert … In diesen Phasen sollte man besonders vorsichtig sein. Dann muss er rund um die Uhr überwacht werden.«

Janes Schultern sanken herab. »Ich tue mein Bestes, Mister Carter.«

»Ja, das tust du, Jane«, pflichtete Peter ihr bei. »Ich werde eine Haushälterin engagieren, eine ausgebildete Krankenschwester, die diese Arbeit übernimmt.«

Dankbar lächelte sie ihn an. »Das wäre beruhigend«, sagte sie traurig.

Carter hatte zustimmend genickt. »Gut. Er muss überwacht

werden, und Sie müssen darauf achten, dass er das Lithium nimmt.«

Das war leichter gesagt als getan.

In den letzten Tagen war John in Melancholie versunken. Er hatte sich fast vierzehn Tage in seinem Arbeitszimmer eingeschlossen, mit sich selbst im Flüsterton gesprochen und sich ab und zu über Stimmen beklagt. Wenn sie mal zu ihm durchgedrungen war, hatte er ihr erklärt, es seien die Stimmen der anderen Soldaten. »Die Gefallenen«, nannte er sie. Manchmal beobachtete sie, wie er in schmerzhafter Angst das Gesicht verzog, und dann wusste sie, dass er das Geschützfeuer und die Bombardierungen wieder durchlebte.

Vor sechs Monaten hatte er aufgehört, für das Familienunternehmen zu arbeiten, dennoch hatten seine Brüder, von denen keiner an der Front gewesen war, darauf bestanden, dass er weiter sein volles Gehalt erhielt. Das Unternehmen konnte es sich leisten, zumal John als Direktor nach dem Krieg dazu beigetragen hatte, dass das Einzelhandelsimperium florierte. Jane wusste, dass sie sich glücklich schätzen konnte, so großzügig unterstützt zu werden.

Der Bus hielt, und der Schaffner trat von seiner Plattform, um dem alten Paar vor Jane beim Einsteigen zu helfen. »Alles in Ordnung, Liebchen?«, sagte er zu ihr und zwinkerte ihr zu.

Jane lächelte. Seine Fröhlichkeit an diesem trüben Abend war schwer zu ignorieren. »Warten Sie, ich helfe Ihnen«, sagte sie zu dem Ehemann und ergriff eine seiner Einkaufstaschen.

»Vielen Dank, Liebes«, sagte die Ehefrau.

Jane folgte ihnen in den Bus. Es waren keine Sitzplätze mehr frei, und sie musste stehen. Sie kramte in ihrem Portemonnaie nach Münzen, und während sie auf den fröhlich pfeifenden Schaffner wartete, schaltete sie ab. Mit einer Hand hielt sie sich an der Deckenstange fest, ließ ihren Körper im Rhythmus des fahrenden Busses mitschwingen und richtete den Blick auf das dunkle Fenster, in dessen Scheibe sich ihre Gestalt spiegelte. Sie sah eine große Frau, die überraschenderweise schlanker war als in ihrer Vorstellung, mit braungoldenen, im Nacken zusammengebundenen Haaren. Ihre Augen wirkten müde, mit dunklen Schatten darunter, und das lag nicht nur daran, dass John derzeit nicht schlief. Ihre Wangenknochen standen schärfer hervor, als sie sich erinnern konnte, und der Mantel, den sie erst vor einem Jahr gekauft hatte, war ihr viel zu weit.

Der Schaffner kam heran. »Wohin, meine Schöne?«

Sie nannte ihm die Haltestelle und ließ die Münzen in seine Hand fallen.

Er kurbelte ein grünes Ticket aus seiner Maschine und gab es ihr. »Kopf hoch, Liebchen. Es passiert vielleicht gar nicht«, sagte er.

Jane lächelte müde und versank wieder in Gedanken, bis sie ihre Haltestelle erreichten.

»Danke«, sagte sie zu dem Schaffner, als sie ausstieg.

Der Regen war stärker geworden.

Von der Haltestelle aus konnte Jane ihr Haus erkennen, ein majestätisches viktorianisches Reihenhaus. Das Licht über der Haustür brannte und beleuchtete das bunte Glas darin. Auch in den vorderen Schlafzimmern im ersten Stock war das Licht an. Im Wohnzimmer hingegen war alles dunkel. Also saß John immer noch in seinem Arbeitszimmer, das nach hinten hinausging, oder er war bereits zu Bett gegangen. Letzteres würde sie nicht überraschen, denn John wollte nicht, dass die Haushälterin ihn versorgte und er am Ende noch höfliche Konversation mit ihr machen musste. Sie war eine fröhliche, aufgeweckte Person, die ordentlich anpackte, aber sie redete bestimmt auch unter Wasser, dachte Jane.

Sie drehte den Schlüssel im Schloss und öffnete die Tür. Plötzlich stand Meggie vor ihr. Jane zuckte zusammen.

»Sie haben mich vielleicht erschreckt«, sagte sie.

»Entschuldigung, Misses Cannelle. Ich hatte unten gerade überall das Licht ausgemacht und wollte meine Sachen holen, als Sie hereinkamen.«

Jane lächelte. »Ist alles in Ordnung?«

Meggie nickte. »Mister Cannelle ist in seinem Arbeitszimmer.« Sie runzelte die Stirn. »Er hat heute nichts gegessen.«

»Den ganzen Tag nicht?« Jane zog den Schal und die Handschuhe aus.

Die Haushälterin schüttelte den Kopf. »Ich habe alles versucht. Ich habe ihm Suppe, Eier, Sardinen und Würstchen angeboten. Ich hätte ihm sogar eine heiße Fleischbrühe gemacht, aber er wollte nichts anrühren.«

Jane begann ihren Mantel aufzuknöpfen. »Er hat gestern auch nichts gegessen«, sagte sie.

»Vielleicht muntert es ihn ja auf, dass Sie wieder zu Hause sind, Liebes. Versuchen Sie es mit etwas Süßem und Tee mit Milch, und dann sehen Sie weiter.«

Jane lächelte traurig. »Tut mir leid, Meggie. Müssen Sie los?«, fragte sie, als sie sah, dass die Frau rasch in ihren Mantel schlüpfte.

»Ja, Liebes, ich gehe doch heute mit meiner Freundin Vera ins Kino, wissen Sie nicht mehr?«

»Ich habe es vergessen. Entschuldigung. Ja natürlich, in *Lawrence von Arabien,* oder?«

Meggie trat an die Tür. »Ich glaube, ich bin der letzte Mensch auf der Welt, der den Film noch nicht gesehen hat.«

»Ich habe ihn auch noch nicht gesehen. Aber alle sagen, Omar Sharif sei sehr attraktiv.«

Die Haushälterin nickte. »Ja, das habe ich auch gehört.

Kommen Sie allein zurecht? Ich bin spätestens um zehn wieder da.«

»Ja, ist schon in Ordnung.«

»Ich habe etwas kaltes Fleisch für Sie draußen gelassen, Liebes. In der Speisekammer ist frisches Brot und ein wenig Chutney.«

»Danke«, sagte Jane seufzend. »Ich gehe zuerst einmal zu John.«

Sie verabschiedete sich von der Haushälterin und wandte sich zur Treppe. Es waren nur vierzehn Stufen, aber in diesem Moment kamen sie ihr unendlich vor. Schließlich stand sie vor dem Arbeitszimmer, unter dessen Tür Licht hindurchschimmerte. Jane holte tief Luft und fragte sich, was sie wohl auf der anderen Seite erwartete.

Bitte sei heute Dr. Jekyll, flehte sie im Stillen. Dann klopfte sie an die Tür.

10

Pontajou, Frankreich

Louis Blanc nickte dem jungen Mann zu, der aus dem bedeckten, trüben Tag in die dunkle Bar trat. Selbst nach all den Jahren drehte er immer noch das Gesicht zur Seite, stellte Louis fest.

»Wie geht es dir, Dugas?«

»Mir geht es gut, danke, Monsieur Blanc«, erwiderte der junge Mann ohne besonderen Enthusiasmus. »Eine Flasche, bitte.«

»Ist ihm das hausgemachte Gift ausgegangen?«, fragte Blanc. Die Bemerkung war ohne jede Schärfe.

Robert nickte. »Er ist leichter zu ertragen, wenn er betrunken ist«, gab er zu.

»Dann zielt er nicht so gut, was?«, meinte Louis, bereute den Satz jedoch sofort. Über die Gewalttätigkeit vom alten Dugas sollte man besser keine Witze machen.

Robert antwortete nicht, sein Gesichtsausdruck blieb düster. »Wie viel bin ich Ihnen schuldig, Monsieur Blanc?«, fragte er und wühlte in seinen Taschen.

Die Erziehung, die seine Großmutter Marie Dugas dem jungen Kerl hatte angedeihen lassen, war in seinen höflichen Umgangsformen und seinem Fleiß immer noch zu spüren. Louis spürte den vertrauten Stich der Scham, weil das Dorf nicht mehr für diesen jungen Mann tat. »Sag dem Alten, die Flasche geht auf mich.«

Robert warf ihm einen Blick unter den schwarzen Ponyfransen hervor zu. Er ließ die Haare absichtlich so tief in die Stirn fallen.

»Ich kann gerne bezahlen, Monsieur Blanc.«

»Ich weiß. Trotzdem schicke ich deinen Vater gerne in einen kostenlosen Rausch. Das ist das Mindeste, was ich für dich tun kann.«

Robert legte das Geld auf den Tresen. »Danke, Monsieur Blanc. Machen Sie sich keine Sorgen. Uns geht es gut. Er ist krank. Er braucht Familie.«

»Er hasst die Familie. Er hasst alle.«

»Er ist mein Vater«, erwiderte Robert und wandte sich zum Gehen.

Louis seufzte und schlug das Leinenhandtuch, mit dem er Gläser abgetrocknet hatte, frustriert auf den Tresen. »Komm morgen wieder, Robert«, rief er dem jungen Mann nach. »Ich habe Arbeit für dich.« Das war doch wenigstens etwas, dachte Louis.

»Danke, Monsieur Blanc. Das mache ich«, erwiderte Robert über die Schulter, ohne Louis dabei anzusehen. Er blieb kurz im Türrahmen der Bar stehen, eine kleine, dünne Gestalt, dann schob er sich die Weinflasche unter den Arm und war verschwunden.

Louis seufzte. Wer würde diesen armen Kerl retten, bevor sein Vater ihn umbrachte?

Robert marschierte heim zu ihrem Hof in dem namenlosen Weiler, wobei er seinen Marsch kurz unterbrach, um mit dem amerikanischen Künstler zu plaudern, der eines der Häuser im Dorf in eine Galerie verwandelt hatte.

Unterwegs erlaubte er sich den Luxus, an glücklichere Tage zu denken. Ihm wurde klar, dass er in der besten Zeit seines

Lebens, jener Zeit, als er sich wirklich geliebt gefühlt hatte, noch ein kleiner Junge gewesen war. Ich war fünf, dachte er mit verzweifeltem Bedauern, der Krieg tobte in Südfrankreich, wir hatten wenig zu essen und lebten in ständiger Angst um unser Leben.

»Trotzdem kann ich mich an glücklichere Tage nicht erinnern«, murmelte er, den Blick fest auf den steinigen Pfad vor sich gerichtet. Er fragte sich, wie fast zwei Jahrzehnte seines elenden Lebens einfach so hatten vergehen können.

Der trockene, heiße Sommer, als die deutschen Flieger über den Seealpen gekreist waren und die Wehrmacht nach Norden gezogen war, um die Strände in der Normandie einzunehmen, stand ihm noch lebhaft vor Augen. Zwischen dieser gut ausgebildeten, bestens ausgerüsteten Armee stand nur die bunt zusammengewürfelte Truppe des Maquis, tapfere südfranzösische Freiheitskämpfer, unterstützt von einer gleichermaßen mutigen Gruppe britischer Spione, die die Kommunikationsleitungen zu den Alliierten offen hielten.

»Sie müssen nur das Vorrücken der Deutschen aufhalten, Robert«, hatte seine Großmutter ihm erklärt. »Wenn wir sie hier stoppen, dann können sich unsere Freunde aus England und Amerika vom Norden her durchkämpfen und Paris zurückerobern«, sagte Marie mit einem siegesgewissen Lächeln, während er ihr half, ein Loch im Hühnergehege zu flicken. Sie hatten damals nur drei Hühner, und Marie sagte immer, sie würde sich eher ein Bein abhacken, als zuzusehen, wie der Fuchs, oder schlimmer noch, die Deutschen sich eines der Tiere holten.

»*Vive la France!*«, hatte Robert gerufen, und Marie hatte ihn ermahnt, nicht so laut zu sein, dennoch hatte sie ihm voller Stolz über die Haare gestreichelt.

Er erinnerte sich auch noch an den schlimmsten Kampf auf

dem Hochplateau des Mont Mouchet. Damals war ein großer blonder Mann in ihr Leben getreten. Luc. Luc Bonet, der Lisette liebte, wie er in seinen Fieberträumen verriet.

»Er sieht aus wie ein Deutscher«, hatte seine Großmutter gezischt, als der alte Widerstandskämpfer ihn gebracht hatte.

»Du hast recht. Aber er ist einer von uns. Hat wie ein Besessener gekämpft, ist immer wieder durch den Kugelhagel und die Bomben gerannt, um unsere Gefallenen zu bergen. Ich kenne noch nicht einmal seinen Namen. Hoffentlich überlebt er, damit er ihn dir sagen kann. Er hat mir das Leben gerettet, und jetzt versuche ich, das Gleiche für ihn zu tun. Nimmst du ihn auf? Versteckst du ihn?«

Seine Großmutter hatte genickt und auf den Schuppen gezeigt. Damit hatte die kurze, aber glücklichste Zeit begonnen, an die Robert sich erinnern konnte. Damals waren seine Eltern nicht da gewesen. Seine Mutter war auf Arbeitssuche in Marseille, sein Vater war Zwangsarbeiter – ein »Sklave«, wie Marie es genannt hatte – in Deutschland. Zwei Jahre lang waren sie weg gewesen, lange genug für ihn, um seine ganze Zuneigung auf seine Großmutter zu übertragen. Sie standen sich sehr nahe.

Als Luc kam, waren sie zu dritt. Er war schwer verletzt und hatte sich über mehrere Wochen hinweg nur langsam erholt. In dieser Zeit war er für sie ein Freund und Familienmitglied geworden.

Robert spürte heute noch den Schmerz des Tages, als Luc sie verlassen hatte. Sie hatten nicht viel über ihn erfahren, nur dass er ein Lavendelbauer aus dem Luberon war, der die Deutschen lieber bekämpfte, als für sie zu arbeiten. Der Fünfjährige hatte gehofft, der Gast würde für immer bei ihnen bleiben, aber Luc hatte andere Pläne.

Robert erreichte das verfallene Tor des Cottages, das schief in den Angeln hing, und schwelgte noch einen Moment lang in seinen Erinnerungen. Er blickte auf seinen rechten Daumen, über den sich eine kleine weiße Narbe zog. Er konnte sich noch lebhaft an den scharfen Schmerz erinnern, als er an jenem Tag im Sommer 1943 den Mut gefunden hatte, die Messerschneide über die Haut zu ziehen und es Luc gleichzutun. Dann waren sie Blutsbrüder geworden. Brüder.

»Ich komme zurück«, hatte Luc ihm versprochen.

Robert hatte gewartet. Er hatte den Krieg überlebt, und während der Rest des Pontajou zu heilen begann, hatte sein Alptraum erst angefangen. Seine Eltern kehrten zurück… beide völlig verändert, beide zutiefst wütend und böse aufeinander. Um das Kind kümmerte sich niemand, und Roberts Leben nahm eine elende Wendung. Er war nur froh, dass seine schöne, fröhliche Großmutter das nicht mehr miterleben musste.

Er rieb über die Narbe. »Du hast dein Versprechen nicht gehalten, Luc«, murmelte er. Er hatte nie geglaubt, dass sein Blutsbruder gestorben sein könnte. »Lügner«, schimpfte er, als er den breitschultrigen blonden Franzosen vor seinem geistigen Auge sah. Als er gegangen war, hatte er sich am Ende des Weges ein letztes Mal umgedreht und eine Faust gehoben, um Robert zu bestärken, er solle auf ihn warten.

Mit zitternder Hand fuhr sich Robert durch die glatten dunklen Haare. Er wollte lieber nicht an das denken, was seitdem alles passiert war. Hinterher bedauerte er es immer, Erinnerungen an seine Großmutter und Luc zugelassen zu haben. Sie taten ihm nicht gut.

Die Haustür öffnete sich quietschend, und Robert wandte seine Aufmerksamkeit seinem Vater zu.

»Mit wem hast du geredet?«, wollte sein Vater wissen.

»Mit Louis, im Café.«

Er verzog keine Miene, damit man ihm nicht anmerkte, wie viel Verachtung er für die kleine, dunkle Gestalt empfand, die nur zwei Stimmungen kannte: Wut oder Melancholie, die eine so hässlich wie die andere und beide gleich zerstörerisch. Er hätte nicht sagen können, welche ihm lieber war. Heute Morgen war es auf jeden Fall Wut. Robert seufzte innerlich. Demnach war es besser, auf Distanz zu gehen und leise zu sprechen.

»Habt ihr über mich geredet? Über deinen nutzlosen Vater?«

»Nein.«

»Warum warst du dort?«

Robert zog die Flasche hervor, die er in die Jackentasche gesteckt hatte. »Ich habe Wein geholt«, sagte er und hielt seinem Vater die Flasche entgegen. Er bemerkte den Selbsthass, der in dessen Augen aufflackerte, aber im nächsten Moment war es auch schon wieder vorbei, und er blickte ihn so feindselig wie immer an.

»Du hast wohl zu viel Geld, was?«

»Es ist ehrlich verdient.«

»Du kannst mir helfen, was zu verdienen. Komm, wir gehen Kaninchen schießen.«

Robert wich leicht zurück.

Sein Vater spürte, dass er zögerte. »Und wenn ich dich an den Haaren mitzerren muss, ich brauche Hilfe.«

Ja, das stimmt, dachte Robert. Die Worte von Louis, sein Vater müsste in ein Heim, hallten in seinem Kopf wider.

»Hier«, sagte sein Vater und warf Robert etwas zu. Er stank nach Alkohol. Robert fing den blutbefleckten Sack auf. »Du kannst mein Hund sein«, höhnte der Vater, »und die toten Kaninchen einsammeln.«

Robert stellte die Flasche vors Haus und folgte seinem Vater. Er war einen Kopf größer als der Alte, aber nicht annähernd so muskulös. Mit der flachen Kappe, der obligatorischen Zigarette im Mundwinkel, dem schmutzigen Hemd, dessen Ärmel bis zu den Ellbogen aufgerollt waren, der Weste über der zerschlissenen Hose und den Stiefeln, die seit Jahren nicht geputzt worden waren, gelang es seinem Vater immer noch, furchteinflößend auszusehen. Für einen derart kleinen Mann hatte er ungewöhnlich große Hände. Leider, dachte Robert. Er wusste nur zu gut, wie sich diese Hände zu noch größeren Fäusten ballen konnten, mit denen er zuschlug wie mit Keulen.

»Nun komm schon, beeil dich«, knurrte sein Vater. »Ich hätte dich nie bei deiner Großmutter lassen sollen. Du hast ihr bloß am Schürzenzipfel gehangen. Sie war eine nutzlose alte Frau«, wütete er über seine Schwiegermutter.

Robert war sich im Klaren darüber, dass sein Vater ihm die Kiste weggenommen hatte, in der er die Erinnerungen an Marie aufbewahrt hatte. Ihren Schal, ihre Lieblingsbrosche, die winzige Flasche mit Lavendelwasser, ihre Bibel, das Vergrößerungsglas, mit dem sie im Schein der Kerze gelesen hatte, und den Ehering, den Robert ihr nach ihrem Tod vom Finger gestreift hatte. Er besaß diesen Schatz nicht mehr – sein Vater hatte alles verkauft, um sich betrinken zu können.

Wie Maschinengewehrfeuer hatte sein Vater auf ihn eingeredet und ihm Vorhaltungen gemacht, weil er sich so an die Habseligkeiten einer alten Frau geklammert hatte. Normalerweise hätte Robert die gemeinen Äußerungen einfach über sich hinwegfließen lassen wie Wasser über einen glatten Stein. Sich auch nur im Geringsten dagegen zu wehren war genau die Provokation, auf die sein Vater wartete, weil er dann zu körperlicher Gewalt übergehen konnte. Robert hatte sich angewöhnt, seinen eigenen Gedanken nachzuhängen, wenn sein Vater seine Tiraden losließ. Heute jedoch nicht.

»Halt den Mund!«, schrie er. »Du nutzloser alter Säufer!«

Er hatte zwar Angst, aber er bereute seinen Ausbruch nicht.

Vielleicht konnte sein Vater ja die Leere beenden, indem er auf den Abzug des Gewehrs drückte, das er erhoben und auf seinen Sohn gerichtet hatte.

»Was hast du da gerade gesagt?«, keifte sein Vater.

»Du bist ein jämmerlicher, selbstmitleidiger alter Säufer, aber nicht taub.« Robert war selbst überrascht über seine Worte. »Tu's doch. Na los, mach etwas aus deinem nutzlosen Leben. Dann bleibst du wenigstens damit in den Köpfen der Leute im Dorf statt nur als dreckiger Säufer und Feigling.«

»Feigling?«, wiederholte sein Vater flüsternd, als ob er das Wort nicht verstehen würde. »Ich habe gekämpft für ...«

»Nein, das hast du nicht, du Angsthase. Meine Oma hat für Frankreich gekämpft. Sie hätte einen Orden bekommen müssen für all die Male, die sie den deutschen Offizieren in die Augen geblickt und gelogen hat. Sie hat Botschaften überbracht, sie hat Verwundete aufgenommen und dabei ihr Leben mehr als einmal riskiert, und sie hat mich in Sicherheit gebracht, indem sie den Tod erlitten hat, den du eigentlich hättest erleiden müssen. Erzähl du mir nichts von Tapferkeit. Für Frankreich gekämpft?« Er lachte bitter. »Wenn das bedeutet, den Arsch deines deutschen Dienstherrn zu küssen, während du in einer Strumpffabrik gearbeitet hast, während die meisten deiner Freunde zu den Waffen gegriffen und gekämpft haben, dann hast du eine seltsame Vorstellung von Patriotismus. Sie haben ihr Leben aufs Spiel gesetzt und *wirklich* für Frankreich gekämpft, für die Freiheit. Nein, Papa, du hast gehorsam deinen Arbeitsdienst abgeleistet wie ein guter deutscher Handlanger.«

Sein Vater schwieg. Mit offenem Mund, unter Schock stand er da.

»Na los, drück schon ab«, bettelte Robert. »Du tust mir einen Gefallen. Ich hoffe, sie stecken dich ins Gefängnis für den Mord an mir und lassen dich dort verrotten. Ich wünschte, du wärst in Deutschland gestorben. Dann könnte ich wenigstens voller Stolz an dich denken, an meinen heldenhaften Vater. Jetzt bring es schon zu Ende, du Feigling. Tu einfach so, als würdest du dich selbst erschießen, oder, besser noch, wenn du mich getötet hast, richte das Gewehr auf deine eigene Brust und jag dich zur Hölle, du Bastard.«

Er hörte, wie der Sicherungshebel gelöst wurde. Es würde also passieren. *Gut.*

Robert schloss die Augen. Er hörte den lauten Knall des Gewehrs, spürte, wie es ihm die Beine wegriss und er stürzte, und als er in hilflosem Schmerz kurz die Augen öffnete, sah er, wie der graue Oktoberhimmel schwarz wurde.

11

Straßburg, Frankreich

Nach der Beerdigung seiner Mutter kehrte Max für lange Wochen an die Universität zurück, und erst als er die Klausuren am Semesterende hinter sich gebracht hatte, konnte er nach Lausanne zurückkehren. Die gesamten Ferien verbrachte er bei seinen Großeltern, und dank ihm wurde es im Haus wieder ein bisschen lebendiger. Mit seinen trauernden Großeltern wollte er nicht über seinen Vater sprechen. Da seine Mutter so lange über Kilian geschwiegen hatte, war er sich nicht sicher, wie sie in den dreißiger Jahren die Situation mit einer unverheirateten schwangeren Tochter erlebt hatten.

Unmittelbar nach dem Tod seiner Mutter hatte Max voller Kummer alle Briefe überflogen, sie jedoch anschließend klugerweise weggelegt, um sie erst dann noch einmal zu lesen, wenn er sich mit kühlem Kopf mit der Tatsache beschäftigen konnte, dass seine Mutter ihm eigentlich viel früher davon hätte erzählen sollen. Jetzt war er bereit. Es war Mitte November und so kalt, dass es bereits schneite. Die Touristen waren lange weg, und Straßburg war wieder eine friedliche Universitätsstadt. Max war fest entschlossen, mehr über Markus Kilian zu erfahren. Sein Vater war Wehrmachtsoffizier gewesen, demnach gab es vermutlich offizielle Akten und vielleicht auch eine Familie. Seine Mutter hatte nicht erwähnt, ob er Geschwister gehabt hatte, aber selbst wenn es so war, im Moment wollte Max diese

Leute noch nicht treffen. Lieber wollte er aus der sicheren Distanz von Menschen, die ihn zur Zeit seines Todes gekannt hatten, mehr über Kilian erfahren.

Im ausführlichen Brief seines Vaters aus Paris waren einige Namen aufgeführt, sie bildeten seinen Ausgangspunkt. Auch Lukas Ravensburg gehörte dazu, der sich seit 1946 Luc Ravens nannte. Da sein Brief in Inverness aufgegeben worden war, ging Max davon aus, dass es in jenem Jahr unklug war, in Schottland einen deutschen Namen zu tragen, weshalb der Mann seinen Namen geändert hatte.

Max schlenderte über die kleine »überdachte« Brücke, die ihr Ziegeldach zwar schon vor Jahrhunderten verloren hatte, aber immer noch diesen Namen trug. Er spürte das vertraute Kopfsteinpflaster unter den Sohlen seiner Turnschuhe, als er in den ältesten Teil Straßburgs kam – *La Petite France* –, wo er sich gerne aufhielt. Er blickte über den Fluss und nahm sich vor, seinen Freund Nicolas zu einem Essen ins *Au Pont Saint Martin* einzuladen. Das Restaurant lag direkt am Wasser, und in den Sommermonaten war es immer brechend voll dort, weil eine wachsende Zahl internationaler Touristen wieder durch Europa reiste. Sie fotografierten sich mit Vorliebe vor der Bilderbuchkulisse der alten Fachwerkhäuser.

Max vergrub das Kinn tiefer in dem dicken Schal, den seine Großeltern ihm bei seinem letzten Besuch zu Hause geschenkt hatten, und betrachtete die pittoreske Szene. Im Mittelalter hatten in jenem Teil der Stadt die Gerber gelebt. Sie hatten die Tierfelle, die sie auf den Dachböden der Häuser getrocknet hatten, über den Fluss abtransportiert. In den darauffolgenden Jahrhunderten hatte Straßburg abwechselnd zu Frankreich oder Deutschland gehört. Auf die verwirrten Fragen von Besuchern, die fanden, dass der Name deutsch klang, zuckten die Einwohner nur mit den Schultern. Straßburg lag im Elsass!

Allerdings war Deutschland nur wenige Kilometer entfernt. Im Krieg war es während der deutschen Besatzung verboten gewesen, in der Stadt Französisch zu sprechen, und die meisten Männer mussten als deutsche Söldner in Russland kämpfen.

Auch sein Vater war in Russland gewesen, vielleicht hatte er ja sogar Männer aus Straßburg unter seinem Kommando gehabt. Max schüttelte den Kopf, er spürte Zorn und Schuld, sogar Scham. Immerhin war sein Vater Teil der Kriegsmaschinerie gewesen, die er und die meisten seiner Kommilitonen verachteten.

Ich wollte nicht, dass du ihn hasst. Aus diesem Grund hatte seine Mutter ihm nicht früher von seinem Vater erzählt. Er war ein Oberst in jener Armee gewesen, die so viel Unheil über Europa gebracht hatte.

War Kilian am Ende ein Nazi gewesen?

Seine Mutter hatte ihm versichert, dass Kilian ein guter Mann mit Prinzipien gewesen war, aber Max war sich nicht sicher, ob sein Vater nicht auch an den schrecklichen Kriegsverbrechen schuld war, die ihn nachts um den Schlaf brachten. Die Briefe gaben keinen Hinweis darauf, schließlich war Kilian in Paris im Exil gewesen. Seine Mutter hatte vermutet, er habe sich einer Anweisung aus Berlin widersetzt. Das gab Max Hoffnung, seinen Vater doch bewundern zu können, weil er auf dem Höhepunkt des Krieges Hitler getrotzt hatte.

Die Frage, ob sein Vater Nazi gewesen war, trug wahrscheinlich mit dazu bei, dass Max zögerte, Kontakt zu Kilians Familie aufzunehmen, falls er sie überhaupt finden würde. Insgeheim fürchtete er sich vor dem, was seine Nachforschungen zutage fördern könnten.

Nichtsdestotrotz war er fest entschlossen, etwas über die Todesumstände seines Vaters zu erfahren. Er musste sich ein Bild über die letzten Monate machen können, in denen Kilian den Brief an seine Mutter geschrieben hatte. Er musste den wahren Grund für den Tod seines Vaters herausfinden. Vor allem aber wollte er wissen, warum dieser Franzose bei ihm geblieben war und sich dann auch noch die Mühe gemacht hatte, seiner Mutter die Briefe seines Vaters zu schicken. Deshalb hatte er den ersten zögerlichen Schritt getan und sich an eine der Personen gewandt, die im Brief seines Vaters erwähnt waren … jene Person, die wahrscheinlich am leichtesten aufzuspüren war.

Heute früh war aus Regensburg ein Antwortschreiben gekommen.

Max hatte die ganze vergangene Woche darauf gewartet, und am liebsten hätte er den Umschlag gleich heute Morgen aufgerissen, als er endlich im Briefkasten seiner Studentenwohnung lag. Aber dann hatten ihn die Nerven verlassen, und jetzt, Stunden später, hatte er den Brief immer noch nicht gelesen. Er steckte in seiner Tasche, und beinahe kam es Max so vor, als pulsierte er dort.

Seine Mutter hatte ihm vorgeworfen, er neige zur Obsession. Ilse Vogel hatte gewusst, dass der Inhalt der »Büchse der Pandora«, wie Max mittlerweile den Schuhkarton bezeichnete, Gift für ihn sein konnte. Aber da sie wusste, dass sie sterben würde, musste sie ihm die Wahrheit sagen, nach der es ihn seit seiner Kindheit gedürstet hatte.

Ohne die Motivation, mehr über seine Herkunft zu erfahren, hätte Max in seiner Trauer vielleicht die Universität verlassen und wäre erst einmal nach Lausanne zurückgekehrt. Schließlich verfügte er über genug Mittel, wie seine Mutter ihm versichert hatte. Es war sogar so viel, wie er nie für möglich gehalten hätte. Bei der Testamentseröffnung hatte er erfahren, dass sie ihm so viel Geld hinterlassen hatte, dass er nie auch nur einen einzigen Tag zu arbeiten bräuchte. Sein Studium war rein akademisch, im Gegensatz zu dem vieler anderer Studenten, und das bereitete ihm Schuldgefühle.

Da war es besser, sich abzulenken und sich in sein Projekt zu stürzen. Kilian gab ihm die Möglichkeit, er gab ihm den Weg vor und hielt ihn von aller Trauer fern.

»Max, haben Sie vielleicht Depressionen?«, hatte sein Professor kürzlich unverblümt gefragt.

Erschrocken schaute Max ihn an. »Wie kommen Sie denn darauf, Herr Professor?«

Der Jura-Professor zuckte mit den Schultern. »Ich weiß nicht. Intuition?«

»Aber ich habe doch all Ihre Vorlesungen besucht, war weder betrunken noch unorganisiert. Ich bin nicht launisch oder …«

»Nein, aber Sie wirken abwesend. Sie sind einer meiner besten Studenten, Max, wenn nicht sogar der klügste, den ich seit langer Zeit gehabt habe. Sie bemühen sich zwar, es sich nicht anmerken zu lassen, aber ich weiß, dass der Tod Ihrer Mutter Sie hart getroffen hat. Sie zeigen jedoch keine Anzeichen von Trauer. Wenn Sie sich betrinken oder aggressiv reagieren würden, ich würde es ja verstehen. Aber so …« Erneut zuckte er mit den Schultern.

»Was so, Herr Professor?«

»Nun ja, in der letzten Zeit kommt es mir so vor, als ob Sie wie ein Roboter agieren würden. Ich habe das Gefühl, nur Ihr Körper ist hier, und mit Ihren Gedanken sind Sie ganz woanders. Warum kapseln Sie sich so von uns ab?«

Professor Joubert war der Gelehrte, den Max mehr als alle anderen an der Universität schätzte. Er war eine Legende unter den Jura-Professoren, weil er seine Studenten inspirierte, und er hatte Max ausgewählt, damit er bei ihm sein Examen ablegen konnte. Max mochte ihn so sehr, dass er ihm die Wahrheit anvertraute.

»Nun denn«, sagte Joubert schließlich. Er hatte eine Zeit lang geschwiegen, nachdem Max mit seinem Bericht fertig war. »Angesichts der Tatsache, dass Sie nicht nur ein begabter Jurist sind, sondern auch Seminare in moderner Geschichte belegt haben, halte ich die Nachforschungen über Ihren Vater für völlig angemessen und eigentlich sogar hilfreich.«

»Tatsächlich?«, sagte Max, erleichtert darüber, dass jemand, den er bewunderte, ihm die Erlaubnis gab, in der Nazi-Vergangenheit zu forschen.

»Natürlich. Ich bin übrigens absolut Ihrer Meinung, Max, es ist eine andere Art zu trauern ... eine proaktive. Ihr Eifer wird sicher belohnt werden.«

»Zumindest wird er die Leere füllen.«

Der ältere Mann nickte nachdenklich. »Sie müssen jedoch darauf achten, dass Sie auf die Entdeckung auch vorbereitet sind. Es hört sich so an, als ob Sie Ihr Leben lang über Ihren Vater nachgedacht hätten, und jetzt haben sich die Türen einen Spaltbreit geöffnet. Wenn Sie hindurchgehen, müssen Sie darauf vorbereitet sein, das zu akzeptieren, was Sie dahinter entdecken. Die Ostfront war kein schöner Ort. Unzählige Juden wurden in ihren Dörfern abgeschlachtet, etliche Russen brutal massakriert.«

»Wir wurden in Russland auch massakriert, Professor«, verteidigte sich Max. Er dachte an die Tränen seiner Großmutter über all die jungen Deutschen, die für ›diesen Irren‹ gefallen waren.

»Wir?«

Max zuckte zusammen und wurde rot. »Entschuldigung. Ich meine natürlich, dass auch die deutsche Zivilbevölkerung nach dem Rückzug der Armee brutal angegriffen wurde.«

Joubert seufzte. »Ihre Generation muss begreifen, dass jeder Krieg mehr nimmt, als er gibt. Der Weg in die Zukunft führt nur über den Frieden, über Bildung, Geld in den richtigen Händen und Einhaltung der Gesetze. Als junger Anwalt sollten Sie stets daran denken.«

Max nickte nachdenklich.

»Ich lese gerade Ihre Arbeit«, fuhr der Professor fort. »Sie ist gut. Nein, sie ist sogar sehr gut. Offensichtlich mache ich mir unnötig Sorgen.«

»Sie brauchen sich um mich keine Gedanken zu machen, Herr Professor. Aber ich muss der Sache nachgehen.«

»Das kann ich verstehen. Doch lassen Sie sich nicht davon verzehren. Und wenn Sie darüber reden möchten, meine Tür steht Ihnen jederzeit offen.«

»Danke.« Kopfschüttelnd fügte er hinzu: »Im Moment weiß ich kaum, wo ich anfangen soll.«

»Im deutschen Militärarchiv«, riet ihm Joubert. Er stand auf, um seine Pfeife auszuklopfen, an der er während des Gesprächs ab und zu gezogen hatte. Sein Büro war von süß duftendem Rauch erfüllt. »Die Nazis waren geradezu besessen davon, alles aufzuzeichnen. Sie müssen in Koblenz anfangen.«

Max hatte ihn erstaunt angeschaut.

»Viel Erfolg, Max.«

Damit lag sein Weg klar vor ihm. Er musste im Militärarchiv in Deutschland anfangen. Max wandte sich vom Kanal ab und eilte über das Kopfsteinpflaster in Richtung des Münsters. In dessen Schatten lag eine kleine Brasserie. In der Altstadt gab es nicht allzu viele Lokale, in denen man etwas essen konnte, aber wahrscheinlich war es nur eine Frage der Zeit, bevor die ganze Gegend voller Restaurants und Gaststätten war. Die Elsässer waren schließlich stolz auf ihre Küche.

Störend war nur der Verkehr in den schmalen Straßen, aus deren Mitte die imposante Kathedrale aufragte. Max liebte die friedliche Stimmung im Münster. Vor allem im Winter konnte er sich dort hervorragend auf Prüfungen vorbereiten, besser noch als in der Universitätsbibliothek, weil ihn niemand störte.

Er ging hinein, setzte sich, schloss die Augen, als sei er ins Gebet versunken, und konzentrierte sich auf die Fälle, über die er berichten musste. Im Sommer war es unruhiger in der Kirche, weil so viele Touristen die astronomische Uhr im südlichen Querschiff bewunderten. Auch er betrachtete sie gerne.

In der Brasserie entdeckte er einen Tisch am Fenster, und kurz darauf stand eine hübsche, dunkelhaarige Kellnerin vor ihm. Er erkannte sie – Gabrielle. Sie war aus Paris und studierte ebenfalls Jura.

»Du bist zurück«, sagte sie. »Wie war es in Lausanne?«

Überrascht blickte Max sie an. Er hatte ganz vergessen, dass er es ihr erzählt hatte. »Ich bin schon seit ein paar Wochen wieder da«, gestand er. »Allerdings bin ich kaum vor die Tür gekommen.« Von seiner Mutter wusste sie nichts.

Sie zuckte mit den Schultern. »Du studierst wohl fleißig, was?«

»Ja, so ungefähr«, erwiderte er. »Und du?«

»Ach, du weißt ja, wie es ist. Ich zähle die Wochen bis Weihnachten. Mir fehlt meine Familie.«

Max musste daran denken, wie leicht das Leben für viele andere Studenten war. Er räusperte sich verlegen. »Es sind ja nur noch drei Wochen. Die Zeit rast nur so.«

Gabrielle nickte. Er glaubte nicht, dass sie etwas über ihn wusste, aber an ihrem Lächeln merkte er, dass seine Worte sehr von oben herab geklungen hatten. Er hatte ja keine Ahnung, wie es ihr ging.

»Weißt du schon, was du bestellen möchtest, oder soll ich …?«

»Nein, nein, Entschuldigung, ich möchte bestellen.« Max

blickte auf die Speisekarte und spielte kurz mit dem Gedanken, einen Flammkuchen mit Zwiebeln und Knoblauch zu ordern, aber ihm war kalt, und so ein dünner Fladen war heute irgendwie nicht das Richtige. Der *baeckeoffe aux trois viandes* dagegen klang warm und sehr verführerisch. »Wie ist der Eintopf?«

»Echt gut«, erwiderte sie. »Schwein, Lamm und Rind, richtig zubereitet. Ich habe eine kleine Schale zum Frühstück gegessen.«

Er lachte. »Dann ist es ja zum Mittagessen genau richtig. Ich nehme den Eintopf und ein Bier bitte.«

Sie schrieb die Bestellung auf. »Kommt sofort.«

Max blickte aus dem Fenster und zog den Brief aus der Tasche. Es war gutes Briefpapier, so fest und dick, dass der blaue Umschlag keine einzige Knitterfalte aufwies. Die Briefmarke rechts oben war sorgfältig aufgeklebt, und seine Adresse war in einer festen, altmodischen Handschrift in blauer Tinte geschrieben.

Hinten auf dem Umschlag standen der Nachname des Absenders und eine Adresse in Regensburg. Max kannte die schöne alte Stadt an der Donau mit der Stadtmauer aus der Römerzeit.

Er fuhr mit dem Finger über den Namen. *Eichel.* Es handelte sich um Walter Eichel, mittlerweile pensioniert, im Krieg deutscher Bankier in Paris, der sich mit seinem Vater mitten im Krieg über Kunst und Opern unterhalten hatte.

»Hier ist dein Eintopf«, sagte Gabrielle. »Brot und das Bier kommen gleich. Guten Appetit.«

Max bedankte sich. Er mochte es, dass der Eintopf hier auf die traditionelle Art mit einem Deckel aus Brotteig gemacht wurde. Früher hatten die Frauen den Eintopf im Ofen des Bäckers gelassen, der den Topf mit Brotteig verschloss, während die Frauen am Fluss ihre Wäsche wuschen. Wenn sie dann zurückkamen, war das Essen fertig.

»Ihr Brot«, sagte eine andere Kellnerin und stellte einen kleinen Korb auf den Tisch, »und Ihr Bier.« Ein großes Glas mit schäumendem Pils wurde vor ihn gestellt.

Endlich war er allein. Wenn er zuerst aß und dann den Brief las, würden die Kellnerinnen wieder an den Tisch kommen und abräumen oder ihn nach weiteren Wünschen fragen. Deshalb brach er das Siegel an Eichels Brief, nachdem er den ersten Bissen im Mund hatte.

Max holte tief Luft, als er die Blätter entfaltete, die leise knisterten. Dann trank er einen Schluck Bier und begann zu lesen.

Lieber Maximilian,
darf ich Sie so nennen? Bitte nennen Sie mich Walter, sollten Sie jemals das Bedürfnis haben, auf dieses Schreiben zu antworten. Zunächst möchte ich Ihnen mein aufrichtiges Beileid zu Ihrem Verlust aussprechen. Ich hatte zwar nie das Vergnügen, Ihre Mutter kennenzulernen, war aber mit Ihrem Vater, Oberst Markus Kilian, gut bekannt. Es tut mir leid zu hören, dass er nie von Ihnen erfahren hat. Der Markus Kilian, den ich kannte, wäre sicher stolz gewesen, hätte er von seinem Sohn in Lausanne gewusst.
Was kann ich Ihnen über ihn schreiben? Ich verstehe Ihren Wunsch, so viel wie möglich zu erfahren, aber ich kannte Oberst Kilian nicht besonders gut. Wir trafen uns in der Oper und bei einigen Abendeinladungen bei gemeinsamen Bekannten. Ihr Vater war gerade erst nach Paris geschickt worden, er war mir eine mehr als angenehme Gesellschaft und ein wundervoller Gesprächspartner, wenn es um Kunst und Geschichte ging, für die er wahre Leidenschaft empfand.

Geistesabwesend starrte Max aus dem Fenster. Sein Blick war auf das Straßburger Münster gerichtet, in Gedanken jedoch war er weit weg. Dann hatte sein Vater also auch Geschichte geliebt. Seine Mundwinkel verzogen sich zu einem traurigen Lächeln. Er legte den Brief beiseite und aß ein paar Bissen, die er nachdenklich kaute.

Danach kehrte er zu Walter Eichels Erinnerungen zurück.

Wenn Kilian und ich uns länger gekannt hätten, wären wir sicher gute Freunde geworden. Er war ein charmanter Mann, in dessen Gesellschaft man sich wohlfühlte.
Ich werde versuchen, mich an so viel wie möglich zu erinnern. Es wird Ihnen sicher gefallen, dass Oberst Kilian nur wenig Respekt für die deutsche Regierung hegte und Hitler offen kritisierte.
Vielleicht wissen Sie ja bereits, dass er sich Befehlen widersetzte, mit denen er nicht einverstanden war, und deshalb, wie er es nannte, in Paris im Exil war. Nach allem, was ich gehört habe, war er ein äußerst tapferer Soldat, wollte jedoch nicht an die Front zurückkehren, um die, wie er mir gegenüber freimütig bemerkte, »Befehle eines Wahnsinnigen« zu befolgen. Ich möchte noch hinzufügen, dass Kilian über die Situation in Polen mit den Gefangenenlagern äußerst besorgt war. Wie viele andere Deutsche fühlte er sich machtlos, obwohl es Gerüchte gab, dass Kilian – wenn auch nur am Rande – an einer Verschwörung beteiligt war, um die Regierung in Berlin zu stürzen.

Max stieß im Stillen einen kleinen Jubelschrei aus, blickte sich aber sofort verlegen um, ob jemand möglicherweise seinen Freudenausbruch gehört hatte. Max spürte, wie sich Erleichterung in ihm breitmachte. Sein Vater war also kein überzeugter Nazi gewesen, ganz im Gegenteil. Gierig las er weiter, wobei er das Essen, das Bier, das Lokal und alles andere um sich herum vergaß. Sein Herz schlug schneller, als er weiterlas.

Ich kann Ihnen leider nichts Näheres über seine Beteiligung an dieser Verschwörung berichten, aber die Information mag Sie vielleicht beruhigen. Ich hoffe es, denn Ihr Vater war ein höchst respektierter Offizier der Wehrmacht, und ich persönlich habe ihn sehr bewundert.
Die Beantwortung Ihrer anderen Fragen ist mir ein wenig unangenehm, aber mir ist klar, dass Sie die Wahrheit wissen wollen, zumindest so, wie sie sich mir dargestellt hat. Ihre Annahme ist richtig: In der Zeit vor seinem Tod hatte Ihr Vater eine Beziehung zu meiner Patentochter. Sie schreiben mir, er habe weder von Ihrer Existenz gewusst, noch sei er formell an Ihre Mutter gebunden gewesen, deshalb gehe ich davon aus, dass er die Tage mit Lisette reinen Gewissens verbracht hat. Zwar sind sich die beiden durch mich erst begegnet, dennoch war es ein Zufall. Sie fühlten sich augenblicklich – und vielleicht auch unvermeidlich – zueinander hingezogen, denn Ihr Vater sah nicht nur sehr gut aus und besaß großes Charisma, sondern war vor allem auch ledig. Meine Patentochter war sehr, sehr hübsch. Vielleicht hilft es Ihnen ja, etwas über sie zu erfahren? Ich hoffe nur, es ist nicht zu schmerzlich für Sie, da ich zwischen den Zeilen lesen konnte, wie sehr Sie Ihre Mutter geliebt haben.

Während Max über Lisettes französische Mutter und ihren deutschen Vater las, der ebenfalls Maximilian geheißen hatte und aus Straßburg stammte, aß er den Eintopf auf. Sofort stand Gabrielle wieder an seinem Tisch, um das Geschirr abzuräumen.

»Können wir dich mit etwas Süßem locken? Der Rhabarberkuchen ist köstlich, und wir servieren ihn mit Crème Chantilly.«

»Der Kuchen reizt mich zwar, aber ein Kaffee ist genug«, sagte er.

Sie verschwand, und Max kehrte zu dem Brief zurück und las mehr über die Frau, die das Herz seines Vaters gestohlen hatte. Interessant war vor allem, dass sie als Teenager acht Jahre in England gelebt hatte. Eichel schrieb, er habe das damals geheim gehalten, weil sich sonst, in der allgemeinen Paranoia dieser Zeit, sicher die Gestapo dafür interessiert hätte. Der ehemalige Bankier gab außerdem zu, dass er nie nachgefragt hatte, wie seine Patentochter eigentlich 1943 über den Kanal nach Frankreich gekommen war.

Max lehnte sich zurück. Was wollte Walter Eichel damit andeuten? Die Frau stammte aus England, hatte aber französische Papiere. Daraus konnte man nur einen einzigen Schluss ziehen. Er biss sich auf die Lippen. Er wollte nicht vorschnell urteilen, deshalb las er weiter.

Lisette hat bei mir in Paris in der Bank gearbeitet. Sie wohnte in Montmartre, aber ich habe sie dort nie besucht. Sie war eine ruhige, intelligente, schöne junge Frau, was bestimmt auch der Grund war, warum sie Oberst Kilian auffiel, als sie uns eines Abends in einem Café in Saint Germain zufällig begegnete. Kilian war vom ersten Moment an von ihr angetan, und ich vermute, bei ihr war es genauso. Ich weiß, dass die beiden sich vom 8. Mai 1943 an regelmäßig trafen, weil das Lisettes fünfundzwanzigster Geburtstag war. Ihr Vater hatte sie zum Dinner im Ritz in Paris eingeladen, und als perfekter Gentleman bat er mich vorher um Erlaubnis.
Darüber hinaus weiß ich jedoch nur wenig mehr über die Beziehung der beiden. Ihr Vater hat mich unter anderem um die Erlaubnis gebeten, Lisette in seinem Büro beschäftigen zu dürfen. Er brauchte dringend eine zweisprachige Assistentin, aber ich nehme mal an, dass es ihm auch aus anderen Gründen sehr gelegen kam.

Sie erwähnten den Namen von Schleigel und fragten, ob ich den Namen jemals in Verbindung mit Ihrem Vater gehört hätte. Die Antwort lautet ja.

Max blinzelte. Erst jetzt merkte er, dass der Kaffee längst vor ihm stand. Er hatte gar nicht mitbekommen, dass Gabrielle die Tasse gebracht hatte. Eichels Brief kam ihm vor wie ein Krimi, in dem die einzelnen Puzzleteile nach und nach ein Gesamtbild ergaben. Er rührte einen halben Löffel Zucker in den Kaffee und trank einen Schluck. Eine weitere Verbindung trat zutage, dieses Mal zu dem Mann von der Gestapo, den sein Vater erwähnt hatte.

Von Schleigel war nur ein winziges Rädchen in einer riesigen Maschinerie, aber ich spürte sofort, dass er äußerst ehrgeizig war. Er hatte einen Freund meiner Patentochter verhaftet, einen gewissen Luc Bonet, den sie damals gerade in der Provence besuchte. Die Verhaftung beruhte wohl auf einem Missverständnis, aber ich glaube, er war Maquisard in der Gegend und stand auf der Liste der gesuchten Männer ganz weit oben. Lisette musste meinen Namen benutzen, damit sie beide aus dem Hauptquartier der Gestapo im Süden freikamen. Ich glaube, von Schleigel besuchte mich auf der Rückreise in Paris nur, um sicherzugehen, dass ich ihn in Berlin nicht anschwärzte. Er war auf dem Weg nach Auschwitz-Birkenau, und ich konnte ihm nicht schnell genug die Tür weisen. Mehr kann ich Ihnen nicht berichten, Max. Ich hörte nie wieder von diesem von Schleigel. Allerdings rief ich Oberst Kilian sofort an, da von Schleigel Fragen über Lisettes Beziehungen gestellt hatte. Ich fand, der Oberst sollte wissen, dass dieser gemeine Mensch in seinem Leben herumschnüffelte. Wir alle – Franzosen und Deutsche – verabscheuten die Gestapo gleichermaßen!

Innerhalb weniger Wochen nach von Schleigels Besuch in Paris wurde die Stadt wieder belagert, und das Leben änderte sich dramatisch für uns alle. Mit tiefer Betrübnis erfuhr ich vom Tod Ihres Vaters am Abend der Befreiung. Lisette verlor ich aus den Augen.
Im Jahr 1946 bekam ich einen Brief von meiner Patentochter, der mir auf Umwegen an meine jetzige Adresse in Regensburg nachgeschickt worden war. Eigentlich war es gar kein Brief, eher eine kurze Nachricht, dass sie am Leben sei und sich langsam erhole. Als Geliebte eines Nazis war sie in Frankreich hart bestraft worden. Der Brief war in Inverness in Schottland aufgegeben, demnach ist sie wohl wieder nach Großbritannien zurückgekehrt, aber seitdem habe ich nichts mehr von ihr gehört. Wenn Sie Kontakt zu ihr aufnehmen möchten, dann versuchen Sie es am besten über ihre Großeltern in England. Ich schreibe Ihnen die Adresse auf, vielleicht leben die beiden inzwischen nicht mehr, aber es ist der einzige Kontakt, den ich noch habe.
Ich wünsche Ihnen alles Gute bei Ihrer Suche nach weiteren Informationen, und ich hoffe, mein Brief ist ein guter Anfang. Sollten Sie Lisette finden, so übermitteln Sie ihr bitte meine herzlichsten Grüße. Ich hoffe, sie schreibt mir. Ich bin mittlerweile zweiundachtzig, und die Zeit vergeht schnell. Aber genug. Ich habe mich sehr gefreut, von Ihnen zu hören, lieber Maximilian, und hoffe, dass ich Ihnen ein wenig behilflich sein konnte.
Mit freundlichen Grüßen

Walter G. Eichel

Max lehnte sich zurück. Sein Herz klopfte. Inverness! Dort hatte doch auch Ravensburg seinen Brief aufgegeben. Er zog das Schreiben aus seinem Rucksack. Es war auf Französisch geschrieben und extrem kurz, sogar ohne Grußformel.

Mademoiselle Vogel,
bitte verzeihen Sie, dass ich Ihnen diesen Brief erst jetzt schicke. Ich bedauere sehr, Ihnen mitteilen zu müssen, dass ich die letzte Person war, die Oberst Kilian lebend gesehen hat, aber ich möchte Ihnen versichern, dass er nicht allein gestorben ist. Ich war bei ihm bis zu seinem letzten Atemzug …

Max kannte die Zeilen mittlerweile auswendig. Wie seltsam, dass sein Vater in den Armen seines Feindes gestorben war. Allerdings war dieser Ravensburg nicht der Mann, der ihn getötet hatte … Weswegen waren sie also zusammen gewesen? Max spürte auch in Ravensburgs Nachricht Respekt für seinen Vater. Am interessantesten fand er jedoch, dass Walter Eichel in Bezug auf seine Patentochter Inverness erwähnt hatte. Was hatten Ravensburg und die junge französische Geliebte seines Vaters miteinander zu tun? Warum waren sie beide in Schottland, noch dazu am selben Ort? Natürlich konnte er Vermutungen anstellen, aber er wollte Beweise. Wenn er recht hatte, dann erfuhr er etwas, über das weder sein Vater noch Eichel Gewissheit gehabt hatten, und zwar trotz der Andeutungen des alten Mannes.

Er musste die Wahrheit herausfinden. Was Lisette betraf, so hegte er einen Verdacht, und wahrscheinlich war auch der Gestapo-Mann hinter etwas her gewesen, nur hatte er nicht gewusst, was es war. Dass sein Vater an einer Verschwörung beteiligt gewesen war, konnte durchaus mit dem Ganzen in Zusammenhang gebracht werden. Er musste unbedingt Einblick in die Unterlagen aus dieser Zeit bekommen. Aber die Archive waren in Deutschland. Vielleicht konnte er ja …

»Max! Wo warst du denn?«

Erschrocken blickte er auf. Sein bester Freund Nicolas stand vor ihm. Sofort bekam er ein schlechtes Gewissen.

»Hi, Nic. Entschuldigung, ich hatte zu tun.« Er wies auf den Stuhl gegenüber.

»Ich habe dich durchs Fenster gesehen. Isst du neuerdings allein?«

Max grinste, wobei er hoffte, dass es nicht allzu gezwungen wirkte. »Ich musste nachdenken, hatte aber Hunger. Möchtest du etwas bestellen?«

Nicolas blickte auf seine Armbanduhr. »Ja klar. Äh, einen Kaffee bitte, mit Milch«, bestellte er bei Gabrielle.

»Ich nehme auch noch einen Kaffee«, sagte Max und fügte hinzu: »Ebenfalls mit Milch.«

Die Kellnerin lächelte ihn an und ging.

»Sie studiert mit uns«, sagte Nic und blickte ihr nach.

Max nickte. »Und?«

»Sie scheint sehr interessiert an dir zu sein. Sie fragt ständig nach dir.«

»Nic …«

»Ich weiß, ich weiß. Claire. Vergiss sie endlich.«

Max warf ihm einen empörten Blick zu. »Bist du neuerdings Experte für Frauen?«

»Nun ja, ich hänge zumindest nicht allein in Cafés herum und grübele, so wie du.«

»Ich grübele nicht, ich recherchiere.«

Sein Freund warf ihm einen spöttischen Blick zu. Gabrielle brachte den Kaffee.

»Danke, Gabrielle. Wie läuft's im Studium?«

»Gut. Und bei dir?«

»Furchtbar«, sagte er und zwinkerte ihr zu.

Nicolas konnte wirklich gut mit Frauen umgehen, dachte

Max. Insgeheim wünschte er sich, er hätte wenigstens ein bisschen von der Leichtigkeit des Freundes. Anscheinend kam er in dieser Hinsicht nicht nach seinem Vater. Nicolas und Gabrielle bezogen ihn zwar nicht in ihr Gespräch ein, aber er spürte, dass der Blick der Kellnerin mehrfach zu ihm wanderte.

»Bis dann«, sagte Nicolas schließlich, und Max wandte sich dem Freund zu. »Mensch, Max, ich habe dir die ganze Zeit die Bälle zugespielt«, beschwerte Nicolas sich.

»Lass gut sein, Nic.«

Nicolas rührte Zucker in seinen Kaffee. »Seitdem du dich von Claire getrennt hast, lebst du wie ein Mönch.«

Max zuckte mit den Schultern.

»Alle haben geglaubt, ihr würdet für immer zusammenbleiben.«

»Es hat eben nicht funktioniert«, bemerkte Max gleichmütig.

»Nein, du hast nicht zugelassen, dass es funktioniert. Wir alle haben Eltern, Max. Deine Mutter ist gestorben.« Max warf seinem besten Freund einen bösen Blick zu, aber Nic ließ sich nicht abschrecken. »Was hast du jetzt vor? Willst du den Rest deines Lebens um sie trauern?«

»Meine Trauer geht dich gar nichts an, aber wenn du deine Nase schon in meine Angelegenheiten steckst: Ich trauere nicht, ich arbeite an einem Projekt. In letzter Zeit habe ich einfach nur viel zu tun, Nic. Ich sitze nicht hier und heule in meinen Kaffee. Außerdem weiß ich, dass meine Mutter tot ist, und in gewisser Weise bin ich sogar froh darüber, weil ihr Leiden jetzt endlich ein Ende hat.«

»Was nagt denn dann an dir?«

Max schüttelte den Kopf.

»Jetzt komm schon, erzähl es mir, Max. Keine Geheimnisse.«

Nicolas hatte recht. Sie hatten nie Geheimnisse voreinander gehabt. Wenn er es schon seinem alten Professor erzählt hatte, dachte Max, dann hatte Nic erst recht die Wahrheit verdient. Also erklärte er ihm die ganze Geschichte mit seinem Vater.

»Das erzählst du mir erst jetzt?«

Max zuckte verlegen mit den Schultern.

»Mann, Max, du musst nicht immer alles so unter Verschluss halten. Und, was willst du jetzt tun?«

»Ich fahre nach Deutschland«, erwiderte er, ohne nachzudenken. Es überraschte ihn, dass er sich auf einmal so sicher war. Noch wenige Augenblicke zuvor hatte er nicht genau gewusst, wie es weitergehen sollte.

»Was?«

»Nach Koblenz. Dort ist das Archiv mit den Unterlagen, die ich brauche.«

»Was hoffst du da zu finden?«

»Antworten. Außerdem möchte ich die Adresse von Lisette Forestier herausbekommen, um sie nach meinem Vater zu fragen. In der Zwischenzeit werde ich recherchieren, was die Gestapo von ihm wollte. Irgendetwas fehlt mir. Es hat etwas mit diesem Luc Bonet zu tun. Eichel und mein Vater haben ihn alle beide erwähnt, und die Gestapo hat ihn gesucht.«

»Bonet ist ein jüdischer Name«, sagte Nic achselzuckend.

»Woher weißt du das?«

»Ich studiere Geschichte, Max! Hörst du mir jemals zu? Weißt du überhaupt, dass mich Namensgenealogie besonders interessiert?« Er lachte und trank einen Schluck Kaffee. »Ich habe den Namen sogar schon mal gesehen, meiner Erinnerung nach ist er südfranzösisch. Nicht ausschließlich, aber er kommt da unten häufig vor.«

Max' Augen weiteten sich. Ihm fiel ein, dass dieser Bonet laut Eichel ein Maquisard in der Provence war. Deshalb hatte die Gestapo ein Auge auf ihn gehabt. »Danke, das hilft mir wirklich weiter.«

»Gut. Hilfreich ist mein zweiter Vorname.«

Sie lachten. In diesem Moment kam Gabrielle mit der Rechnung an den Tisch.

»Danke für deine Empfehlung beim Essen«, wagte Max einen Vorstoß, weil Nic ihn mit Blicken aufforderte, ein Gespräch anzufangen.

»Aber gerne«, erwiderte sie schüchtern lächelnd und zeigte auf die Rechnung. »Ich habe jetzt frei. Ihr könnt bei Anne-Marie bezahlen.« Zögernd blieb sie stehen.

Max blinzelte, zuckte dann aber mit den Schultern. »Okay, danke. Bis dann.«

Gabrielle ging.

Nic schüttelte den Kopf. »Du bist ein hoffnungsloser Fall.«

»Ach, halt den Mund.«

Sein Freund trank seinen Kaffee aus. »Dann fährst du also definitiv nach Koblenz?« Als Max nickte, seufzte Nic. »Meine Tante hat mal zu mir gesagt, die Wahrheit stimmt einen nicht immer zufrieden.«

»Und wie ist deine Tante zu dieser philosophischen Erkenntnis gekommen?«, fragte Max leicht gereizt.

Nicolas riss die Zellophanhülle des Kekses auf, der auf seiner Untertasse lag. »Ich sollte wohl besser erwähnen, dass sie dort arbeitet.«

»Was?«

Nic nickte. »Seit die Unterlagen für die Öffentlichkeit zugänglich sind.«

»Kann sie mir helfen?«

»Ich kann sie ja mal fragen.«

»Bitte.«

»Unter einer Bedingung.«

Max kniff die Augen zusammen. »Die da wäre?«

»Du lädst Gabrielle ein, zusammen mit Mireille und mir

und noch ein paar anderen was zu trinken und zu rauchen. Mireilles Freundin hat gutes marokkanisches Marihuana«, fügte er sehnsüchtig hinzu. Aber sie kannten beide die Antwort. Nic stupste Max an. »Na komm, sag wenigstens zu ein bisschen Alkohol ja.«

»Ja«, erwiderte Max.

»Gut, also abgemacht«, sagte Nic. »Ich rufe Tante Marie heute Abend an.«

»Okay. Ich bezahle jetzt, und dann gehe ich erst mal nach Hause und schreibe an diese Frau in Schottland.«

»Wie alt ist sie?«

Max zuckte mit den Schultern. »Sie hat 1944 ihren fünfundzwanzigsten Geburtstag gefeiert. Sie muss um die vierzig sein.«

Nic stieß die Luft aus. »Also alt.«

12

London, England

Jane drückte sich ein mit Eiswürfeln gefülltes Küchenhandtuch aufs Auge. Die Kälte brannte auf der zarten Haut, die bereits heftig angeschwollen war. In ihrem linken Ohr summte es, aber seltsamerweise tat ihre Lippe am meisten weh. Wenn sie den Mund nur ganz leicht bewegte, platzte die Wunde immer wieder auf und fing an zu bluten.

Wie soll das jemals heilen?, dachte sie geistesabwesend. Um sie herum waren die vertrauten Geräusche von Meggie, die sich in der Küche zu schaffen machte.

»Hier, meine Liebe«, sagte Meggie. Sie trat neben Jane und legte ihre Hand vorsichtig um einen Becher. »Heißer, süßer Tee, der hilft Ihnen bestimmt.«

»Ich glaube, ich kann ihn nicht trinken.«

»Nur einen Schluck, bitte.«

»Wo ist er?«

»Mit der Polizei und seinen Brüdern im Wohnzimmer.« Jane zuckte zusammen, als Meggie die Polizei erwähnte. »Ich bringe ihnen nur schnell eine Kanne Tee. Gleich bin ich wieder bei Ihnen, Liebes. In Ordnung?«

Jane nickte.

»Sie müssen den Eisbeutel auf Ihr Auge drücken, Liebchen. Der Arzt ist unterwegs.«

»Ich brauche keinen Arzt, es ist alles in Ordnung.« Sie spürte, wie der Riss an ihrer Lippe erneut aufplatzte und ihr das Blut übers Kinn floss. Tränen traten ihr in die Augen, und sie fühlte sich jämmerlich.

»Jane, wir mussten den Arzt holen. Die Polizei hat darauf bestanden. Und Mr. Cannelles Brüder auch. Sie machen sich Sorgen um Sie. So kann es nicht weitergehen. Wenn ich nicht meinen Schirm vergessen hätte, wären Sie jetzt vielleicht tot.«

Jane stieß einen verächtlichen Laut aus. »Machen Sie sich nicht lächerlich.«

Die alte Frau verschränkte die Arme und warf ihr einen scharfen Blick zu. »Es ist ja nicht das erste Mal.« Als Jane sie besorgt anblickte, wurde Meggies Miene milder. »Haben Sie geglaubt, ich wüsste es nicht?« Erneut traten Jane Tränen in die Augen. Sie nickte. »Er hat geweint wie ein Baby wegen dem, was er Ihnen heute Abend angetan hat, und bettelt die ganze Zeit darum, Sie sehen zu dürfen, aber das ändert nichts an der Tatsache, dass er es getan hat.«

Jane schluckte. Meggie hatte recht. So konnte es nicht weitergehen.

Sie blickten beide auf, als es an der Haustür läutete.

»Ich mache schon auf. Das wird Doktor Jenkins sein. Trinken Sie Ihren Tee aus, Liebes.«

Gehorsam nippte Jane an ihrem Tee. Jetzt war es endlich passiert; sie hatte den Moment immer gefürchtet und dennoch verdrängt. Der Tee schmeckte auf einmal bitter, und sie verzog die Mundwinkel.

Tief im Innern wusste sie, dass John niemals aus seiner persönlichen Hölle ausbrechen konnte. Er war damals mit acht Freunden, die sich alle seit der Schule kannten, an die Front gegangen, und nur zwei von den neun Männern waren zurückgekehrt. Phil Parsonage hatte beide Beine in Frankreich verloren und John seinen Verstand. Aber das war bloß das Narbengewebe. Die richtige Wunde musste sich erst noch zeigen, und das geschah mit quälender Langsamkeit, während er Stückchen für Stückchen des Horrors preisgab, den er im Krieg erlebt hatte. Sie erfuhr von den Männern, deren Hand er gehalten hatte, während sie starben, deren zerfetzte Leichen er bergen musste, damit die Armee etwas zum Beerdigen hatte. Bei seinem besten Freund Bertie war es auch so gewesen. Sie hatten sich seit dem Kindergarten gekannt, und Bertie war für John gestorben, indem er ihn zur Seite geschoben und die ganze Wucht der Granatenexplosion abgefangen hatte. Nur ein einziges Mal hatte John diese Erinnerung mit ihr geteilt. Sie hatten sich geliebt, und danach hatte sie ihn nach der Narbe an seinem Oberschenkel gefragt. Sie hatte eigentlich gar keine Antwort erwartet und war völlig überrascht gewesen, als er zögernd zu sprechen begonnen hatte.

»Schrapnell«, sagte er nur und zündete sich eine Zigarette an. »Ich lag bewusstlos auf dem Boden, ganz zugedeckt von Bertie.«

John blieb ungerührt, aber über Janes Wangen liefen Tränen und tropften auf Johns Brust. Als er wieder zu sich gekommen war, hatte er seine Kameraden gebeten, nach Bertie zu suchen.

»Ich meinte seine Abzeichen«, sagte er und sog an seiner Zigarette. »Sie brachten mir seinen Kopf, das war alles, was von ihm übrig geblieben war.« Plötzlich begann er am ganzen Leib zu zittern. »Ich habe ihn mit nach Hause gekommen, in ein blutiges Hemd gewickelt.« Er lachte ein grausiges, freudloses Lachen. »Wir brauchten ja etwas zum Beerdigen.« Dann schluchzte er in ihren Armen wie ein Kind.

Später in jener Nacht hatte sie ihn nackt im Badezimmer vorgefunden, mit blutenden, aufgeschlagenen Knöcheln, weil er mit den Fäusten die Fliesen an der Wand bearbeitet hatte. Als die Wunden ein paar Monate später abgeheilt waren, hatte er begonnen, Jane zu schlagen.

Eigentlich stimmte das so nicht, dachte sie. Angefangen hatte es mit verbalen Einschüchterungen, und irgendwann hatte er sie geschubst. Rasch war die Lage eskaliert, es setzte Ohrfeigen, er zog sie an den Haaren … Einmal hatte er sie sogar vergewaltigt, zumindest hatte sie es so empfunden, als er sich hastig und gegen ihren Willen auf sie gestürzt hatte.

Heute Abend war es anders gewesen. Dieses Mal war er verschlagen vorgegangen. Er hatte auf sie gewartet und sich in Meggies Gegenwart den ganzen Tag gut benommen, während die Dämonen in ihm den Zorn auf seine Frau schürten. Arglos hatte sie sein Arbeitszimmer betreten und hatte mit fröhlicher Stimme Hallo gesagt. Seine Antwort begann mit »Wo warst du?« und endete mit drei Schlägen. Beim ersten hatte er ihr eine Schachtel um die Ohren gehauen, beim zweiten war ihre Lippe aufgeplatzt, und beim letzten hatte sie nur noch Sternchen gesehen und war halb bewusstlos aufs Sofa gesunken.

Das Letzte, woran sie sich erinnern konnte, bevor ihr schwarz vor Augen wurde, war eine Polizeisirene. Anscheinend war Meggie nach Hause gekommen, hatte sein Gebrüll und ihre Schreie gehört und sofort die Notrufnummer gewählt. Der Streifenwagen war kurz vor dem vierten Faustschlag da gewesen, aber sie war zum Glück bewusstlos gewesen, als die Polizisten John überwältigten und mit nach unten nahmen. Meggie sagte, sie hätten ihm sogar Handschellen angelegt, bis seine Brüder eintrafen. Bis jetzt war noch niemand von der Familie eingetroffen.

Meggie kam wieder ins Wohnzimmer, gefolgt von Dr. Jenkins, der sie sofort untersuchte, um sicherzugehen, dass nichts gebrochen war.

»Hm, Ihre Lippe sieht schlimm aus. Ich würde empfehlen, dass wir sie nähen.«

»In meinen Ohren klingelt es.«

Der Arzt gab einen missbilligenden Laut von sich. »Ist das schon einmal vorgekommen?«

Jane wollte den Kopf schütteln, aber Meggie antwortete bereits für sie. »Ja, Herr Doktor. Zwar noch nie so schlimm, aber bereits einige Male.«

Jenkins warf Jane einen vorwurfsvollen Blick zu. »Jane …«

»Bitte nicht«, flehte sie.

Schweigend untersuchte er sie weiter. Schließlich seufzte er. »Gut, dann wollen wir mal die Lippe nähen. Das Klingeln in Ihrem Ohr wird noch eine Weile anhalten, aber es wird vorübergehen. Auch an Ihrem Auge ist kein dauerhafter Schaden entstanden, Sie werden allerdings ein schönes Veilchen bekommen, Jane.«

»Eine Sonnenbrille im Winter?«, fragte sie überflüssigerweise.

»Entweder das, oder Sie halten es aus, angestarrt zu werden. Ich würde Ihnen empfehlen, ein paar Tage wegzufahren. Ruhen Sie sich aus, werden Sie wieder gesund … Überdenken Sie Ihr Leben, denn ich glaube nicht, dass John sich erholen wird. Es wird immer schlimmer, nicht wahr?«

»Ja«, gab sie flüsternd zu.

Er machte sich daran, die Wunde zu nähen. Es sah hässlich aus mit den zwei schwarzen Stichen, aber die Lippe war wieder in Ordnung, mit Jod bepinselt und taub von der lokalen Betäubung.

»So«, sagte er sanft. »In ein paar Wochen können Sie wieder geküsst werden.« Jane lächelte schwach, ohne dabei den Mund zu verziehen. »Aber schauen Sie besser eine Zeit lang nicht in den Spiegel.«

Sie nickte.

In diesem Moment betrat Peter das Zimmer. »Oh Jane«, sagte er und nahm sie vorsichtig in die Arme. »Es tut mir ja so leid.«

»Ich verabschiede mich«, sagte Dr. Jenkins. »Bemühen Sie sich nicht, Meggie bringt mich zur Tür.« Er gab Jane die Hand. »Kommen Sie in ein paar Tagen bei mir in der Praxis vorbei.«

Meggie und der Arzt verschwanden, und nun kam auch James herein. Er war bei ihrem Anblick sichtlich schockiert und küsste sie sanft auf beide Wangen.

»So kann es nicht weitergehen. Hör zu, Jane«, sagte Peter. Er klang verlegen. »Ich werde dafür sorgen, dass dir das Cottage oben in Devon zur Verfügung steht. Es würde uns beruhigen, wenn du dich dort für ein paar Wochen zurückziehst, während wir hier alles in Ordnung bringen. Ich habe bereits mit Meggie gesprochen. Sie sagte, sie würde dich gerne begleiten, bis du wieder gesund bist. Ich weiß, es ist nicht ideal, schließlich ist Winter, aber …« Unsicher brach er ab.

Jane machte es ihnen leicht. »Ja, natürlich. Das ist sehr nett von euch.«

James ergriff ihre Hand. »Du gehörst zur Familie, liebe Jane. Peter und ich sind sehr traurig, und es tut uns leid um euch beide, vor allem aber bedauern wir deinetwegen, was vorgefallen ist. Wir hätten dich besser schützen sollen.«

»Ihr konntet ja nicht wissen …«

»Wir hätten es ahnen müssen«, sagte Peter.

»Niemand ist schuld. Ich liebe John, aber mir ist jetzt auch klar, dass ich nicht bei ihm bleiben kann.«

James blickte ihr tief in die Augen. »Wir helfen dir. Was immer du brauchst, wir kümmern uns darum, und wir kümmern uns auch um John. Er wird die richtige Pflege bekommen.«

Meggie brachte frischen Tee, den sie schweigend tranken. Jane fiel auf, dass Meggie mit einem Tablett voll zusätzlicher Teebecher an ihnen vorbeiging.

James fand als Erster den Mut, das Thema anzusprechen. »Hör zu, Jane … als ich sagte, wir helfen euch bei allem, waren damit natürlich auch die Dienste von Badger & Bingley gemeint.«

Jane blickte auf ihre Teetasse. Ihre Augen glänzten.

»Es ist am besten so. Und es ist in deinem Interesse«, fügte er hinzu.

Eine Träne lief ihr über die Wange. Scheidung. Sie wischte sich über das unversehrte Auge. »Lasst mich in Ruhe darüber nachdenken.«

Peter nickte. »Natürlich, keine Eile. Wir stehen dir in allem bei, egal wie du dich entscheidest.«

»Was habt ihr mit John vor?«

»Er kommt zuerst ins Krankenhaus«, sagte James. »Dann hören wir uns an, was die Fachleute zu sagen haben. Es gibt ein Heim in Lincoln, nur ein paar Stunden von hier entfernt, das eher einem Landhotel gleicht. Dort werden ehemalige Soldaten aufgenommen, die in ähnlicher Verfassung sind wie er. So etwas kommt wohl häufiger vor, als den meisten von uns bewusst ist.«

»Wie geht es John jetzt?«, fragte Jane. Wahrscheinlich wurde er immer noch von der Polizei befragt.

»Er ist total zerknirscht, in Tränen aufgelöst und außer sich vor Entsetzen«, sagte Peter.

»Und völlig wahnsinnig«, fügte James wütend hinzu.

Peter seufzte. »Das ist weder sonderlich hilfreich noch richtig. Es ist nicht seine Schuld, Jim.«

»Ich weiß, aber sieh dir das hier nur mal an«, erwiderte James und zeigte auf Jane. »Du musst akzeptieren, dass unser Bruder Hilfe braucht, Jane. Wir können nicht länger so tun, als sei er immer noch der Mann, der er einmal war. Ich liebe ihn genauso sehr wie ihr alle, aber er muss professionell medizinisch versorgt werden, und zwar rund um die Uhr.«

Jane nickte. »Was ist mit der Polizei?«

»Gott sei Dank haben sie ihm inzwischen wenigstens die

Handschellen abgenommen«, erwiderte Peter. »Ich bin davon ausgegangen, dass du ihn nicht anzeigen willst. Trotzdem hätten sie ihn am liebsten mit aufs Präsidium genommen.«

Jane schüttelte den Kopf. »Natürlich nicht. Kann ich ihn sehen?«

»Nein«, sagten die beiden Brüder wie aus einem Mund.

Peter räusperte sich verlegen. »Äh, Doktor Jenkins hält es für das Beste, wenn John dich nicht so sieht. Ich stimme ihm zu. Du hast genug gelitten, aber er auch. Er ist zutiefst verstört. Jenkins hat ihm ein leichtes Beruhigungsmittel gegeben.«

Jane schluckte. »Soll das heißen, dass er heute Nacht schon auszieht?«

Beide Männer nickten. »Wir haben uns bereits angemeldet. Wir fahren mit ihm, Jane«, versicherte Peter ihr.

»Meggie wird dir helfen, alles für deine Abreise nach Devon morgen Abend vorzubereiten. Ihr nehmt den Schlafwagen. Bleib, solange du möchtest. Wenn du gesund bist, kannst du zurück nach London kommen, John besuchen und mit klarem Kopf deine Entscheidungen treffen.«

Es hörte sich vernünftig an, dennoch klangen die Worte der beiden wie der Todesstoß für ihre Ehe und ihre Chance auf eine Familie. Die salzigen Tränen brannten in ihrem blutunterlaufenen Auge, und ihr Kopf schmerzte vor Hoffnungslosigkeit.

»Ich möchte ihm gern einen Kuss zum Abschied geben.« Als die beiden Männer protestierten, hob sie die Hand. »Lasst uns nicht so tun, als wäre es kein Abschied. John soll wissen, dass ich ihm keine Vorwürfe mache und dass ich nie aufgehört habe, ihn zu lieben.« Jane erhob sich, bevor die Männer noch etwas sagen konnten. »Danke«, sagte sie. »Ich komme schon allein mit ihm zurecht. Er wird mir ganz bestimmt nichts mehr tun.«

Rasch blinzelte sie die Tränen weg, die sie um John und das Ende ihrer Ehe weinen würde.

13

Die Fahrt von Koblenz nach Straßburg hatte fast vier Stunden gedauert. Max nickte sofort ein, als der Zug losfuhr, und schlief die meiste Zeit über. Die warme Frühlingssonne, die durch das Fenster hereinschien, machte ihn so schläfrig. Als er am späten Nachmittag in Straßburg auf dem Bahnsteig stand, war es kalt, und er zog die Lederjacke, in der er sich vorkam wie James Dean, über seinem weißen T-Shirt enger zusammen. Der neuesten Mode aus Paris nach zu urteilen müsste er sich demnächst ein Jackett mit zwei Knöpfen zulegen. Die Frauen hingegen strahlten diesen Sommer in psychedelischen Farben. Er musste zugeben, dass die Mädchen in diesen neuen Hüfthosen toll aussahen. Noch besser würden ihnen die neuen Miniröcke stehen, die dann im Sommer angesagt waren.

Max seufzte. Es war definitiv an der Zeit, sich mal wieder zu verabreden. Er dachte an Gabrielle und ihre dunklen intelligenten Augen, mit denen sie ihn im Restaurant so intensiv gemustert hatte. Nicolas hatte sie zwar mehrfach angelächelt, aber ihre Blicke hatte sie Max vorbehalten, und er hatte sie einfach ignoriert. Blöd. Er schloss einen Pakt mit sich selbst. Wenn die Kriegsgeliebte seines Vaters ihn weiterbrachte, dann würde er wieder ins Restaurant gehen und sich mit Gabrielle verabreden, wie er es Nic versprochen hatte. Er würde sich für sie interessieren und sich bemühen, sich nett mit ihr zu unterhalten. Und er würde sie verwöhnen. Allem Anschein nach konnte sie das gut brauchen.

»Gut«, murmelte er, als er sich auf den Heimweg machte. »Komm, Lisette«, sagte er dann bei sich, »hilf mir.«

Er ließ den Hauptbahnhof hinter sich und lief zu Fuß zu seiner neuen Wohnung in Krutenau, einem alten Stadtviertel in der Nähe der Universität. Ursprünglich war es ein Fischerdorf gewesen, irgendwann waren dann ein paar Kasernen entstanden, bevor es schließlich ein reines Wohnviertel wurde. In der Nachbarschaft befand sich eine große Tabakfabrik, weshalb ständig Tabakgeruch in der Luft hing. Es war ein buntes, lebendiges Viertel, und Max gefiel, dass auch ältere Leute dort lebten und nicht nur Studenten. Er war kurz vor Weihnachten aus dem Studentenheim ausgezogen, weil er seine Ruhe haben wollte. Außerdem wollte er sich nicht ständig schuldig fühlen, weil er genug Geld hatte. Schließlich konnte er sich eine eigene Wohnung und damit eine gewisse Unabhängigkeit leisten, warum also nicht?

Er hatte länger gebraucht als erwartet, um seine Reise nach Deutschland vorzubereiten. Da er die Fahrt mit einem Besuch bei seinen Großeltern verbinden wollte, musste er sich eine ganze Woche freinehmen. In der Zwischenzeit hatte er sorgfältig alles notiert, was er recherchieren wollte, und bereits den ersten Brief an Lisette Forestier geschrieben. Er hatte ihn an die Adresse in Schottland geschickt. Zwei Wochen später war der Brief ungeöffnet zurückgekommen, was zwar enttäuschend war, aber zum Glück hatte jemand handschriftlich auf dem Umschlag Folgendes vermerkt: *Versuchen Sie es mal bei Morris, Pierrefondes Road in Farnborough.*

Diverse Telefonanrufe hatten ergeben, dass es tatsächlich Mr. und Mrs. C. Morris in der Pierrefondes Avenue 50 in Farnborough gab. Das musste die richtige Adresse sein. Er fügte dem Brief an Lisette Forestier eine Notiz hinzu, in der er kurz erklärte, er sei der Sohn eines Freundes, den sie in den Kriegsjahren gekannt hatte, und er wolle sie erreichen, weil sein Vater im Krieg gestorben sei, bevor er ihn kennengelernt habe. Er hoffe einfach, dass sie ihm mehr über seinen Vater erzählen könne. Er hatte sein Anliegen absichtlich vage gehalten und ihn in Paris aufgegeben, da immer noch viele Leute dachten, Straßburg liege in Deutschland. Für einen Briten würde das die Dinge nur verkomplizieren.

Nach etwa vier Wochen kam schließlich eine Antwort von einem gewissen Colin Morris. Er schrieb, seine Enkeltochter, die damals in Großbritannien ihren Nachnamen in Forester geändert hatte, sei verheiratet und Anfang der fünfziger Jahre mit ihrer Familie nach Australien ausgewandert. Auch dieses Mal war der Originalbrief ungeöffnet geblieben, was Max überraschte. Er hätte angenommen, dass der Großvater vielleicht neugieriger gewesen wäre. Die kurze, unpersönliche Notiz hätte seinen Nachforschungen womöglich ein abruptes Ende beschert, wenn Colin Morris nicht noch ein Postskriptum daruntergesetzt hätte. *Lisette heißt nun Mrs. Luc Ravens, und Sie können über Bonet's of Nabowla in Tasmanien mit ihr Kontakt aufnehmen.*

Das war Luc Ravensburg! Die Geliebte seines Vaters hatte demnach dessen Feind geheiratet – jenen Franzosen mit dem deutschen Namen, der bei seinem Vater geblieben war, bis er gestorben war. Davon hatte Eichel mit Sicherheit nichts gewusst. Damit war Max überzeugt, dass Lisette für die Briten gearbeitet hatte. Sie hatte sich als Geliebte seines Vaters ausgegeben, ihn in Wirklichkeit jedoch für die Alliierten ausspioniert. Ihm stand jetzt alles klar vor Augen. Warum hatten weder sein Vater noch Eichel 1943 die Sachlage erkannt, obwohl damals angeblich jeder jeden misstrauisch beäugte?

Allerdings hatte der Gestapo-Offizier von Schleigel eindeutig einen Verdacht gegen Lisette gehegt. Und er hatte sie mit einem Mann namens Bonet in Verbindung gebracht. Dass sie inzwischen auf Bonet's, vermutlich eine Farm, in Australien lebte, war das fehlende Puzzleteil.

Es war ein großer Erfolg für Max, die Verbindung zwischen Ravensburg und Bonet herstellen zu können. So unangenehm es ihm auch war, er konnte beinahe verstehen, dass dieser von Schleigel so entschlossen gewesen war, das Rätsel zu lösen.

Was wusste er also? Bonet war ein französischer Widerstandskämpfer, der heimlich mit einer britischen Spionin zusammengearbeitet hatte. Die beiden verliebten sich ineinander, und sein Vater war das Opfer. Das lag klar auf der Hand, und trotzdem ließ es ihm noch keine Ruhe. Warum waren die Alliierten so sehr an einem deutschen Oberst interessiert, der nach eigenen Angaben im Exil lebte und »an seinem Schreibtisch verrottete«? Es war faszinierend. Er musste es einfach wissen.

Max schrieb sofort an Lisette in Australien, wobei er hoffte, dass inzwischen genug Zeit verstrichen und sie sich von seinem Ansinnen nicht beleidigt fühlte. Er achtete darauf, dass der Brief eindeutig an sie unter ihrem Mädchennamen adressiert war und nicht an Luc Ravens. Schließlich wollte er vor allem von der Geliebten seines Vaters hören. Die Antwort ließ auf sich warten. Er hatte Nic gebeten, sein Postfach zu leeren, während er unterwegs war, und es dauerte eine ganze Weile, bis Nic ihn endlich mit der Nachricht anrief, dass ein Brief aus Australien gekommen sei.

»Steht ein Absender darauf?«, fragte er mit kaum verhüllter Erregung.

»Ja, und zwar L. Ravens.«

L. Ravens. Sein Magen zog sich zusammen. Das war er.

»Kein Vorname?«

»Doch, aber ich kann ihn nicht lesen. Warte mal, ich glaube, da steht Lisel oder Lisbet.«

»Lisette, du Blödmann«, murmelte Max. Dabei war er der Blödmann. Natürlich verwendete sie ihren Ehenamen.

»Hör mal, diese Beleidigung kostet dich ein Abendessen. Ich reserviere uns einen Tisch, und du übernimmst die Rechnung.«

»Okay, okay, tut mir leid. Ich lade dich zum Essen ein.«

»Du bist wirklich leicht zu überreden.« Nic lachte.

Max bedachte seine Fortschritte. Walter Eichel konnte er jetzt von der Liste streichen. Von ihm war nichts mehr zu erwarten. Lisette hatte geantwortet. Max hatte eine vage Ahnung, dass er über die Verbindung nach Australien weitere Informationen über Ravensburg erhalten würde – das hoffte er jedenfalls. Damit blieb nur noch von Schleigel. Wenn man bedachte, wie verächtlich Eichel und sein Vater von dem Mann sprachen, dann schien er eine gehörige Wirkung gehabt zu haben. Außerdem war Max durch sein Jura-Studium daran gewöhnt, jeden Stein umzudrehen, schließlich konnte in einem unscheinbaren Felsbrocken ein funkelnder Edelstein verborgen sein, wie ihn sein Tutor gelehrt hatte.

Davon abgesehen war von Schleigel mit allen Personen in diesem Theaterstück verbunden. Ganz gleich ob der Gestapo-Offizier ihm tatsächlich neue Hinweise auf seinen Vater geben konnte, er brauchte jedes einzelne Puzzleteilchen, wie unwichtig es auch erscheinen mochte.

Deshalb war auch der Besuch im Bundesarchiv in Koblenz so wichtig gewesen. Er hatte sich allerdings nicht vorstellen können, dass dort wesentlich mehr ans Tageslicht kommen würde als erhofft, und zwar keineswegs über seinen Vater. Auf jeden Fall war er dankbar dafür gewesen, im Zug schlafen zu können, weil er seit seiner Entdeckung kein Auge mehr zugemacht hatte.

Max wusste zwar nicht genau, wonach er eigentlich suchte, aber die Aktivitäten halfen ihm, die Zeit totzuschlagen, bis er den Brief aus Australien erhielt. Er hatte gehofft, irgendetwas über Kilian und vielleicht auch über von Schleigel herauszufinden, aber was er stattdessen erfahren hatte, ließ ihm das Blut in den Adern gefrieren.

Als er in seine Wohnung zurückkam, stellte er fest, dass sie eiskalt war, weil er seit einer Woche nicht da gewesen war. Er warf seinen Rucksack in den Flur, stellte sofort den Wasserkessel auf den Herd und machte den kleinen Gasofen an. In ein paar Tagen schrieb er eine Klausur, aber daran konnte er momentan keinen Gedanken verschwenden. Seine Post stapelte sich auf dem niedrigen Couchtisch, wo Nic sie deponiert hatte. Zuoberst lag Lisettes Brief. Max spürte förmlich, wie die Zeilen nach ihm riefen, aber er wollte ihn in Ruhe lesen, und dazu musste die Wohnung erst einmal warm werden, er musste sich etwas zu essen machen und die in Koblenz gemachten Notizen herausholen.

Max schaltete das Radio ein und summte leise mit, als »Stand by me« von Ben E. King ertönte. Er machte sich einen Kaffee und holte eine Packung Kekse aus dem Schrank. Zwei aß er bereits, während er darauf wartete, dass das Wasser kochte. Am nächsten Morgen würde er einkaufen gehen müssen, bis dahin musste er sich mit dem Stück Käse in seinem Kühlschrank, der Tüte Kartoffelchips in der kleinen Speisekammer und dem Obstkuchen seiner Großmutter begnügen. Sie hatte ihm den Kuchen für die Fahrt in ein Küchenhandtuch eingeschlagen, und er hatte ihn ganz vergessen, aber so hatte er jetzt wenigstens etwas zu essen. Den Kaffeebecher und einen vollgeladenen Teller in der Hand, ging er zurück ins Wohnzimmer und stellte alles auf den Tisch neben dem Ofen.

Jetzt noch das Notizbuch und einen Pullover, und er war bereit. Beides fand er im Rucksack. Er setzte sich ans Feuer, trank den Kaffee und betrachtete den dünnen Luftpostumschlag.

Ihm war klar, dass sein Leben auch dann weitergehen würde, wenn Lisette sich weigerte, mit ihm über seinen Vater zu reden, trotzdem merkte er, wie er den Atem anhielt. Es war ihm nicht bewusst gewesen, wie viel es ihm bedeutete, dass Lisette geantwortet hatte.

Max zog den Brief heraus und faltete ihn auseinander. Die Schrift war klein und gedrängt. Wenn sie ihm nichts über Markus Kilian mitteilen wollte, hätte sie sicher nicht so viel geschrieben, sagte er sich. Erleichterung stieg in ihm auf, und er begann zu lesen.

Der Brief war vor fünf Wochen aufgegeben worden und auf Französisch geschrieben, wahrscheinlich damit er ihn besser verstand.

Lieber Max,
Ihr Brief war ein Schock für mich. Es macht mich traurig zu hören, dass Markus nichts von Ihrer Existenz gewusst hat, aber es ergibt durchaus einen Sinn, weil er nicht ein einziges Mal über Kinder gesprochen hat. Auch Ihre Mutter hat Ihr Vater nur selten erwähnt – dazu war er zu diskret –, deshalb weiß ich nur wenig über sie. Nichtsdestotrotz möchte ich Ihnen mein aufrichtiges Beileid zu Ihrem Verlust aussprechen. Allerdings hat Markus mehrfach beteuert, wie sehr er es bereute, Ihre Mutter im Stich gelassen zu haben. Aus seiner beiläufigen Bemerkung habe ich den Eindruck gewonnen – das ist jetzt allerdings meine Interpretation, da er mir nur selten Einblick in sein Leben vor dem Krieg gewährt hat –, dass Markus Ihre Mutter sehr bewunderte, die beiden aber eher eine aufrichtige, wahre Freundschaft miteinander verband als eine große Liebe. Wie gesagt, das ist lediglich meine Interpretation. Sie passten wohl sehr gut zusammen, doch mit dem Krieg veränderte sich alles für Markus, und obwohl er mit dem

Gedanken gespielt hatte, eine Frau zu heiraten, die sich so gut in sein Leben einfügte und die er so sehr mochte, wollte er nach Kriegsbeginn nicht mehr über die Zukunft nachdenken, da er nie sicher sein konnte, ob er am nächsten Tag noch lebte. Unzählige Männer sind damals mit grauenvollen Verletzungen von der russischen Front zurückgekehrt, sofern sie überhaupt zurückkamen. Ich weiß noch, dass Markus einmal sagte: »Ilse hat so viel mehr verdient, vor allem jemanden, der sie über alles liebt.«

Ich kann nicht sagen, ob ich froh bin, dass Sie mir geschrieben haben – Ihr Brief reißt Wunden aus einer Vergangenheit wieder auf, die ich bewusst hinter mir gelassen habe. Wahrscheinlich tut das jeder, der den Krieg überlebt hat. Aber ich will aufrichtig zu Ihnen sein, ich weiß, dass Sie das von mir erwarten. Ich war eine britische Spionin und wurde 1943 nach Frankreich geschickt. Meine Mission war eine sogenannte Honigfalle, ich sollte mich mit Oberst Markus Kilian von der Wehrmacht einlassen in der Hoffnung, von ihm Geheimnisse zu erfahren. Man hatte herausgefunden, dass er einen gewissen Groll gegen das Nazi Regime, seine Ideale und seine Vorgehensweise hegte.

Ihr Vater war nach Paris geschickt worden, weil er sich einem direkten Befehl von Adolf Hitler widersetzt hatte. Es ging darum, unverzüglich jeden russischen Gefangenen zu exekutieren, der als Kommissar identifiziert werden konnte. Die hohen moralischen Prinzipien, die Ihr Vater hinsichtlich der Behandlung von Kriegsgefangenen hatte, gab er an seine Leute weiter, weshalb diese sich ebenfalls weigerten, den Befehl auszuführen. Hitler war aufgebracht, was man daraus schließen kann, dass er Ihren Vater auf eine Position versetzen ließ, die seiner Begabung, was die Führung von Soldaten und strategischen Überlegungen zur Kriegsführung betraf, nicht gerecht wurde.

Dies kann ich Ihnen mit absoluter Sicherheit schreiben, da man mich in London umfassend über ihn informiert hat. Aus britischer Perspektive war Markus Kilian 1943 jemand, der reif für eine Veränderung war. Wie sich herausstellte, war Ihr Vater jedoch ehrenhafter, als zu vermuten stand. Ich war zunächst davon überzeugt, dass er ein äußerst loyaler Deutscher war, dabei hasste er die Nazis zutiefst. Ich nahm an, dass er an einer Verschwörung zur Ermordung Hitlers beteiligt war, was ich jedoch nicht beweisen konnte. Wenn wir unter uns waren, bezeichnete er Adolf Hitler oft als »diesen Wahnsinnigen«.
Ich war nicht dabei, als Ihr Vater starb. Aber ich weiß, was vorgefallen ist. Markus wurde von einer einzigen Kugel in die Brust getroffen. Er hatte einen jungen französischen Rebellen herausgefordert, auf ihn zu schießen, statt auf seinen Feind – Lukas Ravensburg, einen Mann, den ich damals schon liebte und schließlich auch heiratete. Die Geschichte ist ein wenig kompliziert, Max, aber ich werde sie Ihnen trotzdem erzählen und hoffe, dass Sie verstehen, in welcher Lage wir uns damals alle befanden, als die Deutschen sich zurückzuziehen begannen und die Alliierten in Frankreich einmarschierten.
Mein Mann Luc ist von Geburt an Deutscher und Ihrem Vater so ähnlich, dass es fast schon unheimlich ist. Wäre die Welt damals eine andere gewesen, wären die beiden wahrscheinlich gute Freunde geworden. Ich weiß, dass mein Mann Markus insgeheim respektiert hat, aber wie Sie sich denken können, sprechen wir nicht darüber. Mir fällt es sowieso schwer, mich über ihn zu äußern, weil ich ihn wirklich sehr, sehr gernhatte. Wir standen uns im Frühling/Sommer 1944 sehr nahe, und ich habe ihn zutiefst bewundert.
Sein viel zu früher und sicherlich auch unnötiger Tod ist nach wie vor eine offene Wunde für mich, und es ist leichter für

mich, einfach nicht an ihn zu denken … Bitte verzeihen Sie mir.
Sie haben unter anderem nach Kriminaldirektor von Schleigel gefragt. Ja, ich erinnere mich an ihn. Wie könnte ich diesen Mann jemals vergessen? Er hat Luc und mich in der Provence verhaftet, und zwischen meinem Mann und ihm ist etwas vorgefallen, von dem ich bis auf den heutigen Tag nichts weiß. Es muss allerdings so schlimm gewesen sein, dass Luc heute noch Alpträume deswegen hat. Deshalb habe ich ihm Ihren Brief auch nicht gezeigt. Von Schleigel repräsentierte alles, was Ihr Vater am Nazi-Regime verabscheute, und schon ein einziges Telefongespräch mit ihm 1943 reichte aus, dass Markus diesen Mann, dem er zuvor nie begegnet war, zutiefst verachtete.
Wir hatten damals durchaus guten Grund, diesen Menschen zu hassen, und allein die Erwähnung seines Namens lässt mich auch nach so vielen Jahren noch zusammenzucken.
Mir hat er damals angedroht, mich ins Konzentrationslager Auschwitz nach Polen deportieren zu lassen, ein weiterer Grund, warum ich Luc Ihren Brief nicht gezeigt habe. Seine jüdische Adoptivfamilie ist nämlich in diesem Lager verschwunden. Bis heute kennt er keine Einzelheiten über das, was damals geschehen ist, man hat lediglich herausgefunden, dass seine Schwestern in Auschwitz umgekommen sind. Seine Eltern und seine jüngste Schwester waren noch nicht einmal registriert, aber wir wissen, dass sie das Gefängnis in Drancy mit demselben Zug verlassen haben wie Rachel und Sarah.
Jetzt fragen Sie sich bestimmt, wie ein deutschstämmiger französischer Widerstandskämpfer seine Familie in einem Konzentrationslager verlieren konnte. Ganz im Vertrauen, schließlich habe ich Ihnen Aufrichtigkeit versprochen: Lukas Ravensburg verlor nur wenige Monate nach seiner Geburt kurz hintereinander beide Elternteile, weshalb er nach dem Ersten Welt-

krieg nach Frankreich geschmuggelt und schließlich von einer jüdischen Familie adoptiert wurde, und zwar von den Bonets aus Saignon.
Luc war Lavendelbauer – sehr erfolgreich. Er wusste zwar, dass er adoptiert war, glaubte aber, seine leiblichen Eltern seien Franzosen gewesen. Die Wahrheit erfuhr er erst 1942.
Die Nachricht vom Tod der Bonets traf Luc hart, vor allem der Verlust seiner Schwestern, zwei standen in der Blüte ihrer Jugend, eine war noch ein kleines Kind. Er hat viele Jahre gebraucht, um ihr frühes und zweifellos grausames Ende zu verarbeiten. Seit wir Frankreich nach der Befreiung von Paris verlassen haben, hing die Schuld wie eine dunkle Wolke über uns. Wir lebten in England, wie Sie wissen, doch Frankreich und die damit verbundenen Erinnerungen waren immer noch viel zu nah.
Inzwischen haben wir uns ein neues Leben in Australien aufgebaut, und Luc hat auf der prachtvollen Lavendelplantage, die er hier angelegt hat, endlich seinen Frieden gefunden. Ihn nach all den Jahren glücklich zu sehen erfüllt mein Herz mit großer Freude. Ich beobachte ihn oft mit unseren Kindern Harry, der fast fünfzehn ist, und Mathilda, unserer elfjährigen Tochter, und er ist ein zufriedener Mann. Er bringt Harry bei, wie man Lavendel anbaut, und bei der nächsten Ernte hoffen wir, Öl produzieren zu können, das dann in London getestet werden wird. Wir sind alle schon ganz aufgeregt. Es hat uns viele Jahre harter Arbeit gekostet, diese Phase zu erreichen, und ich möchte das Glück meiner Familie nicht zerstören, indem ich mich wieder der Vergangenheit zuwende. Ich hoffe, Sie verstehen das, Max, und denken nicht schlecht von mir, wenn ich Sie bitte, von einem weiteren Schriftwechsel abzusehen.
Ich hoffe, ich habe all ihre Fragen beantwortet, vor allem jedoch hoffe ich, dass ich Sie mit dem, was ich Ihnen über

Ihren Vater geschrieben habe, ein wenig trösten kann. Ich kannte ihn nur ein paar Monate, aber in dieser Zeit habe ich ihn als einen feinen und ethischen Menschen mit Liebe zum Militär, unvergleichlicher Fürsorge für seine Untergebenen und korrekter Kriegsführung kennengelernt. Sie dürfen mit Recht stolz sein, dass Sie sein Sohn sind.
Ich wünschte, er hätte Sie gekannt. Ich denke, dann hätte er sein Leben als vollständig empfunden.
Mit freundlichen Grüßen
Lisette

Max schluckte. Es war schwer zu verdauen, dass dies ihr erster und letzter Austausch mit ihm war. Immerhin war Lisette seine Hauptverbindung zu seinem Vater, und offensichtlich hatte sie ihn nicht nur persönlich gekannt, sondern auch geliebt. Sie brauchte es nicht zu sagen – ihre Zuneigung war in jedem Wort zu spüren. Zugleich verstand er, dass sie davor zurückschreckte, einen Briefwechsel mit dem Sohn ihres ehemaligen Liebhabers zu beginnen.

Er spürte den Schmerz hinter ihren Zeilen und war nun in der wenig beneidenswerten Situation, etwas erfahren zu haben, das den Ravens noch beträchtlich mehr Leid zufügen konnte.

Unverhofft klopfte es an der Tür. Nic. Max öffnete seinem Freund, der ihm triumphierend eine Einkaufstüte voller Lebensmittel entgegenstreckte.

»Willkommen daheim. Ich habe mir gedacht, dass du Hunger hast.«

Max grinste. »Bitte sag, dass du auch Bier mitgebracht hast«, sagte er.

Stolz drehte sich Nic hin und her, um ihm zu zeigen, dass in jeder Jackentasche eine Flasche Kronenbourg steckte. »Das Beste, was das Elsass zu bieten hat.«

»Ah, damit hast du dir die Schweizer Schokolade, die ich dir mitgebracht habe, redlich verdient.«

Nic stieß einen Jubelschrei aus. »Dann lass uns mal essen.« Er trat ein, machte es sich bequem und hatte in Null Komma nichts das warme Sandwich mit Fleisch und Senf verzehrt.

Max öffnete die beiden Flaschen Kronenbourg, und sie tranken das Bier direkt aus der Flasche.

»Ich sehe, du hast den Brief aus Australien gelesen.«

Max nickte kauend.

»Und, hat sie dir geschrieben, dass du dich zum Teufel scheren sollst?«

»Das kannst du selber nachlesen«, sagte Max und schob ihm den Brief hin. »Pass nur auf, dass keine Sauce darauftropft.«

»Nein, ich kann diese Schrift nicht lesen. Fass den Inhalt lieber kurz für mich zusammen.«

Bereitwillig berichtete Max, was Lisette ihm offenbart hatte. »Letztlich muss ich mich jetzt entscheiden, ob ich an der Sache weiter dranbleiben will oder nicht«, schloss er. Er leckte sich die Finger ab, ehe er nach seiner Serviette griff.

Nic warf ihm einen nachdenklichen Blick zu. »Was hast du denn davon, wenn du die alten Wunden wieder aufreißt, von denen sie geschrieben hat?«

»Nichts, vermutlich.« Max trank einen Schluck Bier. »Ich muss zugeben, dass sie all meine Fragen ausführlich beantwortet hat.«

»Ja, wahrscheinlich in dem guten Glauben, dass du ihren Wunsch respektierst.«

Max blickte in die dunkle Winternacht hinaus. In Australien war jetzt Tag – Hochsommer. Wahrscheinlich wurde gerade der Lavendel geerntet, dachte er geistesabwesend. Tief in seinem Innern nahm er es Lisette übel, dass sie ein Bild von seinem Vater vor ihrem geistigen Auge hatte.

»Weißt du, sie kann seine Stimme hören, wenn sie will. Sie kann sich seine Berührungen ins Gedächtnis rufen, sich an sein Lächeln entsinnen. Ich dagegen habe nur die Erinnerungen anderer Leute von meinem Vater.«

»Was soll ich darauf sagen? Ich habe meinen Vater mein Leben lang gekannt und ihn immer dafür gehasst, dass er meine Mutter geschlagen hat. Viele Menschen sind mit ihren Vätern aufgewachsen und kennen sie trotzdem kaum. Im Grunde hast du doch Glück gehabt, Max, du kannst dir in deinen Gedanken den perfekten Vater erschaffen.«

»Du bist wirklich zynisch, Nic.«

»Nein, keineswegs. Ich bin bloß Realist. Du bist eben Romantiker, und das kannst du dir bei deiner Familie natürlich auch leisten. Was willst du erreichen? Die Frau hat dir alles gesagt, was sie weiß, und danach hat sie dich gebeten, sie in Ruhe zu lassen.«

Max ergriff sein Notizbuch und schwenkte es. »Ich kann die Sache nicht einfach auf sich beruhen lassen. Ich habe nämlich noch mehr herausgefunden«, erklärte er.

»Was denn?«

Max seufzte. »Ich habe etwas entdeckt und denke, dass ich es ihnen mitteilen sollte.« Er starrte auf seine Notizen.

April 1943. Fotografie von Gestapo-Kriminaldirektor Horst von Schleigel im Garten der Villa von Rudolf Höss, SS-Kommandant in Auschwitz, und seiner Familie.

»Ehefrau Hedwig«, hatte Max daruntergeschrieben, gefolgt von den Namen der fünf Kinder, obwohl nur vier auf dem Foto zu sehen waren. Er fragte sich, ob das fünfte und älteste das Foto aufgenommen hatte.

Max dachte daran, wie er das Bild angestarrt hatte. Wenn man einmal von den Uniformen absah, hätte es ein fröhlicher Familienschnappschuss sein können. Dennoch war der milde dreinblickende Mann in SS-Uniform der berüchtigtste Architekt des Massenmordes an, nach seinen eigenen Angaben, zweieinhalb Millionen Menschen, die auf seinen Befehl hin getötet worden waren. Mindestens eine weitere Million war wegen der Lebensbedingungen, die er ihnen in den Lagern auferlegt hatte, ums Leben gekommen. Max hatte gelesen, dass Höss im Jahr darauf in einem SS-Bericht wegen seines Arbeitseifers und der Raffinesse der Methoden lobend erwähnt worden war. Höss hatte als Erster Zyklon B eingesetzt, nachdem sich Schwefelsäure als nicht wirkungsvoll genug für die Massentötung erwiesen hatte. Er war auch auf die Idee gekommen, die Internierten eher in Gruppen von zweitausend statt zweihundert Menschen zu töten. Es machte Max ganz krank, darüber nachzudenken, aber er hatte weit mehr Einblicke und Informationen, als jemand wie sein Vater vermutlich damals gehabt hatte.

Vielleicht waren Leute wie Höss und von Schleigel der Grund dafür, dass Markus Kilian mit einem Mordkomplott in Verbindung gebracht worden war? Aber es war irgendwie ein Trost, und Lisettes Brief hatte dafür gesorgt, dass Max seinen Vater mochte.

Wieder blickte er auf seine Notizen.

Die Villa, vor der das Foto aufgenommen worden war, lag auf dem Gelände des Lagers von Auschwitz, und direkt hinter dem Garten ragten die Schornsteine des Krematoriums auf. Er konnte die lächelnden Gesichter auf der Fotografie kaum ertragen. Vor allem die Frau des Kommandanten sah aus wie jede andere stolze Mutter. Hedwig Höss war entweder sadistisch veranlagt, oder sie war so dumm, dass sie nichts von dem Schmerz, dem Leid, den Grausamkeiten und den Morden um sie herum mitbekommen hatte.

Max stieß auf ein Foto von Rudolf Höss, das genau vier Jahre später aufgenommen worden war, kurz bevor der Kommandant an einem speziellen Galgen hingerichtet wurde, nicht weit von dem hübschen Garten seiner stolzen Frau entfernt und direkt vor den Gaskammern. Seltsamerweise hatte Max eine noch tiefere Leere empfunden, als er diese Aufnahme betrachtet hatte. Natürlich war die Strafe gerecht gewesen, doch es war einfach nicht ausreichend angesichts des grausamen Leidens mehrerer Millionen, einem Mann das Leben zu nehmen.

»Ich habe ein Foto von diesem Oberst von Schleigel gefunden«, sagte Max. »Es ist ein offizielles Porträt, so dass ich dem Namen jetzt ein Gesicht zuordnen kann. Außerdem habe ich weiter nachgeforscht, was aus der Familie Bonet geworden ist.« Er zuckte mit den Schultern. »Es ist ein jüdischer Name, du hattest recht, und da ich schon einmal im Bundesarchiv war, habe ich mir gedacht, ich könnte auch nach ihnen suchen.«

Nic seufzte. »Du wirst mir jetzt gleich sagen, dass du die Familie gefunden hast, oder?«

»Ich bin nur auf zwei Namen gestoßen: Sarah und Rachel. Ihre Nummern stimmten überein, deshalb gehe ich davon aus, dass sie Schwestern waren, und dank ihrer Geburtsdaten weiß ich, dass sie damals beide um die zwanzig waren.«

»Erzähl mir alles.« Nic seufzte erneut.

»Nach den Aufzeichnungen sind sie alle beide an Herzversagen gestorben … am selben Tag. Alle, die damals vergast wurden, sind angeblich an Herzversagen gestorben, jedenfalls laut den Nazi-Dokumenten.«

Nic zuckte zusammen. »Diese Schweine!« Er rückte näher an das kleine Feuer und starrte in die Flammen.

Max fuhr fort. »Die Nazis hatten erkennungsdienstliche Fotos von den Schwestern gemacht, aufgenommen am Tag ihrer Ankunft in Auschwitz. Beide hatten frisch geschorene Schädel und große, dunkle Augen.«

Max gestand dem Freund nicht, dass er Rachel trotz des

kahlen Schädels sehr hübsch fand. Das Herz tat ihm weh, als er ihren kummervollen Blick sah. Sie war etwa im gleichen Alter gestorben, wie er jetzt war. Was für eine Angst musste sie gehabt haben, wie tapfer hatten diese beiden Schwestern sein müssen. Er stellte sich vor, wie sie sich an den Händen gehalten hatten und ihrem Tod mutig entgegengetreten waren. Der Gedanke war unerträglich. Die Fotos von Rachel repräsentierten für ihn jeden einzelnen dieser Millionen von Toten.

Hilflos schüttelte er den Kopf. »Als ich da im Archiv saß, Nic, da habe ich mich so was von schuldig gefühlt. Alle haben davon gewusst, und sie haben nichts getan.« Sein Freund blickte nicht auf, aber Max wusste, dass er ihm zuhörte. »Ich habe mich auf die Suche nach anderen Berichten von jenem Tag im Mai dreiundvierzig gemacht. Ich weiß nicht, warum, ich musste einfach, und ich hatte nichts anderes zu tun, keine anderen Spuren. Ich dachte, ich könnte damit Rachel und Sarah Bonet irgendwie Respekt zollen.«

Die Angestellten im Bundesarchiv waren ganz wunderbar gewesen, erinnerte er sich. Sie fragten nicht, warum er da war oder welches Interesse er verfolgte, sie unterstützten ihn einfach nur bei seiner Suche.

»Es stellte sich heraus, dass der achtzehnte Mai dreiundvierzig kein besonderer Tag war«, fuhr er traurig fort. »Es war nur ein weiterer grauenhafter, hoffnungsloser, von Tod geprägter Tag in Auschwitz.«

Eine ältere Angestellte hatte ihm geraten, es mit einem anderen Ansatz zu versuchen. »Sie hat mir vorgeschlagen, mir die Zeugenberichte anzuschauen«, berichtete er seinem Freund.

»Welche Zeugen?« Nic blickte ihn verständnislos an.

»Viele Berichte sind aus den Erinnerungen der Überlebenden an den Alltag im Lager entstanden«, erklärte Max. »Bei den Nürnberger Prozessen hat man großen Wert auf diese Zeugenberichte gelegt. Egal, auf jeden Fall ist mir der Bericht einer Augenzeugin von dem Tag, als Rachel Bonet starb, in die Hände gefallen. Er stammt vom Oktober siebenundvierzig, ist also über vier Jahre später entstanden. Hier, darf ich dir meine Notizen vorlesen?«

Nic zuckte. »Ja klar, jetzt will ich es auch wissen.«

»Ich heiße Alicja Zawadski.« Max stolperte über den Namen. *»Ich bin vierunddreißig Jahre alt und in Polen geboren.* Heute lebt sie in Brooklyn in New York und ist Musiklehrerin«, fügte Max hinzu. *»Neunzehnhundertzweiundvierzig wurde ich in Polen verhaftet und im November desselben Jahres ins Lager von Oświęcim gebracht. Ich habe dort als Arbeiterin in den Buna-Werken gearbeitet.«* Max warf einen Blick auf seine Notizen. »Das war eine Chemiefabrik.«

Nic nickte. »Lies weiter.«

Max wandte sich wieder dem Brief zu, den er kopiert hatte. *»Das Lager hat damals Zwangsarbeiter in die Fabrik geschickt. Als jemand entdeckte, dass ich Musikerin bin, teilte man mir eine weniger harte Arbeit in Birkenau zu, damit ich im Lagerorchester spielen konnte. Dort freundete ich mich mit einigen anderen Gefangenen an, was aber nicht sehr klug von mir war.«*

In herzzerreißenden Worten beschrieb Alicja die anstrengende Arbeit, die ständigen Demütigungen, die Schläge und die jämmerliche Verpflegung. Sie berichtete auch, dass die meisten Leute nach der ersten Suppe krank wurden, und wenn sie erst einmal geschwächt waren, starben sie auch bald. Sie erzählte von den unerträglichen Lebensbedingungen und benannte polnische *kapos*, die ihren Mitgefangenen das Leben sogar noch erschwerten, sofern das überhaupt möglich war. Sie nannte auch jenen deutschen Arzt mit Namen, der die nicht mehr arbeitsfähigen Personen aussortierte.

Nic hörte gebannt zu, während Max laut vorlas.

»So, und jetzt hör dir das an«, sagte Max. »*Wir wussten, dass sie getötet wurden. Eine dieser zufälligen Selektionen fand eines Nachmittags statt, als wir gerade für die heimkehrenden Arbeiter spielten. Ich kann mich an das Datum besonders gut erinnern, weil sie an jenem Tag meine beste Freundin Rachel Bonet aussortierten.*« Max blickte Nic triumphierend an und tippte auf sein Notizbuch, bevor er weiterlas. »*Sie war sechsundzwanzig und bei besserer Gesundheit als die meisten von uns, was daran lag, dass man sie ausgewählt hatte, die Höss-Kinder in Musik zu unterrichten. Ihr geschorener Schädel hatte die Kleinen erschreckt, und ihre schmutzigen Kleider passten nicht in das vornehme Haus, deshalb hatte man Rachel erlaubt, sich die Haare wachsen zu lassen und sich regelmäßig zu waschen. Die Familie wohnte in einer Villa auf dem Gelände. Rachel erzählte mir, der Garten sei unglaublich schön. Wenn sie etwas von dem Essen, das die Familie ihr gab, herausschmuggeln konnte, verteilte sie es an die Mitglieder des Orchesters und ihre ältere Schwester Sarah, auf die sie jeden Tag wartete, während wir am Tor zum Hauptlager schrecklich fröhliche Lieder spielten. An diesem Tag kam Sarah jedoch nicht von der Arbeit in der Fabrik nach Hause. Ich weiß noch genau, wie entsetzt wir waren, als während der Selektion plötzlich Rachels Name aufgerufen wurde. Es ergab überhaupt keinen Sinn, weil sie eine unserer besten und jüngsten Musikerinnen war. Außerdem schien ihre Aufgabe im Haus des Kommandanten nicht unwichtig zu sein. Ich kann mich erinnern, dass kurz davor ein kleiner Gestapo-Mann, der erst kürzlich in Auschwitz eingetroffen war, durch das Lager spazierte. Rachel hatte Angst vor ihm. Sie sagte mir, sein Name sei Horst von Schleigel.*«

Max unterbrach die Lektüre und dachte an den Moment, als ihm klar wurde, dass diese Zeugin sich nicht nur an Rachel Bonet, sondern auch an den verachteten Gestapo-Kriminaldirektor erinnerte.

»Alles okay?«, fragte Nic und warf ihm einen besorgten Blick zu.

Max merkte, dass seine Stimme gezittert hatte. »Ja, Entschuldigung, es ist grauenhaft und aufregend zugleich, dass ich diesen Bericht entdeckt habe, oder?«

»Das ist Geschichte häufig«, erwiderte Nic.

»Es ist, als decke man ein Geheimnis auf … Alle Personen sind miteinander verbunden, aber nur wir können aus der zeitlichen Distanz und dank der genauen Archivierung der Deutschen erkennen, wie die Fäden zusammenlaufen.«

»Lies weiter«, sagte Nic, und Max fuhr fort.

»Rachel war von Schleigel in der Höss-Villa begegnet, und er hatte ihr Fragen zu ihrem Bruder gestellt. Rachel hatte mir von ihrer Familie erzählt. Ihr Bruder war Lavendelbauer in der Provence, aber er war an dem Tag verschwunden, als die Familie verhaftet worden war. Sein Name ist Luc Bonet. Ich weiß das noch so genau, weil wir die Details über unsere Familien ausgetauscht haben, damit wir unsere Angehörigen informieren konnten, falls eine von uns überlebte. Rachel war stolz auf Luc und stand ihm sehr nahe, schließlich war er ihr neben Sarah als Einziger geblieben. Rachel berichtete mir, dieser von Schleigel habe nach einem Mann namens Bonet gesucht, einem bekannten Widerstandskämpfer aus Südfrankreich. Sie war sehr stolz darauf, dass ein Mitglied ihrer Familie den Nazis entkommen war. Es war von Schleigel, der die Wache an jenem Tag veranlasste, ihren Namen aufzurufen. Sie reichte mir ihre Violine und bat mich, stark zu bleiben. Ich weiß noch, dass der Gestapo-Offizier etwas zu Rachel sagte, bevor sie auf den Lastwagen kletterte. Rachel ließ sich jedoch nicht einschüchtern und erwiderte etwas, das ihn wohl aus der Fassung gebracht hat, denn er zwinkerte mehrmals, und sein Monokel zuckte heftig. Ich kann mich noch ganz deutlich daran erinnern. Am liebsten hätte ich einen lauten Jubelschrei ausgestoßen, aber mir fehlte Rachels

Mut. Und dann war sie weg. Ich wusste, dass sie getötet worden war. Wenn unsere Wärter mit den Lastwagen von den Selektionen zurückkamen, lagen hinten auf der Ladefläche die Kleider derjenigen, die sie mitgenommen hatten. Ich entdeckte ihren roten Schal unter den Sachen und wusste, dass sie ihn nie wieder tragen würde.«

Max hörte auf zu lesen und blickte Nic an.

»Was soll ich dazu sagen?«, fragte sein Freund.

»Alicja Zawadskis Überleben und ihre Erinnerung an jenen Tag haben mir ein weiteres wichtiges Puzzleteil geliefert. Eines, bei dem dir das Blut in den Adern gefriert.«

Nic seufzte. »Max, lass die Geschichte ruhen. Ich verstehe nicht, was du damit erreichen willst. Diese Leute versuchen, ihr Leben zu meistern, sie sind keine Schachfiguren, mit denen du spielen kannst, ganz gleich, wie aufregend du ihre Geschichte findest. Du hast herausgefunden, was du über deinen Vater wissen wolltest. Weiter zu graben ist makaber und bringt niemandem Glück. Mir wird schon schlecht, wenn ich mir diesen Bericht nur anhöre.«

Max wusste, dass Nic recht hatte. Die Logik sprach dafür, die Sache ruhen zu lassen. Es ging ihn nichts an, und mit seinem Vater hatte die Angelegenheit nichts zu tun. Aber sein Herz hämmerte in seiner Brust, als wolle es ihn auf die Entdeckung aufmerksam machen.

»Max?«, drängte Nic. »Lass es sein. Das bringt allen Beteiligten nur Kummer. Das Ganze ist vor zwanzig Jahren passiert.«

Langsam und bedächtig erwiderte Max: »In Australien lebt ein Mann, der mit meinem Vater, mit Lisette und mit von Schleigel verbunden ist«, begann er. »Luc Bonet, Lukas Ravensburg, Luc Ravens … Unter welchem Namen auch immer er mittlerweile auftritt, er ist das letzte fehlende Puzzleteil. Vielleicht sogar das wichtigste, weil er bei meinem Vater war, als er starb.« Max lehnte sich zurück und schloss die Augen. »Ich kann die Angelegenheit nicht auf sich beruhen lassen, vor allem weil sie mit Rachel verbunden ist, deren Geschichte ich nicht mehr aus dem Kopf bekomme. Wenn ich kann, möchte ich sie gerne ihrem Bruder zurückgeben. Er muss davon erfahren, und ich fühle mich dazu verpflichtet, es ihm zu erzählen.«

»Was ist mit Lisette? Sie hat dich ausdrücklich gebeten, dich nicht an ihren Mann zu wenden. Warum willst du alte Wunden aufreißen? Das bringt dir Markus Kilian auch nicht zurück!«

»Ich muss wissen, was zwischen diesem Luc und meinem Vater passiert ist. Das ist eine persönliche Sache, Nic. Du kannst es nicht nachvollziehen, weil du deinen Vater nicht ausstehen kannst. Ich dagegen kann noch nicht einmal diese Entscheidung treffen.«

»Ja, aber das ist weder Lisettes Schuld noch die von Ravensburg … und deine schon gar nicht. Das Leben ist eben so. Ich bin arm, du bist reich. Ich laufe auch nicht durch die Gegend und beschwere mich darüber.«

»Das ist ein blödsinniges Argument«, erwiderte Max, allerdings gab ihm Nics Einwand zu denken. Er wollte es nur nicht zugeben. »Ravensburg sollte einfach erfahren, was in Auschwitz passiert ist.«

»Du glaubst im Ernst, es geht ihm besser, wenn er weiß, dass seine Schwestern an jenem Tag in die Gaskammern gebracht wurden und an Zyklon B erstickt sind?«

»Ich werde noch einen Brief schreiben. Dieses Mal schicke ich ihn an Ravensburg. Damit ist es dann vorbei.«

»Ach ja?«, fragte Nic. »Das bezweifle ich, Max. Du bist Jurist mit einer Leidenschaft für Menschenrechte. Ich höre in deiner Stimme, dass du noch lange nicht mit dem Thema fertig bist. Was verschweigst du mir?« Wütend stand er auf und verließ den Raum.

Max hörte, wie sein Freund in der Küche den Wasserkessel aufsetzte, bevor er ins Bad ging.

Max hatte versucht, den Dämon zu ignorieren, der an ihm nagte, seit er auf Alicjas Bericht gestoßen war. Es war ihm gelungen, ihn zu einem Flüstern zu reduzieren, doch seine angeborene Neugier und sein Bedürfnis nach Gerechtigkeit waren stärker als sein Instinkt, die Sache ruhen zu lassen.

Kurz war es still im Raum. Das Feuer knisterte, und aus einer der Nachbarwohnungen drang leises Lachen. Auf einmal hörte er das Flüstern ganz deutlich. Er hatte das Gefühl, Rachels Geist würde zu ihm sprechen.

Finde von Schleigel, flüsterte die Stimme.

Teil III

Januar 1964

14

Lisette ging den Hügel hinunter, gut geschützt gegen die Sonne durch ihren weißen, breitkrempigen Hut. In den Händen balancierte sie vorsichtig ein Tablett. Es roch durchdringend nach Grünpflanzen – ein eher unangenehmer Geruch, und doch hatte sie über die Jahre gelernt, dass genau dieser Geruch eine gute Ernte bedeutete. Manchmal konnte sie kaum glauben, dass der Lavendelextrakt so kostbar war wie Gold, aber Europa und zunehmend auch Amerika konnten nicht genug davon bekommen.

Mathilda war mit dem Geruch aufgewachsen. Für sie gehörte es zum Leben dazu, dass er im Januar in der Luft hing. Sie schien es kaum zu bemerken. »Nach der Ernte sehen die Reihen völlig anders aus, oder?«, fragte sie.

»Ja, für ganz kurze Zeit hellblau und dann plötzlich tiefrot.«

»Sie sind so ordentlich angelegt. Das sieht richtig schön aus.«

Insgeheim war Lisette von dem scharfen Verstand ihrer Tochter beeindruckt. Sie war mathematisch begabt, aber mittlerweile zeigte sich auch ihre Kreativität immer deutlicher. Mathilda konnte für ihr Alter ungewöhnlich gut malen und zeichnen. Das war auch anderen schon aufgefallen, und verschiedene Lehrer hatten Lisette auf die künstlerische Begabung ihrer Tochter angesprochen. Lisette war sowieso der Meinung, dass ihr ruhiger Lebensstil in Launny nichts mehr für Mathilda war. Sie war fast ein Teenager und sicher bald über Nabowla herausgewachsen. Für Launceston war sie viel zu unruhig.

»Ja, dein Vater ist sehr klug«, erwiderte sie jetzt. »Weißt du eigentlich, warum er den Lavendel in diesen langen, weiten Bogen angepflanzt hat?« Trotz des schweren Tabletts und der Hitze blieb sie stehen.

»Wegen der Entwässerung«, kam die Antwort wie aus der Pistole geschossen.

»Du hast gut aufgepasst, auch wenn du ständig nur Modezeitschriften liest.«

»Mum, für Frauen in deinem Alter ist Parfüm wie eine Handtasche. Sie gehen nicht ohne aus dem Haus. Das ist ihnen zur Gewohnheit geworden«, stellte Mathilda ohne jede Herablassung fest. »Du bekommst eine Flasche Parfüm geschenkt und bist glücklich. Ich glaube, Parfüm wird noch viel wichtiger werden … Irgendwann werden wir es alle danach aussuchen, was für eine Laune wir haben, welche Kleidung wir tragen oder für wen wir es auflegen. Es wird zur Mode dazugehören, und genau deshalb interessiert es mich, Mum.«

Lisette zog die Augenbrauen hoch. Ihre erwachsene elfjährige Tochter erschreckte sie manchmal ein bisschen.

»Außerdem hat Dad gesagt, wenn das Unternehmen wachsen soll, müssen Harry und ich es gemeinsam führen.«

»Da oben sieht es so kahl aus«, sagte Lisette und blickte zu den öden Feldern hinauf. Noch vor wenigen Tagen waren sie ein einziges Farbenmeer gewesen, jetzt lagen sie staubig und monoton da, und der Blick wurde unwillkürlich von den violetten Hügeln in der Ferne angezogen.

»Das ist der letzte Abschnitt«, erwiderte Matilda. »Nächstes Jahr wird die Ernte noch länger dauern, weil Dad dann auch Neds Weide auspflanzt.« Ned war ein Pferd, das sie von Des Partridge geerbt hatten.

Lächelnd musterte Lisette ihr Kind. Mathilda war zierlich und dunkelhaarig wie sie, aber damit endete ihre Ähnlichkeit auch schon. Mathilda besaß weder Lisettes Zurückhaltung noch ihre sozialen Fähigkeiten. Auf jeden Fall war sie viel zu hübsch, dachte die stolze Mutter, und obwohl Mathilda noch recht klein war, wirkte sie mit ihrer aufrechten Haltung und ihrer eleganten Art, sich zu bewegen, eher groß. Lisette dachte oft, dass ihre Tochter die schlimmsten Charaktereigenschaften von ihr und Luc in sich vereinte. Sie war willensstark und selbstbewusst, für ein so junges Mädchen beinahe schon ein bisschen erschreckend.

Ihr geliebter Harry dagegen, er war so ein lieber Junge. Schon als Kind war er leicht zu erziehen gewesen, und auch jetzt als Teenager war er völlig unkompliziert. Alle liebten Harry, von seinen Schulkameraden bis hin zu den Erntearbeitern. Im Gegensatz zu Mathilda schien er die besten Charakterzüge von Luc und Lisette geerbt zu haben. Er war eifrig und fleißig, und er liebte seine Familie über alles. Lisette hatte keinen Zweifel daran, dass Mathilda, ohne mit der Wimper zu zucken, von hier weggehen könnte, wenn sie sich dazu entschloss, Harry hingegen könnte das wohl nicht. Sie hoffte auch, dass er es niemals tun würde, wenn ihre Farm weiterbestehen sollte. Harry liebte die Farm und das einfache Leben hier. Er hasste es, jeden Tag zur Schule gehen zu müssen. Am glücklichsten war er, wenn er mit seinem Dad auf den abgelegensten Feldern unterwegs war, mit ihm im Schuppen schlief und alles lernte, was er über Lavendelanbau wissen musste. Lucs Fußstapfen waren groß, doch Harry würde sicher noch besser werden als sein Vater. Bereits jetzt verstand er so viel vom Lavendelanbau, dass er Luc Vorschläge machte, wie sie ihren Ertrag verbessern konnten.

Beim Abendessen diskutierten die beiden oft stundenlang über die Produktivität der Farm. Luc schleppte ständig neue Bienenkörbe an, damit die Bienen sich vermehren konnten. Außerdem hatte er Lisette dazu überredet, Lavendelhonig herzustellen.

»So wie das kostbare Gold der Provence«, hatte er gesagt.

»Ich finde, wir sollten den Honig ›Mathildas Gold‹ nennen«, warf Mathilda ein.

Der Vorschlag, dem außergewöhnlichen weißen Lavendel eine Chance zu geben, sich zu beweisen, stammte von Harry, und bald schon würden sie herausfinden, ob ihr Sohn recht gehabt hatte. Vielleicht konnte der Welpe dem alten Hund ja einen neuen Trick beibringen, dachte Lisette. Sie lächelte, als sie an das Gespräch dachte.

»Dad, du solltest dem weißen Lavendel einen Namen geben«, hatte Harry aufgeregt gesagt.

»Na, dann lasst uns mal Ideen sammeln«, erwiderte Luc.

»Lisette«, sagte Harry. »Und was dazu?«, fragte er seine Mutter.

»Welcher weiße Lavendel?«

»Ich wollte nur noch den Vollmond abwarten. Heute Abend zeige ich ihn dir«, versprach Luc ihr augenzwinkernd.

Er hatte sein Versprechen gehalten. Als die Kinder schliefen, war er mit einer Laterne in die Küche gekommen, wo Lisette gerade einen Flicken auf einen Riss in Harrys Hose nähte.

»Was soll das werden?« Sie lachte.

Er legte den Finger auf die Lippen. »*Viens, mon amour*«, flüsterte er. Wenn er Französisch sprach, was mittlerweile nur noch selten vorkam, dann schmolz sie jedes Mal dahin.

»Wohin soll ich mitkommen?«, antwortete sie leise.

Er nahm sie einfach an der Hand und zog sie zur Hintertür.

»Luc, wohin gehen wir?«

»Zieh deine Stiefel an. Ich zeige es dir.«

Im Schein des Vollmonds führte er sie durch die abgeernteten Reihen vor dem Haus bis zum entferntesten Hügel, der hinter einem baumbestandenen Pfad verborgen lag. Jetzt konnten sie wieder in normaler Lautstärke miteinander reden.

»Heute ist so ein schöner Abend. Das haben wir immer gemacht, als die Kinder noch klein waren.«

»Du bist und bleibst eine Romantikerin, was?« Er tätschelte ihr den Hintern.

»Oh nein!« Sie lachte.

»Oh doch!«, versicherte er ihr und grinste sie verschmitzt an.

Er hielt ihre Hand und lief mit ihr den Hügel hinauf. Oben sog sie scharf die Luft ein. Vor ihnen lag ein Feld mit weißem Lavendel, der im Mondlicht silbern schimmerte.

»*Blanc de lavande*«, wisperte sie.

Luc nickte. »Ich kann mich noch erinnern, wie ich ihn das erste Mal gesehen habe. Das war damals kein ganzes Feld, sondern nur ein Fleck mitten im blauen Lavendel. Es war Vollmond, und mir kam es vor, als hätten Feen den Fleck silbern gemacht. Am nächsten Tag habe ich meine Großmutter mit nach oben genommen, um ihn ihr zu zeigen. Sie war überwältigt von der Schönheit und hat mich um Samen gebeten. Ich habe gar nicht mehr daran gedacht, weil es nur so wenige waren. Ich war ausschließlich an blauem Lavendel interessiert, aber sie hat ein paar Samen von dem weißen in dem kleinen Seidenbeutel aufbewahrt. Sie sind mir erst wieder eingefallen, als ich hier in Tasmanien mit der Pflanzung begonnen habe. Auf Harrys Bitte hin habe ich sie auf einem eigenen Feld eingesät, einfach nur, damit sie mich an meine Großmutter erinnern.«

»Oh Luc, es ist wunderschön.«

»Harry ist mir zuvorgekommen«, sagte er. »Ich wollte die Sorte immer schon Lisette nennen, weil sie so wild und unberechenbar ist, genau wie du.«

Lisette musste lachen. Er beugte sich vor und küsste sie.

»Wenn du mich auslachst, musst du bezahlen«, raunte er und zog am Reißverschluss ihres Kleides.

Lachend wand sie sich in seinen Armen. »Oh Luc, das geht doch nicht.«

»Und ob das geht. *Je me suis preparé*«, sagte er und wies mit dem Kinn hinter sie.

Als Lisette sich umdrehte, sah sie, dass er eine Flasche Wein mit zwei Gläsern auf einer Decke bereitgestellt hatte.

»Wie in alten Zeiten«, flüsterte er. »Willkommen in meinem Schlafzimmer.«

Lisette errötete in der Erinnerung. Sie hatten sich wild und leidenschaftlich geliebt. Irgendwann, als sie wieder zu Atem gekommen war, hatte sie gesagt, wie glücklich sie beide doch waren.

Plötzlich durchbrach eine Stimme ihre Gedanken. Sie blinzelte. »Wie bitte, Liebling?«

»Ich habe gesagt, du verschüttest die Limonade«, ermahnte Mathilda sie.

Lisette hielt das Tablett wieder gerade und lächelte bei sich. Ja, wirklich, seitdem sie Nel und Tom kennengelernt hatten, hatte ihr Leben eine wundervolle neue Wendung genommen. Sie hatten die Lavendelfelder der beiden gekauft und auch die Farm von Des erworben. Mittlerweile besaß die Familie auch ein richtiges eigenes Haus. Nach Mathildas Geburt im November 1952 waren sie komplett gewesen. Nachdem der französische Lavendel dann erfolgreich angewachsen war, war von dem düsteren, grüblerischen Luc, den sie im Krieg kennengelernt hatte, nichts mehr zu spüren.

Der Erfolg des Lavendelanbaus und die Sicherheit, die seine Familie ihm gab, hatten den alten Luc wieder zum Vorschein gebracht, und Lisette war überglücklich darüber. Sein Lachen schallte über die Felder, und wenn er nach einem langen Tag nach Hause kam und sie sein strahlendes Lächeln sah, konnte sie kaum glauben, dass das der Mann war, den sie damals kennengelernt hatte. Und sie liebte ihn umso mehr.

Seit mehr als zehn Jahren führten sie jetzt ein ruhiges, glückliches Leben. Deshalb hatte sie auch nicht erwähnt, dass sie im vergangenen Monat einen Brief von einem gewissen Max Vogel erhalten hatte. Sie hasste es, Geheimnisse vor Luc zu haben, aber Max wühlte ihre Vergangenheit auf, brachte Kilian zurück, den Tod der Bonets und den verhassten Oberst von Schleigel. Das war mehr, als sie ertragen konnte. Lisette und Luc hatten ihren Beitrag im Krieg geleistet. Sie hatten Wunden und Narben davongetragen, aber sie brauchten keine Buße zu leisten, vor allem jetzt nicht, da Luc in gewisser Weise seinen Frieden gefunden hatte.

Lisette hingegen hatte sich verpflichtet gefühlt, auf den Brief zu antworten. Max schrieb ganz reizend, aber am meisten hatte es ihr das Foto angetan, das er beigelegt hatte. Es war ein kleines Passfoto, aufgenommen in einer von diesen Fotokabinen, in denen man sich ablichten lassen konnte.

Es war ein richtiger Schock gewesen, von Max' Existenz zu erfahren, aber als sie das Foto betrachtet hatte, war es ihr vorgekommen, als sähe sie der junge Markus Kilian an. Noch Tage später hatte es sie verstört, Markus so lebendig in seinem Sohn zu sehen.

Als Luc und die Kinder zu Weihnachtseinkäufen aufgebrochen waren, hatte sie Max geantwortet und den versiegelten Brief bei der nächstbesten Gelegenheit heimlich aufgegeben.

Ihre Schuld war der einzige Fleck auf ihrem ansonsten perfekten Leben. Sie hatte Kilians Sohn alles geschrieben, was sie wusste, und mehr über von Schleigel wollte sie auf keinen Fall hören. Sie ging davon aus, dass er mittlerweile tot war – hoffentlich hatte er die Zyankalikapsel zerbissen, die angeblich alle deutschen Offiziere in den Todeslagern bei sich trugen.

Sylvie, eine französische Widerstandskämpferin, die Lisette in Paris geholfen hatte, hatte ihr einmal eine solche Kapsel gezeigt. Sie hatte einem SS-Offizier gehört, der keine Chance gehabt hatte, sie zu nehmen. »Stattdessen hat er eine unserer Kugeln geschluckt«, hatte Sylvie gesagt. Lisette hatte zuvor noch nie eine von diesen Todespillen gesehen, aber sie hatte Sylvie die ovale Kapsel gestohlen, ohne recht zu wissen, warum. Vielleicht hatte sie damals befürchtet, Sylvie könne sie verwenden. Als ein paar Jahre später der Krieg vorbei war und Luc unter tiefen Depressionen litt, träumte Lisette ständig davon, dass jemand die Kapsel zerbiss, um Selbstmord zu begehen. Aber sie konnte nie das Gesicht der Person erkennen und wusste daher nicht, wer es war. Außer sich vor Angst, dass Luc in Versuchung geraten könne, das Gift zu nehmen, hatte sie ihm gesagt, sie habe die Kapsel 1944 bei ihrer Überfahrt nach England ins Meer geworfen. Seitdem hatte Lisette nicht mehr oft daran gedacht, aber das Gift erinnerte sie für immer daran, dass sie in ihrer Jugend ein völlig anderes Leben geführt hatte.

»Lass uns weitergehen, Mum. Hier draußen ist es viel zu heiß«, drängte Mathilda. »Du bekommst einen Sonnenbrand.«

Lisette riss sich von ihren Gedanken los und lief ihrer Tochter hinterher zu dem Paddock, auf dem die alles entscheidende Destillation stattfand. Sie war froh, auf andere Gedanken zu kommen.

Schon von Weitem winkte sie den Männern zu, die um den großen Ofen standen.

»Etwas Kaltes zu trinken«, rief sie ihnen zu.

Einer der Männer tippte sich an seinen breitkrempigen Hut. »Wir pressen nur noch diese eine Fuhre, Misses Ravens«, antwortete er.

Lisette blieb stehen. Sie schirmte die Augen mit der Hand vor der Sonne ab und beobachtete die beiden Männer, die den

Lavendel zu stampfen begannen. Der Vorgang faszinierte sie bei jeder Ernte aufs Neue. Jedes Mal kamen neue Maschinen hinzu. Heutzutage arbeitete man nicht mehr mit Handsicheln, inzwischen erledigten die modernen Erntehelfer die Arbeit von zwölf Männern doppelt so schnell. Der alte Lastwagen, mit dem sie die Säcke von den einzelnen Feldern eingesammelt hatten, war endlich verschrottet worden, und an seine Stelle waren Traktoren getreten. Trotzdem blieb dieser Teil der Ernte, der immer noch so ablief wie früher, sehr arbeitsintensiv, und Lisette war froh darüber.

»Lasst das Eis nicht schmelzen, Jungs«, warnte sie die Männer und trat in den Schuppen, wo der aggressive Geruch und der Dampf des Destillationsprozesses sie trafen wie ein Schlag.

Es roch nach Pollen und ein wenig nach Honig. Man konnte unmöglich so lange mit Luc zusammenleben, ohne selbst ein Experte für Gerüche zu werden. Hinter der intensiven Süße lagen flüchtige Aromen, die nicht im Extrakt verbleiben würden. Angenehm war der Geruch nicht. Lisette bekam sofort Kopfschmerzen. Ihr Mann und ihr Sohn hatten die blonden Köpfe zusammengesteckt und starrten in die Gläser, in die ein leichtes goldenes Öl tropfte.

Luc hatte sich seine eigene Destillationsvorrichtung gebaut, auf der Basis einer Maschine, die auf seinem Hof in Saignon *le cygnet* geheißen hatte.

»Limonadenpause!«, rief Mathilda und rannte auf ihren Vater zu.

Sie umarmte ihn und zupfte ihren Bruder liebevoll am Ohr. Luc zog seine Tochter an sich, damit auch sie in die Gläser blicken konnte.

Harry drehte sich um und strahlte Lisette an. »Siehst du, Mum, hier kommt es. Das beste Öl, das wir jemals hatten.«

Lisette blickte kurz in das Fass, dann klatschte sie in die

Hände. »Hinaus mit euch!«, befahl sie. »Ihr braucht alle eine Pause.«

Draußen sagte sie auch den Männern Bescheid, die gerade die nächste Fuhre Lavendel herankarrten.

»Kommt her – Pause. Sagt es auch den anderen. Harry, sei so lieb und hol den zweiten großen Krug von oben, ja?«

Harry nickte und rannte den Hügel hinauf.

Luc trank sein Glas selbstgemachte Limonade auf einen Zug aus. Seufzend stellte er es ab. Sein Gesicht war feucht und schmutzig, aber er sah glücklich aus. »Oh, die schmeckt aber gut.«

»Läuft alles wie geplant?«, fragte Lisette und setzte sich neben ihn ins Gras unter der alten Eiche.

Mathilda blieb bei den Arbeitern und zeigte ihnen, wie das Fadenspiel ging.

Luc blickte in die Baumkrone hinauf und wischte sich seufzend den Mund am Ärmel seines Hemdes ab. »Das ist das beste Öl aller Zeiten, Lisette.«

Sie grinste. »Wirklich?«

Luc nickte nachdenklich. »Wir bringen es nach London und lassen es testen.«

»Wie kannst du das mit solcher Bestimmtheit sagen? Es riecht furchtbar.«

Luc lachte. »Kann ich bitte noch ein Glas haben?«

»Ja klar. Du musst viel trinken. Da kommt sowieso schon Harry mit dem nächsten Krug.« Sie schenkte ihm ein weiteres Glas ein. »Bei euch alles in Ordnung, Jungs?«

Die Arbeiter bedankten sich murmelnd und zündeten sich Zigaretten an. Mathilda spielte immer noch das Fadenspiel, dieses Mal mit Harry.

Lisette wandte sich wieder an Luc. »Also, woher weißt du das so genau?«

Er zuckte mit den Schultern. »Instinkt … Erfahrung. Ich weiß es eben einfach. Das Öl ist klar und so unglaublich rein. Ich kann die Frische des Lavendels riechen.«

»Na ja«, sagte Lisette und trank einen Schluck aus dem Glas ihres Mannes. »Mir ist davon ganz schlecht geworden.«

»Ich weiß, aber ehrlich, so gut war es bisher noch nie.«

»Noch nie?«, fragte sie erstaunt.

»Nein, noch nie. Vielleicht liegt es ja an dem weißen Lavendel.« Er zuckte mit den Schultern. »Vielleicht erreichen wir dadurch eine neue Dimension. In Frankreich haben wir ihn nie verwendet, weil niemand ihm getraut hat.«

Lisette umarmte ihn. »Du kannst dich bei Harry dafür bedanken.«

»Ja, das mache ich. Aber ich danke auch Saba, weil sie die Samen aufgehoben hat.«

Wann immer er seine jüdische Familie erwähnte, was in der letzten Zeit nur ganz selten vorkam, hielt Lisette den Atem an.

»Hat Dad es dir erzählt?« Harry kam, um Luc erneut Limonade einzuschenken.

»Du meinst, wie rein Harrys Öl ist?«, fragte Lisette.

Ihr Sohn lachte. »Ja, Mum. Es ist hervorragend. Dad fährt damit nach London. Wenn es so gut ist, wie wir glauben, können wir es sogar nach Frankreich verkaufen.«

»Na, das ist ja wunderbar«, erwiderte sie und lächelte ihre Männer an. »Das gefällt mir. Damit kehrt der Lavendel zu seinen Ursprüngen zurück.«

»Ich glaube, das haben wir dir zu verdanken, Liebling«, sagte Luc unvermittelt. Er stand auf und hob sein Glas. Dann drehte er sich zu seinen Leuten um. »Ein Toast, Jungs. Auf meine schöne Frau, die den großartigen Plan ausgeheckt hat, in Tasmanien Lavendel zu pflanzen. Es hat viele Jahre gedauert, aber jetzt haben wir es geschafft. Wir sind so weit, dass wir damit Geld verdienen können.«

»Auf Lisette!«, erwiderten die Männer und tranken auf sie.

»Hört auf«, sagte sie errötend.

»*Santé*«, sagte Luc. »Im Juni fliegen wir beide nach London.« Er zwinkerte ihr zu, als Lisette entzückt aufkeuchte.

Anfang Februar waren die Felder wieder rötlich braun. Der Lavendel war geerntet, und sie hatten genug Samen für das nächste Jahr verwahrt. Jetzt musste die Ernte für das »63er Vintage«, wie Lisette es nannte, geprüft werden. Doch die schwerste Arbeit war getan, und in der heißesten Zeit des Jahres konnten sie sich einen Monat lang entspannen. Auf Lisettes Drängen hin hatte Luc sich bereit erklärt, mit Tom übers Wochenende zum Angeln zu fahren.

Eigentlich ließ Luc seine Familie jetzt nur ungern allein. Die Sommerferien hatten begonnen, und die Kinder konnten ihre Schulbücher acht Wochen lang unters Bett schieben. Harry schleuderte sogar die Schulschuhe in den Garten.

»Hat das gutgetan?«, fragte Lisette.

»Ja klar!« Harry blinzelte in die Sonne.

»Na, dann geh sie mal suchen.« Seine Mutter musste sich das Lachen verkneifen.

Als Harry von Lucs Wochenendtrip erfuhr, fragte er nur verletzt: »Was? Dad ist gar nicht hier?«

»Harry, es wird ihm guttun, wenn er einmal etwas mit anderen Männern unternimmt. Dein Vater unternimmt sonst nie etwas.«

»Er fährt bald nach London«, warf Mathilda ein.

»Ja, aber das ist Arbeit«, verwies Lisette sie. Mathilda zog spöttisch die Augenbrauen hoch, aber ihre Mutter fügte hinzu: »Hört mir einmal zu, ihr zwei. Dad hat nur wenige Freunde.«

»Er hat gar keine«, erwiderte Mathilda unverblümt.

Lisette blinzelte. »Er hat Tom.«

»Tom zählt nicht. Er gehört zur Familie.«

»Ach, sei still, Mathilda.« Lisette seufzte. »Dad muss auch mal unter Männer und ein bisschen Dampf ablassen. Er ist mit Tom und dessen Freunden aus Hobart zusammen.« Sie zuckte mit den Schultern. »Ehrlich gesagt finde ich es schade, dass ihr meine Gesellschaft nicht ausreichend findet.«

»So war das doch gar nicht gemeint«, sagte Harry.

Lisette lächelte. »Nein, ich weiß. Bitte sagt nichts, wenn er fährt. Er bleibt sowieso höchstens drei Tage.«

Die Kinder rannten nach draußen, und Lisette rief ihnen nach: »Spätestens um vier seid ihr wieder zu Hause.«

Die Geschwister liefen die lange Einfahrt hinunter, an deren Rand Agapanthus wuchs. Die dicken blauen Blütenbälle saßen wie riesige Pompons auf den leuchtend grünen Stängeln. Nach Wochen voller Lavendelduft herrschte jetzt wieder der schwere Duft der Rosen vor.

»Noch vor dem Ende der Ferien werde ich in die Stadt verbannt«, sagte Harry wehmütig.

»Ich wünschte, ich wäre schon fünfzehn«, erwiderte Mathilda.

»Warum hast du es so eilig damit? Du hast es doch gut hier. Das Internat ist in …«

»In Launceston«, beendete sie seinen Satz. »Eben. Ich würde am liebsten in Hobart zur Schule gehen, wenn sie mich ließen … oder in Melbourne.«

Harry schnaubte. »Vergiss es. Damit wäre Mum nie einverstanden.«

»Dad vielleicht schon.«

»Na ja, Dad kann dir ja so gut wie nichts abschlagen, aber ich glaube nicht …«

»Sprich es nicht aus. Lass mich noch ein bisschen träumen.«

Er stieß sie an, und sie bogen auf die Straße in Richtung Schweinestall ab.

»Ich wäre am glücklichsten, wenn ich nie hier wegmüsste.«

»Ich kann es nicht erwarten wegzugehen.«

»Wir sind eben einfach verschieden«, sagte er liebevoll. »Und das ist auch gut so.«

Vor ihnen lief ein Ameisenigel über die Straße. »Ich will einfach die Welt sehen«, sagte Mathilda. »Ich will was mit Mode machen, ich will …«

»Wer sagt denn, dass du das nicht kannst?«

»Das Leben! Mum und Dad wollen doch am liebsten, dass wir die Farm übernehmen.«

»Ja schon, aber ich glaube nicht, dass sie uns von dem abhalten würden, was wir wirklich machen wollen.«

»Dad redet ständig davon, dass wir im Familienunternehmen bleiben sollen.« Mathilda sah zu, wie Harry das stachelige, gereizte Tier vorsichtig dazu brachte, von der Straße auf sichereres Gelände zu laufen.

»Das übernehme ich. Wenn wir die Zulassung von London kriegen, kannst du dich ja um die internationalen Verkäufe kümmern.«

»Wir kriegen die Zulassung schon«, erwiderte Mathilda zuversichtlich.

»Na, siehst du. Dann kannst du reisen, das verspreche ich dir. Hör auf, dir Gedanken zu machen. Wir pflücken jetzt erst einmal Brombeeren, sonst wird Mum sauer. Ich glaube, sie will eine von ihren französischen Torten backen.«

»Oh, lecker.«

Als sie wieder in die Küche platzten, legte ihre Mutter den Finger auf die Lippen. Sie lauschte gerade dem Ende ihrer

Lieblingssendung im Radio, während sie den Teig knetete. Als die vertraute Musik erklang, lächelte sie.

»Oh, ich liebe die Stimme von Lyndall Barbour«, hauchte Lisette. Sie wischte sich die bemehlten Hände an der Schürze ab und stieß einen bewundernden Laut aus, als ihre Kinder triumphierend ihre Ausbeute hochhielten. »*Magnifique*«, sagte sie und schaute in die Schüsseln. Dann schmunzelte sie. »Ihr habt ja ganz blaue Lippen.«

»Ich kann mit Mister Barnes nach Lilydale fahren«, verkündete Harry.

»Du vergeudest keine Zeit, was?« Geschickt legte Lisette den Teig in die Kuchenform.

»Mir bleibt nur noch eine Woche«, erwiderte Harry. »Davon darf ich keine einzige Sekunde vergeuden.«

»Kannst du bitte Brot mitbringen? Dein Vater vergisst es bestimmt wieder.«

»Wo ist Dad überhaupt?«, fragte Mathilda, die sich rasch Hände und Mund gewaschen hatte.

»Er ist nach Launny gefahren, um sich eine Angel zu kaufen.«

Mathilda verzog den Mund. »Und er hat mich nicht mitgenommen?«

Lisette warf ihr einen Blick zu. »Du willst doch bestimmt keine Angelhaken aussuchen?«

»Nein, aber er hätte mich im Einkaufszentrum absetzen können.«

Lisette verdrehte empört die Augen. »Das glaube ich jetzt nicht, Mathilda. Du bist elf, nicht achtzehn.«

»Ich werde zwölf«, korrigierte ihre Tochter sie.

»Das ist noch lange hin.«

»Ich wünschte, wir könnten alle gemeinsam fahren«, maulte Harry. Er setzte seine Kappe wieder auf.

In diesem Moment ging die Fliegentür auf, und Luc erschien. Er war mit einer Angel- und Campingausrüstung beladen wie ein Sherpa vor dem Aufstieg auf den Mount Everest.

»Brauchst du das alles für ein einziges Wochenende?«, fragte Lisette verwundert.

Luc strahlte. »Nein, ich nicht. Aber wir vielleicht.«

Seine Frau musterte ihn stirnrunzelnd, doch die Kinder begriffen sofort, was er meinte.

»Fahren wir alle zusammen?«, fragte Harry und rannte auf seinen Vater zu.

Lisette seufzte. »Oh nein, Luc. Ich glaube, ich finde Angeln schrecklich.«

»Ich auch«, sagte er trocken. »Du könntest genauso gut mit mir leiden. Allerdings habe ich in meiner unendlichen Güte beschlossen, dass du am Strand bleiben darfst. Ich gehe übrigens nur einen einzigen Tag in der Frederick Henry Bay angeln, den Rest der Zeit verbringe ich am Clifton Beach.«

»Aber Tom …«

»Tom versteht mich. Um diese Jahreszeit kann man in Clifton großartig an der Küste fischen, er vermutet sogar, dass wir deinen Lieblingsfisch fangen, den Plattkopf. Außerdem will ich Zeit mit meiner Familie verbringen.« Er legte einen Arm um Harry, der seinen Vater glücklich anstrahlte. »Was meinst du, Tilly? Möchtest du dich nicht auch gerne im warmen Sand in Clifton Beach ausstrecken?«

»Solange ich nicht angeln muss. Hobart, hurra!« Mathildas Augen funkelten bei der Aussicht, in die Hauptstadt des Bundesstaates zu fahren.

»Ich zelte eine Nacht lang mit Tom und seinen Freunden an der Bay und bringe dir die Plattköpfe mit. Bis wir zurückkommen, kannst du dich mit Nel und den Kindern am Strand vergnügen. Ihr Glücklichen dürft in einer Hütte wohnen, die ich für euch ausfindig gemacht habe. Ich habe sie schon gebucht, wir können also dieses Wochenende losfahren. Freitag brechen wir auf. Kommt Ihnen das entgegen, Misses Ravens?«

»*Oui,* Monsieur«, erwiderte Lisette und machte einen kleinen Knicks. »Ich freue mich sehr, dass wir alle zusammen sein werden.«

Luc küsste sie. »Ich wusste, dass es dir gefällt. Du darfst mich nie verlassen, Misses Ravens.«

»Das kommt darauf an. Hast du eigentlich Brot mitgebracht?«

Er schlug sich mit der Hand an die Stirn. »Oh, tut mir leid. Ich habe auch vergessen zu erwähnen, dass Mister Barnes draußen steht. Weswegen ist er hier?«

Lisette warf ihm einen amüsierten Blick zu. »Nimm dir einen Shilling aus meinem Portemonnaie, Harry. Das Wechselgeld kannst du behalten.«

»Hey!«, sagte Mathilda.

»Hast du etwa schon vergessen, dass wir dir erst vor vierzehn Tagen das Abo für diese lächerliche Modezeitschrift verlängert haben?«

»Sie ist nicht lächerlich. Ja, ich hatte es vergessen. Du kannst das ganze Wechselgeld behalten, Harry.«

»Wenn du willst, kannst du mitkommen, ich treffe mich sowieso nur mit Billy und Matt.«

»Nein, ich glaube, ich übe lieber Rollschuhlaufen. Ich will beim Herbstwettbewerb einen Preis gewinnen. Außerdem muss ich mir überlegen, was ich für das Wochenende einpacke.«

Harry nahm den Shilling und rannte aus der Tür. Kurz darauf fuhr Barnes mit seinem Wagen los. Die Reifen knirschten auf der Kiesauffahrt.

Harry grinste. Matt und Billy würden ihn um seine Reise in den Süden beneiden. Letzte Woche hatten sie im Busch campiert, nicht weit von Billys Farm entfernt, wobei sie gehofft hatten, in einer ihrer Fallen wenigstens ein Kaninchen zu fangen oder ein bisschen mit ihren Luftgewehren üben zu können. Ein Lagerfeuer an der dafür vorgesehenen Feuerstelle zu entzünden war schwieriger gewesen, als sie sich vorgestellt hatten, aber schließlich war es ihnen gelungen, sich in einer großen Bratpfanne Würstchen und Eier zu braten. Während des gesamten Wochenendes sahen sie nur eine einzige braune Schlange, doch Matt vertrieb sie mit ein paar Schüssen aus seinem Luftgewehr.

Harry war der einzige der drei Jungen, der in die Stadt ziehen musste. Seine Freunde gingen auf die örtliche Schule in Lilydale, aber Luc hatte darauf bestanden, dass Harry ein Internat in der Stadt besuchte. Er trennte sich nur ungern von seinen Freunden, aber eigentlich war er wissbegierig und ging gern zur Schule. Ihn störten nur die Schuluniform, an die er sich erst noch gewöhnen musste, und der Schlafsaal, den er sich mit den anderen Jungen teilte. Demnächst würde er morgens nicht mehr vom Hahn der Bonets oder von ihrem Border Collie Dash geweckt werden. Auch mit Sally würde er nicht weiterkommen, dabei hatte er gerade erst all seinen Mut zusammengenommen und sie gefragt, ob sie mit ihm in Scottsdale einen Milchshake trinken wolle. Vor allem aber würde er seinen Vater vermissen. Luc war seine Welt. Harry liebte es, mit ihm zusammenzuarbeiten, erst recht seit er größer und kräftiger geworden war und wichtigere Aufgaben übernehmen konnte. Der Teenager sprudelte über vor Ideen, und wenn sie das Okay von London bekamen, dann konnten sie endlich damit beginnen, ihre – oder eher seine – größeren Pläne umzusetzen, zu denen auch die Produktion von Parfüm gehörte.

Das war der einzige Grund, warum er sich mit dem Internat einverstanden erklärt hatte. Ihm war klar, dass Bonet nur dann Parfüm herstellen konnte, wenn er genug Ahnung von Chemie und der Zusammensetzung der einzelnen Bestandteile eines Duftes hatte. Nur dann würden die Frauen das Parfüm tragen wollen, und die Männer würden bereit sein, viel Geld dafür auszugeben. Wenn er tatsächlich ein großer Parfümeur werden wollte, dann war eine gute Schulbildung unabdingbar.

Gedankenverloren hörte er zu, während Barnes über dieses und jenes plauderte, vom Schweinefleischpreis auf dem Festland bis hin zum lokalen Footballteam. Harry schaute aus dem Fenster des Wagens auf die Akazien, deren graue Rinde in Streifen herunterhing, und musste an Lakritz denken. Als sie den Hügel nach Lilydale herunterfuhren, sah er Matt und Billy, die mit einem Fußball kickten, schon von Weitem. Sein Grinsen wurde breiter. Nächste Woche würde er sie sicher vermissen, aber daran wollte er heute noch nicht denken. Jetzt würde er erst einmal die beste Ferienwoche seines Lebens verbringen.

Als er aus dem Auto stieg, empfing ihn der typische Geruch aus der Werkstatt des Schmieds, der gerade ein Pferd beschlug. Der unwiderstehliche Duft von frisch gebackenem Brot stieg ihm in die Nase, und er wusste sofort, dass er der Versuchung nicht widerstehen könnte, sich ein Stück davon abzubrechen, bevor er es bei seiner Mutter ablieferte. Er sprang aus dem alten Lieferwagen und trat absichtlich eine Staubwolke in Richtung seiner Spielkameraden. Das war ein eingespielter Scherz zwischen ihnen.

»Ich wette mit dir, dass du das in deiner schicken Schuluniform auf deiner vornehmen Schule nicht mehr machst«, sagte Billy und warf Harry den Football zu.

Harry fing ihn geschickt auf und grinste. »Du wirst sowieso von selber dreckig, Billy. Wer will einen Schokoriegel?«

Die drei Freunde schlenderten zum Lebensmittelladen, und während Matt und Billy an die Süßwarentheke traten, ging Harry direkt zum Haupttresen.

»Hallo, Harry«, sagte eine der Frauen. »Deine Mutter hat schon angerufen und ihre Bestellung durchgegeben.«

»Dad hat das Brot vergessen.« Harry legte den Shilling auf die Theke. »Ich darf das Wechselgeld behalten.«

»Fertig, Harry?« Barnes stand in der Tür.

»Können Billy und Matt mit uns fahren?«

»Steigt ein.«

Kurz darauf hockten die drei Jungen hinten im Lieferwagen, die Lakritzschnecken in den Hosentaschen vergraben, und lutschten an ihren Schokoriegeln.

»Wir fahren mit der ganzen Familie für ein paar Tage ans Meer im Süden«, sagte Harry.

»Boah, hast du ein Glück!«, sagte Matt beeindruckt.

»Wirst du Wellenreiten?«, fragte Billy.

»Ja klar. Meinst du, dein Bruder leiht mir sein Board?«

»Ich frag ihn mal. Aber ich glaube schon. Komm morgen Abend bei uns vorbei.«

In diesem Moment war Harry so glücklich wie noch nie in seinem Leben. Glücklicher hätte er nur sein können, wenn sein Vater ihm gesagt hätte, er brauche nicht mehr zur Schule zu gehen und dürfe stattdessen mit ihm nach London fahren.

15

Der Morgen war noch nicht angebrochen. Lisette gähnte, als sie den dampfenden Kaffee in die Thermosflasche goss und den Deckel fest zudrehte.

»So, das müsste für heute reichen«, sagte sie und stellte die Flasche neben das Küchenhandtuch, in das sie hartgekochte Eier, ein Stück Obstkuchen und Lucs Lieblingskäse eingewickelt hatte. »Vermutlich bratet ihr euch ein paar Fische und trinkt Bier«, fügte sie hinzu.

Luc nickte. »Ja, für einen Tag und eine Nacht ist das mehr als genug. Danke.« Er reckte sich.

»Guten Morgen zusammen«, sagte Tom, der mit einem leisen Klopfen an die Hintertür eintrat. Er hatte eine neue Frisur, und seine normalerweise welligen langen Haare waren kurz geschnitten. Es war seltsam, ihn so ordentlich frisiert zu sehen, aber es stand ihm gut, ebenso wie sein herzliches, breites Lächeln.

»Hallo, schöner Mann«, neckte Lisette ihn.

»Nel hat sie mir gestern Abend geschnitten«, sagte er und fuhr sich verlegen durch die blonden Haare. »Sie wollte nicht, dass ich so unordentlich aussehe, wenn ich nach Hobart fahre.«

»Es sieht gut aus«, versicherte Lisette ihm.

»Hoffentlich hast du deinem Mann ein bisschen Zinkcreme eingepackt. Es wird ein heißer Tag.«

»Hier ist jeder Tag heiß.« Luc grinste. »Ich verabschiede mich nur noch schnell von Harry. Ich habe ihm versprochen, ihn zu wecken, bevor ich fahre.«

Lisette nickte, und Luc hörte, wie sie Tom eine Tasse Tee anbot. »Ich habe ihn gerade frisch aufgebrüht«, sagte sie.

Luc ging den Flur entlang und blieb vor dem Besenschrank stehen, um ein kleines Päckchen herauszuholen. Damit trat er in Harrys Schlafzimmer. Amüsiert betrachtete er seinen Sohn, der mit ausgebreiteten Armen und Beinen im Bett lag. Er wuschelte dem Teenager durch die goldblonden Haare.

»Dad?«, sagte Harry verschlafen.

»Bonjour, ma puce«, flüsterte Luc und gab ihm einen Kuss.

Harry lächelte mit geschlossenen Augen.

»Warum lächelst du?«

»Ich weiß zwar, dass dich schon dein Vater so genannt hat, aber auf Englisch hört sich ›Guten Morgen, mein kleiner Floh‹ wirklich albern an.«

»Ja, das stimmt«, gab Luc zu.

»Fährst du jetzt los?«

»Ja. Tom ist gerade gekommen.«

»Ich wünschte, ich könnte mitfahren.«

»Ich weiß. Aber morgen Abend bin ich ja wieder bei euch.«

Harry seufzte. »Ich bin doch auch ein Mann. Ich könnte doch mitkommen.«

»Es ist ja nur für eine Nacht. Willst du deine Augen nicht aufmachen?«

»Darf ich dann mit?«

»Willst du dein Geschenk denn nicht sehen?« Luc raschelte mit der Verpackung.

Sofort riss Harry die Augen auf. »Was ist es denn?«

»Schau selbst.«

Harry setzte sich auf und rieb sich gähnend die Augen. »Danke, Dad.«

Luc grinste. »Du weißt ja noch nicht einmal, was es ist.«

»Ich finde es jetzt schon toll, egal was es ist.«

Luc und Lisette hatten oft gesagt, dass Harry der reinste Engel war, er war so lieb, und alle mochten ihn. Natürlich war auch Mathilda ein tolles Kind, aber Harry war wirklich in jeder Hinsicht perfekt. Luc konnte sich nicht daran erinnern, dass sein Sohn ihm jemals widersprochen oder schlechte Laune gehabt hätte. Er hatte noch nie schlecht über jemanden geredet. Harry strahlte Frieden und Harmonie aus. Selbst jetzt, da es ihm nicht gefiel, dass Luc ohne ihn fuhr, blieb er lieb und freundlich.

Luc umarmte ihn. »Du bist ein guter Junge, Harry. Ich bin stolz auf dich … und du hast das Geschenk verdient. Schau es dir doch mal an.«

Harry öffnete die Tüte und spähte hinein.

»Willst du sie denn nicht herausholen?«

Sein Sohn blickte ihn staunend an. »Eine Kamera. Gehört sie mir?«, flüsterte er.

»Ganz allein dir. Das ist eine neue Brownie 127. Der Mann im Laden hat gesagt, sie sei ganz leicht zu bedienen. Jetzt kannst du die Felder zu unterschiedlichen Jahreszeiten aufnehmen. Tut mir leid, dass ich sie dir nicht schon geschenkt habe, als der Lavendel in voller Blüte stand.«

Harry fiel seinem Vater um den Hals und umarmte ihn. »Oh Dad, eine Kamera habe ich mir so sehr gewünscht.«

»Ja, ich weiß. Dein Geburtstag ist noch viel zu weit weg, deshalb bekommst du sie jetzt, weil du ein toller Junge bist und mir so viel auf der Farm hilfst. Vor allem schenke ich sie dir, weil du die Idee mit dem weißen Lavendel hattest.« Luc blickte seinen Sohn an. »Ich bin richtig stolz auf dich. Dank dir hatten wir die beste Destillation, die es jemals gab.« Er zeigte auf die Schachtel. »Sie ist sofort einsatzbereit. Der Mann im Laden hat sogar schon einen Film eingelegt. Nimm die Kamera mal heraus.«

Harry zog die schwarze Bakelit-Kamera von Kodak aus der Schachtel. Andächtig fuhr er mit dem Finger über die Kanten. »Sie ist ein Traum.«

»Das Objektiv ist schön groß, da passt bestimmt der ganze Hintern deiner Mutter aufs Bild.«

Harry lachte. »Das verrate ich ihr, dass du das gesagt hast.«

Vater und Sohn grinsten sich verschwörerisch an, und in diesem Moment wurde ihnen beiden schmerzlich bewusst, dass Harry bald ins Internat musste.

»Außerdem habe ich gedacht, dass du dich vielleicht nicht so allein fühlst … also in deiner neuen Schule und so … wenn du Fotos von uns mit nach Launceston nimmst«, sagte Luc. »Natürlich kannst du auch dort fotografieren, damit du uns alles zeigen kannst, wenn du in den Ferien nach Hause kommst.«

»Ja, das mache ich, Dad. Was ist mit Mathilda?«

»Oh, keine Sorge, für sie habe ich auch eine Kleinigkeit dagelassen.«

»Noch eine Zeitschrift?«

»Wie hast du das nur erraten?«, fragte Luc in gequältem Tonfall. Er drückte seinem Sohn einen Kuss auf den Scheitel. »Ich hab dich lieb. Aber jetzt muss ich zu Tom. Er wartet sicher schon ungeduldig. Fotografier unsere schönen Mädchen für mich.«

»Ich warte am Strand auf dich, Dad.«

Lächelnd ging Luc wieder in die Küche, wobei er seinen kleinen Rucksack mitnahm.

»Hat ihm die Kamera gefallen?«, fragte Lisette.

»Er ist beinahe in Tränen ausgebrochen«, sagte Luc.

»Ich lasse euch jetzt allein, damit ihr euch verabschieden könnt«, erklärte Tom. Er gab Lisette einen Kuss auf die Wange.

Seufzend wandte sie sich Luc zu. »Das ist heute unsere erste

Trennung, seit wir Eastbourne verlassen haben«, sagte sie überrascht.

»Ich habe gerade das Gleiche gedacht«, gestand er. »Du guckst aber keinen anderen Mann an, während ich weg bin, hast du gehört?«

Sie küsste ihn. »Nur Harry.«

»Ich liebe dich, Misses Ravens.«

»*Je t'aime plus*«, erwiderte sie.

»Unmöglich. Ich habe dich immer mehr geliebt.« Luc zog seine Frau an sich. »Fahrt vorsichtig. Wir sehen uns dann morgen vor Sonnenuntergang.«

»Pass gut auf dich auf, Luc«, sagte sie und hielt seine Hand, während er sich schon zum Gehen wandte.

»Du auch.« Ihre Fingerspitzen berührten sich immer noch, und er grinste. »Du zuerst.«

Sie ließ ihn los. Er blies ihr einen Kuss zu, und dann war er weg.

Nel kam um elf. Sie trug die Haare offen und sah in ihrem Sommerkleid hübsch aus. Sie war voller Vorfreude auf den Urlaub.

»Wow, Nel, in dem tollen Kleid kommen deine langen Beine super zur Geltung. Pink steht dir total gut.«

»Ach komm.« Nel machte eine wegwerfende Geste, aber Lisette sah ihrer Freundin an, wie sehr sie sich über das Kompliment freute. »Oh, Harry, wie toll!«, fuhr Nel fort und griff nach seiner neuen Kamera. »Wie hast du dir die denn verdient?«

»Die hat er bekommen, weil er rundherum perfekt ist«, erklärte Mathilda und zwickte ihren Bruder in die Nase. »Ich habe dafür eine *Vogue* bekommen. Wundervoll!« Sie stieß einen dramatischen Seufzer aus.

»Super, oder?«, sagte Harry zu Nel. Er wischte einen imaginären Staubfleck von dem glänzenden, rot und grau gestreiften Label der Kamera.

Nel nickte. »Okay, dann wollen wir mal euer Gepäck in den Kofferraum laden.« Sie blickte auf ihre Armbanduhr. »Ich würde sagen, in einer halben Stunde brechen wir auf.«

»Was ist mit Mittagessen?«, fragte Lisette.

Ihre Freundin stieß einen verächtlichen Laut aus. »Ach, wen kümmert das? Wir kaufen uns unterwegs einfach eine Portion Fish and Chips.«

Die Kinder jubelten. Sie ergriffen ihre Koffer und rannten hinaus zum De Soto.

»Du verwöhnst sie, Nel«, sagte Lisette kopfschüttelnd.

»Nein. Ich liebe sie einfach.«

Clifton Beach war knapp zweiundzwanzig Kilometer von Hobart entfernt, und trotz Mathildas Protest weigerte Nel sich, in der tasmanischen Hauptstadt einen Zwischenstopp einzulegen.

»Mathilda, ich fahre ganz sicher irgendwann mal mit dir in die Stadt. Aber jetzt müssen wir erst einmal rechtzeitig am Meer ankommen, die Schlüssel abholen und uns einrichten, bevor es dunkel wird.«

»Versprochen?«

Nel nickte und fuhr weiter in Richtung Süden zu dem von flachen Felsen umgebenen Strand.

»Ich kann es kaum erwarten, das Wellenreiten zu lernen«, gestand Harry.

»Die Bucht ist aber nicht für Anfänger geeignet«, warf Nel ein.

»Ich bin ein guter Schwimmer«, entgegnete Harry, aber Nel hörte ihm gar nicht zu, weil sie nach Straßenschildern Ausschau hielt.

Das Strandhaus war geräumiger, als Lisette erwartet hatte. Es gab genug Betten für alle und eine kleine, aber völlig ausreichende Küche, außerdem eine Innentoilette und eine Dusche. Insgeheim war sie beeindruckt. Sie waren jetzt seit so vielen Jahren an die Tanks gewöhnt, dass jeder in der Familie Wasser sparte, wo es nur ging.

»Das ist Storm Bay«, erklärte Nel, als sie alle in Badesachen auf der Terrasse standen. Sie wies auf den verlassen wirkenden Küstenstreifen rechts von ihnen. »Dort im Osten ist Cape Deslacs, und da drüben«, sie zeigte auf die gegenüberliegende Seite, wo hohe Klippen am Ende des Strands aufragten, »ist Cape Contrariety.«

»Wir sind von Felsen umgeben«, stellte Mathilda fest. »Wir werden von ihnen umarmt«, fügte sie in dramatischerem Tonfall hinzu. Sie wusste genau, dass ihr Bruder darauf spöttisch reagieren würde, und tatsächlich kniff er sie.

»Schaut euch mal die Brandung an«, sagte Harry bewundernd.

Blinzelnd beobachtete Lisette ein paar junge Männer, die auf ihren Surfbrettern auf den hohen Wellen geschickt an den Strand glitten. Es war das perfekte Bild des australischen Sommers. »Ja, wirklich beeindruckend hier«, sagte sie zu Nel.

Die Freundin nickte. »Ihr müsst euch vor den Felsen in Acht nehmen, Kinder, wenn ihr im Wasser seid.«

»Ich gehe erst gar nicht in die Nähe der Felsen«, versicherte Mathilda ihr.

»Na, dann viel Vergnügen.« Lisette scheuchte die beiden von der Terrasse. »Bleibt in der Mitte.«

Lächelnd blickte sie Harry und Mathilda hinterher, die fröhlich zum Wasser liefen. Der nach Südosten gelegene Strand war fast zwei Kilometer lang, und die warme Brise in ihren Haaren gab Lisette das Gefühl, sich im Paradies zu befinden. Es wühlte sie auf, nach so langer Zeit endlich wieder am Meer zu sein, aber die Küste hier war komplett anders als in Eastbourne, so dass ihr der Kieselstrand in Südengland nicht einen Moment lang fehlte.

»Du lieber Himmel, mir geht es gleich besser«, gestand sie und streckte sich zufrieden.

Nel warf ihr einen spöttischen Blick zu. »Du solltest aufpassen. Bei diesem gesunden Seewetter wird man leicht schwanger, hat man mir gesagt. Dein Badeanzug erregt bestimmt die Aufmerksamkeit deines Mannes … oder die von anderen Männern!«

Sie brach in Lachen aus, als Lisette ihr einen gespielt empörten Blick zuwarf. »Wir passen schon auf«, entgegnete die Freundin. »Ich wollte ihn unbedingt mal anziehen. Mathilda hat mich dazu überredet, ihn zu kaufen.«

»Das hätte ich mir denken können«, sagte Nel und zog eine Augenbraue hoch.

Die beiden Frauen standen am Geländer und schauten den Kindern zu, die in der schäumenden Brandung spielten. Nel ließ sich auf einen der bequemen Liegestühle sinken und klopfte einladend auf den anderen.

»Strand hat etwas, nicht? Sieh dir die beiden an«, sagte sie und beschattete die Augen mit der Hand. »Sie sind so glücklich. Die meisten Geschwister hassen sich als Teenager.«

Lisette setzte sich ebenfalls. »Harry ist nicht wie andere Teenager. Ich hoffe, er bleibt so ein Sonnenschein.«

»Das Leben verläuft nicht immer geradlinig.«

»Ich weiß. Ich wünschte, ich könnte ihnen alle Schmerzen abnehmen, die sie erleiden müssen.«

»Das denken alle Mütter.«

Lisette legte ihrer Freundin die Hand auf den Arm. »Entschuldige, Nel. Das war unsensibel von mir.«

»Ach Quatsch. Du brauchst in meiner Gegenwart nicht jedes Wort auf die Goldwaage zu legen. Natürlich war die Fehlgeburt letztes Jahr schrecklich. Der arme Tom. Ich dachte, er stirbt vor Kummer.« Lisette nickte mitfühlend. »Aber Luc hat ihm darüber hinweggeholfen.«

»Und du. Du warst die Starke von euch beiden.«

Nel nickte. »Aber so stark möchte ich nie mehr sein müssen. Ich liebe Tom, und er liebt mich. Das muss genug sein. Und wir haben euch. Harry und Mathilda reichen uns als Kinder.«

Lisette lächelte traurig. »Niemand liebt Mathilda mehr als du.«

»Sie ist ein wundervolles Kind, Lissie. Sie kann zwar ganz schön stachelig sein …«

»Und so was von selbstsüchtig«, warf Lisette ein.

»Ja, das stimmt. Aber sie ist auch hartnäckig, genau wie ihre Mutter. Wenn Mathilda etwas verfolgt, dann gibt sie alles. Sieh sie dir doch an, sie vergöttert ihren Bruder. Aber Harry wirft einen langen Schatten. Alle lieben Harry, und Mathilda versucht erst gar nicht, mit ihm zu wetteifern. Wenn ich mit ihr allein bin, kann ich ihren Enthusiasmus und ihre Freude sehen. Sie hat so viele große Pläne und Träume. Allein dafür muss man sie lieben.«

»Sie macht mir Angst. Ich denke immer, sie könnte morgen gehen, ohne sich auch nur ein einziges Mal umzuschauen.«

»Und das mit Harry bedrückt dich?«

Lisette nickte. Sie spürte, wie ihre Lippen bebten, aber sie schluckte die Tränen hinunter. »Er wird mir so sehr fehlen.«

»Er wird uns allen fehlen.«

»Weißt du, als Luc und ich damals in England schwere Zeiten durchgemacht haben, da hat Harry dafür gesorgt, dass ich nicht durchgedreht bin. Er hat mir die Entschlossenheit gegeben, meinen Mann weiter zu lieben. Wenn Luc mit ihm gespielt hat, konntest du ihm ansehen, wie sehr er seinen Sohn liebt. Er war damals schwer depressiv, und nur Harry konnte daran etwas ändern. Harry war mein Spiegel, er hat Lucs Liebe reflektiert.«

»Heute kann man nicht mehr daran zweifeln«, sagte Nel und tätschelte Lisettes Arm. »Die meisten Frauen, die ich kenne, beneiden dich.«

Lisette lächelte schüchtern. »Ja, an Lucs Liebe gibt es nichts zu zweifeln.«

»Vielleicht ist es nicht schlecht, wenn Harry mal eine Zeit lang weg ist«, fuhr Nel fort. »Dann kann sich Mathilda als euer einziges Kind fühlen, das wird ihr guttun.«

Lisette nickte und schaute blinzelnd zu den Kindern hinüber. »Ja, vielleicht hast du recht.«

»Nein«, sagte Lisette und rieb Insektenmittel über die dick mit Zinkcreme eingeschmierten Arme und Gesichter. »Nicht zu weit hinaus, Harry. Ich habe keine Ahnung vom Surfen.«

»Du hast mir doch den ganzen Morgen über zugeschaut.«

»Ja, und ich bin auch schwer beeindruckt, aber in Ufernähe ist das Wasser so flach, dass ich noch stehen kann. Darauf haben wir uns doch geeinigt. Außerdem macht es Spaß, mit dir zu surfen.«

»Aber das ist kein richtiges Wellenreiten, Mum.« Sehnsüchtig blickte er zu den anderen Teenagern, die ein Stück entfernt am Strand saßen und miteinander lachten.

»Ich kann nicht so gut schwimmen, Harry. Außerdem machen wir hier Familienurlaub, da möchte ich, dass du bei uns bleibst, vor allem weil … Ach, du weißt schon, was ich meine.« Lisette wollte Harry gegenüber jetzt nicht die Schule erwähnen. Sie hatten ihm alle versprechen müssen, dass das Wort bis zum Ende der Ferien tabu war. »Und jetzt mach ein paar Fotos von uns, damit wir uns an unsere Ferien hier erinnern können.« Sie warf Mathilda und Nel, die die Tümpel zwischen den Felsen erforschten, einen Blick zu.

Der Strand sah aus wie eine Wüste, und er kam ihr so heiß vor wie ein Hochofen. Die wenigen Leute, die am Morgen noch da gewesen waren, waren verschwunden. Geblieben waren nur die Teenager, die anscheinend ein Lagerfeuer machen wollten, um zu grillen. Lisette dachte an die vollen Sommerstrände in England und konnte ihr Glück kaum fassen. Hier hatten sie die ganze Küste für sich allein.

»Pass auf, dass kein Sand in die Kamera kommt«, sagte sie. »Wo sollen wir uns hinstellen?«

»Vor die Dünen«, sagte Harry und zeigte auf die Dünenlandschaft hinter dem Strand.

Mathilda trat zu ihnen. »Puh, bei der Hitze kann man ja kaum atmen.« Sie tat so, als fiele sie in Ohnmacht.

»Du bist immer gleich so theatralisch, Tilly«, bemerkte Harry.

»Vielleicht werde ich eines Tages eine berühmte Schauspielerin.«

»Genau, und ich kreiere dann dein Parfüm«, sagte er.

»Ach, du wirst also mal Parfümeur«, neckte sie ihn.

»Ja, ich habe auch Träume«, erklärte er, während sie zu den Dünen schlenderten. »Vielleicht möchte ich den Beruf ja in Frankreich lernen.«

Sie stieß ihn an. »Bevor du nach Frankreich gehen kannst, musst du auf mich warten. Ich will nämlich auch dort leben.«

»Wo immer du willst, Tilly«, gab er nach. »Das ist leichter für mich.«

»Harry, mit dieser Einstellung wirst du später mal einen guten Ehemann abgeben«, warf seine Mutter lachend ein.

Lisette legte die Arme um ihre Kinder, als sie die letzten

Meter auf die Dünen zugingen. Sie konnte sich nicht erinnern, wann sie sich jemals friedvoller gefühlt hätte. Endlich hatte sie das Glück gefunden, das sie ihr ganzes Leben lang gesucht hatte.

»Wenn ich heute sterben müsste, könnte ich aufrichtig sagen, dass mein Herz von Liebe erfüllt war.«

Mathilda verdrehte die Augen. »Mum, was du immer von dir gibst. Allerdings siehst du für eine ältere Dame in deinem Badeanzug ganz schön schick aus, finde ich. Ich habe dir ja gesagt, dass er dir steht.«

Lisette reckte den Hals, um ein bisschen von dem Wind abzubekommen, der vom Meer herüberwehte. »Ja, das stimmt«, sagte sie. Einem Teenager kam wahrscheinlich jeder über vierzig uralt vor. Mittleres Alter, das klang schrecklich. Aber es bedeutete auch, sie hatte noch vierzig Jahre Zeit, ihre Kinder aufwachsen zu sehen, Enkelkinder zu bekommen und mit Luc zusammen alt zu werden. Sie seufzte. »Das ist so schön. Wie ihr beiden.«

Sie sah, wie sich ihre Kinder einen Blick zuwarfen, als sei ihnen ihre Rührseligkeit peinlich. Aber es gefiel ihnen trotzdem.

Harry stellte sie für das Foto auf. »Ihr müsst zum Meer blicken. Guckt bloß nicht in die Kamera.«

»Du liebe Güte!«, sagte Lisette. »Ich wusste gar nicht, dass das hier eine richtige Inszenierung wird.«

Harry knipste schon drauflos, bevor seine Mutter und seine Schwester irgendeine Pose einnahmen. Lisette fand, dass ihr Sohn seine Rolle äußerst professionell ausführte, aber er war ja auch schon immer an Fotografie interessiert gewesen.

Er ging ganz nahe an Mathilda heran. »Für eine kleine Schwester bist du ziemlich hübsch. Die Kamera mag dich, Tilly.«

Sie stieß ihn an. »Kann ich es mal versuchen?«

»Ja klar. Es sind noch vier Bilder auf dem Film. Das muss sich lohnen«, sagte er und hängte ihr die Kamera um. »Drei davon kannst du haben. Eine Aufnahme muss übrig bleiben, damit Nel uns alle zusammen für Dad aufnehmen kann.«

»Im Unterschied zu dir möchte ich, dass ihr beide breit grinsend in die Kamera guckt.«

Lisette und Harry blickten sich seufzend an. Sie legte den Arm um ihren Sohn, und sie lächelten beide in die Kamera. Schließlich kam Nel, um das letzte Foto aufzunehmen.

»In Ordnung«, sagte Harry, nachdem das Familienfoto im Kasten war. »So, Zeit zum Surfen.«

»Aber nicht mehr so lange«, sagte Nel. »Ich gehe dann schon mal vor ins Haus, um das Mittagessen zu machen.«

»Gut. Danke, Nel«, sagte Lisette. »Ich gehe mit den Kindern ins Wasser«, sagte Lisette. »Anschließend machen wir uns gleich auf den Weg. Wir sollten uns langsam überlegen, was wir heute Abend für die Männer kochen.«

»Na, die bringen doch hoffentlich Fisch mit«, erwiderte Nel trocken.

Als sie ging, nahm sie Harrys Kamera mit.

»Wer ist als Erster drin?«, rief Lisette und rannte hinunter zum Wasser.

Mathilda kreischte gespielt empört auf, und Harry lachte. Er überholte sie alle beide mühelos, ergriff im Laufen sein Brett und paddelte bereits durch die Brandung, als Lisette und Mathilda ankamen.

»Nicht so weit hinaus, Harry!«, rief Lisette. Mathilda war bereits stehen geblieben, um eine besonders schöne Muschel zu betrachten. Lisette trat näher an die schäumende Brandung. »Harry?«, rief sie erneut.

Er winkte, um ihr zu signalisieren, dass er sie gehört hatte, und paddelte weiter über den funkelnden blauen Wasserteppich, der heute ungewohnt glatt war. Zwei Surfer erreichten den Strand und schüttelten sich das Wasser aus den fast weißblonden Haaren.

»Es ist auf einmal kühler geworden, nicht?«, sagte sie zu einem von beiden.

»Ja, nachmittags kommt immer Wind auf … Ist das Ihr Sohn da draußen?«

Sie nickte, und leichte Angst schnürte ihr die Kehle zu. »Wir waren noch nie hier.«

»Ja. Die Bucht ist ein Geheimtipp«, sagte der eine Surfer. »Das Meer sieht zwar ruhig aus, aber es ist … äh …« Er suchte nach dem richtigen Wort. »Es täuscht.«

»Ach ja?«

Er blickte sie an. »Ja, es sieht harmlos aus, fühlt sich aber anders an.« Er zeigte hinaus. »Die Wellen werden stärker. Merken Sie's? Die Brandung reicht schon bis an Ihre Füße. Die Wellen brechen sich hier von allen Seiten, und man weiß nie, von welcher. Außerdem gibt es einen starken Strömungskanal, und der Wind tut sein Übriges.«

Alarmiert blickte Lisette ihn an. Wovon redete der junge Mann? Und warum hatten sie noch nie etwas davon gehört? »Strömungskanal«, wiederholte sie. Ihr fiel ein, dass Nel sie ebenfalls gewarnt hatte. Sie schaute aufs Meer hinaus, wo Harry immer noch von ihnen wegpaddelte. Am liebsten hätte sie ihn zurückgerufen, aber sie zwang sich, den Jungen anzuschauen, mit dem sie gerade sprach. Die anderen Surfer waren verschwunden. »Das heißt?«

Er zuckte mit den Schultern. »Die Strömung wird stärker, aber wer sich auskennt, findet es toll, weil die Wellen dann besser sind. Wir kommen später vielleicht noch mal wieder.«

»Ja, vielleicht bis später. Dann können Sie meinem Sohn ein paar Tipps geben. Er heißt übrigens Harry und ist fünfzehn.«

Der Junge nickte. »Machen Sie sich nicht so viele Sorgen.« Er lächelte sie an. »Sieht so aus, als hätten Sie den Strand ganz für sich allein.«

»Meinem Harry wird doch nichts passieren, oder? Die Strömung …«

Sein unverbindliches Schulterzucken sprach Bände. »Man sollte am besten nach links oder rechts schwimmen, wenn einen die Strömung erwischt.«

»Wo ist sie denn genau?«, fragte Lisette und hielt erneut nach ihrem Sohn Ausschau, der sich immer weiter von der Küste entfernte.

»Überall«, erwiderte der Surfer. »Man weiß das vorher nie. Am besten ist es wahrscheinlich, sich einfach auf dem Rücken treiben zu lassen. Dann kommt man irgendwann schon wieder an Land.« Er grinste sie schief an. »Das ist mir jedenfalls so gegangen.«

Lisette lächelte gequält. »Ich rufe ihn wohl besser zurück.«

»Ach, er wird schon klarkommen«, sagte der Junge. »Ich heiße übrigens Phillip.«

»Danke. Ich bin Lisette Ravens.«

Lächelnd hob Phillip die Hand und eilte seinen Freunden nach, die Füße noch feucht und voller Sand, das breite Kreuz braun gebrannt vom Surfen.

»Mit wem hast du da geredet?« Mathilda kam zu ihr gelaufen.

»Mit einem Surfer. Er heißt Phillip. Hör zu, ich schwimme kurz raus zu Harry. Er soll zurückkommen.«

»Ich will mit.«

»Tilly, bleib du lieber am Strand. Es ist …«

»Nein, mir ist heiß. Ich komme mit.« Wenn Mathilda sich etwas in den Kopf gesetzt hatte, konnte es ihr niemand ausreden.

»Na gut. Aber wir müssen vorsichtig sein. Wegen der Strömung.«

Sie begannen hinauszuwaten und hüpften hoch, als das kühle Wasser an ihnen emporspritzte. Lachend kreischten sie um die Wette. Gegen die Felsen zu beiden Seiten der Bucht krachten immer mehr Wellen, aber sie hielten sich in der Mitte, wo das flachere Wasser blaugrün schimmerte. Lisette vergaß ihre Angst, und als sie erneut nach Harry rief, war ihre Stimme ganz ruhig. Aber er kehrte nicht um.

»Tilly, bleib, wo du bist. Ich schwimme ein bisschen näher an Harry heran.«

Sie riefen beide nach ihm, während Lisette in seine Richtung kraulte.

»Er hat versprochen, nicht zu weit hinauszupaddeln«, sagte sie ärgerlich.

»Er ist doch gar nicht so weit weg«, entgegnete Mathilda. »Selbst ich könnte zu ihm hinschwimmen.«

»Bloß nicht!«, warnte ihre Mutter sie.

Erneut riefen sie beide nach Harry, aber der Wind war stärker geworden und verschluckte ihre Stimmen. Lisette, die nicht besonders gut schwimmen konnte, wagte sich noch ein bisschen weiter hinaus. Sie musste zugeben, dass das Wasser erfrischend war. Im kalten Meer war die Sonne eher wohltuend auf ihrer Haut.

»Ah, endlich«, sagte sie erleichtert. »Er hat umgedreht.«

Mathilda winkte ihrem Bruder. »Hey, Harry!«

Er winkte zurück und kam auf sie zu.

»Mum?«

Lächelnd wandte sich Lisette zu ihrer Tochter um. »Okay, höchste Zeit fürs Mittagessen«, sagte sie. Sie war ein wenig atemlos vom Wassertreten und bekam langsam Hunger.

»Ich spüre den Boden nicht mehr«, sagte Mathilda.

Blinzelnd tastete Lisette nach dem sandigen Grund, und als auch sie ihn nicht mehr spürte, ballte sich dunkle Angst in ihrem Bauch. Erschrocken stellte sie fest, wie weit sie vom Ufer weg waren. Wie war das denn passiert? Sie waren doch erst seit ein paar Minuten im Wasser …

»Mathilda«, sagte sie so ruhig wie möglich, »schwimm zurück, Liebling. Ich kann Harry sehen und komme gleich nach.« Sie stellte fest, dass ihr Sohn ziemlich schnell paddelte, den Blick fest auf die Welle gerichtet, die sich hinter ihm aufbaute. »Harry ist direkt hinter uns«, versicherte sie ihrer Tochter.

»Okay«, sagte Mathilda und schwamm los. Entsetzt stellte Lisette fest, dass sie ein ganzes Stück weiter draußen waren als noch vor wenigen Augenblicken. »Schwimm, Mathilda!«

»Das tue ich ja!«, schrie ihre Tochter. »Ich komme aber nicht voran!«

Lisette spürte, dass sie sich immer weiter von Mathilda entfernte, als würde sie von ihr weggezogen. Sie war vor allem wütend auf sich selbst, weil sie es nicht gleich gemerkt hatte. Sie drehte sich auf den Bauch und begann so schnell zu kraulen, wie sie nur konnte. Sie musste unbedingt ihre Tochter erreichen. Harry würde schon nichts passieren, sagte sie sich.

»Mum!«

Lisette blickte auf. Ihre Augen brannten vom Salzwasser, und sie hätte fast geschrien, als sie merkte, dass Mathilda mittlerweile doppelt so weit von ihr entfernt war wie vorher. Beide trieben sie außerdem beängstigend weit draußen. Sie wandte sich zu Harry um. Offensichtlich hatte auch er inzwischen gemerkt, dass etwas nicht stimmte. Seine Körpersprache sagte ihr, dass er erschöpft war. Es kam keine Welle, die ihn an den Strand trug, und er war viel weiter weg, als sie sich einzugestehen wagte. Sie konnte nicht mal mehr sein Gesicht erkennen.

Das war die Strömung, vor der Phillip sie gewarnt hatte. Was hatte er noch einmal gesagt? Man solle sich rechts oder links davon halten, oder? Und er hatte gesagt, man solle sich am besten treiben lassen. Mathilda war einfach nicht stark genug, um der Strömung zu entkommen, sie sah ja jetzt schon erschöpft aus.

»Mathilda, hör mir zu!« Lisette musste schreien, weil ihre Tochter so weit weg war. Sie hustete, als sie Salzwasser in den Mund bekam. »Leg dich auf den Rücken, Liebes, und lass dich treiben.«

Sie merkte, wie sie in Panik geriet. Das intensive Training aus Kriegszeiten funktionierte nicht mehr. Damals hatten die Kollegen ihr den Spitznamen Eiskönigin verpasst, weil sie selbst beim Anblick brutaler Exekutionen nicht die Fassung verlor. Lisette hatte sich ihre Angst nie anmerken lassen, den Drohungen eines Gestapo-Offiziers hatte sie furchtlos widerstanden und sogar mit dem Feind geschlafen. Aber damals hatte auch nur ihr eigenes Leben auf dem Spiel gestanden. Jetzt ging es um zwei weitere kostbare Leben.

Lisette zwang sich, nicht daran zu denken, dass Luc sie davor gewarnt hatte, Harry das Surfen zu erlauben. Sie musste unbedingt Mathilda erreichen. Da der Sog nicht mehr ganz so stark war und sie nicht weiter abgetrieben wurde, schwamm sie entschlossen auf ihre Tochter zu.

Mathilda war bereits müde, das erkannte sie sofort. Die Panik stand ihr im Gesicht geschrieben, und sie jammerte laut, als Lisette auf sie zuschwamm. Lisette hatte furchtbare Angst, aber sie zwang sich, sich nicht nach Harry umzuschauen. Er hatte schließlich das Surfbrett. Vielleicht trug ihn eine Welle so dicht an die Küste heran, dass er Hilfe holen konnte. Sie musste sich jetzt auf Mathilda konzentrieren.

»Mathilda … hör mir zu«, sagte sie außer Atem. »Mathilda!«

»Mum …« Ihre Tochter war außer sich vor Angst. »Ich ertrinke.« Sie schluckte Wasser und begann zu weinen.

»Nein, du ertrinkst nicht! Mathilda, du musst dich treiben lassen.«

»Was?« Mathildas Kopf geriet immer wieder unter Wasser, woraufhin sie spuckend und prustend wieder auftauchte.

Lisette liefen Tränen übers Gesicht. Sie konnte Mathilda nur mit Worten erreichen, und sie musste sie drängen, um ihr Leben zu kämpfen.

»Du bist müde. Leg dich auf den Rücken und lass dich treiben.«

»Ich gehe unter.«

»Nein. Du weißt doch, wie das geht, du kannst es am besten von uns allen. Dreh dich auf den Rücken, Mathilda. Bitte, Liebling. Schau nicht zum Strand, sieh einfach in den Himmel und lass dich treiben. Tu es für mich. Sei tapfer!«

»Mum«, heulte Mathilda.

»Kämpf nicht dagegen an. Gut so. Denk an die Eiscreme von Nel. Versuch, dich zu entspannen, Mathilda. Harry ist wahrscheinlich längst am Strand. Phillip hat gesagt, die Strömung trägt dich von allein zurück. Es ist ganz einfach … Ja, genau so.« Sie stieß die Worte mühsam hervor. Ihr war kalt, und sie war völlig erschöpft. Ihre Kräfte verließen sie.

»Und du, Mum? Lass dich auch treiben.«

»Sprich nicht so viel, Mathilda …«

Etwas traf Lisette am Bein. Einen beängstigenden Moment lang dachte sie, es sei ein Hai, aber als sie merkte, was es tatsächlich war, gefror ihr das Blut in den Adern. Harrys Surfbrett! Angst und Panik schnürten ihr die Kehle zu.

Mathilda war wieder ein ganzes Stück entfernt und konnte sie nicht mehr hören. Doch sie hätte es ihr sowieso nicht gesagt. Lisettes gesamter Körper fühlte sich auf einmal so schwer an wie ein Felsbrocken. Sie blickte dem Surfbrett nach, das bereits viel zu weit weggetrieben worden war, als dass sie es hätte erreichen können. Jetzt konnte sie es nicht einmal mehr für sich selbst oder Mathilda nutzen. Verzweifelt schaute sie sich nach ihrem Sohn um. Warum hatte er das Brett losgelassen? Wahrscheinlich hatte er gedacht, er könnte schneller schwimmen ohne Brett. Nein, Harry, nein!

Sie sah ihn durchs Wasser kraulen. Die Strömung hatte ihn fest im Griff, und er kam nicht voran. Mathilda hingegen trieb wie durch ein Wunder auf die Küste zu. Ohne es zu wissen, wurde sie von der unsichtbaren Strömung getragen. Um sich wach zu halten, biss sich Lisette so fest auf die Unterlippe, dass es blutete. Sie wäre Mathilda so gerne gefolgt, aber ihr Sohn war noch da draußen.

Schwimm! Hol Harry!

Erneut begann Lisette zu kraulen. Sie wusste nicht, ob sie um die Strömung herumschwamm oder ob sie übermenschliche Kräfte entwickelte, wie sie nur eine Mutter haben kann, deren Kind in Gefahr ist. Nur eines wusste sie mit Sicherheit: Sie wollte ihren Sohn noch einmal im Arm halten, und wenn es das Letzte war, was sie in diesem Leben tat. Davon konnte sie kein Meer dieser Welt abhalten.

Die Strömung trieb sie Harry entgegen, als ob sie sich über ihre wilde Entschlossenheit lustig machte. *Warte nur ab,* schien sie zu sagen, *ich lasse euch alle beide ertrinken.*

»Harry!«, schrie Lisette.

Ihre Arme brannten wie Feuer, und sie konnte sie nicht mehr bewegen. Nutzlos hingen sie herunter, nur ihre Beine strampelten unermüdlich und hielten sie über Wasser.

»Mum!«, krächzte er. Auch er trat Wasser, sah allerdings so aus, als würde er jeden Moment untergehen. »Warum …«

»Entspann dich, mein Junge. Kämpf nicht dagegen an.«

»Wir ertrinken«, keuchte er. Seine weit aufgerissenen Augen waren knallrot vom Salzwasser.

»Nein«, stieß Lisette hervor. Sie hatte ihn endlich erreicht und packte seine Hand. »Nein, Liebling. Mathilda holt Hilfe.«

Erneut ging er unter, tauchte wieder auf und rang würgend nach Luft.

»Halt durch, Liebling! Bitte!« Tränen liefen ihr übers Gesicht, und sie hasste sich für ihre Schwäche.

»Es tut mir leid, Mum«, stieß er keuchend hervor. »Es tut mir ja so leid.«

Instinktiv wusste Lisette, dass keiner von ihnen beiden genug Kraft hatte, um zur Seite zu schwimmen, damit sie sich treiben lassen konnten. Mathilda hatte sich von vornherein etwas seitlich gehalten und deshalb das Glück gehabt, dass die Strömung sie ans Ufer trieb. Lisette spürte, dass Harry und sie sich mitten im Sog befanden und immer weiter hinausgezogen wurden.

»Harry …«

Er hielt ihre Hand, wurde aber immer weiter nach unten gezogen und nahm sie mit. Was sie am Strand jetzt wohl machten? Wussten Mathilda und Nel denn gar nicht, dass sie hier draußen ertranken? Auf jeden Fall war es zu spät. Lisette musste Harry loslassen. Sie konnte nicht mehr. Und ein Leben ohne ihren Sohn konnte sie sich sowieso nicht vorstellen. Es war leichter, tot zu sein, als ohne dieses lebensfrohe, wundervolle Kind zu leben.

Sie dachte an Luc, der mit Tom beim Angeln war. Sie wollte, dass er kam und sie rettete, dass er sie aus dem Wasser zog und in seine starken Arme nahm, dass er sie beruhigte und ihr die Angst nahm, so wie damals in Paris, als die Franzosen sie kahl geschoren hatten und sich an ihr rächen wollten. Er hatte sie doch damals gefunden, da konnte er sie genauso gut jetzt finden.

Der Nachhall ihrer Worte, die sie noch vor einer halben

Stunde gedacht hatte, ging ihr durch den Kopf. *Wenn ich heute sterben müsste, könnte ich aufrichtig sagen, dass mein Herz von Liebe erfüllt war …*

Sie hatte das große Glück gefunden – auch wenn es flüchtig war –, und dafür war sie dankbar. Für all die Liebe, das Lachen und den Lavendel. Sie hatte immer gewusst, dass sie eines gewaltsamen Todes sterben würde, wie ihre Eltern, wie alle, die sie liebte, außer Luc und den Kindern. Luc wurde von seinem Lavendel beschützt, und ihr Fluch erstreckte sich hoffentlich nicht auf die Kinder.

Eine Welle brach sich über ihren Köpfen, und als Lisette hustend wieder an die Wasseroberfläche kam, entdeckte sie ihren Sohn nirgends. *Nein!*, schrie sie innerlich. *Harry … verlass mich nicht!*

Sie schaffte es nicht länger, über Wasser zu bleiben, und als sie in den Fluten versank, war sie erstaunt, wie einfach es war loszulassen.

Als sie unterging, dachte sie an die Angst, die sie in ihren Träumen verfolgt hatte. Das also war der Verlust, von dem sie immer wieder geträumt hatte, der sie so sehr gequält hatte. Die dunkle Gestalt in ihren Alpträumen war Harry gewesen, und sein Verlust traf sie so tief, dass sie nicht mehr ums Überleben kämpfen konnte. Sie hoffte nur, Luc würde ihr vergeben, dass sie ihr ungeborenes Kind mit sich nahm, als sie aus der Wärme des Sommers in die kalten Tiefen sank.

16

Am Tag zuvor hatten sie großes Anglerglück gehabt und am Abend reichlich Plattkopf gegrillt. Am Morgen waren sie alle früh aufgestanden, um noch einen ganzen Tag auf dem Wasser zu haben. Heute war der Fang sogar noch reichlicher ausgefallen, und Luc freute sich schon darauf, seine Familie mit einem Dutzend Fischen zu überraschen, die er persönlich für das Abendessen gefangen hatte..

Es war mittlerweile fast vier Uhr, und Luc hatte schon den ganzen Nachmittag über ein unbehagliches Gefühl gehabt. Als ihm kurz nach Mittag ein Schauer über den Rücken gelaufen war, hatte Tom gewitzelt, es sei wohl gerade einer über sein Grab gegangen. Das war so eine Redensart, die Luc nicht ganz verstand, aber danach war sein Bedürfnis, zu seiner Familie zu fahren, noch größer. Seine Reisegefährten bestanden jedoch darauf, erst noch gemeinsam Tee zu trinken und die Fische schon mal auszunehmen und zu filetieren. Es war ein fairer Kompromiss, fand Luc. So kam er zwar ein bisschen später, aber dafür bekam Lisette fertige Fischfilets. Während seine Kumpel sich an die Arbeit machten, sammelte Luc Holz für das Feuer, damit sie Teewasser kochen konnten. Er hatte gerade einen Armvoll Reisig gesammelt, als er vom Flussufer jemanden rufen hörte.

Stirnrunzelnd blickte Luc den kleinen Abhang hinunter. Ein Streifenwagen rumpelte auf Tom zu, und zwei Polizisten stiegen aus.

Alarmiert beobachtete Luc, wie Tom zu ihm hinaufschaute und auf ihn zeigte. Sofort ließ er das Reisig fallen, und vor lauter Hast rutschte er den halben Abhang herunter. Sein Herz klopfte heftig, als er dem Polizisten gegenüberstand.

»Luke Ravens von Bonet's Farm?«

»Ja, was gibt's? Ist etwas passiert?«

Die beiden Männer wechselten einen unbehaglichen Blick. Dann sagte der eine: »Wir haben leider schlechte Nachrichten für Sie. Wir sind aus Clarence Plains. Am Clifton Beach hat es einen Unfall gegeben.«

Luc schüttelte den Kopf. »Einen Unfall?« Sofort schossen ihm ein Dutzend Bilder durch den Kopf. Harry, der eine Spritztour mit dem De Soto machte. Lisette, die sich mit dem Messer die Hand durchbohrte, weil sie immer so ungeschickt beim Schneiden war.

Der ältere Polizeibeamte sah ihn bekümmert an, und Luc spürte, dass er solche Aufgaben schon öfter übernommen hatte. Am liebsten wäre er weggelaufen und hätte sich gar nicht angehört, was ihm die Männer zu sagen hatten. Tom stand plötzlich neben ihm. *Nein.* Luc wollte nichts Schlimmes von seiner Familie hören. Niemand war heute Nachmittag über sein Grab gelaufen …

»Luke, wir müssen Sie …«

Die Stimme des Mannes kam von weit her. Der Polizist sprach seinen Namen falsch aus, aber was kümmerte ihn das schon? Was erzählte der Kerl da von einer Strömung? Wie hatte er Lisette und die Kinder nur allein lassen können? Er musste doch dafür sorgen, dass ihnen nichts passierte!

Starke Arme schlangen sich um ihn. Tom.

Tom redete für ihn. »Es ist ihnen doch nichts passiert, oder?«

Die Männer schwiegen. Und in diesem schrecklichen Schweigen las Luc die schlimmste aller Nachrichten.

»Harry«, krächzte er. »Sagen Sie mir, dass ihm nichts zugestoßen ist.«

»Luke … Es tut mir schrecklich leid, aber das kann ich Ihnen leider nicht versichern. Ich kenne die Einzelheiten nicht. Man hat mich nur losgeschickt, um Sie nach Hause zu bringen.« Der Mann schluckte und warf Tom einen flehenden Blick zu. »Es sind leider keine guten Nachrichten, aber es steht mir nicht zu …«

»Ist Harry tot?«, raunte Luc und trat einen Schritt auf ihn zu. »Sagen Sie es mir!«

Der Mann blinzelte. Schließlich erwiderte er aufrichtig: »Ich bin untröstlich, aber Ihr Sohn wird vermisst. Wahrscheinlich ist er ertrunken. Und Ihre Frau ebenfalls.«

Niemand bewegte sich. Es war, als würde das Wasser nicht mehr fließen, als würden die Möwen nicht mehr schreien. Nichts um Luc herum existierte mehr, nur noch verzweifelte, dunkle Stille.

Er schüttelte Toms Hand ab, beugte sich vor und gab einen dumpfen Laut von sich, wie ein Tier in Todesqualen.

Jemand berührte seinen Arm, und Luc erkannte Nels Stimme. Anscheinend war er wieder in Gedanken versunken gewesen.

»Luc?« Lisette hatte ihr beigebracht, seinen Namen richtig auszusprechen … Französisch. Komisch, wie viele Kleinigkeiten ihm auf einmal auffielen. Nels Aussprache, die Ameisen, die kurz vor dem einsetzenden Regen über den Küchentresen marschierten, das Bild, das er in einer Wolke erkennen konnte. Dieses Spiel hatte er mit Harry immer in Eastbourne gespielt. An kalten, ungemütlichen Tagen hatten sie nebeneinander in Harrys Bett gelegen und aus dem Fenster in den Himmel geschaut, um sich Bilder und Geschichten von Drachen oder Raumschiffen auszudenken.

Für Harry gab es jetzt keine Drachen mehr. Die Monster waren allzu real geworden und hatten ihm sein Leben geraubt. Sein Sohn würde zusammen mit Lisette in einem Familiengrab beigesetzt werden. Luc hatte eigentlich geglaubt, sie würden es noch Jahrzehnte nicht brauchen. Das Grab befand sich auf dem Feld mit dem weißen Lavendel. Von dort konnte man alle Lavendelfelder von Bonet überblicken. Es fühlte sich auch deshalb richtig an, weil es Harrys Feld hieß. Nachts mutete es zur Blütezeit fast schon spirituell an, und nächsten Sommer würde er dort bestimmt seinen Sohn und vor allem seine Frau spüren. Der Lavendel war nach Lisette benannt, dort hatten sie sich geliebt. Vielleicht hatten sie dort sogar ihr drittes Kind gezeugt, das jetzt mit seiner Frau gestorben war.

Wahrscheinlich hätte sie ihn nächsten Monat zu ihrem Hochzeitstag mit den Neuigkeiten ihrer Schwangerschaft überrascht. Nel hatte nichts davon gewusst, und auch Luc hatte nur davon erfahren, weil er zum Hausarzt der Familie gegangen war, damit dieser ihm ein Schlafmittel verschrieb. Der Arzt hatte angenommen, Luc wisse über die Schwangerschaft Bescheid, und ihm deshalb auch sein Beileid zu dem ungeborenen Kind ausgesprochen. Was es wohl geworden wäre? Ein Sohn oder eine Tochter? Aber mit solchen Gedanken quälte er sich nur unnötig.

»Luc?«, wiederholte Nel und umarmte ihn.

Er wollte keinen Trost. Sein Schmerz war zu frisch. Die Leichen seiner Frau und seines Sohnes waren einen Tag, nachdem die beiden ertrunken waren, geborgen worden. Die Flut hatte sie zwischen die Felsen gespült. Ein Surfer aus dem Ort namens Phillip hatte sie gefunden. Die Polizei hatte gesagt, der junge Mann habe sich unermüdlich an der Suche beteiligt und sei viel früher als die Rettungskräfte bereits ins Wasser gegangen. Seitdem war nun eine Woche verstrichen.

»Sieben Tage ohne Lisette, eine Qual«, sagte er zu Nel. »Wie soll ich bloß die nächsten sieben Tage überstehen?«

»Sieh zu, dass du den heutigen Tag überstehst. Und morgen machst du es genauso«, riet Nel ihm sanft. »Es ist Zeit, Luc. Alle sind bereits versammelt.«

»Ich will nicht.«

»Ich weiß. Aber du musst. Ich akzeptiere ja deinen Schock, aber du bist ein tapferer Mann. Finde jetzt Mut … für dich, für Mathilda, für Lisette und Harry. Begrabe sie.«

»Ich soll auf ihre Särge blicken? Erde daraufwerfen? Sie im Boden versenken und sie mit Frost und Schnee im Winter allein lassen? Harry hat die Kälte gehasst.«

»Harry spürt die Kälte nicht mehr. Er ist jetzt im Warmen und fühlt sich geborgen. Er ist bei seiner Mutter. Die beiden werden auf Mathilda und dich aufpassen …«

»Hör auf, Nel. Du brauchst nicht zu versuchen, für mich ein Märchen daraus zu machen. Das kannst du Mathilda erzählen, wenn es sein muss … Ich habe schon genug Tote in meinem Leben gesehen. Sie sind nirgendwo. Sie haben nur kein Leben mehr. Sie verwesen bereits, und das ist allein meine Schuld. Ich habe sie allein gelassen. Ich hätte da sein sollen. Harry hätte nie …«

»Nein, natürlich hätte er das nicht tun sollen. Alle haben ihn gewarnt. Du, ich, seine Mutter. Trotzdem ist er zu weit rausgeschwommen, Luc. Er war ein junger Mann und wollte sich ausprobieren, wie es alle Jungs in seinem Alter machen. Dabei ist er gestorben. Niemand ist schuld daran. Gib meinetwegen dem Meer die Schuld, dem Wetter oder Gott, aber sei nicht so arrogant zu glauben, dass du Lisettes und Harrys Tod hättest verhindern können. Das liegt nicht in deiner Macht.« Anklagend zeigte sie auf ihn. »Ich habe die beiden auch geliebt, und du magst auch mehr Anspruch auf sie haben als ich, aber ich vermisse meine beste Freundin und deinen Jungen, der wie ein Sohn für mich war, genauso sehr wie du.« Dicke Tränen liefen ihr über die Wangen. »Wir müssen sie beerdigen, Luc, und das geht nicht ohne dich. Das Leben wird irgendwie weitergehen, aber vorher musst du das hier hinter dich bringen. Für uns alle, die wir sie geliebt haben.«

Gequält starrte er sie an, bis er schließlich nickte. »Geh schon mal vor. Ich komme gleich nach. Wo ist Mathilda?«

»Sie wartet im Auto. Tom und ich fahren mit ihr hinauf.«

»Ich gehe zu Fuß.«

»Reverend Pooley ist schon da.«

»Ich will nur noch eine Minute allein sein, Nel.«

Sie ging hinaus, und Luc hörte, wie die Hintertür langsam zufiel. Lisette hatte sie immer zugeknallt, wenn sie ihn in gespielter Wut gerufen hatte, weil er sich mal wieder verspätete. Das Geräusch fehlte ihm.

Luc starrte auf den Umschlag auf dem Tisch, auf den Mathilda in ihrer großen Schrift »Dad« geschrieben hatte. Er öffnete ihn und holte zwei Fotos heraus. Er konnte erkennen, dass sie am Tag des Unglücks gemacht worden waren. Auf dem ersten stand Lisette in der Mitte, die Arme um ihre beiden Kinder gelegt. Alle drei strahlten fröhlich in die Kamera. Luc betrachtete Lisette, ihr Gesicht zeugte von ihrem Glück. Ihr Lächeln erreichte nicht nur ihre Augen, sondern traf ihn mitten ins Herz. Mathilda hatte lachend den Kopf zurückgeworfen, und Harry, zweifellos der Verursacher ihres Heiterkeitsausbruchs, musterte seine kleine Schwester von der Seite. Nur Lisette blickte ihn direkt an. Luc musste zugeben, dass er noch nie ein hübscheres oder glücklicheres Bild seiner Frau gesehen hatte.

Es erfüllte sein erstarrtes Herz mit Wärme.

Das zweite Foto löste jedoch leider das genaue Gegenteil in ihm aus. Auf diesem Bild umarmten sich Lisette und Harry.

Sie blickten beide mit weit aufgerissenen Augen direkt in die Kamera. Harry kniete, seine Mutter stand hinter ihm, die Hände lässig um seinen Hals geschlungen. Sie lachten nicht, und zu jedem anderen Zeitpunkt hätte er die Aufnahme einfach nur als eine besonders schöne Fotografie eines innigen Moments zwischen Mutter und Sohn betrachtet. Mathilda war stolz darauf, sie hatte sogar auf der Rückseite mit ihrem Namen unterschrieben. Aber die schreckgeweiteten Augen schienen ihn anklagend anzustarren. *Warum warst du nicht da, um uns zu retten?*

Luc hatte eine Sondererlaubnis gebraucht, um Lisette und Harry auf dem abgelegenen Hügel beerdigen zu dürfen. Das Feld mit den geisterhaft weißen Blüten war die perfekte Ruhestätte für die beiden geliebten Menschen. Wie stolz war er auf Harrys spezielle Zutat für ihre bislang erfolgreichste Ölpressung gewesen. Entgegen aller Pläne würde es diesen Juli nun keine Reise nach London geben. Mit einem Mal waren Luc die großartige Ernte, das herausragende Öl und damit das Potenzial für die Zukunft völlig egal. Er wollte keine Zukunft. Er wollte seine Frau und seinen Sohn zurück.

Am liebsten hätte er das laut hinausgeschrien, als er allein den Hügel hinaufstieg, aber er wusste, dass ihn zahlreiche Augenpaare mitleidig beobachteten. Sein dunkler Anzug kratzte, und ihm war übel.

Nichtsdestotrotz hielt er durch. Irgendwann glitt Mathildas Hand in seine und hielt sie fest. Er war sich ihrer Anwesenheit zwar bewusst und streichelte ihr über die Wange, doch in seinem gebrochenen Herzen war kein Platz für ihre Trauer. Mathilda hatte Nel, und Luc war fest davon überzeugt, dass sie das kleine Mädchen im Moment besser trösten konnte als er. Das Kind brauchte die Zuneigung einer Frau, nicht die eines zornigen Mannes.

Aus den Augenwinkeln sah Luc, wie viele Leute zur Beerdigung seiner Frau und seines Sohnes gekommen waren. Offensichtlich waren sie nicht nur aus Respekt erschienen, sondern weil sie um zwei äußerst beliebte Menschen trauerten. Luc erkannte Harrys engste Freunde, die beide kreidebleich und mit ungläubigen Gesichtern auf die Holzkiste starrten, in der ihr Freund liegen sollte.

Als mehrere kräftige Männer die Särge an Seilen langsam in die Grube ließen, fingen alle Frauen an zu weinen. Luc dagegen hatte keine Tränen mehr. Er starrte die Bretter an, aus denen die Särge gezimmert waren, betrachtete die Steine und die fruchtbare Erde und ließ sich vom Duft der Lavendelköpfe einhüllen, die bei der Ernte auf den Boden gefallen waren und jetzt von den Trauergästen zertrampelt wurden.

Abwesend registrierte Luc, dass sogar aus der Stadt Trauergäste gekommen waren, darunter auch der junge Surfer und sein Vater aus Hobart. Ernst und feierlich trauerten sie um seine Familie, doch keiner von ihnen konnte wirklich nachvollziehen, wie er sich an diesem Tag fühlte.

Wenn Mathilda nicht gewesen wäre, wäre er Lisette und Harry ins Grab gefolgt, weil er keinen Grund mehr sah weiterzuleben. Seine Großmutter hatte ihm einst versprochen, der Lavendel werde ihn immer beschützen, aber bisher hatte der Lavendel niemanden beschützt, den er liebte. Weder seine Eltern noch seine Schwester oder seine Freunde … Jetzt war auch noch die einzige Frau, die er jemals geliebt hatte, tot, ums Leben gekommen, in einem Sommerurlaub, der tragisch geendet hatte. Und sein Sohn, sein wundervolles Kind, das das Leben aller allein durch seine Anwesenheit verschönert hatte und das noch so viel zur Welt beizutragen hatte, war in einem herzlosen Ozean ertrunken. Was war das Leben wert ohne die Menschen, die man liebte?

Luc drückte Mathildas Hand. Sie hatte seit dem Unglück kaum gesprochen, aber auch nicht geweint, was ihn vage beunruhigte. Er wusste, dass er sich um ihre Bedürfnisse so gut wie gar nicht gekümmert hatte. Immerhin war Nel Tag und Nacht bei ihr. Er kam sich zu unbeholfen vor, zu gebrochen, um die richtigen Worte des Trostes zu finden, die Nel ständig, begleitet von Umarmungen, Küssen und zahllosen kleinen Gesten, über die Lippen kamen. Am Grab angekommen, war ihm aufgefallen, wie sehr seine kleine Tochter ihrer Mutter glich. Sonst hatte er das immer reizend gefunden, heute hingegen schien ihre Ähnlichkeit mit Lisette ihn zu verspotten. Ihre Augen waren groß und dunkel, und sie war blass, obwohl sie noch vor einer Woche einen gesunden Teint vom Urlaub am Meer gehabt hatte. Ihre Hand fühlte sich winzig an in seiner, und sie hielt sich auch nicht so gerade wie sonst.

Der Priester sprach murmelnd ein Gebet, und die Trauergemeinde antwortete mit einem düsteren »Amen«.

Warum? Aus welchem Grund konfrontierte der Himmel ihn ständig mit Verlust? Wie viel mehr konnte man ihm denn noch nehmen?

Bezahl endlich deine Schulden, flüsterte eine Stimme in seinem Kopf. *Dann sind wir mit dir fertig.*

Teil IV

November 1964

17

Nel schnaubte empört. »Es ist jetzt neun Monate her«, sagte sie.

Ja, und mittlerweile sollte ich ein Neugeborenes in den Armen halten. Ich sollte drei Kinder haben, nicht nur eines, grollte er innerlich.

»Luc, komm zurück, Mathilda zuliebe«, flehte sie.

Er riss sich von seinen Gedanken los und schaute auf Nel. Ihm war durchaus bewusst, dass er in den letzten Monaten nicht ganz bei sich gewesen war. War es wirklich schon ein Dreivierteljahr her, seit Lisette und Harry gestorben waren? Ihm kam es vor wie gestern. Der Schmerz war noch genauso frisch wie an dem Tag, als seine geliebte Frau und sein Sohn beerdigt worden waren. Glaubte Nel etwa, er würde nicht merken, wie abwesend er ständig war? Natürlich wusste er es, aber der Rückzug half ihm besser als jedes Medikament über die Schmerzen hinweg. Mechanisch hatte er all seine Alltagspflichten weiter wahrgenommen, hatte bewusst so hart gearbeitet, dass er abends völlig müde und erschöpft war, trotzdem wollte der Schlaf nicht kommen.

Wie oft hatte er nachts wach gelegen und auf die Vorhänge gestarrt, die Lisette genäht hatte, oder hatte den Schrank angeschaut, in dem ihre Kleider hingen. Manchmal war er auch aufgestanden, um die Haarbürste in die Hand zu nehmen, in der noch ein paar Haare von ihr hingen. Dann wieder hatte er ihr Parfüm aufs Kissen gesprüht, damit er so tun konnte, als wäre sie noch da – ihr Duft entführte ihn auf eine Traumreise. Ab und zu hatte er sogar in Harrys Bett geschlafen in der Hoffnung, noch etwas von seinem Sohn spüren zu können, wenn er den Kopf auf dessen Kissen legte. Nels Angebot, Harrys Zimmer auszuräumen oder Lisettes Sachen auszulagern, hatte er brüsk abgelehnt.

»Alles soll bleiben, wie es ist«, hatte er gesagt. »Genau so, wie sie es hinterlassen haben.« Natürlich wusste er, dass es zwecklos war. Je mehr er versuchte, sich in seine Erinnerungen zurückzuziehen, desto mehr entglitten sie ihm.

»Es ist lange genug her, Luc«, sagte Nel jetzt bestimmt. »Niemand sagt, dass du nicht um sie trauern sollst, aber du musst aufhören, dich selbst zu bestrafen. Du musst wieder ins Land der Lebenden zurückkehren.«

»Ich weiß nicht, wie«, gestand er. Er versuchte, seine Wut zu unterdrücken, schließlich war es nicht Nels Schuld, auch wenn er fand, dass sie nicht ganz unbeteiligt an dem Unglück war. Sie hätte da sein müssen, als Lisette und Harry Hilfe brauchten. Er war zwar davon überzeugt, dass Nel sich schon genug Vorwürfe machte, doch er hatte keinen Raum für die Gefühle anderer, nur für seine eigene Qual.

»Versuch es wenigstens«, flehte sie ihn an. »Tom und ich sind für dich da. Vor allem musst du an deine Tochter denken. Wir können dich nicht ersetzen, Luc. Wir haben sie in den vergangenen neun Monaten umsorgt, und ich habe versucht, wie eine Mutter für sie zu sein, aber sie macht sich Vorwürfe, und nichts von dem, was Tom und ich sagen oder tun, hilft ihr. Sie wird bald vierzehn, sie sollte diese schwere Schuld nicht mit sich herumtragen. Vor allem sollte sich ihr Vater nicht immer weiter von ihr zurückziehen.«

Luc seufzte. Er glaubte nicht, dass er Mathilda helfen konnte. Immerhin war er genauso durcheinander wie seine Tochter.

Vielleicht hatte er laut gedacht, er war sich nicht sicher, auf jeden Fall trat Nel vor ihn und umfasste sein Gesicht mit beiden Händen.

»Sieh mich an!«, verlangte sie. »Es gibt da ein junges Mädchen, das nicht mehr ein noch aus weiß. Mir ist egal, wie traurig du bist, Luc, für mich zählt nur, dass du Mathildas Vater bist. Sie hat nur noch dich … und auch du hast nur noch sie. Gerade du solltest wissen, was es bedeutet, keine Familie mehr zu haben. Möchtest du, dass sie das Gleiche durchmacht wie du? Denk doch mal darüber nach!« Sie stieß einen wütenden Laut aus.

Ihre Worte trafen ihn wie ein Schlag ins Gesicht.

»Ich werde sie heute Abend nach Hause bringen, und du wirst ihr ab sofort wieder ein Vater sein. Sie liebt uns, Luc, aber sie will nicht länger bei uns wohnen, sie droht mindestens einmal in der Woche damit wegzulaufen, weil sie glaubt, dass du sie nicht mehr liebst. Sie will nach Hause. Sie hasst die Schule. Sie hasst alles. Ihre Mutter und ihr Bruder fehlen ihr genauso wie dir. Denk daran, Luc, sie war dabei. Mathilda macht sich Vorwürfe, weil sie nicht schnell oder nicht stark genug war, rechtzeitig an Land zu kommen, um Hilfe zu holen. Du musst dich um ihretwillen endlich von deiner Trauer losreißen und ihr eine andere Sicht der Dinge vermitteln.« Nel hob die Hände, als wolle sie sich selbst maßregeln. In ruhigerem Tonfall fuhr sie fort: »In Ordnung, Luc. Im Backofen steht ein Auflauf. Ihr könnt beim Essen miteinander reden. Es wird sich merkwürdig anfühlen, wenn ihr wieder zusammenwohnt, aber entweder du lässt dich darauf ein, oder du wirst sie verlieren. Du hast jetzt die Chance, eure Beziehung wieder aufleben zu lassen. Es spielt keine Rolle, ob ihr miteinander weint, du musst sie nur im Arm halten, Luc. Nimm deine Tochter in den Arm, sag ihr, dass du sie liebst und dass sie keine Schuld an dem Ganzen hat.

Sie glaubt, du machst sie für das Unglück verantwortlich. Sie ist die Tochter, die ich nie haben konnte, und wenn du dich jetzt nicht um sie kümmerst, Luc, dann nehme ich sie dir weg …«

»Nel!« Tom stand in der Tür. »Warte im Auto.«

Nel wandte sich zum Gehen, warf Luc jedoch noch einen finsteren Blick zu. »Denk über das nach, was ich dir gesagt habe, Luc Ravens.«

Die Gittertür schlug zu. Luc hob den Kopf und blickte Tom an. Der Freund war immer ein Fels in der Brandung für ihn gewesen, hatte ihm immer mit den richtigen Worten zur Seite gestanden. Er war bei ihm gewesen, als Luc sich in der Leichenhalle von Lisette und Harry verabschiedet hatte, er hatte die Beerdigung organisiert und sämtliche Formalitäten erledigt, weil Luc dazu nicht in der Lage gewesen war, und er hatte während der Beerdigung neben ihm am Grab gestanden. In den darauffolgenden Wochen und Monaten hatte er stumm mit ihm auf den Feldern gearbeitet, wahrscheinlich um ein Auge auf ihn zu haben, damit er sich nichts antat. Doch jetzt spürte Luc es ganz deutlich. Tom hatte, genau wie Nel, seine Toleranzgrenze erreicht.

»Du musst dein Leben wieder in die Hand nehmen, Kumpel«, sagte Tom und ballte die Fäuste so fest, dass Luc die Gelenke knacken hörte. So hart seine Worte waren, so sanft war seine Stimme. »Niemand sagt, dass es leicht ist. Aber du musst dich der Tatsache stellen. Die beiden sind weg, nichts bringt sie je zurück, und so, wie du derzeit lebst, ist es kein Leben. Dann wärst du besser dran, wenn du bei ihnen unter dem weißen Lavendel liegen würdest. Aber du musst auch an deine Tochter denken, Luc. Das bist du ihr schuldig. Sie ist ein tolles Mädchen, sie ist stark und klug, und eines Tages wirst du sehr stolz auf sie sein. Wenn du jetzt nicht aufpasst, Kumpel, dann wirst du sie verlieren. Du und Tilly, ihr könnt einander helfen. Versprichst du mir, dass du es versuchst?«

Luc nickte. Nels Worte hatten ihn aufgewühlt, doch erst Toms ruppiger Ratschlag drang wirklich bis zu ihm durch.

»Ich verspreche es«, sagte er und räusperte sich.

»Gut. Hier, ich habe im Laden ein bisschen was für dich eingekauft und deine Post abgeholt. Heute Nacht soll es kalt werden. Morgen gibt es Frost. Dein Holzvorrat ist frisch aufgefüllt. Mach ein Feuer im Kamin, setzt euch hin und redet miteinander. Und sei auf keinen Fall so schweigsam und mürrisch wie sonst zu ihr. Wir bringen Mathilda nach Hause, aber wir kommen nicht mit rein. Ich rufe dich morgen an, okay?«

»Danke, Tom. Danke für alles.«

Die Gittertür schlug erneut zu, und Luc hörte, wie der De Soto angelassen wurde. Die Reifen knirschten auf dem Kies, dann war es wieder still. Nur der Kühlschrank summte. Gedankenverloren blickte er auf das Brot, die Äpfel, die Milch und die Flasche Abbott's Limonade für Tilly. Seufzend stand er auf, um die Milch und die Limonade in den Kühlschrank zu stellen. Als er die Äpfel in die Obstschale legte, fiel sein Blick auf die Post. Obenauf lag ein blauer Luftpostumschlag. Solche Briefe kamen eigentlich nur von Lisettes Großvater aus England, obwohl sie nach dem Tod ihrer Großmutter auch seltener geworden waren.

Wer hatte ihm da wohl geschrieben? Er hatte doch sonst keine Kontakte mehr in Europa. Neugierig griff Luc nach dem Brief. Er war in Frankreich abgestempelt, in Straßburg. Merkwürdig. Stirnrunzelnd drehte Luc den Umschlag um. *M. Vogel.* Er kannte den Namen nicht, und auch die Adresse sagte ihm nichts. Nachdenklich setzte er sich hin und schlitzte den Umschlag mit einem Messer auf. Der Brief war auf hauchdünnem blauem Luftpostpapier geschrieben und umfasste mehrere Bogen. Als er ihn auseinanderfaltete, fiel etwas heraus. Ein Foto. Er hob es auf. Es war die körnige Aufnahme eines Mannes – ein Gesicht in der Menge. Zufällig blickte er direkt in die Kamera, allerdings ohne zu merken, dass er fotografiert wurde. Lächelnd bediente er jemanden an einem Tresen, an dem mehrere Gäste wartend anstanden.

Das abgelichtete Gesicht war nicht weiter bemerkenswert: kleine, dunkle, eng zusammenstehende Augen über einer nicht allzu großen Nase, schmale Lippen und kleine Zähne, die Luc auf dem Foto kaum erkennen konnte. Die Haare, die in Lucs Erinnerung dunkelbraun gewesen waren, wirkten schütter und dünner. Früher einmal hatte er es mit scharfem Seitenscheitel und kurzgeschnitten getragen, jetzt schien es länger und lockiger zu sein, so als ob er keine Zeit gehabt hätte, zum Friseur zu gehen. Oder gehörte das etwa zu seiner Verkleidung? Alles in allem war es das Foto eines unauffälligen Mannes, den man unter normalen Umständen sicher sofort wieder vergessen hätte, aber gerade das war die Waffe dieses bösen Menschen gewesen. Luc würde ihn nie vergessen.

Luc erkannte das Gesicht des Teufels sofort – und das hatte der Absender auch sicher beabsichtigt. Kriminaldirektor von Schleigel blickte ihn an. Luc stand auf, trat ans Spülbecken und schenkte sich ein Glas Wasser ein, das er langsam Schluck für Schluck trank. Er zitterte am ganzen Körper und musste sich zwingen, ruhig zu atmen. Es funktionierte nicht. Er rannte ins Badezimmer und musste sich erbrechen.

Anschließend wusch er sich das Gesicht, putzte sich die Zähne und kehrte an den Tisch zurück, um den Brief zu lesen, was auch immer darin stand. Von Schleigels Foto drehte er um; er konnte das lächelnde Gesicht nicht ertragen … nicht in diesem Haus. Luc begann zu lesen, wobei er unwillkürlich die Luft anhielt. Als er fertig war, lehnte er sich zurück und starrte auf die Uhr an der Wand. Der Brief hatte längst verschüttete Emotionen wieder an die Oberfläche geholt.

Kilians Sohn hatte ihm geschrieben.

Er hatte zuvor schon mit Lisette korrespondiert.

Er hatte erfahren, dass Bonet, Ravensburg und Ravens ein und derselbe Mann waren.

Damit hatte ein Fremder die letzten Tage der Familie recherchiert und das Schicksal von Sarah und Rachel aufgedeckt.

Mit sorgfältig gewählten Worten schilderte Max Vogel die Vorkommnisse wie eine Geschichte und füllte so die Lücken, die Luc seit dem Sommertag 1942 in Saignon gequält hatten, als seine Adoptivfamilie verhaftet und verschleppt worden war.

Offenbar hatten Vogel die Ergebnisse nicht ausgereicht, und er hatte sich darangemacht, nach von Schleigel zu suchen. Es war mühsam gewesen und hatte monatelang gedauert, aber schließlich hatte er den Gestapo-Mann ausfindig gemacht. Die Fotografie bezeugte das. Luc las noch einmal die letzten Absätze.

Ihre Frau hat mich gebeten, mich nicht noch einmal zu melden, aber ich tue es trotzdem, weil ich es für richtig halte. Ich habe am eigenen Leib erlebt, wie es ist, nichts über seine Familie zu wissen, deshalb bin ich sicher, dass Sie lieber erfahren möchten, was in Auschwitz passiert ist, ganz gleich wie viel Schmerz es Ihnen bereitet. Im Gegenzug verfügen Sie über Informationen, die ich gerne hätte und die ich mir im Austausch für das erhoffe, was ich in Erfahrung gebracht habe. Ich lebe abwechselnd in der Schweiz und in Frankreich, aber wir können uns gerne überall in Europa treffen. Das Haus meiner Familie steht in Lausanne, wo Sie mir als Gast herzlich willkommen sind, aber Sie können die Stadt, in der wir uns treffen, frei wählen. Diesem Schreiben habe ich die beglaubigte Kopie einer Zeugenaussage aus dem Bundesarchiv in Deutsch-

land beigefügt. Das Foto wurde übrigens vor vierzehn Tagen aufgenommen.
Wenn Sie wissen möchten, wo sich von Schleigel derzeit aufhält, dann ist es jetzt an Ihnen.

Luc ließ den Brief sinken und stützte den Kopf in die Hände. Wie in einer Endlosschleife kreisten seine Gedanken um seine toten Liebsten, aber dahinter machte sich Erregung bemerkbar. Er schämte sich für diese dunkle Lust, aber er musste seinen Schmerz übertönen, und niemand hatte Rache mehr verdient als von Schleigel, der offenbar auch noch den Tod von Rachel und Sarah zu verantworten hatte.

Maximilian Vogel war zu einem perfekten Zeitpunkt in sein Leben getreten. Der schreckliche Inhalt seiner Zeilen und das beigefügte Dokument rissen Lucs Barrieren ein und gaben ihm ein neues Ziel. Seit fast zwanzig Jahren empfand er unbändige Wut, und der Verlust seiner Frau hatte ihn endgültig aus der Fassung gebracht. Ihm war klar, dass er diese Düsternis nicht länger mit sich herumtragen konnte. Max bot ihm genau das Ventil, das er brauchte. Nach so langer Zeit würde er die Geister seiner Vergangenheit bekämpfen, würde er seine Schulden bezahlen.

Vielleicht bestand ja Hoffnung auf ein neues Leben, ein anderes Leben. Doch darüber konnte er jetzt noch nicht nachdenken.

Er drehte das Foto wieder um und starrte erneut darauf. Das Gesicht brachte schreckliche Erinnerungen zurück, ebenso zahlreiche vergessene Versprechen, die er nun, nach Lisettes Tod, endlich einlösen konnte.

Das Feuer knisterte leise im Wohnzimmer, er musste langsam Holz nachlegen. Aber in der Küche war es noch warm, vom

Herd und vor allem von der Liebe, die neu geschürt worden war, als Luc Mathildas kleine Hand in die seine genommen hatte.

Als ob in diesem Moment bei ihr sämtliche Dämme brachen, stürzte sie sich schluchzend in die Arme ihres Vaters. Er weinte mit ihr, und es fühlte sich richtig an. Luc hielt seine Tochter im Arm. Ganz gleich wie groß sie geworden war, sie war immer noch sein Baby, und bis zu diesem Moment hatte er nicht mehr daran gedacht, wie sehr er sie liebte. Schuldgefühle überwältigten ihn, weil er so lange gebraucht hatte, um es ihr zu zeigen.

»Es tut mir ja so leid, Dad«, sagte Mathilda immer wieder.

Er wusste, sie wollte nicht hören, dass es ein Unfall gewesen war. Es ging vielmehr um ihren persönlichen Kampf, den sie mit der Zeit überwinden würde. Sie brauchte von ihm nur die Versicherung, dass ihre Liebe stark genug war, damit sie den Kampf durchhalten konnte.

»Mir auch«, sagte er. »Und es tut mir leid, dass ich nicht für dich da war.«

»Ich habe dich vermisst, Dad. Ich liebe Nel und Tom, aber …«

»Ich weiß, ich weiß, *ma belle*. Verzeih mir. Ich hatte mich verirrt und musste erst wieder meinen Weg finden. Es war so, als wäre ich …« Er suchte nach den richtigen Worten.

»Als wärst du ertrunken?«

Er blickte sie an und nickte langsam.

»Ich auch«, sagte sie.

Luc lächelte traurig. »Ich wünschte, ich hätte dir das ersparen können.«

»Ich weiß nicht, warum gerade Harry es verdient hat zu sterben.«

»Er hat es nicht verdient. Keiner von beiden hat es verdient. Manchmal klopft das Schicksal am helllichten Tag an die Tür, wie damals, als ich deine Mutter kennengelernt habe. Dann wieder bringt es Kummer. Keiner von uns kann das Schicksal beeinflussen.«

»Aber warum gerade Harry?«

Hilflos schüttelte Luc den Kopf. Er hatte sich selbst unzählige Male die gleiche Frage gestellt. »Mathilda, darauf weiß ich keine Antwort, aber gemeinsam können wir lernen, ohne Mum und Harry auszukommen. Wir werden sie nie vergessen, doch wir müssen versuchen, einen neuen Weg zu finden, um wieder ein richtiges Leben zu führen.«

Mathilda kuschelte sich an seine Schulter. Er streichelte ihr über die dunklen Haare und fasste schließlich in Worte, was ihm schon seit dem Nachmittag durch den Kopf ging.

»Hör mir zu, Tilly.«

Sie hatte leise geweint, aber jetzt schniefte sie. »Was ist? Tante Nel und Onkel Tom haben mir schon genug Vorträge gehalten.«

Luc lächelte. »Sieh mich an.«

Sie hob den Kopf und blickte ihn aus roten, verweinten Augen an. Er entdeckte Trotz darin. Mathilda war eindeutig die Tochter ihrer Mutter.

»Was würdest du dazu sagen, wenn du eine Zeit lang nicht in die Schule gehen müsstest?«

Mathilda blinzelte. »Tante Nel behauptet, Schule und Alltagsroutine helfen mir.«

»Vergiss, was Nel dir gesagt hat. Ich bin dein Vater. Und ich habe eine Idee, die es uns beiden leichter machen könnte.«

»Was genau?«

Luc holte tief Luft. »Die uns bei einem Neustart helfen könnte.« Es klang furchtbar. Er machte eine weitausholende Armbewegung. »An diesem Ort hier, Tilly, ist es einfach zu traurig. Überall sind Mum und Harry. Es ist egal, ob ich auf den Feldern bin oder hier drinnen. Am liebsten halte ich mich in der Küche auf, weil deine Mum hier so viel Zeit verbracht hat. Ab und zu lege ich mich in Harrys Bett, nur um mich ihm näher zu fühlen. Ich lasse nicht zu, dass jemand etwas hier im Haus verändert, damit nur ja nichts von dem verloren geht, was von den beiden noch hier ist.«

Mathilda nickte. »Ich weiß. Ich trage Harrys Schlafanzüge. Und ich habe Mums Parfüm benutzt.«

»Das habe ich gemerkt. Es passt zu dir.«

Sie lächelte dünn. »Mum war so schön.«

»Das bist du auch.«

»Du bist mein Dad, du musst das sagen.«

Luc lehnte sich auf seinem Stuhl zurück und musterte sie nachdenklich. »Findest du dich etwa nicht hübsch?«

Tilly schnaubte. »Machst du Witze? Ihr habt alle so gut ausgesehen. Harry ist ganz nach dir gekommen, und sogar meine Lehrerinnen haben dich angehimmelt.«

Er lachte verblüfft.

»Ihr seht alle gut aus. Ich bin die Intelligenzbestie.«

»Bescheidenheit hast du nicht gerade geerbt.«

Mathilda zuckte mit den Schultern.

Luc zog sie an sich. »Ach, mein Mädchen, ich könnte dir ein paar Geschichten über deine Mutter erzählen, da würden dir die Haare zu Berge stehen. Ihr wart beide noch nicht alt genug, um viel über unsere erste gemeinsame Zeit zu hören. Deine Mum war etwas ganz Besonderes. Sie hat nicht nur toll ausgesehen, sie war auch einer der intelligentesten, klügsten Menschen, denen ich je begegnet bin.«

»Bring mich nicht zum Lachen.«

»Na ja, sie hat ihre Vergangenheit gut verborgen. Eines Tages werde ich dir davon erzählen. Vielleicht wenn wir auf Reisen sind.«

»Auf Reisen?«

»Ja, das habe ich vor. Was hältst du davon, mich auf eine lange Reise zu begleiten?«

Mathilda riss die Augen auf. Luc konnte gar nicht sagen, warum er nicht schon früher darauf gekommen war.

»Wohin, Dad? Bitte sag Paris!«

Er zuckte mit den Schultern. »Natürlich nach Paris. Aber wie wäre es mit London, Wien und Rom?«

Mathilda fiel ihm kreischend um den Hals. »Meinst du das ernst?«

Er küsste sie. »Ja, sehr ernst sogar. Ich glaube, wir beide müssen dringend weg von hier, um uns in einer neuen Umgebung zu erholen. Wenn wir zurückkehren, geht es uns hoffentlich besser.« Er löste sich von ihr, damit er sie anschauen konnte. »Es ist an der Zeit, dass ich nach Frankreich zurückkehre, und ich glaube, es wird uns beiden guttun, zusammen in einer völlig neuen Umgebung zu sein.«

»Wir können neu lernen, Dad und Mathilda zu sein«, sagte seine Tochter aufgeregt.

»Was ist mit Nel? Ich weiß, wie nahe ihr euch steht.«

»Ich liebe Nel, Dad. Und Tom auch. Wir sind uns besonders nahe, weil wir …« Sie konnte es nicht aussprechen. »Aber du bist mein Dad. Außerdem habe ich immer schon von Paris geträumt. Ich möchte so schrecklich gerne einmal dorthin.« Sie zuckte mit den Schultern. »Ich kann Nel ja schreiben. Jeden Tag!« Sie ließ die Schultern sinken. »Natürlich wird sie mir fehlen, aber ich will unbedingt dorthin. Ich will mit dir fahren.«

»Dann gibst du mir also dein Okay?«

Sie kicherte. Dieses Glucksen hatte er schon viel zu lange nicht mehr gehört.

»Ja«, sagte sie. »Am tollsten finde ich, dass ich dann nicht zur Schule zu gehen brauche. Wann reisen wir ab?«

»Sobald ich alle Vorbereitungen getroffen habe.«

»Dad, aber nicht mit dem Schiff. Ich will nicht auf …«

»Nein. Wir fliegen nach Europa. Ich wollte immer schon mal mit dem Flugzeug reisen. Und du solltest in den nächsten Wochen ein bisschen Französisch üben.«

»*D'accord*«, sagte sie sofort. »*Rien que Français*«, versprach sie.

»Ja, genau. Von jetzt an sprechen wir nur noch Französisch miteinander.« Luc grinste.

18

Oben an der Metalltreppe angekommen, drehte Mathilda sich noch einmal um und winkte heftig zum Kingsford Smith Flughafen von Sydney hinüber, obwohl sie genau wusste, dass niemand zurückwinkte. Von Nel und Tom hatten sie sich schon in Devonport tränenreich verabschiedet. Nel schien nicht verstehen zu können, warum Luc »ihr« kleines Mädchen unbedingt nach Europa mitnehmen musste, aber er wusste, dass Tom seine Entscheidung nachvollziehen konnte und sie billigte.

Als sich die beiden Männer voneinander verabschiedeten, bekräftigte Tom das noch einmal. »Das ist ein guter Plan, Kumpel. Ihr müsst beide mal hier heraus. Ihr werdet gestärkt zurückkommen.«

»Ich hoffe es.«

Tom warf Mathilda, die mit Nel ein wenig abseits stand, einen Blick zu. »Die Kleine ist total aufgeregt. Sie wird uns fehlen.«

»Ich freue mich darauf, ihr meine Heimat zeigen zu können«, sagte Luc.

»Heimat? Dein Zuhause ist *hier*, in Tassie!« Tom drohte ihm mit dem Finger. »Das solltest du auf keinen Fall vergessen. Bis Weihnachten seid ihr zurück.«

»Ja, wir werden uns bemühen.« Luc grinste.

»Und mach dir keine Sorgen wegen der Farm. Du hast gute Leute, außerdem werde ich ein Auge auf alles haben.«

»Bei den Lavendelfeldern kann sowieso nicht viel schiefgehen«, stimmte Luc ihm zu. Schon vor längerer Zeit hatte er Tom als Farmverwalter eingestellt, weil es ihm in jeder Hinsicht sinnvoll erschienen war.

Nel trat mit Mathilda zu den Männern und umarmte Luc. »Passt auf euch auf«, sagte sie zu ihm. »Sie wird mir schrecklich fehlen.«

»Du kümmerst dich um die Gräber, Nel, ja?«

»Das weißt du doch.« Sie nickte.

Eine letzte Umarmung, dann waren sie weg. Die Fähre ging über Nacht, aber die Überfahrt war wesentlich bequemer als die erste Reise über den Bass Strait. Einen Tag später waren sie in Melbourne. Mathilda wohnte zum ersten Mal in einem Hotel, und um den Aufenthalt für sie zu einem Erlebnis zu machen, hatte Luc an nichts gespart und sich für das Windsor entschieden. Staunend betrachtete seine Tochter den Luxus und genoss es, von den Angestellten in dunkelroter Livree mit Goldtressen bedient zu werden. Luc musste unwillkürlich grinsen, als er seine Tochter in einem Ledersessel sitzen und mit spitzen Fingern Gurkensandwiches und köstliche kleine Kuchen von silbernen Platten auswählen sah. Hier kamen die guten Manieren zur Geltung, auf die Lisette bei den Kindern so großen Wert gelegt hatte. In seinen Stolz mischte sich Traurigkeit darüber, dass Mathildas Mutter die Früchte ihrer Erziehung nicht mehr miterlebte, doch als Vater freute er sich darüber, wie gesittet seine Tochter sich in der Öffentlichkeit benahm. Sie erhob nie die Stimme, nahm stets nur kleine Bissen, tupfte sich die Lippen mit der Serviette ab und redete nicht mit vollem Mund.

Am nächsten Morgen bestiegen sie die Maschine nach Sydney und saßen schließlich im Qantas-Jet nach London, zusammen mit einhundertzwei weiteren Passagieren. Luc empfand es als großes Glück, dass man mittlerweile die Entfernungen zwischen den Kontinenten in so kurzer Zeit überwinden konnte. Vor noch gar nicht allzu langer Zeit hätte der Flug inklusive der vier Zwischenstopps zum Tanken achtundvierzig Stunden gedauert. Jetzt waren sie nur noch siebenundzwanzig Stunden in der Luft, mit zwei Zwischenlandungen in Singapur und Bahrain. Er spielte mit dem Gedanken, die Reise in einem dieser exotischen Länder, über die er bisher nur in Büchern gelesen hatte, zu unterbrechen, aber die Vorstellung, sich dort mit seiner Tochter aufzuhalten, machte ihn nervös. Ein Blick auf Nels Gesicht hatte ihm gesagt, dass er in diesem Fall besser auf seinen Instinkt hörte.

»Dad, das ist alles schrecklich aufregend«, hauchte Mathilda. Sie blickte aus dem kleinen Fenster auf die Rollbahn, als das Flugzeug beschleunigte.

»Keine Angst?«

»Du etwa?«

Luc zuckte mit den Schultern.

»Ich weiß, ich weiß«, sagte seine Tochter mit leisem Spott. »Im Krieg haben sie auf dich geschossen. Du hast vor nichts Angst.«

Das stimmte natürlich nicht. Das Leben jagte Luc wesentlich mehr Angst ein, als sein kleines Mädchen ahnte. Ohne Lisette zu leben, war ihm nur möglich, wenn er nicht zu weit in die Zukunft dachte. Ohne Harry zu leben, kam ihm gar undenkbar vor. Seine Welt hatte sich damals überhaupt erst richtig angefühlt, als sein Sohn geboren worden war und er seine eigene kleine Familie gegründet hatte. Noch dazu plante er, in naher Zukunft erneut in die kalten Schweinsäuglein von Horst von Schleigel zu blicken.

Die Boeing 707 landete auf dem Londoner Flughafen Heathrow. Luc hatte das Gefühl, unendlich lange unterwegs gewesen zu sein, während Mathilda das alles nichts auszumachen schien. Sie war zwar müde, aber sie saugte alle fremden Anblicke und Geräusche auf wie ein Schwamm. Sie hatte bereits verkündet, dass sie später einmal Stewardess werden wolle.

»Du würdest tatsächlich deinen Vater verlassen?«, fragte er.

»Oh, selbstverständlich würde ich auch in meinem neuen glamourösen Leben ab und zu bei dir vorbeischauen«, antwortete sie.

Er glaubte ihr sofort. Mathilda erreichte alles, was sie sich in den Kopf setzte. Luc hatte seine Meinung über seine Tochter gründlich geändert. Sie mochte weder die liebevolle Art noch den lakonischen Witz ihrer Eltern geerbt haben, aber sie hatte ganz bestimmt den scharfen Verstand, die Motivation und sogar die Neigung zum Einzelgängertum geerbt, mit der Lisette und er im Krieg mancher Gefahr aus dem Weg gegangen waren. Er spürte in Mathilda eine seltene Kraft, und wenn aus dem hübschen Mädchen erst einmal eine attraktive junge Frau geworden war, würde sie alle mit ihrer Persönlichkeit faszinieren, vor allem wenn sie das Unternehmen übernahm. Das hatte er zwar ursprünglich für Harry erhofft, doch wenn er ehrlich war, hatte sein Sohn immer wesentlich mehr Interesse für die naturwissenschaftlichen Zusammenhänge als für die kommerzielle Seite gezeigt. Seine Tochter hingegen war instinktiv neugierig auf das Potenzial des Lavendels. Allerdings war es noch viel zu früh, um sich darüber Gedanken zu machen.

Mathildas wahres Interesse lag in der Mode, wobei es ihr nicht in erster Linie um Kleider, sondern um Design und Stil ging, von Möbeln bis hin zu Stoffen. Er wusste nicht, woher dieses Interesse kam – weder er noch Lisette war jemals an der neuesten Mode, an Farben oder Geschmacksrichtungen interessiert gewesen. Nichtsdestotrotz konnte er Mathildas Interesse natürlich in die richtigen Bahnen lenken.

Für diese neue Denkweise durfte er sich bei Lisette bedanken. Er hatte sich immer nur darauf konzentriert, gutes Öl zu verkaufen, bis eines ihrer letzten Gespräche ihm eine ganz neue Welt voller Möglichkeiten eröffnet hatte.

»Mathilda ist davon überzeugt, dass Parfüm eines Tages genauso wechselnden Moden unterworfen sein wird wie Kleider. Dann geht es nicht mehr nur um Omas Lavendelwasser«, hatte sie gesagt und hinzugefügt: »Ich glaube, sie hat recht.«

»Wie meinst du das?«, fragte er.

»Na ja, im Moment konzentrierst du dich so sehr darauf, dein Bonet-Öl zu verkaufen, dass du das große Ganze aus den Augen verloren hast.«

»Was genau soll das sein?«, hakte er spöttisch nach.

»Parfüm zu kreieren. Mathilda ist da einer großen Sache auf der Spur.«

Er lachte, aber Lisette ließ nicht locker.

»Hör mir zu, Harry und ich haben auch schon darüber geredet, und wir glauben, es ist der natürliche Lauf der Dinge. Du hast mir doch erzählt, dass Lavendelöl ein wichtiger Bestandteil von Parfüm sei, und da in Europa qualitativ hochwertiges Öl Mangelware ist, müsste das eigentlich die Preise in die Höhe treiben.«

»Ja, ja, das ist eine simple Rechenaufgabe, Angebot und Nachfrage.«

»Gleiches müsste doch für die Parfümhersteller gelten. Derzeit gibt es vielleicht nur eine Handvoll Unternehmen, aber irgendwann wird sich die Zahl vielleicht verdoppeln oder sogar verdreifachen. Damit verändert sich auch das Gesetz von Angebot und Nachfrage«, meinte Lisette.

»Du redest schon wie Harry.«

»Ja, aber ich bin mir da ziemlich sicher.« Lisette beharrte auf ihrem Standpunkt. »Die Metropolen der Welt werden zunehmend ihre eigene Mode und damit auch ihre eigenen Parfüms kreieren. Dein Lavendel wird dann noch viel mehr gefragt sein als heute, Luc. Warum willst du nicht jetzt schon darüber nachdenken, ob du auch Parfüms herstellen willst?« Seine Frau hatte ihm zugezwinkert. »Nur so als Gedanke …«

Das Gespräch hatte er bis heute nicht vergessen. Seine Tochter liebte Mode, aber sie hatte auch einen Sinn fürs Geschäft, der sich vor allem jetzt zeigte, da sie die einzige Erbin seines Unternehmens war. Sie hatten auf dem langen Flug ein paarmal darüber gesprochen, und Luc konnte sich gut vorstellen, dass Mathilda einmal beide Neigungen ausleben könnte. Selbstverständlich würde er sie nicht drängen, zumal er keine Vorstellung davon hatte, wie die nächsten Wochen oder Monate verlaufen würden. Wenn Tom und Nel den wahren Grund für seine Europareise gekannt hätten, hätten sie sicher etwas dagegen unternommen. Auch jetzt hatte Luc die Befürchtung, dass ihm etwas zustoßen würde, aber er musste sich mit Kilians Sohn treffen. Sie wollten beide etwas voneinander. Max Vogel musste ihm eben dabei helfen, auf Mathilda aufzupassen.

»Komm schon, Dad«, rief Mathilda aus und riss ihn aus seinen düsteren Gedanken. »Wir sind dran.«

»Guten Morgen, Sir«, sagte eine Stimme mit Cockney-Akzent. »Willkommen in London, Sir. Vier Gepäckstücke?«, fragte der ältere Mann und blickte auf ihre Koffer. »Kümmern Sie sich ruhig um Ihre Tochter. Ich lade das Gepäck schon ein.«

Sie setzten sich in das warme, geräumige schwarze Taxi, und Mathilda rümpfte die Nase.

»London riecht komisch«, bemerkte sie.

»Sag mir, was hier anders ist als in Australien«, sagte Luc und ergriff ihre Hand.

Mathilda erklärte ihm, sie habe sofort Kohle, Rauch und Tabak wahrgenommen. In Australien rieche es im Sommer immer nur nach trockener, verbrannter Erde und Lavendel und im Winter nach grünen Feldern und klarem Wasser. Sie kannte zwar den Geruch von Zügen und Autoabgasen, dachte Luc, aber natürlich nicht in dem Ausmaß wie hier. Eine leichte Erregung stieg in ihm auf, als ihm bewusst wurde, dass er London und Paris durch die Sinne seiner Tochter neu erfahren würde.

Der Taxifahrer stieg ein und blickte sich zu ihnen um. »Wohin soll's denn gehen, Sir?«

Luc zog die Adresse aus seiner Aktentasche. »Ich glaube, es heißt Charing Cross Hotel …«

Der Taxifahrer nickte. »Das ist in Thistle, Sir, ganz unten am Strand, gleich neben dem Bahnhof. Ich glaube, ich kenne es.« Er zwinkerte und grinste sie an. »Zum ersten Mal hier in London?«, fragte er und ließ den Motor an.

»Ja!«, sagte Mathilda.

»Ich habe früher in Eastbourne gelebt«, fügte Luc hinzu.

»Ah, dann sind Sie hier also gar nicht fremd. Wo kommen Sie denn her?«

Luc fragte sich unwillkürlich, ob sein französischer Akzent inzwischen völlig verschwunden war, denn früher hatten die Leute ihn sofort darauf angesprochen.

»Aus Australien«, sagte seine Tochter und beugte sich vor. »Ich bin Mathilda«, stellte sie sich vor.

»Aus Australien? Mannomann! Tatsächlich aus dem Land mit den Kängurus und Schlangen und den Spinnen, die so groß sind wie Essteller?«

Mathilda kicherte. »Ja. Bei uns gibt es auch Wallabys und Koalas.«

»Wie heißt noch mal dieses komische Tier, das aussieht wie ein Otter, aber einen Entenschnabel hat?«

Mathilda lachte entzückt. »Das ist ein Schnabeltier. Wie heißen Sie?«

»Ich bin Ray«, sagte der Taxifahrer. »Schön, dich kennenzulernen, Mathilda aus Australien.«

»Mein Dad heißt Luc. Das müssen Sie erst mal üben.« Sie beugte sich noch weiter vor. »Lüüüc«, sagte sie ganz langsam. »Wenn Sie es ganz schnell aussprechen, klingt es richtig. Er ist nämlich ursprünglich aus Frankreich und hat im Krieg für die französische Résistance gekämpft. Meine Mutter war eine britische Spionin, aber sie ist vor Kurzem gestorben und mein großer Bruder auch. Sie sind alle beide in der Strömung im Meer ertrunken.«

Luc blinzelte. Mathilda war immer schon ein ausgesprochen offenherziges Kind gewesen. Trotzdem bemerkte er, wie der Fahrer ihm einen Blick im Rückspiegel zuwarf.

»Das tut mir sehr leid, Mathilda«, sagte Ray.

»Wir machen hier Urlaub, um damit fertigzuwerden, dass sie gestorben sind«, fügte Mathilda hinzu. Es klang so traurig, dass Luc den Blick abwenden und aus dem Fenster schauen musste.

»Nun ja«, sagte Ray, dem dieses Gespräch wohl auch ein wenig unbehaglich war. »Weißt du, was? London ist noch nicht ganz wach, wie du selbst sehen kannst, aber es ist zumindest keine Erbsensuppe. So nennen wir hier den Nebel«, sagte er und zwinkerte Mathilda über die Schulter zu. »Es ist zwar noch dunkel, doch gleich wird es hell, und dann sind zumindest schon mal die Vögel und die Straßenkehrer auf den Beinen.«

»Und die Taxifahrer«, erinnerte Mathilda ihn.

Ray grinste. »Euer Hotelzimmer ist bestimmt noch nicht fertig. Was hältst du davon, wenn ich einen kleinen Umweg fahre und dir die wichtigsten Sehenswürdigkeiten schon einmal zeige?« Erneut warf er Luc im Rückspiegel einen Blick zu. Luc nickte. »Das geht selbstverständlich auf meine Kosten, Mathilda. Möchtest du vielleicht Big Ben, das Parlament und den Tower of London sehen?«

»Oh ja, bitte, Ray! Geht das, Dad?«

Luc lächelte sanft. »Na klar. Allerdings bezahlen wir die Fahrt.«

»Nein, kommt gar nicht in Frage. Das geht auf mich. Ich habe leider keine Tochter, nur drei Söhne, aber wenn ich mit einer kleinen Prinzessin gesegnet wäre, dann müsste sie genauso sein wie du, Mathilda.«

Mathilda lächelte ihren Vater schüchtern an. Sie war es nicht gewohnt, im Mittelpunkt zu stehen. Bei Harry war das immer ganz von selbst der Fall gewesen, obwohl er sich nie darum bemüht hatte. Sie hingegen brauchte mehr Zeit, um die Menschen für sich zu gewinnen. Ohne ihren großen, überall beliebten Bruder schien sie jedoch freundlicher und selbstbewusster zu sein.

Im ersten Licht des Morgens sah Westminster auf unheimliche Weise schön aus, und wie um sie willkommen zu heißen, schlug die berühmte Turmuhr sieben Mal, als sie langsam vorbeifuhren.

»Die Deutschen haben Big Ben damals bombardiert, aber weißt du was, Mathilda? Diese stolze, alte Uhr hat den Londonern im Krieg immer die richtige Zeit angezeigt.«

Mathilda nickte, doch Luc wusste, dass sie sich das Ausmaß der Zerstörung in London nicht vorstellen konnte.

»Ja, Mum hat mir erzählt, dass sie bei einem Bombenangriff hier irgendwo ihre beste Freundin verloren hat. An der Victoria Station«, sagte sie.

Mathilda drückte das Gesicht ans Fenster, so dass die Scheibe beschlug. Wieder einmal staunte Luc über den wachen Verstand seiner Tochter. Sie passte gut auf und behielt alle Informationen.

»Wir haben alle im Krieg Menschen verloren, die wir liebten«, sagte Ray.

Luc saß schweigend im Fond des Taxis und ließ sich vom aufgeregten Geplapper seiner Tochter und den Kommentaren des netten Taxifahrers in die Vergangenheit zurücktragen.

Im Jahr 1951 waren Lisette und er während des Festival of Britain hier gewesen. Sie hatten auf der Brücke gestanden, zu der berühmten Londoner Uhr hinaufgeblickt und sich geküsst. Damals waren sie so voller Freude und Hoffnung gewesen. Wieder zu Hause, wartete bereits der Brief vom Internationalen Suchdienst mit der Nachricht auf sie, dass seine Schwestern in Auschwitz ermordet worden waren.

Nach so langer Zeit kehrte er nun wieder zum Ausgangspunkt zurück, doch dieses Mal verfügte er über entscheidende Informationen – sofern Max Vogels Recherchen stimmten. Er würde all seine Trauer und Verzweiflung auf jenen Mann richten, der seine Familie in den Tod geschickt hatte. Hoffentlich vermochte er die Welt von einem bösen Menschen zu befreien.

Geistesabwesend berührte Luc den seidenen Beutel, den er um den Hals trug. Er enthielt keine Lavendelsamen mehr, sondern etwas anderes, das ihm dabei helfen würde, seine Rechnung zu begleichen.

Die Woche in England verging wie im Flug. Zu Fuß eroberte Luc mit Mathilda die Stadt, bis sie sich beide Blasen gelaufen hatten. Das Mädchen liebte die Lichter von London am Abend, besonders der Piccadilly Circus war ein einziges Lichtermeer aus Neonreklamen, das ihnen beiden den Atem raubte.

Luc gefiel besonders, wie hingerissen seine Tochter von den kleinsten Erfahrungen war, von den ersten weihnachtlichen Lichterketten auf der Regent Street, von den gerösteten Maronen, die sie bei einem Straßenhändler kauften. Nur die U-Bahn mochte Mathilda gar nicht, obwohl man damit so schnell vorwärtskam. Sie zog es vor, mit den roten Doppeldeckerbussen zu fahren, von denen aus sie das Treiben auf den Straßen am besten beobachten konnte. Sie schwatzte mit den Schaffnern, als ob sie jeden einzelnen kennen würde, und sie hantierte gern mit den fremden Münzen.

Am liebsten hielt sie sich in der Gegend um die Carnaby Street auf und brachte ihren Vater zum Lachen, als sie ihn zurechtwies, weil er einer jungen Frau in einem gelb-schwarz karierten Minirock anerkennend nachblickte.

»Misses Murray in der Schule hat gesagt, dass der Rock einer Dame niemals über dem Knie enden darf«, erklärte sie. Trotzdem wirkte sie irgendwie beeindruckt. »Zum Glück sieht Mum nicht, wie du der Frau hinterherstarrst.«

Plötzlich war es ganz in Ordnung, über Lisette und Harry zu sprechen. Seit dem Tod der beiden hatten Luc und Mathilda in einer kalten, düsteren Atmosphäre nebeneinanderher gelebt und noch nicht einmal die Namen der beiden erwähnen können. Mit dem Wechsel der Umgebung war praktisch über Nacht eine Veränderung eingetreten.

»Ich bin richtig schockiert über all diese Farben«, sagte Luc. »London ist verrückt geworden. Als ich das letzte Mal hier war, haben alle noch Grau oder Schwarz getragen. Außer deiner Mutter natürlich. Sie hat in Himmelblau ausgesehen wie eine Göttin. Aber heutzutage … dabei ist nicht mal Sommer.«

Ihm war klar, dass das eine jämmerliche Verteidigung war. Die junge Frau war auf langen, schlanken Beinen vorbeistolziert, und ihre Figur veranlasste jeden Mann, ihr hinterherzu schauen.

Mathilda beherrschte bereits sämtliche Refrains aller Rock- und Popsongs, von denen Luc nicht die leiseste Ahnung hatte. Sie hüpfte neben ihm her und sang etwas, das ständig im Radio lief. »Das ist von den Kinks, Dad«, sagte seine Tochter, als würde das alles erklären.

Luc hatte rasch gelernt, gar nicht erst den Versuch zu unternehmen, den Geschmack der jungen Leute ergründen zu wollen. London war eben eine äußerst moderne Stadt, die sich aus ihrem konservativen Kokon geschält hatte und bunt und wild in ein neues Jahrzehnt flatterte. Mode, Kunst und Musik wiesen auf eine neue Ära hin, in der anscheinend alles die Norm war, von halluzinogenen Drogen bis hin zu bunten, psychedelischen Farben, und jeder optimistisch und hoffnungsvoll in die Zukunft blickte. Da inzwischen sogar Flüge ins Weltall und die Eroberung des Monds möglich waren, hatte Luc beschlossen, dass ihn nichts mehr überraschte.

Mathilda saugte alle Eindrücke begierig auf und fragte ihn einmal sogar, ob sie sich auf dem *Bazaar* in Knightsbridge einen Minirock kaufen dürfe. Luc dachte, dass Lisette recht gehabt hatte – Mathilda war manchmal einfach zu reif für ihr Alter. Ihr scharfes Auge entdeckte Modetrends sofort, und abends las sie im Hotel eifrig Modezeitschriften. Zwei Dinge wollte sie unbedingt haben: einen Minirock von Mary Quant, schwarz mit weißen Tupfen und einem kontrastierenden Gürtel dazu, und ein Parfüm von Chanel in Paris. Anscheinend hatte ihre Mutter ihr diesen Floh ins Ohr gesetzt.

Chanel No. 5 konnte Luc nicht riechen, ohne dabei an Markus Kilian denken zu müssen. *Nur über meine Leiche*, gelobte er sich, *erlaube ich meiner Tochter, nach diesem Parfüm zu riechen … nach diesem Mann.* Das war schäbig von ihm, keine Frage, aber das war ihm egal. Seines Wissens war in Chanel No. 5 kein Lavendel enthalten, deshalb fühlte er sich in seiner Haltung bestätigt. Allerdings konnte er nicht leugnen, dass der Duft überaus angenehm war. Majestätisch und sinnlich, hielt er sich oft tagelang. Vielleicht konnte er irgendwann einmal ein ähnlich anhaltendes Parfüm entwickeln … Bonet, sagte er sich in Gedanken. Es klang perfekt.

»Du bist zu jung für Parfüm«, beschied er seiner Tochter. »Über den Rock dagegen können wir reden.«

Als besonderes Vergnügen hatte er Karten für *Oliver* besorgt, was ihnen beiden sehr gut gefiel. Jetzt beherrschte Mathilda noch einen weiteren Song, und für den Rest der Zeit in London hörte er ständig »Consider yourself«.

Das Wetter in der britischen Hauptstadt war schlechter geworden, und nach den eisigen Nächten war es morgens neblig und kalt. Luc ging mit Mathilda auf ihre Bitte hin in den Film *Frühstück bei Tiffany* mit Audrey Hepburn und George Peppard, obwohl er insgeheim fand, dass sie noch viel zu jung dafür war. Er hätte die Walt-Disney-Produktion *101 Dalmatiner* passender gefunden. Aber Mathilda bestand darauf, und er verstand auch den Grund, als er sah, wie seine Tochter für den Stil und die Kleidung der Hauptdarstellerin schwärmte. Er fand Audrey Hepburn ebenfalls großartig, befürchtete jedoch, dass Holly Golightly Mathildas Idol und Mode-Ikone werden würde.

»Sie trägt Givenchy, Dad«, seufzte Mathilda.

Er lächelte in der Dunkelheit vor sich hin, als er die Sehnsucht in der Stimme seiner Tochter hörte. Launceston, geschweige denn Nabowla, genügten Mathilda nach diesen Erfahrungen aller Wahrscheinlichkeit nach nicht mehr.

An ihrem letzten Tag in der Stadt fuhren Luc und Mathilda mit dem Zug nach Hampshire, um Lisettes Großvater zu besuchen, der mittlerweile schon Mitte neunzig war. Er lebte immer noch in dem Haus, in dem Luc Ende der 1940er Jahre so oft gewesen war, und eigentlich wäre er am liebsten gar nicht mehr dorthingefahren. Wenn er ehrlich war, legte er auch nicht besonders viel Wert darauf, den Großvater seiner Frau wiederzusehen, aber Mathilda hatte ein Recht darauf, ihren Urgroßvater kennenzulernen.

Colin sah nicht mehr gut, und er bewegte sich quälend langsam. Während ihres Besuchs kam zweimal eine Krankenschwester vorbei, um sich zu vergewissern, dass er auch seine Tabletten genommen hatte. Zusätzlich kümmerte sich eine Haushälterin täglich um ihn. Der alte Mann war gut versorgt und offenbar entschlossen, in dem Haus wohnen zu bleiben, statt, wie er sich ausdrückte, »im Altersheim zu verrotten«.

»Ich gehe hier nur mit den Füßen zuerst raus«, erklärte er.

Das Treffen verlief genauso schmerzlich, wie Luc es befürchtet hatte, und er konnte nur hoffen, dass Colin schon so dement war und ihm nicht mehr auffiel, dass die drei Frauen, die er in seinem Leben am meisten geliebt hatte, vor ihm gestorben waren. Luc kannte das Gefühl nur allzu gut, und er wusste bei ihrer Begegnung nicht, was er sagen sollte. Eine hastige Umarmung musste reichen. Mathildas Anwesenheit erleichterte die Unterhaltung, weil ihr ständig neue Fragen einfielen.

Nach dem Hund fragte Luc gar nicht erst, aber der gute alte Peanut war sicher längst dahingeschieden. Luc lächelte unwillkürlich, als er ein Foto von dem kleinen Hund auf dem Kaminsims entdeckte. Er schien sich in Grannys Armen äußerst wohlzufühlen, und Lisettes Großeltern hatten sich bestimmt gut um ihn gekümmert.

»Das Haus und alles, was darin ist, vermache ich Mathilda«, sagte der alte Mann später am Nachmittag leise zu ihm, als sie in der Frühlingssonne saßen.

Mathilda bewunderte gerade die Goldfische im Teich, während die Männer an der warmen Backsteinmauer saßen, wo im Sommer die Hortensien blühen würden. Luc erinnerte sich daran, wie stolz Lisettes Großmutter immer auf die dicken Blütenköpfe gewesen war. Marie fehlte hier genauso wie Lisette auf der Farm.

»Sie ist noch zu jung, um es zu verstehen«, sagte Luc, obwohl er wusste, dass Mathilda alles verstehen würde.

»Ja, aber eines Tages kann sie entweder hier wohnen oder das Haus verkaufen, wenn sie will. Mich macht es glücklich zu wissen, dass ich meinem Enkelkind einen Wohnsitz in England hinterlasse. Ich möchte gerne, dass sie ein bisschen was über England weiß.«

Luc nickte. »Sie liebt London jetzt schon, wenn dich das tröstet.«

»Fährst du mit ihr nach Eastbourne?«

»Nein, warum? Ich fände es zu schmerzlich.«

»Es geht nicht um dich, Luc. Es geht um sie. Du musst ihr alle Erinnerungen an ihre Mutter weitergeben, sie sollte wissen, wo ihr Bruder geboren wurde, wo du herkommst, wo dein und Lisettes früheres Leben stattgefunden hat. Sie darf nicht so entwurzelt aufwachsen wie ihre Mutter.«

Luc warf ihm einen finsteren Blick zu, aber der alte Mann war darauf vorbereitet.

»Ich würde dir widersprechen, wenn du behaupten würdest, sie mehr geliebt zu haben als ich, mein Sohn, aber ich sehe Lisette klarer als du. Nun gut, das kannst du vielleicht auch gar nicht.« Er zuckte mit den Schultern und klopfte seine Pfeife an der Außenmauer ab, wie er es schon früher immer getan hatte. »Etwas hat meine Enkeltochter umgeben, so als ob sie, genau wie ihre Mutter, auf ein frühes Ende zustrebte.« Er wies mit der Pfeife auf Luc. »Sorge dafür, dass es deiner Tochter nicht genauso ergeht.« Er versuchte aufzustehen, sank aber auf den Stuhl zurück. Genervt verzog er das Gesicht. »Jetzt sieh dir das an. So verdammt hilflos. Ich kann nicht mal mehr allein aufstehen. Ich mache das nicht mehr lange mit, Luc. Ich weigere mich weiterzuleben, wenn ich hilflos bin.« Er kicherte, als Luc ihm erneut einen scharfen Blick zuwarf. »Keine Sorge, ich warte noch, bis ihr beide wieder weg seid«, versicherte er ihm amüsiert. »Ich bin froh, dass du mich besucht hast. Ich wünschte, Marie hätte Mathilda noch kennengelernt, die Kleine sieht ihrer Mutter unheimlich ähnlich.«

Luc seufzte. »Die meiste Zeit bin ich auch dankbar dafür, aber manchmal fällt es mir schwer, sie anzuschauen.«

»Das musst du überwinden. Sie braucht dich jetzt, mein Junge. Nimm an ihrem Leben teil.«

Luc umarmte den alten Mann, wobei er sich auf die Zunge biss, um nicht irgendeine gedankenlose Floskel wie »Auf Wiedersehen« von sich zu geben.

Mathildas Urgroßvater zwinkerte ihm zu. »Dein Englisch ist mittlerweile wirklich gut, mein Junge. Wenn du lange genug hierbleiben würdest, könntest du vielleicht sogar Kricket spielen lernen.«

Diesmal grinste Luc. »Das habe ich in Australien ziemlich schnell gelernt. Ich habe gehört, dass unsere Mannschaft den Pokal gewonnen hat.«

»Pah! Dieser ungehobelte Benaud und seine Leute.«

Mit ihrer Frotzelei überspielten die beiden den Moment des Abschiednehmens, und kurz darauf saßen Luc und Mathilda wieder im Zug nach London.

Dort holten sie nur schnell ihr Gepäck aus dem Hotel und stiegen in den Zug nach Dover, um von dort mit der Fähre nach Calais zu fahren. Alles ging glatt, und innerhalb weniger Stunden standen sie auf dem Aussichtsdeck des Schiffes und ließen sich den eisigen Wind um die Nase wehen. Der englische Teil des Kanals lag im violetten Abendlicht, doch als sie La Manche erreichten, wie die Franzosen den schmalen Atlantikarm zwischen Sussex und der Küste der Normandie nannten, war es bereits stockdunkel. Das Wasser war schwarz, und die Wellen, die gegen das Schiff schlugen, waren nicht zu sehen.

Mathilda machte der starke Seegang nichts aus, Luc hingegen wurde es übel. Er weigerte sich, mit ihr nach drinnen zu gehen, wo es schal und sauer nach einer Mischung aus Diesel und Essensresten roch. Hier draußen müsste es eigentlich frisch riechen, dachte er, aber die Luft war erfüllt vom Gestank nach Tang und Algen. Mathilda machte sich auf die Suche nach einem Kakao, während Luc trotz des leichten Nieselregens draußen blieb und so viel kalte, salzige Luft wie nur möglich einatmete, um seinen Magen zu beruhigen. Ihm fiel ein, dass er sich oft genauso gefühlt hatte, wenn er früher zum Leuchtturm hinausgerudert war. Er hatte die Übelkeit auch damals bezwungen, offenbar war er wirklich nicht zum Seemann geboren. Die Reise nach Australien war ebenfalls ein Zeugnis dafür gewesen. Lisette hatte ihn damals liebevoll ausgelacht und ihn damit geneckt, dass Männer aus den Bergen dem Meer eben nie trauen würden. Sie hatte recht gehabt. Die Berge verstand er – sie waren unverrückbar und aufrichtig, und sie logen nie. Ozeane dagegen waren unvorhersehbar, unergründlich und mörderisch. Das Meer konnte töten, und bei der Auswahl seiner Opfer war es nicht wählerisch.

Sie hatten das Thema nicht angeschnitten, doch er wusste, dass auch Mathilda nicht begeistert davon war, auf dem Wasser zu sein. Allerdings war es der schnellste Weg nach Frankreich, und ihr Verlangen, endlich nach Paris zu kommen, übertraf ihre Angst.

Der Morgen graute, als sie in den Hafen von Calais einliefen. Wie schon Dover sah die Stadt grau und unwirtlich aus, nichts als eine Ansammlung von Industriebauten. Es roch nach Gauloises, und Luc dachte sofort: Ah ja, endlich Frankreich! Er lächelte, als sich Mathildas kleine Hand in seine schob.

»Wir sind da«, sagte seine Tochter erleichtert.

Er nickte und zog sie an sich, zu überwältigt, um sprechen zu können. Diese Reise hatte er ursprünglich mit seiner Frau machen wollen. So oft hatten sie darüber geredet, zusammen nach Frankreich zu fahren und durch ein Paris zu spazieren, in dem es keine Hakenkreuzfahnen und deutschen Besatzer mehr gab. Lisette sollte endlich *seine* Provence erleben, sein Saignon … und vor allem seine Lavendelfelder. Nun gut, jetzt reiste er eben mit seiner Tochter. Es musste ihm genügen, und er musste dafür sorgen, dass Mathilda nichts von seiner Wehmut mitbekam.

Allerdings hatte er nicht damit gerechnet, dass Mathilda so gut wie gar nichts entging.

»Dad … ich wünschte, Mum könnte jetzt bei dir sein.« Er blickte hinunter auf ihr kleines Gesicht, das im ersten Tageslicht und im Schein der Natriumlampen geisterhaft blass wirkte. »Du denkst bestimmt gerade an sie«, sagte sie ernst. »Ich auch.«

Er streichelte ihr über die glatte Wange. »Sie ist bei uns«, sagte er und rang sich ein Lächeln ab. »Hier«, er zeigte erst auf Mathildas Herz und dann auf seines. »Und hier«, fügte er hinzu und umfasste das Gesicht seiner Tochter. »Du bist deiner Mutter wie aus dem Gesicht geschnitten, nur noch viel schöner.«

Forschend blickte sie ihn an, als wolle sie ergründen, ob er ihr bloß etwas vormachte.

»Ich meine es ernst, Tilly. Du erinnerst mich so sehr an deine Mutter, und obwohl du ein eigener Mensch bist, hast du so viel vor ihr. Ich kann es kaum erwarten zu sehen, was einmal aus dir wird und was du erreichst. Du darfst nie das Gefühl haben, ich wäre nicht stolz auf dich oder nicht glücklich über unsere gemeinsame Reise. Du hast sie längst zu etwas Besonderem gemacht. Natürlich wäre es perfekt, wenn auch Mum und Harry jetzt hier bei uns wären, aber wir müssen aufhören, uns das zu wünschen.«

Mathilda schlang ihm die Arme um die Taille. »Ich liebe dich, Dad. Harry ist es immer so leichtgefallen, dir das zu sagen, ich kann das nicht so gut. Aber das heißt nicht, dass ich es dir nicht ganz oft sagen will. Ich mache mir Sorgen um dich. Du bist so oft in Gedanken, und ich habe Angst, dass du Mum zu sehr vermisst.«

Luc zog sie an sich. »Sie fehlt mir jede Minute. Auch Harry fehlt mir so sehr, dass es wehtut. Keine Sorge, ich habe meine Trauer unter Kontrolle, das verspreche ich dir. Ich muss bloß über viele Dinge nachdenken.«

»Wegen der Farm? Die Proben waren doch großartig …«

Luc nickte. »Nein, deswegen mache ich mir überhaupt keine Gedanken.«

»Dann darüber, ob du nach all den Jahren nach Frankreich zurückkehren sollst?«

Luc lächelte. »Ja, ich bin ein bisschen zögerlich.«

»Ich kann es gar nicht erwarten, Paris zu sehen. Und auf dein Dorf und den Lavendel bin ich auch schon total gespannt.«

»Der Lavendel ist bestimmt verwildert.«

»Und wenn schon. Auf jeden Fall gehört er dir. Du hast selbst gesagt, wir haben unseren Anspruch auf deinen Hof schon geltend gemacht. Geht es da nicht nur noch um irgendwelche Papiere?«

Erneut hatte Mathilda recht. Ihre optimistische Einstellung und ihr Umgang mit Problemen gefielen ihm. Allerdings wusste sie nicht, warum er wirklich zurückgekommen war.

Die Fähre legte an, und plötzlich hörten sie die Hafenarbeiter Französisch sprechen. Schneeregen fiel, es würde ein grauer, nasser Tag werden. Kein perfektes Willkommen für Mathildas ersten Eindruck von Paris, aber Luc glaubte fest daran, dass sie sich trotzdem auf den ersten Blick in die Stadt des Lichts verlieben würde.

Vierzig Minuten später hatten sie die Passkontrolle hinter sich gelassen und saßen im Zug, der sie zur Gare Saint-Lazare bringen würde.

19

Luc hatte Zimmer im Grand Hotel reserviert. Es lag nahe an der Gare Saint-Lazare, da es ursprünglich das Bahnhofshotel gewesen war, erbaut zur Weltausstellung in Paris im letzten Jahrhundert. Sie traten in die riesige, mit Marmor verkleidete Eingangshalle. Im hinteren Teil des Foyers führte eine zweiläufige Treppe zu einem Gang, durch den man direkt in den Bahnhof gelangte.

Der Chef-Concierge sah, dass die beiden die Treppe bewunderten. »Die einzige Art in Paris, aufs Schiff zu gelangen, ohne auch nur einen einzigen Regentropfen abzubekommen«, erklärte er stolz. »Sie können von unserer Lobby aus nach Dieppe reisen, von dort weiter nach Newhaven und sogar bis nach New York.«

»Oh, ich verstehe. Tilly, dieses Hotel wurde eigentlich gebaut, um die Transatlantikreisen zwischen Europa und Amerika zu fördern.«

Sie hatten bereits eingecheckt, und während die Pagen sich um das Gepäck kümmerten, gingen Luc und Mathilda in die prachtvolle Lobby mit den großen Kristalllüstern, deren Lichter durch die Spiegel an der Decke noch vervielfältigt wurden.

Mathilda stieß einen leisen Pfiff aus. »Das ist hier aber bestimmt ganz schön teuer.«

Fünfundzwanzig Francs pro Nacht kamen Luc nicht besonders teuer vor. »Solange es dich glücklich macht«, erwiderte er fröhlich.

»Ja, ich bin total begeistert. Es ist so … so …« Mathilda fand keine Worte.

»So französisch?« Luc grinste. »Diese Prachtentfaltung zusammen mit dem Stilmix nennt man *La Belle Époque*.«

Mathilda warf ihm einen überraschten Blick zu. »Woher weißt du das?«

Luc lachte. »Hältst du mich etwa für ungebildet, nur weil ich Farmer bin?« Das Mädchen zuckte mit den Schultern, und Luc fuhr fort: »Du bist jetzt in meinem Teil der Welt. Diese grandiose Innenarchitektur wirst du in ganz Paris sehen, vor allem in den Hotels.«

»Ich bin beeindruckt, Dad.«

Obwohl es zwei kleine Aufzüge gab, gingen sie über die Treppe zu ihrem Zimmer. Die Suite lag über Eck, so dass sie einen fantastischen Rundumblick hatten.

»Wir sind hier sehr nahe an der Oper«, erklärte er Mathilda, die sich trotz der Kälte weit aus dem Fenster lehnte und den Ausblick auf Paris genoss. Luc zeigte nach links. »Zu Fuß sind es nur ein paar Minuten.«

»Und die Galeries Lafayette?«, fragte Mathilda.

»Anscheinend hast du deine Hausaufgaben nicht gemacht. Die befinden sich direkt vor dir. Das da drüben ist das hintere Ende. Du kannst praktisch draufspucken.«

Sie lächelte. »Das ist ja sogar noch aufregender als Harvey Nicholls.«

»Wirklich?«

»Was meinst du wohl, was meine Freundinnen mehr beeindruckt? Wenn ich sage: ›Dieser Rock hier ist aus London‹, oder: ›Ich habe diese Tasche in Paris gekauft‹?«

»Letzteres natürlich«, sagte er.

Mathilda grinste. »Bevor wir uns die Stadt angucken, muss ich aber erst einmal schlafen.«

»Groovy«, erwiderte er.

Seine Tochter zuckte zusammen. »Dad, bring mich bloß nicht in Verlegenheit.«

»Dabei ist das die letzte Freude, die mir bleibt«, sagte er und kitzelte sie.

»Dad, nein!«, kreischte Mathilda lachend.

Er hörte auf, weil ihm plötzlich bewusst wurde, dass andere Gäste sich durch den Lärm gestört fühlen könnten. »Ich gehe jetzt duschen, und danach entführe ich dich zum Abendessen in ein ganz besonderes Restaurant«, versprach er.

Als Luc im Bademantel aus dem Bad kam und sich die nassen Haare mit einem Handtuch abrubbelte, lag seine Tochter komplett angezogen auf ihrem Bett und schlief tief und fest. Es war früher Nachmittag, und die Dusche hatte ihn wach gemacht. Rasch zog er sich an, schloss Mathilda in ihrem Zimmer ein und lief die Treppe hinunter, um ein Telefon zu suchen.

Er gab die Nummer an der Rezeption an und wartete in einer der Zellen, bis die Leitung stand.

»*Allo?*«

Luc hatte unwillkürlich die Luft angehalten, aber jetzt atmete er tief durch. Die Telefonistin hatte die Verbindung hergestellt, jetzt gab es kein Zurück mehr.

»Spreche ich mit Maximilian Vogel?«, sagte er.

»Ja. Wer ist dort, bitte?«

»Lukas Ravensburg.«

Die Stille war mit Händen zu greifen.

»Sind Sie noch da, Mister Vogel?«, fragte Luc. Das Herz schlug ihm bis zum Hals.

»Ja. Bitte nennen Sie mich Max.«

»In Ordnung.«

Einen Moment lang schwiegen sie alle beide. Keiner wusste so recht, wo er anfangen sollte.

»Ich … äh, ich habe Ihren Brief bekommen. Und ich freue mich, dass Sie hier in Frankreich sind«, sagte Max schließlich.

»Derzeit sind wir in Paris.«

»Wie hat Ihre Tochter die lange Reise überstanden?«

»Danke, gut. Es kommt mir vor, als sei es schon eine Ewigkeit her. Mathilda hat es in London sehr gut gefallen, wie Sie sich denken können, aber auf Paris hat sie sich am meisten gefreut.«

»Das kann man ihr nicht verdenken«, sagte Max.

Luc beschloss, nicht länger um den heißen Brei herumzureden. »Möchten Sie mich hier im Hotel treffen, oder soll ich lieber zu Ihnen kommen?«, sagte er.

Der jüngere Mann holte tief Luft. »Ich setze mich gerne in den Zug, für mich ist es vielleicht einfacher, weil ich allein bin.«

»Ich würde Mathilda sowieso nicht mitbringen«, sagte Luc eine Spur zu scharf. »Verzeihen Sie mir, aber sie weiß von dem Ganzen nichts.«

»Nein, natürlich nicht«, sagte Max. »Ich komme zu Ihnen. Ließe sich dafür sorgen, dass wir uns ungestört unterhalten können?«

»Ja, ich kümmere mich darum«, sagte Luc. »Wann?«

»Wenn ich am Freitag in Lausanne aufbreche, könnten wir uns am Samstag treffen.«

Ende der Woche also. Bis dahin konnte Luc mit Mathilda noch einiges besichtigen. »Das ist in Ordnung. Wir wohnen im Grand Hotel.«

»Bei der Gare Saint-Lazare?«

»Ja genau.«

»Soll ich vorher anrufen, oder …«

»Nein, ich warte in der Lobby auf Sie. Sagen wir um zehn Uhr vormittags?«

»Ich werde da sein. Äh … Mister Ravens, wie erkenne ich Sie denn?«

»Machen Sie sich keine Sorgen. Ich werde Sie erkennen. Bis die Tage, Max«, sagte er und legte den Hörer auf. Widerstreitende Emotionen wühlten ihn auf.

Fest entschlossen, nicht auf das Geld zu achten, führte Luc Mathilda ins Hotel Ritz aus. Als sie an der Place Vendôme aus dem Taxi stiegen, überfluteten ihn die Erinnerungen an den Krieg, doch er war darauf vorbereitet und ließ sich nicht davon überwältigen. Paris war wieder französisch, und in diesem Hotel logierten weder die Nazis noch Oberst Kilian, der damals Lisette zum Geburtstagsdinner hierher ausgeführt hatte. Es war lediglich eines der besten Hotels in Paris, und er würde seine Tochter im berühmten L'Espadon zum Abendessen einladen. Daran würde sie sich ihr Leben lang erinnern.

»Bereit, Mathilda?«, fragte er.

»Mehr als bereit, Luc«, erwiderte sie von oben herab und kicherte.

»›Dad‹ ist mir lieber«, flüsterte er.

»Danke, dass du darauf bestanden hast, dass ich Französisch lerne«, erwiderte sie ebenfalls im Flüsterton.

Luc nickte. Mühelos wechselte er ebenfalls ins Französische. »Ich wusste ja, dass du es irgendwann mal brauchen würdest«, erwiderte er. »Riechst du den echten Kaffee, Tilly?«

»Natürlich. Paris riecht ganz fremd.«

»Das ist gut.«

»Nach Eleganz.«

Luc lächelte. »Komm, wir leiten unseren ersten Abend in Paris mit einem Cocktail ein. Für dich natürlich ohne Alkohol«, fügte er hinzu.

Im Ritz setzte er sich mit seiner Tochter, die ihren neuen Minirock trug, in die Cocktailbar.

Sofort stand ein Kellner neben ihnen. »*Monsieur, mademoiselle, bonsoir.* Essen Sie bei uns?«

Luc nickte. »Ich habe für neunzehn Uhr einen Tisch reserviert.«

»Darf ich Ihnen einen Aperitif anbieten, Monsieur? Und für Mademoiselle?«

»Welcher Cocktail ohne Alkohol ist denn der eleganteste für meine Tochter?«

Der Kellner runzelte die Stirn. »Ich frage unseren Barkeeper. Und für Sie, Monsieur?«

»Ich nehme einen Gimlet«, erwiderte Luc.

Der Mann nickte, stellte ein Schälchen mit gesalzenen Nüssen vor sie auf den Tisch und eilte zur Bar.

»Was ist das?«, fragte Mathilda.

»Pistazien. Du musst sie schälen, und zwar so«, erklärte Luc und steckte sich die grünliche Nuss in den Mund. »Köstlich.«

Mathilda folgte seinem Beispiel, und sie waren sich beide einig, dass die Pistazien fabelhaft waren.

Der Kellner brachte ihre Getränke. »Das ist ein Wodka Daisy, Mademoiselle«, erklärte er. »Ohne Wodka«, fügte er mit einem Blick auf Luc hinzu. »Limonade, Zitronensaft und Grenadine. Ich hoffe, er schmeckt Ihnen.«

Lächelnd betrachtete Mathilda das dreieckige Martiniglas. Der Streifen roter Granatapfelsirup schwebte unter der sprudelnden Limonade und dem frischen Saft. Eine dünne Locke Zitronenschale schwebte im Glas, und eine halbe Scheibe steckte am gezuckerten Rand.

»Ihr Gimlet, Monsieur«, sagte der Kellner und stellte den Drink vor ihn hin.

»Danke«, sagte Luc. Nachdem der Mann gegangen war, hob

er sein Glas. »Auf dich, Mathilda Ravens. Willkommen in meinem Heimatland und vor allem willkommen in Paris.«

Sie stießen an, und Mathilda verkündete, ihr falscher Wodka Daisy schmecke »perfekt«. »Warst du mit Mum auch schon mal hier?«, fragte sie.

Luc schüttelte den Kopf und erklärte ihr, dass es hier im Hotel während der Besatzung von Nazis nur so gewimmelt habe. Außerdem hätten sie sowieso nicht genug Geld gehabt. Er wollte jedoch aufrichtig zu Mathilda sein. »Aber deine Mutter war einmal hier, als Gast eines deutschen Obersts.«

»Es ist ja kein Geheimnis, dass Mum eine Spionin war, aber ihr habt uns nie etwas über die Kriegsjahre erzählt.«

»Es war eine schlimme Zeit, Tilly. Du kannst es dir nicht vorstellen. Ich kann sie noch nicht einmal wirklich beschreiben. Der Tod lauerte überall. Deine Mutter war unglaublich tapfer, wirklich.«

»Erzähl mir, wie du sie kennengelernt hast.«

»Das weißt du doch«, sagte Luc und trank einen Schluck.

»Ich kenne nur Mums Version. Erzähl mir deine.«

Luc holte tief Luft. Vielleicht würde es ihnen ja beiden helfen, über Lisette zu reden. Er beschloss, seiner Tochter zu erzählen, wie sie sich an jenem Winterabend 1943 in dem kleinen Dorf begegnet waren.

»Es war ein ähnlicher Novemberabend wie heute«, begann er.

Seine Geschichte, unterbrochen durch Mathildas Fragen, erstreckte sich über den gesamten Abend. Sie tranken ihre Cocktails und ließen sich ein exquisites Dinner mit Meeresfrüchten schmecken. Die Wahrheit über Lisettes Affäre mit Kilian umschiffte Luc zwar, aber er würde trotzdem gut schlafen können, da er nicht direkt die Unwahrheit sagte.

»Du warst bestimmt total eifersüchtig«, sagte seine Tochter, die gebannt zugehört hatte.

»Ja, das war ich. Ich musste im eiskalten Auto sitzen und darauf warten, dass sie ihr Essen beenden und zurückfahren.«

Mathildas faszinierte Miene sagte ihm, dass er sie gut unterhalten hatte. Trotzdem hoffte er, sie möge keine tiefer gehenden Fragen mehr stellen.

Der Oberkellner trat an ihren Tisch.

»Mein Schwertfisch war perfekt«, sagte Luc. »Bitte richten Sie dem Koch meinen Dank aus.«

»Und ich könnte meinen Teller ablecken«, ergänzte Mathilda in fehlerfreiem Französisch.

Die Mundwinkel des Mannes zuckten leicht. »Darf ich Ihnen den Dessertwagen vorbeischicken?«

Mathilda schüttelte den Kopf. »Nein, ich möchte schließlich in die Pariser Mode passen«, erwiderte sie.

Luc konnte es kaum glauben. Ihm kam es so vor, als ob seine Tochter mit einem Schlag erwachsen geworden wäre.

»Kaffee?«, fragte der Mann höflich.

»Bitte«, sagte Luc.

»Und für Sie, Mademoiselle?«

»Ja, schwarz, bitte«, sagte sie, obwohl Luc sie mit einem strengen Blick bedachte.

Nachdem der Kellner gegangen war, sagte Mathilda: »Ach, komm schon, Dad. Französische Kinder trinken bestimmt schon ganz früh Kaffee. Wein trinken sie jedenfalls von Geburt an, hat Mum gesagt.«

»Deine Mutter hat wie immer übertrieben. Ich möchte nicht, dass du Koffein zu dir nimmst.«

»Warum? In Tee ist auch Tein drin, und den trinken wir literweise.«

Luc starrte sie hilflos an. »Du machst mich fertig.«

Mathilda grinste.

Sie hatten beide so viel gegessen, dass sie sich stöhnend die Bäuche hielten, als sie das Ritz verließen.

»Möchtest du auch lieber zu Fuß gehen?«, fragte Luc Mathilda. »Oder bist du müde?«

»Ich habe mich ja heute Nachmittag ausgeruht, außerdem könnte ich sowieso noch nicht schlafen. Lass uns also laufen.«

Es wurde kalt, aber sie waren beide warm angezogen. Hand in Hand schlenderten sie durch das Hotel, vorbei an der Bar, die Ernest Hemingway berühmt gemacht hatte.

»Morgen gehe ich mit dir in die Tuilerien. Sie führen direkt zum Louvre, und danach können wir auf das linke Seineufer wechseln und durch Saint Germain und den Jardin du Luxembourg spazieren.«

Sie traten durch einen Seiteneingang des Hotels in die Rue Cambon.

Plötzlich keuchte Mathilda. »Chanel!«, hauchte sie ehrfürchtig.

Luc lächelte. Er hatte ganz vergessen, dass sich der Originalsalon hier befand. Amüsiert beobachtete er, wie seine Tochter über die Straße rannte und sich die Nase an den Schaufensterscheiben plattdrückte, hinter denen die viereckigen Glasflakons mit dem berühmten Duft standen. Sie erinnerte ihn an Holly Golightly am Schaufenster von Tiffany's. *Was habe ich mir kürzlich noch insgeheim gelobt wegen Chanel No. 5?*, dachte er mit einem ironischen Lächeln. Es gelang ihm jedoch, sein Kind mit dem Versprechen vom Modehaus wegzulocken, dass sie wiederkommen würden, wenn es geöffnet hatte. Sie gingen zur Rue Rivoli und kamen auch am Hotel de Crillon vorbei.

»Sieh mal, Löcher von Gewehrkugeln. Sie sind bei der Befreiung von Paris entstanden.«

Mathilda war nicht annähernd so beeindruckt wie eben gerade noch. »Was ist mit dem Eiffelturm?«

»Ich zeige ihn dir diese Woche. Die Pariser haben damals die Kabel durchgeschnitten, damit Hitler nicht mit dem Aufzug hinauffahren konnte, er hätte zu Fuß raufgehen müssen. Ich glaube, das hat er nicht geschafft.«

»Gut«, sagte Mathilda.

»Es ist schwer zu beschreiben, wie diese Stadt in den vierziger Jahren aussah, Tilly. Es gab deutsche Straßenschilder, und überall hingen Hakenkreuzfahnen. Die Leute hungerten und legten in allen Parks Gemüsebeete an.« Erneut blickte er auf die von Einschusslöchern übersäte Hotelfassade, die von Scheinwerfern angestrahlt wurde.

Sie bogen von der Rue Rivoli ab und schlenderten durch den eleganten Bezirk, bis sie schließlich vor den Stufen von La Madeleine standen und die hoch aufragenden Kolonnaden bewunderten.

»Das berühmte Gebäck ist nach diesem Ort benannt«, erklärte Luc. »Es gibt auch ein Foto von Hitler genau an dieser Stelle. Es ist bei seinem einzigen Besuch in Paris während der Besatzung entstanden.«

»Dad, darf ich mir die Haare schneiden lassen? Ganz kurz, meine ich.«

»Auf gar keinen Fall«, erwiderte er, innerlich amüsiert über ihr mangelndes Interesse an seinen Kommentaren.

Sie gingen zügig weiter, weil die Novembernacht langsam kälter wurde.

Im Hotelzimmer schlief Mathilda gleich ein, wobei sie seine Hand ganz fest hielt. Luc war sich nicht sicher, ob ihm ihre wachsende Liebe das Herz brach oder erfüllte. Warum hatten Lisette und Harry erst sterben müssen, damit er merkte, wie sehr er seine kleine Tochter liebte? Er betrachtete ihr Gesicht, das im Schlaf völlig entspannt war. Mit den langen dunklen Haaren, die sich auf dem Kopfkissen ausbreiteten und ihr über einen Arm fielen, sah sie ihrer Mutter noch ähnlicher als sonst. Wie kam das Kind nur auf die Idee, sie abschneiden zu wollen?

Nach einem bescheidenen Frühstück gingen sie am nächsten Morgen in das Palais Garnier, in dem sich die Oper befand. Luc hielt sich mit seinen Schilderungen zurück und ließ stattdessen Mathilda aus ihrem Reiseführer vorlesen. Staunend betrachtete sie den prächtig glitzernden Prunk des Grand Foyer mit der beeindruckenden zweiläufigen Treppe.

»Du hast das alles schon gesehen, nicht wahr?«, fragte sie ihn.

»Einmal, als kleiner Junge. Mein Vater hat mich hierher mitgenommen«, erwiderte er und dachte an die glücklichen Zeiten, als Jacob Bonet versucht hatte, seinen Adoptivsohn für Musik zu begeistern.

»… wo der berühmte Roman *Phantom der Oper* spielt«, las Mathilda.

Luc blickte auf seine Armbanduhr. »Tilly, wir müssen uns ein bisschen beeilen. Ich muss noch in die Rue Scribe zu American Express.«

»Warum?« »Weil es mit dir in Paris so teuer ist«, erwiderte er.

Im Stechschritt eilte er mit ihr über eine der vielen breiten Prachtstraßen, die sich an der Place de l'Opéra kreuzten. Schon im Krieg war hier viel Verkehr gewesen, aber jetzt schienen alle Autos gleichzeitig zu hupen.

Anscheinend hatte auch jeder Tourist in Paris genau diesen Moment gewählt, um das American-Express-Gebäude aufzusuchen, das wie eine Festung zwischen der Rue Scribe und der Rue Auber stand. Hier konnte man Überseetelegramme aufgeben, Geld abheben und Reiseschecks einlösen. Man konnte auch Sightseeingtouren buchen oder sich helfen lassen, wenn man seinen Reisepass verloren oder einen Anschluss verpasst hatte. Wie gebannt blieben Luc und Mathilda am Eingang stehen und hielten Ausschau nach dem Schreibtisch, über dem ein Metallschild mit der Aufschrift »Reiseschecks« hing.

Mathilda erblickte ihn als Erste. »Da drüben!«

Als Luc darauf zutrat, stieß er mit einer Frau zusammen, die gerade vorbeikam. Sie trug einen rauchgrauen, in A-Form geschnittenen Mantel, der am Hals und an den Ärmelaufschlägen mit Pelz besetzt war. »*Pardon, mademoiselle*«, sagte er und hob den Hut.

»Keine Ursache«, erwiderte sie auf Englisch, und er schaute sie überrascht an.

Er hatte erwartet, dass eine so elegante Frau Französin war. Spontan lächelte er sie an, wobei ihm zuerst ihr verführerisches Parfüm und dann ihre Augen auffielen, obwohl sie sofort den Blick abwandte. Sie waren dunkelgrün mit schokobraunen Flecken. Ihre Haare waren von einem warmen Nussbraun, modisch schulterlang geschnitten und ein wenig zerzaust. Luc blickte ihr nach, als sie auf die neumodische Rolltreppe trat. So etwas hatte er noch nie zuvor gesehen. Sie fuhr so langsam nach oben, dass er Gelegenheit hatte, die Engländerin zu beobachten. Auf einmal drehte sie sich halb um, und ihre Blicke trafen sich erneut. Lucs Herz schlug schneller. Er konnte immer noch ihren frischen, spritzigen Duft riechen, der ihn – vielleicht ein wenig unpassend für Winteranfang – an Frühling denken ließ. Er lächelte versonnen, weil er sich von Düften so stark beeinflussen ließ, aber dieses Parfüm interessierte ihn wirklich. Er konnte zwar keine Lavendelnote riechen, doch es gefiel ihm trotzdem, und er wünschte, er würde den Namen kennen.

Abgesehen davon fühlte es sich gut an, wieder mal eine Frau wahrzunehmen.

»Dad, kann ich hier auf dich warten?«, fragte Mathilda.

Unsicher blickte er sich um. »Warum? Was ist denn los?«

»Mir ist ein wenig schlecht, und ich habe das Gefühl, ich kriege Kopfschmerzen. Ich setze mich dort drüben hin und warte auf dich.«

Sie zeigte auf einen Schalensitz in der Ecke an den großen Fenstern, die auf eine belebte Kreuzung hinausgingen. Ständig schwangen die Türen auf und zu, und neue Besucher strömten herein. Es war fast Mittag, deshalb war es besonders voll.

»In Ordnung«, willigte Luc ein. »Du kannst schon mal den Weg zum Louvre und all den anderen Sehenswürdigkeiten planen, die du heute noch sehen willst.«

»Okay. Dad?« Er drehte sich noch einmal um. »Erinnerst du dich noch an das Mädchen, mit dem ich beim Frühstück im Hotel gesprochen habe?«

Luc nickte. »Ja. Du hast gesagt, sie heißt Juliette.«

»Ihrem Vater gehört das Hotel.« Luc wartete. »Ich finde sie nett«, fuhr Mathilda fort. »Sie hat gemeint, wenn ich eine Nacht bei ihr schlafen möchte, dann könnte ich das gerne machen.« Luc schwieg. »Ich habe gedacht, Samstag wäre vielleicht gut … Also, wenn du nichts anderes geplant hast.«

Grinsend schüttelte er den Kopf. »Im Hotel?«

»Ja«, sagte Mathilda eifrig. »Anscheinend haben sie eine riesige Wohnung dort. Ihre Mutter hat gesagt, ich bin herzlich willkommen.«

Luc zog die Augenbrauen hoch. »Das klingt ja so, als wäre alles schon abgesprochen.«

Mathilda warf ihm einen verlegenen Blick zu. »Ja. Sie haben angerufen, als du im Bad warst. Ich habe gesagt, ich muss dich erst fragen.«

Seine Tochter fand nicht so leicht Freunde, das wusste Luc. Und Samstagabend wäre perfekt für ihn. »Ich bin damit einverstanden.«

»Danke, Dad.«

»Sprich nicht mit Fremden«, warnte er sie noch und wandte sich erneut zum Gehen.

Sie warf ihm einen aufgebrachten Blick zu und vertiefte sich in ihren Reiseführer.

Erneut bewunderte Luc die Rolltreppe, als er daran vorbeiging. Ob Aufzüge dadurch überflüssig wurden? Er ließ sich von der Menge zu seinem Schalter treiben. Geduldig reihte er sich in eine der Schlangen ein, musste jedoch feststellen, dass die Wartenden neben ihm schneller vorwärtskamen. Als er endlich vor der Theke stand, stieg ihm wieder der Duft der Engländerin in die Nase. Er wandte den Kopf, und da stand sie tatsächlich links von ihm. Sie merkte allerdings nicht, dass er sie beobachtete, weil sie gerade in ihrer Handtasche kramte.

»Monsieur?«, sagte der Mann hinter dem Schalter noch einmal.

»Pardon«, erwiderte Luc und reichte ihm seine Reiseschecks.

Er wollte Mathilda etwas Besonderes kaufen, und mittlerweile hatte er akzeptiert, dass es wahrscheinlich etwas aus dem Chanel-Laden sein musste. Seufzend legte er noch einige weitere Reiseschecks auf den Stapel, um sie einzulösen.

Die Schlange neben ihm geriet in Bewegung, und sein Blick fiel auf den eleganten Mantel der Engländerin. Erneut drang ihm ihr Parfüm in die Nase. Sie blickte ihn an und lächelte kurz.

»Hallo«, sagte Luc auf Englisch. »Sind Sie zu Besuch in Paris?«

»Ja. Ich habe aus Versehen die Rolltreppe genommen, und …« Sie brach ab, als jemand sich laut und betont räusperte.

Der Mann hinter dem Schalter verlieh seiner Empörung Ausdruck, weil sie sich nicht direkt ihm zugewandt hatte. Die Engländerin war größer, als er im ersten Moment geschätzt hatte, und sie hatte einen auffallend breiten Mund. Als sie lächelte, enthüllte sie ebenmäßige weiße Zähne. Ihre Haut war zwar hell, aber sie sah so aus, als ob sie Sonne vertragen könnte. Luc unterschrieb seine Schecks und wartete, bis der Angestellte ihm das Geld auszahlte. Dabei beobachtete er die Frau, die direkt neben ihm stand.

»Entschuldigen Sie, ich verstehe Sie nicht«, sagte sie zu dem Mann hinter dem Schalter. »Äh, *je ne comprends pas,* Monsieur«, erklärte sie höflich und lächelte Luc kläglich an. »Mein Französisch ist jämmerlich«, sagte sie auf Englisch.

»Das merkt man«, murmelte der Angestellte hinter dem Schalter in schnellem Französisch, damit sie ihn nicht verstand.

Luc hingegen verstand ihn, und er billigte die Haltung des Mannes nicht. Die Franzosen galten gerade Engländern gegenüber als unfreundlich.

»Entschuldigen Sie, wie heißen Sie?«, fragte er auf Französisch.

Der Angestellte blickte erstaunt auf. »Jean-Pierre, Monsieur.«

»Nun denn, Jean-Pierre«, sagte Luc, weiterhin in sehr schnellem Französisch, »ich habe mitbekommen, wie Sie sich dieser Kundin gegenüber verhalten, und ich muss sagen, ich bin entsetzt. Sie hat Ihnen erklärt, dass sie nicht gut Französisch spricht, und ich gehe davon aus, dass Sie Englisch durchaus verstehen, da Sie sonst nicht hier arbeiten würden. Warum verhalten Sie sich nicht so, wie American Express es von Ihnen erwartet?« Der Mann warf ihm einen beleidigten Blick zu, aber Luc war noch nicht fertig. »Sie scheinen mir nicht besonders geeignet für den Umgang mit Touristen. Ist dies hier Ihre übliche Arbeitsstelle?«

»Ja, Monsieur.«

»Das überrascht mich. Fast jeder, der an Ihren Schalter

kommt, ist darauf angewiesen, dass Sie Englisch verstehen. Statt ein solches Gesicht aufzusetzen, könnten Sie die Leute vielmehr dadurch beeindrucken, dass Sie Ihre Kenntnisse einsetzen. Englisch ist die allgemeine Geschäftssprache, Jean-Pierre, und Sie werden in dieser Branche nie weiterkommen, wenn Sie Französisch für die einzig wichtige Sprache halten. Was ist Ihr Problem?«

»Mein Vater wurde im Krieg von den Engländern getötet«, sagte der Mann leise.

Das beeindruckte Luc keineswegs. »Und Sie glauben, diese Dame hier ist schuld daran?« Luc wies auf die Frau.

»Es tut mir leid, Monsieur.«

Luc merkte dem Mann an, dass es ihm im Grunde egal war. »Entschuldigen Sie sich nicht bei mir, Jean-Pierre, sondern bei Ihrer Kundin. Ehrlich gesagt halte ich Sie für einen unhöflichen Klotz, der besser an einem Schreibtisch in der Verwaltung säße. Jetzt reden Sie mit der Frau respektvoll auf Englisch, sonst beschwere ich mich über Sie.« Luc wandte sich wieder der Engländerin zu. »Ich denke, Sie werden diesen Herrn nun sehr gut verstehen«, sagte er.

Sie blickte ihn verblüfft an. »Wer sind Sie?«

»*Pardon,* Mademoiselle. Ich bin Luke Ravens, Luc«, sagte er.

»Jane Aplin«, stellte sie sich vor und streckte die Hand aus.

»*Enchanté,* Mademoiselle Aplin«, sagte Luc. Er ergriff ihre Hand und verneigte sich leicht. »Ich lasse Sie jetzt mit Jean-Pierre allein. Mein Kompliment für Ihr wundervolles Parfüm.«

Luc warf dem Mann hinter dem Schalter noch einen strengen Blick zu. Er lächelte, als er hörte, wie der Angestellte Miss Aplin auf Englisch anredete.

»Äh, danke, Luke«, sagte sie zu ihm.

Hastig nahm Luc sein Geld in Empfang und machte sich auf den Weg in die Halle. Er hatte Mathilda viel länger allein gelassen, als er vorgehabt hatte. Als er zum Eingang kam, sah er sie nicht sofort. Ein paar Leute versperrten ihm den Weg zu der Ecke, wo sie sich hingesetzt hatte, und als er ihren Stuhl erreichte, saß eine Frau mittleren Alters darauf, die eine Zeitschrift las.

»*Parlez-vous français, madame?*«, fragte er, doch sie blickte ihn nur verwirrt an.

»Charlie?«, sagte sie und wandte sich an den Mann, der neben ihr saß und in der *International Herald Tribune* las.

Luc wartete seine Reaktion gar nicht erst ab. Auf Englisch fragte er: »Entschuldigen Sie bitte, haben Sie vielleicht ein Mädchen gesehen, das vor Ihnen hier gesessen hat? Sie ist vierzehn.«

Die Frau schüttelte den Kopf. »Nein, Schätzchen, der Platz war leer, als ich mich hier hingesetzt habe.«

Luc zog sich der Magen zusammen. Verzweifelt blickte er sich in der Halle um. Von Mathilda keine Spur. Hastig rannte er zu den drei Sicherheitsbeamten, von denen einer Mathilda vorhin gesehen hatte.

»Ich dachte, ihre Eltern hätten sie abgeholt«, sagte er vorwurfsvoll. »Wollen Sie eine Beschreibung hinterlassen? Wir könnten …«

»Nein. Ich will keine Formulare ausfüllen, ich will sie finden«, knurrte Luc und ging.

Wahllos fragte er Passanten in der Eingangshalle, ob sie Mathilda gesehen hätten. Er beschrieb, was sie anhatte, ihre Größe, ihre Haare, aber er erhielt nur verwirrte Blicke und Kopfschütteln. Angst stieg in ihm auf, schnürte ihm die Kehle zusammen. Sie hatte sich doch sicher nicht von ihrem Platz wegbewegt? Er hatte sie schließlich noch gewarnt. Trotzdem rannte er nach draußen und blickte auf den tosenden Verkehr der Place de l'Opéra. Sie konnte überall sein.

Er schob sich wieder in das American-Express-Gebäude,

und seine aufkeimende Wut wurde von seiner Angst verdrängt. Drinnen kam ihm eine vertraute Gestalt entgegen. Sie blieb vor ihm stehen.

»Mister Ravens, ich glaube, ich habe mich noch gar nicht richtig bei Ihnen bedankt.«

Er warf ihr einen zerstreuten Blick zu. »Dafür doch nicht«, sagte er.

»Sie sehen besorgt aus«, stellte die Engländerin fest. »Stimmt etwas nicht?«

»Ja, meine Tochter ist weg. Ich kann sie nicht finden.«

»Ach, du liebe Güte. Wo haben Sie sie denn zuletzt gesehen?«

»Genau hier«, sagte er und zeigte auf den Platz, auf dem inzwischen ein anderer erschöpfter Tourist saß. »Ohne mich wäre sie aber nie aus dem Gebäude gegangen. Das bereitet mir die größten Sorgen.«

»Ist Ihre Frau auch hier, sollten wir vielleicht ...?«

»Meine Frau ist tot«, sagte er barsch. »Mathilda und ich reisen allein«, fügte er sofort etwas freundlicher hinzu. »Entschuldigen Sie. Ich verständige jetzt lieber die Sicherheitsbeamten. Meine Tochter ist erst vierzehn.«

»Ja, natürlich. Ich helfe Ihnen gerne. Haben Sie schon auf der Damentoilette nachgeschaut?«

Er seufzte. »Nein, noch nicht.«

»Na gut, dann übernehme ich das.« Sie nickte ermutigend. »Ich bin gleich wieder da. Machen Sie sich bitte keine Sorgen. Wir finden das Mädchen schon.«

Luc nickte. Er brachte noch nicht einmal ein Lächeln zustande. So viel Angst hatte er noch nie gehabt.

20

Jane blickte sich nach dem gut aussehenden Franzosen um. Anscheinend war es Bestimmung, dass sie sich begegnet waren. Ihre Großmutter hatte immer gesagt, man dürfe sich erst eingehender mit jemandem unterhalten, wenn man sich häufiger als dreimal begegnet sei.

Auf dem Weg zur Damentoilette fragte sie sich unwillkürlich, ob es wohl auch zählte, wenn man sich innerhalb einer Stunde dreimal über den Weg lief. Hoffentlich war das so. Dieser Mann war unbestreitbar attraktiv, und Jane fand ihn faszinierend. Sie hatte es gleich gespürt, als er aus Versehen ihre Schulter gestreift hatte, und dann, noch stärker, als sich ihre Blicke in der Eingangshalle getroffen hatten. Ihr Vater als Wissenschaftler hätte sicher gesagt: »*Wir sind eben alle nur eine Ansammlung von Chemikalien und Molekülen, die aufeinander reagieren …*«

Auf jeden Fall war etwas Ungreifbares und Geheimnisvolles zwischen ihnen passiert, das über Grannys Regel mit den drei Begegnungen hinausging. Im Gegensatz zu ihrer Großmutter wollte Jane lieber an das Schicksal glauben. Sie musste daran glauben.

Luke Ravens mit seinem interessanten Namen und den hellblauen Augen schien voller Kummer und Geheimnisse zu stecken. Jane war nicht nach Paris gekommen, um sich zu verlieben. Im Gegenteil, an einen Mann hatte sie am allerwenigsten gedacht, aber war das nicht immer so? Wenn du etwas am wenigsten erwartest, tritt es auf einmal in dein Leben. *Siehst du, es ist doch Schicksal,* sagte sie sich.

Die Damentoilette war voller Frauen, die sich frisierten oder ihren Lippenstift auffrischten. Natürlich war es eitel, aber Jane konnte der Versuchung, kurz in den Spiegel zu blicken, trotzdem nicht widerstehen. Zufrieden stellte sie fest, dass ihre Haare und ihr Make-up perfekt waren.

»Entschuldigung, hat jemand von Ihnen eine Vierzehnjährige gesehen, die allein hier reingekommen ist?«, fragte sie laut.

Eine ältere Frau drängte sich an ihr vorbei zum Waschbecken. An der Frisur erkannte Jane, dass sie Amerikanerin war. Alle amerikanischen Frauen wollen aussehen wie Jackie Kennedy, dachte sie.

Die Frau tippte sie an. »Die Kabine ganz hinten im Gang ist schon seit einer Weile besetzt.«

»Danke«, sagte Jane und trat auf die Tür zu. »Mathilda? Ist da drin jemand, der Mathilda heißt?«, rief sie und klopfte an die Tür.

»Wer ist da?«, fragte eine piepsige Stimme.

»Mathilda?« Erleichtert klopfte Jane erneut.

»Ja?«, sagte die ängstliche Stimme.

»Mathilda, ich heiße Jane. Äh, dein Vater sucht dich überall. Er ist außer sich vor Angst.«

»Das habe ich mir schon gedacht. Es tut mir leid.«

Jane glaubte, das Mädchen schniefen zu hören. »Mach dir keine Sorgen. Ist bei dir alles in Ordnung?«

»Ich weiß nicht …«

Jane blinzelte. Sie klopfte erneut. »Mathilda, kannst du mich reinlassen? Hab keine Angst. Ich bin eine Freundin. Dein Dad hat mich gebeten, hier nach dir zu suchen.«

Sie hörte das Schloss klicken, und die Tür öffnete sich einen Spaltbreit. Jane hatte ein langbeiniges blondes Mädchen mit weißen Söckchen und Schnürschuhen erwartet. Stattdessen stand ein zierlicher Teenager mit kurzer Jacke, Minirock und Leggings vor ihr, alles hochmodern in den derzeit angesagten Farben. Mathilda hatte wissende dunkelblaue Augen und nachtschwarze Haare. Sie sah aus wie eine Miniaturausgabe von Elizabeth Taylor mit herzförmigem Gesicht und einem kleinen Mund. Ihre Augen jedoch waren rotgerändert, ihre Wangen tränenverschmiert. Sie wirkte verängstigt.

»Hallo«, sagte Jane lächelnd.

Mathilda murmelte etwas.

Jane betrat die Kabine und zog die Tür hinter sich zu. »Was ist los? Du wirkst total verängstigt.«

»Ich blute …«

»Ach, meine Süße!« Jane verstand sofort. »Zum ersten Mal?«

Mathilda nickte.

Lächelnd hob sie das Kinn des Mädchens an. »Hör mir zu. Du brauchst keine Angst zu haben. Das geht uns allen so.«

»Ich weiß. Bloß hat es mir nie jemand wirklich erklärt.«

Jane lächelte. »Du fühlst dich jetzt vielleicht nicht so, aber eigentlich ist es ein Grund zum Feiern. Herzlichen Glückwunsch! Du brauchst deswegen nicht zu weinen, das ist nichts Schlimmes.«

»Meine Mutter ist tot. Wir haben nie darüber gesprochen, deshalb weiß ich alles nur von meinen Schulfreundinnen.«

Voller Mitgefühl schlug Jane vor: »Was hältst du davon, wenn ich mit dir zusammen in die Apotheke gehe? Wenn du magst, beantworte ich dir alle deine Fragen. Ist das in Ordnung für dich?«

Mathilda nickte. Jane sagte ihr, sie solle sich das Gesicht waschen, dann lief sie nach draußen, wo Luc mit aschfahlem Gesicht auf sie wartete.

»Ich habe sie gefunden«, sagte sie und ergriff instinktiv seine

Hand. »Machen Sie sich keine Sorgen mehr. Ihre Tochter hatte eine kleine Krise.« Sie warf ihm einen mitfühlenden Blick zu. »Ich erkläre es Ihnen gleich.«

Auch die beiden Sicherheitsleute, die bei ihm standen, wirkten erleichtert. »Es freut mich, dass ihr nichts passiert ist, Monsieur.«

»Danke«, erwiderte Luc zerstreut. Er hatte nur Augen für Jane. »Ist sie noch in der Toilette?«, fragte er.

»Luke, hören Sie mir bitte zu. Es geht mich ja eigentlich nichts an, aber Mathilda ist gerade total verängstigt.«

»Verängstigt? Warum? Was ist denn passiert?« Seine Stimme klang auf einmal scharf.

Sie warf ihm einen beruhigenden Blick zu. »Nein, nein, nicht, was Sie denken. Sie braucht nur gerade eine andere Frau …« Erneut drückte sie seine Hand, wobei ihr kaum auffiel, dass sie seine Finger immer noch umklammert hielt. »Es ist ein bedeutsamer Augenblick im Leben einer jungen Frau«, fügte sie verlegen hinzu. »Verzeihen Sie mir, aber sie hat erwähnt, dass sie keine Gelegenheit hatte, mit ihrer Mutter darüber zu sprechen, und jetzt fürchtet sie sich.« Er starrte sie an. Als er nichts sagte, fuhr sie fort: »Seien Sie nicht zu hart mit ihr. Sie wusste nicht, was sie sonst tun sollte.«

Auf einmal wirkte er bekümmert. Seine Schultern sackten herunter.

Als Jane sich umdrehte, kam Mathilda auf sie beide zu. Luc ließ ihre Hand los, und sofort fühlte sie sich seiner Wärme und Stärke beraubt. Insgeheim schalt sie sich, dass sie die Berührung so sehr genossen hatte. Vater und Tochter umarmten sich, und Jane lächelte, weil sie sich daran erinnerte, wie ihr Vater sie in den Arm genommen hatte. Er hatte nach Pfeifentabak gerochen, und sein Tweedjackett hatte an ihrer Wange gekratzt. Damals hatte sie ihn zum letzten Mal gesehen. Am Tag zuvor war sie gerade vierzehn geworden. Sie lebten seinerzeit in London, und an jenem Tag hatten ihre Eltern ihren Bruder und sie zu Verwandten nach Schottland gebracht, weil ihr Vater zu seiner Einheit musste. Sie wollten die Kinder nicht der drohenden Gefahr in London aussetzen.

Luc und Mathilda wandten sich ihr zu. Sie lächelte die beiden an. »Wie geht es dir?«

Mathilda seufzte. »Nicht so toll.«

»Na komm, Mathilda«, sagte Jane, »dann will ich dich einmal in eine ganz neue Welt einführen.«

Mathilda kuschelte sich mit einer heißen Wärmflasche in ihr Bett.

»Jane ist sehr nett, nicht wahr, Dad?«, murmelte sie.

»Ja, das ist sie«, stimmte Luc zu.

»Sie ist so elegant. Kannst du sie nicht mal zum Essen ausführen oder ihr als Dankeschön etwas kaufen?«, sagte sie schläfrig. Dann fielen ihr die Augen zu. Die Schmerztabletten wirkten.

Luc küsste seine Tochter auf den Scheitel. Er vergewisserte sich, dass sie warm zugedeckt war, und schrieb ihr schnell eine Nachricht, dass sie an der Rezeption anrufen solle, wenn sie ihn brauchte. Dann schloss er das Zimmer ab und ging hinunter.

Jane Aplin wartete auf ihn in der Lobby. Er sah sie schon von Weitem und bewunderte ihre Anmut. Sie hielt ihr große, geschmeidige Gestalt aufrecht und hatte die Hände im Schoß gefaltet. Kopfschüttelnd machte er sich klar, was für ein Glück er gehabt hatte, dieser Frau zu begegnen. Was hätte er heute nur ohne sie gemacht? Sie hatte Mathilda unter ihre Fittiche genommen und ihr alles erklärt. Sie hatte seiner Tochter alles gekauft, was sie brauchte, und dafür noch nicht einmal Geld angenommen. Anschließend hatte sie Mathilda ins Hotel begleitet und war mit ihr auf ihr Zimmer gegangen. Dafür, dass sie sich so liebevoll um seine Tochter gekümmert hatte, war er ihr zutiefst dankbar.

Anscheinend spürte Jane, dass er im Raum war, denn sie drehte sich zu ihm um. Als sie ihn anlächelte, wurde ihm ganz warm ums Herz.

»Liegt sie im Bett?«

»Sie schläft schon.«

»Gut. Der erste Tag ist immer der schlimmste.«

Er nickte. »Ja, ich denke es mir.«

Sie schwiegen verlegen.

»Nun denn«, sagten sie dann gleichzeitig. Sie mussten lachen.

»Ich bin auch froh, Luke. Es ist Zeit, dass ich mich wieder auf den Weg mache«, sagte sie fröhlich. Sie streckte ihre Hand aus, und er bemerkte, dass sie keine Ringe trug. »Es war schön, Sie beide kennenzulernen. Und machen Sie sich keine Gedanken, Mathilda weiß jetzt, was sie tun muss. Bis Freitag ist alles überstanden.«

»Haben Sie es eilig?«

»Äh …« Sie blickte ihn zögernd an, und er spürte, dass sie gerne bleiben würde.

»Ich bin sicher, wir können jetzt beide eine Tasse Kaffee brauchen.«

»Zugegeben, das wäre nett.«

»Erlauben Sie mir bitte, Sie zum Dank für Ihre Hilfe zu einem späten Mittagessen einzuladen.«

»Kaffee reicht mir, Luke.«

»Ich glaube, dann haben wir nicht genug Zeit.«

»Wofür?«, fragte sie verwirrt.

»Damit ich Ihnen beibringen kann, meinen Namen richtig auszusprechen.« Luc grinste.

Er irrte sich. Jane lernte es innerhalb weniger Augenblicke.

»Sie haben ein gutes Ohr«, sagte er, als der Kaffee serviert wurde.

»Ich war in der Schule nicht schlecht in Sprachen. Ich bin nur faul. Außerdem habe ich mich über den Mann bei American Express geärgert, deshalb wollte ich nicht Französisch sprechen.«

Luc lachte. Jane hatte sie alle beide getäuscht. Er verfiel ins Französische. »Sie sprechen also meine Sprache?«

»Natürlich«, erwiderte sie spöttisch.

Amüsiert schüttelte er den Kopf. Er hob seine Tasse. »*À la vôtre.*«

»Nein, lassen Sie uns lieber auf Mathilda trinken. Was für ein Meilenstein.« Sie schüttelte den Kopf. »Damit beginnen Ihre Sorgen erst.«

Luc nickte wehmütig. »Auf Mathilda«, sagte er und trank einen Schluck. Endlich wieder starker französischer Kaffee, dachte er. Er trank ihn am liebsten schwarz, während Jane reichlich Milch hineingab. Er hatte für sie beide Croissants bestellt, während sie auf ihre Salate warteten. Allein der Duft der frisch gebackenen Hörnchen und des Kaffees erinnerte ihn an seine Jugend.

»Sie sehen traurig aus«, sagte Jane.

»Ich habe mich in meinen Erinnerungen verloren«, gestand er.

»Entschuldigung, das ist sicher eine sehr schwierige Zeit für Sie.«

»Nein, ich habe an die Tage als Halbwüchsiger gedacht, als es noch reichlich Kaffee gab. Nach dem Krieg habe ich in England gelebt, dort trinkt man kaum Kaffee, und anschließend in Australien, wo die Leute fast ausschließlich Tee trinken.« Erneut nippte er an seinem Kaffee. »Ich habe nicht gewusst, wie sehr mir dieser Genuss gefehlt hat.«

»Sind Sie zum ersten Mal wieder in Paris?«

Er nickte. »Zuletzt war ich vierundvierzig hier.«

Jane riss die Augen auf. »Als die Stadt befreit wurde?«

»Ja. Lisette, Mathildas Mutter, und ich gehörten der Résistance an, und ... Ach, wissen Sie, das ist eine lange Geschichte.« Verlegen zuckte er mit den Schultern.

»Ich möchte sie aber gerne hören.«

Auf einmal begegneten sich ihre Blicke ganz anders als zuvor. Luc war sich nicht sicher, ob er sich das Knistern zwischen ihnen nur einbildete. Auf jeden Fall hatte er sofort Schuldgefühle. Er räusperte sich.

»Ich wollte Sie die ganze Zeit schon fragen, welches Parfüm Sie benutzen. Es riecht wundervoll.«

Sie lächelte. »Wissen Sie eigentlich, dass Sie viel über Gerüche reden?«

Er schüttelte den Kopf.

»Sie haben die ganze Zeit von den Bäckereien, dem Gestank des Verkehrs und sogar von den *croque-monsieurs* in den Cafés geredet, als wir mit Mathilda zurück ins Hotel gefahren sind.«

Das Thema war ihm einigermaßen sicher für einen Smalltalk mit einer fast Fremden erschienen, und im Gegensatz zu ihr hatte er gar nicht gemerkt, was er alles von sich gegeben hatte. Luc zuckte mit den Achseln. »Ich bin Lavendelbauer. In meinem Leben geht es ständig um Aromen.«

»Wirklich? Lavendelbauer?« Sie sah ihn erstaunt an. »Sie überraschen mich. Ich habe Sie aufgrund Ihrer Kleidung für einen Geschäftsmann gehalten.«

»Tja, da haben Sie sich von meiner Tochter täuschen lassen. Mathilda hat sich geweigert, mit mir durch die Stadt zu schlendern, solange ich, wie sie sich ausdrückte, in Lumpen gekleidet bin. Sie ist mit mir in London einkaufen gegangen, es musste unbedingt die Savile Row sein. Mode ist die reinste Droge für sie. Ich habe ihr versprochen, mit ihr zu Chanel zu gehen.«

Jane zog die Augenbrauen hoch. »Kein Wunder, dass Sie zu American Express mussten.«

»Genau«, erwiderte er trocken. »Aber wenn ich nicht da gewesen wäre, hätte ich Sie nicht kennengelernt, deshalb bin ich Mathilda wahrscheinlich einen Gang zu Chanel schuldig.«

Jane lächelte. »Ich trage übrigens Ma Griffe von Carven.«

»Ihr Parfüm ist exquisit«, sagte Luc. Er schnupperte. »Eine gelungene Kombination von warmen Gewürzen und der frischen Kühle von feuchtem Gras. Wundervoll.«

»Danke. Ihr Geruchssinn beeindruckt mich.«

»Mein einziges Talent«, sagte Luc achselzuckend.

»Oh, ich bin sicher, Sie haben noch mehr Talente, Luc.« Sie schwieg zögernd. »Möchten Sie mir etwas mehr über sich erzählen? Ich hoffe, ich sehe Mathilda noch einmal, bevor sich unsere Wege trennen.«

»Ich würde Sie sehr gerne wiedersehen.« Luc räusperte sich. »Ich meine, Mathilda ist jetzt schon verrückt nach Ihnen. Sie braucht im Moment wirklich eine Frau. Ich habe mich schon gefragt, ob Sie vielleicht mit ihr zu Chanel gehen möchten? Das wäre ihr bestimmt lieber. Mich langweilt Mode, aber Sie wahrscheinlich nicht, oder?«

»Ich würde Ihre Tochter sehr gerne begleiten.«

»Jane, Sie sind ein Engel.«

Sie lachte geschmeichelt. »Es ist schön, sich nützlich zu fühlen. Wann würde es Ihnen denn passen?«

Das war die perfekte Gelegenheit. »Wie wäre es mit Samstag? Ich habe einen Termin, und es wäre ideal, wenn Mathilda auch einen schönen Tag hätte.«

Jane überlegte. »Samstag könnte klappen. Ich hatte eigentlich vor, ins Ballett zu gehen – haben Sie schon einmal von Rudolf

Nurejew gehört?« Ihre Augen glänzten. Luc schüttelte den Kopf. »Er tritt in Paris mit Margot Fonteyn auf. Ich kann zwar nicht absagen, aber ich kann an einem anderen Tag hingehen. Okay, dann nehmen wir also den Samstag.«

Luc lächelte erleichtert, froh darüber, dass er Max Vogel allein treffen konnte. »Ich erzähle Ihnen gerne mehr über uns, wenn Sie mir auch etwas von sich erzählen.«

»Sie fangen an.«

»Ich glaube, wir sollten noch ein Dessert bestellen«, sagte er. »Es könnte etwas länger dauern.«

Es gefiel ihm, wie ihre dunklen Augen aufleuchteten.

»... deshalb sind mein kleiner Bruder und ich allein nach Inverness gefahren. Mein Vater zog in den Krieg, und meine Mutter wurde verrückt darüber. Dad kam nicht mehr von der Front zurück. Seine Leiche wurde nie gefunden«, sagte Jane. »Obwohl Nigel und ich letztlich nach London zurückkehrten, hat sich Mum immer mehr in sich selbst verkrochen. Es war ihre Art, damit umzugehen.« Jane zuckte mit den Achseln. »Ich habe mich daran gewöhnt, die Mutterrolle bei meinem kleinen Bruder zu übernehmen. Ich hätte zwar selbst jemanden gebraucht, der mich tröstet, aber ich konnte ihn an Mums schlechten Tagen immerhin vor ihr beschützen.«

»Wo ist sie jetzt?«

»Sie ist kerngesund und lebt immer noch zu Hause, doch wir haben eine Pflegerin engagiert, die bei ihr wohnt und sich um sie kümmert. Ich glaube, sie ist wirklich glücklich, aber es gibt sie eigentlich gar nicht mehr. Es ist eine Fremde, die in der Gestalt meiner Mutter herumläuft. Nigel und mich erkennt sie nicht mehr. Sie redet immer noch über meinen Dad, allerdings weiß sie nicht, warum. Sie kann den gesamten Text von ›Amazing Grace‹ auswendig, weiß jedoch nicht mehr, was sie zum Frühstück gegessen hat oder wie ihre Enkelkinder heißen. Es ist schrecklich traurig. Immerhin erinnert sie sich sehr gut an ihre eigene Kindheit, und im Grunde genommen lebt sie immer noch als Neunjährige im vorigen Jahrhundert.«

»Was ist mit Nigel?«

»Er ist Banker, verheiratet, drei Kinder. Seine Frau Peggy ist sehr hübsch, eine tolle Mutter und eine liebenswerte Schwägerin. Mein Bruder hat alles richtig gemacht. Sie leben in Chelsea. Er ist ein guter Vater und ein guter Ehemann. Wir stehen uns sehr nahe.« Jane klang wehmütig. »Da wir unsere Eltern nicht mehr haben, sind nur noch wir drei da und die Kinder natürlich.«

»Und Sie? Ich kann nicht glauben, dass Sie Single sind, Jane.«

Sie wandte kurz den Blick ab. »Das war ich auch nicht immer. Ich bin geschieden.« Ihre Augen funkelten, als sie ihn wieder anblickte. »Missbilligen Sie das?«

»Warum sollte ich?«

»In England ist Scheidung immer noch ein Tabu.«

»Ein Tabu?«

»Ja. Die Leute runzeln die Stirn darüber.«

Luc berührte wie zufällig ihre Hand. »Ich war immer schon der Meinung, dass man als Außenstehender nicht über andere Menschen urteilen sollte.«

Jane seufzte. »Das sieht noch lange nicht jeder so, Luc. Oft erzähle ich Fremden, ich sei Witwe. Das ist viel einfacher. Meine Ehe hat noch nicht mal vier Jahre gedauert.« Sie blickte ihn forschend an. »Ich sehe Ihnen die Überraschung an, aber ich kann es Ihnen nicht verdenken. John war …« Sie seufzte erneut. »Na ja, er hatte ziemlich viele Probleme, das war nicht gerade einfach.« Sie lächelte traurig. »Im Grunde genommen habe ich meine gestörte Mutter verlassen, um einen gestörten Mann zu heiraten. Er war eine Gefahr für uns beide.«

»War er gewalttätig?«

Sie nickte. »Ich wusste, dass er nichts dafür konnte, aber ich war ihm am nächsten und das leichteste Ziel. Er bekommt jetzt Hilfe. Ich bin sicher, dass es vielen Frauen ähnlich ergeht, und ich kann nur sagen, dass mir die Männer leidtun, die mit solchen Problemen aus dem Krieg zurückgekommen sind.«

»Ja, ich verstehe.«

»Bombenangriffe sind traumatische Erlebnisse. Haben Sie in Ihrer Zeit als Maquisard je eine Schlacht erlebt?«

Luc nickte. »Sie können vom Charakter her hart wie ein Stein sein, aber Ihren Kopf können Sie nicht darauf vorbereiten. Der Lärm ist ohrenbetäubend. Um Sie herum sterben die Menschen …« Er bemerkte ihren gequälten Blick. »Oh, entschuldigen Sie, das war brutal von mir.«

»Nein. Ich glaube, wir müssen so etwas hören, damit wir Menschen wie John besser verstehen können. Es ist leicht, ihn als verrückt oder gefährlich abzustempeln, doch nur wenige von uns können den Horror nachvollziehen, den die Männer an der Front erlebt haben. Er ist jetzt in einer Anstalt, wo er weder sich noch jemand anders Schaden zufügen kann.«

»Geht es Ihnen gut?«

Jane schniefte ein wenig und nickte. »Ja. Entschuldigung. Sie haben mir so aufrichtig von Ihrem Leben erzählt, dass ich mich habe hinreißen lassen. Wissen Sie, ich habe meinen Mann geliebt, und es fällt mir schwer, ihn als Ungeheuer zu betrachten. Laut seiner Familie war er vor dem Krieg freundlich und großzügig.«

»Wie lange sind Sie schon getrennt?«

»Die Scheidung war im April, wir haben uns allerdings letztes Jahr schon getrennt.« Sie zuckte mit den Schultern. »Die

Reise aufs Festland habe ich deshalb gemacht, weil ich mich endlich wieder frei und unabhängig fühlen wollte.« Erneut seufzte sie. »Wahrscheinlich wollte ich auch vor dem Chaos zu Hause davonlaufen.«

»Arbeiten Sie?«

Jane schüttelte den Kopf. »Nicht mehr. John wollte nicht, dass seine Frau berufstätig ist, zumal er aus einer wohlhabenden Familie stammt. Meine Eltern waren zwar nicht reich, trotzdem hatten wir immer genug Geld, und ich habe eine sehr gute Erziehung genossen. Nach dem Krieg habe ich zwei Jahre in Frankreich als Erzieherin gearbeitet, deshalb spreche ich ganz gut Französisch. In England habe ich dann mit zweiundzwanzig als Modezeichnerin gearbeitet. Johns Familie besitzt ein Einzelhandelsunternehmen. Sie waren sehr verständnisvoll und haben mich großzügig abgefunden. Vielleicht fange ich wieder an zu arbeiten, um etwas zu tun zu haben.« Sie ließ die Schultern sinken. »Ich war sowieso eine Spätzünderin, viel zu wählerisch, und dann kam der Krieg. Als ich John achtundfünfzig kennenlernte, war ich schon über dreißig. Ich konnte es kaum glauben, dass ich so einen tollen Mann gefunden hatte.« Gequält verzog sie das Gesicht. »Ich wollte immer eine Familie haben, aber es sollte nicht sein. Jetzt bin ich achtunddreißig, allein in Paris und so traurig wie noch nie zuvor.« Jane richtete sich auf und trank ihren Kaffee aus. »Das ist die Geschichte von Jane Aplin, Mister Ravens. Verzeihen Sie mir, dass ich Sie damit belastet habe. Sie haben ja auch Ihr Päckchen zu tragen. Das mit Ihrer Frau und Ihrem Sohn tut mir sehr leid, und ich fühle mit Ihnen und Mathilda. Ich werde Ihrer Tochter am Samstag einen unvergesslichen Tag bereiten, das verspreche ich Ihnen.«

»Essen Sie mit mir zu Abend, Jane«, sagte er.

Sie starrte ihn an. Keiner von ihnen konnte das Knistern

zwischen ihnen leugnen, dennoch hoffte Luc, dass sein Drängen sie nicht abschreckte. Nervös erwiderte er ihren Blick.

Ihr Schweigen sagte ihm, dass auch sie über die schwierige Situation nachdachte.

»Was halten Sie von Sonntagabend?«, fragte er, bevor sie sich einen Grund ausdenken konnte, um ihm abzusagen.

21

Luc saß gerade in der Hotellobby und las die Zeitung, als der Page hereinkam, wobei er leise mit einem Glöckchen läutete. Luc hob den Kopf und stellte überrascht fest, dass sein Name auf der kleinen Tafel stand, die der Page hochhielt.

Er hob die Hand.

Der Page nickte. »Sie werden am Telefon verlangt, Monsieur Ravens. Sie können dort drüben in der Lobby telefonieren.« Er zeigte auf den Apparat.

Stirnrunzelnd fragte sich Luc, wer das wohl sein mochte, und trat in die kleine Nische. »Luc Ravens«, sagte er.

»Hallo, hier spricht Max.«

»Gibt es Probleme?«, fragte Luc.

»Ich bin gestern Abend schon angekommen. Steht unser Termin heute Vormittag noch? Schließlich möchte ich Ihnen keine Unannehmlichkeiten bereiten.«

Statt sich bei dem jungen Mann für seine Umsicht zu bedanken, sagte Luc unbedacht: »Alles, was Sie mir zu sagen haben, birgt Probleme für mich.«

Max schwieg, dann sagte er: »Es sind nur Informationen, Monsieur Ravens, mehr nicht.«

»Es geht darum, wie ich mit diesen Informationen umgehe, oder nicht?«

Wieder zögerte der junge Mann. »Mir wäre es lieber, Sie würden nicht …«

»Dazu ist es jetzt zu spät.«

»Dann sehen wir uns also in einer halben Stunde. Danke.«

Er klang klug, höflich und wohlerzogen, dachte Luc. Mein Sohn ist tot, und der Sohn meines Feindes versucht, mir zu helfen. Kopfschüttelnd legte er den Hörer auf. Trotzdem war er dankbar dafür, dass er solches Glück hatte. Er hatte sich heute früh von Jane und Mathilda verabschiedet, die hoffentlich einen schönen Tag miteinander verlebten. Da Max Vogel in Kürze eintreffen würde, machte er es sich wieder in dem Sessel in der Lobby bequem. Von hier aus hatte er alle Neuankömmlinge im Blick.

Luc hatte nicht weiter darüber nachgedacht, was ihn erwartete. Daher war es ein Schock für ihn, als ein großer junger Mann mit blonden Haaren das Hotel betrat. Einen Moment lang glaubte er fast, Markus Kilian käme zur Tür herein. Es bestand kein Zweifel daran, dass Max der Sohn des Oberst war, zumal er auch die gleiche Haltung und den gleichen Gang wie sein Vater hatte. Sogar die Kopfform der beiden war identisch. Als Vogel den Schal ablegte, sah man sein Glencheck-Jackett, unter dem er ein schlichtes, am Hals offenes Sporthemd trug. Suchend blickte er sich im Foyer um. Schließlich stand Luc auf, froh darüber, dass Mathilda bei ihm auf neuen Kleidern bestanden hatte, und schlenderte zu dem jungen Mann hinüber.

»Max?«

Er hatte den jungen Mann bisher nur im Profil gesehen, aber als Max jetzt den Kopf drehte, sah Luc, dass er die gleichen eisblauen Augen hatte wie sein Vater.

»Ja, hallo, Mister Ravens?«, sagte Max und durchbrach das verlegene Schweigen.

Er streckte die Hand aus, und Luc stellte geistesabwesend fest, dass sein Händedruck selbstbewusst und fest war. In seinem Kopf öffnete sich eine Kiste voller Erinnerungen, die er für gut verschlossen gehalten hatte.

»Äh, sollen wir etwas trinken?«, stammelte Luc.

Max grinste. »Ist es dafür nicht noch ein bisschen früh?«

»Nein, es ist durchaus akzeptabel.« Luc fiel die dicke Lederreisetasche des Deutschen auf. Max hatte sich anscheinend gewappnet. »Hier entlang. Um diese Uhrzeit ist es in der Blauen Bar noch ruhig.« Max folgte ihm. »Ihr Vater hatte eine Schwäche für Calvados. Ich habe ihn einmal sagen hören, es sei nie zu früh für ein Gläschen.«

Vogel seufzte. »Solche Kommentare habe ich mir von Ihnen erhofft, danke. Es mag Ihnen unbedeutend erscheinen, aber genau diese kleinen Einblicke in seine Persönlichkeit sind für mich etwas Besonderes.«

Sein Englisch war fehlerlos. Sein Deutsch war vermutlich genauso gut, und da er in Frankreich studierte, sprach er vermutlich auch perfekt Französisch. Luc war beeindruckt und froh, immer darauf bestanden zu haben, dass sie zu Hause häufig Französisch sprachen. Mathilda konnte außerdem ganz gut Deutsch, weil Lisette und er auch darauf geachtet hatten.

Sie betraten die Bar, in der tatsächlich alles blau war: der Teppich, die Lampen, die Polster. Selbst das Neonschild *Le Bar bleu* leuchtete in kühlem Blau. Luc zeigte auf eine Nische. Er dachte daran, dass ihm Kilians romantische Ader selbst bei ihren kurzen Begegnungen aufgefallen war, und er hätte wetten können, dass auch Max ein Träumer war. Er verfiel ins Französische. »Was möchten Sie trinken?«

»Äh … eine Coca-Cola.«

Luc schnaubte. »Ihr Vater hätte das nicht gelten lassen. Trinken Sie etwas Richtiges, Vogel.«

»Nur wenn Sie mich Max nennen«, sagte der Jüngere und blickte Luc aus seinen eisblauen Augen an.

»Also … Max, trinken Sie etwas mit mir«, antwortete Luc.

»Dann nehme ich einen Calvados«, sagte der junge Mann

lächelnd. »Für ein Bier ist es doch sicherlich zu kalt?«, fügte er als leisen Seitenhieb auf Lucs vermutete Nationalität hinzu.

Luc entschied sich ebenfalls für einen Calvados, und sie bestellten die Getränke.

Schließlich sagte Max: »Ich kann nicht beurteilen, was es für Sie bedeutet, aber es hat mich zutiefst betroffen gemacht, als ich vom Tod Ihrer Frau und Ihres Sohnes erfahren habe. Es erscheint mir nicht ausreichend, Ihnen mein Beileid auszusprechen.«

Luc musste unwillkürlich an Kilians intensive Art denken. Er nickte. »Es gibt keinen adäquaten Trost. Das haben Sie bei Ihrem jüngsten Verlust sicher selbst erfahren. Aber ich danke Ihnen für Ihre Worte und kann nur das Gleiche zurückgeben.«

Luc hoffte, dass Max ihm keine Fragen stellen würde. Jedes Mal, wenn er die Geschichte erzählen musste, durchlebte er die Qualen eines Ertrinkenden.

Vielleicht spürte Max das. »Wir sollten auf etwas anstoßen, Mister Ravens. Ich fühle mich jedenfalls sehr geehrt, dass Sie in ein Treffen mit mir eingewilligt haben.«

»Nennen Sie mich Luc, und lassen Sie uns auf Wiedergutmachung anstoßen.«

Max nickte nur, offenbar verstand er ihn. Er hob sein Glas, und sie stießen an.

»Es ist beinahe unheimlich, wie ähnlich Sie Ihrem Vater sind«, bemerkte Luc.

Max zuckte mit den Schultern. »Das hat meine Mutter auch immer gesagt, doch ich habe es ihr nie wirklich geglaubt. Sie hatte nur ein sehr unscharfes Foto von ihm, eine Gruppenaufnahme, auf der er nicht besonders deutlich zu erkennen war. Ich konnte eine vage Ähnlichkeit erkennen, aber …«

»Sie ist nicht vage«, versicherte Luc ihm. »Sie könnten Kilian *sein*. Selbst Ihre Stimmlage ist ähnlich.«

»Wirklich? Das freut mich.«

Luc empfand plötzlich Mitleid mit ihm. »Ich habe meinen Vater auch nicht gekannt«, sagte er.

Max blickte auf. »Ach?«

Luc erklärte es ihm, und er spürte, dass dieser Hinweis für Max mehr war als nur Hintergrundwissen.

Der Jüngere musterte ihn fasziniert und murmelte: »Jetzt ergibt alles einen Sinn. Es ist tragisch, dass Ihr Vater gestorben ist, ohne zu wissen, dass Sie geboren waren. Dank Ihrer jüdischen Familie haben Sie allerdings die Liebe eines Vaters erfahren.«

»Ja. Jacob Bonet war der beste Vater, den ich mir wünschen konnte.«

»Erzählen Sie mir von ihm?«

»Warum?«

Max zuckte mit den Schultern.«Ich hoffe, das klingt jetzt nicht zu verrückt, aber ich fühle mich mittlerweile der Familie Bonet verbunden. Ich habe lange Zeit den Weg Ihrer Schwestern verfolgt …« Er brach abrupt ab. »Bitte verzeihen Sie, das war sehr unsensibel von mir.«

Luc warf ihm einen Blick von der Seite zu. »Es ist lange her. Manchmal platzen die Wunden wieder auf, aber ich habe akzeptiert, dass meine Schwestern schon lange tot waren, als ich davon erfahren habe. Dafür, dass Sie die Wahrheit aufgedeckt haben, schulde ich Ihnen Dank, nicht Trauer.«

Eine Zeit lang sagten sie beide nichts, doch es war ein ungezwungenes Schweigen. Je genauer Luc Max betrachtete, desto mehr entdeckte er Züge an ihm, die nicht an Kilian erinnerten. Max war eifrig und ungestüm, wohingegen Kilian eher zurückhaltend gewesen war. Drei schöne Frauen waren draußen vorbeigegangen, und während Luc sie bemerkt hatte, hatte der jüngere Mann keine Notiz von ihnen genommen. Luc war sich sicher, dass Max' Vater sie bestimmt wahrgenommen und bewundert hätte, sein Sohn dagegen achtete auf gar nichts, was um ihn herum vor sich ging, sondern konzentrierte sich ganz auf sein Treffen mit Luc. Kilian war sich seines hypnotischen Charmes durchaus bewusst gewesen, während Luc bei Max weder Arroganz noch Eitelkeit spürte. Es war wirklich leicht, ihn zu mögen.

Genauso leicht fiel es Luc, mit ihm zu reden. Max konnte gut zuhören, und nach und nach kam Luc auf längst vergangene Verletzungen zu sprechen. Er redete, bis ihre Cognacschwenker geleert waren und Kaffee serviert wurde.

Schließlich endete er mit einem verlegenen Achselzucken. »Das ist mein Leben. Jetzt wissen Sie alles.«

»Es ist mir eine Ehre«, sagte Max wie schon zu Beginn ihres Treffens, und Luc spürte, dass er es aufrichtig meinte. »Allerdings wissen Sie nicht alles, was ich weiß. Ich habe Ihnen die versprochenen Informationen mitgebracht.«

Luc runzelte die Stirn. »Was haben Sie davon?«

Max lehnte sich perplex zurück. »Wie meinen Sie das?«

»Warum tun Sie das? Lisette, ich … Von Schleigel, das ist jetzt alles zwei Jahrzehnte her. Wie alt sind Sie?«

»Beinahe fünfundzwanzig.«

»Ja. Als Ihr Vater in den Krieg gezogen ist, waren Sie noch nicht auf der Welt. Und als ich ihn kennenlernte, waren Sie noch ein Säugling.«

»Ja, und?«

Luc hob die Hände. »Ich verstehe Ihre Motivation nicht. Unsere Vergangenheit hat nichts mit Ihnen zu tun.«

Max seufzte leise. »Sie sind alle mit Kilian verbunden. Ich bin in dem Glauben aufgewachsen, dass meine Mutter sich kaum an den Mann erinnern kann, der mich gezeugt hat. Sie hat nie über ihn gesprochen. Irgendwann stellte ich keine Fragen mehr und gab mich damit zufrieden, der Sohn meiner

Mutter und meinen Großeltern ein guter Enkel zu sein. Als meine Mutter an Krebs starb, hinterließ sie mir eine Traumgestalt, meinen Vater, der mich bis heute verfolgt. Warum ließ sie mich nicht einfach unwissend? Warum bestand sie darauf, dass ich ihr, als sie im Sterben lag, seinen letzten Brief vorlesen sollte? Jenen Brief, den sie mir ihr ganzes Leben lang verheimlicht hatte.«

Luc zuckte verwirrt mit den Schultern, als versuche er, dem Jüngeren eine Antwort zu geben.

»Plötzlich war mein Vater nicht mehr einfach nur einer ihrer Verehrer, der sie geschwängert hatte.« Luc konnte Max ansehen, wie sehr ihn das Thema mitnahm, und es tat ihm beinahe leid, ihn in diese Ecke gedrängt zu haben. »Ich hatte es akzeptiert, ein Bastard zu sein, ein reicher, verwöhnter Bastard. Aber seit ihrem Tod empfinde ich nur noch Wut, weil die Person, die ich aufrichtig geliebt habe, mich mein ganzes Leben lang angelogen hat. Schlimmer noch«, er holte tief Luft, »viel schlimmer war die Erkenntnis, dass sie ihn genauso geliebt hat wie mich, vielleicht sogar mehr, weil sie ihn geheim gehalten hat. Meine Mutter hat ihn all die Jahre für sich behalten, obwohl sie ganz genau wusste, dass ich unbedingt etwas über ihn wissen wollte. Ein Name, Luc. Damals hätte es schon gereicht, wenn sie mir seinen Namen gesagt hätte. Das ist nun nicht mehr genug. Jetzt will ich alles über ihn wissen, was ich in Erfahrung bringen kann. Ich will die Menschen kennenlernen, die ihn gekannt haben. Vor allem aber wollte ich Sie kennenlernen, da Sie in seinen letzten Augenblicken bei ihm waren.«

Luc räusperte sich. Mit einem Mal verstand er, warum der junge Mann nicht auf die hübschen Mädchen geachtet hatte. Max' helle Augen waren dunkel geworden. Luc erinnerte sich daran, dass es bei Kilian oft ähnlich gewesen war. Auch sein Blick konnte sich innerhalb weniger Sekunden verfinstern.

»Und im Gegenzug für die letzten Augenblicke Ihres Vaters wollen Sie mir von Schleigel liefern?«, fragte er unverblümt.

»Ja. Das ist doch ein fairer Austausch, würde ich sagen. Die mühsame Recherchearbeit habe ich bereits geleistet.«

»Warum?«

»Ich habe Ihnen doch gerade erzählt …«

»Nein. Ich meine, warum haben Sie sich gerade mit von Schleigel befasst?«

»In dem Brief meines Vaters, den Sie damals an meine Mutter geschickt haben, hat er den Gestapo-Offizier ein paarmal erwähnt. Man konnte aus jedem Wort herauslesen, wie sehr er diesen Mann verabscheut hat.«

»Wahrscheinlich, weil von Schleigel versucht hat, Kilians Bild von Lisette zu trüben. Aus seiner Sicht hatte er natürlich recht, genauso wie Ihr Vater. Von Schleigel war ein schäbiger, kleiner Bürokrat, ehrgeizig und mit einer grausamen Ader. Seine Uniform, die die meisten Deutschen ebenso gehasst haben wie die Franzosen, verlieh ihm eine gewisse Macht, und deshalb glaubte er, über anderen zu stehen. Gefährlich war er, weil er wahrgenommen werden wollte.«

»Sehen Sie? Sie sind alle miteinander verbunden! Selbst nach so vielen Jahren regen Sie sich noch auf, wenn Sie von diesem Mann sprechen. Sie hassen ihn anscheinend genauso sehr wie mein Vater.«

»Wahrscheinlich noch viel mehr, wenn auch nicht aus dem gleichen Grund.«

»Sie brauchen meinen Vater nicht zu decken. Ich habe längst herausgefunden, dass er Lisette geliebt hat.« Verlegen wandte Max den Blick ab.

Luc ignorierte die Bemerkung des jungen Mannes. »Sie missverstehen mich. Von Schleigel und ich haben noch eine Rechnung offen. Ich habe mir gelobt, ihn zu finden, damit er für das bezahlt, was er einem meiner Freunde angetan hat. Jetzt haben Sie entdeckt, dass er außerdem für den Tod meiner Schwestern verantwortlich ist. Das schürt meine Wut nur noch mehr. Mit Lisette oder mit Oberst Kilian hat das alles nichts zu tun. Es geht um Vergeltung. Das ist mein einziges Interesse an von Schleigel. Warum haben Sie seine Spur überhaupt verfolgt?«

Max holte tief Luft. »Während ich auf Lisettes Antwortbrief wartete, spürte ich ein solches Feuer in mir, doch es gab weiter nichts, dem ich nachgehen konnte. Ich wollte über jeden Bescheid wissen, der meinen Vater gekannt hatte. Und von Schleigels Name war als einziger noch übrig. Vielleicht war es aus Langeweile, jedenfalls habe ich im Bundesarchiv nach ihm gesucht. Ich las die Zeugenaussagen und erkannte den Namen Bonet, den mein Vater in seinem Brief erwähnt hatte. Man braucht kein Genie zu sein, um angesichts der Fakten herauszufinden, dass Bonet und Ravensburg, jetzt Ravens, ein und dieselbe Person war. Lisette bestätigte das mit der Absenderadresse, Bonet's Farm. Von da an ließ mich von Schleigel nicht mehr los. Selbst der alte Bankier hat nur mit Abscheu von ihm gesprochen.« Max trank seinen Kaffee aus, der mittlerweile kalt geworden war. »Ich wusste sonst nichts mit meiner Zeit anzufangen, deshalb machte ich mich auf die Suche nach von Schleigel. Ich wollte herausfinden, ob er noch lebt. Das konnte ja nicht so schwer für jemanden sein, der die richtigen Kontakte und genug Geld hatte und nicht ganz dumm war. Er hat seinen Namen geändert, und nichts weist mehr darauf hin, dass er einmal Gestapo-Offizier war. Heute ist er ein freundlicher, jovialer Mann.«

»Wo lebt er?«

»Erzählen Sie mir von meinem Vater?«

»Was wollen Sie noch wissen? Er und ich waren Feinde.«

»Ja, aber ich vermute, dass Sie eine sehr hohe Meinung von ihm hatten.«

»Ja, das stimmt«, gab Luc zu. »Ihr Vater hat mir wahrscheinlich das Leben gerettet. Lisettes Leben hat er auf jeden Fall gerettet, weil er sie nicht aufgegeben hat, nachdem er herausgefunden hatte, wer sie wirklich war. Ich bezweifle nicht, dass er sie aufrichtig geliebt hat. Auf ihre Art liebte sie ihn auch, doch sie entschied sich für mich. Von dem Tag an, als sie von seinem Tod erfuhr, haben wir nicht mehr über Ihren Vater geredet. So war es einfacher für uns beide.« Er schenkte Max ein mitfühlendes Lächeln. »Sosehr ich seine Uniform verabscheute, den Mann, der sie trug, schätzte ich sehr. Er war ein guter Soldat, der tapfer starb und loyal blieb. Er weigerte sich standhaft, sich zu ergeben, genauso wie er sich weigerte, Unschuldige zu töten.«

»Ich muss Sie das fragen … Haben Sie ihn getötet?«

Luc schnaubte. »Nein! Es war ein dummer, kleiner Junge, der den tödlichen Schuss abgefeuert hat. Er wusste kaum, wie man eine Pistole hält, geschweige denn, wie man sie abfeuert. Ihr Vater verhöhnte den Jungen und spottete so lange über ihn, bis er ihn erschoss. Er wollte an jenem Tag sterben, Max, so viel kann ich Ihnen sagen. Er hatte seine Waffe mit einer einzigen Kugel geladen und war sturzbetrunken. Er hatte nicht die Absicht, sich von den Alliierten fangen zu lassen. Aber er verschwendete seine Kugel an mich, damit seine Mörder dachten, ich sei sein Feind. Ihr Vater war ein exzellenter Schütze. Er verwundete mich nur, allerdings so, dass es für die jungen Widerstandskämpfer ernst aussah. Als er starb, musste ich ihm mein Wort geben, dass ich seinen Brief an Ilse abschicken würde, und ich hielt bis zu seinem letzten Atemzug seine Hand. Er starb friedlich und war bis zum Ende bei Bewusstsein. In einem anderen Leben wären wir beide Freunde gewesen.« Luc seufzte, weil ihm auf einmal bewusst wurde, dass er zwei Jahrzehnte gebraucht hatte, bevor er so über Kilian reden konnte. »Ich mochte ihn und respektierte ihn, obwohl ich ihn dafür hasste, dass er Lisettes Herz gewonnen hatte.«

Sein Gegenüber schürzte die Lippen und nickte. Langes Schweigen trat ein, bis Luc nach einer Weile hinzufügte, er habe noch etwas für Max.

»Was denn?«, fragte der junge Mann.

Luc zog einen kleinen Gegenstand aus der Tasche und reichte ihn Max. »Das hat Ihrem Vater gehört«, sagte er verlegen. »Ich habe es ihm nach seinem Tod weggenommen, aber ich habe es nicht gestohlen. Es war der einzige persönliche Gegenstand, den er bei sich hatte, und ich dachte damals, ich könnte es vielleicht seiner Familie schicken.« Luc zuckte mit den Schultern. »Das ist lange her.«

Max starrte auf das elegante, überraschenderweise schwere Feuerzeug. Es war ein Ronson, gerade und ohne Schnörkel im Art-déco-Stil. Glänzender Stahl, eingelegt mit poliertem schwarzem Jett, auf dem die Initialen seines Vaters ineinander verschlungen eingraviert waren: M und K.

Max hielt es andächtig in der Hand und betrachtete es wie eine Reliquie.

Es war Luc ein wenig peinlich, diesen äußerst emotionalen Augenblick miterleben zu müssen. »Was geht Ihnen jetzt durch den Kopf, Max?«, fragte er leise.

»Dass er es auch in der Hand gehalten hat, es wahrscheinlich täglich benutzt hat. Ich bin so albern, dass ich glaube, ich könne die Erinnerung an ihn darauf berühren. Ein paar Habseligkeiten von ihm, seine Uniformen und ein paar weitere Dinge, sind meiner Mutter damals geschickt worden. Er hat ihr auch sein Vermögen hinterlassen. Ich weiß nicht, warum, seiner Familie war es sicher nicht recht.«

»Ihr Vater hat Ihre Mutter immerhin so sehr geliebt, dass er ihr diesen Brief geschrieben hat. Ich vermute, er hatte Schuldgefühle. Haben Sie jemanden aus seiner Familie kennengelernt?«

Max schüttelte den Kopf. »Ich habe es bisher nicht fertiggebracht, ihnen gegenüberzutreten. Aber ich habe es ganz fest vor. Sie werden mich zweifellos vom ersten Augenblick an hassen.«

»Das glaube ich nicht, Max. Sie sehen genauso aus wie Ihr Vater. Durch Sie können sie die Erinnerung an ihn lebendig halten.« Er zuckte mit den Schultern. »Ich bin auf jeden Fall froh, dass ich dieses Feuerzeug endlich seinem rechtmäßigen Besitzer übergeben habe. Ihr Vorname fängt auch mit M an.«

Max lächelte traurig. »Ja, vielen Dank, es bedeutet mir viel.«

Luc nickte. »Nachdem Ihr Vater tot war, habe ich ihm die Kleidung gerichtet, und bevor ich ging, habe ich noch in seinen Taschen nachgeschaut, damit er wegen seiner Uniform nicht ausgeraubt wurde. Er hatte nichts bei sich außer dem kostbaren Brief, dem Feuerzeug und seinen Zigaretten. Das hat außer Ihnen noch niemand erfahren … noch nicht einmal Lisette.«

»Glauben Sie an das Schicksal, Luc?«

Max' fragender Blick brannte sich direkt in Lucs Herz. Er wollte nein sagen, doch er nickte.

»Wir sollten uns begegnen. Sie sollten mir das hier geben. Und ich sollte von Schleigel finden und ihn Ihnen übergeben.« Max steckte das Feuerzeug in die Innentasche seines Jacketts. Er verschwendete jetzt keine Zeit mehr.

»Sein neuer, sehr französisch klingender Name lautet Frédéric Segal, und er ist der stolze, äußerst geachtete Eigentümer eines erfolgreichen Cafés in Fontaine-de-Vaucluse in der Provence. Das Eis dort ist berühmt, und im Winter gibt es bei ihm angeblich die beste heiße Schokolade, die besten Crêpes …«

Lucs Kehle wurde trocken. »Ich hätte mir denken können, dass er zurückgeht.«

»Zurück?«

»Er hat einmal von der Gegend um L'Isle sur la Sorgue geschwärmt, und ich meine, dass er sogar Fontaine-de-Vaucluse erwähnt hat.«

»Nun denn, er hat sich ein schönes Leben geschaffen«, stellte Max fest. »Er spricht Französisch wie ein Einheimischer und könnte sich sogar zum Bürgermeister wählen lassen. Allerdings glaube ich, dass er vor einem öffentlichen Amt eher zurückschreckt.«

Luc blickte Max erstaunt an. »Wie haben Sie das denn herausgefunden?«

»Ich habe Ihnen doch gesagt, dass ich nicht mittellos bin, Monsieur Ravens. Ich habe Leute bezahlt und mich mit anderen angefreundet, um Zugang zu geschlossenen Archiven zu bekommen. Davon abgesehen bin ich Jurist und habe gelernt, wie man sich Informationen verschafft, vor allem jene Details, die die Leute gerne verbergen wollen. Ich schenke Ihnen von Schleigel für Ihre seltsame Loyalität meinem Vater gegenüber. Zu wissen, dass er in Ihren Armen gestorben ist, bedeutet mir viel.«

»Was werde ich Ihrer Meinung nach mit Ihrem Geschenk machen?«

Max zuckte mit den Schultern. »Was Sie damit tun, ist Ihre Sache. Ich wäre weder überrascht noch beleidigt, wenn Sie es in Frankreich zurückließen und nie mehr daran denken würden.«

»Und wenn ich handele?«

»Davor hatte Ihre Frau wahrscheinlich die größte Angst.«

»Ja, weil sie wusste, dass ich es tun würde.«

Max blickte ihn schweigend an. Er schob seinen Aktenordner auf Luc zu, als wolle er ihm sagen, dass darin alles enthalten sei, was er brauchte. Beide starrten auf den Ordner.

»Ich will mehr als das …«, sagte Luc schließlich. Seine Stimme klang gepresst, als sei er zu einer schwierigen Entscheidung gekommen.

»Mehr? Ich verstehe nicht.«

»Wenn ich von Schleigel aufsuche«, begann Luc und blickte Max aus seinen ebenfalls eisblauen Augen an, »gibt es keine Garantie für das, was dann womöglich geschieht. Wenn er sich nicht grundlegend geändert hat, wird er immer noch gerissen und grausam sein. Es wäre unklug von mir, ihn zu unterschätzen.«

Max nickte. »Ja, und weiter?«

»Deshalb müssen Sie mir ein Versprechen geben.«

»Was für ein Versprechen?«

»Sie müssen dafür sorgen, dass meine Tochter zurück nach Australien begleitet wird, falls mir etwas zustoßen sollte. Ich werde Ihnen alle Details aufschreiben.«

»Monsieur Ravens, Sie wollen doch nicht …«

Luc hob die Hand. »Ihr Vater hat zu seinem Wort gestanden, Max. Ich hoffe, Sie tun das auch.«

Der Jüngere holte tief Luft. »In Ordnung, ich verspreche, mich um sie zu kümmern. Ich werde für alles sorgen, was sie braucht. Geld ist kein Thema.«

»Dann sollten Sie Mathilda kennenlernen und ihr Vertrauen gewinnen, so wie Sie meines gewonnen haben.« Er blickte auf seine Uhr. Es war schon fast drei. »Sie müsste jeden Moment zurückkommen. Am besten warten wir hier. Nein, ich habe eine bessere Idee. Wollen Sie vielleicht mit uns zu Abend essen? Ihre Verantwortung Mathilda gegenüber dauert nur so lange an, bis Sie sie zu unseren Freunden nach Tasmanien zurückgebracht haben. Danach brauchen Sie nie wieder an die Familie Ravens zu denken.«

Max blickte ihn unsicher an, nickte aber. »Ich verspreche es.

Und danke. Ich würde mich freuen, mit Ihnen zu Abend zu essen«, fügte er hinzu.

Luc griff nach dem Aktenordner. »Wenn es Ihnen nichts ausmacht, bringe ich die Unterlagen rasch aufs Zimmer. Danke, dass Sie sich so viel Mühe gemacht haben.«

»Warten Sie, da ist noch etwas.«

Luc blieb stehen.

»In dem Ordner ist eine wichtige Adresse. Ich denke, Sie sollen Sie benutzen. Dazu brauchen Sie nur ein Telegramm und einige Details.«

Luc kniff die Augen zusammen.

»Lesen Sie die Akte. Sie werden es schon verstehen.«

Max verließ mit Luc zusammen die Bar.

»Seit ich herausgefunden habe, dass ich zur Hälfte Deutscher bin, empfinde ich so etwas wie eine kollektive Schuld … für das, was unter anderem mit Ihrer jüdischen Familie passiert ist.«

»Max, Sie waren doch noch ganz klein …« Luc brach ab, weil Mathilda und Jane auf sie zukamen.

»Hallo, Dad!«, rief Mathilda, richtete jedoch ihre Aufmerksamkeit sofort auf Lucs Begleiter.

»Da sind Sie ja«, sagte Jane. Ihre haselnussbraunen Augen blickten ihn warm an, trotz der Kälte, die sie von draußen mit hereingebracht hatten. Ihr Blick glitt zu Max. »Oh«, sagte sie, »ist das ein Verwandter von Ihnen?«

»Wie kommen Sie denn darauf?«, fragte Luc verblüfft.

»Weil ihr euch so ähnlich seht«, sagte Mathilda.

»Nein, wir sind nicht verwandt«, erwiderte Luc. »Äh, das ist Max Vogel. Max, das sind Jane Aplin und meine Tochter Mathilda.« Er zwinkerte ihr zu.

Max schüttelte den beiden die Hände, und Luc fiel auf, dass Mathilda ihn nicht aus den Augen ließ.

»Ich habe Max vorgeschlagen, ein frühes Abendessen mit uns einzunehmen«, sagte Luc. »Na, wie war's bei euch?«

»Wir haben einen wundervollen Tag in den Pariser Modehäusern und in den Galeries Lafayette verbracht«, antwortete Jane. »Aber dann ist es uns zu kalt geworden.«

Triumphierend hielt Mathilda eine Tasche hoch, aus der sie eine Schachtel zog. Luc zuckte zusammen, als er das Chanel-Zeichen sah, aber er überwand sein Entsetzen schnell. Dass Mathilda genauso riechen wollte wie ihre Mutter und sich das berühmteste Parfüm der Welt gewünscht hatte, war völlig natürlich. Sie tupfte sich ein wenig Parfüm aufs Handgelenk und hielt es ihm hin. Der Duft versetzte ihn zwar sofort zurück in die Limousine, die er durch den Verkehr lenkte, während im Fond ein Wehrmachtoberst mit der Frau saß, die Lucs Herz erobert hatte, doch er verdrängte den Gedanken sofort wieder.

»Wundervoll«, sagte er, und er meinte es aufrichtig.

»Jane hat es mir gekauft«, sagte Mathilda stolz.

Luc warf Jane, die ein schickes marineblaues Kostüm trug, einen gespielt empörten Blick zu. Sie zog sich ihren Seidenschal vom Hals, den Mantel hatte sie bereits ausgezogen.

»Ein Geschenk«, sagte sie defensiv, blickte Mathilda dabei aber glücklich an. »Keine Sorge, sie hat auch jede Menge auf Ihre Kosten eingekauft.«

»Daran zweifle ich nicht«, stöhnte Luc. »Ich muss nur rasch etwas aufs Zimmer bringen. Soll ich deine Einkäufe mitnehmen, Mathilda?«

Sie nickte, und Luc wandte sich zum Gehen. Auch Jane entschuldigte sich, weil sie einen Anruf erledigen musste.

»Ja, natürlich«, sagte Max.

Jane warf Mathilda einen Blick zu, doch das Mädchen beachtete sie kaum. Sie hatte nur Augen für Max. Zwar bemühte sie sich, ihn nicht anzustarren, aber die Anwesenheit des fremden jungen Mannes überwältigte sie. Damit hatte sie nicht gerechnet. Vor wenigen Minuten hatte sie noch angeregt mit Jane über ihre Einkäufe geplaudert, und nun hatte sie nur noch Augen für den blonden jungen Mann, der verlegen neben ihrem Vater stand.

Max räusperte sich. »Sollen wir uns setzen?«, schlug er vor.

Gehorsam ließ sich Mathilda auf dem Sessel nieder, auf den er wies, insgeheim wütend auf sich, weil ihr kein Gesprächsthema einfiel.

»Es klingt so, als hättet ihr zwei einen tollen Tag gehabt«, sagte er.

»Ja«, antwortete sie. Wie mochte man wohl seine Augenfarbe bezeichnen? Silbern? »Wer sind Sie noch mal?«, fragte sie dann. Sie errötete, als sie merkte, dass er sie anstarrte.

Er lächelte, und Mathilda schluckte, als sie die kleinen Fältchen bemerkte, die sich um seine Augenwinkel bildeten.

»Deine Eltern haben meinen Vater im Krieg gekannt.« Er schwieg. »Ich, äh, na ja, ich habe ihn nie kennengelernt, deshalb hat dein Vater sich zu einem Treffen mit mir bereit erklärt, um mir zu erzählen, was er weiß. Das war sehr nett von ihm.«

»Ist dein Vater tot?«, fragte sie, obwohl ihr klar war, dass das viel zu unverblümt war. Wenn ihre Mutter jetzt hier wäre, hätte sie ihr sicher einen tadelnden Blick zugeworfen.

»Ja.«

»Meine Mutter auch.«

»Ich weiß. Und es tut mir sehr leid.«

Mathilda zuckte mit den Schultern. »Dad und ich kommen schon klar«, sagte sie und wich seinem Blick aus. Ihr Hals und ihre Wangen brannten.

»Meine Mutter ist vor Kurzem auch gestorben«, sagte er leise, und seine traurige Stimme durchbrach ihre Gedanken. Als sie aufblickte, zog er eine Schulter hoch und lächelte sie schief an. »Es ist ganz egal, wie alt du bist. Du vermisst deine Mum immer.« Seine Miene hellte sich auf. »Dein Parfüm ist wirklich toll, Mathilda. Es ist mein Lieblingsduft.«

»Echt?« Sie strahlte ihn an.

Er nickte. »Was habt ihr bisher in Paris gemacht?«, fragte er dann.

Auf einmal fühlte Mathilda sich wohl in seiner Gegenwart. Sie zwang sich, sich zu entspannen, und wischte verstohlen ihre feuchten Handflächen an ihrem Rock ab. Dann begann sie aufzuzählen, was sie bereits von Paris gesehen hatte.

»Oh, das ist alles ganz nett«, sagte er trocken. »Aber du hast noch keinen Tee bei Ladurée getrunken, hast nicht bei Mont Blanc oder Angelina's gegessen und auch keine heiße Schokolade im Les Deux Magots getrunken. Das sind alles absolute Musts«, fügte er dramatisch hinzu. »Schließlich hat der Bauch auch Bedürfnisse.«

Mathilda kicherte.

»Dein Vater sollte sich was schämen! Offensichtlich muss ich ab sofort das Besichtigungskommando übernehmen, Mathilda.«

Mathilda riss die Augen auf. »Du?«

»Ja. Was hast du morgen vor?«

»Morgen bin ich schon verplant«, sagte sie. »Aber wie wäre es mit Montag?«

»Montag. Ja, gut.«

Mathilda schluckte. »Perfekt.«

In diesem Moment trat Luc zu ihnen. »Was ist perfekt?«, fragte er.

Auch Jane kam gerade von ihrem Telefonat zurück.

»Ich bin am Montag mit Max verabredet«, verkündete Mathilda.

Sie sah, wie ihr Vater Jane einen Blick zuwarf, als hoffe er, sie würde sich als Begleiterin anbieten.

Max bemerkte es zwar nicht, trotzdem fragte er: »Jane, müssen Sie hier arbeiten, oder sind Sie als Touristin in der Stadt?«

»Ich bin nur zu Besuch. Bis zu dieser Woche kannte ich Mathilda und Luc noch gar nicht.«

»Dann erlauben Sie mir, auch Ihnen Paris zu zeigen.« Max warf Luc einen Blick zu. »Mister Ravens hat einen Termin in Südfrankreich, wie er mir sagte, und wenn die beiden Damen noch nichts vorhaben, würde ich Sie gerne ein wenig in der Stadt des Lichts herumführen.«

Mathilda runzelte die Stirn. »Wohin fährst du denn, Dad?«

Er zögerte. »Ach, ich würde gerne einen Bekannten in Lyon besuchen«, log er.

»Ich dachte, wir wollten zusammen nach Saignon fahren.«

»Oh Mathilda, das tun wir natürlich auch. Es würde mir nicht im Traum einfallen, ohne dich dorthin zu fahren.«

Er scheuchte sie alle hinaus und rief sofort ein Taxi, was Mathilda nur in ihrer Meinung bestärkte, dass ihr Vater etwas vor ihr verbarg. Was immer es sein mochte, Max Vogel war in das Geheimnis eingeweiht.

22

Früh am nächsten Morgen lieferte Luc Mathilda in einer prächtigen Suite im Hotel ab, in der der Hoteldirektor wohnte. Er wollte seine Tochter zum Abschied beruhigend umarmen, aber sie schaute sich kaum nach ihm um, sondern schwatzte gleich angeregt mit ihrer neuen Freundin. Er lächelte Chantal, der Frau des Direktors zu, und sie blickten erleichtert ihren Kindern nach, die sich auf Anhieb gut verstanden.

»Ich bin heute den ganzen Tag zu Hause«, sagte Chantal mit ihrer rauchigen Stimme.

»Wirklich sehr freundlich von Ihnen, dass Mathilda heute hierbleiben darf. Ich bin heute Abend unterwegs und komme wahrscheinlich erst sehr spät zurück. Es macht Ihnen doch nichts aus, dass Mathilda bei Ihnen übernachtet?«

»Oh nein, keineswegs. Wir haben uns ja darauf gefreut. Juliette hat den gesamten Tag und den Abend bereits verplant.«

»Die beiden werden es sicher schön haben. Vielen Dank, Madame Pernot.«

Luc kehrte in sein Zimmer zurück und setzte sich an den Schreibtisch. In der Nacht zuvor hatte er wach gelegen und die stillen Stunden dazu genutzt, einen Plan auszuarbeiten.

Natürlich konnte er sein Vorgehen nicht bis ins kleinste Detail festlegen. Er musste auch Raum für spontane Entscheidungen lassen, da er nicht wusste, was ihn erwartete. Natürlich wäre ihm lieber gewesen, er hätte mehr Zeit zur Vorbereitung gehabt, aber während des Krieges, als junger Maquisard, hatte er auch oft spontan vorgehen müssen. Die älteren Männer hatten ihn und seinen Freund Laurent immer nur die Cowboys genannt, weil sie sich bewegten wie die Revolverhelden in den Western.

Leider hatte Laurent Pech gehabt und war auf dem Marktplatz in Gordes hingerichtet worden. Er war ein Maquisard aus Patriotismus, Luc hingegen war schon damals immer von düsteren Rachegefühlen getrieben gewesen.

Konnte er es verantworten, noch einen Menschen auf dem Gewissen zu haben?

Er dachte an den Polizisten Landry, der mitgeholfen hatte, die Juden in Südfrankreich zu verhaften. Luc hatte dem Mann 1943 die Kehle durchgeschnitten, weil er seine Großmutter zu Tode geprügelt hatte. Von Schleigel, der für den Tod seiner beiden Schwestern verantwortlich war, hatte doch auch den Tod verdient? Gedankenverloren starrte Luc vor sich hin, als ihm diese Frage durch den Kopf ging. Zum ersten Mal, seit er den Brief von Max in den Händen gehalten hatte, gestand er sich ein, warum er diese Reise wirklich machte. Er war nach Europa gekommen, um von Schleigel zu töten. Allerdings loderte seine Wut nicht mehr ganz so heiß wie in der Vergangenheit, seit er in Australien seinen Frieden gefunden hatte. Mittlerweile war er fast zwanzig Jahre älter, und mit dem Alter kam die Weisheit.

Deshalb fragte er sich nun, was es bringen würde, wenn er den Deutschen tötete. Damals bei Landry hatte Krieg geherrscht. Würde er jetzt von Schleigel umbringen, so wäre das kaltblütiger, vorsätzlicher Mord. Es würde ihm seine verlorene Familie nicht zurückbringen, es würde ihm auch keinen Frieden bringen – das wusste er. Es würde ihn noch nicht einmal befriedigen. Davon abgesehen war er sich gar nicht sicher, ob er überhaupt noch töten konnte.

Nichtsdestotrotz quälte ihn der Gedanke, dass von Schleigel

sich in der Nähe aufhielt. Ihn wühlte vor allem die Tatsache auf, dass der Deutsche ungeschoren davongekommen war. Zwar hatte Luc nicht das Recht, in Friedenszeiten über irgendjemanden zu urteilen, aber dieser Mann hatte wahrscheinlich den Tod zahlloser Unschuldiger befohlen, ohne auch nur einen Moment darüber nachzudenken.

»Er muss zur Verantwortung gezogen werden«, sagte Luc finster.

Alle Mitglieder seiner Familie waren tot, und von Schleigel hatte ein schönes Leben. Natürlich war das kein Einzelschicksal, aber nur selten hatten die Hinterbliebenen die Chance, mit dem Mörder ihrer Liebsten abzurechnen. Luc glaubte zwar nicht einen Moment lang, dass Sarah, Rachel oder Wolf wollte, dass er den Mann umbrachte, doch sie konnten sich auch nicht mehr mit ihm darüber streiten.

Tatsache war, dass er von Schleigel vor zwanzig Jahren Rache geschworen hatte. Er musste also einen Weg finden, das Leben des Nazis zu beenden, ohne dass Blut an seinen Händen klebte. Ob das möglich war?

Luc schlug den Aktenordner auf, blickte wieder auf das grobkörnige Foto und spürte, wie Entschlossenheit in ihm aufstieg, als er sich in die sorgfältig zusammengestellten Notizen vertiefte.

Der frühere Gestapo-Offizier war inzwischen einundsechzig. Er trug eine Brille und humpelte leicht. Und er war so gerissen wie eh und je. Max hatte Frédéric Segal auf die Probe gestellt, indem er unvermutet etwas auf Deutsch zu ihm gesagt hatte, als er sich im letzten Sommer bei ihm ein Eis gekauft hatte. Anscheinend hatte Segal nur ganz kurz gestutzt und sich dann auf Französisch entschuldigt, er verstehe leider kein Deutsch. Aber Max hatte das Zögern wahrgenommen. Dennoch war klar, dass der Mann immer auf der Hut war.

Luc las weiter, dass sein Feind die inzwischen siebenundfünfzigjährige Gwenoline geheiratet hatte. Die beiden hatten zwei Töchter: die neunzehnjährige Brigitte und die achtzehnjährige Valerie. Gwenoline und Brigitte arbeiteten im Café, während Valerie an der Universität in Chambery studierte. Luc hasste den Gedanken, dass von Schleigel mittlerweile Familienvater war. Dieser Mann verdiente es nicht, mit einer Frau und Kindern glücklich zu sein. Allerdings konnte er sich nicht auch noch mit von Schleigels Familie belasten. Die drei Frauen hatten keine Ahnung, welches Ungeheuer mit ihnen lebte, und wenn sie von seiner Vergangenheit wüssten, wären sie sicherlich entsetzt. Vielleicht wusste seine Frau ja auch Bescheid? In dem Fall war es natürlich leichter für Luc, ihre Gefühle nicht zu schonen.

Max schrieb, dass die Familie Segal im gesunden Klima von Fontaine-de-Vaucluse ein gutes Leben führte. Sie hatten zwei Autos, machten montags, wenn das Café geschlossen war – natürlich nur in der Nebensaison –, Ausflüge und fuhren jedes Jahr nach Italien oder in die Schweiz in Urlaub. Luc hatte keine Ahnung, wie Max an diese Informationen gekommen war, doch der junge Mann schilderte anschaulich, wie von Schleigel lebte.

Auf der nächsten Seite hatte er den üblichen Tagesablauf des ehemaligen Obersts dargestellt. Meistens hielt er sich im Café auf, und die beste Zeit, um ihn zu isolieren, war frühmorgens beim Sport. Er kam stets früh ins Café, um fünf Uhr im Sommer und kurz vor dem Morgengrauen im Winter. Vor Betriebsbeginn machte er entweder einen Spaziergang um die Stadt oder fuhr mit dem Fahrrad den Fluss entlang. Einmal in der Woche wanderte er bis zur Quelle der Sorgue, die in einem unzugänglichen Gebiet lag.

Ich weiß nicht, ob er das aus Vorsicht tut oder ob er bloß ein bisschen Abwechslung haben möchte. Es wird Ihnen schwerfallen, ihm aufzulauern, weil er beim Sport kein Muster erkennen lässt, abgesehen davon, dass es die einzige Tageszeit ist, in der man ihn allein antrifft, hatte Max an den Rand geschrieben.

Gedankenverloren blickte Luc aus dem Fenster, während er über die Warnung nachdachte. Es stand außer Frage, dass er von Schleigel nur auf dem Berg entgegentreten konnte. Von den Familienausflügen seiner Kindheit erinnerte er sich noch gut an die Einsamkeit dort.

Vom Gipfel blickte man tief hinunter auf das außergewöhnlich grüne Wasser, das wie ein flüssiger Smaragd über die Felsen hinabstürzte. Von da aus floss es als funkelnder Strom durch die Orte, die in früheren Jahrhunderten die Wasserkraft mit Mühlen genutzt hatten.

Ich glaube, er betet da oben, hatte Max außerdem notiert. *Vielleicht sucht er Absolution?* Offensichtlich war auch er zu dem Schluss gekommen, dass dieser einsame Fleck oberhalb des Dorfes der einzige Ort war, an dem man von Schleigel überwältigen konnte.

Sie werden ihn nötigen müssen. Diesen Satz hatte Max unterstrichen.

Luc schüttelte den Kopf. Um all diese Informationen zu sammeln, hatte Kilians Sohn ein großes Risiko auf sich genommen. Er erhob sich und begann, ruhelos auf und ab zu gehen. Gereizt dachte er, dass Max mit Sicherheit geahnt hatte, was er bei Luc auslöste, als er ihm die Akte übergeben hatte. Er hatte nie daran gezweifelt, dass Luc sich an von Schleigel rächen würde. Genauso gut hätte er ihm eine geladene Pistole in die Hand drücken können.

So funktionierte das nicht. Er musste klar denken und seine Emotionen ausblenden, wenn er die Konfrontation überleben wollte. Ein Mann wie von Schleigel würde schon aus Gewohnheit jedem Fremden, der ihm seltsame Fragen stellte, gegenüber misstrauisch sein. Max war entweder ungewöhnlich klug vorgegangen, oder er war wirklich so naiv, dass er dachte, irgendwie schon durchzukommen.

Luc schlug mit der Faust auf den Tisch und fluchte leise. Er verstand, warum Lisette Kilians Sohn angefleht hatte, sie nicht mehr zu kontaktieren. Sie hatte gewusst, dass er die Angelegenheit nicht auf sich beruhen lassen würde. Ja, er war leicht zu durchschauen, und das machte ihn nur noch wütender. Er brauchte Ablenkung, um den Kopf wieder freizubekommen.

Entschlossen klappte er den Ordner zu, steckte ihn in seine Aktentasche, ergriff Hut, Mantel und Schal und verließ das Zimmer. Vor dem Hotel stieg er in ein Taxi und nannte dem Fahrer den Namen eines Hotels am linken Seineufer.

Kurz darauf stand er dort in der Lobby und ließ sich über die Telefonzentrale mit Jane Aplin verbinden.

Bevor der Klingelton ertönte, klickte und rauschte es in der Leitung. Luc wartete, wobei er sich sagte, dass er einhängen und gehen würde, wenn sie nicht spätestens nach dem dritten Läuten abnahm. *Eins …*

»Jane Aplin.« Ihre Stimme klang gehetzt.

Er schluckte. »Jane, ich bin es, Luc«, sagte er und hielt den Atem an.

»Luc? Ach, du liebe Güte. Ich habe Sie gar nicht erwar…«

»Ich weiß. Es tut mir leid. Ich hätte Sie nicht stören dürfen.«

»Sie brauchen sich nicht zu entschuldigen. Was für eine nette Überraschung. Ist alles in Ordnung? Geht es Mathilda gut?«

»Ja, wunderbar.«

»Und Ihnen?«

»Ich …« Er zögerte, unsicher, was er sagen sollte. »Nun ja, ich war allein und musste mich ablenken. Also habe ich beschlossen, einen Spaziergang zu machen, und auf einmal war ich hier.«

»Hier? In *meinem* Hotel?«

Er kam sich völlig albern vor. »Ja, ich bin zufällig vorbeigekommen, und da dachte, Sie würden vielleicht einen Kaffee mit mir trinken.«

Ihr Schweigen sprach Bände.

»Jane, hören Sie. Es tut mir wirklich leid«, sagte er schließlich. »Wir sehen uns ja heute Abend. Wahrscheinlich wollte ich nur meiner Arbeit aus dem Weg gehen …«

»Luc?«

Er schluckte verlegen. »Ja?«

»Meine Zimmernummer ist die zwei-fünf-eins. Ich sage an der Rezeption Bescheid, dass ich Sie hinaufgebeten habe.« Sie legte auf, bevor er antworten konnte.

Luc starrte auf den Hörer. Hatte er das gewollt? Verwirrt legte er auf und spähte zur Rezeption hinüber. Der Mann hinter dem Tresen hatte gerade einen Anruf entgegengenommen. Jetzt blickte er auf und nickte Luc zu. Ihm blieb keine andere Wahl. Er ging zum Aufzug, wobei er das Gefühl hatte, von einer unsichtbaren Hand gezogen zu werden.

»Welche Etage, Monsieur?«, fragte der Page.

»Die zweite, bitte«, antwortete er. Hoffentlich fühlte sich der Junge nicht bemüßigt, höfliche Konversation zu treiben.

Schweigend fuhren sie hinauf, trotzdem war Luc erleichtert, nachdem er ausgestiegen war und der Aufzug sich wieder auf dem Weg nach unten befand. Er schluckte, überprüfte seine Krawatte im Spiegel, fuhr sich durch die Haare und straffte die Schultern. Vor der Tür von Zimmer 251 blieb er stehen. Noch konnte er sich umdrehen und weglaufen. Auch wenn Jane dann vielleicht beleidigt war, ersparte er sich dennoch weitere Komplikationen. Wenn er hingegen klopfte, konnte das weitreichende Folgen haben … Es sei denn natürlich, er hatte sich den Unterton in ihrer Stimme nur eingebildet, und sie stünde jetzt in Schal und Handschuhen vor ihm, um mit ihm Kaffee trinken zu gehen.

Blinzelnd hob er die Hand. Er nahm alles bewusst wahr, von dem Messingschild mit der Zimmernummer auf der Tür bis hin zum Duft des Lorbeers in einer großen Vase, der den gesamten Flur erfüllte.

Erst als er die Hand wieder sinken ließ, merkte er, dass er geklopft hatte. Jane öffnete die Tür und stand in einem silbergrauen Satinmorgenmantel vor ihm. Gerade rubbelte sie sich mit einem Handtuch die Haare trocken. Ihre Brüste hüpften einladend unter dem dünnen Stoff. Sie war definitiv nicht zum Kaffeetrinken angezogen, stellte er fest.

»Ich habe mich heute Morgen massieren lassen und mir danach ein ausgiebiges Bad gegönnt«, erklärte sie, als sie sein Erstaunen bemerkte.

»Es tut mir leid, ich …«

»Es braucht Ihnen nicht leidzutun, kommen Sie herein«, sagte sie ungezwungen und ging vor ihm her ins Zimmer. »Legen Sie Ihren Mantel ab. Ich kann Kaffee bestellen, wenn Sie …«

Sie drehte sich um und brach abrupt ab, als sie seinen Blick wahrnahm. Luc wusste, dass er sie anstarrte. Ihre dunkelgrünen Augen wirkten verhangen, beinahe ein wenig schläfrig nach der Massage und dem warmen Bad. Sie roch nach Badeöl – Jasmin, Weihrauch und Sandelholz. Die Haut am Hals war gerötet, und Luc sah Feuchtigkeit in dem Spalt zwischen ihren Brüsten glitzern. Ihm stockte der Atem, und er war einen Moment lang völlig überwältigt von purer Lust.

Jane löste den Gürtel ihres Morgenmantels, und die Tatsache, dass sie ihn nicht auszog, machte die Geste umso erotischer.

Luc konnte die Rundungen ihrer Brüste sehen, während die Brustwarzen unter dem dünnen Stoff verführerisch verborgen blieben. Mit einem einzigen Schritt war er bei ihr und zog sie in die Arme. Sie wehrte sich nicht, als sich seine Lippen auf ihre senkten. Sie schlang ihm die Arme um den Hals und drängte sich noch enger an ihn, als Luc die Hände unter ihren Morgenmantel schob und über ihre nackte Haut gleiten ließ. Leise seufzend gab sie sich seinem leidenschaftlichen Kuss hin.

Luc verlor sich in ihr. Mit einem Schlag waren alle Gedanken verschwunden, und er hatte das Gefühl, in warmes Licht eingehüllt zu sein. Solange sie sich küssten, waren sie miteinander verbunden, und nichts störte ihre Wärme und ihr Verlangen. Erst als er sich von ihr löste, kehrte langsam die Realität zurück.

Plötzlich musste er an Lisette und Harry denken, an die missbilligenden Gesichter seiner Freunde in Launceston. Vor allem aber an Mathilda. Er sah seine Tochter vor sich, wie sie ungläubig das Gesicht verzog, sich verraten und betrogen fühlte.

Auch Jane wirkte beschämt. Sicher wurde sie von ihren eigenen Dämonen verfolgt, doch sie sah auch seine tote Frau neben ihm stehen, sah das Entsetzen seiner Tochter.

Luc zog sie erneut in die Arme, bevor sie beide etwas sagen konnten, was sie vielleicht später bereuten. Er genoss es, endlich wieder die weiche Haut einer Frau zu spüren, und sofort stieg Lust in ihm auf.

»Außer uns ist niemand hier«, flüsterte Jane. »Wir tun niemandem weh.«

»Ich wollte dich nicht verunsichern«, sagte er. »Es hat nichts mit dir zu tun.«

»Ich weiß«, erwiderte sie lächelnd. »Dies ist mein erstes Mal seit … seit meinem Ehemann. Und es fühlt sich richtig an. Ich will, dass du das weißt.«

Sanft umfasste er ihr Gesicht, blickte in ihre braunen Augen. Dann fuhr er mit den Fingern durch ihre noch feuchten Haare. »Ich will dich nicht benutzen, Jane.«

»Das tust du nicht«, sagte sie fest. »Ich habe es in der Rue Scribe schon gespürt. Wir waren dazu bestimmt, uns zu treffen. Ich denke, es war Schicksal.«

Er starrte sie an.

»Was ist los?« Sie runzelte die Stirn.

Luc schüttelte den Kopf. »Max hat so etwas Ähnliches gesagt. Er glaubt, dass sich unsere Wege einfach kreuzen mussten.«

»Ja, zwischen euch besteht tatsächlich eine Verbindung.«

»Wie meinst du das?«, fragte er abwehrend.

Jane zuckte mit den Schultern. »Ich will nicht zu neugierig sein.«

Luc war ihr dankbar für ihre vorsichtige Art. Dieses Mal küssten sie sich langsam, ließen sich mehr Zeit, und ihre zärtlichen Gesten wirkten eher zögernd. Schließlich ergriff Jane mit leisem Stöhnen seine Hand und legte sie auf ihre Brust. Luc zog scharf die Luft ein und schloss die Augen.

»Bist du dir sicher?«, fragte er.

Sie nickte. Ihr Verlangen stand ihr deutlich ins Gesicht geschrieben. Es war für sie beide lange her, doch Jane hatte recht. Sie verletzten niemanden, und sie konnten beide diese Entscheidung treffen, ohne jemanden zu betrügen. Luc glaubte nicht, dass Mathilda einverstanden war, aber sie war noch ein Kind – ganz gleich, wie erwachsen sie sich benahm –, und sie musste noch viel lernen über die Welt und Beziehungen.

Luc warf seine Kleider einfach auf den Boden. Lächelnd schlüpfte Jane aus ihrem Morgenmantel und sank aufs Bett. Sie sah ihm zu, wie er sich auszog, und auch Luc konnte den Blick nicht von ihr wenden. Er fand sie wunderschön. Ihr Bauch war noch straff, vermutlich weil sie bisher keine Kinder bekommen hatte. Er legte sich auf sie, hielt aber noch inne, um sie anzuschauen.

»Du bist wunderschön. Ich könnte dich den ganzen Tag über anstarren.«

»Du starrst mich tatsächlich an, Luc. Hör auf damit.« Sie verfolgte, wie er einen kleinen Seidenbeutel abnahm, der um seinen Hals hing. »Sind darin immer noch Lavendelsamen? Die Geschichte, die du mir dazu erzählt hast, war wundervoll.«

»Höchstens ein paar. Ich trage ihn nur noch aus Gewohnheit«, log er. Er rollte sich auf die Seite und stützte sich auf einen Ellbogen, damit er mit dem Finger über die Wölbung ihrer Brust fahren konnte. »Wo waren wir stehen geblieben?«, fragte er. Er wollte nicht mit ihr über die Vergangenheit reden.

Sie kicherte. »Du bist ganz anders als John.«

»Weil ich Franzose bin«, erwiderte er mit übertriebenem Akzent. »Wir Franzosen wissen, wie man den Körper einer Frau lieben muss.«

»Tatsächlich?«

»Natürlich. Pass auf«, sagte er und verschwand unter der Decke.

Später zeigte Jane ihm, dass eine Frau nicht unbedingt Französin sein musste, um den Körper eines Mannes zu genießen. Er war froh darüber, dass alles an ihr so anders war als bei Lisette. Als ihn die Lust überwältigte, wusste er, dass er Sex wieder ohne Schuldgefühle genießen konnte.

Nachdem die letzten Wellen der Lust verebbt waren, schlang er die Arme um sie und döste ein.

Lange Zeit lagen sie so da, bis Luc das Gefühl hatte, ihre Körper seien zusammengeschweißt. Als er es wagte, sich zu bewegen, stöhnte sie leise und schläfrig. Er bekam eine Gänsehaut, als sich ihre warmen Körper voneinander trennten.

»Du gehst doch nicht weg, oder?«, murmelte sie.

Er strich ihr die Haare aus der Stirn. »Nein, nur wenn du es willst.«

Sie berührte seine Wange und küsste ihn auf die Augen. »Bist du traurig?«

Er schüttelte den Kopf. »Seltsamerweise nicht. Ich dachte zuerst, ich wäre es, aber ich fühle mich so lebendig wie seit einem Jahr nicht mehr.«

»Wie ist es mit Schuldgefühlen?«

Luc lächelte schief. »Natürlich habe ich welche, aber ich habe sie verdrängt. Wie ist es bei dir?«

»Ich muss zu meiner Schande gestehen, dass ich überhaupt keine Schuldgefühle empfinde, obwohl ich damit gerechnet habe. Vielleicht bin ich ja schamlos.«

Luc grinste. »Darf ich duschen?«

»Natürlich.«

Er stand auf und tapste barfuß über den Teppich ins Bad. In dem Raum war es kühl nach der Wärme des Betts, und er fröstelte ein wenig. Nachdem er das Wasser aufgedreht hatte, damit es warm wurde, schaute er auf die Uhr. Sie hatten sich für ein paar Stunden ineinander verloren. Langsam kehrte er in die Realität zurück – Mathilda, von Schleigel … Er sollte im Hotel anrufen, um nachzufragen, ob alles in Ordnung war.

Er trat in die Dusche. »Kommst du auch?«, rief er ins Schlafzimmer.

»Nein, ich weiß, wohin das führt. Dusch du zuerst.«

Er schloss die Tür und begann unter dem dampfend heißen Wasserstrahl, sich Jane vom Körper zu waschen. Er beeilte sich, weil er wusste, dass sie vor der Duschkabine stand und ihn beobachtete.

»Du hast einen tollen Körper«, sagte sie.

»Du meinst, für so einen alten Kerl wie mich?« Er trat aus der Dusche und nahm das Handtuch entgegen, das sie ihm hinhielt.

»Nein, überhaupt«, erwiderte sie. »Du bist wirklich fit. Das liegt wohl an der Arbeit auf den Lavendelfeldern, oder?«

Er nickte. »Ja, wahrscheinlich. Ich denke nicht weiter darüber nach. Du hast mir heute jedenfalls das Gefühl gegeben, viel jünger zu sein.« Er beugte sich vor und küsste sie. »Danke.«

»Nicht der Rede wert«, sagte sie. »Deine grauen Schläfen«, murmelte sie und fuhr ihm mit dem Finger über die Haare, »sind sehr attraktiv. Wird dein Bart auch langsam grau?«

»Teilweise ja«, gab er zu.

»Hinreißend.«

»Du scheinst alte Männer zu mögen«, sagte er und trocknete sich den Rücken ab. Als sie ihn anblickte, ließ er das Handtuch fallen, zog sie in die Arme und küsste sie. »Danke, dass du so nett zu uns bist.«

»Ich kann dir versichern, das hat mit Nettigkeit nichts zu tun.« Sie lachte.

»So habe ich es nicht gemeint. Du warst eine Freundin für mich, du warst freundlich und hilfsbereit, und du warst eine tolle Liebhaberin, und zwar genau dann, als ich es gebraucht habe.« Luc wusste, dass sie ihn verstand.

Sie nickte. »Ich habe es auch gebraucht. Ich kann dir nur versichern, dass es uns ähnlich ergeht.«

»Gut. Dann wird es uns heute Abend beim Essen auch nicht peinlich sein.«

»Nein. Ich will dich nicht erst zum Abendessen wiedersehen. Vielleicht ist das heute unsere letzte Chance, zu zweit zu sein. Bitte verbring den Tag mit mir … und den Abend«, sagte Jane.

»In Ordnung. Was möchtest du unternehmen?«

»Alles, was du auch willst. Ich will nur in deiner Nähe sein. Entschuldigung, klingt das zu sehr nach Klammern?«

Luc lächelte. »Nein, ich fühle mich geschmeichelt, solange du nicht einkaufen gehen willst.«

Arm in Arm spazierten sie wie ein altes Ehepaar durch die Tuilerien. Als es ihnen in der kalten Novemberluft zu ungemütlich wurde, gingen sie in ein Café. Für Luc fühlte es sich ein wenig surreal an, Paris im Frieden zu erleben. Es war romantisch, Jane im Arm zu halten und sie ab und an zu küssen, und seine Stimmung hob sich, als sie ihn lächelnd ansah. Er und Lisette hatten Paris nicht so erlebt. Als sie am Louvre vorbeikamen, stellte Luc fest, dass Lisette und er sich zuletzt in jener hellen Mondnacht in dem weißen Lavendelfeld geliebt hatten, wo sie und Harry ihre letzte Ruhestätte gefunden hatten. Die Trauer kam wie aus dem Nichts, einem geisterhaften Schatten gleich, und legte sich kalt auf ihn, als dürfte er noch nicht wieder glücklich sein.

Und von Schleigel musste er auch noch gegenübertreten.

23

Jane rührte langsam in ihrem Kaffee. »Ich habe über etwas nachgedacht, das du mir gestern erzählt hast.«

»Ja?« Luc trank einen Schluck. Er wünschte, er hätte sich etwas Stärkeres, Wärmendes zu seinem Kaffee bestellt.

»Als du am Mont Mouchet verwundet worden bist, hat dich doch eine wundervolle Frau namens Marie zusammen mit ihrem Enkel gesund gepflegt.«

Er nickte. »Marie und Robert, ja.«

»Hattest du seitdem zu ihnen Kontakt?«

Luc, der gerade die Tasse zum Mund führen wollte, hielt inne. »Nein.«

»Warum nicht? Wenn ich dich richtig verstanden habe, haben sie dir doch das Leben gerettet.«

Er blickte Jane verlegen an. Ja, warum eigentlich nicht? Er hatte gelegentlich daran gedacht, es dann jedoch wieder vergessen … Beste Absicht und so, aber dann rann ihm die Zeit wie Sand durch die Finger.

»Ich wollte immer mal wieder dorthinfahren.«

»Warum tust du es nicht?«

»Du meinst jetzt?«

Jane nickte.

»Nein, ich habe zu tun, schließlich muss ich Mathilda alles zeigen. Das würde die Dinge nur unnötig komplizieren.«

Jane schüttelte den Kopf. »Nein, du machst es kompliziert. Ich habe mit John das Gleiche erlebt. Er wurde von zwei Soldaten gerettet, die extra noch einmal zu ihm hingegangen sind, als er verletzt dalag. Ich habe ihm nach dem Krieg vorgeschlagen, Kontakt zu den beiden Männern aufzunehmen, um ihnen zu danken. Ich glaube, es hätte ihm gutgetan, aber er wollte nicht. Ich konnte es nicht nachvollziehen, und er hat es mir auch nicht erklärt.« Sie zuckte mit den Schultern. »Du wolltest wahrscheinlich nichts mehr vom Krieg wissen. John ist es auch so gegangen. Manchmal mag es ja besser sein, schlafende Hunde nicht zu wecken, doch ich hätte es eigentlich richtig gefunden.« Jane blickte auf. »Du hast sehr liebevoll von Robert geredet. Sagtest du nicht, du hast ihm etwas versprochen?«

Luc stellte die Tasse ab. »Ja. Das haben wir sogar mit unserem Blut besiegelt«, fügte er hinzu, als er daran dachte, wie tapfer der kleine Junge sich in den Daumen geschnitten hatte.

»Na ja, du willst aus diesem Urlaub bestimmt mehr als eine traurige Reise in die Vergangenheit für dich und eine Besichtigungstour für Mathilda machen. Stell dir nur vor, du würdest Robert finden.« Sie hob die Hand. »Verzeih mir. Ich weiß, es geht mich nichts an, und du hast natürlich alles Recht der Welt, dich in deinen Erinnerungen an Lisette zu verlieren. Dennoch … Robert wiederzufinden – könnte dir das nicht neuen Auftrieb geben?«

Am liebsten hätte Luc Jane umarmt, um ihr für ihre Fürsorge zu danken. Er traute sich nicht, ihr den wahren Grund für seine Rückkehr nach Paris zu gestehen. Nichtsdestotrotz hatte sie ihm einen klugen Ratschlag gegeben, und es war sein Versäumnis, dass er noch nicht nach der wundervollen Familie gesucht hatte, die ihm damals das Leben gerettet und ihn gesund gepflegt hatte.

»Warum suchst du nicht nach ihnen?«, fuhr sie fort. »Es wäre sicher großartig, sie wiederzusehen, und auch für Mathilda wäre es toll, eine richtige französische Familie kennenzulernen.«

Luc verdrängte den Gedanken an von Schleigel. Den Namen würde er hier auf keinen Fall aussprechen.

»Marie lebt wahrscheinlich gar nicht mehr.«

»Nein, aber ihr Enkel müsste um die fünfundzwanzig sein, oder?«

»Ja.«

»Du hast mir selbst gesagt, dass du nach Frankreich gekommen bist, um ein Versprechen einzulösen.«

»Nicht dieses«, erwiderte er.

»Du willst mir nicht erzählen, welches du meinst?«

Er schüttelte den Kopf. »Es ist etwas Privates, Jane. Etwas, das ich erledigen muss.«

»Ist es gefährlich?«

Luc kniff die Augen zusammen. »Wie kommst du darauf?«

»Weil du so angespannt warst, als du dich mit Max getroffen hast, und du hast mir ja erzählt, dass du in der Résistance warst.« Sie zuckte mit den Schultern, als wolle sie es dabei bewenden lassen.

Luc bewunderte Jane für ihre Intelligenz, doch er musste sie von der Spur abbringen, sonst würde sie am Ende die gesamte Angelegenheit und vielleicht sogar sich selbst noch gefährden.

»Du zählst zwei und zwei zusammen, und es kommt fünf dabei heraus«, sagte er gespielt amüsiert.

»Es tut mir leid, Luc. Ich wollte nicht neugierig sein. Ich habe nur nicht damit gerechnet, dass mir so etwas passiert … Ich meine, dass ich jemanden kennenlerne und ihn so sehr mag.«

Er griff nach ihrer Hand und drückte sie. »Ich will nicht mysteriös klingen, aber es ist wirklich privat. Bitte mach dir keine Sorgen.«

»Kann ich dir helfen … mit Mathilda, meine ich?«

»Du hast schon genug getan. Ich würde dich nie bitten …«

»Luc, ich hatte so viel Spaß mit ihr, ich hätte fast vergessen, dass sie noch ein Kind ist, und in meinem Alter fehlt mir noch ein Kind zu meinem Glück. Außerdem muss sie mit so vielen Dingen fertigwerden. Bald wird es um Jungs gehen. Hast du gemerkt, wie sie Max angesehen hat?«

Luc zuckte erschrocken zusammen. »Was soll das heißen?«

Jane lächelte und beruhigte ihn. »Entspann dich, Luc. Du wirst dich daran gewöhnen müssen.«

»Max ist gut zehn Jahre älter als sie.«

»Sie hat ja nur geguckt, mehr nicht. Das ist für ein Mädchen in ihrem Alter absolut normal, und sie ist ein besonderes Kind. Stell dich darauf ein, Luc. Ihr beiden müsst die besten Freunde sein, wenn ihr allein bleibt. Außerdem hat sie einen hervorragenden Geschmack. Max sieht unglaublich gut aus.« Als er nicht reagierte, fügte sie hinzu: »Das war ein verstecktes Kompliment.«

Ihm fiel ein, dass sie betont hatte, wie ähnlich Max ihm sehe. Trotzdem konnte er in diesem Zusammenhang nur an Kilian denken. »Wie der Vater, so der Sohn.«

Amüsierte Verwirrung spiegelte sich in ihrer Miene. »Du klingst ja eifersüchtig! Das ist lächerlich. Ich wette, du musstest dich nie anstrengen, um Aufmerksamkeit zu erringen.«

Falsche Bescheidenheit lag ihm nicht, deshalb schwieg er.

Sie seufzte. »Nun denn, ich mag Max. Und er hat Mathilda zum Lachen gebracht. Darum geht es doch auf dieser Reise, oder? Sie wieder lachen zu sehen, sie ins Leben zurückzuholen. Ist es nicht auch heute Morgen bei uns darum gegangen? Um Heilung?«

»Von deiner Heilung könnte ich tatsächlich mehr gebrauchen«, bemerkte er, um endlich das Thema zu wechseln.

»Ich nehme an, du willst trotzdem nicht, dass Mathilda von uns erfährt.«

Er schüttelte den Kopf. »Ich glaube nicht, dass sie es schon akzeptieren kann, wenn ich mit einer anderen Frau zusammen bin.«

»Das verstehe ich gut.«

»Ich habe dich gar nicht gefragt, wie lange du in Paris bleibst.«

»So lange ich will.«

»Ich habe vor, in ein oder zwei Tagen in den Süden zu fahren. Vielleicht hast du recht, ich sollte versuchen, Robert ausfindig zu machen.«

Lächelnd nickte sie. Sie freute sich offensichtlich, dass sie bei dieser Entscheidung mitgeholfen hatte, aber obwohl ihr Tonfall fröhlich war, bemerkte er die Traurigkeit in ihren ausdrucksvollen Augen.

»So bald reist du schon ab.«

Er holte tief Luft. »Ich muss zurück zu meiner Lavendelfarm. Da drüben ist jetzt Frühling, alles wächst und …«

»Ist schon gut, Luc, du brauchst dich nicht vor mir zu rechtfertigen. Es war schön, dass ich dich kennengelernt habe.«

»Es muss ja noch nicht zu Ende sein.«

»Es?« Sie schmunzelte. »*Es* war ein nettes Intermezzo, und ich bedauere keinen Augenblick. Aber ich habe mir selbst versprochen, ins Ballett zu gehen, daher werde ich morgen die Vorstellung besuchen, und anschließend fahre ich vielleicht weiter nach Florenz. In Paris kann man sehr einsam sein, findest du nicht? Es ist eher eine Stadt für Liebende, nicht für einsame Herzen.«

»Bist du einsam, Jane?«

Sie schüttelte den Kopf. »Bis eben nicht.«

Sie lächelten sich an, aber Luc bekam Gewissensbisse. Jane hatte keine Forderungen gestellt, und auch wenn er keinen Wert auf Komplikationen legte, so war er sich alles andere als sicher, ob er sich schon von ihr verabschieden wollte.

»Warum kommst du nicht einfach mit uns?« Die Frage kam ihm über die Lippen, bevor Luc darüber nachdenken konnte.

»Zum Mont Mouchet?«

Er nickte. »Und dann weiter in die Provence. Begleite uns nach Saignon.«

»Du brauchst kein Mitleid mit mir zu haben, Luc. Ich könnte es nicht ertragen, wenn ...«

Er stand auf, trat um den Tisch herum und küsste sie auf den Mund, sehr zur Überraschung der beiden Damen am Nachbartisch.

»Du tust mir überhaupt nicht leid. Im Gegenteil, ich bin sogar äußerst selbstsüchtig. Zum einen wärst du mir eine große Hilfe mit meinem fordernden Kind. Zum anderen, und das ist der wichtigere Grund, mag ich absolut alles an dir ... Ich bin keineswegs dazu bereit, dich gehen zu lassen. Es wird schon schlimm genug für uns werden, uns nicht anzufassen.«

Er merkte ihr an, dass seine Worte ihr gefielen.

»In Ordnung. Ja, ich komme gerne mit. Was ist mit Max?«

»Was soll mit ihm sein? Er hat mir im Hotel eine Nachricht hinterlassen. Unsere Geschäfte sind abgeschlossen, und ich nehme an, er will zurück nach Hause fahren. Er sagte, dass er Paris heute verlässt.«

»Oh.« Jane blickte ihn enttäuscht an. »Das ist schade. Ich habe mich gar nicht richtig von ihm verabschiedet.«

»Er hat uns alle nach Lausanne eingeladen. Dort könntest du ihn jederzeit besuchen.« Sie warf ihm einen vernichtenden Blick zu. Luc lachte und ergriff ihren Arm. »Er hat tatsächlich eine offene Einladung hinterlassen.«

»Das ist reizend. Wenn ich jemals ältere Männer satthaben sollte, weiß ich jetzt, an wen ich mich wenden muss.«

Lachend verließen sie das Café. Luc hätte nicht sagen können, wie er auf die Idee gekommen war, diese überaus private

Reise mit Jane zusammen zu unternehmen. Aber vorerst wollte er nicht mehr darüber nachdenken. Sie fuhren mit dem Taxi zur Rue Caulaincourt und gingen von dort zu Fuß auf den Montmartre. Am ehemaligen Steinbruch, der in einen der neuen Friedhöfe verwandelt worden war, blieben sie stehen.

»Degas ist hier begraben«, sagte er leise. Es war ein schönes Gefühl, einer anderen Frau so nahe sein zu können, nachdem er geglaubt hatte, für immer allein bleiben zu müssen. »Ich bewundere sein Werk sehr«, fügte er hinzu.

»Warum?«

»Du nicht?«

»Doch. Ich will nur wissen, warum es dir so geht«, sagte sie.

Luc dachte über die Frage nach. »Ich mag alle Impressionisten. Und die Bilder von Degas sehen alle so aus, als hätte gerade jemand eine Lampe eingeschaltet und die Szene in helles Licht getaucht.«

Jane nickte. »Das gefällt mir. Du bist ein verkappter Romantiker, Luc.«

»Das war ich immer schon. Allerdings ist im Krieg wahrscheinlich eine ganze Generation von Romantikern draufgegangen«, sagte er.

Sie gingen weiter, bis sie schließlich auf der Hauptstraße standen.

»Ist Montmartre etwas Besonderes für dich?«, fragte Jane.

»Ich glaube, das ist es für jeden in Frankreich.« Luc zuckte mit den Schultern. »Aber du hast recht, für mich hat das Viertel eine besondere Bedeutung. Lisette hat hier ihr Doppelleben als Spionin für Großbritannien geführt.«

Jane warf ihm einen Blick von der Seite zu, als sie vor einem hohen weißen Gebäude stehen blieben.

»Was war ihre Rolle?«

»Wie meinst du das?«

»Na ja, das Kriegsministerium hat sich gewiss nicht die Mühe gemacht, Lisette nach Paris zu schicken, damit sie dich kennenlernt, oder? Was war ihre Mission?«

»Ach, das Übliche« sagte er beiläufig. »Sie war einfach sehr gut als Spionin. Sie war das reinste Chamäleon, und weil sie Französin war, ist es ihr natürlich leichtgefallen. Sie war unschätzbar wertvoll.«

»Sie war zweifellos eine Spezialistin mit einer gezielten Mission.«

»Hier«, fuhr er fort, nicht bereit, über diesen Teil von Lisettes Leben zu reden, zumal ein ganzer Schwall von Erinnerungen ihn überflutete. Andächtig berührte er die frisch gestrichenen Wände, als könne er Lisettes Geist spüren. Genau so hatte Max das Feuerzeug seines Vaters in der Hand gehalten. »Hier in der Wohnung unterm Dach hat sie gewohnt«, sagte er.

»Möchtest du hineingehen?«, fragte Jane.

Luc schüttelte den Kopf. »Heute sagt mir das alles nichts mehr, doch nach meiner Verletzung haben wir hier ein paar friedliche Wochen verlebt. Ich glaube, das war meine glücklichste Zeit. Sie war in Sicherheit, ich war in Sicherheit. Wir haben uns geliebt.«

Jane blickte weg, als ob sie wüsste, wie privat und schmerzvoll diese Erinnerungen waren. Er war dankbar dafür. Es war sicher nicht leicht für sie, diese Erinnerungen mit ihm zu teilen, während der Geist seiner geliebten Frau über ihnen schwebte. Dennoch spürte er, dass Janes Neugier auf ihn, auf sein Leben, auf seine tote Frau, eine eigene Dynamik entwickelt hatte.

»Es ist schade, dass Mathilda nicht dabei ist. Ich komme mir vor wie ein Eindringling«, gestand sie.

Luc legte den Arm um sie und zog sie an sich. »Komm, lass uns zu Sacré-Coeur gehen, sonst erfrieren wir noch.«

Arm in Arm schlenderten sie zur Basilika. Er sandte ein

stummes Gebet für Lisette und Harry in den Himmel, dann drehte er sich um und blickte über Paris.

»Die Stadt ist riesig, nicht wahr?«, sagte Jane.

»Unten in den Straßen fühlt es sich gar nicht so groß an.« Luc blickte zum Eiffelturm hinüber, der im grauen Dunst fast nicht zu erkennen war. »Komm«, drängte er, als er sah, dass in den meisten Häusern die Fensterläden bereits geschlossen wurden und in den Straßen die Lichter angingen. »Sollen wir die Treppe nehmen?«

Er wies auf die Stufen, die sich den Hügel hinunterzogen und in die Stadt führten. Die Laternen überzogen das Pflaster und die Eisenbalustraden bereits mit ihrem warmen Schein.

Am nächsten Morgen verabschiedete sich Luc mit einem langen Kuss von Jane und machte sich auf den Weg ins Hotel. Mathilda war noch nicht da. Die Kälte, der ausgiebige Spaziergang und vor allem der Sex mit Jane hatten dafür gesorgt, dass Lucs Kopf wieder frei war. Ihm war jetzt viel klarer, was er mit von Schleigel anstellen wollte, daher ließ er sich, ohne zu zögern, von der Telefonzentrale im Hotel mit dem Café in Fontaine-de-Vaucluse verbinden, das dem Deutschen gehörte.

Eine Frau nahm das Gespräch entgegen.

»Könnte ich bitte Frédéric Segal sprechen?«

»Er bedient gerade, Monsieur. Möchten Sie für heute Abend einen Tisch reservieren?«

»Äh, nein, Madame. Ich rufe aus Paris an.«

»Ah ja. Wer ist bitte am Apparat?«, fragte sie.

»Mein Name ist Laurent Cousteau«, sagte Luc.

Sie wandte sich vom Telefon ab und redete mit jemandem, dann drang ihre Stimme wieder klar und deutlich durch die Leitung. »Er ist beschäftigt, Monsieur Cousteau. Kann ich ihm etwas ausrichten?«

»Ja, sagen Sie ihm bitte, ich möchte ihn gerne für eine angesehene Zeitschrift über Tourismus und Gastfreundschaft interviewen«, sagte Luc und hielt den Atem an. *Sag nicht zu viel. Erklär nicht zu viel,* hatte Lisette ihm einst eingeschärft. Sie war so jung und unerfahren gewesen, dennoch hatte London sie in eine der gefährlichsten Situationen gebracht, nachdem sie die Vichy-Grenze ins besetzte Paris überquert hatte. Als sie sich begegnet waren, hatte Luc gewusst, dass ihn auch die Gefahr, in der sie sich befand, magnetisch angezogen hatte. Jetzt hielt er seine Zunge im Zaum, damit von Schleigel von selbst zu ihm kam.

»Kann er Sie zurückrufen, Monsieur?«

Das Risiko konnte Luc nicht eingehen. »Leider nicht. Ich habe aus meinem Hotel in Paris bereits ausgecheckt und verlasse heute Abend die Stadt. Vielleicht kann ich kurz auf ihn warten? Bitte, es ist wichtig.«

Plötzlich vernahm er ein Rascheln, und jemand kam ans Telefon. Eine leicht atemlose Männerstimme, weder empört noch aufgeregt.

»Monsieur Cousteau? Hier spricht Frédéric Segal.«

Die Stimme. Luc hatte das Gefühl, dass sein Herz stockte. Holpernd setzte es sich wieder in Gang.

»Monsieur Cousteau?«

»Ja … ja, ich bin hier, Monsieur Segal«, sagte Luc hastig.

»Meine Frau sagt, Sie möchten ein Interview mit mir machen …?«

Luc bemühte sich um Fassung, er musste seinen wahnwitzigen Plan jetzt durchziehen. »Ja, Monsieur, danke, dass Sie ans Telefon gekommen sind. Ich bin freiberuflicher Journalist und habe den Auftrag, für das *Diners Club Magazine* Reisegeschichten aus ganz Europa zu schreiben.«

»Oh, ich verstehe. Wie interessant.«

»Im Sommer fünfundsechzig soll ein Spezialheft über die Provence erscheinen. Ich habe sehr viel Gutes über Ihr Eiscafé gehört und dachte, das könnte ein bisschen Farbe in die Berichte über diese Gegend bringen.«

»Es freut mich, das zu hören. Wir führen ein sehr gutes Café, und Sie haben recht, danke, unsere Eiscreme ist die beste im ganzen Süden, wenn ich das so sagen darf.«

»Oh ja, das ist bereits bis nach Paris gedrungen. Aber eigentlich, Monsieur Segal, mache ich die Vorarbeiten für eine Artikelserie über Menschen im Süden. Was hielten Sie von einem Interview à la ›Ein Tag im Leben von …‹. Die Leser würden etwas über Sie erfahren und darüber, wie es ist, jeden Tag Tausenden von Feriengästen Eis zu verkaufen. Ich glaube, das ergäbe eine nette Geschichte.«

Sag nicht mehr!, mahnte Luc sich im Stillen. Sein Vorwand war fadenscheinig, wenngleich nicht so weit hergeholt, dass er nicht plausibel wirkte.

»Ich glaube nicht, dass mein Leben wichtig für die Eiscreme ist, Monsieur Cousteau, und auch nicht für die Leser.«

»Nein, Monsieur Segal, ich ziele weniger auf Ihre Vergangenheit, sondern vielmehr auf Ihren Alltag ab. Es wäre sicher gut, wenn die Leser den Mann kennenlernen würden, der hinter dem erfolgreichen Café steht, das ein wahrer Touristenmagnet in Fontaine-de-Vaucluse ist. Deshalb würde ich gerne einen typischen Tag in Ihrem Leben beschreiben. Die Leute betrachten die Welt gerne mit den Augen anderer.« War das genug?

»Ah, ich verstehe. Sie meinen den Frédéric Segal von heute.«

»Ja genau. Ich glaube, über den Krieg haben wir alle schon genug gehört. Wir wollen positive, bunte Geschichten über interessante Orte, Reiseziele und Erfahrungen. Das alles beginnt mit positiven, bunten interessanten Leuten.«

»Ich fühle mich geschmeichelt. Das klingt großartig.«

Luc atmete tief durch. »Wunderbar. Ich danke Ihnen. Ich freue mich sehr auf unser Treffen, Monsieur. Nächste Woche führe ich mit Ihnen dann das Interview, und kurz vor Erscheinen des Heftes schicke ich Ihnen unseren Fotografen vorbei, damit er ein paar Aufnahmen machen kann.«

»Gut. Ich sorge dafür, dass die gesamte Familie anwesend ist.«

»Perfekt«, log Luc. »Am besten halte ich mich nächste Woche einen ganzen Tag lang bei Ihnen auf. Wäre das für Sie in Ordnung?«

»Während der Arbeit, meinen Sie?«

»Ja, sicher. Während der Arbeit, in der Freizeit«, fügte Luc hinzu und kreuzte im Geiste die Finger. »Haben Sie zufällig interessante Hobbys?«

»Ah, ich verstehe. Ja, natürlich. Ich sammle Schmetterlinge.« Wie passend, dachte Luc. »Die meiste Zeit verbringe ich natürlich im Café«, fuhr von Schleigel fort und lachte trocken auf.

Der grässliche Laut versetzte Luc augenblicklich ins Jahr 1943. Damals war auch November gewesen, und ein alter Mann, ein Deutscher, der als Judenfreund galt, saß zerschlagen und blutend nach dem Verhör durch die Gestapo zitternd in Unterwäsche da und wartete auf seine Hinrichtung. Damals hatte Kriminaldirektor von Schleigel, der das Verhör leitete, auch so gelacht.

1943 wusstest du auch nicht, mit wem du geredet hast, dachte Luc kalt.

»Ich verstehe«, sagte Luc. »Vielleicht spielen Sie Tennis oder Boule?«

»Nein, leider nicht.«

Frustriert schloss Luc die Augen. *Na los, jetzt komm schon*, flehte er stumm.

»Aber ich bin gerne draußen, ganz gleich, wie das Wetter ist.«

»Das klingt doch vielversprechend«, sagte Luc. »Was tun Sie am liebsten?«

»Ich gehe gerne spazieren. Häufig fahre ich auch mit dem Fahrrad.«

»Großartig. Täglich?«, fragte Luc, um seine Beute dorthin zu bekommen, wo er sie haben wollte.

»Ja. Ich laufe oft um unseren hübschen Ort herum. Es ist erstaunlich, wie anders er in den frühen Morgenstunden wirkt, wenn ich ihn ganz für mich allein habe. Außerdem lerne ich viel dabei.«

Luc ließ ihn einfach reden, über neue Cafés, die aufmachten, über andere, die zumachten, über Jugendliche, die nur zu Unsinn und Streichen aufgelegt waren, über ältere Leute, die ihre Sorgen in Alkohol ertränkten, oder über geheime Treffen von Liebespaaren. Die ganze Zeit über wartete er auf das richtige Stichwort, während er geduldig den Prahlereien von Schleigels lauschte, der sich damit brüstete, wie viele Kilometer er morgens auf seinem Fahrrad zurücklegte.

»Dreißig Kilometer sind mittlerweile eine Kleinigkeit für mich«, sagte er.

Luc hielt den Atem an. *Jetzt sag es schon,* dachte er.

»Meistens, im Winter allerdings nicht so oft, mache ich auch eine längere Bergwanderung.«

Bingo! »Ach, tatsächlich?«, warf Luc ein, wobei er seine Stimme enthusiastisch klingen ließ. »Ist die Landschaft oben auf dem Berg denn schön?«, fragte er, obwohl er den Gipfel deutlich vor sich sah.

»Schön? Monsieur Cousteau, wenn Sie Fontaine-de-Vaucluse unter sich liegen sehen, werden Ihnen die Tränen kommen, so traumhaft ist es«, antwortete von Schleigel theatralisch. Er war schon immer ein guter Schauspieler gewesen. »Ihr Fotograf wird die Landschaft sicher sehr inspirierend finden.«

»Genau so etwas brauchen wir für die Geschichte. Eine schöne Landschaft, vor der wir Sie ablichten können«, sagte Luc. »Vielleicht könnte ich Sie ja auf einer Ihrer Touren begleiten?«

»Selbstverständlich. Nächste Woche, sagten Sie?«

»Wie wäre es mit Mittwoch?«

Er hörte Papier rascheln, anscheinend blätterte von Schleigel in seinem Terminkalender. »Ja, das passt.«

»Werden wir am Morgen auch auf den Gipfel wandern, Monsieur Segal?« Luc hielt den Atem an.

»Oh! Wie kommen Sie darauf, dass ich morgens eine Bergwanderung mache?«

Luc hätte sich am liebsten auf die Zunge gebissen. Was für ein blöder Fehler!

»Entschuldigen Sie«, sagte er glatt. »Da Sie sagten, Sie spazieren gerne in den frühen Morgenstunden, bin ich davon ausgegangen, dass Sie auch Ihre anderen Aktivitäten auf diese Zeit legen.« Er lachte verhalten. »Mir ist jede Tageszeit recht. Sie können die Zeit gerne bestimmen.«

»Sie haben ja recht. Abends bin ich viel zu müde, um noch zu wandern. Aber sind Sie der Strecke überhaupt gewachsen, Monsieur?«

»Machen Sie sich um mich keine Gedanken. Ich versichere Ihnen, dass ich fit bin.«

»Gut, denn nächste Woche müssen wir noch vor Tagesanbruch aufbrechen, gegen sieben Uhr früh, und ich gehe nicht langsam.«

»Wirklich, das ist absolut in Ordnung.«

»Rufen Sie mich an, wenn Sie vor Ort sind. Dann können wir alles Weitere besprechen.«

»Wir können uns ja an einem Morgen Ihrer Wahl am Café treffen«, schlug Luc vor.

»Wie erreiche ich Sie, wenn mir etwas dazwischenkommt?«

Alte Gewohnheiten legt man nur schwer ab. Luc wusste genau, was von Schleigel gerade versuchte.

»Leider weiß ich noch nicht, wo ich übernachten werde«, sagte er vorsichtig. »Ich gebe dann im Café Bescheid.«

»Gut. Worüber werden Sie in der Region noch schreiben?«

Auf diese Frage war Luc nicht vorbereitet. »Ach, ich dachte, ich schaue mir die Orte um den Mont Mouchet herum in Ruhe an«, sagte er spontan. Er hätte sich besser vorher vergewissern sollen, dass keine Verbindung hergestellt werden konnte. »Danach fahre ich weiter ins Luberon, nach Marseille, Avignon, Lyon … Ich werde mir die Dörfer und Städte nach Lust und Laune anschauen – Lacoste, Bonnieux, Roussillon, Menerbes.« Er listete ein paar Orte auf, die er aus seiner Jugend kannte. »Ein paar Termine habe ich bereits gemacht, mit Ockersammlern, Obst- und Lavendelbauern.« Letzteres konnte er sich nicht verkneifen.

»Es ist doch viel zu spät im Jahr für diese Erfahrungen.«

»Das macht nichts. Genau wie bei der Eiscreme geht es hauptsächlich um die Bilder.«

»Nun gut. Da haben Sie ja einiges vor sich. Wir sehen uns dann nächste Woche, um Punkt sieben. Ach, übrigens …«

»Ja?«

»Wer hat Ihnen von unserem Café erzählt?«

Luc ballte die Faust. Wieder hatte von Schleigel ihn eiskalt erwischt. »Ein britisches Ehepaar«, log er. Seine Gedanken überschlugen sich. »Ich habe die beiden in Hampshire kennengelernt, als ich über die Flugschau in Farnborough berichtet habe. Sie haben letztes Jahr Urlaub in Frankreich gemacht und die meiste Zeit im Luberon in Lourmarin verbracht.«

»Ah, noch eine schöne Stadt.«

»Ja. Sie waren unter anderem in Ihrem Café und wollten gar nicht aufhören, von Ihrem Eis zu schwärmen.« Ganz ruhig, Luc, mahnte ihn seine innere Stimme. »Sie sagten, es sei köstlich.« Das unscharfe Foto fiel ihm wieder ein. »Es ist wohl einzigartig, wie Sie das Eis zu Blumen formen.«

»Ich fühle mich sehr geehrt«, sagte von Schleigel, und Luc hatte das Gefühl, den Test bestanden zu haben.

24

Lucs Hand zitterte, als er den Hörer auflegte. Er war froh, dass er aus Vorsicht nicht aus seinem Zimmer angerufen hatte. Er bebte nicht vor Angst, sondern vor Wut. Es war die alte Wut, die durch seinen Körper raste und sein Blut schneller durch seine Adern jagte. Er war so dicht davor. Kurz überlegte er, ob er Max anrufen solle, entschied sich aber dagegen. Kilians Sohn würde nur alle möglichen Warnungen aussprechen, und Zweifel konnte Luc jetzt nicht gebrauchen. Automatisch griff er nach dem Seidenbeutel seiner Großmutter, den er wie einen Talisman unter seinen Kleidern auf der Haut spürte. Die Lavendelsamen, die darin gewesen waren, hatten ihn beschützt, wie seine Großmutter es ihm versprochen hatte, aber hatte sein Glück Bestand, nachdem er die Samen in die fruchtbare Erde von Launceston gepflanzt hatte?

Er hatte gelogen, als Jane ihn nach dem seltsamen Talisman gefragt hatte. Er war nicht leer, allerdings wusste Luc nicht, ob der Inhalt seinen Zweck erfüllen würde.

Er ging hinauf, und kurz nachdem er in seinem Zimmer angekommen war, stürmte Mathilda herein.

»Dad!«

Er küsste sie auf den Scheitel. »Na, du siehst ja glücklich aus. Hattet ihr Spaß?«

»Oh ja. Juliette und ich wollen einander jeden Monat schreiben.« Mathilda seufzte. »Aber lieber würde ich in Frankreich leben.«

Luc lächelte. »Du bist doch erst seit ein paar Tagen in Paris.«

»Ja, aber mir gefällt es hier super gut. Tasmanien ist so verschlafen.«

»Das hat deiner Mutter und mir besonders gut gefallen.«

»Ja, du bist ja auch alt, Dad. Und du hast deinen Spaß in London und Paris gehabt.«

Stirnrunzelnd wandte er sich zu seiner Tochter um. Mathilda wollte ganz offensichtlich auf irgendetwas hinaus. Er merkte, wie sie tief Luft holte.

»Ich sage es einfach mal freiheraus. Ich wollte dich fragen, ob du dir vorstellen kannst, mich hier auf ein Internat zu schicken … Äh, hier in Frankreich.«

»Was?«, fragte Luc ungläubig.

Mathilda hatte einen wunden Punkt getroffen. Lisette hatte oft ihrer Sorge Ausdruck verliehen, ob ihre Entscheidung, in die Wildnis zu ziehen, für die Ausbildung der Kinder förderlich war.

Er hatte ihre Befürchtungen immer abgetan. »Ich bin auch so einsam aufgewachsen«, hatte er gesagt und auf die Lavendelfelder gezeigt.

»Ja, allerdings in Frankreich, Luc. In Europa, noch dazu in einer Familie, die regelmäßig mit dir nach Paris gefahren ist.«

»Eine Familie, die ich im Krieg verloren habe. Europa hat uns keinen Gefallen getan.«

»Wir lieben Bonet's Farm, aber das hier ist unser Leben und damit unsere Entscheidung. Wir müssen die Kinder unterstützen, wenn sie neugierig auf die Welt sind.«

Ihre Äußerungen kamen ihm in den Sinn. Er wollte Mathilda nicht verlieren.

»Ich wusste, dass du es nicht gut aufnimmst«, erwiderte seine Tochter.

»Ich habe doch noch gar nichts gesagt«, entgegnete er.

»Dein Gesicht sagt alles, Dad.«

»Hat deine neue Freundin dich auf die Idee gebracht?«

Mathilda zuckte mit den Schultern. »Wir bleiben ja nur noch ein paar Wochen. Danach muss ich wieder in die Schule in dieses langweilige ...«

»Sag es nicht«, warnte Luc. »Du fängst im Februar an.«

»Dad, ich will in Europa zur Schule gehen, nicht in Tasmanien!« Ihr Tonfall war anklagend, als hätte er sie verletzt.

»Was kennst du denn schon von London oder Paris, außer ein paar sehr guten Hotels, den Speisekarten in einigen ausgezeichneten Restaurants und deinen Einkaufsbummeln in Knightsbridge oder bei Chanel?«, murrte Luc.

»Das ist es ja!«, erwiderte sie. »Ich will viel mehr kennenlernen, und das kann ich nicht von der anderen Seite der Welt aus. Dad, ich liebe Mode, ich liebe Kunst und Design, ich liebe es, Dinge zu entwerfen. Ich liebe Musik und Essen. Ich weiß noch nicht genau, was ich will, aber ich glaube nicht, dass ich es von dort drüben wirklich erreichen kann.« Sie zog an ihrem Lieblingsrock. »Im Ernst, Dad, was glaubst du, wie lange es dauert, bis so etwas in Launny in Mode kommt? Zehn Jahre?«

Erschrocken blickte er sie an. »Mathilda, du hast noch viele Jahre Zeit, bevor du dir über deinen Beruf Gedanken machen musst.«

Sie sank auf ihr Bett. »Ich möchte Französisch sprechen. Ich möchte auf dieser Seite der Welt sein können. Es ist so aufregend.«

Luc drängte die verzweifelten Worte zurück, die ihm auf der Zunge lagen. Erst einmal musste er über alles nachdenken und Mathilda Zeit lassen. Sie musste sich, wie Jane bemerkt hatte, derzeit mit so vielem auseinandersetzen, und er hatte seiner Tochter in zu kurzer Zeit viel zu viel zugemutet. Sie hatte einen winzigen, ruhigen Ort verlassen und war in zwei der größten, aufregendsten Städte der Welt gelandet. Dass sie davon fasziniert war, durfte er ihr nicht zum Vorwurf machen.

Er setzte sich neben seine Tochter aufs Bett und legte den Arm um sie. »Lass uns ein andermal darüber reden, Tilly. Du hast gesagt, was du denkst, und jetzt lassen wir es erst mal gut sein und überlegen uns in Ruhe, wie es weitergeht.«

»Du klingst genau wie Mum«, stöhnte sie.

»Deine Mutter war auch eine besonders pragmatische Frau. Du solltest dankbar sein, dass ich mich genauso anhöre wie sie. Hör mal, was hältst du von einer Reise zum Mont Mouchet?«

»Warum?«

»Dort lebt vielleicht noch jemand, den ich gerne wiedersehen möchte.«

»Wer denn?«

»Ein Freund. Er hat damals dazu beigetragen, dass ich am Leben geblieben bin.«

»Was ist passiert?«

»Auf der Fahrt dorthin erzähle ich dir alles.«

Mathilda nickte, dann seufzte sie: »Ach, du liebe Güte, ich und zwei Männer im mittleren Alter, die von früher erzählen.«

Luc musste lachen. »Er war damals erst fünf Jahre alt.«

Sie riss die Augen auf. »Fünf? Dann ist er also jetzt vierundzwanzig?«

Luc war beeindruckt von ihren Rechenkünsten. »Ja. Robert müsste ein junger Mann sein.«

»Etwa so alt wie Max. Wo ist Max überhaupt? Er wollte heute mit Jane und mir ausgehen.«

Luc hatte ganz vergessen, dass Mathilda nichts davon wusste, dass Max seine Pläne geändert hatte. Rasch erklärte er es ihr und war leicht irritiert, als sie schrecklich enttäuscht reagierte.

»Wir sehen ihn bestimmt wieder«, versicherte er ihr, obwohl

er keineswegs die Absicht hatte, Max noch einmal zu treffen. Er würde ihm höchstens schreiben.

»Er hat versprochen, mit mir zu Ladurée zu gehen. Na ja, dann nehme ich eben seine Einladung an, wenn ich hier lebe. Siehst du, Dad, ich habe sogar schon Freunde hier: Max, Jane, Juliette und ihre Eltern … und vielleicht sogar deinen Lebensretter, diesen Robert.«

Luc blinzelte. Er war zwar nicht überrascht über die Hartnäckigkeit seiner Tochter, aber es machte ihn nervös, dass Mathilda im Stillen bereits beschlossen hatte, in Europa zu leben.

»Bisher weiß ich noch nicht, ob ich Robert überhaupt ausfindig machen kann. Aber wir werden auf dem Weg nach Saignon auf jeden Fall durch sein Dorf fahren.«

»Mir ist egal, welche Route wir nehmen. Wo ist Jane?«

»Äh, vermutlich in ihrem Hotel«, erwiderte er nonchalant.

»Sehen wir sie heute Abend?«

»Wenn du möchtest. Ich habe sogar daran gedacht, sie zu fragen, ob sie mit uns in den Süden kommen möchte. Wir reisen übrigens morgen schon ab.«

»Okay«, sagte Mathilda.

Luc hatte eigentlich geglaubt, sie überreden zu müssen, dass Jane mitfuhr, aber Mathilda hatte nicht mit der Wimper gezuckt.

»Macht es dir auch nichts aus?« Warum schuf er Hindernisse, die gar nicht vorhanden waren?

Stirnrunzelnd blickte sie ihn an. »Nein. Warum? Ich mag Jane.«

Luc zuckte mit den Schultern. »Gut. Ich rufe sie später an und vereinbare alles mit ihr. Hast du vielleicht Lust, mit mir ein bisschen an der Seine und durch meinen Lieblingspark spazieren zu gehen und später eine Tasse Kaffee zu trinken?«

»Ja, schrecklich gerne. Ich nehme noch einen Film für

Harrys Kamera mit. Ich hätte gerne ein Foto von uns unter dieser schönen Brücke mit den Laternen.«

»Pont Alexandre«, murmelte er gedankenverloren. Er dachte daran, wie er und Lisette sich dort geküsst und einander gelobt hatten, für immer zusammenzubleiben, sofern sie den Krieg überleben sollten.

Als sie am Nachmittag wieder im Hotel waren, rief Luc sofort Jane an.

»Mathilda freut sich darauf, dass du mit uns in den Süden kommst. Ich suche uns Züge heraus, allerdings sollten wir früh am Morgen aufbrechen. Aber jetzt lade ich meine Tochter am besten so schnell wie möglich in irgendeinen Touristenschuppen zum Abendessen ein. Möchtest du dich uns anschließen?«

»Nein … Versteh mich bitte nicht falsch, Luc, aber ich finde, du und Mathilda solltet heute Abend ein bisschen Zeit für euch haben.«

Das war merkwürdig. Er hatte nicht erwartet, dass sie ihm einen Korb gab.

»Oh. Was unternimmst du dann?«

»Ich bin ja nicht hilflos.« Jane lachte. »Außerdem«, fügte sie neckend hinzu, »hatte ich schon zahlreiche nette Angebote.«

»Das bezweifle ich nicht. Bist du dir sicher?«

»Ja.«

»Ist alles in Ordnung?«

»Mach dir keine Sorgen. Mir geht es gut. Ich will mich nur nicht einmischen. Außerdem muss ich noch packen und einige Vorbereitungen treffen, wenn wir morgen in aller Frühe aufbrechen wollen. Ich möchte auch noch einen Brief schreiben. Wie du siehst, habe ich genug zu tun. Ich werde mir was zu essen aufs Zimmer bestellen, und danach lege ich mich gemütlich in die Badewanne.«

»Und denkst dabei an gestern?«

Sie reagierte nicht so, wie er es erhofft hatte, sondern schnaubte nur verlegen. Er vermisste sie. Niemals hätte er gedacht, dass er sich mit einer Frau noch einmal so wohlfühlen könnte. Warum benahm sie sich nur so komisch?

»Soll ich später noch einmal anrufen? Ich gebe dir die Abfahrtszeiten durch, dann können wir morgen früh gemeinsam mit dem Taxi zum Bahnhof fahren.«

»Äh ... ja, sicher.«

Luc runzelte die Stirn. Sie klang irgendwie komisch. »Na gut. Also, ich wünsche dir einen schönen Abend.«

»Ich dir auch. Tschüss.«

Irritiert blickte er auf den Hörer. Warum hatte sie sich so kühl angehört? Es passte so gar nicht zu ihrem leidenschaftlichen Verhalten von gestern, als sie gar nicht genug von ihm bekommen konnte. Was war nur passiert?

Jane drehte sich um, nachdem sie aufgelegt hatte. »Ich habe ja noch nicht einmal mich selbst überzeugt«, sagte sie traurig.

»Das war schon in Ordnung«, sagte Max Vogel.

»Na, kommen Sie. Wir suchen uns ein ruhiges Plätzchen, und dann können Sie mir alles erzählen.«

Sie setzten sich im Hotelrestaurant in eine ruhige Nische und bestellten eine Kleinigkeit zu essen.

»Also, Max, ich hoffe, es ist wirklich wichtig. Luc wundert sich sicher, welches Spiel ich da treibe. Das war ein ziemlich unangenehmes Gespräch.«

»Ja, es tut mir leid, dass ich dabei war.«

»Sagen Sie mir, warum Sie Luc angelogen haben. Er glaubt, Sie hätten Paris verlassen.«

Kilians Sohn trank einen Schluck Wein. »Hat Luc Ihnen erzählt, warum er gerade jetzt nach Frankreich zurückgekommen ist?«

Jane blickte ihn verwirrt an. »Ich habe Luc letzte Woche noch nicht einmal gekannt, also kann ich weder seine Motive beurteilen, noch braucht er mir irgendetwas zu erklären. Allerdings hatte ich den Eindruck, er wollte Mathilda aus ihrer Trauer herausholen und Zeit mit ihr verbringen.«

»Ja, das stimmt auch alles.« Max blickte sich nervös um.

»Max, ich kenne Sie ebenfalls nicht besonders gut, aber Sie wirken besorgt. Was bekümmert Sie?«

»Hören Sie, es geht mich zwar nichts an, aber ich weiß, dass Sie Luc sehr mögen. Ich glaube, er braucht jetzt Freunde, deshalb erzähle ich Ihnen das alles.«

»Drücken Sie sich bitte deutlicher aus.«

Er seufzte, dann begann er zu erzählen. Es war eine lange Geschichte, selbst ohne die Details. Als sie gegessen hatten, war er immer noch nicht fertig. Jane hörte ihm aufmerksam zu, wobei ihr Gesichtsausdruck zwischen Faszination und Entsetzen wechselte.

Als sie bei Kaffee und einem wärmenden Brandy angelangt waren, sagte Max kopfschüttelnd: »Ich habe Ihnen all das anvertraut, weil ich mir Sorgen mache.«

»Sie haben Angst, dass er von Schleigel gegenübertritt«, flüsterte Jane.

»Deshalb ist er nach Frankreich gekommen. Er will Rache.«

Jane kniff die Augen zusammen. »Und jetzt haben Sie Angst?«

Verlegen zuckte Max mit den Schultern. »Zuerst wollte ich, dass er von Schleigel jagt, aber als ich Luc begegnete und merkte, wie viel Wut in ihm steckt, wurde ich nervös.«

»Dass er ihn jagt ... Was soll das sein? Räuber und Gendarm?«

»Nein, ich ... ich denke, ich wollte, dass Luc den Mann zur Rede stellt. Damit er merkt, dass seine Deckung aufgeflogen ist, dass wir wissen, wer er ist.«

»Und dann?«

Max wandte sich unbehaglich ab. »Jane, mir ist egal, was mit diesem von Schleigel passiert, aber ich will nicht, dass Mathilda auch noch ihren Vater verliert und … von Schleigel war bei der Gestapo. Ich habe Angst davor, wie er reagiert, wenn Luc ihn mit der Wahrheit konfrontiert. Außerdem weiß ich nicht, was Luc vorhat.«

»Was er vorhat?«, wiederholte Jane sarkastisch. »Max, Sie sind derjenige, der die Pistole geladen hat! Was haben Sie denn geglaubt, was Luc mit der Information anfängt? Seine Frau und sein Sohn sind tot. Der Verlust seiner jüdischen Familie ist mit der Zeit vielleicht erträglich geworden, weil er nicht allein war. Aber jetzt, nachdem seine Frau und sein Sohn tot sind, überwältigt ihn erneut die Verzweiflung, und da kommen Sie und präsentieren ihm diese unwiderstehlichen Fakten über den Mann, der für ihn den Teufel verkörpert. Und den Wohnort liefern Sie ihm gleich auch noch mit. Was haben Sie denn gedacht, was er mit diesen Informationen anfängt? Er war Widerstandskämpfer!«

Max wischte sich mit der Serviette über die Lippen. Seine Hand zitterte. »Von Schleigel ist seiner gerechten Strafe entkommen.«

»Ach, du lieber Himmel! Wir reden hier über das Leben eines Menschen. Und damit meine ich nicht von Schleigel. Er ist mir egal, und wenn er in der Hölle verrottet. Luc ist ein leidenschaftlicher Mensch, und er trauert. Sehen Sie sich doch einmal sein Leben an, all diese Tode und Verluste. Selbst wenn er von Schleigel dafür bezahlen lässt, bringt ihm das noch lange keine Heilung. Für ihn führt das bloß zu einer neuen Dimension von Schuld …« Jane schüttelte den Kopf. »Ich will nicht an einem Mord teilhaben, und Sie sollten das auch nicht.«

»Ich bin mir nicht sicher, ob ich ihn aufhalten kann …«

»Das können Sie. Sonst tue ich es.«

»Bei allem gebotenen Respekt, es ist nicht Ihre Aufgabe …«

»Bei allem gebotenen Respekt, Max, Sie haben es gerade zu meiner Aufgabe gemacht. Jetzt ist es an mir, diesen Wahnsinn zu verhindern!«, fuhr sie ihn an. »Gehen Sie zu Luc und unterbinden Sie dieses Treffen mit von Schleigel, sonst mische ich mich ein.« Sie blickte ihn an. »Wo lebt dieser Mann?«

Max wich zurück und schlug die Augen nieder. »Es war, als würde ich getrieben. Am Anfang ging es nur um meinen Vater, doch auf einmal ist es immer größer geworden.«

»Warum, Max? Was haben Sie denn erwartet?«

»Nichts«, gab er zu. Plötzlich wirkte er völlig verunsichert. »Ich war wie im Rausch. So viele Nazis sind davongekommen. Ich habe Schuldgefühle. Mein Vater war Deutscher, er war einer dieser verhassten Männer in Uniform. Vielleicht habe ich ja versucht, die Waagschale zu seinen Gunsten auszugleichen. Was auch immer, ich konnte einfach nicht lockerlassen. Die Recherchen und die Jagd haben mich von der Trauer über den Tod meiner Mutter abgelenkt. Ich muss leider gestehen, dass ich die Konsequenzen meines Handelns nicht bedacht habe. Sie haben recht, ich habe Luc in die Ecke gedrängt.« Er stützte sich mit den Ellbogen auf den Tisch und ließ das Gesicht in die Hände sinken. »Dieser von Schleigel führt im Süden ein schönes Leben …«

»Das mag sein, trotzdem dürfen Sie sich nicht zu seinem Richter aufschwingen, genauso wenig wie Luc zu seinem Henker werden darf.«

»Dann sollen wir also einfach ignorieren, dass ein deutscher Kriegsverbrecher sich in unserer Mitte als Biedermann tarnt?«

»Nein, Sie müssen allerdings die richtigen Kanäle wählen.«

»Sie meinen, die Polizei verständigen?«

Jane zuckte mit den Schultern. »Ja, für den Anfang.«

Max schüttelte den Kopf. »Wir sprechen über einen Mann, der sich seit zwei Jahrzehnten nicht hat festsetzen lassen. Glauben Sie im Ernst, dass er der Gendarmerie ins Netz geht? Die stellen ihm vielleicht ein paar Fragen, aber ich bin sicher, wenn es ihm zu gefährlich wird, taucht er einfach woanders unter.«

Jane seufzte. »In Großbritannien und in den Vereinigten Staaten gibt es doch sicher Abteilungen für Kriegsverbrechen. Nicht zuletzt gibt es Interpol. Das sind Profis. Dank ihnen kann doch wohl hoffentlich Gerechtigkeit erreicht werden.«

Max nickte. »Ich muss dringend mit Luc sprechen.«

»Gut«, sagte Jane. Sie legte ihre Hand auf seine und lächelte ihn an. »Gehen Sie noch heute Abend zu ihm«, sagte sie. »Es ist nicht allzu spät. Ich habe Ihnen ja gesagt, dass wir gleich morgen früh aufbrechen wollen.«

Max zückte seine Brieftasche. »Erlauben Sie mir, Sie einzuladen. Es war sehr nett von Ihnen, mich zu empfangen und mir zuzuhören. Es war sehr hilfreich, alles einmal auszusprechen. Ich sehe jetzt klarer.«

»Danke.« Jane erhob sich. »Ich gehe jetzt packen. Außerdem wollte Luc mich noch einmal anrufen.«

Max erhob sich und streckte ihr die Hand hin, aber sie küsste ihn liebevoll auf beide Wangen. »Ich hoffe, wir sehen uns wieder.«

»Bestimmt. Sie wissen sicher, wie willkommen Sie alle in Lausanne sind. Danke noch mal, dass ich mir all das von der Seele reden durfte.«

»Ich bin froh, dass Sie die Sache in Ordnung bringen wollen.«

Sie ging, und erst, als sie im Aufzug stand und in ihrer Tasche nach ihrem Zimmerschlüssel kramte, stellte sie fest, dass Max ihr gar nicht gesagt hatte, wo von Schleigel lebte.

Luc legte den Hörer auf. Er hatte gerade mit dem Restaurantleiter gesprochen. Jetzt wusste er, warum Jane so seltsam geklungen hatte. Sie war mit wem anders zum Abendessen verabredet gewesen und hatte es ihm bewusst verschwiegen.

Rein zufällig hatte er Jane viel früher angerufen, als er ursprünglich vorgehabt hatte, weil das Hotel ihnen eine Silberplatte mit köstlichen kleinen Kuchen aufs Zimmer geschickt hatte. Dazu gab es eine Flasche Champagner, mit einem Gruß des Hoteldirektors. Mathilda hatte sich gleich darüber hergemacht und anschließend stöhnend erklärt, ein Abendessen passe auf keinen Fall mehr in sie hinein.

Während seine Tochter die Reste ihrer Tortenschlacht wegräumte, suchte Luc Zugverbindungen für den nächsten Tag heraus, die er Jane gleich mitteilen wollte. Als er jedoch in ihrem Hotel anrief, erfuhr er, dass sie gar nicht in ihrem Zimmer war. Der Rezeptionist verband ihn mit dem Hotelrestaurant. Jane hatte sicher nichts dagegen, wenn er sie beim Essen störte, dachte Luc.

Der *maître d'* kam ans Telefon. »Monsieur Ravens, Sie möchten Mademoiselle Aplin sprechen?«

»Ja.«

»Sie hat einen Gast«, sagte der Mann. »Der Hauptgang wurde gerade serviert. Aber ich stehe Ihnen gerne zu Diensten, Monsieur. Was soll ich tun?«

»Äh …« Luc konnte auf einmal nicht mehr klar denken.

»Der Begleiter von Mademoiselle hat mir versichert, dass sie es ein wenig eilig haben, deshalb werden sie sicher bald fertig sein.«

Er?

»Soll ich sie stören, Monsieur?«

»Nein, nein, ist schon gut. Sie brauchen sie nicht zu stören.«

»Danke, Monsieur Ravens.«

Luc legte auf und starrte vor sich hin. Jane hatte gelogen. Nein, sie hatte ihm gesagt, dass sie andere Angebote habe, und anscheinend hatte sie einen ihrer Verehrer erhört. Er kam sich verraten und verkauft vor. Immerhin hatten sie sich erst vor wenigen Stunden geliebt.

»Dad?«

»Hm?«, sagte Luc geistesabwesend und blickte durch das Fenster in den dunklen, verregneten Abend. So spät war es noch nicht, vielleicht kurz vor sechs. Er spürte die Kälte, die durch das Glas drang.

»Was ist los?« Mathilda musterte ihn besorgt.

»Nichts … Ich habe nur gerade überlegt, ob wir besser sofort aufbrechen sollten. Warum sollen wir bis morgen warten?«

»Was?«

Luc zuckte mit den Schultern. »Ach komm, lass uns schon heute in den Süden fahren.«

Mathilda lächelte ihn an. »Bist du verrückt? Es ist Abend!«

Er blickte auf die Uhr. »Es ist zwanzig vor sechs. Um neunzehn Uhr dreißig geht ein Zug. Den könnten wir schaffen.«

»Warum hast du es plötzlich so eilig?«

»Wenn wir heute Abend nicht essen gehen wollen, warum sollen wir dann noch hierbleiben? Es wäre doch schön, morgen früh woanders zu sein.«

»Aber du hast deinen Freund, diesen Robert, noch gar nicht angerufen. Du weißt nicht einmal, ob er noch da wohnt.«

Luc zuckte mit den Schultern. »Wenn er nicht da ist, ist er eben nicht da. Dann mieten wir uns ein Auto und fahren ins Luberon. Wir brauchen uns nach niemandem zu richten, Tilly. Wir können tun, was wir wollen.«

Mathilda grinste. »Na gut. Für ein Abenteuer bin ich immer zu haben.«

»Wettpacken!«, forderte er sie heraus. Er griff zum Telefon

und bestellte einen Gepäckträger an der Rezeption. »Oh, und könnten Sie mich bitte zur Telefonzentrale durchstellen?«

»*Bonsoir*, Monsieur Ravens, was kann ich für Sie tun?«, ertönte eine fröhliche Stimme.

Rasch erklärte Luc, dass ab sofort keine Anrufe mehr durchgestellt werden sollten, da sie abreisen wollten und es eilig hätten. Er wusste, dass sein Verhalten kindisch war, aber so konnte er mit der Verletzung besser umgehen, falls Jane ihn noch erreichen wollte. Vielleicht hatte sie ja recht, und er machte diese Reise besser mit Mathilda allein. Eigentlich hatte er gehofft, Jane mit Mathilda in Saignon zurücklassen zu können, wenn er nach Fontaine-de-Vaucluse fuhr, aber Jane hatte sich als Komplikation entpuppt, und er konnte niemanden brauchen, der mit seinen Gefühlen spielte. Er versucht sich mit allen möglichen organisatorischen Dingen abzulenken, aber letztendlich konnte er sich nur darauf konzentrieren, so schnell wie möglich von Paris wegzukommen, vor allem von Jane, der er dummerweise erlaubt hatte, ihm zu nahezukommen.

Hastig schrieb er zwei Nachrichten, eine an den Hoteldirektor, in der er sich für die großzügige Geste der Gastfreundlichkeit bedankte, und die andere an Jane, dass er vorzeitig abreisen würde.

»Bist du fertig, Dad?«, fragte Mathilda.

»Ja«, sagte er. Er versiegelte gerade den zweiten Brief, als es leise an der Tür klopfte. »Nimm die Mäntel. Das wird der Kofferträger sein.« Er schaute sich noch einmal im Zimmer um, um sich zu vergewissern, dass sie nichts vergessen hatten. »Lass uns gehen«, sagte er dann.

Sie bezahlten die Rechnung und verabschiedeten sich. Ein Taxi wurde gerufen, und weil es regnete, stiegen sie bereits ein, während ihr Gepäck noch eingeladen wurde.

In der Dunkelheit des Wagens bemerkte Luc die Regentropfen auf Mathildas Schulter. Er lächelte seine Tochter traurig an. Sein Verhalten kam ihm auf einmal schrecklich feige vor.

Mathilda spürte seine Stimmung. »Warum habe ich nur das Gefühl, dass wir vor etwas wegrennen?«, murmelte sie leise, doch ihr Vater schwieg, obwohl er ihren fragenden Tonfall gehört hatte.

Jane erwähnte sie lieber gar nicht erst.

Sie waren gerade weg, da kam in der Telefonzentrale des Hotels ein Anruf an.

»Es tut mir leid, Madame, aber Monsieur Ravens nimmt keine Anrufe an.«

»Oh, ist er denn nicht im Hotel?«

»Ich weiß es nicht, Madame.«

»Könnten Sie mich bitte mit der Rezeption verbinden?«, bat Jane stirnrunzelnd. Wie merkwürdig, es war doch noch früh. »Hallo, hier spricht Jane Aplin. Ich bin eine Freundin von Monsieur Ravens, der in Ihrem Hotel wohnt. Könnte ich ihn bitte sprechen?«

»Es tut mir sehr leid, Madame, aber Monsieur Ravens ist nicht mehr hier. Er hat bereits ausgecheckt.«

Jane schwieg verwirrt. Dann sagte sie: »Ausgecheckt? Soll das heißen, er ist abgereist?«

»Ja, genau.«

»Aber das ist unmöglich«, sagte sie.

»Er ist vor wenigen Minuten mit seiner Tochter in ein Taxi gestiegen.«

»Ach, du lieber Himmel. Wohin sind sie denn gefahren?«

»Das weiß ich leider nicht.«

Der Rezeptionist würde es ihr vermutlich sowieso nicht sagen, selbst wenn er es wüsste. Verblüfft und verletzt schüttelte sie den Kopf. »Äh … Sie sagten, er hat ein Taxi genommen?«

»Ja.«

»Könnten Sie bitte den Portier fragen, wohin er gefahren ist?«

»Es tut mir leid, das verstößt gegen unsere Richtlinien. Sie verstehen sicher …«

»Ja, natürlich. Entschuldigung«, erwiderte sie verzweifelt.

»Aber ich habe einen Brief für Sie hier. Monsieur Ravens hat mich gebeten, ihn an Ihr Hotel zu schicken.«

»Ach ja? Ja gut, danke. Können Sie ihn mir bitte noch heute Abend zukommen lassen?«

»Gerne, ich schicke sofort einen der Pagen los.«

Jane legte auf und starrte schockiert auf das Telefon. Was war passiert? War Max bei Luc gewesen? Hatte er beschlossen, trotzdem in den Süden zu fahren? Warum hatte er sich nicht bei ihr gemeldet? Er wusste doch, dass sie mit seinem Anruf rechnete.

Sie ging hinunter in die Lobby, um auf den Pagen zu warten, der Lucs Brief bringen sollte. Hoffentlich fand sie darin eine Erklärung. Just in diesem Moment sah sie Max durch das Foyer kommen.

»Jane … Ich habe nicht damit gerechnet, Sie hier unten anzutreffen.«

Mit leiser Verärgerung blickte sie ihn an. »Das Gleiche könnte ich zu Ihnen sagen. Was ist passiert?«

»Ich war bei den beiden im Hotel, aber Luc und Mathilda sind abgereist.«

Jane nickte. »Das habe ich auch gerade gehört. Haben Sie herausgefunden, wo sie hingefahren sind?«

Achselzuckend entgegnete Max: »Ich habe einem der Kofferträger einen Geldschein zugesteckt, der mir daraufhin sagte, das Taxi sei zur Gare de Lyon gefahren. Luc ist auf dem Weg in den Süden.«

»Verdammt!«

»Wir können ebenfalls hinfahren.«

»Und ihm folgen?«

»Warum denn nicht? Den letzten Zug heute Abend schaffen wir zwar nicht mehr, aber wir können gleich morgen früh mit dem ersten losfahren.«

»Wohin müssen wir genau?« Jane war fest entschlossen, sich dieses Mal nicht abweisen zu lassen.

»Nach Fontaine-de-Vaucluse, das ist in der Nähe von L'Isle sur la Sorgue.«

»Gut möglich, dass Luc zuerst in das Gebiet um den Mont Mouchet fährt«, meinte Jane.

»Das ist mir egal. Es ist sowieso besser, wenn wir vor den beiden in Fontaine-de-Vaucluse sind. Ich rufe Sie an, sobald ich die Züge herausgesucht habe.«

Sie nickte und ließ sich von ihm erneut auf die Wangen küssen. »Bis morgen dann, Max.«

Nachdem er gegangen war, entdeckte sie einen Pagen in der Livree des Grand Hotel. Er trat an die Rezeption, und als sie herbeilief, sagte der Concierge zu ihr: »Madame Aplin, ein Brief für Sie.«

»Danke«, sagte Jane. »Darauf habe ich gewartet.«

Am liebsten hätte sie den Umschlag an Ort und Stelle aufgerissen, doch sie wartete, bis sie wieder in ihrem Zimmer war. Die Fahrt im Aufzug schien ihr eine Ewigkeit zu dauern. Gleichzeitig mit ihr fuhr ein amerikanisches Paar nach oben, das anscheinend zum ersten Mal in Paris war. Die Frau kicherte, und ihr Begleiter küsste sie auf die Schläfe. In Jane, die das Paar aus den Augenwinkeln beobachtete, stieg leise Eifersucht auf.

»Entschuldigung«, sagte die junge Frau. »Wir sind in den Flitterwochen.«

Jane lächelte höflich und verließ auf ihrem Stockwerk den Aufzug. Sie hatte sich nie in ihrem Leben einsamer gefühlt.

Tränen traten ihr in die Augen, und so schnell sie konnte, huschte sie in ihr Zimmer. Drinnen lehnte sie sich schweratmend gegen die Tür. Das Zimmermädchen hatte die Bettdecke zurückgeschlagen und die Nachttischlampen eingeschaltet. Jane setzte sich auf die Bettkante und starrte auf den leicht zerknitterten Umschlag. Luc hatte das Hotelbriefpapier benutzt. Die Tinte war türkisfarben, viel zu feminin für einen Mann, aber Luc steckte voller Überraschungen. Er war stark und eigensinnig, hasste Rüschen und Nippes, und baute trotzdem Lavendel an. Er war Widerstandskämpfer gewesen, hatte während des Krieges vielleicht sogar Menschen umgebracht, trotzdem konnte er wie ein Poet über eine Mondnacht sprechen. Er trauerte um seine Frau – Jane wusste, dass er Lisette noch nicht losgelassen hatte –, trotzdem hatte er sie geliebt, als hätte es nie eine andere Frau in seinem Leben gegeben. Dieser Mann war ihr ein Rätsel.

Sie riss den Umschlag auf und zog die Nachricht heraus. Mit klopfendem Herzen las sie:

Jane,
wenn du das hier liest, habe ich Paris bereits verlassen. Du hattest recht, ich sollte mich auf dieser Reise auf Mathilda konzentrieren. Bitte verzeih mir diese hastig gekritzelten Zeilen. Ich hätte es dir lieber persönlich gesagt, aber der Schmerz, als ich bei meinem Anruf in deinem Hotel hörte, dass du heute mit einem Mann zu Abend isst, hat mich unvorbereitet getroffen. Du hast mir zwar noch gesagt, du hättest weitere Einladungen, aber ich war so dumm zu glauben, dass mir unsere gemeinsame Zeit Exklusivität verleihen würde. Entschuldige bitte. Es ist noch zu früh für eine Beziehung, und du hast es klüger gemacht als ich. Daran sollte ich mir ein Beispiel nehmen.

Du sollst wissen, dass unsere gemeinsame Zeit wunderschön für mich war und ich dich nicht vergessen werde.
Ich wünsche dir alles Gute. Unten steht meine Adresse in Australien. Du kannst mir jederzeit schreiben. Vor allem Mathilda würde sich freuen, wenn du mit uns in Kontakt bleiben würdest.
Luc

Jane las den Brief zweimal hintereinander, und am Ende fielen ihre Tränen auf die türkisfarbene Tinte. Luc war weg. Der Schock und die Verletzung verwandelten sich in Wut, weil er ihr noch nicht einmal die Chance gegeben hatte, ihm alles zu erklären, sondern sie von vornherein für so wankelmütig gehalten hatte. Glaubte er allen Ernstes, dass sie sich von zwei Männern gleichzeitig den Hof machen ließ? Was für eine schlechte Meinung musste er von ihr haben! Und sie konnte es noch nicht einmal richtigstellen.

Jane war wütend, aber die Lage war zu ernst. Es würde ihr Gewissen belasten, wenn sie nichts unternahm. Sie wollte sich nicht den Rest ihres Lebens vorwerfen, einen Mord begünstigt zu haben. Sie sah die Situation völlig klar und musste Max diese Bürde abnehmen. Er war zu jung und zu idealistisch, um zu realisieren, wie schnell einen das Leben für einen einzigen Irrtum bestrafen konnte.

Sie würde in die Provence fahren, vor allem um Mathildas willen. Wenn sie verhindern konnte, dass Luc Rache nahm, dann würde sie es tun. Als sie den Brief zusammenknüllte, klingelte das Telefon. Das war bestimmt Max.

25

Mathilda und Luc hatten die Nacht in Lyon verbracht und waren früh aufgestanden, um mit einem anderen Zug weiter nach Le Puy-en-Velay zu fahren. Die beeindruckende Stadt lag umgeben von hohen Bergen im Herzen des Massif Central. Luc hatte von der berühmten Kirche bereits gehört, sie aber noch nie gesehen. Sie stand auf der Spitze eines hohen Vulkankegels und ragte hoch über den Häusern des Ortes auf.

Er hatte eingewilligt, einen Tag lang hierzubleiben und sich das Bauwerk anzuschauen. Gemeinsam stiegen sie die zahllosen Stufen zur Kirche von St. Michel hinauf, ein architektonisches Wunderwerk, das im zehnten Jahrhundert erbaut worden war.

»Die Dame bei Chanel hat mir erzählt, dass die Mode von der Geschichte inspiriert wird«, sagte Mathilda. »Sie meinte, wenn ich Kunstgeschichte studieren würde, bekäme ich nicht nur eine klassische Bildung, sondern auch ein besonderes Verständnis für Farben, Design und Stil … Ich habe mir gedacht, ich könnte ja Geschichte, Kunstgeschichte und englische Literatur studieren.«

Luc schüttelte amüsiert den Kopf. »Letzteres ist in Frankreich eher schwierig.«

»Ich bekomme das schon hin«, meinte Mathilda.

Die Aussicht war spektakulär. Sie waren langsam hinaufgestiegen und dennoch beide außer Atem, als sie auf die rötlichen Hausdächer herunterblickten, die sich am Fuß des Felskegels drängten.

Mathilda blickte in die Landschaft in der Ferne. »Wenn ich das sehe, komme ich mir ganz klein und unbedeutend vor«, sagte sie.

Luc verstand, was sie meinte. »Hier war der Ausgangspunkt für viele Pilgerreisen. Santiago de Compostela mit seiner Kathedrale war das Ziel vieler Pilger aus Frankreich und Italien«, erklärte er. »Vor vielen Jahrhunderten war das eine unglaublich lange Reise, weil die Menschen die gesamte Strecke zu Fuß zurückgelegt haben.«

»Wie lange hat es denn gedauert?«

Luc zuckte mit den Schultern. »Im Mittelalter vielleicht ein halbes oder sogar ein ganzes Jahr. Die Pilger mussten durchs Gebirge, und dort gab es keine Herbergen, um Zwischenstopps einzulegen.«

Mathilda nickte beeindruckt.

Sie schlenderten durch den kühlen Kreuzgang und bewunderten das ungewöhnliche Mosaik in Rot, Weiß und Schwarz um die Bogen.

»Vermisst du Frankreich denn nicht auch, Dad?«, fragte Mathilda. Andächtig berührte sie die Steinwand.

»Jeden Tag«, antwortete er. Ihm wurde klar, dass er das noch nie laut ausgesprochen hatte.

Ihre Blicke trafen sich, und obwohl keiner von ihnen etwas sagte, hatte Luc das Gefühl, seiner Tochter gerade erlaubt zu haben, in diesem Land zu leben, das sie so sehr mochte. Er wollte noch nicht darüber sprechen, und sie war klug genug, um zu spüren, dass dies nicht der richtige Moment war.

»Hast du das Gefühl, Mum ist hier bei uns?«

»Nein«, erwiderte er. Er wusste, dass sie das überraschte. »Deine Mutter ist in Nordfrankreich geboren. Ihre Stadt ist eher Paris. Dort habe ich sie deutlich gespürt, vor allem in Montmartre.«

»Die Provence ist eher dein Land?«

»Ja. Die hügelige Landschaft steckt mir in der Seele. Natürlich hatten deine Mutter und ich auch einige gemeinsame Erlebnisse hier im Süden, zum Beispiel unseren ersten Streit oder unseren ersten Kuss, aber die Provence ist für mich etwas ganz Persönliches. Deine Großeltern und deine Tanten sind von hier verschleppt worden, meine drei besten Freunde sind im Süden ums Leben gekommen. Einer von ihnen war wie ein Vater für mich. Meine Lavendelfelder waren …« Er stieß einen tiefen Seufzer aus. »Deine Mutter und ich waren sehr glücklich in Australien, viel glücklicher als in England. Ich habe deine Mum zwar geliebt, ganz gleich, wo wir gewohnt haben, aber Australien hat uns gutgetan und mir meine Lebensfreude wiedergegeben. Tasmanien hat mir ein neues Leben, eine neue Chance gegeben. Ich würde nie etwas gegen das Land sagen, aber ich bin und bleibe ein Mann aus der Provence.«

Sie setzten sich auf eine Bank. Es war kalt, doch Luc genoss es sehr, mit seiner Tochter offen reden zu können.

»Was ist mit Jane?«

Luc wandte den Kopf zu Mathilda. Er wollte ihr so vieles sagen, aber nichts kam heraus.

»Hast du geglaubt, ich merke nicht, was los ist?«, fragte Mathilda.

»Was soll denn los sein?«

Mathilda schnaubte. »Ach komm schon, Dad. Jane ist total nett, und sie tut dir gut. Natürlich ist sie nicht Mum und wird es auch nie sein – ich fände es ganz schrecklich, wenn jemand versuchen würde, sie zu ersetzen –, aber das heißt nicht, dass du nicht wieder eine Freundin haben darfst. Außerdem will ich nicht, dass du allein und traurig bist, wenn ich in Frankreich lebe. Das würde es für mich viel zu schwer machen.«

Luc musste grinsen.

»Ist das selbstsüchtig? Harry hat immer behauptet, ich dächte, dass sich alles um mich dreht. Ich will eigentlich nicht so sein.« Sie zuckte mit den Schultern. »Ich möchte so viel erreichen, da will ich mir einfach nicht ständig Sorgen um dich machen müssen.«

»Nein, das ist nicht selbstsüchtig«, beruhigte Luc sie. »Es ist bloß pragmatisch.«

»Und Jane?« Sie schaute ihn an. »Warum ist sie nicht hier? Ich fände es auf jeden Fall in Ordnung.« Sie seufzte. »Mum ist tot. Du kannst nicht den Rest deines Lebens allein verbringen, Dad. Jane ist einsam, das sieht man doch. Ihr seid wie geschaffen füreinander.«

»Müssen wir jetzt darüber reden?«

»Mit wem willst du sonst darüber reden? Du hast doch nur noch mich, Dad. Ich mag sie, da können wir doch froh sein, oder?« Sie stieß ihm den Ellbogen in die Rippen.

»Mathilda, ich mag Jane wirklich …« Er schüttelte den Kopf.

»Aber?«

»Ach, es ist zu kompliziert.«

»Das muss es doch nicht sein. Wenn ich jemanden mag, dann sage ich ihm das. Und wenn nicht, dann auch.« Sie hob die Hand, als er antworten wollte. »Und jetzt behaupte bloß nicht, das liegt daran, dass ich noch ein Kind bin. In zwei Jahren darf ich Auto fahren.«

Luc brach in Lachen aus. Mathilda war wirklich unglaublich. Unwillkürlich fragte er sich, was für ein Mann sie später mal ertragen würde.

»Wenn es um Menschen und Gefühle geht, gibt es nicht nur Schwarz oder Weiß, sondern auch sämtliche Schattierungen dazwischen«, sagte er. »Ich habe gelernt, das zu erkennen.«

Mathilda zuckte mit den Schultern. »Was willst du mir damit sagen?«

Lachend zog Luc sie an sich. »Ich könnte mir tatsächlich gut vorstellen, mehr Zeit mit Jane zu verbringen. Aber wir sind beide nicht nach Paris gekommen, um eine neue Liebe zu finden. Ich habe alles bei mir, was ich brauche«, sagte er und ergriff die Hand seiner Tochter.

»Jetzt drück nicht so auf die Tränendrüse, Dad. Ich habe so viel geweint seit …«

»Ich weiß, ich weiß … Aber das hier ist eine sentimentale Reise für mich, und ich möchte sie mit dir teilen. Jane macht es komplizierter, deshalb reisen wir allein. Es geht nur um uns«, sagte er, konnte Mathilda dabei jedoch nicht in die Augen sehen.

»Ja, das ist in Ordnung, allerdings glaube ich, Jane ist verrückt nach dir und …«

»Das glaube ich nicht!«, erwiderte er leise, aber mit Nachdruck.

Erstaunt blickte Mathilda ihn an. »Dad … Frauengespräche.«

Luc schüttelte den Kopf. »Komm. Wir haben noch einen langen Abstieg vor uns, und ich frage mich, ob die alten Knie deines Vaters das aushalten.«

Zum Glück ließ Mathilda das Thema fallen, dennoch hatte das Gespräch einen leisen Zweifel in ihm ausgelöst. Hatte er Jane Unrecht getan? Sei's drum, darüber durfte er sich jetzt keine Gedanken machen. Das Wichtigste war für ihn, Robert zu finden und von Schleigel gegenüberzutreten.

Luc hatte einen der Männer aus dem Ort überredet, sie nach Pontajou zu fahren, was etwa vierzig Kilometer weiter östlich lag. Er hatte dem Mann Geld gegeben, damit er ein paar Stunden lang auf sie wartete. Seine Uhr und seinen Pass ließ er ihm als Pfand da, damit Luc in Pontajou das kurze Stück bis zur Farm selbst fahren konnte.

Zuerst jedoch ging Luc mit Mathilda in eine Bar. Er bestellte ihr eine heiße Schokolade und bat sie, am Tisch zu warten, während er den Barmann nach Robert Dugas fragte.

Der Mann hinter dem Tresen zuckte mit den Schultern. »Ja, ich kenne ihn.«

»Erzählen Sie mir von ihm«, drängte Luc.

»Sie sind ein Fremder, Monsieur. Wir hier im Süden sind nicht so gesprächig.«

Luc nickte und drückte ihm einen Geldschein in die Hand. Daraufhin erzählte er dem Mann die Kurzform seines Aufenthalts im Massif Central im Jahr 1944.

Mathilda trat zu ihnen und lehnte sich an den Tresen.

»Sie haben hier gekämpft? Am Mont Mouchet?«

»Ja, Monsieur.« Luc ratterte die Namen einiger anderer Rebellen herunter, die mit ihm gekämpft hatten. Einige Männer aus der Gegend waren auch dabei gewesen, und er merkte dem Barmann an, dass er ein paar Namen wiedererkannte. »Ich war verwundet«, fuhr er fort. »Deshalb hat man mich zu einer kleinen Farm gebracht, wo Marie Dugas und ihr Enkel mich gesund pflegten.« Mathilda hörte ihm aufmerksam zu. Sie hörte seine Kriegsgeschichten zum ersten Mal und war völlig fasziniert. »Ich war mehrere Wochen dort, und es kamen zweimal deutsche Soldaten vorbei. Sie waren auf der Suche nach Überlebenden«, fuhr er fort.

»Ich weiß. Sie haben meine Mutter und meine Großeltern in Clavières getötet, um sich für ihre Gefallenen zu rächen. Ich heiße François.«

Luc schluckte. Was sollte er darauf sagen? »Das tut mir leid.«

»Viele Familien haben gelitten, Monsieur. Erzählen Sie mir von der Farm.«

Luc beschrieb diese so genau, wie es ihm aus der Erinnerung möglich war.

»Und jetzt Marie«, sagte der Mann.

Das war leicht.

»Was wissen Sie über Robert?«, fuhr François fort.

»Er war damals fünf, dunkelhaarig, wissbegierig und enthusiastisch. Ach ja, und er hatte ein kleines hellbraunes Muttermal hier«, erinnerte sich Luc und zeigte auf sein Handgelenk.

»Er müsste jetzt vierundzwanzig sein«, warf Mathilda ein.

François nickte. »Das kommt hin.«

»Lebt er noch hier?«, fragte Luc aufgeregt.

»Sie haben einen langen Weg zurückgelegt, um ihn zu finden.«

»Ich habe ihm versprochen, dass ich eines Tages zurückkommen werde.«

»Er ist nicht mehr so fröhlich, wie Sie ihn in Erinnerung haben«, sagte François nach kurzem Schweigen.

»Ist das nicht bei uns allen so?«

Der Barmann verzog das Gesicht.

»Ich nehme an, Marie ist verstorben?«, fragte Luc.

»Vor vielen Jahren schon. Aber sein Vater lebt. Robert hatte eine schwierige Jugend, und sein Leben ist immer noch … kompliziert.«

Luc runzelte die Stirn. »Geht es ihm gut?«

»Überzeugen Sie sich selbst davon. Ich sage nichts mehr. Möchten Sie noch etwas essen oder trinken?«

Luc schüttelte den Kopf. Offensichtlich kam er hier nicht weiter. »Bereit?«, sagte er zu Mathilda.

»Ja, lass uns fahren. Warum hast du Harry und mir nichts davon erzählt? Dass du im Krieg verwundet worden bist und so.«

»Ehrlich, Tilly, die meisten Leute reden nicht gerne über ihre privaten Verletzungen, vor allem nicht mit ihren Kindern. Deine Mutter hat immer gesagt: ›Das ist Vergangenheit, und dabei sollten wir es belassen.‹«

»Sie würde also nicht wollen, dass du jetzt dorthin fährst?«

Luc schüttelte den Kopf. »Wahrscheinlich nicht.«

»Ich schon. Wie weit ist es bis zu der Farm?«

»Mit dem Auto eine Minute.«

»Bis später«, verabschiedete Luc sich von dem Mann, dem das Auto gehörte.

»Lassen Sie sich Zeit«, sagte Henri und prostete ihnen mit einem kleinen Glas Wein zu.

»Hoffentlich ist er nicht betrunken, wenn wir wiederkommen«, sagte Mathilda in einem missbilligenden Tonfall, der ihn an Lisette erinnerte.

»Keine Sorge, ich habe François Bescheid gegeben. Mehr als zwei Gläser Wein bekommt er nicht, und er macht ihm auch etwas zu essen. So, wenn meine Erinnerung mich nicht trügt, müssen wir hier rechts abbiegen«, sagte er.

Er blickte in den Rückspiegel, doch außer einem Karren, vor den ein Pony gespannt war, war weit und breit nichts zu sehen. Die Gegend hatte sich allerdings dramatisch verändert. Während des Krieges war der Ort ein verschlafener Weiler gewesen, jetzt gab es ein paar Läden, eine Bäckerei und sogar eine winzige Kunstgalerie.

»Da ist es«, sagte Luc verwundert. Er lächelte. »Ich habe diesen Ort geliebt.«

»Du wärst hier fast gestorben«, sagte Mathilda.

»Robert und Marie haben mich beschützt und ihr Leben für mich riskiert. Sie waren sehr gut zu mir.«

In der Nähe des Hofes fuhr Luc langsamer. Er seufzte. »Hier sieht es noch genauso aus wie vor zwanzig Jahren.« Gedankenverloren schüttelte er den Kopf.

»Soll ich im Auto warten?«

»Ja, das wäre sicher besser, bis ich die Lage gecheckt habe.«

Luc trat durch ein kleines Tor, das schief in den Angeln

hing und dringend einen neuen Anstrich gebraucht hätte. Er hörte laute Stimmen und blieb stehen. Jetzt, da er den Hof genauer in Augenschein nahm, sah er, dass die Erinnerung ihn getrogen hatte. Das Wohnhaus war fast völlig verfallen. Marie hatte zwar nicht viel besessen, aber sie hatte immer alles sauber und ordentlich gehalten. Sie war nur eine alte Frau mit einem kleinen Jungen, doch ihr Gemüsegarten gedieh prächtig, ihre Hühner legten viele Eier, und ihre Ziege war gut genährt. Jetzt hingegen gab es hier keine Tiere mehr, und der Hof wirkte verwahrlost.

Luc hörte Glas splittern und einen Mann wütend schreien. Gerade als er sich fragte, ob er besser wieder fahren sollte, kam jemand aus dem Haus gehumpelt. Hinter ihm ertönten wilde Flüche und Drohungen.

»Robert?«, murmelte Luc schockiert.

Der junge Mann blieb stehen und warf ihm einen nervösen Blick zu. »Das hier ist Privatbesitz, *monsieur.* Haben Sie sich verfahren?«

»Bist du Robert?«

Der Mann schluckte und blickte sich um. »Ja. Warum?«

Luc blinzelte, als er die auffällige Narbe bemerkte, die sich quer über Roberts Gesicht zog. Er öffnete den Mund, brachte jedoch keinen Ton heraus.

»Tja, das geht den meisten Leuten so, wenn sie mich sehen, *monsieur*. Was möchten Sie?«

»Entschuldigung. Ich wollte dich nicht anstarren. Robert, erinnerst du dich an mich? Ich bin …«

Luc wurde vom wütenden Lallen eines Mannes unterbrochen, der sein Gegenüber mit Flüchen überschüttete. Er trat aus der Tür und schüttelte die Fäuste. Seinen Worten nach zu urteilen, war Robert nutzlos, schwach, ohne Mumm …

Der Beschimpfte stand nur stumm da. Was mochte ihm

wohl passiert sein?, fragte sich Luc. Der wütende Mann war vermutlich Roberts Vater.

»*Bonjour, monsieur*«, begann er. »Ich bin Luc …«

»Mir ist scheißegal, wer Sie sind, Fremder, und wenn Sie keine Flasche mit irgendwas Wärmendem im Auto haben, verschwinden Sie schleunigst von meinem Land.« Der alte Mann blinzelte in Richtung Auto. »Oho, vielleicht haben Sie ja sogar was viel Besseres als Alkohol dabei, das genauso wärmend ist.« Er grinste anzüglich.

Luc sah, dass Mathilda gerade aussteigen wollte. »Bleib sitzen, Tilly«, befahl er. »Und du halt dein ungewaschenes Maul, sonst stopfe ich es dir!«

Dugas spuckte ihn an.

»Entschuldigung«, murmelte Robert. »Mein Vater ist … Bitte, gehen Sie.«

»Ich bin zu dir gekommen, nicht zu diesem Giftzwerg. Gehen Sie hinein«, blaffte Luc Dugas an. »Ich habe etwas Geschäftliches mit Ihrem Sohn zu besprechen.«

»Etwas Geschäftliches?«, lallte der Mann und drehte sich zu Robert um. »Mit ihm? Sind Sie verrückt?«

»Geh jetzt rein«, sagte Robert flehend zu seinem Vater. »Ich schicke sie weg.«

»Ja, tu das bloß.« Dugas hob drohend eine schmutzige Hand.

Luc fragte sich unwillkürlich, wann der Mann wohl zum letzten Mal gebadet hatte. Er roch sauer und muffig. Auf einmal begann er zu husten, ein tiefes, rasselndes Geräusch, das ihn erneut spucken ließ. Dieses Mal war Blut dabei. Schließlich schlurfte er immer noch hustend weg. An der Tür beugte er sich keuchend vor, bevor er im Haus verschwand.

Luc holte tief Luft. Robert hielt den Blick gesenkt.

»Marie Dugas und ihr kleiner wundervoller Enkel Robert

haben im zweiten Weltkrieg einen Maquisard gepflegt, der am Mont Mouchet gekämpft hat. Es war sehr riskant für sie, aber sie retteten ihm das Leben. Er sagte, eines Tages würde er zurückkehren.«

Bei diesen Worten hob Robert den Kopf und blickte Luc aus seinen blaugrünen Augen an. »Monsieur Bonet?«, flüsterte er.

Luc nickte. Ihm wurde die Brust eng vor Kummer, dass er so lange gewartet hatte. Tränen traten ihm in die Augen.

»Sie haben Ihr Versprechen gehalten«, sagte Robert staunend.

»Ich habe dir schließlich mein Wort gegeben«, erwiderte Luc. Insgeheim war er dankbar, dass Jane ihm durch ihren Vorschlag zu dieser Chance verholfen hatte.

In Roberts Augen trat die leichte Andeutung eines Lächelns, das jedoch ebenso schnell verschwand, wie es gekommen war. »Meine Großmutter ist gestorben«, sagte er. »Seither ist das Leben anders.«

»Robert, kommst du mit zu meinem Auto? Bitte. Ich würde gerne im Warmen mit dir reden.«

»Sie sind verweichlicht, Monsieur.«

Luc lächelte. »Ja, vielleicht aber auch nur älter. Bitte komm mit mir. Ich bin mit meiner Tochter hier. Sie soll dich auch kennenlernen. Ich habe ihr erzählt, wie mutig du als Kind warst. Komm mit, nur für ein paar Minuten.«

Robert blickte zum Haus.

»Er merkt vermutlich noch nicht mal, dass du weg bist«, drängte Luc.

»Doch. Ich habe nicht viel Zeit.«

»Steig ein.« Luc verlor keine Zeit mehr. Er öffnete die Tür. »Robert, das ist meine Tochter Mathilda.«

Fröhlich blickte das Mädchen dem jungen Mann entgegen, der zu ihnen ins Auto stieg. Luc hielt den Atem an. Wie reagierte sie wohl, wenn sie Roberts Narbe sah?

»Wow, das ist ja mal eine aufregende Narbe«, sagte sie prompt auf Französisch. »Du siehst aus wie ein Pirat.«

Es war unglaublich, aber zum zweiten Mal huschte ein leises Lächeln über Roberts Gesicht. Luc startete den Wagen und fuhr zurück in den Ort, in das Café mit dem schweigsamen Mann hinter der Theke. Jetzt verstand Luc auch, warum der Barmann kaum etwas gesagt hatte.

»Du solltest etwas Wärmendes zu dir nehmen. Du bist ganz schön dünn«, sagte Luc. »Möchtest du vielleicht etwas essen?«

»Nein, nur einen Kaffee, bitte«, sagte Robert.

»Setzt euch schon mal an einen Tisch. Tilly, möchtest du auch etwas?«

Sie schüttelte den Kopf. Luc trat an die Theke.

»Ich sehe, Sie haben ihn gefunden«, sagte François.

»Was ist mit seinem Vater los?«

»Das soll Robert Ihnen selbst erzählen. Es geht mich nichts an.«

»Geben Sie mir zwei Kaffee«, sagte Luc.

Der Mann bereitete die Kaffees zu und überraschte Luc damit, dass er in jede Tasse einen kleinen Schluck Alkohol goss.

»Das geht aufs Haus, Monsieur. Sie sehen beide aus, als könnten Sie es brauchen.« Leise vor sich hin summend wandte er sich ab.

Luc nahm die Tassen und nahm neben Mathilda Platz, die Robert gegenübersaß. »Bist du sicher, dass du nichts essen möchtest?«, fragte er seinen Gast. Im selben Moment ärgerte er sich über sich selbst, weil er so belangloses Zeug redete.

»Nein … äh, danke.«

»Also«, begann Luc, der nicht recht wusste, wie er anfangen sollte.

»Tut das weh?«, fragte Mathilda und zeigte auf die Narbe.

Robert zuckte mit den Schultern. »Jetzt nicht mehr«, sagte er. »Es fühlt sich einfach nur taub an.«

Luc schwieg. Vielleicht ließ er am besten Mathilda reden?

»Stammt sie von einem Messer?«, fragte sie fasziniert.

Luc blickte von einem zu anderen. Der geringere Altersunterschied zwischen den beiden überbrückte die Kluft leichter, als er es gekonnt hätte. Er war alt genug, um Roberts Vater zu sein. Plötzlich wünschte er sich, er wäre es tatsächlich.

»Ja. Ein Jagdmesser, das meinem Vater gehört hat.« Robert trank einen Schluck Kaffee und blickte Luc überrascht an, als er den Alkohol schmeckte. Er lächelte zwar nicht, aber es kam Luc so vor.

»Das hat dein Vater dir angetan?«, fragte Mathilda. Die Frage hätte Luc ihm auch gerne gestellt.

Robert nickte und blickte sie unbehaglich an.

»Ich möchte ja nicht aufdringlich sein, aber du siehst sehr geheimnisvoll und interessant damit aus.« Mathilda legte den Kopf schief und musterte ihn eingehend.

Zum ersten Mal lächelte Robert richtig. Luc wurde wieder an das fröhliche Kind erinnert, das er damals gekannt hatte.

»Robert«, begann er, »ich muss mich entschuldigen, dass ich so lange gebraucht habe, bis ich zurückgekommen bin. Nach dem Krieg habe ich Frankreich verlassen. Ich habe zwanzig Jahre lang nicht hier gelebt.«

»Wir kommen aus Australien«, sagte Mathilda. »Weißt du, wo das ist?«

Robert blickte sie unsicher an. »Kängurus?«

Luc und Mathilda lächelten.

»Ja, das ist richtig«, sagte Luc.

»Und ein großer Ozean«, fügte Mathilda mit düsterer Stimme hinzu. »Das Meer hat meine Mutter und meinen Bruder getötet. Es ist noch nicht sehr lange her.«

Luc fühlte sich wie nach einem Schlag in die Magengrube. Mit einer solchen Äußerung hatte er nicht gerechnet. Rasch trank er noch einen Schluck Kaffee, dankbar für den Alkohol, der darin war.

Robert blickte Luc an. »Haben Sie Lisette geheiratet?«, fragte er leise.

Es tat wirklich weh, wie wenn man auf eine frische Wunde drückte. Luc schluckte. »Du kannst dich noch an sie erinnern?«, krächzte er.

»Im Fieberrausch haben Sie immer wieder ihren Namen gesagt. Es tut mir leid.«

»Was ist mit dir? Erzähl mir von deinem Leben.«

»Es ist kein gutes Leben, Monsieur Bonet. Ich blicke nicht gerne darauf zurück.«

»Dann will ich dir helfen«, sagte Luc. Es war heraus, bevor er sich überlegen konnte, wie er das Angebot meinte.

»Was wollen Sie mir damit sagen?«

Ja, was nur? »Du kannst hier nicht glücklich sein.«

»Ich weiß gar nicht, was Glück ist«, gab Robert zu.

»Du könntest zunächst einmal diesen gewalttätigen alten Mann verlassen«, sagte Luc.

»Er ist todkrank, und so alt ist er noch gar nicht – er sieht wegen seiner Trunksucht nur so aus. Mein Vater hat Krebs, Monsieur. Er schiebt es auf die Zwangsarbeit in Deutschland. Dort musste er mit giftigen Stoffen arbeiten. Meine Großmutter wurde übrigens erschossen.«

Schon wieder ein Schlag in die Magengrube. Roberts direkte Art war brutal.

»Was?«

»Die Deutschen sind nach der Schlacht am Mont Mouchet immer häufiger vorbeigekommen, und sie hat kein Blatt vor den Mund genommen. Sie haben ihr Angst gemacht, aber ich merkte ihr an, dass sie mehr um meine Sicherheit besorgt war. Sie wollte verhindern, dass sie mich zu Gesicht bekamen. Ich habe mich jedes Mal versteckt.« Er seufzte. »Nachdem Sie weg waren, wurde es immer schlimmer, wir waren ständig auf dem Sprung. Eines Tages kamen drei Männer vorbei, einer von ihnen war besonders schlimm. Meine Großmutter bot ihnen Eier an, aber sie wollten wissen, wo ich sei. Sie log und behauptete, ich sei bei meiner Mutter in Marseille, obwohl ich mich auf dem Heuboden versteckt hatte. Die Deutschen stritten sich mit ihr, weil sie ihnen nicht die drei Hühner geben wollte, und sie bat, ihr wenigstens eins zu lassen. Sie stießen meine Großmutter einfach beiseite. Daraufhin hat sie die Männer Diebe genannt, und die drei haben sie vor die Hauswand gestellt und erschossen. Ich habe alles mit angesehen. Danach haben sie unser Haus verwüstet, die Hühner mitgenommen und unsere Ziege geschlachtet und sie über ein Motorrad gelegt. Meine Großmutter haben sie einfach liegen lassen.«

Mathilda hatte leise zu weinen begonnen, und Luc wünschte, er hätte ihr das ersparen können. Sie hörte zum ersten Mal, wie schrecklich der Krieg wirklich gewesen war.

»Ich habe sie mit Hilfe eines Nachbarn beerdigt. Ich war damals sechs. Meine Tante wohnte daraufhin eine Zeit lang bei mir. Irgendwann kam meine Mutter zurück, aber als mein Vater wieder da war, brach alles auseinander. Meine Mutter starb ein Jahr später an der Grippe, und meine Tante Juliette heiratete meinen Vater.«

Luc konnte nicht fassen, was er da hörte.

»Sie wollte das Haus und war alles andere als unfreundlich zu mir, aber mein Vater war nicht mehr derselbe wie früher. Er hatte viele schlimme Dinge gesehen und war so schlecht behandelt worden, dass er seine Wut an mir ausließ. Zehn Jahre lang lebten wir unser schreckliches Leben, bis Juliette eines Tages sagte, sie würde ihn verlassen. Er trank mittlerweile so viel, dass er sie verprügelte. Dann tat er das hier«, Robert wies auf sein Gesicht, »und am selben Tag ging sie. Ich war im Krankenhaus und dachte, sie würde mich holen kommen, aber das tat sie nicht. Stattdessen holte mein Vater mich ab. Fragen Sie mich nicht, warum er für seine Taten nicht bestraft wurde – ich kann mich nicht mehr erinnern. Ich weiß nur, dass die *gendarmes* ihn verhört haben. Er war früher einmal sehr beliebt im Dorf. Wahrscheinlich hielt ihn niemand zu so einer Tat für fähig, vor allem nicht, wenn er nüchtern war. Wer weiß, was er ihnen erzählt hat. Nachdem er mich geholt hatte, ging ich nicht mehr ins Krankenhaus. Er versorgte meine Verletzungen selbst.«

»Warum bleibst du bei ihm?«, fragte Mathilda.

Entschuldigend blickte Robert sie an. »Wohin soll ich sonst gehen?«

Luc spürte, dass seine Tochter ihn ansah, aber er wandte den Blick nicht von Robert ab.

»Er ist mein Vater, außerdem entschuldigt er sich hinterher immer. Ich werde ihn bis zu seinem Tod pflegen. Es wird nicht mehr lange dauern, dann werden die Engel mir endlich zulächeln.«

»Warum hat er dich so bestraft?«, fragte Luc.

»Er wollte mir vermutlich nur zeigen, welche Grausamkeiten er in Deutschland erlebt und erfahren hat. Er war schrecklich betrunken und hat mir den Schnitt zugefügt, weil ich mich nicht gewehrt habe.« Robert zuckte mit den Schultern. »Ich war damals knapp fünfzehn, und er war noch groß und stark. In einer ähnlichen Situation hat er mich am Bein verletzt. Letztes Jahr dachte ich, er wolle mich töten. Ich war sogar froh darüber. Ich wollte, dass endlich alles zu Ende war. Ein Messer, eine Kugel, wie er es machte, war mir egal. Aber er schoss mir nur ins Bein.«

Mathilda keuchte auf.

»Ich glaube, er ist dement geworden, und der Alkohol macht seine Alpträume, sein Leid und seinen Wahnsinn nur noch schlimmer.«

»Robert, er muss dringend in ein Pflegeheim.«

Der junge Mann zuckte mit den Schultern. »Er hat doch nur noch mich.«

»Ja, aber beim nächsten Mal könnte er dich töten.«

»Er ist nicht mehr so stark wie früher. Solange ich ihm Alkohol und Zigaretten gebe, kann ich mit ihm umgehen. Außerdem schlafe ich mit einem Messer, für alle Fälle.«

Luc stöhnte leise. »So kannst du doch nicht leben. Marie hat dich nicht sicher durch den Krieg gebracht, damit du in Friedenszeiten bei deiner eigenen Familie um dein Leben fürchten musst.«

Robert blickte auf seine Hände. »Ich habe meine Mutter nicht wirklich gekannt, und meine Tante mochte ich eigentlich nicht, aber meine Großmutter vermisse ich sehr. Sie hat immer daran geglaubt, dass Sie eines Tages zurückkommen.«

Luc hatte einen Kloß im Hals. Er war auf dieses Gespräch nicht vorbereitet gewesen. »Wo ist sie begraben?«

»Möchten Sie das Grab sehen?«, fragte Robert aufgeregt.

»Ja, auf jeden Fall.«

»Wir können zu Fuß hingehen«, sagte Robert und stand auf. »Es ist ganz in der Nähe.«

Luc warf Mathilda einen Blick zu. Sie nickte, woraufhin sie dem jungen Mann aus dem Café folgten. Er führte sie zur Dorfkapelle. Rasch pflückte er unterwegs noch ein paar Blumen, die durch den Zaun eines Gartens wuchsen. Dann betraten sie den großen Friedhof.

»Sie liegt hier drüben«, sagte er.

»Hier gibt es aber viele Gräber«, sagte Mathilda.

»Hier sind auch einige Leute aus den umliegenden Dörfern begraben. In dieser Region sind so viele Menschen gestorben.« Robert hockte sich vor einen roh behauenen Stein. »Einen richtigen Grabstein konnte ich mir nicht leisten. Ich weiß, es sieht nicht sehr gut aus, aber ich habe es ganz allein gemacht.«

Luc und Mathilda lasen die unbeholfene Inschrift, die offensichtlich von einem Kind stammte, und Mathilda half Robert, die Blumen auf Maries Grab zu stellen. Als Robert leise murmelnd mit seiner Großmutter redete, sah Luc, dass seine Tochter die Hand des jungen Mannes ergriff.

»Was wirst du tun, wenn dein Vater mal nicht mehr da ist?«, fragte sie ihn.

Es war fast, als sei Luc gar nicht anwesend. Aber er war keineswegs beleidigt. Mathilda leistete gerade die gesamte Schwerarbeit für ihn.

»Der Hof bringt nichts«, sagte Robert. »Und von Beruf bin ich Bauer, etwas anderes kann ich nicht. Mit der Kriegspension meines Vaters kommen wir so gerade hin.«

»Das beantwortet nicht die Frage«, warf Luc ein.

Robert erhob sich, und Mathilda ließ seine Hand los.

»Ich weiß es noch nicht«, gestand Robert. »Ich will einfach nur, dass er stirbt. Danach überlege ich mir etwas.«

Ohne nachzudenken, sprach Luc aus, was ihm durch den Kopf ging. »Komm doch mit uns.«

Robert blickte ihn an, und auch Mathilda wurde ganz still.

»Begleite mich wenigstens nach Saignon, wo ich früher gewohnt habe. Wenn es dir dort gefällt, lassen wir deinen Vater ins Krankenhaus oder ein Heim bringen, oder ich bezahle jemanden, der sich um ihn kümmert, solange du nicht da bist. Wenn es dir dort nicht gefällt, kannst du ja in ein paar Tagen zurückkehren. Aber jetzt könnte es für dich eine Brücke in ein anderes Leben sein. Du musst nur den Mut haben, ihn zu verlassen, Robert. Du bist ihm nichts schuldig.«

Robert schwieg. Schließlich sagte er: »Aber was soll ich denn machen?«

»Er hat nicht nein gesagt, Dad«, warf Mathilda leise ein.

Luc lächelte traurig. »Ich überlege mir etwas für dich. Du kannst für mich arbeiten. Wir … äh … wir brauchen eine Verbindung zu Frankreich, weil meine rebellische Tochter gerne hier leben und zur Schule gehen möchte. Deshalb muss ich darüber nachdenken, einen großen Teil meiner Zeit hier zu verbringen.«

Mathilda kreischte auf, Freudentränen traten ihr in die Augen.

Achselzuckend sagte Luc zu Robert: »Ich kann nicht an zwei Orten gleichzeitig sein. Ich habe dir schon einmal mein Leben anvertraut, und ich glaube, ich kann dir auch unser Haus anvertrauen. Vergiss deinen Hof. Soll er ihn doch behalten. Oder Juliette kann ihn haben, wenn sie will.«

»Sag ja, Robert, bitte«, bat Mathilda ihn. »Wir werden deine Familie sein. Außerdem bedeutet es, dass Dad mich in Frankreich leben lässt«, drängte sie. »Du hältst mein Leben in deinen Händen!«, fügte sie dramatisch hinzu.

Aber die Männer ignorierten sie. Sie blickten einander an. Wie zwei Wachen standen sie am Grab von Marie Dugas – einer groß, breitschultrig und blond, der andere kleiner, zierlicher, mit fast schwarzen Haaren, olivbrauner Haut und graugrünen Augen. Einer trug seine Wunden offen zur Schau, der andere hielt die seinen verborgen. Zwischen ihnen in dem Grab lag eine Frau, die sie beide geliebt hatten, und es war, als sei sie auf einmal wieder lebendig und würde ihren Enkel drängen, die gute Gelegenheit nicht verstreichen zu lassen.

»Ich habe tagelang geweint, nachdem Sie weg waren«, sagte

Robert. »Und ich kann mich an keine glücklichere Zeit in meiner Kindheit erinnern als damals, als wir drei zusammen am Tisch gesessen und gegessen haben.«

Luc schluckte. »Ich musste fort, Robert.«

»Sie hat versucht, mich zu trösten und gesagt, wenn Sie zurückkämen, bräuchte ich keine Angst mehr zu haben.«

»Hier bin ich«, sagte Luc ernst und sah ihn unverwandt an.

»Mein Vater macht mir keine Angst mehr.«

»Nein, ich glaube sowieso nicht, dass du ihn noch fürchtest. Ich glaube, es geht eher um das, was danach kommt. Das Leben wird einsam werden, wenn du nicht einmal mehr für deinen ständig betrunkenen Vater sorgen musst. Ich biete dir einen Weg aus diesen trüben Aussichten in ein neues Leben.«

»Sie reden mit mir, als ob ich Ihr Sohn wäre.«

»Lass mich dir ein besserer Vater sein als der, den du gehabt hast. Ich will dir gerne meinen Namen geben, wenn du das möchtest.«

»Bonet?«

Luc schüttelte den Kopf. »Ich heiße jetzt Luc Ravens«, sagte er. »Fang noch mal von vorn an. Neuer Name, neues Leben, neuer Ort, neue Umstände …«

»Neue Familie«, fügte Mathilda lächelnd hinzu. »Robert Ravens klingt gut.«

»Ein guter Piratenname?«, sagte Robert.

Sie lachte. »Der beste«, versicherte sie ihm.

Robert blickte Luc wieder an. »Na gut, ich komme mit Ihnen nach Saignon, und dort können wir alles Weitere besprechen. Vielen Dank, Monsieur Luc.« Seine Stimme bebte. »Danke, dass Sie zurückgekommen sind.«

26

Noch am selben Tag fuhren sie mit dem Zug nach L'Isle sur la Sorgue. Robert hatte nicht viel zu packen und kam daher mit einem kleinen Rucksack aus. Es tat ihm nur leid, dass er das Grab seiner Großmutter zurücklassen musste, aber Luc versprach ihm, einen richtigen Grabstein aufstellen zu lassen, um Marie zu ehren.

Seinem Vater, der bei seiner Rückkehr ins Haus seinen Rausch ausgeschlafen hatte, hatte Robert eine Nachricht hinterlassen, in der er ihm versprach zurückzukehren, allerdings ohne eine genaue Zeitangabe. Sie hatten auf der *gendarmerie* Bescheid gesagt, dass Dugas jemanden brauchte, der sich um ihn kümmerte. Der diensthabende Polizist, der Robert gut kannte, hatte ihm versichert, dass sie den alten Mann ein paar Tage lang im Auge behalten würden. Aber er schien zu wissen, dass Robert so schnell nicht wiederkommen würde.

In L'Isle sur la Sorgue buchte Luc sie in eine *gîte* ein und machte sich sofort mit seinen Schützlingen auf den Weg in ein Lokal.

»Du musst etwas essen«, sagte er zu Robert.

Sie saßen am Fenster des Restaurants am Fluss und blickten auf die Mühlenräder, die einst zum Reichtum des Ortes beigetragen hatten. Das kristallklare Wasser der Sorgue floss unter ihnen dahin, und Luc ermahnte sich, nicht zu vergessen, was vor ihm lag.

»Morgen fahren wir also nach Saignon?«, fragte Mathilda.

So gleichmütig wie möglich antwortete Luc: »Nein, ich glaube, wir bleiben ein oder zwei Tage hier. Ich muss noch ein paar Geschäfte erledigen … Es macht euch doch nichts aus, oder?«

»Was für Geschäfte, Dad? Wir sind im Urlaub.«

»Ich bin hier im Heimatland meiner Branche, Tilly. Aus dieser Gegend kommt der Lavendel ursprünglich her. Ich muss mit ein paar Leuten reden, langweiliges Zeug. Über Ausrüstung, Verträge, Aufträge, vielleicht ein paar gemeinsame Ideen … solche Dinge.« Er sah sie nicht an, sondern aß weiter, als sei das Gespräch völlig nebensächlich.

»Du hast recht, das ist wirklich langweilig«, sagte sie.

»Wir könnten solange zusammen die Stadt erkunden«, bot Robert an. »Ich wollte sie schon immer mal sehen.«

»Wirklich? Macht es dir nichts aus, mit mir hierzubleiben?«

»Warum? Du bist die Erste, die mich in all den Jahren zum Lächeln gebracht hat. Und du hast dich nicht verlegen weggedreht, als du mich gesehen hast.«

Luc hielt den Atem an. Er wusste, dass er Robert vertrauen konnte. Hoffentlich würde Mathilda ja sagen.

»Wir brauchen dich nicht, Dad«, sagte sie, so schnippisch sie konnte. Grinsend fügte sie hinzu: »Du wirst uns allerdings Geld dalassen müssen.«

»Selbstverständlich«, erwiderte er mit einem erleichterten Seufzer. »Danke, Robert. Das ist sehr nett von dir.«

»Es ist mir eine Ehre«, sagte Robert, und Mathilda blickte ihn geschmeichelt an.

»Na großartig«, sagte Luc. »Ich breche morgen früh auf und bin zum Abendessen hoffentlich wieder da. Falls ich zu spät komme, könnt ihr ja schon mal ohne mich anfangen.«

»Gut«, sagte Mathilda und warf Robert einen verschwörerischen Blick zu. »Wir gehen in dieses teure Restaurant gegenüber von der Kirche.«

Luc entschuldigte sich, um von dem Telefon im Restaurant einen Anruf zu machen. Sein Herz schlug schneller, während er wartete.

»Frédéric Segal«, sagte die schrecklich vertraute Stimme am anderen Ende der Leitung.

»Monsieur Segal. Laurent Cousteau hier.« Eine kurze Pause entstand. »Äh … der Journalist, Monsieur«, fügte er hinzu. Das konnte von Schleigel doch nicht vergessen haben.

»Ja, ich erinnere mich. Von wo aus rufen Sie an?«

»Ich hatte ja versprochen, mich am Abend vor meiner Ankunft in Fontaine-de-Vaucluse zu melden«, erwiderte Luc in der Hoffnung, den Mann abzulenken.

»Wo sind Sie gerade?«

War seine Deckung aufgeflogen? Er hatte doch Vorsichtsmaßnahmen ergriffen. Luc setzte erneut an. »In einem Ferienhaus. *Maison de Marie* oder so ähnlich. Wie sieht es mit morgen aus, Monsieur Segal? Wandern wir immer noch Ihren Berg hinauf?«

»Was machen Ihre Knie?«

»Mir geht es gut.« *Wunderbar sogar*, dachte er. »Ich werde Ihnen keine Last sein.«

»Wenn dem so wäre, würde ich Sie einfach zurücklassen, Monsieur Cousteau«, erwiderte von Schleigel.

Sie lachten beide. Luc spürte keine Wärme, und er konnte sich den unaufrichtigen Gesichtsausdruck des Deutschen nur zu gut vorstellen.

»Also, ich breche um Punkt sieben Uhr von meinem Café aus auf.«

»Sollen wir uns dort treffen?«

»Von wo kommen Sie denn?«, fragte Segal. Luc spürte, dass der Mann unbedingt wissen wollte, wo er steckte.

»Ich bin heute Abend in Cavaillon«, antwortete er gleichmütig.

»In Cavaillon? Wieso das denn?«

»Ich halte mich nicht gerne in großen Städten auf, wenn ich meine Artikel schreibe, und Cavaillon lag auf der Strecke. Außerdem habe ich hier Gelegenheit, über eine der kleineren Städte in der Provence zu schreiben.«

»Ich verstehe. Ich hätte gedacht, dass L'Isle sur la Sorgue sinnvoller ist.«

Luc krampfte sich der Magen zusammen. Max hatte ihn vor dem Misstrauen des Deutschen gewarnt. *Das kommt davon, wenn man ein Kriegsverbrecher auf der Flucht ist*, dachte er böse. »Der Ort ist Fontaine-de-Vaucluse zu ähnlich. Mein Chefredakteur möchte, dass ich so viel wie möglich vom Luberon abdecke, wenn ich schon einmal hier bin.«

»Cavaillon ist über zwölf Kilometer von hier entfernt, Monsieur Cousteau. Ich nehme an, Sie haben ein Auto?«

»Nein«, log Luc, obwohl er natürlich direkt nach seiner Ankunft in L'Isle sur la Sorgue eines gemietet hatte. »Es gibt Züge nach L'Isle sur la Sorgue und sicher auch Leute, die einen Anhalter mitnehmen«, sagte er. »Vielleicht miete ich mir auch einen Wagen und übernachte vor Ort, damit ich auf keinen Fall zu spät komme.«

Das schien von Schleigel zufriedenzustellen.

»Wir könnten uns am Fuß des Hügels treffen, *monsieur*. Die Stelle ist leicht zu finden, praktischerweise endet die Straße dort.«

»Sehr gut.« Es würde noch dunkel sein, das kam Luc entgegen.

»Bis morgen früh um sieben also.«

»Ich werde pünktlich sein, Monsieur Segal. *Au revoir*«, sagte er und legte auf. Gedankenverloren biss er sich auf die Lippe.

»Alles in Ordnung, *monsieur*?«, fragte der Mann hinter der Theke.

»Ja danke. Setzen Sie den Anruf auf meine Rechnung. Es war ein Ortsgespräch.«

Der Mann zuckte mit den Schultern. »Wenn Sie einen Kaffee bestellen, sind wir quitt.«

Luc nickte und kehrte zum Tisch zurück. Anscheinend hatte Mathilda in der Zwischenzeit Robert vom Verlust ihrer Familie erzählt, denn ihre Augen schwammen in Tränen. Die beiden hatten die Köpfe dicht zusammengesteckt, und ihr Altersunterschied schien keine Rolle zu spielen.

»Also«, begann er, »ich muss morgen früher aufbrechen als geplant. Vielleicht sogar bevor ihr aufwacht.«

»Warum?«, fragte Mathilda.

»Ich muss jemanden sehr früh treffen.«

»Im Dunkeln?«

Luc lächelte schief. »Ja genau. Wir wollen uns einige Felder bei Sonnenaufgang anschauen, und das ist der einzige Termin, an dem er Zeit hat.«

Mathilda zuckte mit den Schultern. »Gut.«

Mehr sagte sie nicht dazu. Sie bestellten Kaffee, und Luc erzählte von seiner Zeit als Maquisard im Krieg. Robert redete über seine glückliche Kindheit bei Marie, und schließlich gingen sie zu Bett. Luc gab seiner Tochter einen Gutenachtkuss.

»Tilly, es macht dir doch nichts aus, den Tag mit Robert zu verbringen, oder?«

Sie zuckte mit den Schultern. »Nein, er ist sehr nett. Ich habe mir für morgen vorgenommen, ihn zum Lachen zu bringen.«

Luc empfand leise Gewissensbisse. »Wenn das jemand kann, dann du.«

»Mir wäre natürlich lieber, du wärst bei uns«, sagte sie leise. »Aber ich weiß ja, dass du dir viele Gedanken machst. Hast du Sorgen wegen der Farm?«

»Nein. Tom führt sie sehr gut«, erwiderte Luc. »Er nimmt seine neue Rolle als Verwalter wirklich ernst.«

»Was kann dir denn hier jemand über Lavendelanbau beibringen, Dad?«, fragte Mathilda.

»Oh, eine ganze Menge.« Er hasste sich dafür, dass er log. »Der Informationsaustausch ist einfach wichtig. Wenn ich auf den Feldern der Bonets in Saignon wieder Lavendel anbauen will, dann ist es nützlich, über die örtlichen Gegebenheiten Bescheid zu wissen …« Insgeheim gelobte er sich, seine Tochter nie wieder anzulügen.

Mathilda nickte und gähnte. »Fährst du danach nach Saignon?«

»Ja, unbedingt.« Er küsste sie auf die Wange und schaltete das Licht aus. Leise ging er zur Tür. »Tilly?«

»Mm?« Sie klang schläfrig.

»Ich liebe dich mehr als Lavendel.«

»Und ich liebe dich mehr als Chanel, Dad.« Sie gähnte.

Luc lächelte und schloss die Tür hinter sich. Als er in Roberts Zimmer trat, saß dieser auf der Bettkante.

»Ist alles in Ordnung?«

Roberts Augen funkelten. »In so schönem Bettzeug habe ich noch nie geschlafen«, sagte er und strich andächtig über die Bezüge.

Lucs Gewissensbisse wurden noch stärker. Er hätte viel früher zurückkommen sollen. »Ich hoffe, du hast es bequem.«

»Ich weiß nicht, wie ich dir dafür danken soll«, sagte Robert.

Luc blickte auf die Narbe im Gesicht seines jungen Freundes und fragte sich, welche Zukunft ihn wohl erwartete. »Robert, ich bin derjenige, der in deiner Schuld steht. Das hier ist nichts im Vergleich dazu. Ich glaube allerdings, deine Großmutter hätte sich sehr darüber gefreut, dass wir wieder zusammen sind.«

»Ja, das weiß ich«, sagte der Junge.

Luc lehnte sich an die Wand. »Ist es in Ordnung, dass ich dich morgen mit Mathilda allein lasse? Ihre Mutter würde mich umbringen.«

Robert blickte ihn ernst an. »Ich werde sie mit meinem Leben beschützen, Luc. Sie ist … sie ist wie Sonne in meiner Winterwelt.«

Luc lächelte. Der verträumte kleine Junge steckte nach wie vor in dem erwachsenen Mann. »Robert, was für eine Arbeit würdest du gerne tun?«

Robert zuckte mit den Schultern. »Ehrliche Arbeit. Auf einem Bauernhof.«

»Was hältst du von Lavendel?«

Verwirrt blickte Robert ihn an.

»Würdest du gerne lernen, wie man Lavendel anbaut? Wie man eine Lavendelfarm führt? Wie man das Öl destilliert und es verkauft?«

»So wie *du* zu sein, meinst du?«

Luc nickte. Er hatte den Gedanken noch nicht wirklich zu Ende gedacht, aber es kam ihm richtig vor. Es lag auf der Hand. »Ich kann es dir beibringen. Ich lehre dich alles, was ich weiß.«

Robert blinzelte verwirrt. »Soll ich Lavendelbauer in Saignon werden?«

»Warum nicht? Wenn ich die Felder der Bonets neu beleben will, brauche ich jemanden, dem ich vertraue, jemanden, der weiß, wie man eine Lavendelfarm führt, und der Interesse daran hat. Du kannst meine rechte Hand in Frankreich sein. Lavendel braucht immer wen, der sich um ihn kümmert, und ich werde nicht ständig da sein. Außerdem kommst du von einem Bauernhof und hast ein solides Basiswissen.«

Robert blickte ihn verwundert an. »Ja, ich nehme an.«

Ich habe es getan, Marie, dachte Luc. *Ich bin zurückgekommen.*

»Wenn ich meine Geschäfte morgen erledigt habe, reden wir weiter. Bitte sag Mathilda noch nichts. Das bleibt erst einmal unter uns, ja?«

»Ich passe auf sie auf«, bekräftigte Robert noch einmal.

Luc zog einen Umschlag aus der Tasche. »Würdest du mir bitte noch einen Gefallen tun?« Er hielt ihm den Briefumschlag hin. »Würdest du den hier für mich aufbewahren?«

Robert stand auf und nahm den Umschlag entgegen. »Er ist ja an Mathilda adressiert.« Stirnrunzelnd blickte er Luc an.

Luc nickte. »Bewahre ihn nur für mich auf. Tust du das? Gib ihn ihr erst, wenn …« Er beendete den Satz nicht.

»Wenn was?«

»Gib ihn ihr nicht«, sagte Luc. »Bewahre ihn einfach, bis ich wiederkomme, ja?«

»Luc, ich bin keine fünf mehr. Ich weiß, dass du frühmorgens im Winter keinen Lavendelbauern triffst. Aber ich habe mir gedacht, es ist privat und sicher wichtig für dich. Doch jetzt habe ich langsam das Gefühl, dass es gefährlich ist.«

»Es ist alles in Ordnung.« Luc reichte ihm den Brief. »Es ist bloß so ein alberner Aberglaube. Bitte heb ihn für mich auf.«

Robert nickte stirnrunzelnd. »Gut. Aber ich gebe ihn ihr ganz bestimmt nicht, deshalb solltest du besser wieder zurückkommen.« Er schwieg. »Ich hoffe, er ist es dir wert.«

Sie blickten sich an. Woher sollte Robert davon wissen, dachte Luc schockiert.

»Lisette war nicht die einzige Person, von der du in deinen Fieberträumen geredet hast«, murmelte Robert.

Mehr brauchten sie nicht zu sagen.

Luc umarmte Robert. »Bis morgen dann. Ich komme ganz bestimmt zurück.«

Er schloss die Tür zu Roberts Zimmer hinter sich. Was tat er nur? Er ließ sein Kind allein, um sich auf diesen wahnsinnigen

Rachefeldzug zu begeben. Und wenn ihm nun etwas passierte? Er konnte verletzt werden, sich verirren, sogar getötet werden. Wer würde sich dann um Mathilda kümmern? Wie würde sie mit dem Tod beider Elternteile fertigwerden? Aber jetzt steckte er bereits zu tief drin. Er war von Schleigel so nahe, dass er allein bei dem Gedanken, seiner Nemesis erneut zu begegnen, einen sauren Geschmack im Mund bekam.

Lass die Vergangenheit endlich ruhen!

Luc konnte Lisettes Stimme in seinem Kopf deutlich hören. Sie hatte nie zurückgeblickt, sie war nie übertrieben sentimental gewesen. Er war der Romantiker. Er war der Emotionale, der die Entscheidungen mit dem Herzen traf.

Die innere Stimme, sein Gewissen, hatte das letzte Wort. *Bring es zu Ende! Lass die Bonets in Frieden ruhen.*

Luc hatte die ganze Zeit über an die Wand gelehnt dagestanden und über sein Leben nachgedacht. Er hatte gar nicht gemerkt, wie die Zeit vergangen war. Auf Zehenspitzen schlich er sich in ihr gemeinsames Schlafzimmer zurück. Seine Tochter schlief fest. Als er sie zärtlich küsste, bewegte sie sich, wachte aber nicht auf. Luc ergriff die Dinge, die er im Kleiderschrank versteckt hatte, und schlich auf Zehenspitzen hinaus. So leise wie möglich huschte er über das Pflaster zu seinem Mietwagen.

L'Isle sur la Sorgue wirkte verlassen. Die Bars waren geschlossen, und außer ihm wankte nur ein Betrunkener über die Straße, der leise vor sich hin murmelte. Ansonsten war es still im Ort. Luc blickte auf seine Armbanduhr. Es war kurz vor drei Uhr morgens. Ihn fröstelte, als er an 1943 zurückdachte. Damals waren die Straßen so verlassen wegen der Ausgangssperre, die die Nazis verhängt hatten. Die Bars waren nur für die Deutschen geöffnet. Die Franzosen verhungerten, während niederträchtige Bürokraten wie von Schleigel die Macht über die kleinen Gemeinden hatten.

Luc verzog das Gesicht. Das Auto sprang zum Glück beim ersten Versuch an, obwohl es so kalt war. Luc musste auf den unbeleuchteten Landstraßen vorsichtig sein, auch wenn Fontaine-de-Vaucluse nicht sehr weit weg war. Rasch überprüfte er, ob er alles dabeihatte. Bewusst blickte er nicht zu dem Ferienhaus hinüber. Er hatte Mathilda in dem Brief alles erklärt und ihr gesagt, sie solle Kontakt zu Max aufnehmen, der ihr helfen werde. Bevor er Australien verlassen hatte, hatte er bereits ein neues Testament verfasst, in dem er seinen gesamten Besitz in Australien und Frankreich seiner Tochter vermachte. Zusätzlich hatte er mehrere Anwälte damit beauftragt, jene Gelder der Familie Bonet zurückzuholen, die auf Schweizer Bankkonten lagen. Und dann war da noch Bargeld in Saignon vergraben. Viel Geld. Jacob Bonet hatte diese Vorsichtsmaßnahme einst ergriffen, und auch wenn Luc und seine Großmutter den Schatz nie gehoben hatten, hatte er nicht vergessen, wo das Geld lag. Auch dahingehend hatte er Mathilda in seinem Brief klare Anweisungen hinterlassen. Wenn das Schlimmste eintrat, wäre sie zumindest eine reiche Frau.

»Verzeih mir, Mathilda«, flüsterte Luc, als er aus dem Ort herausfuhr.

Auf der Landstraße beschleunigte er, bis die letzten Lichter hinter ihm verschwunden waren und er über eine dunkle Straße durch die dunkle Nacht fuhr. Seine Gedanken waren ebenfalls düster.

27

Der Mann, der sich Frédéric Segal nannte, starrte auf sein Telefon und dachte über das nach, was er gerade gehört hatte. In den letzten zehn Jahren hatte sein sechster Sinn – sein scharfer Verstand, wie er gerne sagte – geschwiegen. Der ehemalige Gestapo-Offizier hatte sich so perfekt hinter seinem brillant entworfenen neuen Leben versteckt, dass er die meiste Zeit über selbst daran glaubte. Momente der Unsicherheit traten jedoch unter den merkwürdigsten Umständen ein, und dann wurde er sofort misstrauisch.

Zuletzt war das im vergangenen Sommer der Fall gewesen, als ein junger Tourist sein Eis auf Deutsch bestellt hatte. Er hatte sich zwar nicht verraten, aber kurz war der Geist von Horst von Schleigel wieder zum Vorschein gekommen. Zehn Jahre davor hatten ihm drei Polizisten in Zivil einen Besuch abgestattet. An jenem Tag war er nervös geworden, hatte sich nach außen hin aber nichts anmerken lassen. Lächelnd hatte er die Männer empfangen und ihnen sogar Kaffee angeboten, dabei jedoch die ganze Zeit darauf gewartet, dass sie ihre Ausweise vorzeigten und ihn verhörten. Irgendwann hatte sich herausgestellt, dass der Zweck ihres Besuches in keiner Verbindung zu ihm oder überhaupt zum Krieg stand.

In den letzten zwanzig Jahren konnte er die Momente, in denen er wirklich Angst verspürt hatte, an einer Hand abzählen.

Jetzt jedoch schrillten sämtliche Alarmglocken in ihm. Warum nur?

Er hatte Laurent Cousteau bereits überprüft, hatte sogar bei der Zeitschrift angerufen, um sich zu vergewissern, dass es einen freien Journalisten mit diesem Namen gab. Die Dame, mit der er gesprochen hatte, hatte ihm bestätigt, dass Cousteau für sie als spezieller Berichterstatter arbeitete, und von Schleigel war beruhigt gewesen.

Er musste aufpassen, dass er sich in seiner eigenen Geheimniskrämerei nicht verfing. *Versteck dich offen*, war schon damals sein Mantra gewesen, als er mit der deutschen Armee aus Polen geflohen war. Während die meisten Deutschen sich nach Westen wandten, Akten zerstörten oder Krematorien in die Luft jagten, hatte von Schleigel sich auf den Weg nach Frankreich gemacht, weil er der Überzeugung war, das könne ihn retten. Er hatte sich Zivilkleidung besorgt, einen nicht jüdischen Häftling erschossen und ihm einen Arm abgetrennt. Die Nummer hatte er sich hastig selbst auf den Unterarm tätowiert und anschließend den Arm des Toten verbrannt. Wochenlang hatte er sich im Wald versteckt und sich nur von dem ernährt, was er dort fand. Als ihn die Sowjets entdeckten, war er völlig ausgezehrt und vor Hunger halb wahnsinnig. Da er Französisch redete, hielten sie ihn für einen französischen Kriegsgefangenen und schickten ihn in seine Heimat zurück. Er täuschte Gedächtnisverlust vor, bewegte sich wie ein alter Mann, stotterte und redete wirres Zeug. Alle glaubten, er sei aus einem der Todeslager geflohen.

Von Schleigel kam nach Föhrenwald, einem Auffanglager in Bayern, das die Nazis ursprünglich für die Zwangsarbeiter gebaut hatten, die im Chemiewerk IG Farben eingesetzt waren. Er behielt seine Tarnung bei, redete nur Französisch und trug ständig einen verwirrten Gesichtsausdruck zur Schau. Kurz wurde er nach Schweden geschickt und anschließend weiter nach Frankreich. Dort verbrachte er ein Jahr im Krankenhaus, wo er seine Genesung sorgfältig inszenierte, um schließlich nach zwölf Monaten zu erklären, er sei Frédéric Segal. Das Krankenhaus hatte ihn anhand seiner Auschwitz-Nummer identifiziert. Sie konnten ja nicht wissen, dass der Mann, den von Schleigel im Winter 1945 erschossen hatte, so geheißen hatte.

Er hatte sich sein Opfer sorgfältig ausgesucht. Der Mann war ein Handwerksbursche auf Wanderschaft aus Frankreich gewesen, ungefähr im gleichen Alter wie von Schleigel und mit gerade mal sechs bekannten Angehörigen. Seine Eltern und Großeltern waren direkt nach ihrer Ankunft in Auschwitz exekutiert worden. Seine Brüder waren ebenfalls im Lager gestorben. Einer war im »Todesblock« in Auschwitz I hinter Gebäude II nach einem missglückten Fluchtversuch erschossen worden, der andere bekam die Ruhr und war zu krank, um in der pharmazeutischen Fabrik zu arbeiten. Frédéric, der mittlere der drei Brüder, hätte überlebt, wenn die Kugel aus von Schleigels Waffe seinem Leben nicht ein Ende gesetzt hätte.

Kaum fühlte er sich in Frankreich einigermaßen frei, floh von Schleigel in den Süden, in jene Region, die er am besten kannte. Zuerst ging er nach Avignon, damit sich seine Spur in einer größeren Stadt verwischte, später dann, als er sich immer sicherer fühlte, in seinen Lieblingsort. Sein kühnster Schachzug hatte vermutlich darin bestanden, eine Frau zu heiraten, die ihm vollständige Deckung bot. Er brauchte eine Frau aus einer anständigen Familie, damit ihre Verbindung seinem Namen Gewicht verlieh.

Von Schleigel ging in seiner neuen Persönlichkeit völlig auf, und er hatte es sich verboten, an seinen wahren Namen und seine Vergangenheit auch nur zu denken. Sobald seine Gedanken den kleinsten Hauch von der Spur abwichen, verbannte er sie sofort. Er wusste, dass er denken, handeln, atmen und leben musste wie Frédéric – Eric – Segal. Gelegentlich arbeitete er für einige der bessergestellten Familien im Ort, und im Laufe eines Jahres hatte er drei Frauen ausgemacht, die für eine Heirat in Betracht kamen. Alle drei waren verwitwet und lebten alleine. Die jüngste fand er zu jung, weshalb Gwenoline und eine weitere rundliche Witwe mittleren Alters namens Anise übrig blieben. Er machte beiden den Hof, bot all seinen öligen Charme auf und arbeitete für die paar Francs, die sie ihm zahlten, deutlich mehr, als er musste, und übernahm alles von Reparaturen bis hin zu Gartenarbeiten. Es beeindruckte ihn selbst, wie gut er sich anpassen konnte und wie schnell er lernte. Als er erfuhr, dass Gwenolines Mutter gestorben war und ihr und ihrer Schwester ein beträchtliches Vermögen hinterlassen hatte, ließ er Anise fallen und konzentrierte seine Bemühungen auf die kleine, untersetzte Frau mit ihrer tyrannischen Art und ihren Träumen von einer eigenen Familie.

In Südfrankreich herrschte Männerknappheit, erst recht an unversehrten Männern im heiratsfähigen Alter, die bereit waren, sich mit einer Achtunddreißigjährigen einzulassen. Segal ließ seinen Charme unermüdlich spielen, und eines Tages brachte er Gwenoline zum Weinen, als er ihr, um die Wirkung seiner Worte zu überprüfen, verkündete, er wolle das Vaucluse verlassen.

»Ich muss mir eine Anstellung mit besseren Aussichten suchen«, hatte er ihr gestanden. »Ich bin sicher, dass ich vor dem Krieg in Paris jemand war. Meine Erinnerung wird sicher bald wiederkommen.« Er zuckte mit den Schultern. »Ich weiß zwar nicht, welchen Beruf ich früher ausgeübt habe, aber ich kann gut mit Zahlen umgehen, und ich war bestimmt weder Gärtner noch Gelegenheitsarbeiter.«

»Aber Eric, was soll ich denn ohne dich machen?«, jammerte Gwenoline und schenkte ihm noch eine Tasse Kaffee ein.

»Ach, die jungen Männer stehen bestimmt schon Schlange, um für dich zu arbeiten«, sagte er augenzwinkernd.

»Aber ich will keinen anderen Mann, der hier arbeitet«, sagte sie und errötete zaghaft. »Ich vertraue dir.«

»Ich weiß. Bitte verzeih mir, aber ich muss an meine Zukunft denken.« Er wusste, das war genau der richtige Moment. »Ich werde nicht jünger, Gwen. Ich muss eine bessere Stelle finden und versuchen, mir zurückzuholen, was der Krieg mir genommen hat.«

»Ach, mein lieber Eric.« Seufzend legte sie ihre Hand über seine. »Ich kann nicht zulassen, dass du gehst.«

Er täuschte Verwirrung vor und sah sie fragend an.

»Du kannst das nicht zulassen?«, fragte er mit leicht gepresster Stimme. »Darf ich dich küssen?«

Sie nickte nur.

Daraufhin küsste er sie so sanft, wie es ihm nur möglich war, da Gwenoline außer ihrem Mann noch nie einen anderen Mann gehabt hatte. Er streifte ihre Lippen nur zart und verkündete anschließend leise lächelnd: »Das will ich seit dem Tag tun, an dem ich dir zum ersten Mal begegnet bin.«

Mehr brauchte er nicht zu tun. Gwen wusste, dass kein anderer Verehrer an ihre Tür klopfen würde. Sie war fast vierzig und noch nie eine Schönheit gewesen, dafür aber immer ehrgeizig. Nun gab es einen Mann, der ihre Träume von einem eigenen Geschäft teilte und ihr dabei helfen würde, ihre Vorstellungen zu verwirklichen.

Mehr hatte es nicht gebraucht, um aus dem Gestapo-Kriminaldirektor Horst von Schleigel den französischen Monsieur Segal zu machen, Ehemann, Vater und aufrechten Bürger von Fontaine-de-Vaucluse.

»Eric?« Gwenoline durchbrach seine Gedanken. »Was machst du da, mein Lieber? Du stehst da und starrst ins Leere, dabei haben wir das Haus voller Gäste. Wer war das?«

»Dieser Journalist. Ich treffe mich morgen mit ihm.«

»Gut. Ist alles in Ordnung?«, fragte sie und legte ihm die Hand auf den Arm.

»Natürlich«, erwiderte er, aber die Stimme in seinem Hinterkopf wollte den ganzen Abend über nicht schweigen, während er von Tisch zu Tisch eilte und die Gäste begrüßte.

Von Schleigel war viel zu lange außergewöhnlich vorsichtig gewesen, um jetzt seine Instinkte zu ignorieren. Zwanzig Jahre lang hatte er sich ständig umgeblickt, war kein Risiko eingegangen und jedem Fremden gegenüber misstrauisch gewesen. Das hatte ihm Sicherheit verliehen und es ihm möglich gemacht, sein Geheimnis zu wahren.

Er würde auf die Stimme der Vorsicht hören.

28

Luc traf kurz vor dem Morgengrauen ein und parkte den Wagen auf der Straße, die von Fontaine-de-Vaucluse den Hügel hinaufführte. Er versteckte das Auto nicht, um keine unnötige Aufmerksamkeit zu erregen, parkte es jedoch unter Bäumen in einer Kurve. Er hatte vor, quer über Land zu Fuß in die Stadt zu gehen.

Kurz vor Morgengrauen war die Nacht immer am kältesten, und er war froh darüber, dass Mathilda ihn in London dazu überredet hatte, sich in der Savile Row eine Barbourjacke zu kaufen.

Sie hatte bemerkt, wie er die dunkelgrüne Wachsjacke bewundert hatte, und er hatte gestanden, dass er schon immer eine Barbourjacke hatte haben wollen.

»Früher hatten wir nicht genug Geld dafür. Was hätte ich für so eine warme Jacke gegeben, damals auf den Orkneys oder in Eastbourne.«

Mathilda warf ihm einen Blick von der Seite zu. »Wahrscheinlich hat dich die Liebe warm gehalten, Dad«, sagte sie. »Aber jetzt kannst du sie dir doch kaufen.«

Als er sie überrascht ansah, redete sie ihm gut zu. »Komm schon, und wenn du sie dir nur kaufst, weil ich es gerne hätte. Sie ist zwar ein bisschen spießig, aber ich würde lügen, wenn ich behaupten würde, dass sie mir nicht gefällt. Außerdem kannst du sie zu Hause im Winter gut brauchen.«

Das stimmte. In den Wintermonaten war es kalt und nass in

Tasmanien. Also hatte er die Jacke gekauft, und er hatte es bisher nicht bereut, vor allem jetzt nicht, im Nieselregen und der eisigen Kälte dieses Novembermorgens im Luberon.

Luc wickelte sich den langen schwarzen Kaschmirschal, den Lisette ihm vor vielen Jahren zu Weihnachten geschenkt hatte, fester um den Hals und zog die Mütze, die er im Winter auf den Lavendelfeldern trug, tief ins Gesicht. Er hatte überlegt, ob er seine blonden Haare mit Henna und Schuhcreme färben sollte, aber das war mit Mathilda im Schlepptau natürlich unmöglich gewesen. Außerdem sollte von Schleigel ihn zweifelsfrei erkennen, wenn der Moment der Enthüllung gekommen war. Luc schlang sich den kleinen Rucksack über die Schulter und machte sich auf den Weg. Das Gelände war steinig, aber er hatte keine Probleme damit. Seine Kenntnisse aus dem Krieg waren auf einmal wieder präsent, und selbst die Dunkelheit war für ihn kein Hindernis. Hier und da setzte er die Taschenlampe ein und erschreckte ein Kaninchen mit dem Lichtstrahl.

Er hoffte, um diese Uhrzeit niemandem zu begegnen, und als er die Umrisse der ersten Häuser erkannte, schaltete er die Taschenlampe aus und vertraute lieber auf seine Instinkte und seine scharfen Augen, zumal der Himmel langsam heller wurde.

In seinem früheren Leben war Luc nicht häufig hier gewesen, aber er erinnerte sich an die natürliche Schönheit dieses Ortes, der sich kaum verändert hatte. Schnell und geheimnisvoll wie dunkle Lava floss das Wasser in seinem natürlichen Felsbett auf L'Isle sur la Sorgue zu. Luc pflückte eine Pusteblume, die zwischen ein paar Wildblumen stand, und pustete die fedrigen Samen über den Fluss. Dabei wünschte er sich etwas. Dem sentimentalen Romantiker in ihm gefiel der Gedanke, dass die kleinen Fallschirme mit der Sorgue an Mathilda vorbeifließen würden und mit ihnen seine Liebe und seine

Hoffnungen, sie wiederzusehen. Da fiel ihm die Lavendelblüte wieder ein, die er aus Australien mitgebracht hatte. Er griff in seine Tasche und zerrieb sie zwischen den Fingern, so dass er ihren Duft riechen konnte. Erinnerungen überfluteten ihn.

Aber das war in Ordnung. Er wollte diese Erinnerungen jetzt, er brauchte sie sogar, um in Stimmung zu kommen und Mut zu fassen. Er konnte nur hoffen, dass ihn die Seelen von Jacob, Golda, Ida, Gitel, Laurent, Fournier und Marie Dugas beobachteten, vor allem aber nahm er Wolf, Sarah und Rachel auf dieser letzten wichtigen Reise mit. Unsichtbar und dennoch spürbar für ihn würden sie mit ihm kommen, um von Schleigel gegenüberzutreten. Sogar Kilians Geist hätte bestimmt Freude daran, ihn auf diesem Weg zu begleiten. Am liebsten hätte er auch Lisette und Harry dabei gehabt, aber sie hatten hier keinen Platz. Sie gehörten zur Heilung, nicht zur Verletzung. Sie sollten weder diesem bösen Menschen noch seinen wütenden Erinnerungen zu nahe kommen.

Luc schlug die nach Lavendel duftenden Hände vors Gesicht. Der Geruch erinnerte ihn nicht an die Provence, sondern an die hellen australischen Sommer, an das Lachen in Tasmanien, das Lieben und Geliebtwerden in Lilydale. Lavendel und Liebe – für ihn gehörte beides zusammen, und von nun an würde er nur noch mit Liebe im Herzen durchs Leben gehen und sein Versprechen halten. Danach würde er frei von Schmerzen sein.

Er steckte den zerdrückten Blütenkopf wieder in die Tasche und hoffte, dass ihre Magie ihn lange genug schützte, um seine Mission zu Ende zu bringen. Geräuschlos und geschmeidig huschte er durch den Ort auf die schmale Straße zu, die zum Anstieg führte. Schließlich steckte er die Hände in die Taschen, trat schwerer auf und blickte sich ab und zu um, als müsse er sich über die Richtung vergewissern. Dabei pfiff er leise vor sich hin, wie jemand, der keine Angst davor hat, bemerkt zu werden.

Genau so wirkte er auch, als von Schleigel aus der Dunkelheit auf ihn zutrat.

»Monsieur Cousteau?«

Von dieser Begegnung hatte Luc seit so vielen Jahren geträumt, und einen Herzschlag lang stand seine Welt still. Die Haare in seinem Nacken richteten sich auf, während purer Hass ihn überwältigte. Aber er hatte seine Fähigkeiten aus dem Krieg nicht verlernt, daher brachte er ein freundliches Begrüßungslächeln zustande, das sein Entsetzen überspielte.

»Ah ja, Monsieur Segal, ich freue mich.« Luc streckte die Hand aus, froh darüber, dass er Handschuhe trug und den verschwitzten Händedruck des Mannes, an den er sich selbst nach zwei Jahrzehnten noch lebhaft erinnerte, nicht zu spüren brauchte.

Es war nicht mehr ganz dunkel, aber auch noch nicht hell. Die beiden Männer befanden sich in einer merkwürdigen Zwischenwelt, in der keiner die Gesichtszüge des anderen klar erkennen konnte. Luc hatte einen Schal um die untere Gesichtshälfte geschlungen und stampfte von einem Fuß auf den anderen, um den Eindruck zu erwecken, ihm sei kalt. Kühl betrachtete er von Schleigel. Es bestand kein Zweifel, dass dieser Mann seine Beute war. Am liebsten hätte er ihn auf der Stelle erwürgt. Luc war deutlich stärker als der Gestapo-Mann, und er hatte 1943 den französischen Milizbeamten und Nazi-Schergen Pierre Landry für weniger umgebracht als von Schleigels Taten. Doch sein gesunder Menschenverstand siegte. Hier in der Öffentlichkeit war es unmöglich. Er schob den Schal ein wenig herunter. Es war immer noch zu dunkel, um viel erkennen zu können, aber er wollte verhindern, dass von Schleigel misstrauisch wurde.

»Vielen Dank, dass ich Sie heute begleiten darf.« Luc hielt inne. *Übertreib es nicht*, ermahnte er sich.

Auch von Schleigel hatte ihn sorgfältig beobachtet. Nach allem, was Luc im heller werdenden Tageslicht erkennen konnte, war der Mann beträchtlich gealtert. Er hielt sich zwar immer noch gerade, aber Luc spürte, dass es ihn Mühe kostete. Der eitle Pfau, der die maßgeschneiderte graue Uniform der Gestapo einst voller Stolz getragen hatte, hatte die faltige Haut, die Hängebäckchen und den dicken Wanst eines alten Mannes. Er war zwar nicht übergewichtig, aber Luc konnte sich gut vorstellen, dass ein fester Hieb gegen diesen weichen Bauch den inneren Organen Schaden zuzufügen vermochte. Er stellte sich vor, wie er den Schlag ausführte, von Schleigel sich vornüberkrümmte und nach Luft schnappte …

»… finden Sie nicht auch?«

Er hatte nicht zugehört. *Konzentrier dich!*

»Verzeihung«, sagte er laut und zog die Wollmütze ein wenig vom Ohr weg. »Ich höre nicht gut, wenn ich sie trage.«

Von Schleigel blinzelte hinter der Brille, die er mittlerweile statt eines Monokels trug. »Ich habe mich gerade gefragt, wie Sie sich beim Wandern Notizen machen wollen«, sagte er mit seiner sanften Stimme, die Luc bis in seine Alpträume verfolgt hatte.

Er tippte sich an die Schläfe. »Ich werde einfach zuhören und mir alles merken, was Sie mir erzählen. Dadurch bekomme ich einen guten Allgemeineindruck.«

Sein Feind zog ungläubig eine Augenbraue hoch. »Dann wollen wir mal hoffen, dass Sie alles hören«, sagte er und lachte spöttisch.

Sofort drehte sich Luc der Magen um. So hatte er auch gelacht, nachdem er Luc vor die grausame Wahl gestellt hatte, Wolf Dressler entweder mit eigenen Händen zu töten oder unbehelligt gehen zu können und den geliebten alten Mann der Willkür der Gestapo zu überlassen. Sie hätten Wolf zwar so oder so hingerichtet, hätten ihn aber vorher noch gefoltert. Luc hatte die Waffe genommen, die sie ihm anboten, aber als er den Abzug betätigt hatte, war keine Kugel in der Kammer gewesen, sehr zur lautstarken Freude von von Schleigel und seinen Nazi-Kumpanen.

»Ich hoffe, Sie sind tatsächlich fit?«, durchbrach von Schleigel Lucs Gedanken.

»Wenn es mir zu anstrengend wird, folge ich Ihnen in meinem eigenen Tempo«, sagte Luc, obwohl er wusste, dass er schneller und trainierter war als von Schleigel. »Sollen wir?« Höflich wies er auf den Weg, auf dem sie nebeneinanderlaufen konnten. »Ich habe vor, sozusagen ein Porträt über den Mann hinter der Maske zu schreiben.«

Von Schleigel warf ihm einen alarmierten Blick zu.

»Der Mann, den jeder kennt«, fuhr Luc fort, als habe er nichts gemerkt, »ist Frédéric Segal, der Café-Besitzer. Wir wollen unseren Lesern gerne einen Blick hinter die Kulissen gewähren.«

»Ja, ich verstehe«, sagte von Schleigel. »Übrigens nennen mich alle im Dorf Eric.«

»Ah ja. Und Sie drehen jeden Tag Ihre Runde?«, begann Luc. Er hoffte, wie ein Journalist zu klingen.

»Ja. Das hält meinen Geist wach. Ich mag die frische Luft, vor allem im Winter. Nur wenn ich hier draußen allein bin, kann ich klar denken.«

»Kommt jemals jemand aus Ihrer Familie mit?«

»Nein«, schnaubte von Schleigel. »Es gibt drei Frauen in meinem Leben, Monsieur Cousteau, und keine von ihnen ist daran interessiert, mich auf meinen morgendlichen Bergwanderungen zu begleiten.«

Luc nickte. »Nennen Sie mich bitte Laurent«, sagte er. Es freute ihn, den Namen seines besten Freundes in Gegenwart ihres gemeinsamen Feindes benutzen zu können. Das hätte dem Imker Laurent sicher auch gefallen.

Er stellte von Schleigel alle möglichen Fragen über die Geschichte des Cafés, über sein Leben als Familienvater und über seine Töchter.

»Sind Sie auch Vater, Laurent?«

Lisette hatte Luc beigebracht, dass ein guter Spion immer dicht an der Wahrheit blieb, um glaubwürdig zu sein. »Ja, ich habe zwei Kinder. Ein Mädchen und einen Jungen.« Offen fügte er hinzu: »Mein Sohn ist allerdings vor Kurzem gestorben.«

Von Schleigel blieb stehen, und Luc merkte ihm an, dass er ehrlich betroffen war. »Ich wollte nicht …«

»Nein, natürlich nicht«, sagte Luc. *Aber Wolf und meine Schwestern hast du umbringen lassen*, dachte er. »Es war ein Unfall, niemand hat Schuld.« Er zuckte mit den Schultern und ging weiter, wobei er hoffte, nichts mehr erklären zu müssen.

»Niemand sollte sein Kind überleben müssen. Es tut mir sehr leid.«

»Ach ja?« Es rutschte Luc heraus, bevor er es verhindern konnte.

»Ja, natürlich. Warum fragen Sie?«

Rasch ging Luc darüber hinweg. »Entschuldigung. Es ist immer noch eine offene Wunde, und ich kann mit dem Mitgefühl anderer Leute nicht gut umgehen.«

»Aber das ist das Einzige, was man in dieser Situation von Vater zu Vater weitergeben kann. Ich liebe meine Töchter über alles. Ich kann mir nicht vorstellen, nicht mitzuerleben, wie sie erwachsen werden und die Herausforderungen des Lebens annehmen.«

Luc nickte. Er glaubte ihm, und gleichzeitig hasste er ihn dafür, dass er in seinem Leben solche Liebe empfinden konnte. Schuldgefühle stiegen in ihm auf, weil er Segals Töchtern den Vater rauben würde. »Wie alt ist ihre Älteste denn?«

»Sie wird zwanzig, kann also bald das Café übernehmen, damit wir uns aufs Altenteil zurückziehen können«, scherzte von Schleigel.

Rachel war auch nicht viel älter, als du sie in Birkenau in die Gaskammer geschickt hast, nur weil sie meine Schwester war. Der Gedanke schmerzte so sehr, dass Luc tief durchatmete, um sich zu beherrschen.

»Wo waren Sie während des Krieges, Eric? Ich darf Sie doch Eric nennen?«

»Ja, gerne. Wie die meisten Franzosen war ich darauf bedacht zu überleben«, sagte er und umschiffte die Frage sorgfältig.

»Haben Sie Ihren Arbeitsdienst in Deutschland abgeleistet?«

»Ist das relevant?«, fragte von Schleigel irritiert.

»Oh, es geht nur um ein paar Hintergrundinformationen in Ihrem Porträt. Die meisten Leser wollen wissen, was im Krieg war.«

»Ja, ich habe Arbeitsdienst in Deutschland geleistet und Nylon hergestellt. Die Säure hat mir die Hände verbrannt.« Luc hätte ihn am liebsten auf der Stelle erwürgt, so glatt wie ihm die Lüge über die Lippen gegangen war.

»Wann sind Sie in den Süden gekommen?«

»Ich *bin* aus dem Süden, *monsieur.*« Von Schleigel ließ sich nicht in die Falle locken. »Sie hören doch sicher meinen provenzalischen Akzent?«

Luc wusste, dass er ihn sich erst angeeignet hatte. Nur ein echter Provenzale wie er hatte diesen Singsang im Tonfall. Doch in all den Jahren, in denen er mit Lisette zusammengelebt und sich im Ausland aufgehalten hatte, hatte er seinen Akzent verloren, und jetzt war er froh darüber.

»Da wir gerade davon sprechen, Ihr Akzent ist sehr unbestimmt. Woher kommen Sie denn ursprünglich?«, fragte von Schleigel.

»Von überallher«, sagte Luc. »Ich bin in der Nähe von Lyon geboren«, log er und begann seine Geschichte dann auszuschmücken. »Meine Familie hat in Lille, in Dunkerque und eine Zeit lang sogar in Straßburg gelebt. Und dann natürlich in Paris.«

»Ich verstehe. Was war Ihr Vater von Beruf?«

»Lehrer. Er hat es geliebt, Wissen weiterzugeben. Wir sind häufig umgezogen.« Luc wollte nicht über sich sprechen.

Sie hatten den Gipfel fast erreicht, und der Himmel war bereits beträchtlich heller geworden.

Von Schleigel setzte sich auf einen Felsen. »Hier mache ich jeden Tag eine Pause.« Er lächelte, aber Luc spürte, dass er es nicht ehrlich meinte. In seiner Stimme lag keine Wärme, und seine kleinen Schweinsäuglein wirkten nur durch die Linsen seiner Brille größer. »Von hier aus hat man eine spektakuläre Aussicht«, fuhr er fort.

Das stimmte. Die hohen Bäume rahmten das schöne Bild der funkelnden hellgrünen Wasserfläche vor ihnen ein. Während ihrer Unterhaltung hatten sie das Rauschen des Wasserfalls im Hintergrund gehört, das nun immer deutlicher in den Vordergrund trat. Luc bewunderte den Blick einen Moment lang, wobei er feststellte, dass von Schleigel sein Gesicht mittlerweile gut erkennen konnte. Hatte er sich so sehr verändert, dass er den fünfundzwanzigjährigen Widerstandskämpfer nicht gleich wiedererkannte? Um sein Geheimnis zu wahren, hatte er sich ein paar Tage lang nicht rasiert, dennoch konnte er sich nicht vorstellen, dass er von Schleigel noch länger zu täuschen vermochte.

Er drehte seinem Feind den Rücken zu. »Ist dies ein Ort der Andacht für Sie?«, fragte Luc.

»Natürlich.«

»Beichten Sie hier auch?«

Von Schleigel lachte. »Sie meinen, ob das ein spiritueller Ort ist? Ja, absolut.«

»Nein, das habe ich nicht gemeint«, sagte Luc und drehte sich um. »Ich meinte eher, ob dies ein Ort ist, an dem Sie sich mit Ihren Sünden befassen.«

Von Schleigel hob abwehrend die Hände. »Wirklich, Cousteau. Ich wusste nicht, dass Sie mit mir über Philosophie und die größeren Themen des Lebens diskutieren wollten.«

»Mir sind tiefgründigere Interviews lieber als die Frage, welche Eissorte Sie am liebsten essen. Mit Interviews, die in die Tiefe gehen, erreichen wir anspruchsvollere Leser.«

Von Schleigel zuckte mit den Schultern. »Ich fürchte, ich habe keine Sünden zu beichten. Ich bin ein einfacher Mann mit einem unkomplizierten Leben. Ich serviere guten Kaffee, exquisite Eiscreme und eine halbwegs anständige Bouillabaisse. Ich liebe meine Frau und meine Töchter, und ich werde als glücklicher Mann sterben«, sagte er. Aber es lag etwas Lauerndes in seinem Blick, das Luc alarmierte. Es war so, als ob sich von Schleigels Mund lediglich bewegte und mechanisch all die richtigen Sätze sagte, während seine Gedanken in eine ganz andere Richtung zielten. Seine Augen verrieten ihn. Sie waren zu wachsam, zu misstrauisch hinter der Metallfassung der Brille und sagten Luc, dass er sich bewegen musste. Er wollte sein Opfer oben am Gipfel stellen, weit weg von neugierigen Blicken.

»Sollen wir weitergehen?«, sagte er und wartete von Schleigels Antwort gar nicht erst ab. Als er hörte, wie der Mann aufstand, lief er gleich los.

»Offensichtlich haben Sie keine Mühe mit dem Aufstieg, Laurent.«

»Nein«, sagte Luc über die Schulter. »Ich habe Ihnen ja gesagt, dass ich fit bin.«

»Ich bin beeindruckt. Ich habe übrigens gestern mit Ihrer Zeitschrift telefoniert.«

Luc schloss kurz die Augen, ging jedoch stetig weiter. »Ach? Vermissen die Kollegen mich schon?«

»Ich habe mit der Empfangsdame gesprochen.«

»Wie geht es Alice?«, fragte Luc, froh darüber, seine Hausaufgaben so gründlich gemacht zu haben.

»Sie klang wohlauf. Ich wollte mich nur rückversichern.«

Der Gipfel war beinahe erreicht. Vielleicht noch zehn Schritte, und er war oben.

»Wieso rückversichern?« *Vier … Fünf …*

»Ich bin ein vorsichtiger Mann, Laurent.«

… Sechs … Sieben …

»Warum sind Sie so vorsichtig?«

»Ich achte darauf, wem ich meine Geheimnisse verrate.«

… Acht … Neun …

… Zehn.

Luc trat auf einen Felsvorsprung und spürte, wie sich seine Wadenmuskeln entspannten. »Geheimnisse?«, wiederholte er.

Luc drehte sich zu von Schleigel um, und ihm wurde eiskalt. Das hatte allerdings nichts mit der Jahreszeit zu tun. Eine Pistole war auf sein Herz gerichtet.

»Wie gesagt, ich bin ein vorsichtiger Mann, Monsieur Ravensburg.« Von Schleigel lächelte dünn. »Keine Tricks«, sagte er.

Lucs Herz setzte ein paar Schläge aus. Er zog seine Mütze ab. »Ich heiße Ravens«, sagte er kalt.

Von Schleigel zuckte mit den Schultern. »Dann haben wir

also alle beide eine andere Identität angenommen. Aber der Mann dahinter ändert sich nicht, oder?«

Luc schüttelte langsam den Kopf. Seine Augen brannten vor Hass, als er seinen Feind ansah. »Nein. Nein, er ändert sich nicht, von Schleigel. Sie können sich nie vor sich selbst verstecken.«

»Ich bin wohl das Gegenbeispiel, denn bisher habe ich mich sehr gut versteckt, Monsieur Ravens.«

»Immerhin habe ich Sie gefunden …« Luc zuckte mit den Schultern.

»Niemand hat in den letzten zwanzig Jahren nach mir gesucht.«

»Bis jetzt«, sagte Luc.

Ein seltsames Feuer loderte in ihm. Was mit ihm geschah, war ihm egal. Wenn er heute starb, würde er zufrieden sterben, weil es auf der Welt einen bösen Menschen weniger gab – das war nämlich sein einziges Ziel. Mühelos wechselte er ins Deutsche, jene Sprache, die er nach seiner Geburt als Erste gehört hatte. Damals flüsterte ihm Clara Ravensburg, die Frau, die ihn zur Welt gebracht hatte, Liebesworte ins Ohr, die nur zwischen Mutter und Kind gewechselt werden. In der Sprache seiner leiblichen Eltern verfluchte Lukas Ravensburg seinen Feind, und er genoss es, als er die ersten Anzeichen von Angst in den Augen seines Gegenübers aufflackern sah.

»Sie sind hinter Ihnen her, von Schleigel. Ich bin nur der Anfang.«

Von Schleigel lächelte. Das musste Luc dem Mann lassen – er hatte Nerven.

Er antwortete auf Deutsch. »Sie machen mir keine Angst, Ravensburg«, sagte er und bedeutete Luc mit der Pistole, näher an den Rand des Felsens zu gehen.

Der Bewuchs hier war so dicht, dass sie nicht gesehen werden konnten. Träfe ihn ein Schuss, würde er einfach nur über die Klippe ins Wasser stürzen und von den Fluten weggerissen werden.

Von Schleigel nickte. »Nun denn, Ravensburg, Ihnen ist etwas Außergewöhnliches gelungen. Ich habe meine eigene goldene Regel gebrochen. Zum ersten Mal seit 1945 habe ich wieder Deutsch gesprochen.« Er seufzte glücklich. »Das hat mir gefehlt.« Amüsiert hob er einen Finger. »Sagen Sie mir eines, bevor ich Ihrem jämmerlichen Leben ein Ende setze, wer sind Sie wirklich? Darüber haben wir nie richtig gesprochen, oder?« Er schwenkte die Pistole. »Dieses Mal ist sie übrigens geladen.«

Luc wurde übel, was man ihm anscheinend ansah.

Von Schleigel lachte entzückt. »Ich weiß, woran Sie das erinnert. Oh, war das ein Spaß zuzusehen, wie dieser vertrocknete alte Jude seine Hinrichtung erwartete, und Sie waren so tapfer und trotzig und fest entschlossen, ihn in Würde sterben zu lassen. Wollen Sie wissen, was ich mit seiner Leiche gemacht habe? Ich habe sie in die Jauchegrube geworden.«

Luc fühlte das vertraute Rauschen der Wut hinter seinen Augen. Von Schleigel wollte ihn provozieren, so wie er ihn auch damals provoziert hatte. Vielleicht hatte der Gestapo-Offizier vergessen, dass Luc zwanzig Jahre älter war.

Er lächelte nur. »Was hat mich verraten?«

»Der Lavendel«, höhnte von Schleigel. »Seit jenem Tag im Jahr 1943 habe ich es nicht mehr an einem Mann gerochen. Ich war von vornherein misstrauisch, aber dann habe ich den Geruch an Ihrer Mütze und Ihrem Gesicht wahrgenommen.« Luc war beeindruckt, und er schämte sich wegen seiner Dummheit. »Sagen Sie, Ravensburg, warum stinken Sie immer noch nach Blumen?«

»Stinken? Sie Ahnungsloser! Ich bin stolz darauf, nach diesem Parfüm zu duften, von Schleigel. Ich habe Ihnen doch schon damals gesagt, dass ich Lavendelbauer bin. Das bin ich immer noch. Es war die Wahrheit, als ich mich Ihnen bei unserer ersten Begegnung als Lukas Ravensburg vorgestellt habe. Allerdings habe ich Sie auch angelogen, denn ich war und bin immer noch Luc Bonet, jener Maquisard, der Ihnen entkommen ist.«

Von Schleigel erbleichte, dann verzog er höhnisch das Gesicht und nickte. »Mein Instinkt hat es mir gesagt. Vielen Dank, dass Sie mir eine zweite Chance geben, Sie zu töten. Was sind Sie … eine Missgeburt, die aussieht wie ein echter Arier?«

»Ein Waisenkind. Von Geburt deutsch, aber aufgezogen von einer guten jüdischen Familie. Ich fühle mich voll und ganz als ihr Sohn.«

»Dann wird es Sie sicher nicht freuen zu hören, dass es mir immenses Vergnügen bereitet hat, Ihre Schwestern, diese beiden Huren in den Tod zu schicken. Ich habe sie vergasen lassen, ihre Leichen wurden auf meinen Befehl hin mit dem Rest der Küchenschaben verbrannt.«

Luc schluckte. In diesem Moment war es ihm völlig gleichgültig, ob von Schleigel abdrückte, er wollte nur eines: den Gestapo-Offizier mit in den Tod reißen.

»Ich muss schon sagen, Ravensburg, Ihre Schwester – hieß sie nicht Rachel? – war trotzig bis zum Schluss. Eigentlich habe ich ihre Frechheit bewundert, mich zu verfluchen, bevor sie auf dem Lastwagen abtransportiert wurde. Wissen Sie, wo ich sie gefunden habe?«

Luc schwieg, denn nur so konnte er die Nerven behalten.

»Sie hatte eine sehr angenehme Position im Haushalt des Kommandanten ergattert. Es war unglaublich, wie gut es ihr ging. Stellen Sie sich meine Freude vor, als ich ihren wahren Namen herausfand. Und jetzt steht der Letzte der Bonets vor mir.«

»Ja. Sie vergessen nur, dass ich Sie aufgespürt habe.«

»Ja, in der Tat. Wie ist Ihnen das gelungen? Ich bin fasziniert.«

»Erinnern Sie sich noch an Oberst Kilian?«

Von Schleigel runzelte die Stirn. »In Paris, meinen Sie? Ich habe gehört, dass er getötet wurde.«

»Ihr Gedächtnis funktioniert hervorragend.«

»Gestapo-Offiziere werden geboren, nicht gezüchtet, Monsieur.«

Luc lachte freudlos.

»Nun denn, Kilian hat Sie genauso sehr verabscheut wie ich. Sagen wir, er hat Sie mir aus dem Grab heraus übergeben.«

Von Schleigels Miene wurde ernst. »Ich verstehe nicht ganz.«

»Ich habe nicht vor, es Ihnen zu erklären. Tatsache ist, dass Sie nicht verborgen bleiben können. Sie sind aufgeflogen.«

»Trotzdem bin ich derjenige, der die Pistole auf Sie richtet, Ravensburg.«

Luc zuckte mit den Schultern. »Es spielt keine Rolle, was Sie mit mir machen. Es werden andere kommen. Und die werden Sie finden.«

»Die?«, spottete von Schleigel. »Wer denn, Monsieur?« Er hob den Kopf und lachte. »Wen soll ich fürchten?«

Luc kniff die Augen zusammen. »Viele Hunde sind des Hasen Tod.«

Der Deutsche runzelte die Stirn. »Muss ich das verstehen?«

»Ein Sprichwort.«

»Ah«, sagte von Schleigel spöttisch. »Jetzt zitieren Sie schon Sprich…«

Luc unterbrach ihn. »Das ist das Credo des Mossad. Sie haben doch sicher schon mal von dieser besonders enthusiastischen Gruppe von Israelis gehört, die es sich zur Aufgabe gemacht hat, Leute wie Sie und andere feige Nazis, die glauben, sich hinter einer achtbaren neuen Identität verstecken zu können, zur Strecke zu bringen.«

Von Schleigel warf ihm einen unsicheren Blick zu.

»Alter ist kein Schutz, von Schleigel«, fuhr Luc fort. »Sie werden lediglich ein leichteres Ziel.«

»Was haben Sie getan, Ravensburg?«

»Was ich getan habe? Darf ich?«, sagte er und wies auf seinen Rucksack.

»Schieben Sie ihn mit dem Fuß zu mir herüber«, verlangte von Schleigel.

»Werfen Sie einen Blick auf die Akte, vor allem auf das Telegramm, das ich Anfang der Woche abgeschickt habe. Sie sind zweifellos längst unterwegs und kommen aus allen Richtungen. Was Sie mir antun, ist völlig irrelevant.«

Er sah zu, wie von Schleigel die Akte durchblätterte. Sein Gesichtsausdruck wurde immer ängstlicher.

»Es ist alles vorhanden«, fuhr Luc fort. »Berichte, Zeugenaussagen. Fotos …«

»Wie sind Sie an die Sachen gekommen?«

»Ich habe Ihnen doch gesagt, dass Kilian Sie gefunden hat.«

»Kilian ist tot!«

Luc lächelte nur. »Haben Sie gehört, was der Mossad mit Adolf Eichmann gemacht hat?«

Wütend hob von Schleigel die Pistole. Luc stellte erfreut fest, dass seine Hand zitterte.

»Sie haben ihn lange beobachtet«, fuhr Luc fort. »Sie haben ein Spezialteam nach Buenos Aires geschickt, wo Ihr Gesinnungsgenosse sich versteckt hielt – genau wie Sie, nur mit noch größeren Vorsichtsmaßnahmen. Genauso wie Sie glaubte auch er, sicher zu sein … Er liebte seine Familie und hatte die Hoffnung, als alter Mann, umgeben von seinen Liebsten, zu sterben. Aber der Mossad fand ihn. Sie entführten ihn nach Israel und stellten ihn dort vor Gericht, wo er einen fairen Prozess bekam. Danach richteten sie ihn hin. Sie hängten ihn, bevor sie ihn verbrannten – ein angemessener Tod, wenn man bedenkt, wie viele Unschuldige er in die Gaskammern geschickt hat. Und jetzt kennt der Mossad Ihren Namen, Ihre Adresse, alle Details über Ihre Familie, Ihr Foto, Ihre Geschichte. Schon bald, Herr Kriminaldirektor, werden Sie zwischen hochspezialisierten Männern sitzen, die Ihnen das Gleiche anbieten werden wie seinerzeit Eichmann: entweder den direkten Tod durch eine jüdische Kugel oder einen Prozess in Israel. Ehrlich gesagt, wenn ich Sie wäre, ich würde die Kugel nehmen.«

»Halten Sie den Mund, Ravensburg«, sagte von Schleigel.

»Angst?«

Von Schleigel schwieg. Er ergriff den Rucksack und warf ihn sich über die Schultern.

»Die sollten Sie haben«, fuhr Luc fort. »Ihre Frau, Ihre Töchter, Ihr ganzes Leben wird an die Öffentlichkeit gezerrt werden.«

Sein Gegenüber ignorierte Luc. »Was ist aus Miss Forestier geworden?«

»Sie ist tot.«

»Gut. Es freut mich, dass der Krieg sich um sie gekümmert hat.«

»Nicht der Krieg, von Schleigel. Wir hatten viele gemeinsame glückliche Jahre. Sie wurde meine Frau. Habe ich schon erwähnt, dass sie als Spionin für die Briten gearbeitet hat?« Er grinste, als der Altnazi ihn entsetzt ansah. »Ja, so haben wir uns kennengelernt. Sie war gut, was? Sie hat Sie mit Leichtigkeit hereingelegt und wieder ausgespuckt.«

»Ich hoffe, Ihr Tod hat Ihnen viel Leid bereitet.«

»Leid, ja. Allerdings nicht die Erniedrigung und den Schmerz, den die Enthüllung darüber, was ihr Vater war, Ihren

Töchtern zufügen wird. Stellen Sie sich doch nur die Schande vor. Sie sind dabei, ihr Leben zu ruinieren.« In Wahrheit wollte Luc gar nicht, dass von Schleigels Familie so sehr litt – die drei Frauen waren unschuldig. Jetzt war der ideale Moment. »Sie können es ihnen ersparen …«

Von Schleigel trat grollend einen Schritt auf sein Gegenüber zu. Damit stand er so dicht vor Luc, dass dieser seinen grauhaarigen Feind bis ins letzte Detail wahrnahm: die großen Poren auf der teigigen Haut, die winzige silbrige Narbe zwischen dem rechten Nasenloch und der Oberlippe. Er hätte sogar die Fältchen um die Augen zählen können. Überrascht spürte Luc, wie ruhig er geworden war. Er hatte keine Angst vor dem Tod. Zwar empfand er tiefes Bedauern für Mathilda, wenn auch nur ganz am Rande seines Bewusstseins. Auf seine Tochter passten genug Leute auf. Er wollte nicht allein in Australien leben, und er wollte auch nicht in Australien sterben. Er wollte lieber in Frankreich sterben, genau hier, in der Provence. Wenn er durch von Schleigels Kugel sterben sollte, dann war es eben so. Er würde in dem Wissen von dieser Welt gehen, dass dieser Teufel von Männern und Frauen gejagt werden würde, die so lange unermüdlich weitersuchen würden, bis er tot war.

»Ihre Tage sind gezählt, ganz gleich, wie Sie es drehen und wenden. Sie können auf Ihre Verfolger warten, oder Sie können nach Ihren eigenen Bedingungen sterben und Ihre Familie verschonen.«

»Was quatschen Sie denn da, Ravensburg?« Die Pistole zitterte noch ein bisschen mehr in der Hand des verängstigten Mannes.

»Ganz einfach. Ersparen Sie es dem Mossad, Sie zu betäuben und nach Israel zu verschleppen, und ersparen Sie allen anderen – vor allem Ihrer Frau und Ihren Töchtern – das Theater eines Prozesses. Nichts anderes wäre es nämlich, denn die

Beweise gegen Sie sind eindeutig. Es gibt keinen Ausweg. Sie können die Sache ein bisschen hinauszögern und vielleicht die Tage zählen, bis Sie gehängt werden und Ihre Asche in alle Winde verstreut wird, an einem Ort, an dem niemand um Sie trauert, weil niemand weiß, wo Ihre letzte Ruhestätte ist. Sie wird im Niemandsland sein, das keiner Nation gehört. Sie werden weder Deutscher noch Franzose sein. Sie werden einfach nur als feiger Nazi verabscheut werden.«

Von Schleigel blinzelte. »Ich habe nur eine Kugel in dieser Pistole. Sie trägt Ihren Namen.«

»Sehe ich so aus, als ob mir das was ausmachen würde?«

»Nein.«

Von Schleigel hob die Pistole, und Luc sah, wie sich sein Finger fester um den Abzug legte.

29

Max und Jane fuhren mit dem Zug nach Cavaillon und von da aus mit dem Bus ins dreißig Kilometer entfernte Apt. Hier mieteten sie als Tante und Neffe ein kleines Ferienhaus am Rand der Stadt.

»Was jetzt?«, fragte Jane.

»Nun ja, Sie genießen ein paar Ferientage in diesem hübschen historischen Teil des Südens. Saignon, wo Luc herkommt, liegt direkt da oben.« Er zeigte auf die Hügel, die hinter den schmalen Straßen aufragten. »Mit dem Taxi sind Sie in wenigen Minuten da.«

Ihre Miene wurde finster. »Und Sie?«

»Ich fahre weiter nach Fontaine-de-Vaucluse.«

»Nehmen Sie mich mit …«

»Nein, Jane. Bitte. Ich habe noch keine Ahnung, was mich dort erwartet, aber ich nehme Sie auf keinen Fall mit. Luc würde mich umbringen. Mir ist es lieber, Sie sind in Sicherheit und weit weg von allen Problemen. Luc würde in Bezug auf Mathilda bestimmt das Gleiche tun. Ich will ihn nur von etwas abhalten, das verspreche ich.«

»Sie wissen ja noch nicht einmal, ob er überhaupt dorthin kommt.«

»Nein, das stimmt. Aber ich könnte wetten, dass er es hinter sich bringen will. Ich werde ihn davon abhalten, etwas zu tun, das ihn in Gefahr bringen könnte. Schließlich bin ich schuld daran.«

Jane nickte. »Das stimmt.«

Es war ihm alles so aufregend vorgekommen, dachte Max. Die Aufdeckung des Geheimnisses, ja sogar der Triumph, Luc die Informationen über von Schleigel übergeben zu können. Er hatte Luc auch erklärt, wie er Kontakt zum israelischen Geheimdienst aufnehmen könne, aber Lucs Wut hatte sich in all den Jahren zu sehr aufgestaut, und er wollte sich rächen.

»Ich werde versuchen, ihn da rauszuholen. Es ist wahrscheinlich leichter, mit ihm zu reden, wenn ich mit ihm allein bin«, sagte Max. »Sie würden alles nur komplizierter machen, vor allem jetzt, da er glaubt, Sie hätten ihn betrogen.«

Jane zuckte zusammen. »Sie versichern ihm doch, dass es nur ...«, sagte sie besorgt.

»Ja, natürlich. Ich muss jetzt los. Wenn er vorher am Mont Mouchet war, wie Sie glauben, dann sagt mir mein Bauch, dass er mit dem Zug ankommen wird. Das wäre die einfachste Verbindung.«

»Ich kann nicht von mir behaupten, ihn gut zu kennen, aber ich denke nicht, dass Luc so leicht einzuschätzen ist. Sie sollten daher lieber nichts annehmen.«

Er nickte und küsste sie zum Abschied auf die Wange. »Nein, ich sehe mich vor, versprochen.«

»Seien Sie bitte vorsichtig, Max. Ich will nicht, dass Ihnen etwas passiert.«

Lächelnd umarmte er sie. »Ich wünschte, es wäre anders, aber ich bin kein Held wie mein Vater. Bitte machen Sie sich keine Sorgen. Oh, da kommt mein Bus.«

Max hatte nicht wirklich einen Plan, und er wusste auch nicht, wie Luc ankommen würde. Natürlich würde er das Café beobachten, aber wie und wann? Eigentlich wusste er nur mit Gewissheit, dass Luc mit von Schleigel auf den Berg laufen wollte.

Max hatte eine eiskalte Morgendämmerung oben auf dem Gipfel hinter sich. Niemand kam vorbei. Er musste davon ausgehen, dass Luc von Schleigel hier oben stellen würde, aber wenn es irgendwo anders war, dann war Max gescheitert. Er wartete noch eine weitere Stunde, bis die Sonne ganz aufgegangen war, dann kehrte er enttäuscht und erleichtert zugleich in den Ort zurück.

Am zweiten eiskalten Morgen marschierte er erneut im Morgengrauen auf den Gipfel, ausgerüstet mit einer Taschenlampe und einer Decke, und hoffte, dass die beiden Männer auftauchen würden.

Dieses Mal wurde sein Einsatz belohnt. Der Wasserfall überdeckte alle fernen Geräusche, daher sah Max zuerst Luc auf den Gipfel zustreben. Es hatte den Anschein, als sei er allein. Beinahe wäre Max lächelnd aus seinem Versteck getreten, um ihm zu winken, aber als er die Decke abwarf, hörte er eine weitere Stimme. Im grauen Licht des Morgens erkannte er Horst von Schleigel, der eine Pistole auf Lucs Rücken gerichtet hielt.

Max erstarrte. Es war ihm gar nicht in den Sinn gekommen, dass der gerissene alte Fuchs eine Pistole mitnehmen könnte. Was sollte er tun? Er wagte es nicht, von Schleigel zu erschrecken und zu riskieren, dass sich ein Schuss löste, doch er konnte die Situation auch nicht ignorieren. Max war sich sicher, dass es keine Zeugen für den morgendlichen Spaziergang der beiden Männer gab, was bedeutete, dass einer von beiden oder vielleicht auch alle beide hier oben sterben könnten, ohne dass jemals jemand dahinterkam, was wirklich passiert war. Wie sollte er es nur erklären?

Seine Gedanken überschlugen sich. Max hatte nie geplant, den Revolver seines Vaters zu benutzen, den er bei Kilians persönlichen Sachen entdeckt hatte. Wenn überhaupt, hatte er ihn nur mitgebracht, um damit zu drohen, sozusagen als Einschüchterungstaktik. Aber es war offensichtlich, dass Luc die Situation aus den Händen geglitten war und sich unaufhaltsam eine Tragödie anbahnte. Max hörte, wie Luc seinen Feind verspottete, damit er abdrückte, und er sah von Schleigel an, dass er bald die Beherrschung verlieren und schießen würde.

Er hatte den Lavendelbauern unterschätzt, dachte Max, als er hörte, wie Luc von Schleigel sagte, er habe dem Mossad ein Telegramm geschickt, womit dieser so oder so entdeckt sei.

Als Max sah, wie der Nazi den Sicherheitsbolzen löste, wusste er, dass er handeln musste. Trotz seiner Unerfahrenheit hatte Max sich die Zeit genommen und gelernt, mit der Waffe seines Vaters umzugehen, deshalb war ihm sofort klar, dass der Mann tatsächlich schießen wollte. Luc würde sterben, wenn er jetzt nicht in Erscheinung trat. Ohne nachzudenken, sprang er aus seinem Versteck. Nur Luc konnte ihn sehen.

Er trat von hinten an von Schleigel heran und drückte ihm den Revolverlauf an den Hinterkopf.

»Wenn Sie abdrücken, *monsieur*, sterben Sie ebenfalls.«

»Wer zum Teufel …?«

»Ich bin der Sohn von Oberst Markus Kilian. Und ich hasse die Feigheit der Nazis ebenso sehr wie mein Vater.«

»Kilians Sohn?«, stieß von Schleigel hervor. »Das glaube ich Ihnen nicht.«

Max hörte den Schock in der Stimme des Mannes. »Ich habe keinen Grund, Sie anzulügen, Herr von Schleigel. Erinnern Sie sich noch an den deutschen Touristen, der sein Eis auf Deutsch bestellt hat? Ich weiß noch genau, wie Sie gezögert haben, aber Sie konnten Ihre Überraschung gut verbergen. Seitdem war ich hinter Ihnen her, um aufzudecken, dass Sie der grausame Mörder sind, über den ich in deutschen Archiven gelesen habe. Ihre

Kriegsverbrechen haben mich und den Feind meines Vaters, Monsieur Ravens, zusammengebracht. Ich habe Sie ihm ausgeliefert.«

Von Schleigel wollte sich umdrehen. »Kilian, ich …«

»Bleiben Sie stehen!«, warnte Max ihn. Er löste den Sicherheitsbügel an der Waffe seines Vaters, wobei er hoffte, dass seine zitternden Hände ihn nicht verrieten. »Mein Name ist nicht Kilian. Senken Sie Ihre Waffe.«

»Du solltest nicht hier sein, Max!«, unterbrach Luc die beiden Männer wütend. Er trat einen Schritt vor, bis sein Körper buchstäblich die Pistole berührte, die auf ihn gerichtet war.

»Wer auch immer Sie sind, ich kann spüren, wie Sie zittern«, sagte von Schleigel verächtlich. »Ich glaube irgendwie nicht, dass der Sohn des feinen Obersts den Mut hat zu schießen. Ich dagegen habe ihn.«

Er drückte ab.

»Nein!«, schrie Max. Verzweifelt stieß er von Schleigel in den Rücken, während er hilflos zusehen musste, wie Luc stöhnend zusammenbrach. Von Schleigels Pistole fiel zu Boden.

Luc hörte den Knall und glaubte für den Bruchteil einer Sekunde, der Schuss sei aus der Pistole von Max gekommen. Doch als er auf seine Hände blickte, sah er Blut zwischen seinen Fingern hervorquellen. Noch im Fallen spürte er, wie von Schleigel auf ihn zugestoßen wurde. Instinktiv packte er ihn an der Jacke, und sie wälzten sich über den rutschigen, moosbedeckten Felsen.

Sie wären beide über die Kante gerollt, wenn Max nicht rasch nach Lucs Wachsjacke gegriffen hätte. Von Schleigel hing über dem Abgrund, klammerte sich aber an Luc fest.

»Halt dich an mir fest«, flehte Max und versuchte, ihn zu sich heranzuziehen.

»Er hängt an meinen Beinen«, keuchte Luc.

Max zerrte an seinem Freund. Seine Wanderstiefel fanden einigermaßen Halt auf dem felsigen Boden, doch zugleich spürte er, wie er heruntergezogen wurde. Von Schleigel hielt Lucs Beine eisern umklammert.

»Tritt ihn!«, sagte Max.

Luc versuchte zu treten. Keuchend vor Anstrengung verzog er das Gesicht.

»Noch einmal!«

»Ich nehme dich mit mir, Ravensburg!«, kündigte von Schleigel an. Eines seiner Brillengläser war unter Lucs Tritten zerbrochen. Das dröhnende Rauschen des Wasserfalls übertönte seine Schreie.

»Den ganzen Weg bis zur Hölle!«, raunte Luc. »Lass mich los!«, sagte er zu Max.

Max schüttelte den Kopf. »Nein!«

»Ich muss das hier zu Ende bringen.«

»Du bist angeschossen«, zischte Max.

»Ich habe nur noch wenige Minuten Zeit, bis der Schock einsetzt. Lass mich los, Max. Bitte.«

»Du hast keine Waffe!«

»Ich habe alles, was ich brauche. Ich kann es zu Ende bringen. Lass mich los, Max«, sagte er schwer atmend. »Ein Stück weiter unten ist ein Felsvorsprung.«

»Ich …« Max wusste nicht, was er tun sollte. »Ich hole Hilfe«, stieß er hervor. »Jane ist in Apt. Sie wartet darauf, dass ich dich zu ihr zurückbringe.«

Luc nickte erschöpft. »Ich will keine Hilfe. Du brauchst niemanden zu holen.«

»Aber du könntest …«

»Max!«, schrie Luc ihn an. »Lass es mich zu Ende bringen. Erzähl niemandem von mir oder dem Mossad. Hol meine

Tochter und den jungen Mann, der bei ihr ist, aus L'Isle sur la Sorgue ab. Kümmere dich um die beiden.«

Max nickte unglücklich.

»Ich meine es ernst. Du musst für Robert sorgen. Sag es!«

»Ich verspreche es«, sagte Max. Er hatte keine Ahnung, wem er da helfen sollte, aber er wollte alles tun, was Luc von ihm verlangte.

»Dein Vater war ein Mensch, der immer sein Wort gehalten hat. Ich vertraue darauf, dass sein Blut in deinen Adern fließt. Und jetzt lass mich los. Auch ich muss ein Versprechen halten.«

Bei Lucs letzten Worten, die er mit zusammengebissenen Zähnen hervorstieß, ließ Max ihn endlich los. Mit einer Mischung aus Entsetzen und Verzweiflung verfolgte er, wie die beiden Männer in die Tiefe fielen. Er hörte von Schleigels schrillen Schrei, aber Luc stürzte stumm über die Kante. Max sah, wie er mit der Schulter gegen den Felsen prallte, bevor er auf dem darunterliegenden Absatz schwer auf von Schleigel landete.

Beide Männer blieben reglos liegen.

»Luc!«, schrie Max. »Luc!«

Wind kam auf und fuhr in die kahlen Äste der Bäume um sie herum. Da traf Max eine Entscheidung. Er hob die Pistole seines Vaters auf, wischte hastig alle Fingerabdrücke ab und warf sie in den tosenden Fluss unter ihnen. Er konnte nicht riskieren, dass man die Waffe bei ihm fand. Dann rannte er den Hang hinunter, als ob er ein Wettrennen mit dem Tod gewinnen müsste.

30

Luc erwachte aus der Bewusstlosigkeit. Einen Moment lang konnte er sich nicht orientieren, aber dann schoss der Schmerz scharf durch seinen Körper, und er fühlte sich schwach. Auch seine Schulter schmerzte, aber er spürte, dass sie nicht gebrochen war. Das Wasser rauschte donnernd an ihm vorbei, und er spürte die feinen Tropfen kalt auf den Lippen. Gierig leckte er sie ab. Die Kälte machte ihn wach, und er konnte sich wieder konzentrieren. Er hatte keine Ahnung, wie schwer seine Verletzung war, aber da die Kugel ihn aus nächster Nähe getroffen hatte, war sie wahrscheinlich sauber wieder aus seinem Körper ausgetreten. Wenn sie ein lebenswichtiges Organ getroffen hätte, wäre er wahrscheinlich längst verblutet und gar nicht aus der Bewusstlosigkeit erwacht. Doch auch so blieb die Situation gefährlich.

Von Schleigel lag reglos unter ihm. Luc konnte es kaum ertragen, dass sich ihre Körper berührten, daher rollte er sich unter größter Anstrengung von ihm herunter.

»Ich hoffe, du bist tot, von Schleigel«, grollte er.

Der Mann stöhnte.

»Gib mir Kraft«, murmelte Luc. Er richtete sich auf und holte im Sitzen tief Luft. Überrascht stellte er fest, dass er sich gar nicht so schwach fühlte wie gedacht, aber außer Hass empfand er sowieso nicht viel. Seine Seite war taub, allerdings spürte er ein leichtes Brennen. Aber das war ihm egal. Er musste nur lange genug am Leben bleiben, um von Schleigel zur Hölle zu schicken.

Mit der Pistole hatte er nicht gerechnet, die Waffe hatte alles geändert. Ursprünglich hatte Luc um Mathildas willen und weil sein Gewissen es nicht zuließ, nicht mehr die Absicht gehabt, sich selbst an von Schleigel zu rächen. Er hatte seinem Feind nur die niederschmetternde Nachricht überbringen wollen, dass der Mossad hinter ihm her war. Die Geheimdienstler würden keine Gnade mit ihm haben, und Luc hatte der Gedanke gefallen, dass ein Jude über das Schicksal dieses Nazis richten würde.

Doch all seine Pläne waren hinfällig geworden, und es gab nur noch den Kampf auf Leben und Tod. Letztendlich hing alles davon ab, wer lange genug am Leben bleiben würde, um den anderen zu überwältigen. Am liebsten hätte Luc von Schleigel über den Rand des Felsvorsprungs in die Tiefe gestoßen, damit sein Körper auf den Felsen unter ihnen zerschmetterte. Aber es kam ihm zu feige vor, solange sein Feind bewusstlos war. Außerdem musste er ganz sichergehen …

Er trat ihn brutal. »Wach auf!«

Von Schleigel stöhnte. Er war schwer verletzt, so viel konnte Luc sehen. Hoffentlich hatte er zahlreiche Knochenbrüche, zumal Luc mit seinem vollen Körpergewicht auf ihn gestürzt war. Luc zog den Reißverschluss seiner Jacke auf und bemerkte frisches Blut, das in der Wintersonne schockierend rot leuchtete. Er zuckte zusammen, als ihm der starke Eisengeruch in die Nase stieg. Wie lange mochte der Mann noch haben? Sein bitterer Heiterkeitsausbruch weckte seinen Feind aus der Bewusstlosigkeit.

»Was gibt's zu lachen, Ravensburg? Sie sind doch derjenige, der angeschossen ist«, stieß von Schleigel hervor. Schmerzerfüllt verzog er das Gesicht.

»Selbst angeschossen bin ich immer noch besser dran als Sie. Wollen Sie zuerst die gute oder die schlechte Nachricht hören?«

Von Schleigel stieß einen Fluch aus, was Luc noch mehr erheiterte. Er grinste. Zwar atmete er schwer, doch die Heiterkeit jagte das notwendige Adrenalin durch seinen Körper. »Also«, begann er, »die gute Nachricht ist, dass Sie meinen Sturz abgemildert haben. Ich bin weich gefallen und habe mir nichts gebrochen. Nur die Schulter ist ein bisschen geprellt. Aber Ihre Hüfte sieht wirklich übel aus. Vermutlich ein Trümmerbruch.«

Von Schleigel gab ein leises Grollen von sich, als er versuchte, sich aufzusetzen. Er sank sofort wieder zurück, und Luc stellte erfreut fest, dass seine Brille zerbrochen auf einem Stein lag. Seine Haut war grau, und er schwitzte trotz der Kälte, wahrscheinlich vor Schmerzen.

»Die schlechte Nachricht ist, dass der Mossad immer noch im Anmarsch ist. Sie haben keine Waffe – die liegt über uns –, und weder ich noch Ihre Verletzungen werden Ihnen erlauben, irgendwohin zu klettern. Mein Gefährte holt Hilfe«, log Luc. »Er wird direkt zur Polizei gehen, die ihm sicher ein paar Fragen über Schusswunden und Pistolen stellen wird. Dass mein Freund auch eine hatte, wird niemand erfahren, aber Sie haben vor einem Zeugen auf einen unbewaffneten, hilflosen Mann geschossen.« Luc schwieg, ehe er fortfuhr. »Welchen Weg Sie auch immer gehen wollen, von Schleigel, auf jeden Fall werden unangenehme Fragen aufkommen. Man wird bei der Untersuchung Ihrer Dienstpistole Ihre Identität aufdecken, und dann gibt es da noch meine Unterlagen, von denen ich mehrere Kopien besitze. Wollen Sie Ihrer Familie nicht lieber die Demütigung ersparen?«

Selbst Luc kostete es einige Mühe, so selbstbewusst und nonchalant zu klingen, zumal er das Fieber, das in ihm aufstieg, bereits spürte. Ausgehend von früheren Erfahrungen schätzte er, dass er höchstens noch eine Stunde Zeit hatte, um von hier wegzukommen.

»Was haben Sie vor, Ravensburg? Wollen Sie mich in den Abgrund stoßen?« Von Schleigel packte Lucs Bein. »Ich verspreche Ihnen, ich nehme Sie mit. Sie wissen ja, dass ich nichts zu verlieren habe.«

»Doch, Sie haben alles zu verlieren«, erwiderte Luc ruhig. »Ich habe nicht die Absicht, Sie zu töten. Ich will nicht, dass Ihr dreckiges Blut an meinen Händen klebt. Das wird der Mossad für mich übernehmen.«

»Aber mein Blut auf Ihrem Gewissen macht Ihnen nichts aus.«

»Nein, von Schleigel. Daran werde ich mich erfreuen.«

»Was für einen Handel schlagen Sie mir also vor?«

»Nur diesen einen: Ich kann dafür sorgen, dass Sie dem israelischen Geheimdienst Ihr Leben stehlen und trotzdem nichts verlieren, was wichtig ist.«

Von Schleigel lachte, obwohl er nur noch stoßweise atmete. »›Nichts, was wichtig ist‹, ist eine Frage der Perspektive.« Erneut zuckte er vor Schmerzen zusammen.

»Sie dürfen all Ihre Geheimnisse mit ins Grab nehmen. Mit Ihrer Frau oder Ihren Töchtern habe ich nichts zu schaffen. Ich habe auch nicht den Wunsch, ihnen noch mehr Leid zuzufügen, als Ihr Tod ihnen bereits verursachen wird.«

»Wie großherzig von Ihnen!«, krächzte sein Feind.

»Das bin ich, vor allem wenn man bedenkt, was Sie meinen beiden Schwestern angetan haben.«

Luc wartete. Von Schleigel sagte nichts, aber wahrscheinlich bedachte er zum ersten Mal seine Sterblichkeit.

»Auf diese Weise wird der Tod nach Ihren eigenen Bedingungen eintreten.«

»Nein! Es sind Ihre Bedingungen«, spie von Schleigel wütend aus.

Luc lächelte. »Ich bin ein großzügiger Mensch, Kriminaldirektor. Der Mossad wird nicht so barmherzig sein und noch dazu dafür sorgen, dass der Name Ihrer Familie in den Dreck gezogen wird. Meine Methode sichert Ihnen ein sauberes, rasches Ende … Ihr Selbstmord wird die Leute verwirren, aber letztendlich werden sie nie erfahren, warum.«

»Wie soll ich diesen hässlichen Akt Ihrer Meinung nach vollbringen, Ravensburg? Ich weigere mich zu springen. Sie weigern sich, mich zu stoßen. Wo ist die Waffe?«

Luc lächelte.

Max rannte wie ein Besessener. Er quälte sich selbst mit dem Gedanken, dass Luc neben seinem Feind auf einem einsamen rutschigen Felsvorsprung sterben würde. Und er wäre daran schuld. Luc verblutete auf einem Berggipfel, erschossen von einem engstirnigen alternden Nazi mit einer Gestapo-Pistole. Und er war darauf vorbereitet zu sterben, das war das Schlimmste.

Max würde sein Versprechen brechen. Er musste ihn retten, wie es 1944 sein Vater getan hatte – für Mathilda, für Jane, vor allem aber für Lisette, deren Bitte er missachtet hatte. Er würde rennen, bis seine Lunge brannte und seine Beine zitterten. Max stolperte, fiel hin und rollte ein Stück den Berg hinunter, doch er achtete weder auf seine zerrissene Hose noch auf seine blutenden Knie. Er rappelte sich wieder auf und lief weiter. Sein Atem ging stoßweise, er hatte Muskelkrämpfe vom schnellen Bergablaufen, aber er sah den Ort bereits vor sich, und langsam wurde das Gelände flacher. Unermüdlich rannte er weiter. Vorbei an von Schleigels Café bis zur Stadtmitte, wo sich die örtliche *Gendarmerie* befand.

Er stürmte hinein und schrie um Hilfe.

Als Max mit einem kleinen Trupp von Männern wieder auf dem Gipfel ankam, bot sich ihnen eine grausige Szene. Alle, die sich über die Felskante beugten, keuchten auf, als sie einen der Honoratioren von Fontaine-de-Vaucluse tot daliegen sahen, die Gliedmaßen verzerrt, das Gesicht von Qualen verzerrt.

Eine kleine Stimme in seinem Hinterkopf hatte Max gewarnt, kein Wort von Luc zu sagen. Vielleicht hatte Luc diesen Impuls ausgelöst, als er Max mit seinem Vater verglichen und gesagt hatte, Markus Kilian habe seine Versprechen immer gehalten. Daher hatte Max auf der Polizeiwache nur vorsichtig um Hilfe gebeten, da ein Mann oben auf dem Berg schwer verletzt sei.

Er hatte vorgehabt, die ganze Geschichte erst auf dem Gipfel zu enthüllen, aber jetzt lag vor ihnen nur noch die Leiche von Horst von Schleigel.

Erstaunt blinzelte Max und blickte sich um, aber von Luc gab es keine Spur, zum Glück noch nicht einmal aus Blut. Wie war von Schleigel gestorben? Der einzige Hinweis auf Fremdeinwirkung war, dass jemand ihm die Brille wieder aufgesetzt hatte, in der nur noch ein Glas war. Die Sanitäter kletterten vorsichtig zu der leblosen Gestalt auf dem Felsvorsprung hinunter.

»Er war noch am Leben, sagen Sie?«, fragte der ältere Polizist Max.

»Ja, ich bin doch zu Ihnen gelaufen, um Hilfe zu holen. Er war sehr wütend und hat eine Pistole auf mich gerichtet«, sagte Max.

Wo war Luc? Wo auch immer er sein mochte, er war nicht hier gestorben, sonst hätten sie unterwegs seine Leiche im Fluss sehen müssen. Dann war er also geflohen? Um zu sterben? Max weigerte sich, das zu glauben.

»Und?«

»Er hat mit der Pistole rumgefuchtelt und mir unmissverständlich bedeutet, ihn in Ruhe zu lassen und mich nicht einzumischen. Ich hatte Angst, Monsieur. Ich wusste ja nicht, ob die Waffe geladen war, aber er machte den Eindruck, als ob er auf mich schießen würde, wenn nicht sogar auf sich.«

»Wo ist die Pistole?«

Max zuckte mit den Schultern, obwohl er wusste, wo sie ungefähr liegen musste. »Ich habe keine Ahnung.«

»Wissen Sie, wer der Mann ist?«, sagte der Gendarm so erschüttert, dass Max beinahe Mitleid mit ihm bekam.

Er schüttelte den Kopf. »Ich bin Tourist, Monsieur«, sagte er. Er zog seine Instamatic-Kamera heraus. »Ich wollte Fotos vom Sonnenaufgang machen.« So ähnlich musste es während des Krieges für Leute wie Luc gewesen sein. Auch sie mussten blitzschnell plausible Ausreden und Lügen erfinden, allerdings konnten sie auch auf der Stelle erschossen werden, wenn sie jemanden auch nur falsch anschauten.

»Erzählen Sie mir das Ganze noch mal von vorn, mein Junge«, sagte der Polizist, wobei er die Sanitäter beobachtete, die von Schleigel untersuchten. »Na, wie sieht's aus?«, rief er hinunter.

»Wenn mich nicht alles täuscht, hat er Gift genommen.«

»Was?«

»Die Obduktion wird das bestätigen.«

Der Polizist wandte sich wieder an Max. »Erzählen Sie weiter.«

Max holte tief Luft, um seine Verwunderung zu überspielen. Unschuldig schüttelte er den Kopf. »Ich bin hier raufgekommen und habe diesen Mann vermutlich überrascht.« Er zeigte auf die Leiche. »Er war sichtlich wütend, als er mich sah. Er wollte wissen, was ich hier oben täte, und im nächsten Moment sah ich die Pistole.«

Der Polizist hob die Hand. »Haben wir die Pistole gefunden, von der er ständig redet?«

»Hier drüben«, rief einer seiner Männer, der gerade aus dem Gebüsch auftauchte. Von Schleigels Waffe war in ein Taschentuch gewickelt. Er stieß einen Pfiff aus. »Eine Walther P38.«

Der Polizist nickte. »Überprüft sie auf Fingerabdrücke.« Dann drehte er sich wieder zu Max. »Und?«

Der zuckte mit den Schultern. »Ich hatte Angst. Er sagte, ich solle ihn allein lassen, sonst würde er mich erschießen, bevor er sich umbrächte.«

»Er hat Ihnen gesagt, was er vorhatte?«

Max nickte. »Und ich habe ihm geglaubt. Allerdings hatte es eher den Anschein, als wolle er springen. Aber das sah vielleicht nur so aus. Ich habe mich jedenfalls umgedreht und bin weggerannt.«

»Als Sie zu uns kamen, sagten Sie, ein Mann sei verletzt.«

Max krampfte sich der Magen zusammen. Das hatte er tatsächlich gesagt. »Ja, ich dachte, er hätte geschrien, als ich weglief. Allerdings habe ich keinen Schuss gehört, deshalb habe ich auch angenommen, dass er gesprungen war. Ach, ich weiß nicht … Der Wasserfall ist sehr laut, er könnte auch einen Schuss abgegeben haben. Ich bin auf jeden Fall in Panik geraten, und mir war klar, dass ich Hilfe holen musste.« Max atmete schwer. War seine Lüge überzeugend? Rasch fragte er: »Wer ist der Mann?«

»Monsieur Segal ist ein prominenter Bürger. Er besitzt ein Café in Fontaine-de-Vaucluse. Ich kann mir nicht vorstellen, was ihn zu so einer schrecklichen Tat getrieben hat. Wir müssen seine Frau und seine Familie verständigen. Schrecklich, so kurz vor Weihnachten.« Der Polizeibeamte rieb sich müde über die Augen, als ob er sich das Gespräch, das ihm bevorstand, bereits vorstellte. »Wir müssen Ihre Aussage protokollieren, und Sie müssen sie unterschreiben. Ihre Fingerabdrücke brauche ich auch noch.«

Max tat betont gleichgültig. »Ja, natürlich. Mein Beileid für seine Familie.«

»Sie haben Ihr Bestes getan.«

»Ich wollte ein Leben retten«, erwiderte Max aufrichtig. »Monsieur, ich muss heute noch nach L'Isle sur la Sorgue, weil ich in Kürze nach Lausanne zurückkehre.«

»Einer meiner Männer kann Sie nach L'Isle sur la Sorgue fahren, sobald wir hier fertig sind.«

Max bekundete seine Dankbarkeit. »Ja, gut. Ich kann sicher auch einen späteren Zug nehmen.« Er musste umgehend Jane anrufen, damit sie Mathilda suchte. Er wusste, dass er sich auf sie verlassen konnte.

Seine Gedanken wanderten immer wieder zu Luc, der vermutlich irgendwo im Gebüsch lag und verblutete. Aber Max musste die Nerven bewahren. Luc würde das so wollen, und es war das Mindeste, was er für ihn tun konnte.

Luc war bei seinem Feind geblieben und hatte ihm den gleichen Respekt erwiesen wie vor über zwanzig Jahren Oberst Kilian.

»Verdient haben Sie es nicht«, sagte er zu von Schleigel, als dieser ihn bat, bei ihm zu bleiben, bis alles vorbei war. Auf eine bittere Art und Weise bewunderte er den Mann sogar, der selbst im Angesicht des Todes und der schrecklichen Schmerzen, die er sicher erdulden musste, beeindruckend ruhig blieb.

Von Schleigel nickte. »Ich weiß, dass Sie Ihr Wort halten – das haben Sie bewiesen. Außerdem können Sie so überprüfen, dass sie auch wirkt.«

Sie blickten beide auf die kleine Kapsel mit Gummiüberzug in Lucs Hand.

»Sie ist anders als bei der Gestapo«, stellte von Schleigel fest. »Unsere waren Glasphiolen in winzigen Messingkapseln.« Er lachte. »Als ich wieder in Frankreich war, habe ich meine weggeworfen. Ich hatte nie die Absicht, sie zu benutzen. Wo haben Sie diese hier her?«

»Sie hat Lisette gehört. Sie hatte keine Ahnung, dass ich davon wusste. Vielleicht hat man sie ihr in London schon mitgegeben, oder sie stammt aus Paris. Ich kann es nicht sagen.«

»Schade. Wenn sie von der Gestapo wäre, wüsste ich wenigstens, dass sie funktioniert.«

Luc lächelte freudlos.

»Ravensburg, Sie hatten von Anfang an vor, mir die Kapsel zu geben, oder?«

Leicht überrascht sah Luc ihn an. »Es war die einzige Waffe, die ich unentdeckt über die Grenze bringen konnte.«

»Und der Mossad?«

»Das war ursprünglich nur mein Plan B, aber dann hat sich mein Gewissen gemeldet.«

Von Schleigel nickte. »Es ist klug, immer etwas in der Hinterhand zu haben. Meine Familie wird meinen Selbstmord nicht verstehen.«

»Seien Sie froh, dass Ihre Angehörigen nie die Wahrheit über Sie erfahren.« Luc blickte auf die Kapsel in seiner Hand. »Es ist sehr dünnes Glas. In wenigen Augenblicken ist es vorbei. Ich habe einmal erlebt, wie es wirkt.« Er verschwieg, dass es qualvoll ausgesehen hatte, obwohl es wirklich schnell gegangen war. Außerdem war er davon überzeugt, dass von Schleigel es wusste.

Der Ältere seufzte tief. »Seltsam. Ich fand immer, dass die Juden, die wir abtransportiert haben, so gefügig und friedlich waren … als nähmen sie ihr Schicksal an.«

»Und jetzt fühlen Sie genauso?«

Von Schleigel nickte und ergriff die Kapsel. Einen Augenblick lang fragte sich Luc, ob er sie einfach ins Wasser werfen würde. Es hätte ihn nicht überrascht, deshalb erschrak er beinahe ein bisschen, als von Schleigel ihm die Hand reichte.

»Sie waren ein würdiger Gegner, Ravensburg. Ich bin beeindruckt, dass Sie Ihr Versprechen gehalten haben.«

Luc blickte auf die ausgestreckte Hand. »Lieber nicht.«

Von Schleigel lächelte, als ob er ihn verstünde. »Würden Sie mir bitte meine Brille reichen?«

Luc schüttelte den Kopf. »Ich hinterlasse keine Fingerabdrücke, aber ich bewundere Sie für Ihre Schlauheit.« Außerdem wusste Luc, dass es für ihn lebenswichtig war, auf die Schusswunde zu drücken. Er hatte die Hand die ganze Zeit über nicht von der Wunde genommen und auch jetzt nicht die Absicht, es zu tun.

Trotz seiner Schmerzen lachte von Schleigel leise. »Nun denn, Ihre böse kleine Pille wird mich zumindest von meiner gebrochenen Hüfte erlösen«, bemerkte er. Mühsam griff er nach seiner Brille und setzte sie sich wieder auf. Dann legte er sich auf den Rücken, um seine Hüfte zu entlasten. »*Sieg Heil*«, sagte er sarkastisch.

»Nein, zur Hölle mit Ihnen, von Schleigel. Der Sieg ist unser – Ihr Tod ist für Rachel und Sarah, für Wolf und all die anderen Unschuldigen, die auf Ihren Befehl hin gestorben sind. Auf dass nie wieder so böse Menschen wie Sie auf dieser Erde leben werden.«

Von Schleigel verzog nur höhnisch das Gesicht und zerbiss die Kapsel. Das Zyankali trat aus, und dank seines scharfen Geruchssinns nahm Luc sofort den Bittermandelgeruch wahr. Sein Gegenüber verkrampfte sich. Er wollte sich an Luc festklammern, aber der rutschte ein Stück weg. Er wollte keine Spuren hinterlassen.

Der Todeskampf würde mindestens eine halbe Minute dauern, dann erst würde der Hirntod eintreten, und nach einer oder zwei weiteren Minuten würde das Herz aufhören zu schlagen. Luc bemerkte, dass von Schleigel bereits bewusstlos war, die Todeskrämpfe waren trotzdem schrecklich anzusehen. Doch Luc dachte daran, dass jedes Mitglied seiner geliebten jüdischen Familie genauso gestorben war, sie waren alle qualvoll erstickt. Reglos saß er da, bis er sicher sein konnte, dass von Schleigel tot war.

Das Gesicht des Toten brannte sich ihm ins Gedächtnis ein.

Der Teufel war tot.

Er hatte sein Versprechen eingelöst.

Mit der letzten Energie verband Luc seine Wunde mit einem Lappen, den er aus seinem Rucksack holte, damit kein Blut auf den Boden tropfte, als er langsam und unter Schmerzen zum Gipfel zurückkletterte. Es war nicht weit, aber ihm kam es vor wie eine Bergtour. Seine Anspannung wuchs, weil jeden Moment Max mit der Polizei zurückkommen konnte. Er entdeckte die Patrone aus von Schleigels Pistole und steckte sie ein, um sie später wegzuwerfen.

Langsam, aber stetig ging er zurück zum Auto, wobei er einen längeren Weg wählte, damit er nicht gesehen wurde.

Benommen setzte er sich in den Mietwagen. Er musste so weit wie möglich von Fontaine-de-Vaucluse weg. Nach L'Isle sur la Sorgue konnte er nicht zurück, auch wenn es sein größter Wunsch war, seine Tochter zu umarmen. Er war sich nicht sicher, ob er sterben würde. Es fühlte sich an, als ob sein ganzer Körper von Nadeln zerstochen würde. Er spürte, wie das Fieber stieg. Bald schon würde er nicht mehr in der Lage sein zu fahren.

Es gab nur einen Ort, an den er gehen konnte. Es war der richtige Ort zum Sterben, wenn das sein Schicksal war. Er ließ den Motor an und fuhr das Auto aus seinem Versteck. Da es immer noch früh war, war die Straße verlassen. Er wendete und fuhr von Fontaine-de-Vaucluse weg.

Luc fuhr nach Hause.

31

Luc öffnete die Augen und blinzelte, als sie brannten. Ängstlich blickte er sich um und fragte sich, wo er war. Jemand murmelte »Gott sei Dank« mit zitternder, aber erleichterter Stimme.

Er dachte, er würde sie erkennen. Es war eine weiche, schöne Stimme. Jemand beugte sich über ihn und lächelte ihn unter Tränen an.

»Luc? Das Fieber ist gesunken …«

»Jane?«, krächzte er. Nie hatte er sich mehr gefreut, sie zu sehen.

Verlegen wischte sie sich über die Augen.

»Dad.« Er drehte den Kopf. Seine Tochter hielt seine Hand und musterte ihn besorgt. »Ich dachte schon, du würdest auch sterben.«

»Tilly … Es tut mir leid.«

»Ich habe ihr versprochen, dass du nicht stirbst. Danke, dass du mich nicht zur Lügnerin gemacht hast.« Jane lachte und weinte zugleich. »Hast du Schmerzen?«

»Nur gute. Die Art von Schmerzen, die mir sagen, dass ich am Leben bin. Ich träume doch nicht, oder?«

Mathilda küsste ihn auf die Wange. »Fühlt sich das real an?«

Er nickte.

Sie lächelte schief. »Wir sind alle hier. Deine merkwürdige kleine Familie.«

Er wandte den Kopf nach rechts und blickte in zwei weitere vertraute Gesichter.

»Max, Robert ...«

Die beiden jungen Männer grinsten erleichtert.

»Wir kennen uns mittlerweile alle ziemlich gut«, sagte Jane.

»Wie lange ...?«, begann er.

»Drei Tage voller Sorge, Dad«, sagte Mathilda. »Jane hat kein Auge zugetan und ist nicht von deinem Bett gewichen. Du hast Glück, dass sie im Krieg zur Krankenschwester ausgebildet wurde.«

Jane wandte sich verlegen ab. »Das ist jeder Frau in meinem Alter so gegangen«, murmelte sie.

Luc runzelte die Stirn. Er konnte immer noch nicht klar denken. »Wie seid ihr alle hierhergekommen?«

Mathilda ergriff als Erste das Wort, weil die anderen ihr den Vortritt ließen. »Max wurde von der Polizei festgehalten, durfte aber Jane anrufen. Er hat sie zu mir und Robert geschickt. Als er dann später nachkam und feststellte, dass du nicht bei uns warst ... da musste er uns ja erzählen, was passiert war.« Max gab einen verlegenen Laut von sich, aber Mathilda ignorierte ihn und fuhr fort: »Ich habe eine Menge Fragen, aber Jane besteht darauf, dass ich sie erst einmal für mich behalte. Na ja, auf jeden Fall wollte keiner von uns glauben, dass du da oben gestorben warst. Robert sagte immer wieder, du wärst dem Tod schon einmal von der Schippe gesprungen, und das würde auch dieses Mal so sein, weil du deine magischen Lavendelsamen bei dir hast.«

Luc war fassungslos. Robert hatte sich tatsächlich an den alten Aberglauben seiner Familie erinnert.

»Ich habe auch darauf gebaut, dass du überlebt hast – das musste ich doch, Dad. Als Nächstes wollten wir rauskriegen, wo du sein könntest. Da ist uns nur ein Ort eingefallen.«

»Ja, nach Hause«, krächzte er, und seine Gefühle schnürten ihm die Kehle zu.

Auf einmal erkannte er den Raum, in dem er lag. Es war das Schlafzimmer seiner Eltern. Es sah genauso aus, wie er es in Erinnerung hatte, mit den dunklen Möbeln, sogar mit den Vorhängen, die Golda genäht hatte. Allerdings hingen keine Bilder an den Wänden. Früher einmal war der Raum voller Familienfotos gewesen.

Luc konnte sich vage erinnern, wie er ins Haus getaumelt war. Er besaß immer noch die Schlüssel und hatte sie ebenso wie Lisettes Zyankalikapsel in seinem Beutel um den Hals getragen. Die Schlösser waren noch dieselben; anscheinend hatte in dem Haus niemand gelebt, seit die Bonets es verlassen hatten. Er hatte eigentlich erwartet, dass jetzt eine andere Familie darin lebte, aber die Stille im Dorf hätte ihm sagen müssen, dass das winzige Saignon nahezu verlassen war. Viele Bewohner waren gegangen, und ihre Kinder hatten wahrscheinlich nach dem Krieg Arbeit in den Städten gefunden. Luc erinnerte sich wieder, wie er auf den kühlen Steinfliesen in der Diele zusammengebrochen war, nachdem er die Haustür hinter sich zugezogen hatte.

Jane spürte, welche emotionale Kraft es ihm abverlangte, im Zuhause seiner Kindheit zu sein. »So, alle hinaus. Tilly … lasst ihn schlafen.« Sie scheuchte die drei trotz ihrer Proteste aus dem Zimmer.

Als sie an sein Bett trat, spürte Luc, dass sie ihm etwas sagen wollte. »Jane …«

»Luc, du hast es missverstanden.«

»Du brauchst mir nichts zu erklären«, sagte er.

Sie schüttelte sein Kissen auf, half ihm, einen Schluck Wasser zu trinken, und zog ihm einen frischen Schlafanzug an. Kühl und sanft glitten ihre Hände über seinen Bauch.

»Hör mir zu. Verzeih mir, dass ich die anderen hinausgescheucht habe, aber ich muss dir etwas sagen.« Er öffnete den

Mund, doch sie redete weiter. »Ich war nicht mit einem anderen Mann zusammen. Es war Max, der in meinem Hotel mit mir zu Abend gegessen hat.«

»Was?«

»Max war bei mir, weil er plötzlich Angst bekommen hatte, dass du etwas Unbedachtes tun könntest. Er musste es einfach jemandem erzählen. Ich will nicht lügen, ich war schockiert und habe versucht, dich zu erreichen, aber du warst bereits weg. Ich weiß, wie es für dich ausgesehen haben muss, aber das war alles nur ein Missverständnis. Als mir das klar wurde, war es leider schon zu spät. Wir hatten keine andere Wahl mehr, als zu versuchen, dich aufzuhalten. Wir sind sofort in den Süden gefahren. Max war davon überzeugt, dass er vor dir in Fontaine-de-Vaucluse sein könne, weil wir uns dachten, dass du bestimmt über Mont Mouchet fährst, um Robert zu treffen. Auf jeden Fall hat Max uns mittlerweile alles über dich und diesen von Schleigel erzählt.«

Als Luc sie erschrocken anblickte, legte sie ihm die Hand auf die Brust.

»Sei still. Er musste es uns erzählen. Wir haben ihn förmlich dazu gezwungen. Davon abgesehen musste ich auch Mathilda beruhigen, sie musste es doch verstehen. Sie war völlig außer sich, Luc. Was hast du dir nur dabei gedacht, dein Leben aufs Spiel zu setzen? Du hättest sie zur Vollwaise gemacht.«

Luc schüttelte den Kopf. »Du hast recht. Es war Wahnsinn. Ein Krebsgeschwür in meinen Gedanken. Aber ich habe es herausgeschnitten, Jane. Es ist weg. Er ist tot.«

»Davon habe ich gehört.«

»Er ist durch seine eigene Hand gestorben.«

»Du bist nicht unschuldig an seinem Tod, Luc, ganz gleich, wie du es sehen willst.«

»Das ist mir egal. Ich bin endlich frei.«

»Tatsächlich?«

Er runzelte die Stirn.

»Hat es dir jemanden zurückgebracht?«, fragte sie gleichmütig.

Luc warf ihr einen finsteren Blick zu. »Ich habe es nicht getan, um …«

»Hör auf, dich anzulügen. Du hast dir eingeredet, dass du durch von Schleigels Tod etwas wiedergutgemacht hast, was nie in deiner Verantwortung lag, Luc. Im Krieg ist es nicht um dich gegangen, und es war auch nicht deine Schuld. Gib den Alliierten die Schuld, weil sie nichts unternommen haben, um den Holocaust aufzuhalten. Gib dem Meer, gib Hitler die Schuld! Aber du kannst nicht alles ändern. Jetzt ist ein weiterer Mensch tot, und eine weitere Familie trauert. Damals war Krieg, der aus Menschen Bestien macht. Was zwischen 1939 und 1945 passiert ist, sollte hinter Schloss und Riegel bleiben.«

»Glaubst du das wirklich?«

Sie seufzte. »Ja. Ich möchte den Krieg endlich hinter mir lassen. Ich kann nur daran glauben, dass du in mein leeres Leben getreten bist und einen dunklen Raum mit hellem Licht erfüllt hast. Mit dir und Mathilda habe ich die Liebe wiedergefunden, und dann bist du auf einmal verschwunden und wärst fast gestorben.«

Luc wusste nicht, was er darauf sagen sollte. Nach einer verlegenen Pause murmelte er: »Wer hat mich gesund gepflegt?«

Jane stieß ein trauriges Lachen aus. »Ein netter junger Mann, den ich erst vor wenigen Tagen kennengelernt habe … dein Freund Robert. Er hat in seinem jungen Leben schon einige Schusswunden gesehen und schien genau zu wissen, was wir mit unseren geringen Mitteln tun konnten. Wir haben dich ohnmächtig unten auf dem Fußboden gefunden. Er machte sich Sorgen wegen einer Infektion, ich wegen der Kälte, und

Mathilda war einfach nur außer sich vor Angst wegen des vielen Blutes, aber du hast den Blutfluss gut gestillt.« Ihre Mundwinkel verzogen sich leicht, als sie merkte, dass sie ihn lobte, obwohl sie eigentlich wütend auf ihn war. »Robert hat die Wunde genäht und dich verbunden. Du musst bestimmt noch mal zu einem Arzt gehen, Luc, aber Robert hat dir wahrscheinlich das Leben gerettet.«

»Schon wieder.«

Sie nickte. »Er hat uns gezeigt, dass die Kugel sauber wieder ausgetreten ist, daher wussten wir, dass sie keine lebenswichtigen Organe getroffen hatte. Es war wie ein Wunder.«

»Der Schuss ist aus kürzester Entfernung abgefeuert worden. Ich habe mir die Stelle quasi ausgesucht«, sagte er mit schwarzem Humor. »Geht es allen gut? Max …?«

»Oh, die drei kommen großartig miteinander aus. Mathilda schwebt im siebten Himmel, weil zwei gut aussehende junge Männer ihr jeden Wunsch von den Augen ablesen. Sie sind beide so lieb zu ihr und behandeln sie wie eine kleine Schwester. Du hast im Fieber über Lisette und jemanden namens Wolf geredet und darüber, dass du zu einem Bahnsteig in Lyon musst. Mathilda hatte verständlicherweise Angst um dich, und ich muss zugeben, dass ich beinahe das Krankenhaus angerufen habe, aber Max und Robert haben mich gebeten, es nicht zu tun. Sie wussten anscheinend, dass du auf einem lächerlichen persönlichen Kreuzzug warst und die Behörden heraushalten wolltest.«

Sie ließ seine Hand los, aber er ergriff sie erneut. »Er ist nicht lächerlich.«

»Doch, Luc, das ist er, wenn du dabei das Leben anderer in Gefahr bringst. Was hättest du Mathilda oder Max angetan, wenn dieser alte Nazi dich getötet hätte? Und wie hätte ich mich dann wohl gefühlt?«

»Ich weiß es nicht«, erwiderte er aufrichtig. »Wie fühlst du dich denn?«

Traurig schüttelte Jane den Kopf. »Du machst mir Angst. Ich habe noch nie zuvor so empfunden, und dabei kenne ich dich kaum. Das ist das Problem. Ich weiß so wenig von dir, und jetzt muss ich erfahren, dass du ein Irrer mit Todeswunsch bist.«

»Nein, du weißt viel mehr über mich …«, sagte er.

»Na gut, du hast eine schöne, kluge Tochter, die dich noch lange braucht, außerdem zwei junge Freunde, die dich mögen und in dir den Vater sehen, den sie beide nie hatten. Ich weiß, dass du dein Leben lang Groll hegen kannst. Ich weiß, dass du tief und aufrichtig liebst. Ich weiß, dass du mich zum Lachen bringst, aber du bringst mich auch zum Weinen, weil du so viel zurückhältst. Dein Leben war gewiss nicht leicht oder einfach, aber nenne mir eine Person in deinem Alter, die etwas anderes behaupten kann. Alle hat die Dunkelheit des Krieges erfasst. Die wirklich Klugen sind meiner Meinung nach diejenigen, die sich umdrehen und weitergehen.« Sie erhob sich. »Lass die Sache ruhen, Luc. Mathilda ist die Einzige, über die du dir Gedanken machen solltest, und Max und Robert … Alles andere, vor allem die Vergangenheit, ist irrelevant. Du kannst sie nicht ändern. Aber wie du dich jetzt verhältst, kann für deine Tochter eine ganze Menge verändern. Manche von uns würden alles geben für so ein Kind. Was hätte Max deiner Meinung nach denn mit einem trauernden Mädchen anfangen sollen?«

Benommen lauschte Luc Janes vorwurfsvollen Worten. Er war egoistisch und selbstsüchtig gewesen, und dass sie von Schleigel aufgespürt hatten, hatte ihm den Vorwand geliefert, seine jahrelang unterdrückten Schuldgefühle loszulassen. Es stimmte, seine Schuldgefühle waren unbegründet. Er hatte auf kein einziges der Ereignisse in den letzten zwanzig Jahren auch nur im Entferntesten einen Einfluss gehabt. Nicht auf den Verlust der sechs Mitglieder seiner Familie, nicht auf die Hinrichtungen von Laurent oder Fournier, nicht auf Wolfs oder Kilians Tod und ganz bestimmt nicht auf das Ableben von Lisette und Harry. Sie waren alle gestorben, ja. Aber er hätte keinen von ihnen retten können.

Von Erinnerungen überwältigt, lag Luc im Bett seiner Eltern, während Janes Worte in seinem Kopf nachhallten, eingebettet in das Lachen seiner Kindheit und den Duft von Lavendel.

Luc weinte, und seine Tränen schwemmten Jahre der Angst davon. Jane hielt ihn eng umschlungen und weinte mit ihm.

Epilog

Juni 1965

Vom Hügel aus blickte Luc über Saignon. Es war früher Abend, und der Mistral strich ihm kühlend übers Gesicht. Der Wind trug das Murmeln ferner Stimmen und den schweren Duft blühenden Lavendels mit sich. Es war so, als ob der Krieg, der 1942 durch den kleinen Ort gestampft war, nur noch eine verblassende Erinnerung wäre. Ein halbes Jahr hatte es gedauert, bis Luc vollständig genesen war, aber jetzt war er wieder bei Kräften, und in dem rosafarbenen Haus in Saignon ging alles seinen vertrauten Gang.

Erneut flogen Schwalben über die Dächer, und der leichte Wind bauschte die frisch gestärkten Baumwollgardinen an den offenen Fenstern. Durch die frisch gestrichenen blauen Holzläden hörte man das Lachen und die Stimmen einer Familie. Fröhliche Musik ertönte.

An diesen Sommerabenden war Janes Gemüsegarten wie eine offene Schatztruhe: runde, glänzende Tomaten, hellgelbe Zitronen, deren scharf duftendes Öl austrat, sobald man sie berührte, das Aroma von Basilikum oder die weißen und grünen Bohnen, die verführerisch an ihren Ranken hingen. Die Abendmahlzeiten bestritt Jane mit diesen Köstlichkeiten. Zwischendurch war sie nach England zurückgekehrt – allein und nur ein einziges Mal –, um ihre Angelegenheiten zu regeln und ihre Habseligkeiten zu packen. Das meiste verschenkte sie, und was übrig blieb, schickte sie in die Provence. *Wir fangen noch mal ganz von vorn an,* sagte sie zu allen, die jetzt mit ihnen zusammenlebten.

Luc blickte zu ihr hinüber. Sie schlenderte die Reihen der Bonetschen Lavendelfelder entlang und unterhielt sich lachend mit Mathilda. Max war ins Gespräch mit Robert vertieft. Er pendelte zwischen seiner Villa in Lausanne und dem Hof in Saignon, den er inzwischen als zweite Heimat betrachtete. Im Moment überlegte er, ob er für immer in die Provence ziehen sollte, und er und Luc schmiedeten bereits Pläne, um auch Parfüm herzustellen.

Letztlich war es Robert gewesen, der das Feuer von Lucs Traum, über den Anbau von Lavendel hinauszugehen, geschürt hatte. Der stille, hart arbeitende Einzelgänger Robert, der die Einsamkeit und Schönheit der Felder genauso liebte wie Luc und in Windeseile alles gelernt hatte, was er brauchte. Hier war er der König, mit einem beneidenswert grünen Daumen für Lavendel. Robert verlieh Harrys Traum Gewicht und fragte, warum die Bonets nicht längst in die Parfümindustrie eingestiegen waren.

»Du produzierst dein eigenes Öl, um es anschließend an die gierigen Chemiker in Grasse zu liefern, die damit zehn-, vielleicht sogar zwanzigmal so viel verdienen wie du«, hatte er gesagt. »Stell dein eigenes Parfüm her. Du hast das Rohprodukt, das Wissen kannst du dir kaufen. Ich baue den Lavendel für dich an, Luc, während du und Max mit eurem Verstand und den finanziellen Mitteln die neue Produktion in die Wege leitet.«

Er hatte recht. Das war die Herausforderung, die Luc brauchte. Auch Max brannte darauf, seine exzellenten Businesskenntnisse – und einen Teil seines Vermögens – in das neue Unternehmen zu investieren. Er sollte den Geschäftsplan ausarbeiten, während Luc den Destillationsprozess perfektionierte und den reinsten Extrakt aus Australien lieferte. Das Rohprodukt war frei von Pestiziden und den Hybriden, die überall in der Provence zu wuchern begonnen hatten, da die französischen Manufakturen in Grasse ihr Parfüm nicht schnell genug produzieren konnten. Der gierige Markt wollte jedes Jahr andere, neue Düfte.

Mathilda, die alle innig liebten, ging mittlerweile in Lyon zur Schule. Sie mochte ihr neues Leben sehr und sprach Französisch wie eine Einheimische. Sie hatte gewonnen und Luc mit Hilfe von Jane, ihrer neuen Verbündeten, überredet. Trotz des tränenreichen Anrufs in Launceston hatte sie beschlossen, nicht nach Australien zurückzukehren, um sich von Nel und Tom zu verabschieden. Ihrer Meinung nach brauchte sie das nicht, weil sie sowieso oft zu Besuch kommen würde. Nel hatte bitterlich geweint.

Mathilda hatte vor, die Schule in der Schweiz abzuschließen, was Luc Nel gegenüber gar nicht erwähnte.

»Kommst du denn jemals wieder nach Hause?«, fragte sie ihn.

»Ja, ich kehre zurück nach Launceston, das verspreche ich dir.«

»Wann?«

»Bald. Im September wahrscheinlich, rechtzeitig zur neuen Saison.«

»Die Farm läuft nicht von selbst«, warnte sie ihn, und Luc spürte ihre Bitterkeit.

Aber er wusste über Lavendel Bescheid. Wenn er die richtigen Leute an der richtigen Stelle einsetzte, konnte er die Farm auch aus der Ferne führen. »Alles wird gut, Nel«, besänftigte er sie. »Im nächsten Jahr fangen wir mit dem Export an, hoffe ich.«

»Luke, was trinkst du da drüben? Oder hast du dir bei deinem Unfall den Kopf angeschlagen?«

Er lachte gutmütig. »Es ergibt einfach Sinn. Die Qualität unseres Extrakts ist wesentlich besser als in Frankreich.«

»Na, das muss dir doch wehtun, das zuzugeben«, sagte sie.

»Nicht wirklich. Ich bin stolz auf das, was wir erreicht haben. Wir werden Parfüm herstellen.«

»Du hast dir ganz bestimmt den Kopf angeschlagen«, sagte sie.

Er verzieh ihr lächelnd, denn er wusste ganz genau, wie sehr sie Mathilda und ihn vermisste.

Das Gespräch war nun schon vier Monate her, und Lucs Pläne, nach Tasmanien zurückzukehren, hatten Gestalt angenommen, aber mittlerweile plante er, seine neue Familie mitzunehmen. Sie würden alle gemeinsam hinfahren, und auf Bonet's Farm in Nabowla würden wieder fröhliche Stimmen ertönen.

Er schloss die Augen und atmete die duftende Luft ein. Um ihn herum war alles blau von Lavendel. Luc drehte sich zum höchsten Punkt des Hügels um, wo vor dreißig Jahren der erste geisterhaft weiße Lavendelfleck erschienen war, und es war, als wäre Lisettes Geist bei ihnen.

»Luc!« Eine Stimme aus der Ferne durchbrach seine Gedanken, und er drehte sich zu Jane um. Sie winkte ihm zu. »Komm, Abendessen. Alle haben Hunger.«

Er hob die Hand und beobachtete, wie der blonde Max neben dem kleineren, dunkelhaarigen Robert herging. Er passte sich dem langsameren Humpeln an und legte den Arm um ihn, wie es Brüder machten. In diesem Moment sah Luc Laurent und sich selbst als junge Männer, wie sie nach einem Tag auf den Feldern heimkamen. Er musste schlucken, weil er auf einmal einen Kloß im Hals hatte. Mathilda wartete auf die beiden, und sie ergriffen liebevoll jeder eine ihrer Hände und gingen mit ihr den Hügel hinunter.

Jane drehte sich um, als wundere sie sich darüber, wie langsam Luc war. Lächelnd hielt sie sich eine Hand gegen die Sonne vor die Augen. Er wurde nie müde, sie anzusehen. Sie war gertenschlank, mit langen, gebräunten Beinen, glatter Haut, Armen, die jederzeit bereit waren, sich um ihn zu schlingen, und Lippen, die sich weich auf seine drückten.

Luc blinzelte. Einen Moment lang überwältigte ihn sein Glück. War es falsch, dass ihm das Herz schier überquoll? Er warf einen Blick über die Schulter auf das weiße Feld. Die weißen Blütenköpfe neigten sich im Wind, und ihm war, als ob Lisette einverstanden wäre. Sie billigte sein Leben und den Frieden, den er endlich gefunden hatte.

Luc nickte und flüsterte allen Geistern, die diesen Hügel bevölkerten, ein Lebewohl zu, bevor er sich abwandte und seinem neuen, vielversprechenden Leben entgegenging.